ro
ro
ro

Axel S. Meyer, 1968 in Braunschweig geboren, studierte Germanistik und Geschichte. Heute lebt er in Rostock, wo er als Reporter und Redakteur der «Ostsee-Zeitung» tätig ist.

Mit dem «Buch der Sünden» (rororo 25380) gewann er 2009 den ersten Preis im Wettbewerb «Historischer Roman des Jahres» des Rowohlt Verlags und eroberte damit die Herzen der Leser. «Das Lied des Todes» ist sein zweiter Roman über die Wikinger-Zeit.

Axel S. Meyer

Das Lied des Todes

Historischer Roman

Rowohlt Taschenbuch Verlag

Für Luisa und Svenja

Originalausgabe
Veröffentlicht im Rowohlt Taschenbuch Verlag,
Reinbek bei Hamburg, September 2012

Redaktion Katharina Geppert
Karten auf den Seiten 6/7 Peter Palm, Berlin
Umschlaggestaltung any.way, Cathrin Günther
(Foto: akg-images/Erich Lessing)
Satz aus der Apollo MT PostScript, InDesign,
bei Pinkuin Satz und Datentechnik, Berlin
Druck und Bindung CPI – Clausen & Bosse, Leck
Printed in Germany
ISBN 978 3 499 25767 4

Denn hier drohte knirschend
das wilde Volk der Dänen,
mächtig zu Wasser und zu Lande,
dort die hundertfach geteilte Wut
der barbarischen Slawen,
und nicht zuletzt verwüsteten
die grausamen Ungarn nicht wenige Provinzen
seines Reiches mit Feuer und Schwert.

Der Tag würde nicht ausreichen,
all dies Elend zu erzählen.

Aus Ruotgers VITA BRUNONIS,
der Lebensbeschreibung des heiligen Erzbischofs von Colonia

Nordmoer
Hladir
Raumsdal
Sunnmoer
Sogn
Alreksstadir
Ögvaldsnes
Roga-
land
Tunsberg
Agdir
Lidandisnes
0 50 100 150 km
Hising
Nordmeer
Staveran
FRIESLAND
Emesa
Rhenus
Essendria
Belecke
Diusburg
Nussia
Drud-
munde
Aquisgranum
Colonia
HZM.
LOTHRINGEN
Maas
Mosella
Treberi
Magontia
Wormaza
Sigona
Ligeris
Strazburg
WESTFRANKEN
Rhenus
Constantia
Bisuntia
Rhodanus
KGR.
BURGUND
Mediolanum
Padus
Rhodanus
KGR. ITALIEN
0 50 100 150 km
Avignon

Nähere Erläuterungen zu den jeweiligen Ortsnamen finden Sie auf Seite 637 f.

PROLOG

10. August 955

Am Tag des heiligen Laurentius stand die Schlacht, die über das Schicksal der Welt entscheiden sollte, unmittelbar bevor.

Thankmar ritt in der Legion des Königs, der Legio Regia, einen Hügel hinauf. Von der Kuppe schaute er über die weite Ebene, durch die sich der Lech schlängelte, und sah den Feind – Tausende Magyaren, Ungarn, die sich in den Niederungen sammelten.

Er wischte sich den Schweiß von der Stirn. In der Nacht hatte es geregnet, aber jetzt, in der Mittagszeit, drückte sengende Hitze auf das Land und auf die Soldaten des Königs. Unter den Stiefeln der mit Rüstungen und Waffen beladenen Männer dampfte die Feuchtigkeit aus den Wiesen wie der Atem eines wilden Tieres.

Aber nicht die Hitze oder der zahlenmäßig überlegene Feind unten am Fluss trieb Thankmar den Schweiß aus den Poren. Es war die Angst, sein Plan könnte scheitern.

Er richtete sich in den Steigbügeln auf und sah König Otto inmitten der verbündeten Heerführer stehen. Die Lanze mit der goldenen Spitze und dem Banner des heiligen Michael in der rechten Hand, stand Otto wie versteinert da. Den Blick hatte er fest auf die Magyaren gerichtet, die ihre Heimat verlassen hatten, um das Königreich zu vernichten.

Auf den Hügeln wuchs das königliche Heer. Immer mehr Soldaten drängten von hinten nach, die Hänge hinauf. Bayern, Franken, Sachsen, Schwaben und Böhmen bezogen Stellung an den Flanken der Legio Regia, die Otto unterstellt war und aus dreitausend sächsischen und fränkischen Panzerreitern bestand. Insgesamt waren es an die zehntausend Männer, die dem Ruf des Königs gefolgt waren, um das Reich gegen die Ungarn zu verteidigen. Doch deren Krieger waren in der Überzahl. Sie hatten die Steppen im Osten verlassen und in den vergangenen Monaten die Länder im Westen überschwemmt wie eine alles verschlingende Welle.

Nach einer Weile hatte Thankmar genug gesehen. Er saß ab und führte sein Pferd durch die Reihen der berittenen Soldaten. In der Nähe des Königs blieb er stehen und lauschte den Worten der Heerführer. Er hörte, wie sie sich gegenseitig Mut zusprachen, die Stärke ihrer Heere beschworen und die der gepanzerten Reiter. Wie sie Treue gegenüber dem König gelobten – und gegenüber Gott, dem Allmächtigen.

«Mit Gottes Hilfe werden wir die Ungarn schlagen», rief Otto.

Er reckte die Lanze, und das Sonnenlicht ließ die goldene Spitze erstrahlen.

Jubel erhob sich. Priester und Bischöfe eilten herbei, warfen sich auf den von Pferdehufen gefurchten Boden und beteten. Für Gott und für den König!

Für den König!

Plötzlich lösten sich einige Hundert Ungarn aus der Frontlinie und jagten auf die Hügel zu, um das königliche Heer zu einem Gegenangriff zu provozieren. Sie waren geschickte Reiter und Bogenschützen. Im vollen Galopp schossen die Jobbágy, wie man die Reiterkrieger nannte, ihre Pfeile ab. Sie waren in ihren leichten Mänteln und mit den spitzen Filzkappen schneller und wendiger als die Panzerreiter, die unter dem Gewicht ihrer Helme, Brustpanzer und Kettenhemden schwitzten.

Beim ersten Angriff waren die Jobbágy noch zu weit entfernt. Ihre Pfeile erreichten nicht einmal die Hügel. Die Ungarn stellten fest, dass Otto sich von dem Angriff nicht beeindrucken ließ. Sie hielten ihre Pferde an und verlegten sich für einen Moment wieder darauf, aus sicherer Entfernung das Heer auf den Hügeln zu beobachten.

Ottos geistliche Eiferer hatten inzwischen ihre Gebete beendet. Da hörte Thankmar, wie der König die anderen Heerführer nach Konrad fragte. Konrad der Franke war ein enger Vertrauter des Königs. Ohne ihn wollte Otto nicht in die Schlacht ziehen.

Hin und wieder preschten Jobbágy vor und schossen Pfeile ab. Immer näher wagten sie sich heran, und als ein sächsischer Soldat getroffen von seinem Pferd fiel, breitete sich Unruhe im königlichen Heer aus.

Otto wartete noch immer.

Endlich drang die Nachricht durch, dass Konrad eingetroffen sei. Kurz darauf stieß der Franke zu den anderen Heerführern. Er war völlig außer Atem, und sein Gesicht war dunkelrot vor Anstrengung. Keuchend erstattete er dem König Bericht.

Thankmar konnte hören, dass Konrad gute Nachrichten überbrachte. Je länger Otto ihm zuhörte, desto mehr entspannten sich seine Gesichtszüge. Als das königliche Heer am Morgen von der Augusburg zu den Hügeln gezogen war, so erzählte Konrad, hätten Ungarn die Nachhut angegriffen, den Tross geplündert und Dutzende getötet. Aber dann war es Konrads Männern gelungen, die Feinde zurückzudrängen und zu vertreiben. Somit hatten die verbündeten Franken dem König eine große Sorge genommen: dass die Magyaren sein Heer in die Zange nehmen könnten.

Für diese Tat versprach der König Konrad eine angemessene Belohnung. Der winkte jedoch ab. Fürs Erste würde er sich mit einem Schluck Wasser begnügen. Von allen Seiten reichte man ihm Trinkschläuche. Konrad nahm den Helm ab, setzte einen Schlauch an die Lippen und trank gierig.

Da griff erneut ein Trupp an. An die hundert Jobbágy kamen dieses Mal bis dicht vor den Hügel, auf dem das Banner des heiligen Michael wehte.

Schnell hoben Thankmar, der König und alle anderen Männer ihre Schilde. Unter seinem Schild konnte Thankmar sehen, wie sich die Pfeile der Ungarn in die Luft erhoben, wie sie stiegen und stiegen. Wie sie sich auf dem Höhepunkt ihrer Flugbahn wieder senkten – um dann wie giftige Stacheln riesiger Insekten auf das königliche Heer niederzuprasseln.

Als die Feinde wieder abdrehten, hörte Thankmar einen gellenden Schrei. Er drehte den Kopf und sah den König zu Boden starren. Vor ihm wälzte sich ein Mann vor Schmerzen im Dreck. Es war Konrad. Ein Pfeil hatte sich durch den Trinkschlauch in den Hals des Franken gebohrt. Priester und heilkundige Mönche eilten herbei, doch Konrad starb unter ihren Händen.

Die Heerführer beknieten Otto, endlich mit einem Gegenangriff zu antworten. Man könne nicht warten, bis einer nach dem anderen von einem Pfeil getroffen würde. Die Furcht unter den Männern wuchs mit jedem Augenblick.

Doch Otto unternahm nichts. Seine Miene war wie aus Stein gemeißelt, als er sich von Konrads Leiche abwandte und den Blick wieder auf die Ebene richtete. Tatsächlich bereiteten dort die Ungarn ihre nächste Attacke vor. Weitere Jobbágy schlossen sich den Männern an, die die ersten Angriffe unternommen hatten, und nun näherten sich an die tausend Reiterkrieger der Frontlinie des königlichen Heeres.

Hinter den Reihen liefen Priester schreiend hin und her. Lamentierend baten sie um göttlichen Beistand und beteten um Wunder, die den König und die Seinen vor den wilden Horden beschützen mochten.

Otto zögerte noch immer.

Da brauste eine Böe über die Ebene und die Hügel hinauf. Die Banner knatterten im Wind. Vom Lech her verdunkelte sich der Himmel. Wie gewaltige Fäuste ballten sich graue Wolken. Pferde wieherten; sie spürten das nahende Gewitter.

Als triebe der aufkommende Sturm sie an, ritten die Ungarn immer schneller. In wenigen Augenblicken würden sie bis auf Schussweite herangekommen sein – und dieses Mal würde nicht nur ein Mann sterben.

Thankmar spürte einen feinen Regentropfen auf der Nase. Dann sah er die Regenwand, die die Ebene wie einen Schleier verhüllte, und das Gewitter brach los. Erbsengroße Tropfen prasselten auf die Rüstungen der Soldaten. Ungeduldig warteten sie auf die Befehle ihres Königs, und der hatte endlich ein Einsehen.

Es war so weit.

Otto ließ sich sein Pferd bringen, saß auf und trieb es vor die Linie seiner Soldaten. Der König brüllte gegen Wind und Regen an.

«Die Feinde mögen uns an Menge übertreffen, aber nicht an Tapferkeit und Rüstung! Und sie können nicht auf den Schutz unseres Gottes vertrauen. Hört mich an! Sachsen, Bayern, Franken, Schwaben und Böhmen! Was auch immer nun geschehen wird: Lieber wollen wir im Kampf ruhmvoll sterben, wenn unser Ende bevorsteht! Wir werden uns nicht der Knechtschaft der Ungarn unterwerfen!»

Eine Welle des Jubels rollte über die Menge und breitete sich bis in die entferntesten Reihen aus. Zehntausend Männer reckten die Waffen.

Unterdessen sausten Pfeile auf das Heer herab.

«Jetzt lasst uns mit Schwertern statt mit Worten die Verhandlungen beginnen!», rief Otto.

In dem Moment, als er die Lanze zum Himmel stieß, bohrte sich ein Sonnenstrahl wie ein glühendes Schwert durch einen Riss in der dunklen Wolkendecke und ließ die goldene Spitze aufleuchten.

«Otto! Pater patriae! Vater des Vaterlands!», erklang es aus Tausenden Kehlen.

Dann schlug das Heer des Königs mit der Wucht einer göttlichen Faust zurück. Große Teile des Heeres fluteten von den Hügeln hinunter in die Ebene, den Feinden entgegen.

Thankmar blieb zurück, wie es sein Plan vorsah. Er beobachtete, wie Otto vom Pferd absaß. Die Zügel gab er einem Mann seiner Leibgarde und ging dann zu einem Zelt, das man auf dem höchsten Punkt des Hügels errichtet hatte. Als Soldaten und Priester ihn begleiten wollten, schickte er sie zurück. Offenbar wollte der König einen Augenblick allein sein, bevor er sich mit der zweiten Angriffswelle selbst in den Kampf begeben würde.

Nachdem die Gegner in der Ebene aufeinandergeprallt waren, tobte eine erbitterte Schlacht, und die Welt begann, den Geruch des Todes zu atmen. Anfänglich zeigte sich die Überlegenheit der schnellen und wendigen Jobbágy, die dem königlichen Heer empfindliche Verluste zufügten.

Doch die gepanzerten Reiter drängten die Jobbágy immer weiter zum Fluss zurück.

Otto hatte inzwischen das Zelt erreicht und war dahinter verschwunden. Thankmar setzte sich in Bewegung. Im Gehen griff er nach dem Messer unter seinem Mantel. Er hatte es am Vortag einem Ungarn abgenommen, den er beim Kampf an der Augusburg getötet hatte. Es war ein gutes Messer mit einer scharfen Klinge. Einer sehr scharfen Klinge.

Aus den Augenwinkeln beobachtete er die Soldaten der Leibgarde. Sie blickten aufs Schlachtfeld.

Thankmar ging weiter. Kam zum Zelt. Drehte sich ein letztes Mal um. Niemand beachtete ihn.

Otto kniete hinter dem Zelt auf dem Boden und kehrte Thankmar den Rücken zu. Die goldene Lanze lehnte an der Zeltwand.

Thankmar berührte mit der linken Hand seinen Talisman, einen etwa fingerlangen, spitz zulaufenden Holzspan, den er an einem Lederband um den Hals trug. Während er sich an den König heranschlich, hörte er ihn murmeln. Otto hatte die Hände vor der Brust gefaltet und sprach ein Gebet.

«O Herr!», sagte er. «Du lässt deine Feinde zurückweichen, und sie kommen um vor deinem Angesicht. Denn du sitzt auf dem Thron als gerechter Richter …»

Thankmar schnellte vor, das Messer in der rechten Hand. Da sah er zwei Jobbágy aus den Wäldern jenseits der Hügel in vollem Galopp heranstürmen. Es musste ihnen gelungen sein, die Linien des königlichen Heeres zu umgehen, oder sie gehörten zu den Überlebenden des Trupps, der von Konrad aufgerieben worden war.

Auch der König hatte die Angreifer bemerkt und hob

den Kopf. Thankmar stand einen Schritt hinter ihm und hatte das Messer ausgestreckt.

Da schoss einer der Ungarn einen Pfeil ab. Er verfehlte den König um Haaresbreite, streifte aber Thankmar und bohrte sich dann in die Zeltwand. Ein brennender Schmerz flammte in Thankmars Schulter auf.

Er machte den letzten Schritt.

TEIL I

Herbst 956

Blutfeuer brannten in brennenden Wunden.
Schwerter tauchten in die Leiber der Leidenden.
Um die Schilde spritzte der Schaum der Wundenmeere,
als die Flut der Pfeile niederging
und im Sturme Odins, in den Schwerterströmen,
viele Männer stürzten.

Aus Snorris Königsbuch (Heimskringla)

1.

Der dunkle Krieger fuhr nach Süden.

Seit Tagen blähte ein Herbststurm aus nördlicher Richtung das Segel und trieb das Handelsschiff seinem Ziel entgegen. Wellen klatschten gegen den Rumpf. Tosendes Wasser rüttelte an den Planken und warf an Deck alles hin und her, was nicht fest verschnürt war. Die Reisenden suchten unter Tüchern und zwischen Kisten und Fässern Schutz vor den Naturgewalten.

Nur der Krieger stand ganz vorn im Bug, wie der Wächter eines Totenschiffs. Die linke Hand lag am Vordersteven, die rechte am Griff seines Schwertes, das unter dem dunklen Mantel in einer Lederscheide steckte. Das lange schwarze Haar war von Regen und Gischt durchnässt und klebte ihm in Strähnen auf Stirn und Wangen. Wassertropfen fingen sich in seinem struppigen Bart.

Der geheimnisvolle Eindruck, den der Krieger auf die anderen Reisenden machte, wurde durch einen Raben verstärkt, der ihm nicht von der Seite wich. Auch jetzt, als die Wellen das Schiff schüttelten, saß der Vogel mit vom Wind zerzausten Gefieder auf der Schulter des Mannes. Nur hin und wieder ließ er ein Krächzen hören, das klang, als komme es aus den Tiefen der Unterwelt.

So fuhren der Krieger und der Rabe einem Ziel entgegen, von dem niemand an Bord sagen konnte, wo es lag und was geschehen würde, wenn der Mann dort ankam. Die anderen mieden den unnahbar wirkenden Mann und machten einen weiten Bogen um ihn, so gut dies an Bord eben ging.

Aber von einem waren sie alle überzeugt – dass der Mann mit dem Tod im Bunde stand.

Vor dreizehn Tagen hatte das Handelsschiff, eine bauchige *knörr*, im Hafen von Hladir im Lande Nordmoer eine Ladung bestehend aus Malz, Weizen und Honig gelöscht. Im Gegenzug hatte man gepökeltes Robbenfleisch, Walrosszähne und Pelze von Ottern und Mardern geladen. Über den inneren Seeweg fuhr das Schiff im Windschatten unzähliger Inseln und Schären entlang an Gegenden, die Raumsdal, Sunnmoer, Sogn oder Rogaland genannt wurden. An der Südspitze von Agdir, bei der Insel Lindandisnes, drehte es von den zerklüfteten Küsten ab und steuerte durch den Skagerrak, die Verbindung zwischen den Meeren, hin zu den Küsten des dänischen Reichs.

Seither zog das Land an Steuerbord vorbei, bis die Knörr endlich die Mündung eines Fjords erreichte, der sich viele Meilen tief in die jütländische Halbinsel erstreckte und an dessen Ende eine große Hafenstadt lag.

Den Fjord nannte man Slien, die Stadt Haithabu.

Durch den Regenschleier sah der Krieger die schmale, von Marschland gesäumte Fjordeinfahrt, die kaum fünfzig Schritt breit war. Zur Orientierung für die Seefahrer war der Durchlass weithin sichtbar durch hohe Pfosten markiert worden.

Bald, dachte der Krieger, bald sind wir da …

Er horchte auf, als der Rabe einen Laut von sich gab.

Ein Mann trat zu ihnen in den Bug. Zum Schutz vor dem Regen hatte er sich in einen dicken Mantel gehüllt. Sein Name war Ögir, er war der zweite Steuermann. Ögir warf dem Krieger einen unsicheren Blick zu. Vielleicht hatte er sich überwunden, auf den Krieger zuzugehen, weil ihn das nahende Ende der Reise übermütig werden ließ. Vielleicht lag es auch am Wein, von dem er sich bereits am helllichten Tag eine ordentliche Ration genehmigt hatte.

Ögir räusperte sich übertrieben laut.

«Manchmal ist hier kein Durchkommen», sagte er dann und zeigte zur Mündung. «Wenn der Sturm längere Zeit von Osten weht, versandet die Einfahrt, weißt du. Dann heißt es: alle Mann ins Wasser und den Kahn drüberziehen.»

Der Krieger bemerkte die dunkelgelben Zahnstümpfe in Ögirs Mund, als dieser ihn auffordernd anlachte. Dann erstarb das Lachen.

«Du redest nicht viel, Normanne», meinte Ögir. «Hast ja eigentlich auch recht. Schwatzen ist Sache der Weiber. Aber man redet über dich. Willst du wissen, was man so sagt?»

Der Krieger wandte sich ab.

«Ich erzähle es dir trotzdem», fuhr Ögir fort. «Weißt du, die Leute sind der Meinung, dass du gefährlich bist. Sie haben Angst vor dir. Es wurden sogar jede Nacht zwei Wachposten abgestellt, die aufpassen sollten, dass du niemanden ausraubst. Verdenken kann man es ihnen irgendwie nicht. Schau dich an, Normanne. Du trägst diese dunklen Kleider und hast immer diesen Raben bei dir, so wie ein normaler Mann sein Weib. Hast du keines? Ich meine: ein Weib. Ach, lassen wir das. Ich will dir nicht zu nah treten. Aber eines wollte ich dir doch noch verraten. Ich glaube es ja nicht, aber einige hier sind wirklich davon überzeugt, dass du ein Wiedergänger bist. Weißt schon, so einer, der von den Toten kommt ...»

Ögir schaute den anderen mit einem Blick an, als wolle er dessen Reaktion abschätzen. Doch es kam keine. Der Krieger starrte aufs Land.

Ögir holte tief Luft.

«Es macht wirklich keinen Spaß, sich mit dir zu unterhalten», stellte er fest. «Seit Tagen sind wir auf diesem Schiff. Da kommt man sich doch näher. Man redet, man isst und trinkt zusammen. Aber du stehst nur hier am Steven mit dieser ... dieser Leichenmiene. Sag mal, trauerst du vielleicht um irgendwen?»

Der Krieger drehte sich abrupt zu Ögir um. Die Worte des Steuermanns hallten in seinen Ohren nach. Warum wurden diese Fragen gestellt? Warum ließ man ihn nicht in Ruhe?

«Ha!», bemerkte Ögir. «Liege ich richtig? Du trauerst, nicht wahr? Um wen denn?»

Mit einem triumphierenden Grinsen schob er die rechte Hand unter seinen Mantel.

Als der Krieger das sah, griff er blitzschnell nach Ögirs Hals und drückte fest zu. Ögirs Augen weiteten sich vor Angst.

«Nein, bitte ... nicht», flehte er röchelnd.

Der Krieger packte Ögirs Hand und zog sie aus dem Mantel. Aber Ögir hatte keine Waffe. Es war nur ein mit Wein gefüllter Trinkschlauch. Der Krieger ließ ihn wieder los.

«Bist du ... wahnsinnig?», stieß Ögir keuchend aus. «Du hättest mich fast umgebracht.»

Er setzte den Wein an und nahm einen großen Schluck. Seine Hand zitterte.

In dem Moment durchfuhr ein Beben das Schiff, als der erste Steuermann das Ruder durchzog, um die Knörr zum Fjord zu manövrieren. Das Schiff stellte sich in die Wellen. Die Planken knirschten wie die ungefetteten Räder eines Ochsenkarrens. An Bord wurden Kommandos gerufen. Männer eilten an den Mast und begannen das flatternde Segel einzuholen.

Ögir steckte den Trinkschlauch wieder ein und wankte zu den Seeleuten, um ihnen zu helfen. Der Krieger beobachtete, wie sie das Segel zusammenrollten, dann die Riemen einlegten und mit der Strömung zur Einfahrt ruderten.

Schnell näherte sich das Schiff dem Durchlass. Dann glitt es wie von Geisterhand geschoben hindurch. Die Pfosten zogen vorbei wie Mahnmale.

Jenseits der Einfahrt öffnete sich der Fjord zu einem weiten, flachen Gewässer. Das Fahrwasser war hier durch Haselstangen markiert, damit die Schiffe in den Untiefen nicht auf Grund liefen. Möwen, die vor dem Sturm Schutz gesucht hatten, erhoben sich in den regenverhangenen Himmel und stoben kreischend über die Schilfwiesen an den Ufern davon.

Der Krieger richtete den Blick voraus in die Wand aus Regen und grauen Wolken, die ihm so undurchdringlich vorkam wie die Sicht auf seine eigene Zukunft.

Er sah nur eins, den Tod.

2.

Erling lehnte seinen Dreschflegel gegen die Scheunenwand und wischte sich die staubigen Hände an der Lederschürze ab.

Am Langhaus sah der Bauer seine Kinder, den zweijährigen Godrek und die ein Jahr ältere Aefa, an einer großen Pfütze spielen. Beim Anblick der dreckverschmierten Kleinen musste Erling lächeln. Seine Frau Gunnlaug würde alle Hände voll zu tun haben, bis die Kleinen wieder sauber waren – und das war gut so. Es hatte nicht viel gefehlt, und Gunnlaug hätte niemals wieder die Kinder waschen, das Essen zubereiten oder andere Arbeiten auf dem Hof verrichten können.

Erling schüttelte die sorgenvollen Gedanken an seine Frau ab.

Als er sich gerade umdrehen wollte, um in die Scheune zu gehen und dem Knecht und den beiden Sklaven wieder beim Dreschen zu helfen, ließ ihn etwas innehalten.

Auf einem der Hügel jenseits des Hofzauns glaubte er, etwas gesehen zu haben.

Erling beschattete seine Augen mit der rechten Hand, um im Gegenlicht der tief stehenden Abendsonne etwas erkennen zu können. Tatsächlich! Er hatte sich nicht getäuscht.

Vor der roten Abendsonne zeichneten sich jetzt deutlich die Umrisse mehrerer Männer und Pferde ab. Ein halbes Dutzend Reiter waren es, die die Anhöhe herunterkamen und geradewegs auf den Hof zuhielten. Als sie den Fuß des Hügels erreicht hatten, sah Erling etwas, das ihm einen Schauer über den Rücken trieb.

Die Reiter trugen lange Mäntel, und die Mäntel waren rot gefärbt. Blutrot.

Kalte Angst ergriff Erling. Schnell nahm er den Dreschflegel, dessen Stäbe mit gegerbten Aalhäuten zusammengehalten wurden. Mit beiden Händen hielt er den Flegel vor sich wie eine Waffe. Eine Waffe? Es war lächerlich. Er wusste genau, dass er damit nichts würde ausrichten können. Dennoch fiel ihm nichts anderes ein.

Er drehte sich zum Haus um. Die Kinder matschten noch immer in der Pfütze. Vor der geschlossenen Tür pickten Hühner nach Körnern. Die alte Ziege hob den Kopf aus dem Gras und stieß einen meckernden Laut aus.

Gedanken rasten durch Erlings Kopf. Es blieb keine Zeit

mehr, die Kinder zu verstecken. Dennoch musste er versuchen, sie zu retten. Schnell setzte er sich in Bewegung und lief am Weidenzaun entlang in ihre Richtung.

«Aefa! Godrek!», rief er. «Ins Haus mit euch! Schnell!»

Als sie die Stimme ihres Vaters hörten, unterbrachen sie ihr Spiel und schauten zu ihm hinüber. Godrek grinste breit. Er hatte sich gerade eine Handvoll Dreck in den Mund gestopft.

«Ins Haus mit euch!», rief Erling im Laufen. «Sofort! Verschwindet!»

Die Tür des Langhauses öffnete sich, und die Magd kam heraus, gefolgt von Gunnlaug, die sich humpelnd auf einen Stock stützte.

«Was schreist du so?», wollte Gunnlaug wissen.

Erling war nur noch zwanzig Schritt vom Haus entfernt.

«Bringt endlich die Kinder rein!», rief er.

Doch Gunnlaug und die Magd reagierten nicht, sondern schauten Erling nur fragend an.

Aefa begann zu weinen, als sie die aufgebrachte Stimme ihres Vaters hörte. Dann bemerkten auch die Frauen die Reiter. Sofort packten sie die Kinder, zogen sie ins Haus und schlossen die Tür mit einem Knall. Erling, der inzwischen die Pfütze erreicht hatte, hörte, wie der Riegel von innen vorgeschoben wurde.

Er drehte sich zum Hoftor um. In vollem Galopp näherten sich die Reiter auf dem Weg, der vom Hof aus am Hügel vorbeiführte. Einige Meilen weiter westlich mündete er schließlich in den Heerweg, der durch die ganze Mark verlief und das dänische Reich mit der sächsischen Hammaburg verband.

Erling atmete durch, dann ging er den Reitern entgegen. Sie waren nur noch etwa hundert Schritt entfernt und kamen schnell näher. Über den fliegenden Hufen wehten die Mäntel wie blutgetränkte Banner.

Aus der Scheune drangen noch immer die Geräusche der Dreschflegel, mit denen Finn, der Knecht, und die Sklaven das Getreide bearbeiteten, das sie in den vergangenen Tagen vom Feld geholt hatten. Die Ernte war in diesem Jahr mager ausgefallen, und der Roggen würde kaum ausreichen, um sie alle über den Winter zu bringen.

Wenn wir diesen Winter erleben, dachte Erling.

In die klopfenden Dreschgeräusche mischten sich die Geräusche der Pferdehufe.

Erling rief nach Finn. Einmal, zweimal, dreimal musste er laut rufen, bis die Männer in der Scheune ihn endlich hörten und ihre Arbeit unterbrachen. Finn kam als Erster heraus, dann die beiden Sklaven; es waren zwei junge, tüchtige Männer, die Erling vor einigen Jahren gekauft hatte. Damals hatte er sich noch Sklaven leisten können. Doch mittlerweile drohte ihn die Last der Abgaben, die er an den neuen Markgrafen entrichten musste, zu ersticken.

Erling winkte seine Männer zu sich. Als sie bei ihm waren, gingen sie zu viert den Reitern entgegen, die das Tor inzwischen erreicht hatten und auf dem Hof ihre schwitzenden Pferde zügelten.

Der Anführer, ein langer, hagerer Mann von etwa fünfundzwanzig Jahren mit dunkelblondem Haar und kurzem Bart, trieb sein Pferd auf Erling zu.

Erling war dem Mann niemals zuvor begegnet, aber er wusste sofort, dass es der Markgraf war.

Der Graf musterte Erling und dessen Männer scharf. Mit den heruntergezogenen Augenbrauen wirkte seine Miene bedrohlich, und als er die Lippen zu einem kalten Lächeln verzog, gefror Erling das Blut in den Adern.

Die anderen Reiter schlossen auf. Bis auf einen waren alle mit Schwertern und Lanzen bewaffnet. Als Erling in dem unbewaffneten Mann, der mit einer schwarzen Kutte bekleidet war, den Bischof erkannte, schwanden seine allerletzten Hoffnungen. Seine Familie und er würden nicht unbeschadet aus dieser Angelegenheit kommen.

Der Mann, der sein Pferd neben das des Grafen führte, war Bischof Poppo. Er war ein kräftiger Mann von etwa dreißig Jahren, mit breiten Schultern, fliehender Stirn, dunklem Haar und einem Gesichtsausdruck wie ein grauer Wintertag, der niemals hell werden wollte. Poppo war in der ganzen Mark bekannt und gefürchtet für seine Methoden, mit denen er von den Menschen das erfuhr, was er wissen wollte. Ob es der Wahrheit entsprach oder nicht.

Der Graf beugte sich auf seinem Pferd vor. Er lächelte noch immer, als er auf die Dreschflegel zeigte.

«Haben wir die braven Bauern bei der Arbeit unterbrochen?», fragte er.

«Ja, Herr», erwiderte Erling, wobei er sich bemühte, das Beben in seiner Stimme zu unterdrücken.

«Ist dein Name Erling Heimingsson?», wollte der Graf wissen.

Erling nickte. Kalter Schweiß trat ihm auf die Stirn.

Der Graf legte ihm seine rechte Hand mit leichtem Druck auf die Schulter. Die knochigen Finger fühlten sich an wie die Klauen eines Raubvogels.

«Es tut mir leid, dass wir dich von der Arbeit abhalten», sagte der Graf und zog seine Hand wieder zurück. «Aber es gibt da eine Sache, die duldet leider keinen Aufschub. Das wirst du bestimmt verstehen.»

Erling rang sich ein vages Lächeln ab. «Ich bin mir nicht sicher … aber ich glaube, ich weiß nicht, was Ihr meint …»

«Oh, natürlich! Wie unhöflich von mir. Natürlich sollte ich mich erst einmal vorstellen. Ich kann kaum voraussetzen, dass du mich kennst, Bauer. Oder?»

Das Grinsen des Grafen wurde breiter. Er hatte große weiße Zähne.

«Ich … ja, natürlich …», stammelte Erling, «natürlich weiß ich, wer Ihr seid.»

«Nun?»

«Ihr seid der Markgraf.»

«Kennst du auch meinen Namen?»

«Ja … Ihr seid Thankmar von … von …»

«Thankmar von der Mersburg», half er. «Aber im Augenblick bin ich wohl eher Thankmar von der lausigen Mark.»

Er legte den Kopf in den Nacken und lachte ohne jede Freude. Seine Soldaten stimmten ein.

Dann drehte er sich zum Bischof um. «Seht Ihr, Herr Poppo. Der Erling Heimingsson ist ein kluger Mann, ein sehr kluger Mann. Hab ich Euch das nicht gesagt?»

Der Bischof verzog keine Miene. Sein Blick war fest auf Erling gerichtet, während er zwischen den Fingern seiner rechten Hand ein silbernes Kruzifix drehte, das im Licht der Abendsonne rötlich schimmerte.

«Überlasst mir die Schlangenbrut. Je schneller wir damit fertig sind, desto besser …»

«Nein, mein lieber Herr Bischof», unterbrach ihn der Graf. Er legte ihm seine linke Hand auf den Arm. «Wir haben viel Zeit, die ganze Nacht.»

Wieder an Erling gewandt, sagte er: «Wollt ihr die Dreschflegel nicht zur Seite legen, Bauer? Für heute habt ihr genug gearbeitet. Außerdem könnte man annehmen, ihr wolltet diese Geräte gegen uns richten.»

Erling stöhnte innerlich auf. Um ihn nicht noch mehr gegen sich aufzubringen, ließ er jedoch schnell die Flegel von Finn einsammeln und zur Scheune bringen.

Währenddessen stiegen die Besucher von ihren Pferden ab.

Erling wich einen Schritt zurück. «Wir haben die Abgaben für dieses Jahr bereits entrichtet, Herr», sagte er in einem letzten Anflug von Widerstand.

«Ach ja?», meinte der Graf. «Das hast du also getan! Also, Herr Bischof, ich muss schon sagen – der Erling ist nicht nur ein kluger Mann, sondern auch einer, der weiß, welche Pflichten er zu erfüllen hat.»

Poppo verzog das Gesicht. «Lasst uns endlich mit der Befragung beginnen.»

«Du musst entschuldigen, Erling», sagte der Graf ungerührt. «Der Bischof scheint ein wenig ungeduldig zu sein. So wird man wohl, wenn man gezwungen ist, länger in diesem Land zu verweilen. Nichts für ungut, Herr Bischof, aber alles zu seiner Zeit. Nun wird sich unser Freund erst einmal um unsere Pferde kümmern, nicht wahr, Erling? Auch hast du bestimmt nichts dagegen, wenn dein Herr es sich in deinem Haus gemütlich macht. Nach dem Ritt sind wir hungrig und durstig.»

Mit diesen Worten ließ er Erling stehen und ging gemeinsam mit dem Bischof und den Soldaten zum Haus weiter. Eine Böe fuhr über den Hof und ließ die roten Mäntel aufwallen.

Blutmäntel!

Erling hatte gehört, dass man die Krieger so nannte.

Er sah, wie der Graf das Haus erreichte und mit der Faust gegen die Tür hämmerte. Ihm wurde nicht geöffnet.

Finn war inzwischen von der Scheune zurückgekehrt.

«Vielleicht wollen der Graf und seine Männer ja wirklich nur etwas essen und trinken», flüsterte er Erling zu.

«Vielleicht», erwiderte der matt.

Er legte die Hände um den Mund und rief seiner Frau im Haus zu, sie solle dem Besuch die Tür öffnen.

Was bleibt mir anderes übrig?, dachte er resignierend.

Der Riegel wurde zur Seite geschoben, und der Graf und die anderen drängten ins Innere des Hauses.

Erling schickte Finn und die Sklaven mit den Pferden zur Scheune, wo sie die Tiere mit Heu und Wasser versorgen sollten. Er selbst blieb zurück und wandte sich zum Tor. Dahinter begann der Weg, auf dem man den Hof verlassen konnte.

Um wenigstens das eigene Leben zu retten.

3.

Thankmar sonnte sich in der Furcht, die sich auf den Bauerngesichtern widerspiegelte. Sie glotzten ihn an wie schlachtreife Schafe.

Das ganze Gesindel war im Wohnbereich des Langhauses zusammengetrieben worden. Alles in allem waren es neun Menschen, eine ganz normale Bauerngesellschaft also, von denen es Hunderte in der Mark gab. Da waren Erling und sein Weib, das zwei kleine Kinder an ihren Busen drückte, dann noch ein Knecht, zwei Mägde und zwei Sklaven. Sie hockten starr vor Angst um eine Feuerstelle. Über den Flammen hing ein Kessel, der mit einer langen Kette an einem der Dachbalken befestigt war.

Erlings Haus war nur mit dem Nötigsten ausgestattet. Es gab einen kuppelförmigen Ofen zum Brotbacken und zwei

Webstühle. Die Betten waren im abgetrennten mittleren Bereich eingerichtet, dahinter die Ställe für Ziegen, Schweine und den Ochsen. Ganz hinten befand sich auch die Vorratskammer, die Thankmars Männer gleich entdeckt und ausgeräumt hatten.

Sie waren zu sechst unterwegs: Thankmar, der Bischof und die vier Soldaten, die der Graf aus seiner Haustruppe für diese Mission ausgewählt hatte – und sie alle waren sehr hungrig. Es hatte nicht lange gedauert, bis ein Teil der Vorräte an Räucherwürsten, Trockenfisch und Brot verspeist war. Das musste man Erling lassen: Er und seine Leute verstanden es, köstliche Speisen zuzubereiten.

Nun saß Thankmar den Bauern gegenüber auf einer erhöhten, mit Fellen gepolsterten Bank, die eigentlich dem Hausherrn vorbehalten war, und kaute in aller Ruhe auf einem Stück Wurst. Dann aß er ein Stück Brot und spülte alles mit einem ordentlichen Schluck Bier herunter.

Die Bauern mussten warten. Je länger Thankmar sie im Ungewissen ließ, desto größer wurde ihre Angst, und je größer ihre Angst war, desto eher würden sie mit ihm zusammenarbeiten.

Unterdessen wuselte Poppo im Haus herum, durchwühlte mit Wolle gefüllte Körbe und Tongefäße, in denen Getreide und Mehl gelagert wurden. Dem Bischof war anzusehen, dass er es kaum erwarten konnte, endlich mit dem Verhör zu beginnen.

Thankmar biss ein großes Stück von der Wurst ab. Er hatte Zeit. Zumindest das hatte ihn die bittere Erfahrung gelehrt, die er vor gut einem Jahr bei der Schlacht gegen die Ungarn machen musste: Er durfte niemals überstürzt handeln.

Er war so nah dran gewesen. So verdammt nah!

Nur einen Wimpernschlag war er davon entfernt gewesen, seinem Onkel die Kehle durchzuschneiden – seinem Onkel, dem König. Dann kamen die beiden Jobbágy. Bevor Thankmar den König töten konnte, waren die Angreifer so nah, dass Thankmar eine Entscheidung treffen musste: Entweder würde er sich gegen die Ungarn wehren, oder sie beide – der König *und* Thankmar – würden ihr Leben verlieren. Also tötete Thankmar einen der Ungarn, indem er ihm das für Otto bestimmte Messer in die Brust warf. Den anderen Reiter spießte er mit der goldenen Lanze auf.

Was für eine Ironie des Schicksals! Thankmar wollte den König töten, stattdessen hatte er dem Bastard das Leben gerettet. Davon schienen alle überzeugt zu sein – zumindest fast alle. Die Soldaten, die kurz darauf beim Zelt eingetroffen waren, hatten Thankmar einen Helden genannt. Ebenso wie die Überlebenden der Schlacht, aus der Ottos Heer als ruhmreicher Sieger hervorgegangen war.

Man feierte den König als Bezwinger der Ungarn und Thankmar als Retter des Königs.

Nur einer hatte Thankmar nicht gefeiert – der König selbst.

Otto musste geahnt haben, was Thankmar im Schilde führte. Doch im allgemeinen Sieges- und Freudentaumel war es dem König unmöglich gewesen, Thankmar für einen Verdacht zu bestrafen, den er niemals hätte beweisen können. Und so hatte sich Otto seines gefährlichen Neffens entledigt, indem er ihn hierhergeschickt hatte. Weit weg vom König – in die dänische Mark, dieses versumpfte Niemandsland. Die Mark war ein Landstrich zwischen den Fronten der Sachsen und der Dänen; ein Fliegenschiss, dessen südliche Grenze der Fluss Egidora und im Norden der dänische Schutzwall, das Danewerk, markierten.

Ottos vorgebliche Großtat, den Neffen mit dem Posten des Markgrafen zu belohnen, war natürlich eine Verbannung, und nur Thankmar und der König wussten das.

Aber Otto hatte einen Fehler begangen. Er hätte Thankmar töten sollen. Hätte ihn töten müssen! Denn der Tag der Rache würde kommen, und dann wäre Thankmar besser vorbereitet. Deshalb musste er in Ruhe planen.

Sein nächster Feldzug gegen den König hatte bereits begonnen, und heute Abend würde er einen weiteren Schritt in die Richtung tun, die ihn, den Enkel des Sachsenkaisers Heinrich und den Sohn Thankmars des Älteren, dorthin bringen würde, wo er hingehörte.

Auf den Thron!

Ein Schrei gellte durch das Langhaus.

Es war Poppo, der lautstark seinem Triumph Ausdruck verlieh. Offenbar hatte er etwas entdeckt. Der Bischof eilte durch den Wohnraum, und mit der Miene eines erfolgreichen Jägers gab er Thankmar ein aus Bernstein geschnitztes Amulett.

«Schaut es Euch an, Herr Graf! Das ist das Zeichen ihres Götzen Thor.»

Auf dem Gesicht des Bischofs lag der seltene Anflug eines Lächelns.

Thankmar betrachtete das Amulett, das so lang wie sein Daumen war.

«Ich habe es in einem der mit Getreide gefüllten Krüge gefunden», sagte Poppo stolz. «Die Heiden haben sich Mühe gegeben, es gut zu verstecken. Aber mit Gottes Hilfe habe ich es entdeckt.»

Poppo drehte sich zu den Bauern um. «Nichts», rief er mit ausgestrecktem Zeigefinger, «hört ihr – nichts bleibt dem Allmächtigen verborgen!»

Erling und die anderen senkten die Köpfe noch tiefer. Gunnlaug weinte leise.

Das Schlachtvieh sieht die gewetzten Messer, dachte Thankmar belustigt.

Er streckte die Beine aus und biss noch einmal von der Wurst ab. Er wusste, was nun kommen würde. Schließlich war dies nicht sein erster Missionsbesuch mit Poppo.

Der Bischof hielt das silberne Kruzifix in die Höhe und rief: «Im Jahre 948, also vor nunmehr acht Jahren, verlieh mir die apostolische Vollkommenheit, der selige Papst Agapet, das Recht, die Früchte des Glaubens über die nordischen Völker strömen zu lassen. Und auf diesen Anfang himmlischer Barmherzigkeit folgte, durch Gottes Mitwirkung, ein solches Gedeihen …»

Poppos Worte lullten Thankmar ein. Nur mit Mühe konnte er ein Gähnen unterdrücken.

Nachdem der Bischof eine Weile von Gottes Wirken auf heidnischem Boden geschwärmt hatte, ließ er sich von Thankmar das Amulett zurückgeben und ging damit zu Erling.

«Du weißt, Bauer, dass es verboten ist, dieses Zeichen zu tragen», hielt Poppo ihm vor.

«Es ist ein Erbstück meines Vaters», erwiderte Erling leise. «Mein Vater hatte es von seinem Vater und er von seinem. Das Amulett ist seit langer Zeit im Besitz unserer Sippe …»

«Ja, genau! Viel zu lange herrschten die Götzen über dieses Land. Doch nun hat es die Kirche im Namen des Vaters, des Sohnes und des Heiligen Geistes unter Strafe gestellt, den alten Götzen zu dienen und ihre Symbole anzubeten.»

Poppo drehte sich um und warf den Thorshammer ins Feuer. Der Bernstein verfärbte sich schwarz.

Als Erling dies sah, weiteten sich seine Augen, und für einen Moment schien es, als wolle er in die Flammen greifen. Aber das Amulett war bereits zu einem dunklen Klumpen zusammengeschmolzen.

«Kommen wir nun zu den weiteren Verfehlungen», sagte Poppo, «derer ihr euch schuldig gemacht habt ...»

Doch bevor er fortfahren konnte, unterbrach Thankmar ihn.

Widerstrebend trat Poppo hinter die Bank zurück.

Thankmar wusste, dass der Bischof diese Auftritte genoss, und es tat ihm aufrichtig leid, Poppo den Spaß zu verderben. Aber diese Angelegenheit war von größter Wichtigkeit. Sie durfte auf keinen Fall durch übereifriges Handeln gefährdet werden.

Also wandte er sich an die Bauern.

«Seit einem Jahr bin ich euer Herr», sagte er milde. «Ich habe die Stelle des Markgrafen Wichmann angetreten, der auf heimtückische Weise ermordet wurde. Aber das ist jetzt nicht wichtig. Erling, erzähl mir, ob du eigentlich weißt, welches meine oberste Aufgabe ist.»

«Ihr seid unser Lehnsherr. Wir müssen Abgaben zahlen für das Land, das wir bestellen.»

«O ja! Aber natürlich *nehme* ich nicht nur. Nein, ich *gebe* euch auch. Sehr viel sogar. Obwohl ich glaube, dass ihr euch dessen gar nicht bewusst seid.»

Erling glotzte ihn an, als habe Thankmar soeben verkündet, mit ihm Freundschaft schließen zu wollen.

«Ich gebe euch Frieden und Sicherheit», fuhr Thankmar fort. «Ich beschütze meine Vasallen – und im Gegenzug leistet ihr mir Abgaben. So einfach ist das. Es ist die von Gott gegebene Ordnung der Welt, in der es Herren und Untertanen gibt. Und die Untertanen sind ihren Herren nicht nur zu Abgaben verpflichtet, sondern auch zu Gehorsam, Treue und Aufrichtigkeit. Kannst du dem folgen, Erling?»

Der Bauer nickte.

«Gut», meinte Thankmar. «Ich sehe, wir verstehen uns. Dann schick jetzt deine Frau zu mir.»

Erling zuckte zusammen. Gunnlaugs Weinen wurde lauter; auch ihre Kinder begannen zu schluchzen.

«Ich habe Eurem Verwalter doch bereits alle Abgaben gezahlt, die Ihr fordert, Herr», sagte Erling schnell. «Fleisch, Getreide, Töpfergefäße, sogar einen der beiden Ochsen, und ich weiß nicht, wie ich ohne ihn im nächsten Frühjahr die Felder bestellen soll …»

«Psst», machte Thankmar und wandte sich an die Bäuerin. «Komm zu mir, Frau!»

Gunnlaug warf ihrem Mann einen verzweifelten Blick zu. Erling presste die Lippen zusammen und ballte die Hände zu Fäusten. Auch er kämpfte mit den Tränen.

«Komm her, Frau!», wiederholte Thankmar.

Als sich Gunnlaug noch immer nicht bewegte, mischte Poppo sich ein. «Lasst mich mit ihr die Wasserprobe machen, Herr Graf. Auf diese Weise habe ich noch jeden widerspenstigen Geist gebrochen.»

Thankmar konnte an den entsetzten Gesichtern der Bauern ablesen, dass sie genau wussten, was Poppo meinte. Die Wasserprobe war seine Spezialität. Mittlerweile gab es wohl in der ganzen Mark niemanden mehr, der noch nicht davon gehört hatte.

Aber Thankmar schüttelte den Kopf. «Mein lieber Herr Bischof, ich bin sicher, dass diese braven Menschen auch ohne Eure Wasserprobe mit uns zusammenarbeiten werden, oder, Erling?»

Der Bauer beugte sich zu seiner Frau und flüsterte ihr etwas ins Ohr. Daraufhin nickte sie traurig und übergab ihm die weinenden Kinder. Dann half der Knecht der Frau, sich aufzurichten.

«Das Weib soll allein gehen», befahl Thankmar. Allmählich war es an der Zeit, einen schärferen Ton anzuschlagen.

Auf unsicheren Füßen humpelnd, bewegte sich die Frau auf Thankmar zu. Er sah ihr an, welche Schmerzen ihr jeder Schritt bereitete.

«Es tut noch immer sehr weh, nicht wahr?», meinte Thankmar mit gespieltem Mitleid.

Sie war vor ihm stehen geblieben und wagte es nicht, ihn anzuschauen.

«Ja», antwortete sie leise.

«Wie ist dein Name, Frau?»

«Gunnlaug.»

«Zeig mir deine Beine, Gunnlaug!»

«Ich …»

«Zeig sie mir!», brüllte Thankmar so laut, dass sogar seine Soldaten zusammenzuckten.

Tränen kullerten über Gunnlaugs Wangen, während sie umständlich das Unterteil ihrer Tunika bis zu den Knien hochzog. Ihre Waden waren mit hässlichen Krampfadern überzogen.

Aber das war es nicht, was Thankmar sehen wollte.

«Höher!», forderte er.

Endlich entblößte Gunnlaug ihre Oberschenkel.

«Ah!», seufzte Poppo im Hintergrund.

Thankmar betrachtete Gunnlaugs Oberschenkel, die mit faustgroßen Wundmalen übersät waren. Auf der Haut waren noch Reste einer nicht vollständig eingezogenen Heilsalbe zu erkennen, mit der die Wunden behandelt worden waren, und zwischen die Wunden hatte jemand mit Kohle eigenartige Zeichen gemalt.

Genau das war es, was Thankmar sehen wollte!

Ein unangenehmer Schauer kroch über seinen Rücken. Alles deutete darauf hin, dass er auf der richtigen Spur war. Der Mann, der ihn über gewisse Vorgänge auf Erlings Hof informiert hatte, war also die zwei Silbermünzen wirklich wert gewesen, mit denen Thankmar ihn belohnt hatte.

Schnell tastete er nach dem Talisman, dem Holzspan, um seine aufflammende Angst im Keim zu ersticken.

Nachdem er die Zeichen gesehen hatte, war er davon überzeugt, dass die Zauberin hier gewesen war! Jetzt brauchte es nur noch eines letzten Beweises.

«Haben die Wunden vor wenigen Tagen noch geeitert, Frau?», fragte Thankmar.

Gunnlaug nickte.

«War das Jucken so schlimm, dass du ständig gekratzt hast?»

Sie nickte wieder.

«Und dann kam das Fieber?»

«Ja.»

«Ja. Es ist eine grausame Krankheit. Eigentlich dürftest du heute Abend gar nicht mehr unter uns weilen – so wie Gott es für dich bestimmt hat.»

«Bitte, Herr!», flehte Erling vom Feuer her.

«Wer hätte sich dann um den Haushalt gekümmert? Oder um die Kinder?», fuhr Thankmar unbeirrt fort. «Wer hätte deinem Mann das Nachtlager gewärmt? Auf wessen Brüste hätte er sein müdes Haupt betten sollen, wenn er abends erschöpft ins Bett gekrochen wäre?»

«Die Familie braucht mich …», flüsterte Gunnlaug.

Da sprang Thankmar auf. Mit einem Satz war er vor ihr.

Sein Herz trommelte. Doch er zwang sich zur Zurückhaltung.

«Natürlich tut die Familie das», sagte er ruhig. «Jede Familie braucht eine Frau, die so tüchtig und so aufrichtig ist wie du. Deshalb sag mir nun die Wahrheit: Wer hat dich geheilt?»

Gunnlaug schwieg.

Thankmar hörte vor Aufregung das Blut in seinen Ohren rauschen. Poppo und die Soldaten rückten näher heran.

«Sag es mir, Weib!»

«Ich … ich darf nicht. Ich … habe es geschworen …»

«Nicht einmal deinem Herrn darfst du es verraten? Nicht einmal *mir*?»

Thankmar streckte die linke Hand aus. Wie Spinnenbeine legten sich seine knochigen Finger um Gunnlaugs Hals.

Dann drückte er fest zu.

In Gunnlaugs Augen sah er Todesangst.

«*Wer* hat dich geheilt?», zischte Thankmar und drückte noch fester zu.

Noch immer kam kein Name über ihre Lippen.

Über ihren bebenden Körper hinweg sah Thankmar, wie Erling die Kinder an eine Magd übergab und sich erhob. Vorsichtig näherte sich der Bauer.

«Bitte, Herr», flehte Erling.

Thankmar konnte kaum glauben, dass der Bauer so töricht sein konnte, sich gegen seinen Herrn aufzulehnen. Aber Erling trat tatsächlich neben seine Frau und legte Thankmar eine Hand auf den Arm, um ihn von Gunnlaug wegzuziehen.

Da gab der Graf einem seiner Soldaten mit einem Kopfnicken ein Zeichen.

Ernust, der Hauptmann seiner Haustruppe, schnellte

vor. Der Sachse hatte eine gedrungene, kompakte Statur mit breiten Schultern und der Kraft eines Ochsen. Ohne zu zögern, stieß er Erling von hinten eine Lanze zwischen die Schulterblätter. Dann zog er den aufgespießten Bauern von Thankmar weg, und ein anderer Soldat schlug Erling mit einem Schwert den Kopf vom Hals.

Die Angstschreie der Kinder und des Gesindes erfüllten das Haus.

Gunnlaug schluchzte.

«Wer hat dich geheilt?», wiederholte Thankmar seine Frage, die Hand noch immer an ihrem Hals.

Sie sagte noch immer nichts.

Thankmar musste verblüfft feststellen, dass ihre Angst vor der Zauberin größer zu sein schien als die vor dem eigenen Tod.

Mit der freien Hand zog er das Messer aus seinem Gürtel. Er wartete kurz, bis Gunnlaug ahnte, was er vorhatte, dann stach er die Klinge bis zum Heft in ihren linken Oberschenkel.

Sie stieß einen langen, ohrenbetäubenden Schrei aus.

Als die Frau in sich zusammensackte, ließ Thankmar sie los, damit ihr Gewicht ihn nicht mit hinunterzog. Dann beugte er sich über die sich vor Schmerzen windende Frau und schob seine Hand in den Ausschnitt ihrer Tunika. Er tastete zwischen ihren fleischigen Brüsten herum, bis er auf einen fingerlangen Holzstab stieß, den sie an einem Lederband um den Hals trug.

Als er den Stab hervorzog und sein Blick darauffiel, zuckte er zusammen, als habe er glühende Kohlen angefasst. Wie Gunnlaugs Oberschenkel war auch der Stab mit Zauberzeichen verziert, die die Heiden Runen nannten.

Bei Gott, er hatte den Beweis!

«Rede!», zischte er in Gunnlaugs Ohr. «Rede – oder ich töte auch noch deine Kinder!»

Gunnlaug schloss die tränenfeuchten Augen. Dann nannte sie endlich den Namen, den Thankmar hören wollte.

4.

Aki fürchtete sich vor dem nächsten Morgen.

Doch als er jetzt, am Vorabend des wichtigsten Tages in seinem jungen Leben, dem Gesang seiner Mutter lauschte, vergaß er für einen Moment seine Sorgen. Er liebte es, Velva singen zu hören, und am liebsten hatte er das Lied, das sie ihm und seinen beiden Schwestern an diesem Abend vorsang.

«Von Süden die Sonne, des Mondes Gesell. Sie schlang die Rechte um den Rand des Himmels. Die Sonne kannte ihre Säle nicht. Die Sterne kannten ihre Stätte nicht, und der Mond, er kannte seine Macht noch nicht …»

Das Lied hatte Dutzende Strophen. Aki hatte sie schon so oft gehört, dass er sie auswendig kannte. Sie handelten von der Schöpfung der Welt und vom Untergang der Götter. Da gab es Zwerge, Riesen, menschenähnliche Wesen, den Fenriswolf, der seine Ketten zerreißt, um die Welt zu verschlingen, und vieles, vieles mehr, das Aki sich in seinen Gedanken lebhaft vorstellen konnte.

Während Velva sang, streichelten Aki und seine Schwester Asny die kleine Gyda, die auf dem Bett zwischen ihnen lag. Gyda hing gebannt an den Lippen ihrer Mutter. Die Kleine war erst vier Jahre alt, Aki und seine Zwillingsschwester Asny waren zwölf.

Allerdings war Aki als Erster von ihnen auf die Welt gekommen, was der große Bruder seiner Schwester gern unter die Nase rieb. Beide hatten sie die grünen Augen ihrer Mutter, ihre Haare waren blond und schulterlang. Bis vor einigen Jahren hatte man sie kaum auseinanderhalten können, obwohl sie Junge und Mädchen waren. Doch mit der Zeit wurden Akis Züge kantiger, Asnys hingegen weicher und ihre Körperformen weiblicher.

Summend begleiteten die Zwillinge Velvas Gesang.

Hin und wieder zuckte Gyda zusammen. Dann schreckte sie wieder hoch, kicherte glucksend und kommentierte ihre eigene Überraschung mit Worten, die wie das Gurren einer Taube klangen und die niemand verstand. Zumindest kein Mensch.

Velva war davon überzeugt, dass es die Götter waren, die durch Gyda sprachen. Ja, sie glaubte sogar, dass Gyda, deren Verstand unterentwickelt war, ein Bote der höchsten Götter sei.

Velva sang gerade von Odin, der seinen Speer ins Gegnerheer schleuderte, woraufhin der erste Krieg in die Welt kam, als Gyda endlich einschlief.

Die Zwillinge rückten von ihrer kleinen Schwester ab, damit ihre Mutter sie mit der Decke aus Otterfell zudecken konnte. Dann schmiegte sich Velva ganz eng an Gyda und schloss die Augen. Kurz darauf war auch sie eingeschlafen.

Akis Mutter war einige Tage fort gewesen und erst an diesem Nachmittag zurückgekehrt. Sie hatte einen erschöpften Eindruck gemacht, wie nach einer beschwerlichen Reise. Wo sie die vergangenen Tage verbracht hatte, hatte sie nicht erzählt, und Aki hatte nicht danach gefragt. Er wusste, dass seine Mutter viele Geheimnisse hatte, auch vor ihren Kindern.

Während Velva und Gyda ruhig schliefen, blieben Aki und Asny wach.

Um die anderen nicht zu wecken, erhoben sich die Zwillinge leise vom Bett und schlüpften durch den Vorhang, mit dem die Schlafkammer vom vorderen Bereich ihres Grubenhauses abgetrennt war. Bei der Tür ließen sie sich auf zwei dreibeinigen Hockern nieder.

Sie saßen kaum, als Asny ihrem Bruder wieder die besorgten Blicke zuwarf, wie sie es tat, seit sie von dem Wettbewerb erfahren hatte.

«Mein Entschluss steht fest: Ich werde antreten», sagte Aki schnell, um Asny zuvorzukommen.

Aber sie beugte sich nur vor, streckte die rechte Hand aus und strich mit dem Zeigefinger über Akis aufgeplatzte Unterlippe.

Er verzog das Gesicht. Aber nicht vor Schmerzen. Die Wunde war verschorft und tat kaum noch weh. Nein, er war es einfach leid, sich von seiner Schwester Vorhaltungen machen zu lassen.

«Trotzdem werde ich antreten», sagte er. «Oder besser – gerade deswegen werde ich es tun!»

Sie zog ihre Hand zurück. «Grim wird mit dir morgen noch etwas viel Schlimmeres machen, als deine Lippe blutig zu schlagen. Weißt du denn nicht, in welche Gefahr du dich begibst?»

Aki verdrehte die Augen, rang sich jedoch ein Lächeln ab. «Frag lieber Grim, ob er sich der Gefahr bewusst ist.»

Natürlich hatte Akis Schwester recht. Grim, der Sohn eines Sklavenhändlers aus Haithabu, war ein hinterlistiger, verschlagener Mistkerl, der keine Gelegenheit ausließ, sich an Aki zu vergehen. Schon vor Jahren hatte sich Grim ausgerechnet den kleineren und schwächeren Aki als Opfer ausgeguckt und ihn bei jeder Gelegenheit verprügelt. Mit diesen angeblichen Heldentaten brüstete sich Grim gern vor seinen Freunden, die ihm in Brutalität in nichts nachstanden.

Damit sollte jetzt Schluss sein.

«Er ist wirklich gefährlich», setzte Asny nach.

«Er wird mir nichts antun. Er hat mir sein Wort gegeben ...»

«Sein Wort? Aki – das kann doch nicht wahr sein! Du vertraust einem wie Grim?»

Aki zuckte mit den Schultern. Blieb ihm etwas anderes übrig? Grim hatte ihn herausgefordert, und Aki hatte angenommen. Der Preis für den Sieger war einfach zu verlockend, als dass Aki das Angebot hätte ausschlagen können.

«Er hat geschworen, mich künftig in Ruhe zu lassen, wenn ich ihn besiege.»

«Und das glaubst du ihm?» Asny schüttelte entsetzt den Kopf. «Ich kann nicht glauben, dass du so dumm bist.»

Aki wurde allmählich wütend. «Ich bin nicht dumm, Asny! Was soll ich denn sonst tun? Mich mein Leben lang von Grim jagen lassen? Du weißt doch gar nicht, wie es ist, immer Angst haben zu müssen, wenn man durch die Stadt geht. Hinter jeder Ecke könnte Grim oder einer seiner Freunde lauern ...»

In der Schlafkammer knisterte das Reisig auf dem Bett. Velva hatte sich umgedreht.

«Entschuldige», sagte Asny leise und legte ihre Hand auf Akis Knie. «Es tut mir leid. Ich wollte dich nicht beleidigen. Natürlich verstehe ich, wie schwer es für dich ist, jeden Tag Angst vor diesen Jungen haben zu müssen. Auch Mädchen können gemein sein, und es gibt einige, die keine

Gelegenheit auslassen, mich wegen unserer Mutter oder Gyda aufzuziehen. Weißt du, was sie sagen? Sie sagen, Gyda sei eine Missgeburt, die man erschlagen sollte, und dass Velva gefährlich sei, weil sie mit den Geistern spricht.»

Aki nickte ernst. Auch ihm hatte man solche Geschichten vorgehalten. Grim hatte einmal voller Überzeugung behauptet, Gydas Vater sei ein Waldtroll, der Velva vergewaltigt habe, als sie nach Giftkräutern suchte. Aki hielt diese Geschichte für Unsinn, auch wenn er tatsächlich nicht wusste, wer Gydas Vater war – von seinem und Asnys Vater ganz zu schweigen.

Es gab eben Dinge, über die Velva nicht redete.

Und es gab etwas, über das Aki selbst mit Asny bislang nicht gesprochen hatte, obwohl die Zwillinge sonst keine Geheimnisse voreinander hatten.

Aki erhob sich, trat vor die Wand, an der Velvas Zauberfiguren hingen, und nahm eine von ihnen ab. Mit der kleinen Strohpuppe kehrte er zu Asny zurück. Zu ihrer Verwunderung steckte er seine Finger hinein und fischte aus dem Puppenkörper einen Lederbeutel, den er öffnete. Dann präsentierte er seiner Schwester vier Silbermünzen.

Asny machte große Augen. «Hast du die Münzen gestohlen?»

«Nein, verdient», entgegnete Aki. «Ich habe auf der Baustelle von Jarl Storolfs Haus Steine und Holz geschleppt …»

«Davon wusste ich nichts», unterbrach ihn Asny. «Wir dachten, du würdest fischen gehen. Warum hast du uns das verschwiegen? Du weißt doch, dass wir kein Geld mehr haben. Ach, Aki, seit Wochen gehen wir hungrig ins Bett, und du versteckst deine Münzen. Warum hast du das getan?»

Aki senkte den Blick. Es tat ihm leid, seine Familie hintergangen zu haben. In den vergangenen Tagen war er häufig nah dran gewesen, Velva die Münzen zu geben, damit sie ihnen etwas zu essen kaufen konnte. Seit der neue Markgraf und der Bischof ihr das Zaubern und das Heilen von Kranken verboten hatten, verdiente sie kein Geld mehr. Sie waren auf das wenige angewiesen, das ihre Nachbarn und andere Menschen, die Velva wohlgesinnt waren, ihnen schenkten; meist waren es Abfälle.

Und vielleicht hätte Aki Velva die Münzen wirklich längst gegeben, wenn er durch den Wettkampf nicht die einmalige Gelegenheit gesehen hätte, auf einen Schlag so viel Geld zu bekommen, dass sie Haithabu endlich verlassen konnten.

«Morgen werden wir genug Geld haben, um endlich von hier fortzugehen», sagte er im Brustton der Überzeugung. «Die Münzen sind mein Einsatz, und wenn ich gewinne, muss Grim mir seine vier Münzen geben.»

«Und wenn du verlierst?»

«Ich gewinne!»

Asny rang sich ein Lächeln ab. «Wohin sollen wir denn deiner Meinung nach gehen?»

«In den Norden, vielleicht nach Ripen. Ich habe gehört, dass es dort keine Sachsen geben soll. Mutter könnte wieder Menschen heilen, und ich arbeite als …»

«Du bist ein Träumer und ein Sturkopf!»

«Das bin ich nicht! Ich werde den Wettkampf gewinnen. In ganz Haithabu wirft niemand den Ball so hart und so gut wie ich.»

«Ach, Aki!» Asny strich ihrem Bruder über die Wange. «Pass auf dich auf, bitte versprich mir das!»

Er wollte es gerade tun, als jemand von außen kräftig gegen die Tür hämmerte.

Aki wagte kaum zu atmen. Vor Schreck hatte Asny seine rechte Hand so fest gedrückt, dass es schmerzte.

Nachdem das laute Klopfen verklungen war, beherrschten wieder die Nachtgeräusche das Innere des Grubenhauses. Im Feuer knackte ein glimmender Scheit, draußen fegte eine Böe um die Hütte. Hinter den Vorhängen waren Velvas und Gydas Schnarchlaute zu hören. Velva hatte eigentlich einen leichten Schlaf, sie schien wirklich sehr erschöpft zu sein.

Ob der nächtliche Besucher wieder fort war?

Vielleicht ist es nur ein Nachbar, der etwas zu essen bringen will, dachte Aki. Oder ein Betrunkener, der sich verlaufen hat. Oder …

Vor der Tür war das heisere Krächzen eines Raben zu hören. Dann hustete jemand.

Akis Hoffnungen zerschlugen sich.

In dem Moment klopfte es erneut, dieses Mal noch lauter.

Im Hintergrund regte sich Velva. Reisig raschelte, das Bett knarrte. Gyda brabbelte und kicherte im Schlaf. Dann herrschte wieder Stille.

Aki war überzeugt, dass der hartnäckige Besucher nicht von allein gehen würde. Außerdem war es nur noch eine Frage der Zeit, bis er Velva geweckt hatte.

Er stand auf, nahm den eisernen Schürhaken aus dem Feuer und ging damit zur Tür.

«Nein, nicht!», zischte Asny. «Und wenn es der Bischof ist?»

Das konnte sich Aki nicht vorstellen. Wenn, dann würde der Bischof sie am Tage heimsuchen.

«Wer ist da?», fragte er durch die Tür.

Statt einer Antwort war wieder das Krächzen eines Raben zu hören, dann klopfte es erneut.

Akis Finger schlossen sich fest um den Griff des Schürhakens. Für einen Jungen seines Alters war er nicht besonders kräftig, eher schmächtig mit seiner schlanken Statur und seinen dünnen Armen. Aber er war zäh und schnell, sehr schnell.

Er legte die Hand auf den Riegel.

Es ist bestimmt nur ein Nachbar, sprach er sich in Gedanken selbst Mut zu. Vielleicht ist es der Fischer, der uns ein paar verkohlte Brassen bringt, die zu lange über dem Räucherfeuer hingen, und der nicht will, dass man ihn bei uns sieht.

Als es wieder klopfte, schob Aki den Riegel zur Seite.

Die Tür schwang nach innen auf.

Aki spürte auf seiner Haut den kühlen Nachtwind, der in die Hütte drang. An den Wänden raschelten Velvas Zauberfiguren in der Zugluft. Das Feuer flackerte hell auf.

Im niedrigen Vorbau des Grubenhauses sah sich Aki einem Mann gegenüber, dessen Gestalt beinahe mit der Nacht verschmolz. Nur das bleiche Gesicht über dem Bart hob sich von der Dunkelheit ab. Er trug einen dunklen Mantel, sein langes Haar war vom Wind zerzaust. Auf seiner rechten Schulter saß ein Rabe.

Aki hatte den Mann noch niemals gesehen. Er schien ein Krieger zu sein. An seinen Handgelenken glitzerten Silberreife.

«Wer … seid Ihr?», fragte Aki.

Der Krieger schwieg. Er warf einen Blick auf den Schürhaken in Akis Hand, dann schaute er über seine Schulter, als wolle er sichergehen, dass niemand ihn beobachtete. Die Sorge war nicht unbegründet. Das Grubenhaus stand im Armenviertel am Stadtrand, gleich unterhalb des Schutzwalls, der Haithabu umgab. Auf dem Wehrgang patrouillierten tags und nachts Soldaten. Aber im Moment war niemand zu sehen.

Der Krieger stieg mit eingezogenem Kopf in die Hütte hinunter. Dabei streifte seine Schulter ein Bündel getrocknetes Johanniskraut, das Velva zum Schutz vor bösen Geistern außen an die Tür gehängt hatte. Das Kraut fiel zu Boden, und als der Krieger sich umdrehte, um die Tür hinter sich zu verriegeln, trat er mit dem Stiefel darauf.

Aki wich einen Schritt zurück. Am Gürtel des Fremden hing ein langes Schwert. Der Mann musterte erst Aki und dann Asny, die steif auf dem Hocker saß.

«Bring mich zur Seherin», sagte er. Er hatte eine tiefe, nicht unangenehm klingende Stimme.

«Mutter ist nicht hier», erwiderte Aki. «Wir wissen nicht, wann sie zurückkommt.»

Im blassen Gesicht des Kriegers blitzten die Augen auf.

«Du lügst», sagte er. «Ich habe euer Haus beobachtet.»

Da begann Gyda zu weinen. Kurz darauf war Velvas Stimme zu hören, die beruhigend auf die Kleine einredete.

«Hol die Seherin», sagte der Fremde und legte eine Hand an den Schwertgriff.

Erst jetzt bemerkte Aki, dass seine Hand, mit der er den Schürhaken hielt, zitterte.

«Hier ist ein Mann, Mutter», rief er. «Er sagt, dass er zu dir will.»

«Das habe ich gehört», erwiderte Velva.

Sie trat mit der weinenden Gyda in den Armen durch die Vorhänge. Velvas offenes Haar war vom Schlafen zerwühlt. Als der Krieger die im Gesicht tätowierte Frau sah, nahm er schnell die Hand vom Schwertgriff. Velva rief Asny zu sich und gab ihr Gyda, ohne den Blick von dem Eindringling und dessen Vogel zu nehmen.

«Droht Sigurds Sohn mir mit dem Schwert?», fragte Velva.

Der Krieger machte ein überraschtes Gesicht. Zum ersten Mal, seit er die Hütte betreten hatte, wirkte er verunsichert.

Aber er fing sich rasch wieder und fragte: «Woher wisst Ihr, wer ich bin?»

Velva lächelte milde. Im Schein der flackernden Flammen tanzten die tätowierten Sonnen und wellenförmigen Muster, mit denen die Haut auf ihrem Gesicht, dem Ausschnitt und den Armen bedeckt war.

«Ich bin eine Seherin», sagte sie, «das hast du eben selbst gesagt.»

Sie nahm Aki den Schürhaken aus der Hand und schickte ihn und seine Schwester in die Schlafkammer. Widerstrebend folgten die Zwillinge der Anordnung. Aki hatte kein gutes Gefühl dabei, Velva mit diesem dunklen Krieger allein zu lassen. Zwar bekam sie hin und wieder Besuch von Männern, die alles andere als vertrauenswürdig aussahen. Aber die anderen Männer kamen tagsüber und hatten keinen Raben dabei.

Nachdem Asny und Gyda in der Schlafkammer verschwunden waren, hielt Aki noch einmal am Vorhang inne. Er hörte seine Mutter sagen: «Ich habe dich erkannt, weil du deinem Vater ähnlich siehst. Es ist nicht lange her, dass er mir von dir erzählt hat.»

«Dann kennt Ihr also auch meinen Namen?», fragte der Krieger.

«Ja, Hakon.»

«Hakon Sigurdarson.»

«Setz dich, Hakon.»

Aki hörte einen Hocker knarren, als der Fremde sich

darauf niederließ. Dann hörte er, wie Velva Wasser in eine Holzschüssel goss.

«Dein Vogel wird Durst haben.»

Der Rabe stieß einen kehligen Laut aus. Mit einem Flügelschlag war er bei der Schüssel.

«Ich brauche Eure Hilfe, Seherin», sagte der Krieger.

«Natürlich. Sonst hättest du wohl kaum eine so weite Reise angetreten. Aki – hast du vergessen, wo die Schlafkammer ist?»

«Ich … nein», stammelte Aki, dann folgte er seinen Schwestern.

Obwohl ihn die Neugier beinahe auffraß.

Asny hatte sich bereits mit Gyda auf das Bett gelegt.

Die Kleine betatschte Asnys Tunika. Sie suchte nach ihren Brüsten und machte dabei mit ihren Lippen schmatzende Geräusche. Auch wenn Gyda schon lange nicht mehr gestillt wurde, liebte sie es noch immer, an Velvas Brüsten zu nuckeln, vor allem wenn sie aufgeregt war. Asnys Brüste waren noch im Wachsen. Dennoch hatte sie schließlich ein Einsehen, öffnete das Band am Ausschnitt ihrer Tunika und ließ Gyda an einer ihrer Brustwarzen saugen.

Bald darauf schlief die Kleine ein.

Aki stand hinter dem Vorhang. Seine Mutter und der Fremde unterhielten sich jedoch so leise, dass er nichts von ihrem Gespräch verstehen konnte. Nur hin und wieder glaubte er den Namen Sigurd zu hören.

«Mutter will nicht, dass du lauschst», sagte Asny vom Bett her. «Sonst hätte sie uns wohl kaum weggeschickt.»

Aki machte eine beiläufige Handbewegung. «Ich lausche gar nicht. Ich stehe nur hier und warte, bis ihr eingeschlafen seid.»

Seufzend nahm Asny ihre Schwester von sich herunter, band ihre Tunika wieder zu und rollte sich auf die Seite.

«Er ist ein Sturkopf», war das Letzte, was sie sagte, dann schlief auch sie ein.

Daraufhin drehte sich Aki zum Vorhang, schob ihn eine Handbreit zur Seite und spähte durch den Spalt. Was er sah, ließ ihn erschauern.

Velva hatte sich nackt ausgezogen.

Ihr von Kopf bis Fuß tätowierter Körper schimmerte im Feuerschein. Der Krieger saß noch immer auf dem Hocker und starrte Velva an. Auch der Rabe betrachtete sie vom Rand der Schüssel.

Velva ließ sich davon nicht stören und breitete ein mit bunten Sonnenmustern besticktes Tuch vor dem Feuer aus. Sie strich den Stoff überall glatt und holte dann aus einer Truhe einen in ein Tuch eingeschlagenen Bogen ohne Sehne und einen mit gefiederten Pfeilen gefüllten Köcher.

Aki hatte diese Sachen niemals zuvor im Haus gesehen.

Sie reichte den Bogenschaft an den Fremden weiter. Er nahm ihn prüfend in die Hände und nickte anerkennend.

«Er wurde aus Eschenholz gefertigt», erklärte Velva.

Sie gab ihm auch noch den Pfeilköcher sowie eine Sehne, die, wie sie erklärte, aus den Fasern einer Pflanze, die man *hampr*, Hanf, nannte, hergestellt worden war.

Nachdem der Krieger die Sehne eingespannt und die aus Eisen geschmiedeten Pfeilspitzen begutachtet hatte, ließ Velva sich die Waffen zurückgeben. Sie legte die Waffen vor sich auf das Tuch und begann mit einem Zauberritual, das Aki schon lange Zeit nicht mehr gesehen hatte.

An den Rand des Tuchs stellte sie eine aus Speckstein geschnitzte Figur des Gottes Odin. Daneben legte sie ein Amulett, das der Krieger ihr gegeben hatte. Nun füllte Velva eine Tonschale mit trockenen Zweigen und entzündete sie mit einem brennenden Span. Als die Zweige in der Schale Feuer gefangen hatten, streute sie mit Farnsamen angereichertes Räucherwerk darüber.

Ein würziger Geruch breitete sich im Grubenhaus aus.

Velva beugte ihren Kopf so tief über die qualmende Tonschüssel, dass Aki schon befürchtete, ihre Haare würden Feuer fangen. Doch bevor das geschehen konnte, richtete sie sich wieder auf und hatte plötzlich einen der Pfeile in der Hand. Mit weit aufgerissenen, vom Rauch geröteten Augen begann sie zischelnde Laute auszustoßen, um dann den Pfeil mit all ihrer Kraft in den Boden vor dem Tuch zu rammen.

«Ihr Götter der unteren Welten!», stieß sie aus. «Ich, die Seherin Velva, rufe Euch an. Herren der finsteren Welt! Herren des Totenreichs! Hört, was ich Euch zu sagen habe. Schützt diesen Mann, Hakon, bei dem, was er tun muss. Schützt die Waffen, die Ihr ihm durch mich aushändigt – damit diese Pfeile die Herzen des Feindes durchbohren …»

Akis Herz trommelte. Schon viele Male hatte er seine Mutter bei Zauberritualen beobachtet, aber niemals zuvor hatte sie ausschließlich die finsteren Mächte beschworen. Das war gefährlich. Velva hatte ihm erklärt, dass bei den Zeremonien immer das Gleichgewicht zwischen den höheren und den unteren Welten, dem Bösen *und* dem Guten, herzustellen war.

Was hatte es also zu bedeuten, wenn sie sich heute nur an die Götter der Dunkelheit wandte?

Und was – verdammt noch mal! – führte dieser geheimnisvolle Krieger im Schilde?

«Herren der Dunkelheit!», rief Velva. «Tränkt die Hände dieses Mannes mit Blut! Er soll töten! Töten!»

Für einen Moment vergaß Aki sogar seine Angst vor dem kommenden Tag.

5.

Ein schauriges Krächzen zerriss die Stille der Nacht. Es klang in der Walddunkelheit wie das Knarren der sich öffnenden Tür zum Geisterreich.

Thankmar zuckte auf seinem Pferd zusammen.

«Habt Ihr das gehört?», fragte er leise.

«Natürlich», erwiderte Poppo, der neben ihm ritt.

Vor ihnen trabte Ernust auf seinem Pferd, die anderen Soldaten waren hinter ihnen.

Der Bischof hielt seine Fackel höher. Der flackernde Schein fiel zu beiden Seiten des Wegs auf die Bäume. Aber es war nichts zu erkennen außer den Stämmen, die den nächtlichen Reitern Spalier standen.

Noch in der Abenddämmerung hatten sie Erlings Hof wieder verlassen. Thankmar hatte dort gefunden, was er suchte, und erfahren, was er wissen musste. Also wollte er so schnell wie möglich nach Haithabu – auch wenn das bedeutete, dass sie in der Dunkelheit unterwegs waren. Nachts, wenn die Dämonen aus den Träumen zum Leben erwachten.

Die Soldaten hätten es sicher vorgezogen, die Nacht auf dem Hof zu verbringen. Schließlich gab es dort reichlich Bier und Fleisch und natürlich die beiden jungen Mägde, die noch einmal davongekommen waren. Gunnlaug war von Thankmar getötet worden, ebenso der Knecht, der versucht hatte, die Kinder zu beschützen. Das hätte er sich sparen können. Weil Gunnlaug den Namen der Zauberin verriet, hatte Thankmar beschlossen, den Kindern das Leben zu schenken. Natürlich wäre es keine Schande gewesen, die Heidenbälger an die Dachbalken zu hängen. Aber Thankmar war ein Mann der Ehre – und als ein solcher stand er zu seinem Wort. Natürlich nur, wenn es ihm nicht selbst schadete.

«Klang wie ein Vogel», meinte Poppo.

«Vielleicht ein Rabe», erwiderte Thankmar. «Vielleicht auch etwas anderes. Die Nacht kennt viele Geister.»

«Seid Ihr abergläubisch, Herr Graf?»

«Abergläubisch?» Thankmar zog es vor, diese Frage nicht zu beantworten. Er zuckte nur mit den Schultern.

Er bemerkte den Blick, der ihn im Schein der Fackel zu durchbohren schien. Thankmar versuchte, so gelassen wie möglich dreinzuschauen. Poppo sollte nichts von der Furcht wissen, die unter Thankmars Mantel kroch wie eine eiskalte Schlange.

Natürlich war er abergläubisch! Natürlich glaubte er, dass die Welt voller Geister war, vor allem nachts. Denn so war es ja: Auch hier, links und rechts des Weges, gleich hinter den ersten Baumreihen, lauerten die Schattenwesen, die Kreaturen der Hölle, die ihn in seinen Träumen heimsuchten.

Aber warum sollte er seine Überzeugung diesem eifrigen Missionar auf die Nase binden, für den es nur einen Geist gab – den Heiligen Geist?

Thankmars Aberglaube war nur ein Grund dafür, die Zauberin unbedingt unschädlich zu machen. Nach allem, was er über sie gehört hatte, stand für ihn außer Frage, dass sie mit den Mächten der Dunkelheit in Verbindung stand. Die wie auf wundersame Weise geheilte Gunnlaug war die letzte Bestätigung gewesen.

Aber es gab noch einen anderen, weitaus wichtigeren Grund, die Seherin zu vernichten. Sie war nicht irgendein Kräuterweib, das die eitrigen Beine kranker Bäuerinnen mit Heilsalben bestrich. Nein, sie war eine Berühmtheit in der Mark – und daher eine Gefahr für Thankmars Pläne. An den Nachtfeuern sang man ihre Lieder, erzählte sich ihre Geschichten von den alten Göttern, und man holte sich ihren Rat ein. Obwohl Thankmar und Poppo ihr jegliche Ausübung von Magie verboten hatten, gab es noch immer viele Menschen, die dieses Weib verehrten, viel zu viele. Daher musste er die Zauberin erwischen, bevor die Nachricht von Gunnlaugs Tod sie erreichte und sie fliehen konnte.

Und dann musste er nur noch dafür sorgen, dass sie zum Tode verurteilt wurde.

Nachdem die Männer eine Weile weitergeritten waren, ertönte erneut der heisere Schrei und riss Thankmar aus seinen Gedanken. Er drehte sich zu Poppo um.

«Wie weit ist es noch nach Haithabu?», fragte Thankmar.

«Nicht mehr weit, ein paar Meilen vielleicht. Aber wir werden bald schneller vorankommen. Schaut!»

Thankmar sah in die Richtung, in die Poppo seinen Arm ausstreckte.

«Die Morgendämmerung!», sagte der Bischof.

Tatsächlich – über den dunklen Wipfeln im Osten zeigte sich ein erster Silberstreif.

Endlich! Mit der Nacht gingen auch die Geister. Thankmar atmete tief ein. Im heraufdämmernden Morgen roch er die nach Moos und Laub duftende Waldluft.

«Das wird ein schöner Tag für einen König», sagte Thankmar.

Poppo schaute ihn verwundert an. «Einen König? Wen meint Ihr?»

Thankmar lachte. «Den Dänenkönig Harald Gormsson. Habe ich Euch nicht erzählt, dass er sich in diesen Tagen in Haithabu aufhält?»

«Doch, doch, das habt Ihr getan. Aber was hat unsere Mission mit dem Dänenkönig zu tun?»

«Das werdet Ihr noch sehen, mein Freund.»

Bald darauf begann der Tag zu klaren, und in den Bäumen erwachte das Leben. Wo eben noch ein einziger Rabe gekrächzt hatte, erhob sich nun ein Chor aus Vogelstimmen.

Die Helligkeit verdrängte nicht nur Thankmars dunkle Gedanken, auch der zumeist mürrische Bischof schien geradezu von euphorischer Stimmung gepackt zu werden. Mit Versen aus der Heiligen Schrift begrüßte er den Tag.

«Du, Tochter Zion, freue dich sehr, und du, Tochter Jerusalem, jauchze …»

Ernust drehte sich überrascht nach ihm um. Doch der Bischof ließ sich nicht beirren und psalmodierte immer lauter vor sich hin.

Eigentlich ist dieser Mann ein Geschenk des Himmels für mich, dachte Thankmar heiter.

Poppo war ein Mann der Tat, kein Schwätzer wie viele andere Priester, denen Thankmar begegnet war. Besonders gefiel ihm Poppos Einstellung zur Missionierung der Heiden: Nicht mit einschmeichelnden Worten predigte er das Evangelium, sondern mit Schwert und Feuer – die einzige Sprache, die die Dänen verstanden.

«Siehe, dein König kommt zu dir, ein Gerechter und ein Helfer», trällerte Poppo. «Der König ist arm und reitet auf einem Esel, auf einem Füllen und der Eselin …»

Ernusts Stimme unterbrach den Bischof. «Da, Herr – Haithabu!»

Nun sah auch Thankmar die Rauchsäulen, die sich am windstillen Morgen über den Wipfeln erhoben.

«Mir ist ein wunderbarer Einfall gekommen, Graf», sagte Poppo beschwingt. «Darf ich Euch um etwas bitten?»

«Nur zu! Wenn es in meiner Macht steht und ich für Euch nicht gerade einen goldenen Apfel pflücken soll.»

Poppo druckste ein wenig herum, bis er mit seinem Anliegen herausrückte. «Ich würde gern auf unserem Packtier, dem Esel, in die Stadt reiten.»

Thankmar starrte den Bischof ungläubig an. Dann brach er in schallendes Gelächter aus.

Der Bischof verzog das Gesicht. Nach einer Weile sagte er: «So wie Jesus einst nach Jerusalem einzog, um das gottlose Treiben zu beenden, so möchte ich in Haithabu einziehen: Man soll Zweige wie Palmwedel auf die Straße legen, und ich werde darüber hinwegreiten. Dann wird Gott die sündigen Tempel der Heiden reinigen!»

«Hier gibt es keine Palmwedel», entgegnete Thankmar belustigt.

Aber dann dachte er, wenn der verrückte Bischof unbedingt als eselreitender Priester in die Stadt reiten wollte, sollte er doch.

Thankmar ließ den Trupp halten und winkte den Soldaten zu sich, der das Maultier an einem Strick hinter seinem Pferd herzog.

«Ladet die Kisten vom Esel auf das Pferd des Bischofs um», befahl er.

Die Männer waren zwar überrascht, aber sie taten, was der Graf von ihnen verlangte. Schließlich bezahlte er sie genau dafür.

Als der Bischof aber ein noch wundersameres Anliegen vorbrachte, zögerten die Soldaten.

«Legt eure Waffen ab», sagte Poppo. «Wir haben zwar keine Palmwedel, aber stattdessen sollt ihr Zweige nach Haithabu tragen.»

«Zweige?», riefen die Soldaten wie aus einem Munde und starrten Poppo an, als sei der nicht ganz bei Verstand.

Ernust wandte sich an Thankmar. «Wir sind Soldaten, Herr, und keine Rutenträger.»

Bevor Thankmar etwas sagen konnte, rief Poppo: «Als arme Diener des Herrn gehen wir zu den Dänen, damit sie die Macht Gottes erkennen: Wir werden unbewaffnet, barfuß und barhäuptig sein, und dennoch hat unser Gott die Macht, die Götzen zu verjagen, denn er ist ihnen in jedem Belang überlegen. Gelobt sei, der da kommt im Namen des Herrn, Amen!»

Da dachte Thankmar, dass der Bischof vielleicht doch nicht völlig verrückt sei. Es könnte die Barbaren in der Tat beeindrucken, wenn jene Männer, die ihre Herren waren, ohne Waffen daherkamen.

Würde es nicht Thankmars wahre Stärke zeigen?

«Tut, worum der Bischof euch gebeten hat!», rief er. «Hängt die Waffen an eure Pferde, sucht Äste im Wald und dann raus aus den Stiefeln und runter mit den Helmen!»

«Aber, Herr», entgegnete Ernust entsetzt, «damit machen wir uns lächerlich …»

«Ich bezahle dich nicht, damit du meine Befehle in Frage stellst», sagte Thankmar scharf.

Dann beugte er sich zu Ernust herunter und flüsterte: «Was ist schon dabei? Tun wir ihm den Gefallen. Und wenn etwas geschehen sollte, hängt dein Schwert griffbereit am Sattel. Also los!»

Mit einem Blick, als sei er in einen Kuhfladen getreten,

ging Ernust voran in den Wald. Die anderen Soldaten folgten ihm.

Als Thankmar mit Poppo allein war, sagte er: «Ich hoffe, Ihr verlangt nicht auch von mir, dass ich mein Schwert ablege, Herr Bischof.»

«Nun ja, eigentlich ... aber nein, lasst gut sein.»

Bald darauf setzte sich der Trupp wieder in Bewegung. Der Bischof ritt auf dem Esel vorneweg, die Soldaten gingen neben ihren Pferden her, barfuß und unbewaffnet. Thankmar folgte ihnen reitend, die Hand am Schwertgriff.

So kamen sie eine weitere halbe Meile voran. An den größer werdenden Rauchsäulen glaubte Thankmar zu erkennen, dass sie nicht mehr weit von Haithabu entfernt waren. Alles verlief nach Plan! Bis sie hinter einer Kurve auf mehrere Baumstämme stießen, die quer über dem Weg lagen.

6.

Der Rabe kehrte zurück, und Hakon machte sich bereit, dem Tod ins Auge zu blicken.

Über den Wipfeln drehte der Vogel eine weite Runde, dann flog er herab und ließ sich in der Krone der Eiche nieder, hinter der Hakon Posten bezogen hatte. Der Rabe breitete seine Flügel aus, schlug sie kräftig durch und stieß ein leises Krächzen aus.

Hakon winkte ihm mit der rechten Hand.

Wenn ich das hier überstehen sollte, dachte er, bekommst du ein großes Stück Fleisch.

Was würde er ohne den Vogel machen, der ihn auf der wichtigsten Reise seines Lebens begleitete? Sicher hätte er sie auch ohne seinen treuen Gefährten angetreten – hätte sie antreten müssen. Aber das Tier leistete ihm wertvolle Dienste, die ein Mensch niemals hätte erfüllen können.

Hakon hatte längst aufgehört, sich über den Vogel zu wundern, auch wenn ihm dessen Verhalten anfangs unheimlich gewesen war. Nur wenige Tage vor der Geburt seines Sohnes Eirik hatte er den Raben in den Bergen von Hladir gefunden. Damals, vor gut zwei Jahren, war der Rabe noch ein Jungtier gewesen, wahrscheinlich erst ein paar Monate alt. Mit gebrochenem Flügel hockte er in einem Gebüsch, wo er sich vor den Adlern versteckte. Als Hakon, den Kopf voll mit Gedanken an seine hochschwangere Frau, an dem Gebüsch vorbeikam, hörte er seltsame Laute, die ihn einen Augenblick lang an ein Kind erinnerten, und sein erster Gedanke war, dass jemand ein Neugeborenes ausgesetzt hatte. Es kam nicht selten vor, dass arme Leute ihre Kinder in den Bergen den Wölfen überließen, wenn sie nicht wussten, wie sie noch ein hungriges Maul stopfen sollten.

Hakon hatte im Gebüsch nachgeschaut, und während er noch überlegte, was er tun sollte, falls er tatsächlich ein Kind fand, stieß er auf den schwarzgefiederten Vogel. Als er ihn in die Hand nahm, zeigte der Rabe keine Furcht vor ihm. Das änderte sich auch nicht, als Hakon ihn mit zurück auf den Jarlshof nahm, wo er ihn pflegte, bis der Flügel wieder verheilt war. Daraufhin wollte er den Vogel freilassen, doch der Rabe kehrte immer wieder zu ihm zurück – sogar, als er ihn einmal zu der Stelle in den Bergen brachte, wo er ihn gefunden hatte. Er schrie den Vogel an, er solle verschwinden, und verscheuchte ihn, indem er laut in die Hände klatschte. Doch als er am Abend auf den Hof zurückkehrte, erwartete ihn der Rabe auf dem Torpfosten sitzend und begrüßte ihn mit dem schönsten Krächzen, das er je von sich gegeben hatte. Danach hatte er nicht wieder versucht, den Raben loszuwerden; auch wenn er sich natürlich fragte, warum das Tier nicht von sich aus wegflog.

Unterdessen war Eirik geboren worden, ein gesunder, kräftiger Junge, und Hakon ertappte sich mehr als einmal bei dem Gedanken, nun zwei Kinder zu haben.

Daher war es auch kein Wunder, dass der Rabe Hakon auf das Schiff begleitet hatte, nachdem das Grauen über Hladir hereingebrochen war. Und jetzt war Hakon mehr als froh, diesen Gefährten bei sich zu haben.

In der Eichenkrone stieß der Rabe erneut ein gedämpftes Krächzen aus.

Hakon zog einen Pfeil aus dem Köcher und legte ihn auf die eingespannte Bogensehne. Der Bogen war hervorragend gearbeitet: Er war leicht und kräftig und lag wunderbar in der Hand. Im Morgengrauen hatte er ihn ausprobiert, und alle Pfeile hatten getroffen.

Sie würden auch ihr nächstes Ziel nicht verfehlen.

Hakon hörte Geräusche. Er lugte hinter der Eiche hervor und sah zwischen den Bäumen die roten Mäntel schimmern. Noch waren die Soldaten dreißig, vierzig Schritt von den Baumstämmen entfernt. Hakon hatte sie quer über den Weg gezogen, nachdem er den Raben in der Ferne hatte schreien hören.

Die Stimmen wurden lauter. Jetzt waren auch Rufe zu hören. Die Soldaten hatten das Hindernis entdeckt.

Hakon verließ sein Versteck, doch dann hielt er inne. Irgendetwas stimmte nicht. Die Soldaten gingen zu Fuß und trugen weder Waffen noch Helme, sogar die Stiefel hatten sie ausgezogen.

Was hatte das zu bedeuten?

Und wo war der Graf? Hakon hatte erwartet, dass er an der Spitze des Trupps reiten würde, sodass er den Angriff direkt auf ihn konzentrieren konnte. Stattdessen saß dort ein mit einer dunklen Kutte bekleideter Mann, vermutlich ein Priester, auf einem Esel.

Aber Hakon hatte keine Zeit, sich über den seltsamen Aufmarsch zu wundern. Wenn die Soldaten in diesem Augenblick in den Wald schauten, würden sie ihn zwischen den Bäumen entdecken. Noch schenkten die Männer ihre ganze Aufmerksamkeit den Baumstämmen, und sie würden sie bald zur Seite geräumt haben.

Hakon pirschte durchs Unterholz, bis er den Grafen am Ende des Trupps entdeckte. Er war allein zurückgeblieben, während sich seine Männer an dem Hindernis zu schaffen machten. Er trug als Einziger Helm und Schwert und war zudem durch einen ledernen Brustpanzer geschützt.

Hakon musste seinen Hals treffen. Vielleicht hatte er nur einen einzigen Schuss – und der musste tödlich sein.

Er schlich weiter, bis er auf Höhe des Grafen war. Es war eine denkbar ungünstige Stelle, da der Boden hier mit alten, dünnen Ästen übersät war. Vorsichtig, um auf keinen der Zweige zu treten, schlich Hakon zu einem Baum und verbarg sich dahinter.

Er spannte die Sehne. Seine Hände zitterten. Er zwang sich, gleichmäßig zu atmen, und wurde ruhig. Dann machte er einen kleinen Schritt nach rechts und verlagerte sein Gewicht.

Das war ein Fehler!

Er trat auf einen Ast. Es knackte.

Sofort drehte der Graf den Kopf. Als er keine zehn Schritt entfernt den Krieger im Wald sah, ließ er sich blitzschnell vom Pferd fallen.

Hakon schoss. Doch der Pfeil streifte nur den Helm und riss ihn dem Grafen vom Kopf.

Inzwischen hatten die Soldaten den Weg freigeräumt.

Hakon sah die Beine unter dem Pferd, und er hörte den Grafen nach seinen Männern rufen, die aber noch ein gutes Stück entfernt waren. Offenbar begriffen sie nicht, was vor sich ging.

Hakon schnellte durchs Unterholz, sprang auf den Weg und lief von hinten um das Pferd herum. Der Graf war aufgesprungen und hatte sein Schwert gezogen. Ein überraschter, fast panischer Ausdruck zeichnete sein Gesicht.

Hakon spannte den Bogen. Die Soldaten hatten den Angriff inzwischen bemerkt. Aber sie mussten erst ihre Waffen von den Pferden holen.

Der Graf ließ sein Schwert sinken.

«Willst du Geld?», fragte er mit vor Angst bebender Stimme. «Ich habe viel, ganz viel. Du kannst alles haben!»

«Nein, nicht dein Geld!», erwiderte Hakon in der Sprache der Sachsen, die ihm ein Sklave am Hof seines Vaters beigebracht hatte. «Ich will dein Leben!»

«Aber warum?», stammelte der Graf. «Ich mache dich zu einem reichen Mann!»

«Ich nehme dir *dein* Leben, weil du das von Thora genommen hast», erwiderte Hakon.

Hinter dem Grafen näherten sich Soldaten. Sie bewegten sich jedoch sehr langsam, offenbar befürchteten sie, ihren Herrn durch einen übereilten Angriff zu gefährden.

«Thora?», rief der Graf. «Was für eine Thora?»

«Du wirst dich an ihren Namen erinnern!»

Der Mund des Grafen klappte auf und wieder zu. Dann stieß er aus: «Du kommst aus Hladir!»

Er wusste es!

Und er war schnell, so verdammt schnell. Als Hakon schoss, gelang es ihm, den Kopf zur Seite zu drehen. Der Pfeil streifte nur die Stirn, riss Hautfetzen vom Schädelknochen ab, flog weiter und bohrte sich in die Brust eines Soldaten.

Hakon bekam keine Gelegenheit, einen weiteren Pfeil zu ziehen. Ehe er sichs versah, stürmte sein Gegner mit erhobenem Schwert auf ihn zu. Da jagte ein schwarzer Schatten heran. Wie Messerspitzen bohrten sich die Krallen in den Kopf des Grafen, während der Rabe nach den Augen hackte. Der Mann schrie um sein Leben, ließ das Schwert fallen und riss die Arme hoch, um den Raben zu verscheuchen. Doch die klatschenden Flügel raubten ihm die Sicht. Blutfäden quollen aus den Wunden und überzogen das bleiche Gesicht mit einem roten Netz.

Hakon warf den Bogen weg und zog sein Messer. Doch das Knäuel aus schlagenden Flügeln, herumwirbelnden Federn und blutiger Gesichtsmasse bot kein leichtes Ziel. Außerdem kamen die Soldaten. Wütende Schreie waren zu hören. Eine Lanze zischte an Hakon vorbei. Er rief nach dem Raben. Der Vogel ließ von seinem Opfer ab, und Hakon stach zu. Traf etwas. Aber was? Als er das Messer zurückzog, hing ein Lederband mit einem Stück Holz daran.

Und dann griffen die Soldaten an.

7.

Als Aki seine Gegner sah, ergriff ihn wieder jene Angst, die er in den letzten Tagen meist erfolgreich verdrängt hatte. Seine Furcht wurde mit jedem Schritt größer, den er sich den anderen Jungen näherte. Sie erwarteten ihn – wie verabredet – auf einer Feuchtwiese jenseits des Schutzwalls der Stadt. Dort stand Grim inmitten eines halben Dutzends junger Kerle, die die Narben in ihren Gesichtern wie Trophäen trugen – Trophäen einer Schlacht, die täglich im Herzen der großen Hafenstadt Haithabu tobte und die Aki aufzufressen drohte.

Er verlangsamte seine Schritte. Sein Herz schlug wie eine Trommel. Alles in ihm schrie danach, sich einfach umzudrehen.

Wegzulaufen.

Aber er ging weiter. Immer weiter.

Gleich nach Einbruch der Morgendämmerung hatte er sich aus dem Haus geschlichen. Seine Mutter und die Schwestern hatten noch geschlafen. Der Krieger war in der vergangenen Nacht wieder verschwunden, nachdem Velva ihn durch ihre Zeremonie mit dem Schutz der Götter gerüstet hatte. Der Krieger wollte jemanden töten. Wen, das wusste Aki nicht, und letztlich konnte es ihm auch egal sein. Er hatte seinen eigenen Kampf zu führen. Und er würde sich ihm stellen. Wenn er jetzt kniff, wäre er Grim auf ewig ausgeliefert.

Nur noch zwanzig Schritt trennten Aki von den anderen.

Über dem See, an dem der Hafen lag und der mit dem langen Fjord verbunden war, waberten gespenstische Nebelschwaden.

Noch zehn Schritte.

Er konnte Grims schiefes Grinsen sehen. Der alte Sklavenhändler Geirmund hatte seinem Sohn einmal in betrunkenem Zustand den Oberkiefer zertrümmert. Der Bruch war schlecht verheilt, und seither sah dessen linke Gesichtshälfte aus, als sei sie verschoben worden.

Als Aki vor ihn trat, spuckte Grim ihm vor die Füße. «Du traust dich ja was, Kleiner.»

Die anderen Jungen lachten.

«Hast du das Geld dabei?», wollte Grim wissen.

Aki zog den Lederbeutel unter seinem Hemd hervor. Bevor er jedoch dazu kam, ihn zu öffnen, riss ihm ein Junge, der Bjelfi hieß, den Beutel aus der Hand. Bjelfi schaute hinein, zählte die Münzen und hielt vier Finger hoch.

«Mehr hast du nicht?», knurrte Grim.

Aki schüttelte den Kopf.

Nun holte auch Grim einen kleinen Beutel hervor und reichte ihn Bjelfi, der ihn einsteckte, ohne den Inhalt zu prüfen.

Das kam Aki merkwürdig vor.

«Ich möchte Grims Münzen sehen», forderte er Bjelfi auf.

Aber der grinste ihn nur mit hochgezogener Oberlippe an. Ihm fehlten beide Schneidezähne.

«Dann gib mir meine Münzen zurück», sagte Aki. «Ich will sie selbst aufbewahren.»

«Bjelfi bewacht den Einsatz», mischte Grim sich ein. «Wir trauen dir nicht, du *Hurensohn*.»

Hurensohn – das war eines von Grims Lieblingsschimpfwörtern für den Sohn der Seherin.

Aki ignorierte die Provokation. Er musste sich auf den Wettkampf konzentrieren.

Doch Grim ließ nicht locker. «Wie heißt noch gleich der Troll, der dieses schwachsinnige Balg gezeugt hat, das deine Schwester ist?»

Er drückte sich mit dem Zeigefinger die Nase platt und stieß dabei lallende Laute aus. «Waldtroll Schwanz hieß der Vater!», rief er dann.

Die anderen glucksten.

Wäre dies ein normaler Streit gewesen, hätte sich Aki spätestens jetzt auf Grim gestürzt, um die Ehre seiner Familie zu verteidigen. Natürlich hätte er gegen den kräftigeren Kerl den Kürzeren gezogen. Ein paar Schürfwunden und ein blaues Auge wären noch das Geringste, was er davongetragen hätte. Aber heute war es kein normaler Streit.

Heute ging es um alles!

Aki wartete mit zu Fäusten geballten Händen, bis die Jungen sich wieder beruhigt hatten.

«Lass uns anfangen», sagte er.

Das Grinsen rutschte aus Grims schiefem Gesicht. Seine Miene wurde ernst.

«Musst gleich wieder nach Hause zur Zauberin, was?», knurrte er. «Na, dann mal los! Ich habe den ersten Wurf, damit das klar ist.»

Bjelfi reichte ihm einen faustgroßen Ball. Die Hülle bestand aus harten, ineinander verflochtenen Lederstreifen und die Füllung aus Kieselsteinen.

Aki bekam ein Schlagholz in die Hand gedrückt. Den armdicken Holzstab, der am oberen Ende, der Schlagseite, abgeflacht war, nannte man *Knattré*.

Daraufhin gingen die Spieler auf das Spielfeld. Es war ein mit Haselstangen weitläufig abgestecktes rundes Feld, in dessen Mitte sich ein kleinerer Kreis befand, der mit weißen Steinen markiert war. Die Regeln waren einfach: Während sich der Werfer nur im äußeren Bereich bewegen konnte, durfte der Verteidiger die weißen Steine nicht übertreten. Mit dem Schlagholz musste der Verteidiger verhindern, dass der Werfer das Ziel traf – den Totenschädel eines Schweins, der im Zentrum des inneren Kreises auf einem Holzklotz lag. Der Spieler, dessen Ball den Schädel vom «Schweinethron» stieß, hatte gewonnen.

So einfach war das Spiel und zugleich so schwierig.

Grim war ein guter Werfer und ein guter Schläger. Aki wusste, dass er über sich hinauswachsen musste, um seinen Gegner zu besiegen – und genau das hatte er vor.

Er stellte sich im Innenkreis als Verteidiger des Schweinethrons auf, hob den Knattré auf Schulterhöhe und lauerte auf den Wurf.

«He, Hurensohn!», rief Grim, während er am Rand der Steinmarkierung hin und her ging, um Aki zu verwirren und eine günstige Wurfposition zu finden. «Der Waldtroll Schwanz ist doch bestimmt auch *dein* Vater, oder? Und der deiner anderen Schwester ...»

Immer schneller bewegte sich Grim. Aki konzentrierte sich darauf, die Bewegungen seines Gegners mitzumachen, um zwischen Grim und dem Schweinethron zu bleiben.

«Übrigens», rief Grim, «was hältst du davon, wenn ich mir deine Schwester mal vornehme? Sie hat ja schon ganz ordentliche Brüste und ...»

Dann warf er, urplötzlich und sehr hart.

Der Ball schnellte auf den Schweinethron zu. Aki riss das Schlagholz hoch – und parierte. Der Ball prallte vom Knattré geschlagen in den Außenkreis zurück.

Wenn du Asny nur einen einzigen Schritt zu nah kommst, schneid ich dir den Hals durch, dachte Aki.

Aber er sagte nichts.

Grim stieß einen bitteren Fluch aus. Offenbar war er überzeugt gewesen, schon in der ersten Runde zu gewinnen. Er riss Aki das Schlagholz aus der Hand und baute sich nun seinerseits vor dem Schweineschädel auf.

Aki hob den Ball auf, den er abgewehrt hatte, und stellte sich damit in Position. Im Gegensatz zu Grim ging er nicht hin und her, sondern blieb auf einer Stelle stehen. Grim war ein nervöser Kerl, der keinen Moment stillhalten konnte. Das wollte sich Aki zunutze machen.

Und es kam, wie er gehofft hatte. Es dauerte nicht lange, bis Grim ungeduldig wurde, und als er den Knattré etwas sinken ließ, holte Aki blitzschnell aus und warf.

Grim hob das Schlagholz wieder an. Aber er war zu langsam und erwischte den Ball nur mit der Kante. Dennoch reichte es, um den Ball abzulenken, und so streifte er das Ziel nur. Der Schädel wackelte zwar ein wenig, blieb aber auf dem Thron liegen.

Aki ballte vor Enttäuschung die Fäuste. Nun musste er eine weitere Runde überstehen.

Grims Freunde jubelten.

Doch Grim selbst starrte Aki entgeistert an. Offenbar hatte er nicht mit einem so harten Wurf gerechnet und musste erkennen, dass Aki kein so leichter Gegner war, wie er geglaubt hatte.

Aki ließ sich wieder das Schlagholz geben und nahm Aufstellung vor dem Schweinethron.

Dieses Mal schien auch Grim seine Taktik geändert zu haben. Wie zuvor Aki, blieb er auf der Stelle stehen und wartete. Dass ihm das nicht leichtfiel, war daran zu merken, dass er immer wieder mit den Füßen aufstampfte.

Akis Muskeln waren bis in die letzte Faser gespannt.

Komm schon, du Bastard, dachte er. Sag was! Beschimpf mich! Beleidige meine Familie! Und dann wirf endlich den verdammten Ball!

Aber Grim schwieg. Stattdessen verzerrte sich sein verschobenes Gesicht zu einem albernen Grinsen.

Aki versuchte, nicht hinzusehen, um sich von der Grimasse nicht ablenken zu lassen. Er konzentrierte sich ausschließlich auf den Ball.

Das war unklug. Hätte er Grim direkt in die Augen geschaut, hätte er vielleicht dessen Absicht erkannt. So aber sah er nicht, dass sein Gegenspieler nicht mehr den Schweineknochen anvisierte – sondern Aki.

Und dann warf er Aki den Ball mitten ins Gesicht. Grelle Blitze durchzuckten dessen Kopf. Der steinharte Ball hatte sein linkes Auge getroffen. Der Knattré entglitt seinen Händen. Pochende Schmerzen hämmerten in seinem Kopf, als wäre er mit einem Schmiedehammer geschlagen worden.

Sofort begann das Auge anzuschwellen, und Tränen traten ihm in die Augen.

Wie durch einen Schleier sah er Grim kommen, den Ball aufheben und ihm in die Hand drücken.

«Musst nicht weinen, Einauge. Jetzt bist du dran.»

Grims Freunde johlten vor Begeisterung.

Ja, jetzt war er dran. Aber wie sollte er noch den Schweinethron treffen? Nicht nur das verletzte Auge, sondern auch das andere war voller Tränen. Aki verfluchte sich selbst für seine Unaufmerksamkeit. Er hätte ahnen müssen, dass Grim versuchen würde, ihn zu überrumpeln. Und dabei war das Recht auch noch auf dessen Seite. Keine Regel verbot es, den gegnerischen Spieler zu bewerfen.

Während er aus dem Innenkreis ging, trocknete er seine Augen an einem Hemdsärmel. Nach einigen Schritten drehte er sich um. Schemenhaft erkannte er die weißen Steine des inneren Kreises, dann Grim und dahinter den Schweineschädel auf dem Holzklotz. Er sah das alles nur undeutlich, wie durch einen Nebelschleier.

Aki hob den Ball, doch bevor er werfen konnte, füllten sich seine Augen schon wieder mit Tränen. Der Nebel wurde zu einer dichten Wand.

«Oh, der Kleine weint», hörte er Grim rufen. «Hat er Angst? Will er zu seiner Mutter?»

Die anderen Jungen lachten schallend.

Aki zwang sich, ruhig zu atmen. Immerhin wusste er nun, dass er nicht völlig blind war, sondern sich zumindest für einen kurzen Moment etwas Sicht verschaffen konnte, indem er sich die Tränen aus den Augen wischte.

Aber er musste sich beeilen. Das linke Auge schwoll immer weiter zu, und es war nur noch eine Frage der Zeit, bis ihm auch das Wegwischen der Tränen nichts mehr nützen würde.

Er würde nur noch einen Wurf haben – nur noch diesen einen Wurf!

Bislang war es für Aki nicht mehr als eine spielerische Herausforderung gewesen, alle möglichen Ziele zu treffen. Unzählige Male hatte er mit allem geübt, was man werfen konnte: mit Steinen, Eicheln, Kastanien oder Stöcken. Wenn er Velva zum Kräutersammeln in den Wald begleitete, ließ er keine Gelegenheit aus, sich die schwierigsten Ziele zu suchen, etwa einen Ast ganz hoch oben in einer Baumkrone oder einen Pilz, der an einer weit entfernt stehenden Birke wuchs. Über die Jahre war Aki immer besser geworden, sogar so gut, dass Velva und Asny ihn manchmal baten, ihnen ein Kunststück vorzuführen, indem er ein scheinbar unmögliches Ziel treffen sollte. Wenn er es tatsächlich traf, klatschten sie. Sogar Gyda ließ sich von der Begeisterung mitreißen.

Bei all diesen Würfen hatte er gelernt, worauf es dabei ankam: eine ruhige Hand und absolute Konzentration. Er, Aki der Werfer, musste eins werden mit dem Ball und mit dem Ziel.

«He, Hurensohn, Huuurensooohn!», blökte Grim. «Ich

habe noch mal über dich nachgedacht. Vielleicht war dein Vater doch kein Waldtroll. Die gibt's ja in der Mark gar nicht. Nein, bestimmt war dein Vater früher dieses Schwein hier hinter mir. Kannst du es sehen? Es sieht genauso dämlich aus wie du …»

Aki atmete tief ein und wieder aus, tief ein und wieder aus. Das Zittern seiner rechten Hand ließ nach. Er stellte sich in Wurfposition, den linken Fuß vor, die Knie leicht gebeugt, die rechte Hand mit dem Ball auf Schulterhöhe.

Und jetzt das Auge trocknen!

Er wischte mit dem linken Hemdsärmel über seine Augen, bis der Stoff die Tränen aufgesaugt hatte. Als er den Arm wegnahm, hatte er einen überraschend klaren Blick auf Grim und den Schweinethron. Doch zwischen Akis Ball und dem Ziel war immer noch der Knattré, den Grim fest in den Händen hielt.

Schnell machte Aki zwei Schritte nach rechts.

Das Grinsen verschwand aus Grims Gesicht. Er hatte wohl fest damit gerechnet, Aki werde wie zuvor aus dem Stand werfen.

Bevor Grim reagieren konnte, visierte Aki den Schweineschädel an. Und dann warf er. Der Lederball flog am Schlagholz vorbei. Aki hörte ein knackendes Geräusch. Doch bevor er erkennen konnte, ob er das Ziel wirklich getroffen hatte, wurde der Schweinethron von Grims Körper verdeckt.

Dann verschleierten die Tränen wieder Akis Blick.

Das Letzte, was er gesehen hatte, war Grim, der mit einem Messer in der Hand auf ihn zukam.

«Du hast verloren!», hörte er Grim brüllen.

Schnell trocknete Aki wieder seine Augen. Grim war nur noch wenige Schritte entfernt, die Messerklinge auf Aki gerichtet.

Hatte er wirklich nicht getroffen? Aber er hatte doch gehört, wie die Knochen splitterten. Der Blick auf den Schweinethron war durch Grims massigen Körper noch immer versperrt.

Aki wich zurück, drehte sich um und wollte weglaufen. Aber da sprang ihm Bjelfi in den Weg und hielt ihn auf.

«Hab ihn!», rief Bjelfi.

«Halt ihn ja gut fest», bellte Grim. «Der Hurensohn hat verloren. Einen dritten Wurf wird er nicht bekommen. Er kann nichts mehr sehen. Jetzt kann ich mit ihm machen, was ich will!»

«Schneid ihm was ab», rief einer der Jungen.

«Wie wär's mit der Nase?», meinte ein anderer.

«Oder die Ohren», schlug Grim vor.

«Ja, weg mit den Ohren!», riefen die anderen.

Sie wollten Blut sehen.

Aki gelang es, sich trotz Bjelfis Klammergriff über die Augen zu wischen, und das Erste, was er sah, war sein Geldbeutel an Bjelfis Gürtel. Er griff danach, riss ihn ab, und mit der gleichen Bewegung drehte er sich aus der Umklammerung. Bevor Bjelfi oder ein anderer Junge reagieren konnte, war Aki frei. Und dann rannte er um sein Leben.

Undeutlich erkannte er am Rand der Wiese das Stadttor. Wenn es ihm gelang, sein Haus zu erreichen, war er in Sicherheit. Grim und die anderen würden ihm nicht hineinfolgen. Sie mochten großmäulig sein und sich an wehrlosen Jungen vergehen, aber sie würden es nicht wagen, die Seherin anzugreifen.

Aki hatte einen kleinen Vorsprung von etwa zehn Schritten, der jedoch rasch größer wurde. Auf dem weichen Untergrund kam ihm sein geringeres Körpergewicht zugute. Er hörte seine Verfolger fluchen, deren Füße tief in Pfützen einsanken. Bald darauf erreichte Aki den Knüppelpfad, der zum Stadttor führte. Immer wieder musste er beim Laufen seine Augen trocknen, um nicht aus dem Tritt zu kommen und die Richtung zu verlieren.

Das Tor war geöffnet. Die beiden bewaffneten Männer, die dort Wache hielten, warfen Aki und seinen Verfolgern belustigte Blicke zu. Offenbar hielten sie die Jagd für ein harmloses Spiel. An die Wachen wollte Aki sich jedoch nicht wenden. Immerhin war es möglich, dass einer von ihnen mit Grims Vater, dem Sklavenhändler, befreundet war. Aki traute niemandem. Er würde sich erst sicher fühlen, wenn er bei Velva war.

Gleich hinter dem Tor verließ er den Weg und bog zu den Grubenhäusern ab. Hier waren viele Menschen unterwegs. Aki drängte sich durch die Menge und hörte Männer und Frauen fluchen, wenn er sie mit seinen Ellenbogen stieß. Einmal wäre er beinahe ausgerutscht. Aber es gelang ihm, sich auf den Beinen zu halten – und dann kam er an die letzte Häuserecke, hinter der das Haus seiner Mutter stand.

Er hatte es geschafft, hatte Grim abgeschüttelt und auch noch sein Geld wieder! Gewonnen hatte er dadurch zwar nichts, aber für heute immerhin sein Leben gerettet.

Er verlangsamte seine Schritte, ging an der letzten Ecke vorbei, trocknete seinen tränenverschleierten Blick und blieb mit einem Mal so abrupt stehen, als wäre er gegen eine Wand geprallt.

Vor dem Grubenhaus sah er Soldaten. Er fragte sich, was sie bei seinem Haus machten. Dann erst wurde ihm bewusst, dass ihre Mäntel blutrot waren und dass solche Mäntel nur die Soldaten des Markgrafen trugen.

Ihm war, als bliebe sein Herz stehen.

Er sah Asny und seine Mutter aus dem Grubenhaus steigen. Velva trug Gyda auf dem Arm. Hinter ihnen gingen zwei Männer. Der eine war der Bischof, der andere war nicht zu erkennen, da sein Kopf bis unter die Nase bandagiert war, nur Augen, Mund und Kinn waren frei. Die beiden stießen Asny und Velva vor sich her. Da stolperte Akis Mutter und fiel hin. Sofort riss ihr der Bischof Gyda aus den Armen, und der Bandagierte trat Velva so hart in die Seite, dass sie vor Schmerzen aufschrie.

Die Soldaten lachten.

Grims wütende Rufe kamen näher.

Doch Aki hatte Grim und alles andere, was an diesem Morgen geschehen war, vergessen. Er ballte seine Hände zu Fäusten und stürmte gegen die Soldaten an. Er musste seine Familie verteidigen.

8.

Die Gefangennahme der Seherin war ein erster Schritt. Um sie zu verurteilen, wollte sich Thankmar aber die Zustimmung der dänischen Stammesfürsten einholen. Die Seherin war nicht irgendeine Bäuerin, die er einfach töten konnte – auch wenn er als der Herr der Mark das Recht dazu hatte und ihn nicht einmal der Dänenkönig daran hindern konnte. Aber Thankmar wusste, dass er bei den Dänen unbeliebt war, und er brauchte sie noch, zumindest deren Führer.

Voller Erwartung holte er Velva und ihre Kinder noch am Abend desselben Tages aus der Kirche, in die man sie gesperrt hatte, und brachte sie zum Versammlungshaus der Stadt. Er hatte die Gefangenen fesseln und knebeln lassen. Dadurch wollte er verhindern, dass die Seherin oder ihre

Brut die Verhandlung störten. Sicher, die Zauberin sollte Gelegenheit bekommen, sich zu verteidigen. Aber erst, wenn Thankmar den Zeitpunkt für richtig hielt.

Von Poppo und den Soldaten begleitet, kamen sie zum Versammlungshaus, einem Holzbau mit kleinen Fenstern und aufragendem Reetdach, in der Nähe des Hafens. Am Eingang mussten sie ihre Schwerter und Lanzen abgeben. Auch bei den Dänen galt das Gesetz, dass Waffen bei Versammlungen verboten waren, damit Konflikte nicht zu blutigen Kämpfen ausarteten.

Thankmar zupfte den Verband zurecht, um durch die Augenschlitze besser sehen zu können. Sein Kopf schmerzte noch immer. Der gefiederte Dämon hatte ihm mit seinen Krallen und Schnabelhieben hässliche Wunden zugefügt. Aber er war Schmerzen gewohnt, und zum Glück waren seine Augen nicht verletzt worden.

Weitaus größere Sorgen bereitete ihm die Tatsache, dass der dunkle Krieger den Talisman mitgenommen hatte, und so verfolgte ihn seither das beängstigende Gefühl, schutzlos zu sein. Von Poppo hatte er sich zwar ein geweihtes Kruzifix geben lassen, das er stattdessen um den Hals trug, aber das war kein wirklicher Ersatz.

Die Tür wurde geöffnet, und sie traten ein. Thankmar ging voran. Poppo folgte ihm auf den Fuß, wobei er die mit Stricken zusammengebundenen Gefangenen hinter sich herzog. Nur drei Soldaten durften Thankmar begleiten, mehr hatten die Wachen nicht zugelassen.

Mit einem dumpfen Schlag fiel die Tür hinter ihnen zu.

In dem saalartigen Raum dauerte es einen Moment, bis sich Thankmars Augen an das schummrige Licht gewöhnt hatten. Die kleinen Fenster waren alle geschlossen worden. Ein Bodenfeuer und mehrere Fackeln an den Wänden warfen flackernde Schatten auf Dutzende Gesichter, die sich Thankmar und seinen Begleitern zuwandten. Bei ihrem Eintreten waren alle Gespräche verstummt. Die Dänen saßen an langen Tischen, vor ihnen standen mit Bier oder Honigwein gefüllte Becher und mit Fisch, Fleisch und Brot beladene Holzplatten.

Offenbar hatten die dänischen Jarle, Krieger und Großbauern ihre Verhandlungen bereits abgeschlossen und widmeten sich nun dem Gelage.

Ein unangenehmes Kribbeln kroch Thankmar über den Rücken, während er an den bärtigen, langhaarigen Männern vorbei weiter in den Saal ging. Unter seinen Stiefeln raschelte das Stroh. Er konnte die Feindseligkeit, die er in den Blicken der Dänen sah, geradezu körperlich spüren. Thankmar war Sachse und somit ihr Feind, auch wenn seit einigen Jahren zwischen den Völkern Frieden herrschte.

Der Dänenkönig, an den sich Thankmar mit seinem Anliegen wenden wollte, saß auf einem erhöhten Stuhl am Kopfende des Saals. Sein Name war Harald. Er war etwa fünfundvierzig Jahre alt und der Sohn des legendären Gorm, genannt der Alte. Gorm stammte aus dem Geschlecht der Jellinge. Es war ihm gelungen, in jahrelangen Kämpfen als erster Herrscher die verfeindeten Stämme Jütlands zu vereinen. Somit konnte Gorm sich mit Recht König aller Dänen nennen, und dies führte sein Sohn fort.

Als sich Thankmar dem ergrauten Harald näherte, richtete der sich in seinem Stuhl auf. Der Blick, mit dem er den bandagierten Markgrafen empfing, war nicht herzlich. Aber so wie alle anderen schwieg auch Harald beharrlich.

Er trug einen blauen, mit Stickereien versehenen Mantel, der auf Schulterhöhe von einer silbernen Fibel zusammengehalten wurde. Unter dem Mantel glitzerte auf seiner

Brust die Königskette seines Vaters. Dieser Schmuck, so hatte Thankmar gehört, war der wertvollste seiner Art in den Ländern des Nordens. Die Kette war aus unzähligen, ineinander verflochtenen Goldfäden gefertigt worden, an denen Perlen, goldene Schlangenfiguren und Raubvögelköpfe hingen.

Haralds Blick glitt von Thankmar zu Poppo, dann zu Velva. Dem König war anzusehen, dass er darüber nachdachte, was Thankmar wohl mit dem gefesselten Weib vorhatte, er fragte aber nicht danach.

Thankmar trat vor und verbeugte sich. «Ich freue mich, Euch die Grüße meines Königs Otto überbringen zu dürfen», sagte er.

Das war zwar glattweg gelogen, erzielte aber den erhofften Effekt.

Haralds Miene hellte sich ein wenig auf.

«Euer König hat die Ungarn besiegt», meinte er.

Seine Stimme klang ungewöhnlich schrill, beinahe wie die einer Frau.

«O ja!», erwiderte Thankmar. «Und ich hatte die Ehre, in der großen Schlacht dabei zu sein.»

Harald nickte anerkennend und trank einen Schluck Wein aus einem mit Edelsteinen verzierten Becher.

Im Hintergrund hörte Thankmar das Klappern von Bechern. Offenbar hatten die anderen Dänen das Trinken ihres Königs als Aufforderung verstanden und griffen nun selbst zum Wein.

Von irgendwoher wurde ein abgenagter Geflügelknochen gegen Thankmars Mantel geworfen.

Er tat so, als habe er nichts bemerkt, ließ sich von Poppo das vorbereitete Geschenk geben und reichte es dem König.

Harald schlug das Tuch auseinander, in das ein handtellergroßes, an einem Lederband befestigtes Kruzifix eingewickelt war. Er hielt es an dem Band in die Höhe. Sein Gesicht zeigte keine Begeisterung.

«Silber», knurrte er. «Ist es wertvoll?»

«Der Wert liegt vor allem in seiner Bedeutung», entgegnete Thankmar schnell, bevor Poppo die Gelegenheit ergreifen konnte, von der Herrlichkeit und Allmacht des Christengottes zu schwärmen.

Harald hängte das Kruzifix über die Lehne seines Stuhls, tippte mit einem Finger dagegen und sah gelangweilt zu, wie das Kreuz hin und her baumelte.

«Man könnte es einschmelzen und Münzen daraus fertigen lassen», sagte er dann.

Im Saal lachten einige Männer.

«Das Kreuz symbolisiert das Leiden Christi …», empörte sich Poppo.

Thankmar schnitt ihm das Wort ab. «Ich hoffe, Euer Vater erfreut sich bester Gesundheit, Harald.»

«Der alte Gorm ist krank. Er schlürft dünnen Brei wie ein Kleinkind.»

Geschieht dem Bastard recht, dachte Thankmar, sagte aber freundlich: «Das tut mir aufrichtig leid. Ich wünsche ihm von ganzem Herzen, dass er sich schon bald wieder bester Gesundheit erfreut.»

Harald zuckte mit den Schultern. «Bald werden die Götter ihn zu sich rufen. Aber Ihr seht auch nicht aus wie das blühende Leben, Markgraf. Seid Ihr vom Pferd gefallen? Oder trägt man jetzt einen solchen Kopfschmuck bei den Sachsen?»

Gelächter hallte durch den Saal. Auch der König zeigte zum ersten Mal eine Gefühlsregung. Er verzog seine Lippen zu einem breiten Grinsen. Dabei zeigte er dunkle, verfaulte

Zähne, denen er wohl seinen Beinamen *blatand*, Blauzahn, zu verdanken hatte.

Unterdessen ließ Thankmar den Hohn der Dänen mit einem Lächeln über sich ergehen.

«Ich bin überfallen worden», sagte er schließlich.

Harald grinste immer breiter, trank schnell einen weiteren Schluck und rief mit gespielter Entrüstung: «Wer würde es wohl wagen, einen Sachsen zu überfallen?»

Thankmar holte tief Luft, dann antwortete er laut: «Euer Feind – der Sohn des Seeräubers Sigurd von Hladir!»

Sofort verstummten alle Geräusche im Saal.

Wenn die Dänen jemanden noch mehr hassten als die Sachsen, war es Sigurd, der Jarl von Hladir, der Stadt am nördlichen Handelsweg im Lande Nordmoer. Die Sachsen hielten zwar die dänische Mark besetzt, und die Abgaben der Dänen füllten als Gegenleistung für den Frieden Ottos Kriegskasse. Aber der Seeräuber Sigurd war es, der den dänischen Fürsten weitaus empfindlichere Verluste zufügte. Seit vielen Jahren überfiel der Normanne immer wieder Handelsschiffe, auf denen Pelze und Felle aus den nördlichen Ländern in den Süden transportiert wurden. Viele der kostbaren Waren sollten nach Haithabu gebracht werden, und es gab wohl kaum einen Mann im Saal, der durch Sigurds Überfälle keine Verluste erlitten hatte.

«Ihr habt gegen Sigurds Sohn gekämpft?», rief Harald mit schriller Stimme, die sich fast zu überschlagen schien.

«Ja, das habe ich», erwiderte Thankmar und vermied es tunlichst, den Vogel zu erwähnen. «Er hat versucht, mich umzubringen.»

«Warum?», fragte Harald.

«Weil ich Hladir überfallen habe.»

Nun dachte im Saal niemand mehr an Essen oder Trinken. Alle Dänen starrten Thankmar an, als habe dieser soeben behauptet, ihren obersten Gott Odin im Zweikampf getötet zu haben.

«Warum weiß ich davon nichts?», fragte Harald.

«Woher solltet Ihr? Meine Flotte ist erst vor wenigen Tagen in den Hafen der Hammaburg zurückgekehrt.»

«Habt Ihr den Bastard getötet?», rief ein Däne aus dem Saal.

«Nein, leider hielt sich Sigurd nicht in Hladir auf. Aber ich habe ihm als Gruß zwei Dutzend Männer und Frauen aufhängen lassen. Außerdem habe ich seine Schatzkammer ausgeräumt und all seine geraubten Pelze mitgenommen.»

«Das sind unsere Pelze!», riefen drei oder vier Dänen.

Andere hämmerten wütend mit den Fäusten auf die Tische.

Thankmar drehte sich zu ihnen um. «Dann frage ich mich, warum ihr nicht selbst nach Hladir gefahren seid, um euch euer Eigentum zurückzuholen!»

Niemand im Saal antwortete darauf. Keiner wollte zugeben, dass er sich vor Sigurd fürchtete.

Nach einer Weile ergriff Harald wieder das Wort. «Könnt Ihr Euren Überfall beweisen, Markgraf?»

In Thankmars Kopf begannen die Schmerzen wieder zu hämmern.

Bislang war sein Plan aufgegangen. Es war ihm gelungen, die Dänen, die ihm feindselig gegenüberstanden, zu beeindrucken, ja sogar ihre Anerkennung zu bekommen. Nun musste er jedoch allmählich auf sein eigentliches Anliegen zu sprechen kommen: die Anklage gegen die Zauberin!

Aus seinem Mantel holte er zwei in ein Tuch eingeschlagene Gegenstände hervor, die er auswickelte und für alle sichtbar in die Höhe hielt. Es waren ein Ring und ein

Finger, der bereits begonnen hatte zu verwesen und entsprechend unangenehm roch.

Neugierig beugte Harald sich so weit vor, dass es schien, als würde er jeden Augenblick vom Stuhl fallen.

«Dieser Ring», rief Thankmar, wobei er ihn allen zeigte, «gehörte einst meinem Vorgänger, der vor etwa einem Jahr ermordet wurde – dem Markgrafen Wichmann.»

Danach zeigte er den Finger herum. «Der Ring steckte auf diesem Finger. Und dieser Finger gehört Sigurds Frau Bergljot.»

«Ihr habt dem Weib den Finger abgeschnitten?», wollte Harald wissen.

«Nicht abgeschnitten – abgebissen!» Thankmar knirschte grinsend mit den Zähnen.

Harald verzog das Gesicht.

«Das beweist gar nichts!», rief ein Mann, der in der Nähe des Königs saß. «Der Finger kann jedem gehören!»

«Der Finger vielleicht», erwiderte Thankmar. «Aber nicht der Siegelring des Grafen der dänischen Mark!»

Er schaute sich den Zwischenrufer an, einen kräftigen Dänen in mittleren Jahren, dem das halbe rechte Ohr fehlte.

«Das müsst Ihr doch am besten wissen, Storolf», sagte er dann, «schließlich seid Ihr der Jarl von Haithabu – und in dieser Stadt hat auch Wichmann gelebt. Ihr selbst habt damals Wichmanns Leiche untersucht, nachdem ihm die Kehle durchgeschnitten wurde. Hatte Wichmann bei Eurer Untersuchung noch seinen Ring?»

«Nein», antwortete Storolf.

«Wenn Ihr ihn nicht gestohlen habt und keiner Eurer Männer, dann kommt dafür wohl nur einer in Frage: der Mörder!»

Harald wiegte bedächtig den Kopf hin und her. «Ihr

wollt damit also sagen, Sigurd selbst hätte Wichmann getötet und den Ring seiner Frau geschenkt?»

Thankmar nickte langsam. Seine Kopfschmerzen wurden immer stärker. Es war an der Zeit, zum Ende zu kommen.

«Genauso war es», sagte er bestimmt.

«Aber Sigurd war noch niemals in Haithabu», warf Storolf ein. «Meine Männer kontrollieren jedes Schiff, und ein Mann wie Sigurd wäre ihnen aufgefallen. Außerdem kennt er sich hier nicht aus. Wie hätte er sich in der Stadt zurechtfinden sollen?»

«Wer spricht denn davon, dass er allein war?», unterbrach Thankmar den Jarl. «Sigurd hatte natürlich einen Verbündeten – oder soll ich lieber sagen: eine Verbündete!»

Er drehte sich um und zeigte auf die Zauberin.

Überall im Saal wurden Stimmen laut. Männer riefen den Namen der Seherin.

«Ruhe!», sagte Harald.

Da niemand ihm zugehört hatte, sprang er auf und schrie mit kreischender Stimme: «Ruhe! Seid ruhig, verdammt!»

Das Kruzifix rutschte von der Lehne. Auch der mit Edelsteinen verzierte Becher fiel hinter Harald zu Boden. Der Wein versickerte im Stroh.

Die Männer im Saal verstummten.

Der Dänenkönig und Thankmar standen nun unmittelbar voreinander. Beide waren sie groß gewachsene Männer, und obwohl Harald gut zwanzig Jahre älter war, schien er Thankmar an Körperkraft in nichts nachzustehen.

Nachdem sie sich eine Weile mit Blicken gemessen hatten, ließ Harald sich wieder auf seinen Stuhl fallen. Die Ellenbogen auf die Lehnen gestützt, legte er die Fingerspitzen gegeneinander.

Dann sagte er: «Viele Männer in diesem Saal kennen die

Seherin. Sie ist eine weise Frau, die mit den Göttern spricht und die Heilkünste beherrscht. Sie wird geachtet – wenn auch nicht mehr von allen Dänen, seit Euer König diesen Bischof hierhergeschickt hat, der ihr die Ausübung ihrer Rituale verboten hat.»

«Das geschieht nur zum Wohle der Menschen», mischte Poppo sich ein. «Was diese Frau macht, ist Blasphemie, Gotteslästerung …»

Thankmar machte schnell einen Schritt zur Seite, sodass er zwischen Poppo und dem Dänenkönig stand. Der Bischof war noch nicht an der Reihe, und Thankmar hoffte, die Angelegenheit auch ohne dessen Eingreifen regeln zu können.

«Sie übt noch immer ihre Rituale aus – trotz des Erlasses durch Otto», sagte er. «Dafür haben wir Beweise!»

Er berichtete von mehreren Fällen, in denen die Seherin heidnische Zeremonien ausgeübt habe, bis hin zu Gunnlaug und ihren geheilten Beinen. Dann zeigte er das mit Runen verzierte Holzstäbchen herum.

Jarl Storolf hatte Thankmars Ausführungen mit grimmiger Miene verfolgt. «Das alles beweist nicht, dass Velva mit Sigurd gemeinsame Sache gemacht hat.»

Damit hatte Storolf natürlich recht. Thankmar musste daher der Wahrheitsfindung auf die Sprünge helfen, indem er einen weiteren Beweis präsentierte. Wenn auch dies die Dänen nicht überzeugte, würde Poppo zum Einsatz kommen und die Sache mit göttlicher Beweisführung zu Ende bringen.

Thankmar zeigte ein Messer vor. «Mit diesem Messer wurde Wichmann getötet. Es gehörte Sigurd, und wo – König aller Dänen! – glaubt Ihr wohl, habe ich es gefunden?»

Harald zuckte mit den Schultern.

«Im Haus der Seherin!», rief Thankmar.

Wieder erfüllten Stimmen die Halle. Thankmar glaubte aus den Äußerungen herauszuhören, dass ihm ein guter Teil der Dänen glaubte und für den Verrat eine Bestrafung der Seherin forderte.

Harald rief erneut nach Ruhe. Dann sagte er zu Thankmar: «Geht jetzt. Wir werden über die Sache beraten. Die Verhandlung wird morgen fortgesetzt ...»

«Nein!», widersprach Thankmar. «Hier und heute soll ein Urteil gesprochen werden. Ich erwarte, dass Ihr das Weib verurteilt – und zwar zum Tode!»

Da hielt es Storolf nicht mehr an seinem Platz. «Das Messer kann jedem gehören, genau wie der Finger. Nichts von dem, was der Markgraf behauptet, kann bewiesen werden!»

Für diesen Zwischenruf erhielt Storolf viel Zustimmung aus dem Saal. Viel zu viel Zustimmung, wie Thankmar ernüchtert feststellte.

Also gut! Dann musste Gott über das Schicksal der Seherin entscheiden, und Gott würde ganz im Sinne Thankmars urteilen.

Thankmar trat vor Storolf.

«Ihr solltet ein wenig mehr Zurückhaltung üben!», sagte er warnend. «Ihr seid der Jarl von Haithabu, und Haithabu gehört zur Mark, und die Mark – das muss ich Euch nicht erklären! – steht unter der Herrschaft meines Königs. Und ich bin der Verwalter des königlichen Eigentums. Also bin ich Euer Herr, Jarl Storolf. Ich habe das Recht, Aufständische zu bestrafen. Aufständische wie Euch, wenn Ihr keine Ruhe gebt ...»

Er drehte sich zu der geknebelten Seherin um, die ihn mit aufgerissenen Augen anstarrte.

«Und Aufständische wie die Seherin, die die Menschen gegen mich aufbringt, damit sie keine Abgaben zahlen, und die mit den Feinden paktiert, um Sachsen zu töten.»

Er hob seine Stimme noch weiter an, auch wenn die Kopfschmerzen immer unerträglicher wurden, und rief: «Deshalb wird nun Gott, der Allmächtige, über Schuld oder Unschuld der Seherin entscheiden!»

Thankmar schaute zu Poppo, der vor Eifer zu glühen schien.

9.

Thankmar hatte sich in den vergangenen Monaten häufig gefragt, was dieser Bischof eigentlich für ein Mensch war. Was Poppo ihm selbst von sich erzählt hatte, war dürftig und reichte kaum aus, sich ein umfassendes Bild vom Wesen dieses Mannes zu machen.

Der Bischof war um die dreißig und entstammte einem sächsischen Adelsgeschlecht. Sein Vater war ein gewisser Graf Wedu gewesen, dessen Namen Thankmar im Zusammenhang mit grausamen Folterungen und Morden gehört hatte, die Wedu an seinen Untertanen verübt haben sollte. Poppo hatte die Domschule von Magontia besucht und dann Gott eine Zeitlang als Priester gedient. Eines Tages wurde Adaldag, der Erzbischof von der Hammaburg, auf ihn aufmerksam und schickte ihn als einen von drei Missionaren zu den Dänen. Vor sechs Jahren, im Jahr 950, hatte man Poppo das neu geschaffene Bistum der dänischen Mark zugesprochen, während die anderen beiden Missionare weiter in den Norden nach Ripen und Aarhus gesandt wurden.

Dies alles hatte Thankmar Poppo regelrecht aus der Nase

ziehen müssen. Der Bischof antwortete auf Fragen, die ihn betrafen, nur widerwillig und ausweichend. Nur in einem konnte man sich sicher sein: dass Poppo unerschütterlich an die Macht Gottes glaubte.

Und dass er geradezu besessen davon war, alle heidnischen Umtriebe auszumerzen und die Welt von teuflischem Treiben zu reinigen.

Diese Besessenheit gefiel Thankmar, und so überließ er dem Bischof nun das Feld, damit der endlich die Dänen von der Wahrheit überzeugen konnte.

Poppo hatte von Thankmars Soldaten einen mit Wasser gefüllten Kessel herbeischaffen lassen, den man über das Feuer hängte. Poppo legte neue Holzscheite auf und schürte die Glut, wobei er mit leiser Stimme Gebete vor sich hin murmelte. Er genoss sichtlich die Aufmerksamkeit, die ihm zuteilwurde.

Nachdem er einige Tropfen Weihwasser in den kochenden Kesselinhalt geträufelt hatte, rief er laut: «Zur Ehre des einzigen Gottes – es soll geschehen!»

Feierlich wandte er sich an die Versammlung und sagte: «Der Mensch ist als Geschöpf Gottes ursprünglich gut, aber Luzifer, der böse, durch seinen Hochmut gefallene Engel, verführt den Mensch zum Bösen. Und besonders häufig macht er sich die Frau, die ein Gefäß der Sünde ist, zum Werkzeug.»

Abrupt drehte er sich zur Seherin um, die bei ihren Kindern stand. Alle vier waren noch immer gefesselt und geknebelt, sogar das kleine Mädchen. Es lag zu Füßen seiner Mutter, da es kaum selbständig stehen konnte. Einer von Thankmars Soldaten hatte es zum Versammlungshaus tragen müssen.

Im Kessel brodelte es.

«Der Teufel hat dieses Weib verführt», fuhr Poppo fort. «Und ich bin als Priester Gottes dazu verpflichtet, die Brut Satans anzuklagen. Zur Ehre Gottes werde ich dieses Land vom falschzüngigen Schlangengezücht säubern und die Zauberin der Prüfung Gottes unterziehen. Sie soll zum Tode verurteilt werden – es sei denn, das Weib beweist, dass es reinen Herzens ist …»

«Die Seherin soll sich verteidigen», rief Storolf dazwischen. «Nehmt ihr den Knebel ab!»

Mehrere Dänen pflichteten Storolf bei und verlangten lautstark, dass man die Seherin zu Wort kommen lassen müsse. Harald rief sie mehrmals zur Ruhe. Doch die Männer beruhigten sich erst wieder, nachdem der König Thankmar aufforderte, der Seherin den Knebel abzunehmen.

Harald trat vor sie. «Du hast alles mit angehört», sagte er. «Was hast du zu den Anschuldigungen zu sagen?»

«Lasst mich und meine Kinder frei», erwiderte sie. «Wir werden die Stadt verlassen und niemals zurückkehren …»

«Dafür ist es zu spät!», keifte Poppo.

Harald überging den Einwurf. «Du hast meine Frage nicht beantwortet, Seherin. Hast du dem Normannen Sigurd geholfen, den Markgrafen zu töten?»

Velvas Augen verengten sich zu schmalen Schlitzen. «Ihr habt Euch zum Vasallen des Sachsenkönigs gemacht, König Harald.»

«Genug!», schrie Poppo. «Es steht jetzt allein in Gottes Macht, über Schuld und Unschuld zu urteilen.»

Die Seherin fuhr zum Bischof herum. Ihre Blicke schienen Feuer zu sprühen.

«Lasst meine Kinder frei», zischte sie. «Wenn Ihr mir das zusagt, werde ich mich dem Urteil Eures Gottes stellen.»

Poppo schaute von der Seherin zu den Kindern, die sich

angsterfüllt aneinanderdrängten, dann wieder zurück zur Seherin. «Wir werden sehen», meinte er ausweichend.

Inzwischen waren einige Dänen aufgesprungen und forderten, von Storolf angestachelt, die Verhandlung zu unterbrechen.

Harald sah offenbar Ärger aufkommen und hielt Poppo dazu an, endlich anzufangen, bevor der Streit im Saal eskalierte.

Da wies der Bischof die Soldaten an, die Seherin zu entkleiden. Sie wurde ergriffen und zum Kessel gedrängt, wo man ihr die Fesseln abnahm und dann die Tunika und alle andere Sachen vom Leib zog. Als die Seherin nackt war, verstummten die Rufe der Männer. Alle Blicke richteten sich auf ihren Körper. Zwar hatten die Männer schon vorher ihr tätowiertes Gesicht gesehen, aber als im Feuerschein ihr ganzer Körper wie der eines Dämons schimmerte, verschlug es ihnen die Sprache. Den Rücken der Seherin zierte eine große Sonne; Beine, Arme und Unterleib, ja sogar die Brüste und das Geschlecht waren mit Wellenmustern, mit Ornamenten von Schlangen, Vögeln und Drachen bedeckt.

Auch Thankmar war von dem Anblick ergriffen. So etwas hatte er noch nie gesehen.

«Los jetzt», flüsterte er Poppo zu, «bevor sich die Stimmung vollends gegen uns wendet!»

Poppo nickte. Er nahm das Kruzifix vom Hals und ließ es in den brodelnden Kessel fallen.

«Wer reinen Geistes ist», rief er, «dem führt Gott die Hand. Sollte das Weib unschuldig sein, so wird es das Kreuz wieder herausholen, ohne eine Verletzung davonzutragen.»

Mit versteinerter Miene wandte er sich an die Seherin.

«Gib mir das Kreuz wieder, und Gott lässt dich und deine Kinder unbehelligt.»

Über sein Gesicht huschte ein Lächeln, das aber nur Thankmar bemerkte. In diesem Augenblick glaubte er, einen tiefen Blick ins Innere des Bischofs zu bekommen: Der Mann war wahnsinnig.

«Mach schon», zischte Poppo, «hol es raus.»

Die Seherin trat an den Kessel, der nicht besonders tief war. Etwa eineinhalb Fuß hoch stand das Wasser über dem Kesselboden, auf dem das silberne Kruzifix verführerisch mit den Wasserblasen tanzte.

«Hol es raus», wiederholte Poppo.

Die Seherin schaute zu ihren Kindern, denen Tränen über die Wangen liefen.

«Greif hinein, ganz schnell», flüsterte Poppo, «es ist ganz einfach.»

Die Seherin senkte den Blick wieder auf den brodelnden Kessel, heißer Wasserdampf umhüllte sie. Von ihrer Stirn tropften Schweißperlen.

Dann griff sie zu. Blitzschnell tauchte sie ihre Arme bis zum Ellenbogen ins Wasser.

Ein Schmerzensschrei, der kaum noch etwas Menschliches hatte, gellte durch die Halle, in der sich atemlose Stille breitgemacht hatte. Entsetzt und fasziniert zugleich starrten die Männer auf die Arme der Seherin, die sich im kochenden Wasser bewegten, während ihre Finger nach dem Kruzifix tasteten.

Dann verlor Velva das Bewusstsein, kippte hintenüber und blieb regungslos liegen, die verbrühten Unterarme abgewinkelt, die Hände wie Klauen ausgestreckt.

Aus dem Kessel waren noch immer die leise klackernden Geräusche des tanzenden Kruzifixes zu hören.

«Schuldig!», rief Poppo. «Das Weib ist schuldig!»

Blankes Entsetzen lähmte die Dänen.

Erst nach einer Weile schlich Harald zu seinem Stuhl zurück und bückte sich nach seinem Becher. Als er sah, dass kein Tropfen Wein mehr darin war, schleuderte er das kostbare Gefäß gegen die Wand.

Dann wandte er sich an die Versammlung und sprach sein Urteil.

10.

Am nächsten Morgen strich ein unangenehm kühler Nordwind durch die Gassen der Stadt.

Aki spürte die Kälte nicht, als man ihn und seine Familie aus dem Loch holte, in dem sie die Nacht verbracht hatten. Ihr Gefängnis war eine feuchte Erdgrube, etwa fünf Fuß tief und zehn Fuß breit, die man mit Brettern zugedeckt hatte. Die Schritte von Soldatenstiefeln auf den knarrenden Brettern waren die einzigen Geräusche, die Aki in der längsten Nacht seines Lebens gehört hatte.

Und das Weinen seiner Schwestern.

Akis Tränen waren versiegt. Irgendwann hatte er einfach aufgehört zu weinen, obwohl er noch niemals so verzweifelt gewesen war.

In dem Loch hatte er versucht zu begreifen, was geschehen war. Gerade erst ein Tag war vergangen, seit er vor Grim geflohen und vor dem Haus auf die Soldaten mit den roten Mänteln gestoßen war. Sie hatten Aki gefangen genommen und mit den anderen in die Kirche der christlichen Gemeinde von Haithabu gesperrt. Da hatte Aki noch geglaubt, dass alles nur ein Irrtum wäre und man sie bald wieder freilassen würde. Schon deshalb, weil Velva ihren Kindern Mut zugesprochen hatte. Es gebe genug Menschen in der Stadt, die zu ihnen hielten, hatte sie gesagt. Menschen, die verhindern würden, dass die bösen Männer ihnen etwas Schlimmes antun würden.

Doch niemand war gekommen, um ihnen zu helfen.

Stattdessen waren am Abend der Markgraf und der Bischof erschienen und hatten Aki und seine Familie ins Versammlungshaus gebracht. Dort hatte Aki zum ersten Mal den König gesehen. Auch das hatte ihm Hoffnung gemacht, denn er hatte gehört, dass der König die Sachsen hasste. Warum also sollte der König der Dänen erlauben, dass die bösen Sachsen ihnen etwas antun würden?

Aber er hatte es trotzdem zugelassen!

Er hatte zugelassen, dass der Bischof Velva zwang, ihre Arme in kochendes Wasser zu tauchen.

Niemals würde Aki den Schrei seiner Mutter vergessen. Niemals würde er den Anblick und den Geruch ihres verbrühten Fleisches vergessen. Und niemals würde er das Grinsen des Grafen vergessen, als der König sein Urteil über Velva und ihre Kinder sprach.

Auch die Blutmäntel grinsten, als sie an diesem Morgen die Bretter von der Grube nahmen. Einer der Soldaten sprang zu ihnen hinunter, holte zunächst die Kinder und zum Schluss die schwerverletzte Velva aus dem Loch. Wie totes Vieh warf man sie auf die Ladefläche eines Karrens, und nun rollten sie durch die Gassen zum Hafen hinunter, von einem Ochsen gezogen und einem halben Dutzend Soldaten eskortiert.

Bei jedem Stein, über den sie fuhren, wackelte der Karren, und die Gefangenen wurden hin und her geworfen.

Voller Mitleid schaute Aki zu seiner Mutter, die den

Kindern gegenübersaß. Sie hatte ihre Arme angewinkelt, damit das offene Fleisch nicht mit der Ladefläche in Berührung kam. Da sie sich mit ihren verbrannten Händen jedoch nicht festhalten konnte, stießen ihre Arme immer wieder gegen den Holzboden, wobei sich ihr Gesicht jedes Mal vor Schmerzen verzog.

Aber über ihre Lippen kam kein einziger Laut der Klage.

Aki dachte, es müsse sie eine nahezu übermenschliche Überwindung kosten, diese Schmerzen still zu ertragen. Vielleicht wollte sie den bösen Männern den Triumph nicht gönnen. Vielleicht waren es aber auch die Götter, die ihr diese Kraft gaben.

Es hatte Aki das Herz gebrochen, als er gestern mit ansehen musste, wie ihre Hände und Arme ins kochende Wasser eintauchten, und er hasste sich dafür, dass er nicht alles versucht hatte, um ihr diese Qualen zu ersparen. Hätte es die Möglichkeit gegeben, dann hätte er lieber selbst in den Kessel gegriffen, als seine Mutter so leiden zu sehen. Auch wenn Velva das natürlich niemals zugelassen hätte. Sie hatte sich immer vor ihre Kinder gestellt. Aki erinnerte sich daran, wie sie vor einigen Jahren zum Sklavenhändler Geirmund gegangen war, nachdem Grim Aki die Nase gebrochen hatte. Aki wollte sie aufhalten, denn er wusste, wie gewalttätig Geirmund war. Aber Velva ging trotzdem. Ohne dass sie es bemerkte, war Aki ihr gefolgt und wurde Zeuge, wie sie den zwei Köpfe größeren Geirmund anschrie. Sie drohte ihm mit der Strafe der Götter, sollte Grim sich noch einmal über Aki hermachen. Und was hatte Geirmund gemacht? Er hatte die Faust gehoben, um sie Velva ins Gesicht zu schlagen, sich dann jedoch einfach umgedreht und die Tür vor ihr zugeknallt. Seither hatte Aki seiner Mutter nichts mehr von Grims Nachstellungen erzählt, damit sie sich nicht wieder in eine solche Gefahr begab.

Grim hatte Aki tatsächlich in Ruhe gelassen, allerdings nur einen Sommer lang. Es war ein schöner Sommer.

Wieder rumpelte der Karren über einen Stein. Velva bekam einen heftigen Stoß, und ihr linker Arm knallte auf die Ladefläche. Sie kniff die Augen zusammen und presste die Lippen so fest aufeinander, dass sie nur noch ein dünner Strich waren. Ihr Gesicht war eine einzige schmerzgeplagte Grimasse.

Aki musste wegschauen. Er konnte den Anblick seiner leidenden Mutter nicht mehr ertragen.

Es zerriss ihn. Es fraß ihn auf. Es brachte ihn um.

Er drehte den Kopf und sah über den Dächern die ersten Maste der Schiffe aufragen. Nur noch zwei, drei Ecken, dann würden sie im Hafen sein, und alles würde ein Ende finden.

Mit einem Mal blieb der Ochsenkarren stehen.

Der Weg war blockiert.

Hunderte Menschen waren zum Hafen geströmt, und durch die Gassen drängten weitere heran. Alle Bewohner Haithabus schienen auf den Beinen zu sein. Offenbar hatte sich in Windeseile herumgesprochen, was an diesem Morgen geschehen sollte.

Durch die Gitterstäbe des Karrens sah Aki die Männer, Frauen und Kinder am Weg stehen. Handwerker hatten ihre Werkzeuge beiseitegelegt, Händler ihre Stände verlassen, sogar Bauern waren gekommen, obwohl noch Erntezeit war. Unter den Leuten waren nicht wenige, die Aki kannte, die meisten nur flüchtig; aber es gab auch den einen oder anderen, der sich irgendwann einmal von Velva hatte behandeln lassen – früher, bevor der Bischof ihr den Heilzauber verboten hatte.

Beim Anblick der Menschen empfand Aki im ersten Moment nur Wut. Er nahm an, dass sie lediglich hier herumstanden, weil sie auf ein wenig Abwechslung vom Alltag hofften. Wo waren sie gestern gewesen, als die bösen Männer sich an Velva und ihrer Familie vergangen hatten? Was hatten sie getan, um das Schlimme zu verhindern?

Nichts! Und nun standen sie hier – und gafften!

Doch auf den zweiten Blick merkte Aki, dass er den Menschen unrecht tat. Er sah in ihre vor Ingrimm erstarrten Gesichter und verstand, dass sich ihr unterdrückter Zorn nicht gegen Velva, sondern gegen die Blutmäntel richtete, die den Karren begleiteten.

Auch die Sachsen spürten die verbissene Feindseligkeit und rückten enger zusammen. Es dauerte nicht lange, bis der Karren von einer Menschenmenge umringt war.

Ein Mann beschimpfte die Sachsen als Besatzer, als Räuber und Mörder. Sofort stimmten andere in die Rufe ein. Von irgendwoher flog ein Stein und prallte gegen den Helm eines Soldaten.

Die Blutmäntel zogen ihre Schwerter, um die Dänen auf Abstand zu halten. Die Menschen beugten sich dem Stahl, wichen zurück, und die Blutmäntel drängten nach. Der Karren ruckte wieder langsam vorwärts.

«Macht Platz!», brüllten die Soldaten. «Platz! Platz! Verschwindet! Aus dem Weg!»

Die Klingen blitzten drohend in der Morgensonne.

Es war nicht mehr weit bis zum Hafen, als Aki auf einem Dach einen Raben sah und an den geheimnisvollen Krieger denken musste. War es Zufall gewesen, dass der Mann kurz vor dem großen Unglück zu Velva gekommen war?, fragte er sich.

Ein schrecklicher Verdacht beschlich ihn: Was, wenn Velva all ihre göttliche Kraft an den Krieger weitergegeben und sich selbst und ihre Kinder dem Bösen schutzlos ausgeliefert hatte?

Wenn dies wirklich so gewesen sein sollte, dann hoffte Aki, dass der Krieger wenigstens gut mit Velvas Gabe umgegangen war und dass er sein Ziel erreicht hatte: jemanden zu töten, mit dem offenbar auch Velva kein Mitleid kannte!

Eine Böe brauste vom Fjord her über die Dächer, fuhr durch Akis Haar und zauste auf dem Dach dem Raben das schwarze Gefieder.

Der Karren rollte weiter, und der Vogel verschwand aus Akis Blickfeld.

Allmählich näherten sie sich dem Hafen. Auch hier waren überall Menschen. Sie drängten sich am Ufer und auf den Landebrücken. Auf dem Wasser schaukelten vollbesetzte Fischerboote.

Nur auf der größten, etwa einhundert Fuß langen Brücke war noch reichlich Platz. Blutmäntel und dänische Krieger hielten die Menge zurück. Als der Karren auf sie zuhielt, sah Aki auf dem Brückenkopf einen Mann auf einem breiten Holzstuhl sitzen. Schon aus der Ferne erkannte er den König. Auf seiner Brust glitzerte der goldene Kettenschmuck in den Strahlen der Morgensonne.

Und da war noch etwas anderes, ein Gestell. Aki hob den Kopf, um es besser sehen zu können. Es war ein Käfig, der mit einem Seil an einem Poller festgebunden war und etwa vier Fuß hoch, breit und tief war – gerade groß genug, um einen Menschen darin einzusperren.

II.

Voller Ungeduld ging Thankmar vor der Brücke auf und ab.

Der Transport der Verurteilten hatte viel länger gedauert als erwartet, und je länger er dauerte, desto mehr Schaulustige versammelten sich im Hafen. Das gefiel Thankmar überhaupt nicht. Natürlich hatte er bei der Hinrichtung mit Zuschauern gerechnet, aber nicht mit einer solchen Masse. Immer wieder versuchte er sich einzureden, dass es keine Widerstände aus den Reihen des dänischen Volkes geben würde; schließlich hatte König Harald selbst das Urteil über die Seherin und ihre Kinder gesprochen.

Was den König betraf, so war sein Plan aufgegangen. Was das Volk betraf, war sich Thankmar nicht so sicher …

Erleichtert sah er endlich den Karren heranrollen. Er gab seinen Männern den Befehl, die Menschen weiter von der Brücke abzudrängen. Doch er hatte nicht genug Soldaten, um gegen die gewaltige Menge vorzugehen. Er schickte einen seiner Soldaten zum König und forderte von ihm Verstärkung ein. Nur zögernd und betont widerwillig schickte ihm Harald daraufhin gut zwei Dutzend Männer seiner Leibgarde, die Thankmars Soldaten unterstützten, allerdings ohne jegliche Begeisterung. Den dänischen Kriegern schmeckte es offensichtlich nicht, gegen ihre eigenen Landsleute vorgehen zu müssen.

Das war in Thankmars Augen eindeutig Verrat. Er war der Herrscher über die Mark und somit Herr aller Menschen, die hier lebten. Offenbar hatten einige der anwesen-en Männer dies vergessen. Daher war es umso wichtiger, s er heute ein Exempel statuierte und das Gesindel sei-acht spüren ließ. Indem er den Dänen ihre Zauberin entfernte er ein gefährliches Geschwür aus dieser kranken Gesellschaft. Dass auch die Kinder der Seherin sterben mussten, so wie Thankmar es vom König verlangt hatte, würde die abschreckende Wirkung nur noch verstärken und die Dänen dazu bringen, den heidnischen Bräuchen abzuschwören.

Als der Karren endlich sein Ziel erreicht hatte, ließ Thankmar die Gefangenen herunterholen und auf die Brücke führen. Es war offensichtlich, dass die Wasserprobe den Widerstand der Seherin gebrochen hatte. Mit gesenktem Kopf schlurfte sie, gefolgt von ihren Kindern, über die Landebrücke, ohne dass man sie dazu hätte zwingen müssen.

Sie hat verstanden, dass sie verloren hat, dachte Thankmar zufrieden.

Die verbrannten Arme hielt die Seherin beim Gehen leicht abgewinkelt. Ihr restlicher Körper war noch immer in den Mantel eingewickelt, den dieser verdammte Storolf gestern in der Versammlungshalle über sie gelegt hatte. Zum Glück schien Storolf eine Ausnahme zu sein – ein weiteres Geschwür. Thankmar freute sich schon darauf, sich mit ihm zu beschäftigen, wenn diese Angelegenheit erledigt war. Er konnte in seiner Stadt keinen Jarl dulden, der sich offen gegen ihn wandte.

Die Seherin und ihre Kinder gingen bis zum Käfig, vor dem man sie halten ließ. Im Hafen hatte sich seit der Ankunft der Verurteilten eine lähmende, geradezu gespenstische Stille breitgemacht.

Nun war es an der Zeit, mit der Vollstreckung des Urteils zu beginnen.

Doch als Thankmar seinem Hauptmann Ernust gerade den Befehl geben wollte, das Weib in den Käfig zu sperren, trat Poppo neben den Grafen und bat darum, das Wort an das dänische Volk richten zu dürfen.

Zunächst wollte Thankmar ihm diese Bitte verwehren, damit nicht noch weitere Zeit vergeudet wurde. Aber dann warf er einen Blick auf die Menschen an den Ufern und auf den Fischerbooten, die inzwischen einen Halbkreis um die Brücke bildeten, und dachte kurz über das Ansinnen des Bischofs nach. Da die Menschen friedlich zu bleiben schienen, entschloss er sich, dem Bischof den Wunsch zu gewähren.

Warum auch nicht? Eine solch günstige Gelegenheit, Gottes Wahrheit vor Hunderten Heiden zu predigen, würde sich so schnell nicht wieder ergeben.

Poppo trat an den Rand der Brücke. Er breitete die Arme aus und rief: «Seid stark in dem Herrn und in der Macht seiner Stärke …»

Eine Schar Möwen zog kreischend über die Brücke hinweg und übertönte Poppos Stimme, dann hörte man ihn wieder.

«… denn wir haben nicht mit Fleisch und Blut zu kämpfen, sondern mit Mächtigen und Gewaltigen, mit den Weltbeherrschern der Finsternis, mit den bösen Geistern unter dem Himmel. Ergreift den Schild des Glaubens, mit dem ihr alle feurigen Pfeile des Bösen auslöschen könnt. Und nehmt den Helm des Heils und das Schwert des Geistes, welches ist – das Wort Gottes …»

Da flog plötzlich ein faustgroßer Stein auf die Brücke, knallte auf die Bohlen und kullerte weiter bis vor die Füße des Bischofs. Poppo verstummte jäh.

Am Ufer waren vereinzelt Jubelrufe zu hören.

Thankmar erstarrte. Genau das hatte er vermeiden wollen! Er musste sich mit der Hinrichtung beeilen, bevor es zu Unruhen kam. Was auch immer geschah – die Seherin und ihre Brut mussten vernichtet werden!

Er forderte Poppo auf, umgehend die Predigt zu unterbrechen. Wütend trat der Bischof den Stein ins Hafenbecken.

Thankmar eilte zum Käfig. Dabei sah er, dass auch der König und die Stammesfürsten an seiner Seite unruhig wurden. Unter ihnen war auch Jarl Storolf, der den Grafen feindselig anstarrte.

Als Thankmar das aus kräftigen Haselstangen gebaute Gestell erreichte, befahl er: «Sperr das Weib hinein!»

Ernust packte die Seherin im Genick, um sie in die Knie zu zwingen und in den geöffneten Käfig zu schieben.

Da ging völlig unerwartet ein Beben durch den zierlichen Körper, und wie eine Schlange drehte sich die Seherin aus Ernusts Griff. Der Hauptmann war so überrascht, dass er stolperte und hinfiel. Die Seherin machte mit den Schultern eine ruckartige Bewegung, sodass der Mantel von ihrem Körper glitt und ihre tätowierte Haut vor den Augen aller entblößte.

Ehe Thankmar sichs versah, sprang das Weib auf ihn zu und reckte ihm ihre verbrannten, klauenartigen Hände entgegen. Ihre Lippen öffneten sich, und aus ihrem Mund quoll ein schriller, eigenartig schräger Singsang, der Thankmar das Blut in den Adern gefrieren ließ.

«Sie werden dir die Brust zerbrechen, dass giftige Nattern dein Herz zernagen, dass deine Ohren für immer ertauben und deine Augen aus deinem Schädel springen …»

Wie eine höllische Feuersbrunst brausten die Worte in Thankmars Ohren. Von Panik ergriffen, schlug er nach dem fratzenhaften Gesicht.

Die Seherin duckte sich geschickt unter dem Hieb weg und schrie: «Trolle, Alben und Zaubernornen, Bauern und Bergriesen sollen deine Hallen niederbrennen! Riesen sollen dich hassen, Pferde dich treten. Stroh soll dich stechen, Stürme dich betäuben ...»

Thankmars nächster Faustschlag traf sie seitlich an der Schläfe.

Sie taumelte rückwärts.

Ernust, der sich wieder berappelt hatte, packte sie an den verbrannten Armen, zerrte sie zum Käfig und schubste sie hinein.

«Ins Wasser mit ihr!», brüllte Thankmar. «Werft endlich den verdammten Käfig rein!»

Blankes Entsetzen hatte ihn gepackt. Er war so außer sich, dass er den Schmerz in seinem rechten Bein zunächst gar nicht wahrnahm. Erst als er Ernust dabei helfen wollte, den Käfig von der Brücke zu schieben, bemerkte er, dass er von einem Stein getroffen worden war.

Er wirbelte herum und wurde starr vor Entsetzen. Er glaubte, in die Pforte der Hölle zu blicken. Von allen Seiten flogen Steine wie Geschosse heran. Sie regneten auf die Brücke nieder, und die Luft war erfüllt von dumpfen pochenden Geräuschen.

Sofort eilten dänische Krieger herbei, um ihren König mit Schilden zu beschützen. Die anderen suchten Schutz unter ihren eigenen Schilden oder hinter Haralds Stuhl.

Der Hagelschauer aus Steinen schwoll an.

Thankmar nahm einem Soldaten den Helm ab und setzte ihn auf seinen bandagierten Kopf. Da traf ein Stein den Soldaten an der Stirn. Nur einen Wimpernschlag später prallte ein Stein gegen Thankmars Helm. Der Schlag dröhnte in seinem Schädel, als wären alle Wunden, die der Rabe gerissen hatte, wieder aufgeplatzt.

Thankmar lief zu Ernust. Mit vereinten Kräften gelang es ihnen, den Käfig an den Rand der Brücke zu schieben.

Das Gestell wankte, kippte hinunter und fiel ins dunkle Wasser.

Und versank.

Das Tau wickelte sich ab, bis es sich knirschend spannte und den Käfig unter Wasser festhielt. Allmählich wurden die Wellen kleiner. Luftblasen stiegen auf und glitzerten wie Perlen an einer Kette, bevor sie an der Oberfläche zerplatzten.

Der Steinhagel ebbte ab.

Es dauerte einen Augenblick, bis Thankmar wieder zu Atem kam. Seine Finger zitterten, als er nach seinem Talisman greifen wollte. Doch da war nur das Kruzifix. Dieses nutzlose Kruzifix!

Thankmar schaute zu den Menschen im Hafen und sah ihre hasserfüllten Gesichter. Am Fuß der Brücke war es zu Rangeleien gekommen. Aber den Blutmänteln und den dänischen Kriegern gelang es, die Menge auf Abstand zu halten.

Thankmar fühlte sich wie im Fieberwahn. Es war jedoch nicht die Angst vor weiteren Steinen, die ihm das Bewusstsein zu rauben drohte. Es war die Erkenntnis dessen, was soeben geschehen war.

Die Seherin hatte ihn verflucht!

Die Brücke war mit Steinen übersät. Über dem Hafengelände hatte sich eine gespenstische Ruhe ausgebreitet. Eine trügerische Ruhe. Hunderte Augenpaare starrten Thankmar an, und die Blicke schienen ihn zu durchbohren wie Schwertklingen.

Als er sich von den Schaulustigen abwandte, sah er Poppo in seiner Nähe stehen und mit bebenden Lippen Gebete murmeln. Der Bischof blutete aus einer Platzwunde am Kopf. Auch die meisten von Thankmars Soldaten hatten

Beulen und Platzwunden davongetragen. Der Dänenkönig und die Stammesfürsten hingegen waren unverletzt geblieben.

Haralds Miene verriet große Unruhe. Fassungslos, beinahe angsterfüllt schaute der Herrscher auf die Menschen, die ihn soeben angegriffen hatten. Sein Volk.

Jarl Storolf stand noch immer neben dem König. Jetzt beugte er sich zu ihm hinunter und redete leise auf ihn ein. Es gefiel Thankmar überhaupt nicht, dass Harald dabei immer wieder zustimmend nickte. Er hätte einiges dafür gegeben zu erfahren, was der Jarl dem König einflüsterte.

Ein Mann trat neben Thankmar. Es war Ernust, dem Blut aus der Nase tropfte.

«Herr, wir sollten mit den Hinrichtungen fortfahren», sagte der Hauptmann.

«Hol die Kinder!», zischte Thankmar.

Ernust gab den Soldaten, die auf die Zwillinge und das kleine Mädchen aufpassten, einen Wink. Keines der Kinder hatte etwas abbekommen. Thankmar war sich nicht sicher, ob sie überhaupt etwas von dem Steinhagel bemerkt hatten. Ihre Gesichter waren von Entsetzen gezeichnet, und ihre Blicke galten einzig und allein dem Seil, an dem irgendwo unten im Wasser ihre Mutter ertrank. Oder bereits ertrunken war.

«Wie lange noch?», fragte Thankmar seinen Hauptmann.

Ernust zuckte ratlos mit den Schultern. «Es könnte ausreichen, aber genau weiß ich es nicht …»

Dennoch beschloss Thankmar, den Käfig wieder hochholen zu lassen. Erst wenn die Kinder, die er alle drei auf einmal hinrichten würde, ebenfalls tot waren, konnte er sich sicher sein, dass das verdammte Dänenpack seine Drohung verstand.

Und dass der Fluch seine Wirkung vielleicht doch nicht entfaltete.

Er schickte drei Soldaten zu dem Seil. Sie machten sich sogleich daran, den Käfig aus dem Wasser zu ziehen.

Währenddessen überlegte Thankmar, ob wirklich genug Zeit vergangen war. Er hatte einmal einen Mann getötet, indem er ihn mit dem Kopf in eine mit Wasser gefüllte Pferdetränke gedrückt hatte. Zunächst wehrte sich der Mann noch eine ganze Weile und fuchtelte mit Armen und Beinen. Dann erlahmten seine Bewegungen. Sicherheitshalber hielt Thankmar den Kopf des Mannes noch eine Weile länger unter Wasser. Als er ihn herauszog, war der Mann tot – so tot, wie es jetzt sicher auch die Seherin war.

Schlag um Schlag zogen die Soldaten an dem Seil. Wie die Flanke eines großen Fisches schimmerte der nackte Körper der Frau im dunklen Wasser. Dann durchbrach der Käfig die Oberfläche.

Wellen breiteten sich bis zu den Fischerbooten aus, auf denen die Menschen ebenso angespannt zuschauten wie die Menge im Hafen.

Wenn sie die tote Zauberin sehen, dachte Thankmar, werden sie wissen, dass ich mächtiger bin als ihre Götter. Dass ihre Götzen mir nichts anhaben können. Dass ich unbesiegbar bin!

Mit einem kräftigen Ruck wuchteten die Soldaten den Käfig auf die Brücke. Um das Gestell herum breitete sich eine Wasserlache aus. Das Weib, das darin lag, bewegte sich nicht mehr.

Thankmar atmete auf. Er trat vor den Käfig, löste die Seile und öffnete ihn. Er packte ein Fußgelenk der Seherin, zog sie aus dem Käfig und ließ das Bein wieder fallen.

«Die Kinder! Macht schon – die Kinder!», rief er Ernust zu.

Da stieß jemand einen Schrei aus.

Thankmar sah Poppo wie von Sinnen kreischend auf etwas zeigen, das sich hinter Thankmar befinden musste. Als er sich umdrehte, setzte sein Herz einen Schlag aus.

Die Seherin bewegte sich! Sie lebte! Das verdammte Weib lebte!

Wie von Geisterhand bewegt, schlängelte sich der tätowierte Körper zu ihm hin. Dünne Finger griffen nach ihm, bekamen seine Stiefel zu fassen, legten sich um seine Knöchel …

Thankmar versuchte zurückzuweichen, wegzulaufen. Aber seine Füße wollten sich nicht bewegen. Sie schienen auf den Brettern festgebunden, nein, regelrecht mit ihnen verwachsen zu sein.

Von irgendwoher hörte er Poppos panische Stimme, die den Teufel beschwor, in die Hölle zurückzukehren. Er hörte seine Soldaten und die dänischen Stammesfürsten aufschreien. Ja, er glaubte sogar den König kreischen zu hören.

Und dann hörte er wieder ihre Stimme, diesen Singsang, der sich dünn, schrill und markerschütternd in seinen Kopf bohrte.

Die Seherin hatte von seinen Füßen abgelassen. Sie richtete sich vor ihm auf. Wuchs in die Höhe. Wassertropfen perlten von ihrem Körper ab. Die in die Haut geätzten und gestochenen Sonnen, Schlangen und Dämonen schienen sich mit Leben zu füllen. Sie schienen zu pulsieren, zu beben, zu tanzen. Wie Klauen streckte die Seherin ihre Hände, die wie Fremdkörper an den verbrannten Armen steckten, nach ihm aus. Wasser quoll aus ihrem Mund, als sie die Lippen öffnete, um den Fluch zu vollenden.

«Fahr hin zur Hel», schrie sie, «von Hunden zerfleischt. Deine Seele versinke in Qualen!»

Dann prasselte ein weiterer Steinhagel wie ein entfesselter Sturm auf die Brücke nieder.

12.

Die Menschen waren von einem Zorn ergriffen worden, der einer alles vernichtenden Woge gleich durch den Hafen rollte. Weithin waren die Geräusche der auf die Bretter niedergehenden Steine zu hören.

Hakon, der dunkle Krieger, hatte sich unter die Schaulustigen gemischt und klaubte einen Stein nach dem anderen vom Boden auf. Er zielte und warf in einer einzigen blitzschnellen Bewegung. Ob er den Grafen traf, konnte er nicht erkennen. Während ein Stein noch in der Luft war, bückte er sich bereits nach dem nächsten.

Als die Sachsen den Käfig mit der Seherin ins Wasser geworfen hatten, waren die Menschen zunächst wie erstarrt gewesen. Alles hatte danach ausgesehen, dass der Graf gewonnen hatte. Der erste Schock war daraufhin einer allgemeinen Trauer gewichen. Die Menschen lähmte das Gefühl, der verhasste Graf triumphiere über sie. Und der Mann, der sich ihr König nannte, ließ den Sachsen gewähren! Um das Volk noch mehr zu demütigen, wollte sich der Graf auch noch an den Kindern vergehen. Hakon hatte Männer in seiner Nähe gesehen, denen Tränen in den Augen standen. Auch er selbst war tief im Innersten berührt, als er hilflos mit anschauen musste, wie die Sachsen die Kinder hinrichten wollten.

Aber als die Seherin zu neuem Leben erwachte, brachen

bei den Menschen die letzten Dämme. Sogar Frauen und Kinder bewarfen die Brücke.

Während Hakon Stein um Stein warf, erinnerte er sich an die Begegnung mit einem Unwesen vor vielen Jahren. Damals war er etwa so alt gewesen wie der Sohn der Seherin. An dem Tag war Hakon allein in den Bergen bei Hladir, als plötzlich ein haariges Wesen den Abhang hinunter auf ihn zustürmte. Vielleicht war es ein Bär gewesen, vielleicht aber auch jene Kreatur, die ihn noch Jahre später in seinen Träumen verfolgt hatte. Die spitzen gelben Zähne und die speicheltropfenden Lefzen vor Augen, hatte Hakon nach dem Einzigen gegriffen, mit dem er hoffte, sich wehren zu können: Steine. Er warf dem Untier alle Steine entgegen, die er finden konnte. Sie prallten von dem massigen Körper ab wie von einer Wand aus Fell. Die Steine hatten das Wesen nicht aufhalten können. Was Hakon rettete, war ein glücklicher Zufall. Er bekam zwar einen Schlag mit einer Pranke ab, fiel dann aber in eine Schlucht, in der der Aufprall von Büschen aufgefangen wurde. Von der Begegnung blieben ihm nur ein paar Beulen und Schürfwunden.

Und die Angst vor dem Wesen der Unterwelt.

Aber der Graf war kein solches Wesen – er war ein Mensch! Ein Mensch, den Hakon töten konnte, den er töten musste!

Hakon suchte nach einem weiteren Stein. Die meisten waren Kiesel, die man zur Befestigung des Hafenufers aufgeschüttet hatte und die unter den Sachsen kaum Schaden anrichteten. Endlich bekam er einen faustgroßen Brocken zu fassen, hob ihn auf, zielte und warf. Doch der Graf, der vor der Seherin zurückgewichen war, hielt sich einen Schild über den Kopf, den er einem Dänenkrieger abgenommen hatte, und so prallte der Stein nur dagegen.

Es war Hakon gewesen, der den ersten Stein geworfen hatte. So wie damals bei der Begegnung mit dem zottigen Untier griff er nach Steinen. Und Steine konnten tödlich sein. Daher war sich Hakon die ganze Zeit darüber im Klaren, dass auf der Brücke nicht nur die Soldaten und ihre Führer, sondern auch die Seherin und ihre Kinder verletzt werden konnten.

Als immer mehr Schaulustige seinem Beispiel gefolgt waren, wuchs seine Sorge um die Verurteilten. Von ihnen war zwar bislang niemand getroffen worden, aber sie schwebten wie alle anderen in Lebensgefahr.

Unterdessen rückte die Menge weiter vor und zwang die sächsischen und dänischen Soldaten zur Brücke zurück. Die Männer des Grafen in ihren roten Mänteln hatten ihre Schwerter und Lanzen auf die Bewohner Haithabus gerichtet. Aus Angst vor der gewaltigen Übermacht wagten sie es jedoch nicht, die Waffen einzusetzen. Von den Dänenkriegern ganz zu schweigen: Sie hatten ihre Schwerter längst wieder in die Scheiden geschoben und stemmten sich allein mit ihren Schilden gegen die Flut der herandrängenden Menschen.

Zwischen zwei Würfen sah Hakon, wie sich der Graf unter seinen Schild geduckt wieder der Seherin näherte. Offenbar wollte er sie noch immer töten. Er schien sogar noch entschlossener dazu zu sein. Immer näher kam er der Seherin, deren Stimme bis an Hakons Ohren drang. Die Steine, die ihn an Beinen und Hüften trafen, schien der Graf nicht zu bemerken, und so erreichte er schließlich Velva. Er ließ den Schild fallen, packte die Seherin und zerrte sie zum Käfig, indem er sie zu seinem Schutz vor sich hielt.

Als Hakon dies sah, hörte er auf zu werfen, um die Seherin nicht zu verletzen. Nach und nach taten dies auch alle anderen. Bald darauf war der Steinhagel erneut verebbt, und die Menge an der Brücke kam zum Stehen.

Tatenlos mussten die Dänen mit ansehen, wie der Graf die Seherin in den Käfig zwang, ihn verschloss und mit Hilfe des Bischofs und einiger Soldaten erneut zum Brückenrand schob. Da riss sich der Sohn der Seherin von einem Bewacher los und sprang den Grafen an, der ihn jedoch mit einem Faustschlag ins Gesicht niederstreckte. Der Junge rappelte sich wieder auf, griff den Sachsen erneut an und hängte sich an dessen Beine. Immerhin erreichte der Junge damit, dass der Käfig zumindest für einen Augenblick nicht weitergeschoben werden konnte.

Hakon bewunderte den Jungen für dessen Mut. Er wollte ihm irgendwie helfen und sich gerade nach dem Raben umschauen, als der König die Schilde fortnehmen ließ und sich von seinem Stuhl erhob.

Gefolgt von den dänischen Stammesfürsten, ging er auf den Grafen zu. Der versuchte noch immer, den Jungen abzuschütteln.

Auf Befehl ihres Königs zogen die Dänen ihre Schwerter – und richteten sie auf die Sachsen, die sofort vom Käfig abließen.

Im Hafen war es still geworden, selbst der Wind schien für einen Augenblick einzuschlafen.

Als der König seine schrille Stimme erhob, war sie weithin zu hören.

«Ich, Harald Gormsson, König aller Dänen, widerrufe hiermit das Todesurteil gegen die Seherin und ihre Kinder! Das Volk soll seinen Willen bekommen!»

«Nein!», brüllte der Graf. «Ihr habt das Urteil gesprochen, und es muss vollstreckt werden. Ich bin der Herr der Mark. Hier gilt allein mein Wort. Solltet Ihr Euch weigern, die Verräterin und Mörderin zu bestrafen, werde ich *meinem* König darüber Bericht erstatten. Er wird Soldaten schicken. Hunderte! Tausende! Es wird blutige Vergeltung geben …»

Da flog ein weiterer Stein und traf den Grafen mitten ins bandagierte Gesicht. Er stieß einen heulenden Schrei aus, kippte hintenüber und blieb liegen.

Jubel brandete auf.

Hakon ließ seine Hand sinken. Einige Menschen, die bei ihm standen, hatten gesehen, dass er es gewesen war, der den letzten Stein geworfen hatte. Man klopfte ihm auf die Schultern und nickte ihm anerkennend zu.

Der König war noch nicht fertig mit seiner Rede. Er warf einen beiläufigen Blick auf den Grafen, dessen Verband sich vom Blut rot verfärbte.

«Hört mich an!», rief Harald Gormsson. «Die Seherin soll leben. Aber sie hat gemeinsame Sache mit dem Seeräuber Sigurd von Hladir gemacht und uns an die Feinde verraten. Zur Strafe wird sie aus Haithabu verbannt, ebenso wie ihre Kinder. Als Geächtete müssen sie bis zum Ende ihres Lebens in den Wäldern der Mark leben. Sie dürfen keine Siedlung und keinen Hof betreten. Niemand darf sie aufnehmen, niemand ihnen helfen oder ihnen Lebensmittel geben. Wer dies tut, macht sich ebenfalls schuldig! Wenn noch irgendjemand etwas dazu zu sagen hat, so soll er es jetzt tun!»

Es meldete sich niemand zu Wort.

13.

Thankmar schaute aus dem Fenster. Die Sonne stand über den Wäldern der Mark. Helles Licht fiel in die Kammer. Dennoch glaubte Thankmar, die ewige Finsternis strecke ihre Arme nach ihm aus, um ihn in die Hölle hinabzuziehen.

Deine Seele versinke in Qualen!

Immer wieder hallte der Fluch der Seherin in seinen Ohren wider. Wie flüssiges Eisen tropften ihre Worte in seine Seele. Die Stimme war nachts in seinen Träumen bei ihm und am helllichten Tag.

Stöhnend sank er auf die Knie, dann warf er sich auf den Boden. Er krümmte sich wie im Fieberwahn, den Kopf zwischen den Händen vergraben.

Fahr hin zur Hel, von Hunden zerfleischt!

Hätte er doch seinen Talisman! Hätte er ihn am Tag der Hinrichtung getragen, dann hätte der Fluch ihm nichts anhaben können, davon war Thankmar überzeugt.

Zwei Wochen waren vergangen, seit der Bastard Harald Gormsson vor dem Volk eingeknickt war. Wie ein räudiger Köter, den man zur Ordnung prügelte, hatte sich der Dreckskerl den Steinewerfern gebeugt.

Nach einer Weile ebbten die Krämpfe ab. Thankmar beruhigte sich allmählich wieder und erhob sich.

Inzwischen waren die Schatten länger geworden. Bald würde die Sonne untertauchen, jenseits des Walls aus Holz und Erde, mit dem die Burg umgeben war. Gesäumt von dichten Wäldern, stand die Anlage unweit einer Furt des Flusses Egidora. Durch diese Furt führte der Heerweg, den man wegen der Viehtriebe auch Ochsenweg nannte. Der Fluss markierte die südliche Grenze der unter Thankmars

Verwaltung stehenden Mark, das Danewerk die nördliche Grenze. Die Anlage war bereits vor vielen Jahren errichtet worden, damals noch von Dänen, bevor der Sachsenkönig Heinrich sie vernichtend geschlagen und hinter das Danewerk zurückgetrieben hatte. Seither hatten auf dieser Burg die Markgrafen gelebt, zuletzt Wichmann, dann Thankmar.

Innerhalb des Walls stand ein gutes Dutzend Holzhäuser. In den mit Stroh gedeckten Hütten lebten die Soldaten und Bediensteten, in Ställen waren die Pferde und das Vieh untergebracht. Thankmar bewohnte das größte Haus, das auf einer Erhebung stand, die immerhin so hoch war, dass er durch das Fenster über den Schutzwall hinwegschauen konnte – hin zu den Wäldern, in denen irgendwo die Seherin hauste.

Er drehte sich zur Tür um, als draußen einer der wachhabenden Soldaten hustete.

Dann trat er wieder vor das Fenster.

Bald würde die Nacht hereinbrechen, und mit der Dunkelheit würden die grauenvollen Träume wiederkommen.

Seit seiner Rückkehr vom Hafen hatte er die Burg nicht mehr verlassen. Wie ein Gefangener ließ er sich Essen und Trinken ins Haus bringen, ließ den Eimer, in dem er seine Notdurft verrichtete, ausleeren. Alles Zureden von Hauptmann Ernust hatte nichts geholfen, auch Bischof Poppo war ohne Erfolg wieder abgezogen. Thankmar konnte keine Gesellschaft ertragen.

Er traute niemandem. Das hatte er zwar noch nie getan, aber seit die Seherin ihn verflucht hatte, kam es ihm vor, als ob er ausschließlich von Menschen – und Geistern! – umgeben sei, die nur eines wollten: ihn um sein Erbe bringen, den Thron!

In lichten Momenten versuchte er sich einzureden, dass

weder Ernust noch Poppo noch irgendjemand anderer auf der Burg ihm sein Gold und Silber stehlen würde – oder jenen Schatz, der noch weitaus wertvoller war. Dann übermannten ihn wieder die dunklen Gedanken. Gedanken, in denen von finsteren Mächten gedungene Gestalten in sein Haus einbrachen, um ihm die letzte Hoffnung auf sein Erbe zu nehmen.

Thankmar bewegte sich vom Fenster weg, um zum dritten oder vierten Mal an diesem Tag nachzuschauen, ob alles noch an seinem Platz war.

Die mit drei Schlössern gesicherte Truhe hatte er in eine dunkle Ecke geschoben und mit Tüchern bedeckt. Jetzt nahm er die Tücher herunter, öffnete die Lade mit den Schlüsseln, die er immer bei sich trug, und klappte den Deckel auf. Das letzte Sonnenlicht glitt über den Inhalt, der die Truhe noch etwa zu einem Drittel füllte. Einen großen Teil seiner Schätze hatte er für den Angriff auf Hladir aufwenden müssen.

Es glitzerte und funkelte in der Truhe: Silbermünzen, aus Goldfäden gedrehte Halsringe, Fibeln, Perlenketten, Ringe mit Edelsteinen und Bernsteinamulette waren darin – all die Sachen, die er den Menschen in der Mark abgenommen hatte.

Die wenigsten Dänen hatten ihm ihre Kostbarkeiten freiwillig ausgehändigt. Aber Thankmar besaß ein feines Gespür, wenn es darum ging, jene Orte ausfindig zu machen, an denen die Leute ihre Reichtümer versteckten. Und hinterher – er musste beinahe kichern bei dem Gedanken –, wenn er ihnen die Sachen unter die Nase hielt, die sie ja angeblich gar nicht besaßen, hätte jeder Einzelne von ihnen alles dafür gegeben, vorher mit Thankmar zusammengearbeitet zu haben. Was waren schon eine Kette oder eine

Fibel gegen eine abgeschlagene Hand oder einen erhängten Sohn?

Vor der Tür waren die gedämpften Stimmen einiger Soldaten zu hören. Wahrscheinlich fand gerade eine Wachablösung statt.

Thankmars Laune besserte sich. Er musste seine Zuversicht nutzen, bevor der Fluch wieder über ihn kam. Daher legte er sich schnell goldene Reife um den Hals, schmückte seine Finger mit Ringen und drehte sie an seiner ausgestreckten Hand, damit sie das letzte Licht einfingen.

Was für eine Pracht!

Ein behagliches Gefühl durchflutete ihn. Er war überzeugt, dass der Tag kommen würde, an dem er noch viel mehr Schätze besaß. Er würde der reichste und der mächtigste Mann der Welt sein. Er würde über die Sachsen und über alle anderen Völker herrschen. Seinen Onkel Otto würde er zerquetschen wie eine Laus, und dann würde er dessen goldene Lanze tragen. Dem Dänenkönig würde er den Hals aufschlitzen und sich mit seiner Kette schmücken.

Während sich Thankmar am Glanz der Kostbarkeiten weidete, spürte er urplötzlich die Angst zurückkehren. Mit eiserner Faust ergriff sie sein Herz, als sei der Geist der Unterwelt durchs offene Fenster in die Kammer gefahren.

Seine hochtrabenden Gedanken fielen in sich zusammen.

Und dann waren sie wieder da, die Worte der Seherin. Gnadenlos drängten sie in sein Bewusstsein. Er zitterte, als er Gold und Silber zurück in die Truhe warf, den Deckel zuklappte und verschloss.

Draußen lachten die Soldaten. Vielleicht hatte einer von ihnen einen Scherz gemacht. Vielleicht über Thankmar, ihren Herrn …

Aus den Erfahrungen der vergangenen Tage wusste er,

dass das lähmende Angstgefühl immer einige Augenblicke lang aufwallte und dann allmählich wieder abebbte. Bis zum nächsten Anfall.

Doch dieses Mal schien es schlimmer zu werden.

Seine Knie knickten ein, und er sank nieder wie ein Büßer. Vor seinem geistigen Auge tauchte die Seherin auf, nackt wie die Hure des Satans, das Gesicht zur teuflischen Fratze verzerrt. Die Tätowierungen auf ihrem Körper wurden lebendig, lösten sich pulsierend von ihrer Haut. Schlangen und Drachen schnellten auf Thankmar zu, um ihre langen, spitzen Zähne in sein Fleisch zu schlagen.

Und die Seherin sang ihr Lied.

Sie werden dir die Brust zerbrechen, dass giftige Nattern dein Herz zernagen!

«Geht weg!», stieß Thankmar aus. «Verschwindet – Dämonen der Hölle!»

Er presste die Lippen aufeinander, damit die Soldaten ihn nicht hörten. Niemand durfte wissen, wie angreifbar er in diesen Momenten war.

Da vernahm er wie aus weiter Ferne ein Klopfen. Er hörte eine Stimme, die nach ihm rief und wissen wollte, ob etwas geschehen sei.

«Alles … alles bestens», gab er keuchend zurück.

Er rollte sich vor der Truhe zusammen wie ein Kind im Schoß seiner Mutter, während eine weitere Woge der Finsternis die schlimmsten Erinnerungen aus den Tiefen seiner Seele hervorspülte …

Er sah seinen Vater.

Er sah, wie der Vater sich erhob, als Thankmar den Raum betrat. Der Vater kam auf ihn zu, kniete vor ihm nieder. Er hatte Tränen in den Augen; sie liefen über seine Wangen, tropften in den dichten, kurzen Bart. Nie zuvor hatte Thankmar ihn weinen sehen. Er war ein harter Hund, unerbittlich, unerschütterlich.

Er hatte Thankmar zum Krieger erzogen.

Das Schwert ist das Werkzeug eines Mannes, hatte der Vater gesagt. Das Töten ist sein Handwerk!

Als Thankmar ein Kind war, holte der Vater ihn einmal aus dem Bett, obwohl Thankmar mit Fieber darniederlag. Er zerrte ihn auf den Rasenplatz im Burghof. Es war Winter, und Mutter weinte, als der Vater ihm die Kleider vom Leib riss. Nackt stand der Junge im Schnee.

Der Vater gab ihm ein Schwert und befahl ihm zu kämpfen. Aber Thankmar war zu schwach, um die Schläge zu parieren.

«Kämpfe!», schrie der Vater. «Du musst immer bereit sein zu kämpfen! Wenn dein Feind dich töten will, fragt er nicht, ob du krank bist oder gesund.»

Der Vater schlug ihm das Schwert aus der Hand. Thankmar flehte ihn an, bettelte um Gnade. Doch der alte Mann warf den nackten Jungen in den Schnee, und die Mutter durfte ihm nicht helfen.

Nach einer Weile kroch er ins Haus zurück. Als er im Bett war, wollte er nur noch eins – sterben.

Aber er hatte seinen Vater immer geliebt.

Auch an jenem Tag, an dem der alte Mann weinend vor ihm kniete und sagte, dass er fortgehe.

Thankmar wollte ihn begleiten. Achtzehn Jahre war er alt, ein Mann, ein Kämpfer.

Aber der Vater schüttelte den Kopf. Wenn er nicht selbst das vollende, wofür Gott ihn bestimmt habe, werde sein Sohn dies eines Tages tun müssen. Dies musste Thankmar ihm schwören, bei seinem Leben.

Dann ging der Vater, um den Mann zu töten, der ihm die

Krone gestohlen hatte – seinen Halbbruder Otto, Thankmars Onkel.

Thankmar hatte seinen Vater niemals wiedergesehen. Ottos Soldaten hatten ihn auf der Eresburg getötet. Sie hatten ihn abgeschlachtet, sich mit seines Vaters königlichem Blut besudelt, wie mit dem eines Opferlamms.

Viele Jahre später ritt Thankmar zu der Burg. In der Kapelle kniete er vor dem Altar nieder, auf dem sein Vater ermordet worden war – obwohl er in der Kirche unter Gottes Schutz gestanden hatte. Auf dem Altar waren noch Flecken getrockneten Blutes zu erkennen. Thankmar schnitt mit dem Messer ein Stück Holz aus der Platte und bohrte ein Loch hinein. Bei diesem Talisman, auf dem das Blut seines Vaters klebte, schwor er sich, ihn zu rächen – und an seiner Stelle das Erbe anzutreten.

Mit dem Gedanken an den verlorenen Talisman kam Thankmar wieder zu sich.

Noch immer raste sein Herz wie nach einem schnellen Lauf, als plötzlich die Fratze der Seherin vor seine Augen schwebte.

Sie schrie ihn an.

Alles werde ich dir nehmen! Alles! Niemals wirst du das Vermächtnis deines Vaters vollenden. Niemals sein Erbe antreten und den Thron besteigen.

Eine Schlange kroch zwischen ihren Brüsten hervor, wand sich glatt und kalt um Thankmars Hals und stieß ihre Giftzähne in seinen Nacken.

Und zum Schluss, zischelte die Seherin, *nehme ich mir dein Leben!*

Dann verschwand sie.

Thankmar schlug die Augen wieder auf. Es dauerte einen Augenblick, bis er wusste, wo er sich befand.

Er rappelte sich auf, um sich zum Bett zu schleppen, als ein Gedanke wie eine glühende Lanze in ihn fuhr.

Wenn die Seherin ihm alles nehmen wollte, würde sie als Erstes die Urkunde vernichten.

Thankmar war plötzlich hellwach. Warum es so war, wusste er nicht, aber mit einem Mal war er fest davon überzeugt, dass die Seherin von dem Schriftstück erfahren haben musste.

Und sie würde dafür sorgen, dass auch Otto davon erfuhr.

Vielleicht waren die Verräter längst in der Burg und warteten nur darauf, dass Thankmar endlich einschlief? Ja, ganz gewiss – noch in dieser Nacht würden sie kommen, um die Urkunde zu holen.

Er musste sie in Sicherheit bringen. Auf das Schriftstück gründeten sich seine ganzen Anstrengungen, ohne die Urkunde war alles wertlos. Sie war der Beweis, dass sein Vater der rechtmäßige Thronerbe König Heinrichs war – und somit auch Thankmar.

Er kannte die ganze Geschichte des Schriftstücks. Heinrich hatte die Urkunde einst selbst ausgestellt, um Thankmars Großmutter Hatheburg heiraten zu können. Es war ein Handel gewesen. Hatheburg, die eigentlich für das Kloster bestimmt war, hatte von Heinrich eine Sicherheit verlangt: Würde sie einen Sohn bekommen – so war es in der Urkunde festgehalten –, sollte er das Anrecht auf die Thronfolge haben. Sie gebar einen Sohn: Thankmars Vater.

Die Ehe währte nicht lange, und als Heinrich sich von Hatheburg trennte, um dieses Hurenweib Mathilde zu heiraten, wollte er die Urkunde vernichten. Doch Hatheburg ging ins Kloster, wo sie und die Urkunde vor Heinrichs Nachstellungen sicher waren.

Zwei Jahre nachdem Thankmars Vater von Otto, dem Sohn aus Heinrichs zweiter Ehe, getötet worden war, ließ die Großmutter ihren Enkel Thankmar zu sich kommen. Auf dem Sterbebett gab sie ihm die Urkunde, die sie all die Jahre aufbewahrt hatte.

Mit dem Beweis in der Hand sollte er das vollenden, was seinem Vater verwehrt worden war: der Familie die Macht zu geben, die ihr gehörte.

Als draußen erneut Stimmen zu hören waren, fuhr Thankmar zusammen.

Aber waren da wirklich nur Stimmen gewesen? Waren da nicht auch Geräusche, die klangen, als ob Schwerter aneinanderschlugen?

Er kniete vor dem Bett nieder. Mit den Händen hob er das Loch aus, in dem er die Eisenschatulle versteckt hatte. Er grub und grub, und bald hatte er die kleine Kiste freigelegt. Mit bebenden Händen öffnete er das Schloss, klappte den Deckel auf und sah, dass das Pergament darin war – *noch* darin war.

Vor der Tür lachte jemand ein wenig zu laut.

Thankmar verschloss die Schatulle wieder. Er musste sie woanders verstecken. Aber wo? Wo war sie wirklich sicher?

Der Wald, schoss es ihm durch den Kopf. Natürlich! Der Wald war riesig, und mit einem Mal fiel ihm eine Stelle ein, zu der er die Urkunde bringen musste und zwar gleich.

Er legte das Kettenhemd an, warf sich den Mantel über und gürtete das Schwert. Die Kiste steckte er in einen Lederbeutel, den er unter dem Mantel verbarg.

Jetzt fühlte er sich wieder wie ein Krieger. Kämpfe, hatte sein Vater befohlen. Kämpfe um dein Leben – und um dein Recht! Um unser Recht!

Thankmar lauschte an der Tür. Wieder lachte jemand.

Die Hand am Schwert, schob er den Riegel zur Seite und trat zum ersten Mal seit langer Zeit wieder ins Freie.

Überrascht drehten sich die drei Männer um, die vor seinem Haus Wache standen. Sie gehörten zu Thankmars Haustruppe. Ihre Mäntel schimmerten dunkelrot. Einer der Soldaten ließ schnell einen Weinschlauch hinter dem Rücken verschwinden. Die Männer waren angetrunken, was ihre lauten Stimmen erklärte. Natürlich war Wein während der Wache verboten. Aber offenbar hatten sie nicht damit gerechnet, an diesem Abend gestört zu werden, zumal sie den Grafen schon lange nicht mehr zu Gesicht bekommen hatten.

«Herr», stammelte einer der Soldaten, der Wido hieß. «Wir dachten, Ihr schlaft bereits ...»

Thankmar überlegte kurz, ob er die Männer für ihren Ungehorsam bestrafen sollte. Aber er verwarf den Gedanken. Jetzt gab es Wichtigeres zu tun.

«Ihr tragt ja Eure Rüstung», bemerkte Wido.

«Bringt mir mein Pferd», entgegnete Thankmar.

Während einer der Soldaten loslief, fragte Wido, ob sie Thankmar begleiten sollten.

«Es ist nicht ungefährlich im Wald», meinte er. «Es wird bald dunkel.»

«Hast du mich schon einmal kämpfen sehen?», entgegnete Thankmar.

Wido nickte, der andere Soldat ebenfalls.

«Was glaubt ihr also, wer mehr Angst haben muss? Ich oder ein paar zerlumpte Gestalten?»

In dem Moment kehrte der Soldat mit Thankmars gesatteltem Pferd zurück. Thankmar saß auf, gab dem Pferd die Sporen und preschte durch das geöffnete Burgtor.

14.

Am Waldrand, unweit der Burg des Markgrafen, bereitete Hakon sein Nachtlager vor.

Unterhalb einer großen Eiche diente ihm eine Lage aus Reisig und trockenem Laub als Polster, darüber breitete er eine Decke aus. Nachdem er Schwert, Bogen und Pfeilköcher abgelegt hatte, streckte er sich auf dem Lager aus und hüllte sich in seinen Mantel. Auf dem Rücken liegend, schaute er hinauf in den Baum, dessen Äste sich vor dem dunkler werdenden Himmel abzeichneten wie verschlungene Arme. Auf einem der Äste, oben in der Krone, saß der Rabe, der in der Dämmerung nur noch als schwarzer Punkt auszumachen war.

Am nächsten Morgen würde Hakon wieder in die Eiche klettern, so wie an diesem Morgen und dem davor und an jedem Morgen der vergangenen Tage. Dann würde er wieder die Burg beobachten, die nur wenige hundert Schritt vom Waldrand entfernt war, und auf den Grafen lauern.

Irgendwann musste er herauskommen, und so lange würde Hakon warten.

Seit er auf der Lauer lag, war das Tor nur selten geöffnet worden. Hin und wieder ritten Soldaten hindurch, manchmal kamen Händler. Einmal war der Bischof aufgetaucht und am nächsten Tag wieder verschwunden.

Hakon hatte kurz überlegt, ob er dem Bischof folgen und ihn töten sollte. Das wäre ein Leichtes gewesen, denn der Bischof ritt nur in Begleitung eines einzigen Soldaten. Dafür hätte Hakon jedoch seinen Posten verlassen müssen und vielleicht den Grafen verpasst.

Er hatte auch darüber nachgedacht, in die Burg einzudringen, diesen Gedanken jedoch wieder verworfen.

Es war zu gefährlich. Die Anlage war von einem hohen, mit Holz befestigten Erdwall umgeben. Hinter der Brustwehr patrouillierten Tag und Nacht die Soldaten mit den roten Mänteln. Hakon schätzte, dass die Haustruppe des Grafen aus mindestens drei Dutzend schwer bewaffneten Männern bestand. Für einen einzigen Mann schien es unmöglich, unbemerkt in die Burg einzudringen, nach dem Grafen zu suchen und ihn umzubringen.

Nein, es blieb Hakon nichts anderes übrig, als zu warten. Aber wie lange noch? Der Herbst schritt voran. Die Nächte waren bereits unangenehm kühl. Bald würde es die ersten Nachtfröste geben. Und mit jedem Tag, der den Winter näherbrachte, fuhren wegen der drohenden Herbststürme weniger Schiffe in den Norden nach Hladir.

Während er wie an jedem Abend diese Gedanken wälzte, überkam ihn die Müdigkeit. Er glitt gerade in den Schlaf, als das heisere Krächzen an seine Ohren drang.

Sofort öffnete er die Augen wieder, schlüpfte aus Mantel und Decke und erhob sich vom Lager. Es musste etwas geschehen sein. Der Rabe würde ihn niemals grundlos rufen. Mit zwei, drei Sätzen war Hakon auf der Eiche und sah im letzten Tageslicht, dass das Burgtor geöffnet worden war. Aus der Ferne waren die Geräusche von Pferdehufen zu hören. Ein Reiter galoppierte durchs Tor und hielt auf den Weg zu, der nicht weit entfernt von Hakons Beobachtungsposten in den Wald führte.

Der Reiter würde ganz nah an ihm vorbeikommen.

Ob es sich dabei um den Grafen handelte, war für Hakon noch nicht zu erkennen. Aber sein Instinkt sagte ihm, dass er den Reiter nicht einfach so davonkommen lassen durfte.

Er sprang von der Eiche, ergriff seine Waffen und huschte geduckt durchs Unterholz.

Als er den Weg beinahe erreicht hatte, sah er den Reiter in vollem Galopp vorbeijagen. Es war der Graf!

Hakon fluchte in sich hinein. Das war die Gelegenheit gewesen, auf die er gewartet hatte, und er hatte sie vertan.

Er trat auf den Weg. Im Dämmerlicht war der Graf noch schemenhaft zu erkennen. Er schien jetzt wesentlich langsamer zu reiten. Offenbar hatte er Angst, das Pferd könnte über eine Wurzel stolpern oder auf feuchtem Laub ausrutschen.

Ein Schatten flog über Hakon hinweg. Der Rabe folgte dem Reiter, und dann setzte sich auch Hakon in Bewegung.

Er lief, so schnell er konnte. Schwertscheide und Pfeilköcher schlugen mit jedem Schritt gegen seine Beine. Den Bogen behielt er in der Hand. Beim Laufen behinderten ihn die Waffen zwar, aber er rechnete damit, dass auch der Graf bewaffnet war.

Hakon rannte und rannte. Die Geräusche seiner keuchenden Atemzüge und Schritte hallten ihm in den Ohren wider. Bald schwitzte er am ganzen Körper so sehr, dass er die Fibel löste und den Mantel fallen ließ.

Wenn der Weg vor ihm über eine längere Strecke geradeaus verlief, konnte er hin und wieder den Schatten des Reiters erkennen. Anfänglich hatten zwischen ihnen etwa zweihundert Schritt gelegen, aber die Entfernung wurde größer, sosehr Hakon sich auch beeilte.

Der Atem rasselte in seiner Brust, die Beine wurden immer schwerer. Lange würde er die Geschwindigkeit nicht mehr durchhalten können, es sei denn …

Schweren Herzens warf er zuerst den kostbaren Bogen ins Gebüsch, dann schnallte er auch den Köcher ab. Nun hatte er nur noch das Schwert, und er hoffte, dass es ausreichte, um den Grafen zu töten. Vom Ballast befreit, kam er etwas schneller voran. Bald wurde der Schatten des Reiters wieder größer.

Obwohl seine Beine und Füße weh taten und er Seitenstechen bekam, erhöhte Hakon die Geschwindigkeit. Wie ein Irrer rannte er und versuchte die Schmerzen und die Erschöpfung auszublenden.

Nach einer längeren geraden Strecke beschrieb der Weg mit einem Mal eine Kurve nach rechts, hinter der der Reiter aus Hakons Sichtfeld verschwand.

Er trieb sich noch schneller an. Halte durch! Verdammt, halte durch! Vielleicht war dies die letzte Gelegenheit.

Er jagte um die Kurve, hinter der gleich darauf eine weitere nach links folgte. Dann führte der Weg wieder über eine längere Strecke geradeaus. Aber der Graf war nirgendwo zu sehen.

Hakon hielt an und zog das Schwert aus der Scheide. Sein Herz raste. Der Graf schien wie vom Erdboden verschluckt. Ob er seinen Verfolger bemerkt und sich irgendwo versteckt hatte? Aber wo war das Pferd?

Hakon lauschte. Das Einzige, was er hörte, waren sein keuchender Atem und sein hämmernder Herzschlag.

Irgendwo hier musste der Graf sein.

Allmählich beruhigten sich Hakons Atem und Herz wieder. Als er hinter sich den Raben krächzen hörte, drehte er sich um und ging einige Schritte in die Richtung zurück, aus der er gekommen war.

Wenn der Graf ihm auflauern wollte, hätte er ihn sicher längst angegriffen.

Wieder stieß der Rabe einen Laut aus. Hakon sah den Vogel mit ausgebreiteten Flügeln auf einer Buche sitzen. Gleich neben sich hörte Hakon jetzt ein leises, plätscherndes Geräusch. Er trat an den Wegesrand und sah zwischen den

Bäumen einen Bach im Schein des inzwischen aufgegangenen Mondes schimmern. Wenn der Rabe ausgerechnet an dieser Stelle wartete, hatte das etwas zu bedeuten. Hakon verließ den Weg und trat ins Unterholz. Schemenhaft war ein Wildpfad zu erkennen, der am Bach entlang tiefer in den Wald führte. Der Pfad war von frischen Spuren aufgewühlt und breit genug, um ein Pferd darüberzuführen.

Hakons Hand schloss sich fester um den Schwertgriff.

Das Wasser zur linken Seite, folgte Hakon den Spuren in den Wald. Der Mond schien durch die nahezu kahlen Äste. Das Bachbett zog sich durchs Unterholz, dann wieder durch sumpfiges Gelände. Hakon kniete immer wieder nieder, um die Spuren zu untersuchen. An einer Stelle glaubte er, dass der Graf hier abgesessen war, wohl um das Gewicht des Pferdes zu verringern, damit es nicht zu tief im Morast versank.

Inzwischen war Hakon dem Wildpfad etwa eine Meile gefolgt, aber noch immer hörte oder sah er weder den Grafen noch dessen Pferd.

Er beschleunigte seine Schritte, bis er zu einer Stelle kam, an der der Weg sich gabelte. Er wollte gerade niederknien, um anhand der Spuren festzustellen, welchen der beiden Wege der Graf genommen hatte, als es plötzlich finster wurde. Eine große Wolke hatte sich vor den Mond geschoben.

Neben sich hörte er es plätschern. Gurgelnd umströmte das Wasser im Bachbett Steine und abgebrochene Äste. Über ihm rauschte der Wind in den Wipfeln, Bäume knarrten.

Der Rabe war nicht zu hören. Ob er schon vorausgeflogen war, um dem Grafen zu folgen?

Ungeduldig wartete Hakon darauf, dass die Wolke den Mond wieder freigab. In der Finsternis würde er keine zehn

Schritte weit kommen, ohne sich in dornigen Büschen zu verheddern oder sich im Unterholz zu verlaufen.

Endlich zog die Wolke weiter.

Hakon ging in die Knie, um die Spuren zu untersuchen. Der Graf war dem Pfad weiter am Bach entlang gefolgt.

Er war etwa zweihundert Schritt gegangen, als er das vertraute Krächzen hörte. Sofort ging er hinter einem umgestürzten, mit Moos und Pilzen bewachsenen Baum in Deckung. Aber sosehr er seine Augen auch anstrengte, nirgendwo sah er den Schatten eines Mannes oder eines Pferdes. Nach einer Weile kam er wieder hinter dem Stamm hervor, ging zum Wildpfad zurück und stieß nach wenigen Schritten auf eine mit Bäumen bewachsene Erhebung.

Hier sah er den Raben wieder, der am Fuße des etwa mannshohen Hügels auf einem Stein saß. Hakon schaute sich überrascht um, doch auch hier war vom Grafen weit und breit nichts zu sehen. Warum war der Vogel hier?

Als Hakon näher kam, machte der Rabe keine Anstalten, sich auf seiner Schulter niederzulassen, wie er es für gewöhnlich tat. Vor dem Stein, auf dem der Rabe saß, kniete Hakon nieder. Der Vogel stieß einen leisen, kehligen Laut aus.

Was willst du mir sagen?, dachte Hakon und legte das Schwert ab.

Sein Blick fiel auf den Boden, der rings um den Stein mit lockerer Erde bedeckt war. Da erhob sich der Rabe und flog auf einen Ast in der Nähe. Hakon nahm eine Handvoll Erde und ließ sie durch die Finger rinnen. Sie war so locker, dass sie erst vor kurzem ausgehoben worden sein musste.

Hakon wälzte den Stein zur Seite und sah, dass der Boden darunter aufgewühlt war. Mit beiden Händen begann er zu graben. Er warf die Erde hinter sich und stieß auf abgeschnittene Wurzeln, die von etwas Scharfem, vermutlich einem Messer, durchtrennt worden waren. Bald hatte er so tief gegraben, dass seine Arme bis zu den Ellenbogen im Erdloch verschwanden, und als er eine weitere Handvoll Erde herausholen wollte, stießen seine Finger auf etwas Hartes. Kurz darauf hatte er eine kleine Kiste freigelegt, die er vorsichtig aus dem Loch hob und auf dem Boden abstellte.

Es war eine Schatulle aus Eisen, die mit einem Schloss versehen war. Hakon zog sein Messer, schob die Klinge zwischen Deckel und Schloss, und nach einigen Versuchen gelang es ihm, das Schloss abzureißen und den Deckel zu öffnen.

Was auch immer in der Kiste war – für den Grafen musste es sehr wichtig sein. Sonst hätte er kaum einen so großen Aufwand betrieben, um die Schatulle tief im Wald zu verstecken.

Hakon griff hinein und fühlte etwas Längliches, das zum Schutz vor Feuchtigkeit sorgfältig in gewachsten Stoff eingeschlagen war. Das Herz schlug ihm vor Anspannung bis zum Hals, als er das Tuch auseinanderwickelte. Was für ein Schatz würde wohl darin sein? Als er jedoch feststellte, dass es lediglich ein Stück gegerbte Tierhaut war, die die Sachsen Pergament nannten, war er enttäuscht. Insgeheim hatte er gehofft, in der Schatulle Gold, Silber oder Edelsteine zu finden. Mit den Schätzen hätte er vielleicht seinen Vater besänftigen können, wenn Hakon nach Hladir heimkehrte.

Denn genau das wollte er nun tun. Da es ihm weder beim Überfall im Wald bei Haithabu noch im Hafen oder heute Nacht gelungen war, den Grafen zu töten, nahm er an, dass die Götter die Zeit offenbar noch nicht für gekommen hielten. Und was konnte Hakon gegen den Willen der Götter ausrichten? Nichts! Außerdem würden bald Herbststürme die Schifffahrt in den Norden zum Erliegen bringen. Den Winter in den Wäldern der Mark zu verbringen, erschien Hakon zu gefährlich. Er kannte hier niemanden, der ihm Unterschlupf gewähren würde, und wenn er versuchen würde, auf einem Hof unterzukommen, bestand die Gefahr, dass man ihn an den Grafen verriet.

In Hladir konnte er jedoch neue Kräfte sammeln und dann, wenn die Götter den Zeitpunkt für günstig hielten, hierher zurückkehren, um seine Rache zu vollenden. Denn er war fest entschlossen, den Grafen eines Tages für das zu richten, was er getan hatte!

Hakon wollte das Pergament schon wieder zurück in die Schatulle legen, als er es sich noch einmal anders überlegte. Er rollte es auseinander und betrachtete im Mondlicht die geheimnisvollen Schriftzeichen. Lesen konnte er sie zwar nicht, aber ihm war klar, dass sie wichtig sein mussten. Daher beschloss er, das Pergament mitzunehmen und stattdessen etwas anderes zurückzulassen – etwas, das dem Mörder vor Augen führen würde, dass er, Hakon von Hladir, ihn verfolgte und nicht ruhen würde, ehe er Vergeltung geübt hatte.

Nachdem Hakon die Kiste wieder verbuddelt und den Stein an die alte Stelle zurückgerollt hatte, machte er sich mit dem Raben auf der Schulter auf den Rückweg.

15.

Mit dem ersten Schnee traf Hakon in Hladir ein.

Die Stadt lag auf einer Landzunge am Ufer des großen Fjords, der weit ins Land Nordmoer reichte. Jenseits der

Stadt ragten die Berge schroff und kahl so hoch auf, dass ihre Kuppen in den Wolken verschwanden. Durch den Hafen wirbelten weiße Flocken, als das Schiff an einer der Landebrücken festmachte. Es war ein mit Wein und Getreide beladenes Handelsschiff, das ähnlich gebaut war wie jenes, auf dem Hakon vor einigen Wochen seine Heimat verlassen hatte. Im Hafenbecken lagen nur noch wenige Schiffe. Die meisten hatte man bereits ans Land gezogen, wo sie kieloben den Winter über bleiben würden.

Als Hakon von Bord ging, sah er am steinigen Ufer unterhalb der hölzernen Stadtmauer mehrere Fischer stehen, die im Schneegestöber damit beschäftigt waren, ein halbes Dutzend erlegte Robben sowie einen kleinen Wal zu zerteilen. Das Blut der Tiere färbte den Schnee und die Hände der Männer rot.

Hakon schulterte den Beutel mit dem wenigen, das er bei sich hatte, und zog die Fellkappe gegen den schneidenden Wind tief ins Gesicht. Mit einem Krächzen erhob sich der Rabe von seiner Schulter und flog über die Stadt davon. Hakon schaute ihm nach, bis der Vogel jenseits der schneebedeckten Dächer als winziger Punkt aus seinem Sichtfeld verschwand. Vermutlich flog er direkt zum Jarlshof, wohin auch Hakon nun gehen musste, um dort das vorzufinden, was ihm von seiner Familie noch geblieben war.

Er versuchte, sich auf Eirik, seinen kleinen Sohn, zu freuen, aber die Freude wurde überschattet von der Trauer um Thora.

Während er über die Brücke stapfte und seine Stiefel knirschend im frischen Schnee die ersten Abdrücke hinterließen, dachte er an seine Frau, wie er das so häufig in den vergangenen Wochen getan hatte. Vor seinem inneren Auge sah er ihr goldfarbenes Haar und ihre Augen, die so klar waren wie Eis. Er sah ihre helle Haut und ihren schlanken Körper. In Hakons Erinnerung war sie schön wie eine Göttin.

Sie hatten sich gekannt, seit sie Kinder waren. Als Hakon fünf Jahre alt war, hatte ihn sein Vater Sigurd – so wie es Sitte war – auf einen Hof nördlich von Hladir zu einem Mann namens Skadi Skoptisson gebracht. Dort wuchs Hakon als Skadis Ziehsohn auf, und Hakon und Skadis Tochter Thora waren bald unzertrennlich, erst im Spiel, später im Leben. Vor einigen Jahren hatten sie geheiratet und waren zu Hakons Vater Sigurd auf den Jarlshof von Hladir gezogen, wo Thora bald darauf Eirik auf die Welt brachte. Hakon und Thora wollten viele Kinder haben, doch Eirik blieb ihr einziges Kind.

Hakon kam zum Ende der Brücke und dann auf den Weg, der zum Stadttor führte. Auch hier war der Schnee noch unberührt. Nur wenige Menschen gingen im Winter zum Hafen hinunter. Bald würde er vereist sein und die Schifffahrt völlig zum Erliegen kommen. Dann war es endgültig vorbei mit der Fischerei und der Jagd auf Robben, Seehunde, Walrosse und Wale, und es brachen die langen, kalten Zeiten an, in denen die Menschen des Nordens auf ihre Vorräte zurückgreifen mussten.

In der Stadt waren die Wege belebter. Überall waren die Bewohner mit alltäglichen Arbeiten beschäftigt. Sie versorgten in den Vorhöfen ihre Ziegen, Schafe und Rinder mit Heu, häuteten Hasen, räucherten Fische und besserten ihre Häuser aus. Geräusche von Schmiedehämmern und Beilen, mit denen Holz gehackt wurde, drangen an Hakons Ohren, während er durch die Stadt ging.

Einige Jungen rannten den Weg hinunter in seine Richtung. Lachend bewarfen sie sich mit Schnee. Ein mutiger

Knabe formte einen Schneeball und schleuderte ihn auf Hakon. Der Schnee zerplatzte an dessen Brust. Brüllend vor Lachen, forderten ihn die Jungen auf mitzuspielen. Doch als er seine Fellkappe in die Stirn schob, erkannten sie ihn und eilten, seinen Namen rufend, davon. In den Höfen drehten sich die Menschen nach ihm um.

Hakon ging schnell weiter.

Umgeben von einer brusthohen Steinmauer, stand der Jarlshof am Rande der Stadt. Im Zentrum des Hofs stand das Langhaus. Darin lebten der Jarl, seine Familie und ein Dutzend Knechte, Mägde und Sklaven. Im Schatten des von außen mit Balken gestützten Anwesens duckten sich Schuppen und Wirtschaftsgebäude für Gerätschaften und Heu, das als Tierfutter verwendet wurde.

Hakon ging unter dem Torbalken hindurch, an dem ein außergewöhnlich großes Elchgeweih befestigt war. Jarl Sigurd hatte das Tier vor vielen Jahren erlegt, noch bevor Hakon zu Skadi gekommen war. Tagelang hatte Sigurd dem Elchbullen aufgelauert, bis sich seine Beharrlichkeit auszahlte. Seither war niemals wieder ein so großer Elch in den Bergen bei Hladir erlegt worden. Hakon war damals sehr stolz auf seinen Vater gewesen.

Auf dem Weg über den stillen Hof begegnete ihm niemand. Mit mulmigem Gefühl trat Hakon vor den Eingang des Jarlshauses. Er hob eine Hand, um anzuklopfen, doch dann zögerte er. Er kam sich vor wie ein Besucher, der in der Fremde um Einlass bitten musste.

Da hörte er den Raben auf einem der Schuppen krächzen. Hakon ließ seine Hand wieder sinken, legte sie an den Türgriff und zog die Tür auf.

In der von Feuern erhellten Halle empfingen ihn Wärme und die Gerüche von geräuchertem Robbenfleisch, gemischt mit den Ausdünstungen der Pferde, Schweine und Ziegen, die im hinteren Bereich des Langhauses untergebracht waren. Früher hatte Hakon diese Mischung verschiedenster Gerüche geliebt, jetzt hasste er sie. Sie erinnerten ihn an den Tag, an dem er zuschauen musste, wie Thora starb.

Hakon hatte die Tür kaum hinter sich geschlossen, als jemand seinen Namen rief.

Seine Mutter Bergljot sprang hinter dem Trog auf, wo sie gerade dabei war, einen Brotteig zu kneten. Mit ausgebreiteten Armen lief sie auf ihn zu und umarmte ihn. Hakon ließ seinen Beutel fallen und drückte seine Mutter an sich. Sie reichte ihm nur bis an die Brust, und als er sich zu ihr herunterbeugte, roch er den angenehm vertrauten Duft nach Kräutern in ihrem weißen Haar.

Bergljot löste sich wieder von ihm und trat einen Schritt zurück. Hakon schaute in ihr von Sorgenfalten zerfurchtes Gesicht. Dann glitt sein Blick hinunter zu ihrer linken Hand, an der der Ringfinger fehlte.

Sie hob fragend die Augenbrauen.

Nicht jetzt, dachte er. Ich kann noch nicht darüber sprechen.

«Wo ist mein Sohn?», fragte er stattdessen.

Jetzt lächelte Bergljot wieder, drehte sich um und rief nach Hildirid, der Magd. Hildirid blickte hinter einem Webstuhl auf. Nach Thoras Tod hatte man die junge Frau als Eiriks Amme eingesetzt. Sie erhob sich und verschwand in einem Raum, der von der Halle abgetrennt war. Kurz darauf kehrte sie mit dem kleinen Jungen an der Hand zurück.

Eirik war zwei Jahre alt. Er tapste neben der Magd her, wobei er Hakon aus großen blauen Augen anblickte. Hakon fühlte sich auf schmerzhafte Weise an Thora erinnert.

Rasch kniete er nieder, um den Kleinen zu begrüßen. Doch Eirik blieb zögernd stehen, als müsse er überlegen, wer der große Mann mit dem struppigen Bart und den langen, verfilzten Haaren war. Erst als Hakon Eirik beim Namen rief, hellte sich die Miene des Knaben auf. Er ließ Hildirids Hand los, lief zu seinem Vater und ließ sich in den Arm nehmen.

Da hörte Hakon eine Tür zufallen und schwere Schritte, die sich näherten.

Die Zeit der Wahrheit war gekommen.

Sigurd blieb in gebührendem Abstand stehen und machte keine Anstalten, seinen Sohn zu begrüßen.

«Du bist zurück», stellte er ohne Begeisterung fest.

Hakon schob Eirik zu Bergljot, erhob sich und nickte seinem Vater zu. Sigurd war alt, vielleicht fünfzig. Aber seit Hakon ihn das letzte Mal gesehen hatte, schien er deutlich älter geworden zu sein. Das Haar, das ihm offen über die Schultern fiel, und sein Bart waren grauer geworden, die Falten tiefer und der Blick härter. Dennoch war Sigurd noch immer ein groß gewachsener Mann, mit kräftigen Armen und Händen, die ein Schwert schwingen oder einem Mann das Genick brechen konnten.

«Du warst lange fort», sagte er. «Warum brauchst du so lange, um einen Mann zu töten?»

Seine Wangenknochen zuckten.

Hakon schwieg und hielt dem bohrenden Blick seines Vaters stand.

Er wusste, dass Sigurd keine Frage gestellt, sondern einen Vorwurf ausgesprochen hatte. Der Alte wusste längst, was geschehen war. Nicht, weil man es ihm berichtet hätte, sondern weil er es Hakon ansah.

Inzwischen waren aus allen Ecken des Hauses die

Knechte, Mägde und Sklaven gekommen, um mit Bergljot zusammen auf Hakons Antwort zu warten.

Es war Sigurd, der sie gab.

«Er lebt noch!», sagte er mit Bitterkeit in der Stimme.

Hakon nickte.

Sigurd wandte sich an Bergljot. «Hol mir Bier.»

Sie schickte eine Sklavin los, die in der Vorratskammer einen Becher abfüllte und ihn Sigurd brachte.

«Das ganze Fass», knurrte der Jarl.

Dann ließ er sich auf seiner mit Fellen gepolsterten Bank nieder und begann zu trinken und an seinen buschigen Augenbrauen zu zupfen. Die anderen schauten ihm dabei zu. Niemand wagte es, sich zu bewegen.

Nur der kleine Eirik wusste noch nichts von dem Respekt, den man einem verbitterten Jarl entgegenzubringen hatte. Er tapste zu Hakon und zupfte an dessen Hose. Als Hakon zu seinem Sohn hinunterschaute und den lachenden Mund mit den kleinen Zähnchen sah, versetzte es ihm einen Stich. Schnell kniete er nieder und nahm aus dem Beutel die kleine Figur, die er während der Überfahrt aus Speckstein geschnitzt hatte. Die Figur stellte einen Elch mit großem Geweih dar, ähnlich dem, das draußen am Tor hing.

Eiriks Augen blitzten vor Freude auf, doch gleich darauf zuckte er zusammen, als Sigurds Stimme durch den Raum dröhnte.

«Was ist das?», rief der Alte.

«Ein Spielzeug», gab Hakon zurück und richtete sich wieder auf.

«Nicht die Figur! Das da!»

Hakon schaute auf die Stelle, auf die Sigurd zeigte, und sah, dass das eingerollte Pergament neben dem Beutel lag.

Es musste herausgefallen sein, als Hakon seinem Sohn das Spielzeug gegeben hatte.

Er hob es auf und rollte es auseinander. «Es sind Schriftzeichen darauf. Die Sachsen nennen es Pergament ...»

«Das weiß ich! Gehört es ihm?»

«Ja.»

Sigurd leerte den Becher und ließ ihn von der Sklavin wieder füllen, die mit dem Fass gleich bei ihm geblieben war.

Da mischte sich Bergljot ein. «Du musst etwas essen, bevor du dich betrinkst! Es ist noch nicht einmal dunkel ...»

«Schweig, Weib!», donnerte der Jarl und sprang von der Bank auf. Die Sklavin wich ängstlich zurück. «Geht alle an die Arbeit und lasst mich allein mit diesem ... diesem Mann!»

Die Leute verteilten sich in der Halle. Hildirid brachte Eirik weg, der in seiner Hand den Elch Luftsprünge machen ließ.

Nur Bergljot rührte sich nicht vom Fleck, sondern stemmte die Fäuste in ihre ausladenden Hüften und funkelte Sigurd angriffslustig an. Aber sie sagte nichts.

Hakon war nicht überrascht von Sigurds Reaktion. Sein Vater erwartete, dass man seine Befehle ausführte, und der Befehl war eindeutig gewesen: Töte den Mann, der Hladir angreifen konnte, weil du versagt hast, unsere Stadt zu bewachen und zu verteidigen.

Hakon überlegte, ob er seinem Vater von den Erlebnissen in der Mark berichten sollte. Aber was würde das ändern? Er hatte seinen Auftrag nicht erledigt, und das war das Einzige, was den Alten interessierte.

«Er bringt ein Pergament mit», sagte Sigurd bei sich. «Ein wertloses Pergament!»

«Für den Graf scheint es großen Wert zu haben», warf Hakon ein.

Sigurd trank erneut aus, riss der Sklavin das Fass aus den Händen und schenkte sich selbst nach.

Dann stand er auf und trat vor Hakon. «Ich sollte mir damit den Hintern abwischen, damit es irgendeinen Wert hat! Der Sachse hat deine Frau getötet und zwei Dutzend andere Frauen und Männer, und er hat deiner Mutter den Finger abgebissen – weil du unfähig warst, sie zu beschützen. Du bist ein Nichts! Ein wertloses Stück Dreck wie dieses Pergament!»

«Sigurd, hör auf!», rief Bergljot dazwischen.

«Halt den Mund, Weib!», fuhr der Alte sie an. «Du weißt selbst am besten, dass Svein und Heming meine Stadt mit ihrem Leben verteidigt hätten. Doch dein Sohn Hakon war nicht da, als man ihn brauchte.»

Die Worte brannten wie Feuer in Hakons Ohren. Svein und Heming waren seine älteren Brüder gewesen. Vor einigen Jahren waren sie auf einem Raubzug von Dänen getötet worden. Nach ihrem Tod hatte Sigurd seine ganze Hoffnung auf Hakon, seinen jüngsten Sohn, gesetzt.

Bier tropfte in Sigurds Bart, als er Hakon anbrüllte: «Der König der Nordländer, Hakon inn góði Aðalsteinsfóstri, hat dir seinen Namen gegeben, damals in jener Julnacht, als deine Mutter dich auf die Welt brachte. Du trägst den Namen eines Königs, aber du verhältst dich wie ein Hase.»

«Sigurd, es reicht!» Bergljot machte drohend einen Schritt auf ihren Mann zu. «Hakon ist dein Sohn, vergiss das nicht!»

«Mein Sohn? Dieser Mann hat Schande über meine Familie gebracht. Er hat meinen Namen in den Schmutz gezogen. Anstatt zu kämpfen und seine Frau zu beschützen, hat er sich verkrochen und dabei zugeschaut wie ein erbärmlicher Feigling.»

Bergljot hob die Hand, an der der Ringfinger fehlte. «Du weißt es, Sigurd! Du weißt es ganz genau! Hakon konnte uns nicht helfen. Niemand hätte das tun können. Hätte Hakon sich eingemischt, hätte der Sachse ihn getötet, so wie er es mit Thora getan hat ...»

«Na und! Dann wäre es eben so gewesen», schrie Sigurd, holte mit dem Becher aus und schleuderte ihn in Hakons Richtung. Mit einem dumpfen Geräusch prallte der Becher hinter ihm gegen die Wand.

«Ein Mann ist nur ein Mann, wenn er bereit ist, einen ehrenvollen Tod zu sterben», donnerte Sigurd, den Blick auf Bergljot gerichtet. «Er hätte sich dem Feind stellen müssen! Jetzt muss er mit der Schuld weiterleben. Bring mir einen neuen Becher!»

«Nein.»

«Bring mir sofort einen Becher!»

Bergljot atmete tief ein, dann gehorchte sie. Sie füllte einen Becher mit Bier und gab ihn Sigurd.

«Er soll mir aus den Augen gehen!», schnaufte der Alte. «Ich habe ihm eine Gelegenheit gegeben, seine Ehre wiederherzustellen. Doch er hat versagt.»

Er wandte sich an Hakon: «Verschwinde!»

«Wohin?»

Sigurd zuckte mit den Schultern. «Verlass mein Haus. Morgen Abend kannst du zurückkehren. Bis dahin habe ich entschieden, was mit dir geschehen wird.»

Hakon tauschte einen Blick mit seiner Mutter. Dann drehte er sich um und ging zur Tür. Bevor er das Haus verließ, hörte er aus der Kammer Eiriks Stimme. Der Junge spielte offenbar mit dem Elch und schien glücklich zu sein.

16.

Als Hakon erwachte, war es noch dunkel.

Er fühlte sich wie gerädert, als er aus dem Heu kroch. Es war eine schreckliche Nacht gewesen. Immer wieder war er von Albträumen geplagt hochgeschreckt. Er hatte vom Grafen geträumt, der ihn zum Tode verurteilte und im Hafen von Haithabu ertränken wollte.

Auf einem Querbalken unter dem Dach des Schuppens ließ der Rabe sein Krächzen hören.

Hakon klopfte Heu von Hemd und Hose, gürtete das Schwert, warf sich den Mantel über und nahm den Beutel. Dann ging er zur Tür und stieß sie auf. Er wartete, bis der Rabe hindurchgeflogen war, dann folgte er dem Vogel nach draußen. Über den Bergen im Osten schimmerte ein erster Lichtstreif.

In der Nacht war noch mehr Schnee gefallen, der in der hereinbrechenden Morgendämmerung auf dem Jarlshof glänzte.

Hakon blieb vor dem Schuppen stehen, wo er den Mantel gegen die schneidende Kälte vor der Brust zusammenzog und mit den Füßen aufstampfte, um sich aufzuwärmen. Vor seinem Mund bildeten sich Atemwölkchen.

Über dem Abzug des Langhauses sah er eine Rauchsäule stehen, die sich kerzengerade in den Himmel erhob. Die Menschen im Haus waren bereits wieder bei der Arbeit, backten Brot, versorgten das Vieh, webten – so wie jeden Tag.

Aber für Hakon war dieser Tag alles andere als normal. Am Abend würde Sigurd sein Urteil sprechen, und Hakon würde es akzeptieren, wie auch immer sein Vater entschied.

Doch zuvor hatte Hakon noch etwas zu erledigen.

Er schulterte den Beutel mit dem Pergament und einigen Lebensmitteln, die von der Reise übrig waren, und setzte sich in Bewegung. Er verließ den Hof und kurz darauf die Stadt durch eines der Tore auf der dem Fjord abgewandten Seite. Von hier aus führte ein Pfad in die Berge. Unter der Schneedecke war der Weg zwar nicht zu erkennen, Hakon war ihn jedoch so häufig gegangen, dass er ihn mühelos wiederfand. Immer steiler wand sich der Pfad die Berge hinauf, vorbei an schneebedeckten Felsen, Büschen und kleinen, vom Wind geformten Bäumen.

Hinter einem Felsen erwartete ihn der Rabe auf einem Birkenast. Es war kein Zufall, dass der Vogel ausgerechnet an dieser Stelle saß. Am Fuß der Birke stand der Busch, in dem Hakon ihn damals gefunden hatte.

Hier oben hielt Hakon für einen Moment inne. Eine halbe Meile unter ihm lag der Fjord zwischen den Hängen. Steil fielen die schneebedeckten Berge zum Wasser hin ab und spiegelten sich auf der glatten Oberfläche des Fjords, an dessen Ufern sich das erste Eis bildete.

Als Hakon nach einer Weile weitergehen wollte, hörte er hinter dem Felsen die Geräusche von Schritten im Schnee. Kurz darauf tauchte eine in einen Mantel gehüllte Gestalt auf. Ihr Kopf war unter einer dicken Fellmütze verborgen. Als sie aufschaute, erkannte er seine Mutter Bergljot.

«Ich hatte schon befürchtet, dass ich dir bis zum Tempel nachlaufen muss», schnaufte sie und lächelte.

Bevor Hakon etwas erwidern konnte, forderte sie ihn auf, sich mit ihr zu setzen. Hakon fegte den Schnee von einem Stein.

«Ich habe deinen Vogel lange nicht mehr gesehen», sagte sie mit Blick auf den Raben, der oben auf dem Ast saß.

«Er hat mich begleitet.»

Sie nickte nachdenklich. «Es ist ein besonderes Tier. Du solltest auf ihn achtgeben.»

«Ich glaube, es ist eher umgekehrt.»

Hakon betrachtete das faltige Gesicht seiner Mutter. Sie hatte eine kleine Nase, schmale Lippen und ein ausgeprägtes Kinn. Das Bemerkenswerteste an ihr waren die Augen. Sie waren klar wie das Wasser eines Gebirgsbaches, so wie Eiriks. Und wie Thoras. Hakon selbst hatte die dunklen Augen seines Vaters.

«Du trauerst noch immer um deine Frau», meinte sie.

«Ja.»

«Mhm. Sie war eine gute Frau, manchmal vielleicht etwas zu ... nun ja, frech, aber treu und fleißig. Ja, das war sie. Ich mochte Thora.»

Das überraschte Hakon. Er hatte noch nie mit Bergljot über Thora gesprochen. Von Anfang an hatte es Streit zwischen den Frauen gegeben. Bergljot hatte Thora als zu nachlässig empfunden, weil sie andere Vorstellungen von der Führung eines Haushalts hatte. Bergljot achtete übertrieben auf Sauberkeit. Ständig ließ sie den Boden im Langhaus fegen und nach jedem Essen Schalen und Becher mit frischem Wasser abwaschen. Zu ihrem Ärger hatte sich Thora kaum darum geschert, wenn Heu auf dem Boden lag oder Eiriks Holzspielzeuge im Weg waren.

Bergljot seufzte. «Eines Tages wäre eine gute Hausfrau aus ihr geworden.»

«Sie *war* eine gute Hausfrau, Mutter.»

Bergljot legte ihre Hand, an der der Ringfinger fehlte, auf Hakons Arm.

«Natürlich, entschuldige», sagte sie. «Man darf nicht schlecht über die Toten reden. Sie können uns sehen und hören, immer und überall.»

Hakon dachte über die Bemerkung seiner Mutter nach. Er mochte den Gedanken, dass die Toten bei einem blieben. Das würde bedeuten, dass Thora ihn auch jetzt beobachtete und dass sie hörte, wie gut Bergljot über sie sprach.

Er wollte seine Mutter gerade fragen, ob sich die Toten den Lebenden irgendwie bemerkbar machten, als sie ihm mit einer Frage zuvorkam.

«Was willst du von Thorgerd?», fragte sie.

Thorgerd Hölgabrud war die Schutzgöttin der Menschen von Hladir. Tatsächlich war Hakon auf dem Weg zu ihrem Tempel. Woher seine Mutter das wusste, war ihm ein Rätsel. Aber er fragte sie nicht danach.

«Ich will zum Tempel gehen, um zur Göttin zu beten und sie um Verzeihung zu bitten für das, was ich euch angetan habe», antwortete er.

«Sei nicht so ein Sturkopf wie dein Vater. Du hättest uns nicht retten können. Der Sachse und seine Krieger waren in der Überzahl. Wir hatten viel zu wenig Männer in der Stadt. Sigurd hatte die meisten mit auf Fahrt genommen.»

Hakon schüttelte energisch den Kopf. «Ich hätte in der Stadt sein müssen. Um Waffen auszugeben, um die Leute zu führen und die Abwehr zu organisieren. Unter meiner Führung hätten die Männer gekämpft. Aber ich … ich war …»

«Elche jagen, ich weiß.»

Hakon nickte bitter. Obwohl Sigurd ihn mit der Stadtwache betraut hatte, war er an jenem Morgen in die Berge gegangen. Alle glaubten, er habe aus reinem Jagdvergnügen mit Pfeil und Bogen den Elchen nachstellen wollen. Dabei hatte er nur niemandem erzählt, dass er einige Tage zuvor in einem Tal einen Bullen mit einem Geweih gesehen hatte, das noch größer war als jenes, das Sigurd damals erbeutet hatte. Hakon musste das Tier erlegen, um seinem

Vater zu beweisen, dass er nicht der Nichtsnutz war, für den dieser ihn hielt.

Bis zum Mittag lag Hakon auf der Lauer. Dann kam das Tier zwischen den Bäumen hervor, um am Bach zu trinken. Hakon erlegte den Elch mit drei Pfeilen, schnitt ihm das Geweih ab und lief damit zurück in die Stadt. Das Tier, das für ihn allein viel zu schwer war, wollte er später mit den Knechten nachholen.

Als er sich Hladir näherte, sah er die fremden Schiffe im Hafen. Und die vielen Männer, die die Häuser durchsuchten. Er warf das Geweih weg und rannte zum Jarlshof, den die Angreifer längst eingenommen hatten.

Hakon wartete die Nacht ab, da sich auf dem Hof viele Soldaten und Blutmäntel aufhielten. Erst im Schutz der Dunkelheit schlich er zum Wohnhaus. Durch ein geöffnetes Fenster spähte er hinein – und wurde Zeuge des Schlimmsten, was er jemals hatte mit ansehen müssen. Der Graf, hager und schlank und wie seine Soldaten mit einem dunkelroten Mantel bekleidet, hatte die Bewohner in der Halle zusammentreiben lassen. Verängstigt hockten Bergljot, Thora, der kleine Eirik und die Bediensteten zwischen den Soldaten.

Gedanken rasten durch Hakons Kopf. Er musste seiner Familie beistehen. Aber wie? Verdammt noch mal – wie? Die Angreifer hatten die ganze Stadt eingenommen. Es war unmöglich, Verbündete zu finden, und es wäre Selbstmord, allein ins Haus einzudringen.

Der Graf beherrschte die Sprache der Normannen. Immer wieder fragte er nach Sigurd. Als ihm niemand antwortete, zerrte der Graf Bergljot von den anderen fort. Sie schrie, und er schlug ihr ins Gesicht. Dann entdeckte er den Ring an ihrem Finger. Das sei der Beweis, rief er, der

Beweis, dass Sigurd einen Mann namens Wichmann getötet habe. Bergljot wollte den Ring, der ihr viel zu groß war, vom Finger nehmen, um ihn dem Grafen zu geben. Doch der Graf nahm ihre Hand in den Mund und biss ihren Finger ab. Er lachte, während ihm das Blut in den Bart tropfte. Dann trat er nach Bergljot, die sich vor Schmerzen krümmte, und als Thora ihr helfen wollte, packte er sie im Genick und drückte sie auf eine Sitzbank.

Hakon stockte der Atem. Er zog sein Messer. Jetzt hielt ihn nichts mehr. Lieber würde er sterben, als mit der Schmach zu leben, untätig geblieben zu sein.

Aber es war zu spät. Bevor er das Versteck verlassen konnte, musste er mit ansehen, wie ein Mann, ein breitschultriger Glatzkopf, Thora festhielt. Und dann schlug ihr Thankmar mit einem Beil den Kopf ab. Es war nur ein Hieb, und Hakon würde niemals das Geräusch vergessen, als das Beil durch Thoras Hals fuhr und in der Holzbank stecken blieb.

Der Graf und seine Männer feierten die Nacht durch. Im Morgengrauen brachten sie zwei Dutzend Bewohner aus der Stadt auf den Jarlshof und hängten sie auf. Dann schleppten sie alles, was wertvoll war, auf ihre Schiffe. Der Graf hatte es vor allem auf die Felle und Pelze abgesehen, die Sigurd auf seinen Raubzügen erbeutet hatte.

«Was glaubst du», fragte er seine Mutter jetzt, «welches Urteil er über mich verhängen wird?»

Bergljot zuckte mit den Schultern. «Ich hoffe, er verzeiht dir ein letztes Mal.»

«Und was geschieht dann?»

«Dann tötest du den Sachsen im nächsten Frühjahr.»

Natürlich hoffte Hakon, seine Mutter würde recht behalten. Aber er kannte seinen Vater.

Der Rabe krächzte auf dem Ast.

Hakon machte Anstalten, sich zu erheben. Er musste weiter, damit er rechtzeitig vor Einbruch der Dunkelheit wieder zurück in Hladir war.

Als er sich von Bergljot verabschieden wollte, holte sie unter ihrem Mantel die Kette aus grünen Glasperlen hervor, die Thora in jener Nacht getragen hatte, als der Graf sie getötet hatte. Die Kette war gerissen, und die Perlen hatten sich über dem Boden verteilt. Bergljot musste sie wieder eingesammelt und auf ein neues Band gefädelt haben.

«Überbring der Göttin die Kette als Geschenk», sagte sie, «und bitte sie, dass Sigurd dir verzeiht.»

Hakon wandte sein Gesicht ab, damit Bergljot nicht die Tränen sah. Dann legte er die Kette zu den anderen Sachen in den Beutel und setzte seinen Weg fort.

17.

Sigurds Urteil war eindeutig und endgültig.

«Ich habe keinen Sohn mehr», sagte der alte Jarl mit fester Stimme, die keinen Zweifel zuließ.

Er saß auf seinem Hochstuhl, einen Becher in der rechten Hand. Er hatte seit gestern nicht aufgehört zu trinken. Mittlerweile war er zum starken Honigwein, dem *mjöðr*, übergegangen.

Vor ihm standen Hakon, Bergljot und ein gutes Dutzend Männer aus Hladir, die gekommen waren, um als Zeugen das Urteil zu hören.

«Sigurd!», rief Bergljot. «Das kannst du nicht tun …»

«Du hast gehört, was ich gesagt habe, Weib», erwiderte der Jarl. «Ich habe keinen Sohn mehr!»

Die Worte seines Vaters bohrten sich in Hakons Kopf. Er versuchte, das Urteil gefasst aufzunehmen. Aber in seinem Innern tobte ein Sturm. So sehr hatte er gehofft, seine flehenden Gebete würden von der Göttin erhört, dass der Jarl seinem Sohn eine letzte Gelegenheit gab, alles wiedergutzumachen. Er hatte gehofft, dass Sigurd ihn vielleicht von der Jagd ausschließen oder ihm das Schwert wegnehmen würde oder dass er irgendein fettes Weib heiraten musste, das Sigurd für ihn aussuchte. Aber nun war alles anders gekommen …

«Ich … ich habe keinen Sohn mehr!», sagte Sigurd zum dritten Mal und leerte den Becher in einem Zug.

Seine Augen schimmerten glasig; es war nicht zu erkennen, ob das am Wein lag oder ob es Tränen waren.

Er vermied es, jemanden anzuschauen.

«… habe keinen Sohn mehr», sagte er wieder.

Die anderen Männer warfen Hakon verstohlene Blicke zu. Sigurd hatte seinen eigenen Sohn verstoßen – und somit die denkbar schlimmste aller Strafen verhängt. Hakon würde die Stadt verlassen müssen und seinen Sohn Eirik nicht mehr sehen, zumindest so lange, bis Eirik groß genug war, um von sich aus nach Hakon zu suchen. Wenn sich Eirik dann überhaupt noch an seinen Vater erinnerte.

Wein tropfte aus Sigurds Mundwinkeln, als er einen weiteren Becher leerte.

Bergljot trat vor ihn. «Du bist betrunken!»

«Das geht dich nichts an», brummte Sigurd. «Geh weg, Weib. Ich will dich nicht sehen … will niemanden mehr sehen.»

Doch Bergljot wich nicht von der Stelle. «Du kannst deinen Sohn nicht verstoßen.»

«Doch, das kann ich, und das habe ich getan.»

«Nein!»

«Halt endlich deinen Mund, Weib.»

Bergljot machte einen weiteren Schritt nach vorn. Sie berührte Sigurd jetzt beinahe.

«Hakon ist auch *mein* Sohn!», sagte sie.

Sigurds Finger krallten sich um den Becher, bis seine Knöchel weiß hervortraten.

Anerkennendes Gemurmel über Bergljots Mut erhob sich unter den anderen Männern.

Hakon legte seine Hand auf Bergljots Arm, um sie zurückzuziehen.

«Ich werde tun, was er will», sagte er.

Doch sie riss sich von Hakon los, holte aus und schlug Sigurd den Becher aus der Hand. Der Wein ergoss sich über seine graue Tunika.

«Wenn mein Sohn gehen muss», schrie Bergljot ihrem Mann ins Gesicht, «dann werde *ich* ihn begleiten – und Eirik ebenfalls.»

Sigurd schaute auf seine leere Hand, dann auf die Weinflecken und schließlich auf seine Frau, als wäre sie eine Erscheinung aus einem bösen Traum.

«Ich bin der Jarl», stammelte er. «Ich habe das Sagen, ich …»

Bergljots Augen verengten sich zu Schlitzen. «Ja, du bist der Jarl. Und als Jarl hättest du selbst für den Schutz deiner Stadt sorgen müssen. Du hast zu viele Männer abgezogen, weil du den Hals nicht vollkriegen kannst. Dass Hladir ungeschützt war, war deine Schuld, ganz allein deine Schuld …»

Da wuchtete sich Sigurd aus seinem Stuhl hoch und stieß Bergljot von sich fort. Mit drohender Geste hob er die Faust.

«Schweig!», rief er. «Niemand redet so mit mir. Niemand!»

Doch Bergljots Mut wich nicht. Sie legte den Kopf in den Nacken und schaute ihrem Mann in die Augen.

«Was willst du tun?», fragte sie angriffslustig. «Willst du mich schlagen?»

Sigurds Faust zitterte.

«Du wirst das Letzte verlieren, das dir noch geblieben ist», sagte Bergljot. «Dein Gold und Silber, deine Pelze und Felle hat der Graf dir genommen. Zwei deiner Söhne mussten sterben, weil du sie in den Kampf geführt hast, und nun verstößt du deinen letzten Sohn, und ich und dein Enkel werden mit ihm gehen.»

Ein Raunen erhob sich unter den Männern, als sie Sigurd vor die Füße spuckte. So etwas war in Hladir noch nicht vorgekommen.

Bergljot drehte sich zu Hakon um. «Hol Eirik!»

Hakon war außerstande, sich zu bewegen. Nie zuvor hatte er seine Mutter so aufgebracht erlebt, und er zweifelte nicht daran, dass es ihr ernst war.

Als Bergljot Hakon zögern sah, lief sie selbst in die Kammer, in der die Amme Hildirid auf Eirik aufpasste. Mit dem Knaben im Arm kehrte Bergljot zurück, gefolgt von einer völlig überraschten Hildirid.

Im Vorbeigehen griff Bergljot nach Hakons Arm und zog ihn durch den Raum an den verdutzten Männern vorbei. Als sie die Tür fast erreicht hatten, hörten sie Sigurds Stimme. Sie klang brüchig, und es war deutlich zu merken, wie schwer es ihm fiel, das zu sagen, was er nun sagte.

«Warte, Frau! Ich … ich will, dass du bleibst.»

An der Tür drehten sich Hakon, Bergljot und Hildirid um.

«Bleib ...», stieß Sigurd aus. Dieses Mal waren es ganz sicher Tränen, die in seinen Augen schimmerten.

«Wirst du das Urteil zurücknehmen?», fragte Bergljot.

Sigurd senkte den Blick. «Das kann ich nicht. Hakon hat eine schwere Schuld auf sich geladen. Aber ... ich werde ihm noch eine Gelegenheit geben.»

Hakon konnte im ersten Moment nicht glauben, was sein Vater da von sich gab. Er hatte noch niemals erlebt, dass Sigurd Schwäche zeigte.

«Hakon muss Hladir verlassen – für fünf Jahre. Diese Frist soll er nutzen, um ein Mann zu werden.»

Sigurd schaute seinen Sohn an. «Hörst du? Fünf Jahre lang wirst du über die Meere fahren. Nach dieser Zeit wirst du in die Mark zurückkehren, um dich und uns alle an dem Sachsen zu rächen. Wenn du mir seinen Kopf bringst, werde ich dich mit offenen Armen empfangen ... als meinen Sohn.»

«Was geschieht mit Eirik?», wollte Hakon wissen.

«Deine Mutter und Hildirid werden sich um ihn kümmern.»

Hakon ließ sich von Bergljot Eirik auf den Arm geben. Der Junge nuckelte verängstigt am Geweih der Elchfigur.

«Noch heute musst du meinen Hof verlassen», sagte Sigurd. «Such dir jemanden in der Stadt, bei dem du bis zum Frühjahr bleiben kannst. Sobald die Schiffe wieder fahren, stichst du in See.»

Ein Mann hob die Hand. Sein Name war Thorleif. Er war älter als Sigurd. Thorleif hatte kaum noch Zähne im Mund, und sein Gesicht war verschrumpelt wie ein alter Apfel, aber sein Blick war wach und offen. Sigurd und Thorleif waren Freunde, seit sie Kinder waren. Früher hatte Hakon viel Zeit in Thorleifs Haus verbracht, das in der Nähe des Hafens stand.

«Er kann bei mir wohnen», sagte Thorleif.

Alle Blicke richteten sich nun auf Bergljot. Ihr Mann hatte zwar gesprochen, aber nach dem, was soeben geschehen war, wussten alle, dass es die Frau des Jarls sein würde, die das letzte Wort in dieser Sache hatte.

Bergljots Blick glitt von Sigurd zu Hakon. Dann nickte sie, und damit war es entschieden.

TEIL II

Im Jahr des Herrn 960

18.

Der Mönch versank im Moor.

Immer tiefer wurde er in die Mischung aus Erde, Torf und Wasser gesogen. Eben stand ihm der Morast noch bis an die Oberschenkel, jetzt bereits bis an die Hüften. Er musste sich zwingen, sich nicht übermäßig zu bewegen und ruhig zu atmen, um die aufkommende Panik zu unterdrücken. Doch der schwarze Sumpf schluckte ihn wie zähflüssiger Haferschleim.

In diesem Moment erkannte Ketil, wie sehr sich seine natürlichen Instinkte durch das Klosterleben abgeschliffen hatten. Beten hatte er gelernt und ein bisschen schreiben und lesen. Aber wie sollte er sich im Moor verhalten? Wie konnte er verhindern, vom Moor verschlungen zu werden?

Langsam hob er noch einmal die rechte Hand, um nach den über ihm hängenden Zweigen zu greifen. Zwei Äste der Erle, die neben dem Morastloch stand, waren bei den Versuchen, sich herauszuziehen, bereits abgebrochen.

Das ist die Strafe des Herrn, schoss es ihm durch den Kopf, während sich seine Finger nach dem Ast streckten. Er hatte zu viel geflucht, zu viel getrunken, zu viel gegessen. Und, ja, auch das hatte er getan: Er hatte die alten Götter angebetet, allerdings nur, wenn er glaubte, der Herrgott würde gerade nicht hinhören.

Nicht einmal das Buch mit den heiligen Schriften des Propheten Sacharja und dem Markusevangelium, das Ketil vor einigen Tagen gestohlen hatte, konnte er jetzt zurate ziehen. Es steckte in der Ledertasche, und die lag einige Schritt von ihm entfernt.

«O Herr!», flehte Ketil. «Ich gelobe Besserung, das tue ich wirklich. Aber nun hilf mir aus diesem verfluchten Moor!»

Aber der Herrgott hörte ihn nicht, und Ketil versank noch tiefer. Er spürte, wie der Morast unter ihm weiter nachgab und er schließlich bis zum Bauch einsackte. Um ihn herum zerplatzten Blasen, die einen übel riechenden Fäulnisgestank absonderten. Der Odem der Hölle, dachte er.

Seine Finger umfassten einen armdicken Ast, der kräftiger zu sein schien als die anderen. Der Ast hielt, und es gelang Ketil, sich festzuhalten. Aber was nun? Wenn er nicht bis zum Jüngsten Gericht in dem Loch stecken bleiben wollte, mit der rechten Hand am Erlenast und dem Hintern im Dreck, musste er handeln. Irgendwie.

Da fiel ihm die Kordel ein, mit der seine braune Wollkutte zusammengehalten wurde.

Mit der freien Hand suchte er nach dem Knoten, der bereits im Sumpf steckte. Er ertastete ihn, und es gelang ihm, den Knoten zu öffnen. Dann zog er das vom Morast verfärbte Seil heraus. Nun musste er versuchen, es um den Erlenstamm zu legen. Ketil machte sich so lang wie möglich und streckte die linke Hand mit dem Seil nach der Erle aus. Aber es fehlte mindestens noch eine Armeslänge. Über ihm knackte der Ast bedrohlich. Ketil ließ die Kordel wieder sinken.

In seiner Verzweiflung hob er den Blick zum wolkenlosen Himmel, dessen sattes Blau zwischen rot, braun und gelb verfärbtem Herbstlaub hindurchschimmerte. Was für ein herrlicher, sonniger Tag! Ein Tag, an dem die Existenz des Allmächtigen beinahe körperlich zu spüren war.

Ob Ketil es mit einem Gebet versuchen sollte? Mit dem Vaterunser?

Wieder knackte der Ast.

Schnell begann Ketil: «Pater noster, qui es in caelis – Vater unser im Himmel …»

Der Ast neigte sich weiter hinunter.

«Geheiligt werde dein Name, dein Wille …»

Ketil spürte, wie der Ast nachzugeben drohte.

Ich muss es versuchen, schoss es ihm durch den Kopf, während er weiter das Gebet aufsagte.

Jeden Augenblick konnte der Ast brechen und somit das Ende des Mannes besiegeln, der dem Tod so häufig hatte trotzen können: Er war vor ihm über das Nordmeer geflohen, war in der Stadt Colonia dem Galgen entgangen und hätte erst vor wenigen Tagen in Haithabu hingerichtet werden sollen. Dreimal war er dem Tod aus nahezu aussichtsloser Situation entkommen. Doch nun schien es, als hole er ihn in diesem Sumpf ein.

«Et ne nos inducas in tentationem …»

Hatte die Geduld des Allmächtigen mit seinem Diener ein Ende?

«Sondern erlöse uns von dem Übel …»

Los, jetzt!

«Von dem Übel … Amen!»

Er drehte sich im gleichen Augenblick zur Erle herum, als der Ast unter seinem Gewicht brach. Schnell reckte er seine linke Hand nach dem Stamm, während der Morast ihn schmatzend und blubbernd einsog. Allerdings konnte Ketil nun, da seine rechte Hand frei war, den Oberkörper weiter ausstrecken. Es gelang ihm, mit der linken Hand das Kordelende um die Erle zu legen und es dann mit der rechten um den Baum zu ziehen.

Und jetzt ziehen! Ziehen, ziehen!

Die Fasern knirschten, als Ketil Stück für Stück wieder aus dem Sumpfloch auftauchte, bis sich seine Hände endlich um den Stamm schlossen. Dann ein letzter kräftiger Ruck – und Ketil war frei.

Auf dem Rücken blieb er unter dem Baum liegen, bis er wieder zu Atem kam.

Das war jetzt das vierte Mal, o allmächtiger Gott, dachte er. Wenn das so weitergeht, werden wir beide doch noch richtig dicke Freunde.

Da schickte ihm der himmlische Vater ein Zeichen – allerdings eines, auf das Ketil gut und gerne hätte verzichten können. Er spürte an seinem Hals ein Kitzeln und sah dann eine große Spinne über seinen Bart krabbeln.

Einen Schrei ausstoßend, sprang der Mönch auf die Beine und wischte die Spinne weg. Sie flog in hohem Bogen in den Sumpf. Ketil schüttelte sich vor Ekel. Er hasste diese Tiere wie kaum etwas anderes auf dieser Welt.

Dabei sah er wahrlich nicht aus wie jemand, der vor irgendetwas Angst haben musste. Er war ein kahlköpfiger Riese, der sogar groß gewachsene Männer noch um einen Kopf überragte. Aber es war nicht nur seine Körpergröße, auch Gesicht, Nase, Lippen, Stirn, ebenso wie Füße und Hände – eigentlich alles an ihm wirkte so gewaltig, dass jeder, der ihm begegnete, zunächst einmal sprachlos war vor Staunen.

Als er sich nach dem Beutel mit den heiligen Schriften bückte, bekam er den nächsten Schreck. Seine Kutte, darunter die kurze Leinenhose, die *Bruche,* und die Schuhe waren schwarz vom Morast. Er sah aus wie ein Waldgeist. So verdreckt würde man ihn kaum an Bord eines Schiffes lassen.

Aber wo im Wald sollte er sich und seine Kleider waschen?

Darüber würde er sich später Gedanken machen. Jetzt musste er erst einmal den Wildpfad wiederfinden, den er vorhin verlassen hatte, um sich im Unterholz zu erleichtern.

Während er einen weiten Bogen um die sumpfige Stelle machte, überlegte er, ob er in die Richtung zurückkehren sollte, aus der er gekommen war. Nach zwei oder drei Meilen würde er wieder auf den Waldweg treffen. Dort war ihm an diesem Morgen ein Händler begegnet, der ihm den Wildpfad als Abkürzung zum Treenehafen empfohlen hatte.

Ketil schaute in den Himmel. Der Stand der Sonne verriet ihm, dass es um die Mittagszeit war. Wenn er zurücklief, würde er einen ganzen Tag verlieren und dann vielleicht eines der Schiffe verpassen, mit dem er nach Colonia fahren wollte. Er musste dem Erzbischof von den Gräueltaten berichten, die Graf Thankmar und Bischof Poppo hier im Namen des Herrn begingen – und zwar so schnell wie möglich. Also entschloss er sich, den Worten des Händlers zu vertrauen und dem Wildpfad weiter durch den sumpfigen Wald zu folgen.

So ging der Mönch seines Weges, bis sich der Pfad nach einer halben Meile gabelte.

Es war zum Verzweifeln! Er konnte sich nicht mehr erinnern, ob der Händler ihm von der Gabelung erzählt hatte. Ketil entschied sich für den Pfad zu seiner Linken, doch bald darauf kreuzte der Weg einen anderen.

Nun hatte Ketil die Orientierung vollends verloren. Aber alles Lamentieren half nichts. Er schickte ein Stoßgebet zum Himmel, und nachdem er gut eine Meile weitergegangen war, tat sich vor ihm eine Lichtung auf, die ihm so schön erschien wie das Paradies auf Erden.

Die mit kniehohen, saftig grünen Gräsern und Farnkraut bewachsene Wiese war gesäumt von Buchen, Birken und Nadelbäumen. In den Strahlen der untergehenden Sonne tanzten Mücken und Libellen. Stare und Amseln zwitscherten Lieder – und mitten auf der Lichtung, versteckt hinter Büschen, entdeckte Ketil einen Teich.

Dorthin lief er, zog sich die vom Schlamm verkrusteten Kleider vom Leib, wusch sie im Wasser aus und hängte sie zum Trocknen über die Büsche. Dann stieg er selbst in den Teich. Nachdem er ausgiebig gebadet hatte, legte er sich am Ufer ins Gras, um seine Haut von den noch wärmenden Sonnenstrahlen trocknen zu lassen.

Ich muss ausruhen, dachte er, nur für einen Moment, nur für einen kurzen …

Dann schlief er ein und dämmerte hinüber in den häufig wiederkehrenden Traum von der alten Heimat, der großen Insel im Nordmeer, die man Island nannte. Im Traum wanderte er mit seinem Vater Kormak durch die Berge. Sie wollten auf den Weiden nach dem Vieh schauen. Ketil war vielleicht zwölf oder dreizehn Jahre alt. Schon damals überragte er seinen Vater um Haupteslänge. Doch in seinem Traum reichte ihm Kormak kaum bis an die Knie, und der alte Mann schrumpfte immer mehr zusammen, während der junge Ketil versuchte, ihm zu erzählen, was geschehen war: Es sei ein Versehen gewesen; er habe nicht gewollt, dass der andere Junge starb. Der hätte mit dem Streit angefangen, nicht Ketil! Aber so laut Ketil dies seinem Vater auch zurief, der winzige Kormak hörte ihn nicht. Immer höher kamen sie in die Berge. Es wurde eiskalt. Ketil verlor seine Schuhe, lief barfuß durch tiefen Schnee. Er zitterte am ganzen Körper, und als er sich nach seinem Vater umdrehte, war dieser verschwunden. Einsamkeit umhüllte Ketil. Er war völlig allein, in einer glitzernden Welt aus Schnee und Eis. Sein letzter Gedanke war, dass er in der Einsamkeit der Berge erfrieren würde, als Strafe für das, was er getan hatte …

Als er wieder erwachte, dämmerte es. Die letzten Sonnenstrahlen tauchten Büsche, Gräser und Bäume auf der Lichtung in rötliches Licht.

Noch immer schwebten die Traumbilder vor Ketils innerem Auge, und er dachte daran, was damals wirklich geschehen war und was dazu geführt hatte, dass er seine Heimat verlassen musste. Schon als Junge hatte ihn seine außergewöhnliche Gestalt häufig zum Gespött anderer Jungen gemacht. Bei einer Rauferei hatte Ketil einen anderen Knaben geschubst, woraufhin dieser mit dem Hinterkopf auf einen Stein aufschlug. Die Verletzung war tödlich. Daraufhin hatte man Ketil Kormakson des Landes verwiesen. Er sei eine Gefahr für alle anderen, sagten die Leute.

Ketil spürte die Kälte, die sich mit schwindendem Licht auf der Lichtung ausbreitete, und erhob sich, um seine Kleider wieder anzuziehen.

Als sein Blick über einen Busch hinweg auf die Lichtung fiel, sah er plötzlich jemanden mit dem Rücken zu ihm zwischen den Bäumen stehen. Es war ein schlanker, junger Mann. Er hatte blondes Haar, das zum Zopf gebunden bis über seine Schultern reichte. Mit seiner Fellkleidung und der sonnenbraunen Haut sah er aus wie ein Waldmensch. In der rechten Hand hielt er eine Schleuder, die er jetzt mit einem Stein bestückte. Dann visierte er einen Hasen an, der gut vierzig Schritt entfernt auf einem umgekippten Baum saß und sein Fell putzte.

Neugier packte Ketil. Wollte der Blondzopf etwa auf diese Entfernung den Hasen treffen?

Früher hatte Ketil Männer gekannt, die ausgezeichnet mit Steinschleudern umgehen konnten. Aber selbst die Besten von ihnen wären nicht in der Lage gewesen, ein so kleines Tier über eine Distanz von mehr als vierzig Schritt zu erlegen; es sei denn, mit einem Glückstreffer.

Verborgen hinter dem Busch, schaute Ketil zu, wie der junge Mann mit der Schleuder Schwung holte, indem er sie um sein Handgelenk kreisen ließ. Immer schneller rotierte die Schleuder, immer ausholender wurden die Bewegungen. Der Hase stellte die Ohren auf, als spüre er die Gefahr. Er wollte gerade fliehen, als der junge Mann einen schnellen Schritt nach vorn machte und den Stein fliegen ließ. Der Stein traf den Hasen am Kopf, und er kippte vom Baumstamm.

Ketil staunte. Ein solches Kunststück hatte er niemals zuvor gesehen.

Der Blondzopf rannte zu seiner Beute, gab dem Hasen den Gnadenstoß, indem er ihm mit einem Handkantenschlag das Genick brach, und ging dann, fröhlich pfeifend, mit dem toten Tier in der Hand über die Lichtung davon.

Schnell zog sich Ketil an, um dem jungen Mann zu folgen und ihn nach einem Weg aus dem Wald zu fragen. Doch als er wieder über das Gebüsch schaute, verschwand der junge Mann gerade zwischen den Bäumen.

Ketil schluckte einen Fluch hinunter. Dann lief er dem Waldmann nach.

19.

Aki fand seine Schwester am Ufer des Waldbachs, wo sie die Hechtfallen kontrollierte. Als er sich bemerkbar machte, warf sie einen beiläufigen Blick auf den Hasen und wandte sich wieder ab.

«Der hat ja kaum Fleisch auf den Knochen», murmelte sie.

«Kaum Fleisch?», rief Aki mit gespielter Entrüstung. «Das ist der größte Hase der ganzen Mark! Glaub mir, ich musste all meine Kraft aufbringen, um ihn niederzuringen.»

Natürlich hatte Asny recht, das Tier war wirklich mager. Aber Aki war nicht auf der Suche nach Beute einen halben Tag lang durch den Wald gelaufen, nur um sich jetzt das Jagdglück schlechtreden zu lassen. Trotzdem war er nicht böse auf Asny, vielmehr tat es ihm leid, dass sie so traurig war.

Um sie aufzuheitern, stellte er sich demonstrativ neben sie, winkelte den rechten Arm und spannte unter dem Hemd seine Muskeln an.

«Sieh her, Asny», sagte er, «sieh, wie stark ich bin. Ich nehme es mit jedem Hasen auf!»

Der Anflug eines Lächelns huschte über ihre Lippen. «Na ja, für eine Mahlzeit wird er vielleicht ausreichen.»

Doch das Lächeln blieb nicht lange. Gleich darauf legte sich wieder ein Schatten über ihr Gesicht. In dem Ausdruck lagen all die Sorgen, die der tägliche Kampf ums Überleben mit sich brachte.

Seit vier Jahren lebten die Zwillinge mittlerweile mit ihrer Mutter Velva und der kleinen Schwester Gyda in den Wäldern der Mark. Es waren harte Jahre, vor allem in den Wintermonaten, wenn die Kälte unter die Felle kroch und in die Zehen biss wie eine Schlange. Dennoch hatten sie bislang allen Widrigkeiten getrotzt: Sie hatten Krankheiten überwunden, gehungert, hatten Aas, Flechten und Baumrinde gegessen; sie waren verlaust und abgemagert.

Aber sie lebten. Lebten noch.

Aus Asny war in den Jahren eine Frau geworden. Eine sehr schöne Frau, wie Aki fand, und er sagte es ihr häufig. Schließlich war er der einzige Mann der Familie und sah es als seine Aufgabe an, die anderen aufzubauen.

Auch Aki war erwachsen geworden. Sechzehn Jahre war er jetzt alt. Er hatte jagen und kochen gelernt. Er wusste, wie man Fleisch durch Räuchern oder Trocknen für die Wintervorräte haltbar machte. Er konnte essbare von giftigen Pilzen und heilende Kräuter von nutzlosen unterscheiden. Sogar das Nähen von Kleidungsstücken aus Tierhäuten hatte er gelernt. Allerdings erledigten meist Asny oder Velva diese Arbeiten.

Die Verbannten hatten sich mit dem Leben im Wald arrangiert, so gut es eben ging.

Was sie jedoch am meisten fürchteten, waren nicht Hunger, Krankheiten oder Kälte. Es war der Graf, der sich mit dem Richterspruch des Dänenkönigs nicht zufriedengegeben hatte. Nur wenige Tage, nachdem Velva und die Kinder Haithabu verlassen hatten, beobachtete Aki auf einem seiner Jagdzüge mehrere Blutmäntel, die die Wälder mit der Unterstützung von dänischen Spähern durchstreiften. Aus einem Versteck heraus konnte Aki hören, dass der Graf eine hohe Belohnung auf die Ergreifung der Seherin ausgesetzt hatte.

Einige Male hatten die Blutmäntel sie in den vergangenen Jahren beinahe entdeckt. Doch bislang hatten sie immer Glück gehabt oder sich rechtzeitig in Sicherheit gebracht, sodass die Soldaten des Grafen ihre wechselnden Verstecke nicht fanden. Doch es war nur eine Frage der Zeit, bis das Glück sie verließ. Aki wusste nur zu gut, dass sich der Kreis um sie immer enger zog und dass sie früher oder später den Blutmänteln in die Hände fallen würden.

Diese Sorgen und Ängste sah Aki in Asnys Gesicht, während sie am Ufer neben dem Haselstock niederkniete, den sie hier am Morgen in den Boden gesteckt hatte. Es war kein Zufall, dass Asny, die fürs Fischen zuständig war, für die Hechtfallen Haselholz verwendete. Velva hatte erklärt, dass diese Sträucher magische Kräfte besaßen – und diese konnte man beim Fischen gut gebrauchen. Am Stock war eine Schnur aus Tierdärmen befestigt. Als Haken diente ein beidseitig angespitztes Aststückchen, auf dem ein fingerlanger toter Weißfisch steckte.

Doch heute half alle Magie nichts.

«Nichts dran!», hörte Aki seine Schwester ernüchtert sagen, während sie den Köder einholte.

«Wirf die Angel wieder rein», forderte Aki sie auf. «Bestimmt hängt morgen etwas dran.»

Asny schüttelte den Kopf. «Wir haben alle Hechte rausgefangen.»

Das war durchaus möglich. Als sie nach dem letzten Winter in diese Gegend gekommen waren, hatten sie im Waldbach häufig große Hechte an den Angeln gehabt. Einige waren zwei, drei Fuß oder noch länger gewesen. Aber in den vergangenen Wochen hatten kaum noch Fische angebissen und wenn, dann nur kleine.

«Mach dir keine Gedanken», sagte Aki aufmunternd. «Sobald der nächste Winter vorüber ist, suchen wir uns einfach einen neuen Lagerplatz und dann …»

«Und was dann?», unterbrach Asny ihn mit ungewohnter Schärfe. «Bauen wir dann *einfach* ein neues Versteck, in dem wir so lange bleiben, bis wieder alle Fische weggefangen sind? Schlafen wir dann immer noch jeden Abend mit der Angst ein, dass der Graf uns entdecken könnte? Wie lange sollen wir noch so weitermachen? Hast du überhaupt bemerkt, dass Gyda kaum noch etwas isst? Hast du sie dir in den letzten Tagen mal angeschaut? Sie besteht nur noch aus Haut und Knochen. Dagegen ist dein Hase wirklich ein fetter Brocken!»

Aufgebracht warf Asny die Haselstange mitsamt der Angel auf den Boden und trat so lange darauf herum, bis der Ast zerbrochen und die Schnur sich um ihre Beine und Füße gewickelt hatte.

Fassungslos stand Aki daneben. Es tat ihm im Herzen weh, seine Schwester so verzweifelt zu sehen. Er kniete vor ihr nieder und zerschnitt mit seinem Messer die Sehne, in der sie sich verfangen hatte.

«Es gibt hier keine Fische mehr!», hörte er sie schluchzen. «Wir haben doch kaum Vorräte angelegt, und bald kommt der Winter … und dann werden wir alle sterben …»

Nachdem Aki sie befreit hatte, steckte er das Messer ein, erhob sich und nahm seine Schwester in die Arme. Sie legte ihren Kopf an seine Schulter und weinte leise, bis sie allmählich ruhiger wurde.

Aki zerbrach sich unterdessen den Kopf, was er sagen oder tun konnte, um sie zu trösten. Aber ihm fiel nichts ein. Schließlich hatte sie nicht unrecht. Vor einigen Tagen hatte Velva die Götter nach dem nächsten Winter befragt. Was dabei herauskam, stimmte sie alles andere als hoffnungsvoll: Bald würde es sehr kalt werden und der Schnee so hoch liegen, dass selbst ausgewachsene Männer darin stecken bleiben konnten. Es war viele Jahre her, dass Aki einmal einen solchen Winter erlebt hatte, der mit klirrendem Frost und ungeheuren Schneemassen das Leben in Haithabu zum Erliegen gebracht hatte. Aber damals lebten Velva und die Zwillinge in ihrem Grubenhaus – mit einem festen Dach, einer wärmenden Feuerstelle und einer gefüllten Vorratskammer. Davon konnten sie jetzt nur träumen und hoffen, dass es vielleicht doch nicht so schlimm kommen würde, wie die Götter prophezeiten.

Aber was auch immer geschehen wird, ich werde niemals aufgeben, schwor sich Aki und drückte seine Schwester fester an sich. Nach einer Weile löste sie sich von ihm, trocknete ihre Augen und betrachtete die zertretene Angel.

«Wir bauen morgen eine neue», sagte Aki.

Er reichte ihr eine Hand. Sie mussten zurück zur Höhle. Bald würde es dunkel sein.

Da ließ ihn ein leises Geräusch aufhorchen. Ein knackendes Geräusch, wie das eines brechenden Astes. Er drehte sich um. Die Jahre im Wald hatten seine Sinne geschärft. Aber das Knacken war zu weit entfernt gewesen. Er konnte nicht sagen, ob es von einem Tier oder einem Menschen stammte. Angestrengt lauschte er in den Wald und hörte den Abendwind in den Blättern rauschen.

Aki lief hinter Asny her, die die Führung durch das Dickicht übernommen hatte. Er hatte einen Stein in die Schleuder gelegt für den Fall, dass ihnen jemand folgte. Geduckt huschten sie an Sümpfen vorbei, krochen durch Gestrüpp und überquerten schließlich einen kleinen Wasserlauf, hinter dem sie sofort wieder ins Unterholz eintauchten. Ab und an hielten sie inne und achteten auf verdächtige Geräusche. Aber es blieb still.

Nach einer Weile erreichten sie im letzten Tageslicht ihr Versteck am Rande einer kleinen Lichtung. Die Höhle befand sich in einem Hohlraum zwischen mehreren großen Steinen. Die Spalten zwischen den Steinen hatten sie mit Lehm und getrocknetem Gras abgedichtet und darüber ein Dach aus Ästen, Farnkraut und Laub gesetzt. Im hinteren Bereich hatten sie in die Wand ein Loch als Fluchtweg eingelassen. Es war so schmal, dass sie sich gerade hindurchzwängen konnten, wenn es nötig werden würde. Ihre Behausung war von außen gut getarnt, und man musste schon sehr dicht herantreten, um zu erkennen, dass es sich nicht um eine natürliche Erhebung handelte.

Nachdem Aki und Asny ein letztes Mal auf Geräusche gelauscht, aber nichts gehört hatten, krochen sie unter den Dornen des Brombeergestrüpps hindurch, hinter dem der Höhleneingang verborgen war.

Im Innern der Höhle war es nahezu dunkel. Nur ein schwacher Lichtschimmer drang durch den Rauchabzug im Dach. Das Feuerholz, das Velva für diese Nacht in der Mitte der Höhle aufgeschichtet hatte, würden sie wie immer erst bei Dunkelheit entzünden, damit der Rauch sie nicht verriet.

Als die Zwillinge hereinkamen, hob ihre Mutter kurz den Kopf, dann wandte sie sich wieder der kleinen Gyda zu. Die beiden saßen mit den Rücken an die Wand gelehnt auf dem mit Reisig und Schilf gepolsterten Schlaflager, das mit Fellen überspannt war.

Die Zwillinge hatten sich vorgenommen, Velva nichts von dem Geräusch am Bach zu erzählen. Sie wollten sie nicht unnötig beunruhigen. Aber natürlich wollte Aki seiner Mutter den Hasen zeigen, um sie aufzuheitern. Als er jedoch Velvas von Trauer erfüllten Gesichtsausdruck sah, blieben ihm die Worte im Halse stecken.

Die Augen voll schimmernder Tränen, streichelte Velva mit ihrer von Brandnarben überzogenen Hand Gydas Wangen. Das Mädchen bewegte sich nicht, seine Augen waren geschlossen. Gyda war inzwischen acht Jahre alt. Sprechen hatte sie noch immer nicht gelernt. Auch das Gehen fiel ihr nach wie vor schwer; sie bewegte sich kriechend und krabbelnd vorwärts. Daher verbrachte Gyda die meiste Zeit in der Höhle. Nur hin und wieder, wenn das Wetter besonders schön war, wurde sie von den anderen an die frische Luft gebracht, damit sie den Sonnenschein und den Vogelgesang genießen konnte.

Asny kroch zum Lager und fragte besorgt, ob Gyda etwas fehle. Aber Velva schüttelte nur den Kopf.

Nachdem Aki den Hasen bei der Feuerstelle abgelegt hatte, setzte auch er sich zu den anderen und betrachtete Gyda. Offenbar hatte er seine kleine Schwester tatsächlich länger nicht mehr genau angeschaut. Gyda war nie sehr kräftig gewesen, aber nun wirkte sie zerbrechlich wie trockenes Schilfgras. Schwach hob und senkte sich ihre Brust unter den Atemzügen.

Nach einer Weile begab sich Asny zur Feuerstelle, zündete das vorbereitete Holz an und begann dann, dem Hasen das Fell abzuziehen. Anschließend nahm sie das Tier aus, säuberte es in einer mit Wasser gefüllten Tonschale vom Blut und spießte es auf einen Stock. Bald darauf garte der Hase über der Glut. Der angenehme Duft nach gebratenem Fleisch erfüllte die Höhle.

Velva hatte noch immer kein Wort von sich gegeben. Daher schwiegen auch Aki und Asny, während sie sich um das Essen kümmerten. Als das Fleisch knusprig braun geworden war, löste Aki eine Keule und hielt sie seiner Mutter hin. Doch sie nahm sie nicht an.

«Du musst etwas essen, Mutter», flüsterte Aki.

«Heute nicht», erwiderte sie.

Und dann noch einmal: «Heute nicht.»

Aki kauerte sich beim Feuer neben Asny.

«Was ist mit den beiden?», flüsterte er, wobei er den Blick nicht von Velva und Gyda nahm. «So habe ich Mutter noch nie erlebt. Irgendetwas stimmt nicht mit Gyda.»

Asny hielt ein Stück Fleisch in der Hand, ohne davon zu essen.

«Morgen geht es ihnen bestimmt wieder besser», sagte sie leise. «Ja, ganz bestimmt!»

Aki schaute seine Zwillingsschwester an und sah, dass sie wieder weinte.

Was ist hier nur los?, dachte er und fühlte Panik in sich aufsteigen. Warum sagte ihm niemand, was hier verdammt noch mal los war?

Asny legte ihr Fleisch unangetastet auf einen Stein.

«Wir sollten jetzt schlafen», sagte sie. «Morgen wird es besser, bestimmt wird es morgen …»

Sie brachte den Satz nicht zu Ende. Am ganzen Körper zitternd, kroch sie zum Lager und legte sich zu Velva und Gyda.

Aki blieb mit einer schrecklichen Vorahnung allein am Feuer sitzen. Die Hasenkeule in seiner Hand wurde kalt.

Als Aki am nächsten Morgen mit steifen Gliedern neben der Feuerstelle erwachte und Velva mit Gyda im Arm noch immer an der Wand sitzen sah, wusste er sofort, dass etwas Schlimmes geschehen war.

Asny hockte vor dem Schlaflager und starrte die beiden mit weit aufgerissenen Augen an.

«Ich habe … Gyda angefasst», hörte Aki Asny sagen. «Sie ist ganz kalt, Mutter. Mutter? Mutter, sag doch: Was ist mit ihr?»

Velva schwieg.

Da streckte Asny erneut die Hand aus und berührte Gydas Wangen. «So kalt …», flüsterte sie.

Aki kroch zu ihnen. Gyda schien zu schlafen, ganz friedlich sah sie aus. Aber Aki wusste, dass der Anblick trog, und er spürte, wie sich sein Magen umdrehte.

«Mutter, du bist eine Zauberin», rief Asny. «Mach Gyda wieder lebendig!»

Velvas Augen blitzten. Sie forderte die Zwillinge auf, ruhig zu sein und aufs Lager zu kommen. Dann rückte sie ein Stück zur Seite, damit die Zwillinge sich links und rechts neben Gyda niederlassen konnten.

Aki nahm das Mädchen in den Arm und streichelte ihr Gesicht.

Wie leicht sie ist, dachte er. Fast so leicht wie damals, als sie geboren wurde.

Die Zwillinge waren an dem Tag mit der hochschwangeren Velva im Grubenhaus gewesen. Mutter hatte gemeint, dass sie keine fremde Hilfe brauche. Sie habe ja auch Aki und Asny allein zur Welt gebracht. Doch dieses Mal ging irgendetwas schief. Sosehr Velva sich auch anstrengte, Gyda wollte nicht herauskommen. Schließlich holten die Kinder eine Nachbarin, aber auch mit deren Unterstützung hatte es eine Ewigkeit gedauert, bis das kleine Wesen endlich zum Vorschein kam. Die Nabelschnur hatte sich um den Hals des Neugeborenen gewickelt, und der kleine Körper und das Köpfchen waren blau angelaufen. Aki glaubte, das

Kind sei eine Totgeburt. Doch der Nachbarin, die mindestens ein Dutzend Kinder geboren hatte, gelang es gerade noch rechtzeitig, die Nabelschnur durchzuschneiden und Gyda das Leben zu retten.

Das Glücksgefühl, das Aki damals verspürte, als er die Kleine endlich schreien hörte, hatte er niemals vergessen. Ebenso wenig würde er die lähmende Trauer vergessen können, die jetzt von ihm Besitz ergriff.

Damals hatten die Götter entschieden, dass das Neugeborene leben sollte. Nun hatten sie Gyda zu sich geholt.

Velva berührte mit ihren Händen die Gesichter der Zwillinge und sagte: «Die Götter haben eure Schwester gerufen. Sie werden sie bei sich aufnehmen, damit es ihr besser ergeht. Besser als unter uns Menschen.»

«Aber wir haben uns doch immer um Gyda gekümmert», stieß Asny aus.

Am liebsten hätte Aki ihr beigepflichtet und das Recht der Götter in Frage gestellt, über Leben und Tod zu entscheiden. Aber er war so erschüttert, dass kein einziger Laut über seine Lippen kam.

«Wir waren immer für sie da», rief Asny, fast schon kreischend. «Mutter! Sie soll nicht zu den Göttern gehen, jetzt noch nicht. Wir haben Gyda lieb.»

Velva zog ihre vernarbten Hände zurück.

«Ja, das haben wir», sagte sie bestimmt. «Das tun wir in diesem Augenblick, und das werden wir immer tun.»

Dann kroch sie vom Lager zum Höhleneingang. Hinter den Brombeersträuchern schimmerte das Licht des jungen Morgens. Am Eingang drehte sie sich noch einmal um und forderte die Zwillinge auf, Gyda nach draußen zu bringen.

Ein herrlicher Spätsommertag kündigte sich an.

Über den Baumwipfeln erhob sich am wolkenlosen Himmel die Sonne und schickte ihre Strahlen durch das Blätterdach. Die Luft war erfüllt vom fröhlichen Gezwitscher der Vögel und dem Duft nach taufrischem Moos.

Velva ging bis zum Rand der Lichtung, etwa zwanzig Schritt von der Höhle entfernt.

Dort stand eine mächtige Eiche, deren Äste so gewachsen waren, dass sie aussahen wie die ausgestreckten Arme eines Riesen. Daher nannten sie den Baum *eiktroll*, Eichentroll. Während Aki mit Gyda im Arm stehen blieb, machte sich Velva daran, Farnkraut und Sträucher auszureißen. Asny stand weinend bei Aki. Nach einigem Zögern wischte sie sich die Tränen aus den Augen und begann, Velva zu helfen. Es dauerte nicht lange, bis sie das alte Laub entfernt und eine kleine Fläche freigelegt hatten, auf der Aki Gyda ablegte.

Dann nahm Velva ihren Schmuck ab und behängte das Mädchen mit Ketten aus bunt bemalten Tierknochen, kleinen Steinen und Tonkugeln. Auch Asny hängte ihrer Schwester eine Kette mit dem Wolfszahn um, den sie vor zwei Jahren im Wald gefunden und seither aufbewahrt hatte. Aki besaß keinen Schmuck, daher gab er Gyda seine Schleuder mit auf die Reise ins Götterreich Asgard.

Sie kämmten das Mädchen und stellten sich um sie herum auf. Velva begann das Lied zu singen, das sie ihnen früher unzählige Male vorgesungen hatte.

«Zum Richterstuhl gingen die Rater alle, heilige Götter, und hielten Rat: Für Nacht und Neumond wählten sie Namen, benannten Morgen und Mittag auch, Zwielicht und Abend, die Zeit zu messen …»

Nach einer Weile stimmten auch Aki und Asny mit ein, und so sangen sie gemeinsam das Lied von den Asen und

Zwergen, von Odin und Thor, von Untergang und neuer Hoffnung.

Ihre Worte schwebten durch den Wald wie Botschaften an die Götter, und als die letzte Strophe verklungen war, schien es, als seien die Vögel vor Ehrfurcht verstummt. Kein Geräusch drang mehr an die Ohren der Trauernden, die von einer tiefen Stille umgeben wurden. Dann, nach einem Moment der Andacht, begannen sie eine weitere Fläche freizulegen, aus der sie mit den Händen Erde gruben, die sie nach und nach über Gyda aufhäuften, bis sie unter einem Erdhügel verschwunden war.

Inzwischen hatte die Sonne ihren höchsten Stand erreicht.

Velva stand der Schweiß auf der Stirn. Sie wischte ihre Hände am Gras ab und kündigte an, zur Höhle zurückzugehen.

«Bleibt ruhig noch hier», sagte sie zu den Zwillingen. «Meine Beine sind schwach. Ich werde mich hinlegen, jetzt kann ich endlich wieder schlafen. Gyda hat ihren Frieden gefunden.»

Dann drehte sie sich um und ging über die Lichtung davon.

Aki stellte sich neben Asny und legte ihr sanft einen Arm um die Schultern.

«Werden wir auch bald sterben?», fragte sie.

Aki wollte etwas Ermutigendes sagen, aber seine Kehle war noch immer wie zugeschnürt.

Da hörte er plötzlich hinter sich Geräusche, die klangen, als würde ein großes Tier durchs Unterholz brechen. Er drehte sich um – und als er sah, was auf der Lichtung geschah, öffneten sich seine Lippen zu einem lautlosen Schrei.

Velva war etwa auf halbem Wege zur Höhle stehen geblieben. Sie wankte hin und her, taumelte und drehte sich im Kreis, als würde sie tanzen. Mitten in dieser Bewegung verlor sie das Bewusstsein und stürzte mit dem Gesicht voran zu Boden.

Aber die Geräusche, die Aki gehört hatte, kamen nicht von seiner Mutter. Sie stammten von einem riesenhaften, glatzköpfigen Mann, der zwischen den Bäumen hindurchjagte, auf die Lichtung sprang und auf Velva zulief. Der Mann war wie ein Mönch gekleidet. Aber was für ein Mönch war das? Niemals zuvor hatte Aki einen so großen Mann gesehen.

Asny stieß einen spitzen Schrei aus.

Aki zog sein Messer aus dem Gürtel und rannte los. Doch der Mönch war schneller. Bevor Aki seiner Mutter zu Hilfe eilen konnte, streckte der Glatzkopf seine Pranken nach ihr aus.

Als Aki gegen den riesigen Körper sprang, war es, als wäre er gegen eine Felswand geprallt. Mit einer beiläufigen Armbewegung schüttelte ihn der Mönch ab wie ein lästiges Insekt und beugte sich wieder über Velva.

Aki fand sich im Gras wieder. Verzweifelt suchte er sein Messer, das ihm aus der Hand gefallen war.

Inzwischen war auch Asny herbeigeeilt. In den Händen hielt sie einen armdicken Ast, den sie dem Mönch von hinten auf den Rücken schlug. Der Ast zerbrach mit einem lauten Knacken, ohne dass der Mönch den Hieb überhaupt zu bemerken schien.

Unbeirrt nahm er die bewusstlose Velva auf. In seinen Armen wirkte sie zart wie ein Kind.

Aki entdeckte das Messer zwischen den Gräsern und machte sich für den nächsten Angriff bereit.

Als der Mönch die Klinge sah, legte sich seine hohe Stirn in Falten. Der Mann sah wirklich eigenartig aus, so gar nicht wie einer der Mönche, die Aki aus Haithabu kannte. Alles an ihm wirkte um ein Vielfaches ausgeprägter und wuchtiger als bei anderen Männern. Seine Lippen waren prall und wulstig, seine breite Nase war krumm und schief, als wäre sie mehrfach gebrochen worden. Auf dem Kinn wucherte der Bart wie Unkraut, und unter einem Gestrüpp buschiger Augenbrauen blitzten dunkle Augen auf.

Aber – wie Aki irritiert feststellte – in dem Blick lag keine Feindseligkeit.

«Lass sie los!», brüllte er, als er seine Sprache wiedergefunden hatte. «Lass sie los! Verschwinde!»

Doch der Mann blieb einfach stehen. Sein Blick glitt von Aki zu Asny, dann wieder zu Aki.

«Das werde ich nicht tun, junger Mann!», sagte der Mönch mit einer rauen, tiefen Stimme.

Aki, der das Messer noch immer auf den Riesen richtete, war überrascht, dass er ihre Sprache ohne Akzent beherrschte.

«Lass sie los!», wiederholte er und hob drohend die Klinge.

«Die Seherin braucht Hilfe», entgegnete der Mönch.

Aki erstarrte. Woher wusste der Mönch, wer Velva war? Und was bedeutete es, dass er es wusste?

In diesem Moment fand Aki nur eine Antwort auf diese Fragen: Der Mönch gehörte zum Grafen – und er war gekommen, um Velva zu fangen!

20.

In Thankmars Haus auf der Markgrafenburg wurde es höllisch heiß. Er lag nackt und mit ausgestreckten Armen und Beinen auf dem Boden, das Gesicht zur Decke gerichtet. Seine Hand- und Fußgelenke waren an Pflöcke gefesselt, die in den festgestampften Fußboden getrieben worden waren. Um ihn herum standen mehr als ein Dutzend mit Tran gefüllte Metallschalen, aus denen Flammen emporzüngelten. Die Feuer brannten so heiß, dass es Thankmar den Schweiß aus den Poren trieb.

«Worauf wartet Ihr?», herrschte er den Bischof an. «Beginnt endlich mit der Zeremonie!»

Nach einigem Zögern kniete Poppo neben ihm nieder. In der einen Hand hielt der Bischof eine kleine Schale mit Weihwasser, in der anderen ein frisch geschärftes Messer. Er stellte das Weihwasser auf den Boden, doch als er die Hand in die Schale tauchen wollte, hielt er inne.

«Worauf wartet Ihr?», keuchte Thankmar.

«Es gibt … ein Problem», erwiderte Poppo ungewöhnlich zurückhaltend.

«Was für ein verdammtes Problem?»

Thankmar schwitzte noch stärker. Der Bischof sollte endlich anfangen. Aber er senkte nur den Kopf ganz tief, damit er dem Grafen nicht in die Augen schauen musste.

«Mir ist etwas abhandengekommen», sagte er leise.

Was erzählte der Bischof für einen Unsinn? Das Warten machte Thankmar wahnsinnig! Er litt schreckliche Ängste, wie vor jedem Versuch, den Teufel aus seinem Körper und seiner Seele zu treiben. Dutzende Male hatte Poppo in den vergangenen Jahren dieses Ritual mit ihm durchgeführt. Es hatte nichts geholfen. Im Gegenteil: Der Einfluss des Fluchs war immer größer geworden. Thankmar hatte zwar seine Reichtümer und Schätze mehren können. Aber er litt noch immer Höllenqualen, wenn die Fratze der Seherin vor seinem inneren Auge erschien und ihm den Fluch entgegenschleuderte wie glühende Scheite.

«Was ist Euch … abhandengekommen?», stieß er aus.

«Erinnert Ihr Euch an den großen Mönch, Graf?»

Thankmar stöhnte zwischen zusammengepressten Zähnen. Was sollte das nun wieder? Natürlich erinnerte er sich an den Dreckskerl! Schlimm genug, dass er entkommen war. Er hatte sich beim Bischof eingeschlichen, angeblich, um bei der Missionierung der Heiden zu helfen. Aber Thankmar hatte ihm von Anfang an misstraut. Einmal Normanne, immer Normanne. Da halfen auch tausend Gebete nichts. Nein, es war eindeutig: Der Mönch hatte ihn ausspionieren wollen. Schließlich war er von keinem anderen in die dänische Mark geschickt worden als vom Erzkanzler Brun von Colonia, einem Bruder des Königs Otto. Natürlich, um hinter Thankmars Pläne zu kommen. Aber er hatte den Mönch durchschaut und ärgerte sich maßlos darüber, ihn nicht gleich getötet zu haben. Stattdessen hatte er dies dem Bischof überlassen.

«Was hat der Mönch mit dem Teufel in meinem Leib zu tun?»

«Er … hat mir etwas gestohlen.»

«Und was? Redet endlich, Bischof – und dann fangt mit der Zeremonie an!»

«Mein Buch mit den heiligen Schriften.»

«Dann müsst Ihr es ohne die Schriften tun.»

«Aber ich brauche sie, um den Dämon zu beschwören.»

«Wollt Ihr damit sagen, Ihr hättet das Evangelium des heiligen Markus nicht im Kopf?»

Poppo räusperte sich. «Doch, selbstverständlich ... zumindest den größten Teil, aber ...»

«Na, also. Fangt endlich an.»

Poppo suchte kurz nach den richtigen Worten, dann begann er von Jesus zu erzählen, der in der Synagoge von Kapernaum auf einen besessenen Menschen traf. Jesus, der Nazarener, sei gekommen, um sie zu verderben, rief der Mensch. Doch Jesus bedrohte ihn: Der Teufel solle aus ihm fahren!

«Und der unsaubere Geist riss ihn hin und her und schrie laut – und fuhr aus von ihm! So soll es geschehen», rief Poppo und machte eine Pause.

«Weitermachen», sagte Thankmar ungeduldig. «Ich spüre die Geister des Fluchs kommen.»

Der Bischof tauchte seine Finger ins Weihwasser und besprengte damit Thankmars schwitzenden Körper.

Im selben Moment stießen die Worte der Seherin mit voller Wucht in sein Bewusstsein vor. Er bäumte sich auf und zerrte an den Fesseln.

Ich werde dir die Brust zerbrechen, dass giftige Nattern dein Herz zernagen!, schrie die Seherin.

Wie aus der Ferne hörte er Poppos beschwörende Stimme: «Ich befehle dir, wer immer du bist, unreiner Geist, und allen deinen Gefährten, dass du deinen Namen sagst ...»

Dass deine Ohren für immer ertauben und deine Augen aus deinem Schädel springen!

Thankmar warf sich in den Fesseln hin und her. Poppo hatte sie ihm angelegt, damit er nicht floh, wenn die Schmerzen am schlimmsten wurden. Die Schnüre und die Pflöcke hielten ... noch hielten sie.

Fahr hin zur Hel, von Hunden zerfleischt. Deine Seele versinke in Qualen, brüllte die tätowierte Fratze der Seherin.

«Jetzt das Messer!», schrie Thankmar.

«Haltet still», bat Poppo.

Thankmar musste all seine Kräfte aufbieten, um ruhig zu bleiben, während die Schmerzen durch seinen Körper wogten wie die Wellen einer sturmgepeitschten Brandung.

Da beugte sich der Bischof mit dem Messer über ihn, suchte auf dem Oberkörper nach einer freien Stelle und setzte die Klinge auf die Haut. Brust und Bauch waren von verschorften und vernarbten Wundmalen vergangener Rituale übersät.

In einem Zug ritzte Poppo mit der Klingenspitze einen handlangen Schnitt in Thankmars Fleisch.

Als das Blut aus der Wunde quoll, sprang der Bischof auf, warf das Messer fort, nahm stattdessen sein Kruzifix zur Hand und hielt es über den Grafen.

«Ich beschwöre dich, Schlange», rief Poppo, «bei dem Richter über Leben und Tod, bei deinem Schöpfer, der die Macht besitzt, dich in die Hölle zu schicken. Weiche! Weiche im Namen des unbefleckten Lammes. Fliehe von diesem Menschen, denn Christus wird in ihm wohnen!»

Von grauenvollen Schmerzen geschüttelt, hob Thankmar den Kopf, starrte auf die klaffende Wunde – aber kein Dämon drang daraus hervor. Nur Blut. Immer mehr Blut.

Erschöpft sank er zurück. Die Stimmen in seinem Kopf verhallten, und seine Augen füllten sich mit Tränen.

«Es hat … wieder nicht funktioniert», brachte er keuchend hervor.

«Nein», erwiderte Poppo. «Es tut mir leid.»

Dann band er den Grafen von den Pflöcken los.

21.

Am Abend war der Mönch noch immer bei ihnen, und das gefiel Aki überhaupt nicht.

Ohne sich von den Zwillingen davon abhalten zu lassen, hatte er Velva in die Höhle gebracht. Es war drinnen zwar recht eng für den riesigen Mann, aber dennoch hatte er auf rührende Weise dabei geholfen, Velva zu versorgen. Er hatte sie auf das Lager gebettet, hatte sie gehalten, damit die Zwillinge ihre verdreckte und verschwitzte Tunika gegen eine andere austauschen konnten, und ihr dann mit feuchten Tüchern die Stirn gekühlt.

Trotzdem mochte Aki den Mann nicht, obwohl er nicht sagen konnte, was der Grund dafür war.

Am Nachmittag war Velva einmal kurz aus ihrer Bewusstlosigkeit erwacht, woraufhin Asny ihr einen aus Bilsenkraut und getrockneten Pilzen gemischten Trank gab. Seither schlief sie.

Mit Einbruch der Dunkelheit entzündete Aki das Feuer. Der Mönch, der zuvor Armladungen voller Holz herbeigeschleppt hatte, setzte sich den Zwillingen gegenüber ans Feuer. Die flackernden Schatten der Flammen ließen sein Gesicht noch unheimlicher wirken.

Nach einer Weile wandte Aki den Blick ab und schaute ins Feuer. Als er so still dasaß und dem Flammenspiel zuschaute, wich allmählich die Anspannung, die ihn seit dem Morgen im Griff gehabt hatte. Und erst jetzt, da es Velva besser zu gehen schien, konnte er wieder an Gyda denken.

Wie gern hätte er sich einmal richtig mit ihr unterhalten, wenigstens ein einziges Mal. Was hätte er nicht alles dafür gegeben zu erfahren, was sie dachte und fühlte, wie sie die Welt um sich herum wahrnahm. Es zerriss Aki das Herz, je mehr ihm bewusst wurde, dass diese Gelegenheit endgültig vertan war, zumindest so lange, bis sie sich im Reich der Toten wiedersehen würden. Er stellte sich auch die Frage, ob er nicht mehr für seine kleine Schwester hätte tun können. Natürlich war er immer zärtlich zu ihr gewesen. Er hatte sie gestreichelt, sie gefüttert, sie sauber gemacht, ihr von seinen Erlebnissen erzählt, ohne zu wissen, ob sie ihn überhaupt verstand. Aber hatte er sich wirklich ausreichend um sie gekümmert? Er – der einzige Mann der Familie.

Einen Vater hatte es ja niemals gegeben. Natürlich hatte Aki seine Mutter nach Gydas Vater gefragt, ebenso, wie er wissen wollte, wer sein und Asnys Vater war. Aber Velva hatte immer behauptet, die Götter seien ihre Väter. Einen Erzeuger aus Fleisch und Blut gebe es nicht. Mehr sei dazu nicht zu sagen.

«Die Kleine, die ihr zu Grabe getragen habt, war sie eure Schwester?», fragte der Mönch und riss Aki aus seinen Gedanken.

Die Zwillinge nickten.

«Sie war bestimmt ein wundervolles Mädchen», fuhr er fort. «Es tut mir sehr leid für euch.»

«So, tut es das?», entgegnete Aki spitz. «Du kanntest Gyda doch überhaupt nicht. Warum mischst du dich in unsere Angelegenheiten ein?»

Da hörte Aki vom Lager her Geräusche, und als er aufschaute, sah er, dass Velva erwacht war.

«Mutter, dieser Mann hat sich einfach …», sagte er schnell.

«Psst», machte Velva. «Sprich nicht so laut, mein Kopf schmerzt.»

«Aber er ist ein Mönch», flüsterte Aki.

«Das sehe ich», erwiderte Velva, «und ein recht großer noch dazu. Er passt ja kaum in unsere Höhle.»

Tatsächlich reichte der Mönch selbst im Sitzen fast bis an die Decke.

Velva setzte sich zwischen Aki und den Mönch, der sie aus großen Augen anstarrte.

Erleichtert stellte Aki fest, dass seine Mutter nicht mehr so blass war. Sie machte sogar einen geradezu heiteren Eindruck.

«Geht es Euch wieder besser?», fragte der Mönch.

Velva nickte lächelnd.

«Gelobt sei Gott!»

«Gott?», entgegnete sie. «Das habe ich meinen Kindern zu verdanken. Oder hat dein Gott die Kräuter zusammengemischt?»

«Nein, natürlich nicht, das war Eure Tochter.»

Velva betrachtete den Mönch eingehend. «Wie heißt du?», wollte sie wissen.

«Ich heiße Ketil, Sohn des Skalden Kormak», antwortete er.

«Du bist gekleidet wie ein Christ, Ketil Kormakson, aber du trägst kein Kreuz. Hat man es dir abgenommen?»

«Abgenommen? Woher wisst Ihr das?»

«Weißt du nicht, wer ich bin?»

«Doch! Aber … ja, wie konnte ich nur so dumm fragen? Natürlich wisst Ihr das. Ihr seid die Seherin. Die Zauberin! Man sagt, vor Euch bliebe nichts verborgen.»

«So, sagt man das? Nun, die Menschen mögen recht haben. Ich sehe also einen Mönch, dessen Kleider zwar gewaschen sind, an denen aber noch Morast klebt. Ich nehme an, dass der Mönch nicht freiwillig in die Sümpfe geraten ist. Vermutlich ist er vor etwas geflohen. Weil er überfallen wurde? Nein. Er sieht nicht danach aus, als würde er sich überfallen lassen. Es müssten schon ein paar sehr kräftige Männer kommen.»

Velva wandte sich an die Zwillinge. «Würdet ihr mir etwas zu essen bringen? Und danach möchte ich die Geschichte dieses Mannes hören. Wir haben viel Zeit, die ganze Nacht und, wenn es sein muss, noch viele andere Tage und Nächte. Ich nehme nicht an, dass du es eilig hast, Ketil, sonst wärst du längst wieder gegangen.»

«Eigentlich wollte ich auf ein Schiff ...»

Velva brachte ihn mit einer Handbewegung zum Schweigen. «Es geht nicht darum, was du willst, Ketil Kormakson. Gyda ist gegangen, und du bist gekommen, weil die Götter es so wollten. Die Götter tun nichts ohne Grund, und der einzige Grund, dass die Schicksalsspinnerinnen deinen Lebensfaden mit unseren verweben, ist, dass der Mensch Ketil wichtig für uns ist.»

So ist das also, dachte Aki überrascht. Aber wie sollte so einer wichtig für sie sein? Die Christen hassten alle Menschen, die an die alten Götter glaubten, und besonders hassten sie Velva, die mit den Göttern sprach.

Inzwischen hatte Aki die Holzschale geholt, in der er den gebratenen Hasen aufbewahrt hatte. Er freute sich, dass seine Mutter wieder Hunger hatte. Sie schien wie ausgewechselt zu sein. So aufgeschlossen und redselig hatte er sie lange nicht mehr erlebt. Er wunderte sich zwar, warum sie nicht mehr trauerte. Aber dann überlegte er, dass sie wahrscheinlich schon vor längerer Zeit von Gyda Abschied genommen hatte und dass sie glücklich war, weil es Gyda nun bei den Göttern viel besser ging.

Velva griff beherzt nach dem Hasen. Sie bot den anderen davon an, doch sie lehnten dankend ab, obwohl sie selbst Hunger hatten. Aber sie wollten, dass sich Velva stärkte. Nachdem die Seherin das Fleisch aufgegessen und die letzten Fasern von den Knochen genagt hatte, lobte sie Aki für seinen Jagderfolg und wandte sich dann an den Mönch.

«Erzähl uns deine Geschichte und lass nichts aus», forderte sie ihn auf. «Wir wollen dich kennenlernen, damit wir wissen, mit wem wir es zu tun haben. Außerdem wird uns die Abwechslung guttun.»

Das ließ sich Ketil nicht zweimal sagen. Er streckte die Beine neben dem Feuer aus und begann.

Je länger Aki ihm zuhörte, desto mehr verlor er seine Scheu. Das ging offenbar auch Asny so. Sie war ebenfalls sichtlich angetan von Ketils Leben, das so abenteuerlich verlaufen war, wie es sonst nur den Männern in den Geschichten widerfuhr, die die Alten an den Lagerfeuern erzählten.

Vor achtundzwanzig Jahren wurde Ketil auf Island, einer Insel im Nordmeer, geboren. Sein Vater war ein berühmter Skalde, der Dutzende Verse gedichtet hatte. Das konnte Velva sogar bestätigen. Auch sie hatte vom Skalden Kormak Ögmundson gehört, dessen Ruf in alle Länder an den Küsten des Nordmeeres gelangt war.

Das machte Ketil so stolz, dass er sich beinahe den Kopf an der Decke anschlug, als er sich in die Brust warf, obwohl die Geschichte seines Vaters alles andere als glücklich verlaufen war. Kormak hatte viele Jahre lang erfolglos um eine schöne Frau gefreit, die jedoch einem anderen Mann zugesprochen war. Nur ein einziges Mal gab sie sich Kormak hin – das Ergebnis war Ketil. Die Frau durfte Ketil nicht behalten, der daraufhin von Kormak allein aufgezogen wurde. Die Schande der mutterlosen Kindheit und seine schon damals ungewöhnliche Körpergröße machten Ketil bald zum Gespött vieler Altersgenossen.

Dann kam er auf ein Ereignis zu sprechen, das seinem Leben einen entscheidenden Wendepunkt gab. Er war damals etwa fünfzehn Jahre alt gewesen, als mehrere junge Männer ihm auflauerten und ihn mit Beilen angriffen. Ketil schlug einen der Angreifer so hart nieder, dass dieser mit dem Kopf gegen einen Stein prallte und an den Verletzungen starb. Die Familie des Getöteten verlangte von Ketils Vater ein hohes Blutgeld, das dieser nicht aufbringen konnte. Daher musste Ketil Island verlassen, um Kormak vor der Rache der anderen zu bewahren.

Auf einem Schiff fuhr Ketil daraufhin über das Nordmeer nach Süden und kam über einen großen Fluss in eine Stadt, die Colonia genannt wurde. Dort hielt er sich drei Jahre lang mit Diebstählen über Wasser. In dieser Zeit scharte er eine stattliche Anzahl Ausgestoßener um sich, mit denen er in den Wäldern bei Colonia Händler und Adlige überfiel. Eines Tages wurde er jedoch verraten. Nachdem man ihn festgenommen hatte, sollte er als berüchtigter Anführer der Räuberbande aufgehängt und sein Leichnam öffentlich zur Schau gestellt werden.

«Ich hatte die Schlinge schon um den Hals», erzählte Ketil, «als ein Mann die Hinrichtung unterband.»

Dieser Mann sei kein anderer gewesen als der Bruder des sächsischen Königs. Sein Name lautete Brun, und er war nicht nur der Erzkanzler des Reichs, sondern zu der Zeit gerade zum Bischof geweiht worden.

«Warum hat er dich gerettet?», fragte Aki.

Ketil bekam einen versonnenen Gesichtsausdruck und sagte: «Weil Herr Brun der gütigste Mann ist, den ich jemals kennengelernt habe …»

«Deshalb hat er dich vor dem Tode bewahrt?» Aki konnte sich nicht vorstellen, dass ein Christ einen Nordmann einfach so begnadigte. Waren sie nicht alle so wie Bischof Poppo?

«Natürlich hatte Herr Brun etwas mit mir vor», sagte Ketil. «Weil ich damals der gefährlichste Räuber in der ganzen Gegend war, hatte er sich in den Kopf gesetzt, aus mir einen anständigen Mann und mit Gottes Hilfe einen gläubigen Christen zu machen!»

«Ist es ihm gelungen?», fragte Aki.

«Meinst du Gott oder den Herrn Brun?»

«Den Herrn Brun.»

«Sieh mich an, junger Mann! Was glaubst du? Bin ich ein grundehrlicher, gläubiger Mann?»

Aki zuckte mit den Schultern. Lächelnd fuhr Ketil fort, dass er daraufhin sechs Jahre in einem Kloster gelebt habe. Gerade angenehm sei das nicht, so ganz ohne Frauen, Raufereien und andere Dinge, die einem Mann Spaß machten. Keine Nacht habe man in dem Kloster durchschlafen können, ständig habe man gebetet und zu den Fastenzeiten habe es nur Wasser und trockenes Brot gegeben. Dennoch blieb er im Kloster. Er hatte Brun sein Wort gegeben, und daran hielt sich ein Mann wie Ketil. Als Brun ihm aber in diesem Frühling ein verlockendes Angebot gemacht hatte, hatte er nicht lange überlegt und die Gelegenheit ergriffen, aus dem eintönigen Leben auszubrechen.

«Herr Brun hat mich zum christlichen Missionar gemacht», sagte er voller Stolz. «Er ist überzeugt, dass Heiden leichter zum Christentum zu bekehren sind, wenn ihnen Gottes Worte von einem Landsmann gepredigt werden. Ich bin zwar kein Däne, aber ich spreche eure Sprache und kenne die alten Götter …»

«Willst du uns auch bekehren?», rief Aki entrüstet.

«Psst!», machte Velva und legte ihm eine Hand auf den Arm. «Lass ihn ausreden. Seine Geschichte ist noch nicht zu Ende.»

«Das stimmt, Seherin. Nun komme ich zu dem Teil meines Lebens, der der schrecklichste ist. Denn Herr Brun schickte mich – vermutlich ohne es selbst zu ahnen – geradewegs in die Hölle!»

Ketil ballte unbewusst seine großen Hände zu Fäusten. Als er bemerkte, dass die anderen auf seine Hände starrten, öffnete er die Fäuste schnell wieder.

Dann berichtete er, wie er von Colonia aus in die Mark reiste und zu den Männern kam, zu denen Brun ihn geschickt hatte: Bischof Poppo und Graf Thankmar.

Als Aki die Namen hörte, fuhr er zusammen. Asny stieß einen stöhnenden Laut aus. Nur Velva blieb ganz still, den Blick weiterhin auf den Mönch gerichtet.

«Ich werde von einem Erlebnis erzählen, das dazu geführt hat, dass ich nun hier bei euch sitze – mit dreckiger Kleidung und ohne mein Kreuz.»

Leise fügte er hinzu: «Und mit der Ungewissheit, ob es wirklich den Gott gibt, den die ... den wir Christen anbeten.»

Ketil seufzte. «Bereits auf dem Weg durch die Mark hatte ich die ersten Gerüchte über den Grafen und den Bischof gehört. Und es wurde auch immer wieder Euer Name erwähnt, Seherin. Es hieß, er habe Euch gezwungen, Eure Arme in kochendes Wasser zu tauchen.»

Velva nickte, krempelte die Ärmel hoch und zeigte Ketil ihre mit vernarbtem Gewebe überwucherten Arme und Hände. Einige der Wunden waren nicht richtig verheilt. Hin und wieder platzten sie auf und eiterten.

«Ich wäre niemals auf den Gedanken gekommen, christliche Prediger könnten zu so etwas fähig sein», sagte Ketil. «Es heißt doch immer, die Heiden wären die Barbaren, denen ein Menschenleben nichts gilt. Nachdem ich also einige Wochen beim Bischof war, nahmen er und der Graf mich mit zu einer – wie sie es nannten – Untersuchung. Begleitet von der Haustruppe des Grafen, ritten wir zu einem kleinen Gehöft, einige Meilen südwestlich von Haithabu. Es hieß, der Hofherr sei ein reicher Mann, der die Götzen anbete und dem Grafen keine Abgaben zahle. Doch sein Hof bestand lediglich aus einigen zerfallenen Schuppen und einem Haus, durch dessen Wände der Wind pfiff. Der Bauer und seine Familie waren so arm, dass sie ihr ganzes Vieh gegessen hatten. Da gab es nichts, was er seinem Lehnsherrn hätte geben können. Dennoch durchsuchten sie das Haus und schlugen alles kurz und klein. Das Einzige, was sie fanden, war ein alter Schweineknochen, in den Runen geschnitzt waren. Ein Däne, der in Diensten des Grafen steht, hat die Zeichen übersetzt – und dabei fiel auch wieder Euer Name, Seherin …»

«Wie hieß der Bauer?», fragte Velva.

«Ich glaube, sie nannten ihn Hallstein …»

«Hallstein Blund, der Blinzler!»

«Ihr kennt ihn?»

«Ich habe vor vielen Jahren einen seiner Söhne geheilt.»

Ketil holte tief Luft, bevor er fortfuhr. «Der Bauer hatte eine Frau und mehrere Kinder, von denen das jüngste erst drei oder vier Jahre alt war. Bis auf Hallstein ließ der Graf alle Menschen im Haus zurück. Den Bauern aber führte er nach draußen. Als ich ahnte, was mit den Leuten geschehen sollte, versuchte ich, es dem Grafen auszureden. Ich flehte ihn und den Bischof um das Leben der Menschen an.

Aber was haben sie getan? Sie haben mich ausgelacht und dann die Soldaten mit brennenden Fackeln zum Haus geschickt. Ich wollte die Soldaten aufhalten. Drei von ihnen konnte ich niederschlagen. Da griffen mich die anderen an. Es waren so viele … und sie hatten Waffen.»

Ketils Augen füllten sich mit Tränen. «Sie haben mich an einen Pfahl gefesselt, damit ich mit ansah, was mit denjenigen geschieht, die dem Grafen die Abgaben vorenthalten – und die sich mit Euch, Seherin, abgeben. Die Soldaten haben Feuer ans Haus gelegt und die Menschen darin verbrennen lassen. Oh Gott! Die Schreie, diese grauenvollen Schreie!»

«Und was geschah mit Hallstein?», fragte Velva.

«Der Graf ließ ihn an ein Kreuz nageln», sagte Ketil, «und dann hat er ihm … den Bauch aufgeschnitten …»

Er wischte sich den Schweiß von der Stirn. «Als alles vorbei war, haben sie mich nach Haithabu gebracht. In ihren Augen hatte ich als Missionar versagt, weil ich Mitleid mit Heiden zeigte. Der Bischof wollte mir den Prozess machen. Ich sollte sterben.»

«Das ist ihm offenbar nicht gelungen», meinte Velva.

Schweigen breitete sich in der Höhle aus. Das Feuer war längst niedergebrannt. Unter der Asche knackte leise die Glut.

«Was willst du jetzt tun?», fragte Aki nach einer Weile.

Ketil blickte in die Runde. «Eigentlich muss ich so schnell wie möglich nach Colonia zurück, um Herrn Brun davon zu berichten. Aber nun bin ich hin und her gerissen. Ich sehe doch, dass ihr Hilfe braucht. Wahrscheinlich habt Ihr recht, Seherin – wahrscheinlich waren es wirklich die Götter, die mich zu Euch geführt haben. Ich muss etwas von der Schuld abtragen, die ich auf mich geladen habe, weil ich den Tod des Bauern und seiner Familie nicht verhindert habe.»

«Hast du an meinen Worten gezweifelt, Ketil Kormakson?», fragte Velva.

«Nein … ich … ach, ich weiß nicht. Lasst mich Euch helfen. Bald kommt der Winter, und Ihr braucht Getreide fürs Brot und Salz zum Pökeln.»

«Salz?», sagte Velva. «Salz habe ich seit Jahren nicht mehr gesehen, und das bisschen Getreide, das wir haben, stehlen wir von den Feldern der Bauern, die selbst nicht genug haben.»

Ketil öffnete seine Tasche, die neben ihm lag, und zog einen kleinen Lederbeutel daraus hervor. Dabei rutschte ein anderer Gegenstand mit heraus, den Ketil jedoch schnell wieder in die Tasche zurückschob. Natürlich hatten es die anderen bemerkt, aber keiner sagte etwas.

Er hielt den Lederbeutel hoch, und als er ihn schüttelte, klimperte es.

«In diesem Beutel», sagte er, «sind zwanzig Silbermünzen. Damit wollte ich die Schifffahrt bezahlen. Aber ich bin überzeugt, dass Ihr das Geld nötiger braucht.»

Velva hob die Augenbrauen. «Wir können nicht einfach auf einen Markt gehen, um Salz und Getreide zu kaufen. Auch du wirst das nicht tun können. Ein Mann wie du fällt auf.»

Ketil zeigte auf Aki. «Und was ist mit ihm? Ich habe gehört, dass in wenigen Tagen der Herbstmarkt am Danewerk beginnt.»

Aki zuckte zusammen. Sollte das bedeuten, dass er die Sachen einkaufen sollte? Seit vier Jahren hatte er den Wald nicht mehr verlassen, und der nächste Marktplatz war mindestens zwei oder drei Tagesmärsche entfernt. Der

Gedanke, anderen Menschen zu begegnen, machte ihm Angst, und außerdem …

«Man könnte mich ebenfalls wiedererkennen!», sagte er.

«Wie alt warst du damals, als man euch in die Wälder verbannte?», entgegnete Ketil.

«Zwölf.»

«Also ein Junge. Jetzt bist du ein Mann.»

Aki nickte, und je länger er über den Gedanken nachdachte, desto besser gefiel er ihm. Mit Getreide und gepökeltem Fleisch wären ihre Sorgen erst einmal vergessen, vor allem wenn der Winter tatsächlich so hart werden würde, wie Velva es vorausgesehen hatte. Ja, er würde es tun!

«Sobald es hell wird, gehe ich los», sagte er.

Da fiel sein Blick zum Eingang. Draußen graute bereits der Morgen, und im Wald hob der Chor der Singvögel an.

«Auf diesen einen Tag kommt es nicht an, Aki», sagte Velva. «Wir werden jetzt schlafen und danach Gydas Grabhügel mit Blumen schmücken.»

Damit waren alle einverstanden, und Aki schalt sich innerlich, dass er bei all dem Gerede Gydas Andenken vergessen hatte. Sie hatten immer noch nicht wirklich Abschied von ihr genommen. Anschließend war noch genug Zeit, den großen Markt am Danewerk zu besuchen.

Als Aki gerade auf das Lager kriechen wollte, erinnerte er sich an den Gegenstand, den Ketil offensichtlich vor ihnen geheim halten wollte.

Er zeigte auf die Tasche und sagte: «Ich möchte wissen, was darin ist!»

Das Gesicht des Mönchs lief rot an. «Ach, das ist nichts, völlig unwichtig.»

Aki ließ nicht locker. «Zeig es uns!»

Da auch Asny und Velva ihn auffordernd anschauten,

öffnete Ketil erneut die Tasche, nahm den Gegenstand heraus und reichte ihn Velva. Es war ein Buch. Velva klappte den Einband auf und warf einen Blick auf die mit Schriftzeichen und bunten Zeichnungen versehenen Pergamente. Während sie die Seiten umschlug, wurde ihre Miene immer härter.

«Es gehörte dem Bischof», sagte Ketil kleinlaut, «ebenso wie das Geld.»

«Dann hast du die Sachen gestohlen», warf Aki ein.

«Der Bischof wird toben. Es sind die einzigen heiligen Schriften hier weit und breit.»

Velva schlug das Buch mit einem Knall zu. Doch bevor sie es Ketil zurückgab, bat Aki, es einmal anschauen zu dürfen. Sie reichte es ihm widerwillig. Vorsichtig legte er das Buch auf seinen Schoß und schlug es auf. Die vielen Schriftzeichen faszinierten ihn.

«Das sind die Worte Gottes ...», sagte Ketil.

«Das Buch hat hier nichts verloren!», rief Velva scharf. «Bring es weg, Mönch, oder ich verbrenne es!»

«Nein», entgegnete Ketil. «Das dürft Ihr nicht tun!»

Velva gab nicht nach. «Wenn du das Buch behältst, musst du uns sofort verlassen!»

«Es ist sehr wertvoll ...»

Velva war wie verwandelt. Ihre Augen funkelten, die Sonnenbilder auf ihrem Hals und ihrer Stirn pulsierten wie Glut in einem Schmiedefeuer. Sie breitete die Arme aus und rief: «Im Namen dieser Schrift morden und plündern die Christen. Du hast es selbst miterlebt, Ketil Kormakson! Sie töten alle, die nicht auf diese Worte schwören. Ich verfluche die Christen, und ich verfluche ihren Gott!»

Ketil war entsetzt. «Es sind nicht alle Christen so wie der Bischof ...»

Schnell nahm er Aki die Bibel aus der Hand und steckte sie in die Tasche zurück. «Ich werde tun, was Ihr verlangt, Seherin. Bitte verbrennt das Buch nicht. Gleich nachher werde ich es fortbringen, weit weg von Euch. Ihr werdet es nicht mehr zu Gesicht bekommen. Das verspreche ich.»

«Wann?» Velvas Stimme war scharf wie ein Schwert. Sie zitterte am ganzen Leib.

Asny war zu ihr gerutscht und legte ihr beruhigend einen Arm um die Schultern.

Da mischte Aki sich ein. «Ketil könnte mich begleiten, wenn ich zum Markt gehe, und dann das Buch irgendwo ...»

«Er soll es an einer Stelle verstecken, die nur er allein wiederfindet. Niemals wieder sollst du dieses Buch anfassen, hörst du!»

Aki nickte heftig. «Dieses Buch ist etwas Böses, Mutter. Ich will damit nichts zu tun haben. Das verspreche ich dir.»

Aber er war sich nicht sicher, ob er dieses Versprechen würde halten können.

22.

Thankmar ignorierte das Klopfen an der Tür.

Seine Hände waren tief in einer der Truhen vergraben, die mit Gold, Silber, Edelsteinen und anderen Schätzen gefüllt waren. Das Kapital, mit dem er ein Heer aufrüsten wollte. Thankmar führte Listen, um den Überblick zu behalten über das Vermögen, das er den Dänen abpresste. Nach seinen Berechnungen hatte er inzwischen so viele Reichtümer angehäuft, um damit mehrere hundert Mann für eine längere Zeit unter Waffen zu halten. Aber es war noch viel zu wenig, um damit ein Heer gegen Otto zu führen. Der König konnte Tausende mobilisieren.

Wieder klopfte es, dieses Mal deutlich lauter.

«Ich will nicht gestört werden», rief Thankmar.

«Herr, ein Gesandter ist gekommen», erwiderte einer der Soldaten von draußen. «Er will Euch sprechen.»

«Ich habe nein gesagt!», rief Thankmar.

Vor der Tür waren gedämpfte Stimmen zu hören.

«Der Gesandte besteht darauf», sagte der Soldat. «Er behauptet, es sei dringend. Es geht um den König.»

Thankmar horchte auf. Er hatte schon lange keine Neuigkeiten mehr über seinen Onkel eingeholt. Zu sehr war er damit beschäftigt gewesen, die Abgaben einzutreiben und die Seherin zu jagen. Letzteres war trotz aller Anstrengungen bislang erfolglos geblieben. Das Weib schien wie vom Erdboden verschluckt, und ihr Fluch lastete schwer auf ihm.

Thankmar klappte den Deckel zu, schob die Truhe zu den anderen beiden in die Ecke zurück und zog den Vorhang wieder davor. Dann ging er zur Tür und öffnete sie. Draußen standen zwei seiner Soldaten mit einem kleinen, dicken Mann, der mit seinem runden Gesicht und breiten Mund aussah wie eine Erdkröte.

«Graf Thankmar von der Mersburg!», sagte er mit verzückter Stimme. «Ich freue mich, Euch zu sehen. Gestatten, Huga ist mein Name.»

Huga trug einen weiten, mit Pelz besetzten Mantel über einem dicken Leinenhemd, einer blauen Hose und staubigen Lederstiefeln. Auf seinen Fingern steckten goldene Ringe.

«Was habt Ihr mir zu sagen?», fragte Thankmar.

«Nicht hier draußen», entgegnete Huga. «Würdet Ihr mich hereinbitten, Graf Thankmar? Die Nachricht, die ich Euch zu überbringen habe, ist nur für Eure Ohren bestimmt.»

Thankmar machte noch immer keine Anstalten, die Tür freizugeben. Die Geheimnistuerei ging ihm gehörig auf die Nerven. Der Gesandte wäre nicht der erste Mann, der sich unter einem Vorwand auf der Markgrafenburg einschlich, um dann doch nur irgendwelche unnützen Dinge verkaufen zu wollen.

«Wer ist Euer Herr?», fragte Thankmar barsch.

Huga warf einen verstohlenen Blick auf die Soldaten. «Auch das sollte unter uns bleiben.»

Einen Augenblick lang überlegte Thankmar, den Kerl einfach aus der Burg werfen zu lassen. Aber dann sah er, dass die Kröte in Begleitung einer Handvoll bewaffneter Männer war, die bei ihren Pferden im Hintergrund standen. Einer der Männer stand mit dem Rücken zu Thankmar, und als er das Zeichen des Falken auf dem Mantel erkannte, wurde ihm klar, wer Hugas Herr war. Thankmar trat von der Tür zurück.

Sofort huschte der Dicke an ihm vorbei ins Haus, und Thankmar schloss hinter ihm die Tür. In der Kammer betrachtete Huga mit fragendem Blick die Pflöcke, die von Poppos Zeremonie am Nachmittag noch immer im Boden steckten.

Thankmar nahm auf einem Stuhl Platz, ohne seinem Gast eine Sitzgelegenheit anzubieten.

«Ihr seid also der Gesandte von Evurhard», sagte er. «Welche Nachricht will er mir überbringen?»

«Woher wisst Ihr, dass es Evurhard ist, der …?»

«Sprich!», unterbrach ihn Thankmar. «Ich habe nicht viel Zeit. Also, warum schickt Herzog Evurhard einen Gesandten aus dem Frankenland in die dänische Mark?»

«Mein Herr hält sich gegenwärtig auf der Hammaburg auf. Wir reisen durch das sächsische Reich, um Besuche zu machen …»

«Das beantwortet nicht meine Frage.»

Huga nickte eifrig. «In der Tat, in der Tat! Ich werde gleich zur Sache kommen. Ob Ihr aber zuvor einen Schluck Wein für mich hättet? Der Ritt war lang, der Weg staubig.»

Thankmar deutete zum Tisch, auf dem ein Krug und zwei Becher standen. Huga ging hin und schenkte sich ein. Mit dem gefüllten Becher in der Hand drehte er sich wieder um, nahm einen Schluck und sagte: «Ich will nicht lange um die Sache herumreden, Graf. Es gibt Gerüchte, die besagen, dass Ihr nicht ganz freiwillig den Posten des Markgrafen in dieser Gegend übernommen habt, hier oben, im Grenzland der Barbaren.»

Das überraschte Thankmar. Er hatte mit niemandem über die Ereignisse am Rande der Ungarnschlacht gesprochen. Ob Otto selbst diese Gerüchte streute? Aber warum sollte er das tun? Vielleicht hatte der König auch nur eine unbedachte Bemerkung fallen lassen, und dann hatte sich das Gerede verselbständigt. Was auch immer die Ursache war, es gefiel Thankmar gar nicht, dass solche Dinge geredet wurden.

«So etwas erzählt man sich also», meinte er, wobei er sich Mühe gab, seine Überraschung nicht zu verraten.

Huga verzog die Lippen und zeigte sein breitestes Krötengrinsen. «Ach, Ihr wisst doch, Graf, die Menschen reden viel, wenn der Tag lang ist, und die Worte wandern von einem Ohr zum nächsten.»

Dann verschwand das Grinsen plötzlich aus seinem Gesicht. Er kam näher und flüsterte verschwörerisch: «Dennoch ist es sehr interessant, was man so hört. Es heißt, Ihr wärt dem König nicht gerade wohlgesinnt.»

«Otto ist mein Onkel!», entrüstete sich Thankmar und sprang vom Stuhl auf.

Huga trat erschrocken einen Schritt zurück.

Was weiß dieser Kerl noch alles?, schoss es Thankmar durch den Kopf.

Niemandem hatte er von seinen Plänen erzählt. Sein Leben wäre keine Silbermünze mehr wert, wenn Otto zu Ohren käme, dass Thankmar ihn noch immer vom Thron stürzen wollte.

«Ich selbst war es, der dem König das Leben gerettet hat», rief Thankmar. «Dafür hat er mich mit diesem Posten belohnt.»

Das Grinsen kehrte in Hugas Gesicht zurück. «Sicher, sicher! Aber dennoch gibt es Stimmen, die behaupten, dass Ihr eigentlich etwas anderes im Schilde führtet, als Ihr die beiden Magyaren getötet habt, die den König angriffen …»

Da verlor Thankmar die Beherrschung. Was fiel der Kröte ein, ihm solche Dinge zu sagen. Er packte Huga am Hemd und drückte ihn mit dem Rücken gegen die Wand. Mit der freien Hand zog er ein Messer, dessen Klinge er Huga an die Kehle hielt.

Der Becher fiel zu Boden. Ein roter Fleck breitete sich aus. Aus Hugas Miene war alle Überheblichkeit gewichen, in seinen Augen spiegelte sich kalte Angst.

«Graf, bitte tötet mich nicht», japste er. «Wir sind doch auf Eurer Seite. Evurhard ist dabei, eine Streitmacht gegen den König zu formieren.»

Eine Streitmacht gegen den König? Thankmar hätte mit allem gerechnet – aber nicht damit. Das hörte sich viel zu schön an, als dass es wahr sein konnte. Wollte Huga ihm eine Falle stellen? Vielleicht war er doch im Auftrag Ottos gekommen, um Thankmar auszuhorchen?

Er ließ Huga los. Der Gesandte griff sich an den Hals, und es dauerte eine Weile, bis er wieder zu Atem gekommen war.

«Wie kommt Ihr darauf, ich könnte mich Evurhard anschließen?»

«Bitte lasst mich ausreden, Graf. Ich spreche die Wahrheit, wenn ich Euch sage, dass Evurhard beobachtet hat, wie Ihr hinter dem Zelt des Königs verschwunden seid. Und Evurhard hat gesehen, dass Ihr ein …»

Huga warf einen vorsichtigen Blick auf die Klinge in Thankmars Hand. «Er hat gesehen, dass Ihr ein Messer gezogen habt. Vielleicht war es ja sogar das da …»

Thankmar steckte das Messer hinter den Gürtel. War es wirklich möglich, dass Evurhard ihn beobachtet hatte? Alle Männer auf dem Hügel hatten doch zum Schlachtfeld geschaut. Es sei denn … nein, dieser Gedanke erschien wirklich zu abwegig. Dennoch wollte er Thankmar nicht aus dem Kopf gehen. Konnte es sein, dass Herzog Evurhard ebenfalls vorgehabt hatte, den König zu töten, und sich deshalb auf Otto anstatt auf die Schlacht konzentriert hatte? Thankmar versuchte sich in Erinnerung zu rufen, was unmittelbar danach geschehen war, nachdem er die beiden Magyaren getötet hatte. Bevor er sich erneut gegen Otto hätte wenden können, waren Soldaten der königlichen Leibgarde hinter dem Zelt aufgetaucht, und Evurhard war unter ihnen gewesen. Wenn Thankmar es richtig bedachte, war Evurhard sogar einer der Ersten gewesen, die dem König zu Hilfe eilen wollten …

«Ich habe das Messer gezogen, um den König vor den Magyaren zu beschützen», sagte Thankmar.

Ein listiges Lächeln legte sich auf Hugas Lippen. «Das ist Euch gelungen.»

«Ihr seid Euch sicherlich bewusst, dass man Eure Worte als Hochverrat auslegen kann. Ich könnte Euch auf der Stelle festnehmen und an den König ausliefern.»

Trotz der Drohung verschwand das Lächeln nicht von Hugas Lippen. «Das würdet Ihr nicht tun. Wenn mein Herr nicht von Eurer Feindschaft gegenüber Otto überzeugt wäre, hätte er mich wohl kaum zu Euch geschickt.»

Damit hat die Kröte natürlich recht, dachte Thankmar.

«Nun gut», meinte er, «nehmen wir einmal an, diese Vorwürfe, die Ihr mir gegenüber vorbringt, wären nicht vollends an den Haaren herbeigezogen. Dann sagt mir, warum Evurhard ausgerechnet zu diesem Zeitpunkt ein Heer zusammenziehen will.»

Huga ließ sich Zeit mit einer Antwort. Er hob in aller Seelenruhe den Becher auf, füllte ihn am Tisch mit Wein und trank einen Schluck. Dann wandte er sich wieder Thankmar zu und sagte: «Die Sachsen bekommen einen neuen König.»

Diese Nachricht traf Thankmar wie ein Blitz. «Es wird einen neuen König geben? Ist Otto krank – oder tot?»

«Leider nicht. Er erfreut sich bester Gesundheit, sieht man von den Magenbeschwerden ab, die ihn immer wieder quälen. Nein, der Grund ist, dass er seinen Sohn zum Mitkönig krönen lassen wird.»

«Der Junge? Das ist doch ein Kind!», rief Thankmar.

Otto hatte, soweit Thankmar wusste, fünf Kinder. Von denen kamen jedoch vier als Kandidaten für die Thronnachfolge nicht in Frage. Wilhelm, der älteste Sohn, war das Ergebnis einer vorehelichen Beziehung Ottos mit einer Slawin. Dann schieden natürlich die beiden Kinder aus Ottos erster Ehe mit Edgith aus, da sie bereits tot waren: zum einen sein Sohn Liudolf, der einst selbst gegen den König einen Aufstand angeführt hatte und der vor drei Jahren gestorben war, ebenso wie die Tochter Liudgard, die vor sieben Jahren das Zeitliche gesegnet hatte. Aus Ottos zweiter Ehe mit Adelheid von Burgund stammte die Tochter Mathilde – und der jüngste Sohn, der wie sein Vater Otto genannt wurde und erst vor fünf Jahren, im Jahr der großen Schlacht gegen die Ungarn, zur Welt gekommen war.

«Warum will er den Knaben als Mitkönig?», fragte Thankmar.

«Um durch dessen Krönung seine Macht in der Heimat abzusichern. Otto hat große Pläne. Im kommenden Jahr wird er für längere Zeit nach Italien reisen, wo er sich von Papst Johannes zum Kaiser krönen lassen will.»

«Zum Kaiser?», stieß Thankmar aus.

Er schleppte sich zum Stuhl zurück und ließ sich mit weichen Knien darauf niedersinken.

Wenn Otto erst in Italien war, hätte Thankmar keinen Zugriff mehr auf ihn. Es wäre unmöglich, ihn zu töten. Und mit der Krönung seines Sohnes würde Otto die Thronfolge für seine Familie sichern.

«Versteht Ihr nun, warum wir so schnell handeln müssen?», fragte Huga.

Thankmar hob den Kopf. «Wann kann ich Evurhard treffen?»

«Bald», sagte Huga und stellte den leeren Becher auf dem Tisch ab. «Ich werde den Herzog darüber in Kenntnis setzen, dass Ihr ihn anhören werdet. Wir werden Euch so schnell wie möglich aufsuchen.»

Er wandte sich zum Gehen. An der Tür drehte er sich noch einmal um, in seinem Krötengesicht hatte sich wieder die alte Überheblichkeit breitgemacht.

«Da wäre noch eine andere Sache, die ich Euch mitteilen soll», sagte er.

«Und was?», entgegnete Thankmar ungeduldig und massierte seine Schläfen.

Er wollte endlich wieder allein sein. In seinem Kopf kündigten sich die Schmerzen an.

«Evurhard wird sich Euch gegenüber erkenntlich zeigen», sagte Huga. «Möglicherweise erhaltet Ihr die Ländereien Eurer Familie zurück, Thankmar von der Mersburg. Das wäre doch sicher ganz in Eurem Sinne, oder?»

Ohne eine Antwort abzuwarten, öffnete Huga die Tür und zog sie hinter sich fest zu.

Thankmar saß noch lange da und starrte auf die geschlossene Tür. Es dauerte eine ganze Weile, bis ihm die Bedeutung von Hugas letzten Worten klarwurde. Wenn man ihn mit den alten Ländereien seiner Familie abspeisen wollte, konnte das nur eines bedeuten: Evurhard erhob selbst Anspruch auf den Thron!

23.

Aki und Ketil hatten nach einem Marsch durch Unterholz und Sümpfe den östlichen Waldrand erreicht. Seine anfängliche Abneigung gegen den Mönch hatte Aki bald abgelegt. In den Tagen, die sie zusammen waren, hatten sie über viele Dinge gesprochen. Aki war nun überzeugt, dass der Mönch – egal ob Christ oder nicht – ein Mann war, auf den man sich verlassen konnte.

Am Waldrand hatten sie aus Baumstämmen, Ästen und Sträuchern ein überdachtes Lager errichtet, in dem sie nachts Schutz vor der Kälte fanden. Bei Tage beobachtete

Aki von einem Baum aus den etwa eine halbe Meile entfernten Marktplatz. Das weitläufig eingezäunte Gelände befand sich am Fuß des dänischen Grenzwalls, dem Danewerk. Immer neue Händler trafen mit Pferden und Ochsenkarren ein und bauten Stände, Buden und Zelte auf. Allmählich erreichte der Markt die Ausmaße einer kleinen Stadt.

Dann, am dritten Morgen nach Akis und Ketils Ankunft, war es endlich so weit – der Markt wurde eröffnet.

Aki kletterte aus der Baumkrone und lief zu Ketil, der im Lager seine Hände über den glimmenden Resten des Nachtfeuers rieb.

«Schon wieder zurück?», fragte Ketil überrascht.

«Die Kundschaft kommt», sagte Aki, vom Laufen noch ganz außer Atem. «Ich habe es genau gesehen, die Buden sind geöffnet.»

«Dann gehst du am besten gleich dorthin. Aber zuvor will ich dir noch zwei wichtige Sachen mit auf den Weg geben.»

Ketil holte den Lederbeutel mit den Münzen hervor und zählte sechs davon ab, die er selbst behielt. Die restlichen vierzehn schüttete er wieder in den Beutel und reichte ihn Aki.

«Das sollte für die Lebensmittel reichen», meinte Ketil. «Aber kauf nur so viel, wie du auch tragen kannst.»

Aki steckte die Münzen ein, dann wollte er wissen: «Und was willst du mir noch mitgeben?»

Als der Mönch das Buch auspackte, das er entgegen Velvas Willen nicht im Wald versteckt hatte, wurde Aki ungeduldig. Er befürchtete, Ketil wolle ihm eine lange Passage aus einer der Schriften vortragen, wie er es immer wieder während der Pausen getan hatte, die sie auf ihrem Marsch einlegten. Dabei wollte Aki nur eines: so schnell wie möglich auf den Markt gehen, einkaufen und dann zu Velva und Asny zurückkehren. In den Jahren der Verbannung war er noch nie so lange von seiner Familie getrennt gewesen. Der Gedanke, dass die beiden Frauen allein waren, behagte ihm gar nicht. Außerdem war kaum noch etwas zu essen in der Höhle, und Aki hielt es für unwahrscheinlich, dass Asny doch noch einen Hecht fangen würde.

Während Aki wartete, schlug Ketil das Buch auf und suchte nach einer bestimmten Stelle. Als er sie gefunden hatte, begann er stockend vorzulesen. Das Lesen bereitete ihm große Mühe. Immer wieder musste er innehalten, um einen Satz von neuem zu beginnen. Umso begeisterter war er über Akis Interesse gewesen, ebenfalls lesen zu lernen. Die vergangenen Abende hatte der Mönch dazu genutzt, Aki die Buchstaben und Laute zu erklären. Aki machte das sehr gut und lernte schnell, wie Ketil immer wieder betonte, und es würde nicht mehr lange dauern, bis er flüssiger lesen würde als der Mönch.

«Nur auf Gott wartet still meine Seele», sagte Ketil, nachdem er die Stelle mehrfach für sich gelesen hatte, «denn von ihm kommt meine Hoffnung. Nur er ist mein Fels und mein Heil, meine sichere Burg; ich werde nicht wanken. Bei Gott ist mein Heil und meine Ehre, der Fels meiner Stärke, meine Zuversicht ist bei Gott …»

Als Ketil den letzten Vers des Psalms vorgetragen hatte, sah er Aki aus seinen großen, dunklen Augen erwartungsvoll an. Doch Aki zuckte nur mit den Schultern und fragte, was die Worte zu bedeuten hätten.

Ketil runzelte die Stirn. «Hast du mir nicht zugehört? Die Worte sind doch eindeutig! Sie sagen, dass Gott auch deine Burg ist, und wenn du auf ihn vertraust, wird dir auf dem Markt nichts zustoßen.»

«Ich glaube nicht an den Christengott.»

«Ja, das weiß ich. Dennoch möchte ich dir diesen Psalm mitgeben, denn auch mein Herr Brun hat ihn mir vorgetragen, bevor er mich hierhergeschickt hat.»

Aki schüttelte den Kopf. «Viel genützt haben dir die Worte ja nicht.»

Dann drehte er sich um, um endlich den Einkauf hinter sich zu bringen. Aber nach ein paar Schritten tat es ihm leid, dass er so abweisend reagiert hatte. Schließlich hatte Ketil ihm nur etwas Gutes tun wollen. Als er noch einmal zum Lager zurückschaute, sah er Ketil mit sorgenvoller Miene davorstehen, das Buch in der rechten Hand, die linke zum Gruß gehoben.

Aki winkte zurück, wobei er versuchte, einen selbstsicheren, erwachsenen Eindruck zu machen. Doch kaum hatte er den Wald verlassen und die offene Wiese betreten, stellte sich ein beklemmendes Gefühl ein, als würde eine Faust auf seinen Brustkorb drücken.

Das unangenehme Gefühl verstärkte sich, als er schon von weitem die roten Mäntel der Soldaten entdeckte. Am einzigen Eingang zum Marktplatz standen sechs schwer bewaffnete Männer. Jeder, der den Platz betreten wollte, musste an ihnen vorbei.

Angst griff nach Akis Herz wie eine eiskalte Hand. Es waren zwar viele Jahre vergangen seit der letzten Begegnung mit dem Grafen. Aber würden seine Soldaten ihn nicht doch wiedererkennen?

Wie damals, als er Grim und dessen Freunden gegenübergetreten war, drängte es ihn zur Umkehr. Bei dem Ballspiel hatte Aki den Fehler begangen, Grim falsch einzuschätzen. War es ebenfalls ein Fehler, wenn er glaubte, er könne jetzt einfach auf den Markt spazieren und die

Lebensmittel einkaufen? Immer noch war er mindestens einhundert Schritt vom Marktplatz entfernt. Die Soldaten hatten ihn nicht bemerkt, hatten nicht einmal in seine Richtung geschaut. Aber er konnte unmöglich umkehren. Sie waren auf das Essen angewiesen. Die Hoffnung seiner Familie ruhte auf Aki.

Während er sich den Blutmänteln näherte, dachte er an Ketils Worte von dem Gott, der eine sichere Burg sei und all diese Dinge. Ob dieser Gott wirklich dafür sorgen würde, dass ihn niemand erkannte? Würde es tatsächlich so kommen und Aki unentdeckt bleiben, dann, so nahm er sich vor, würde er vielleicht neu über diesen Gott urteilen.

Mit diesen Gedanken erreichte Aki den Weg, der direkt zum Marktplatz führte. Vor dem Eingang hatte sich eine Schlange gebildet, die stetig länger wurde. Immer wieder geriet die Schar der auf den Platz drängenden Menschen ins Stocken, wenn die Blutmäntel jemanden herausgriffen, um ihn nach Waffen zu durchsuchen. Dies schien eine neue Anordnung des Markgrafen zu sein. Auf den Märkten von Haithabu hatte nach Akis Wissen kein Waffenverbot geherrscht.

Da fiel ihm sein eigenes Messer ein, das wie gewöhnlich unter dem Mantel im Gürtel steckte. Er dachte darüber nach, es einfach wegzuwerfen. Aber eine innere Stimme sagte ihm, dass es schlauer wäre, es zu behalten. Vielleicht galt das Verbot ja auch nur für Waffen wie Schwerter, Lanzen oder Beile? Doch dann sah er, wie die Soldaten am Eingang einen Stoffhändler aus der Schlange zogen. Der Mann musste seinen Mantel öffnen, und als die Soldaten bei ihm ein Messer mit einer kaum fingerlangen Klinge entdeckten, nahmen sie es ihm ab.

Daraufhin wollte Aki sein eigenes Messer schon im Schutz

der Menge fallen lassen, als er in der Nähe einen mit Schaffellen beladenen Ochsenkarren sah. Der Besitzer, der spät dran zu sein schien, bahnte sich gestikulierend und rufend einen Weg durch die Menschenschar. Aki schob sich an den Karren heran und stopfte sein Messer zwischen die Felle. Der Karren rumpelte weiter, und nach einer oberflächlichen Kontrolle ließen die Soldaten den Händler passieren.

Dieses Glück hatte Aki nicht, denn es kam, wie er befürchtet hatte. Kaum dass er den Eingang erreichte, packte ihn einer der Soldaten am Arm und zog ihn aus der Menge.

Der Ochsenkarren rollte mit seinem Messer über den Marktplatz davon.

Aki brach der Schweiß aus. Ketils Worte vom Gott, dem Fels der Stärke, gingen ihm wieder durch den Kopf. Jetzt würde dieser Gott zeigen können, ob er etwas für Aki übrighatte.

Der Soldat, der ihn noch immer festhielt, war ein kräftiger Sachse mit vernarbtem Gesicht, der die Sprache der Dänen beherrschte. Er forderte Aki auf, den Mantel zu öffnen.

«Kein Messer dabei oder etwas anderes, mit dem du Unsinn machen willst?», fragte der Soldat.

Aki verneinte. Anstatt ihn jedoch weitergehen zu lassen, starrte ihn der Soldat mit durchdringendem Blick an.

«Junge Kerle wie du wollen nur eins», knurrte der Sachse. «Ihr betrinkt euch und geht den Huren an die Brüste. Dagegen ist ja nichts einzuwenden. Aber wenn euch das Bier zu Kopfe steigt, macht ihr Ärger.»

Dem Mann war deutlich anzumerken, dass er sich selbst lieber mit Huren und Biertrinken beschäftigen wollte, als Leute zu durchsuchen. Und dass Aki ihm gerade recht kam, um an ihm seinen Frust abzulassen.

«Du bist dreckig wie ein Schwein, Kleiner», sagte er

mit abschätzigem Blick auf Akis Kleidung. «Lebst wohl im Wald, was?»

Dann wandte er sich an einen anderen Soldaten. Der hatte die Aufgabe, auf eine Kiste aufzupassen, in der die Waffen der Marktbesucher gesammelt wurden.

«Guck dir den verlausten Kerl an, Arnulf», sagte das Narbengesicht. «Weißt du, was ich glaube? Ich glaube, der ist nur hergekommen, um zu klauen.»

«Meinst du wirklich?», sagte der Mann, der Arnulf hieß. «Fürs Aufgreifen von Dieben gibt's eine Belohnung, Gevehard.»

Die Situation wurde für Aki immer bedrohlicher. Inzwischen waren mehrere Leute in der Nähe auf ihn aufmerksam geworden. Er überlegte, ob er versuchen sollte wegzulaufen. Aber der Eingang war von den nachdrängenden Besuchern verstopft.

«Der hat wahrscheinlich nicht einmal Geld dabei», warf das Narbengesicht Gevehard ein.

«Wenn er ein Dieb ist, ganz gewiss nicht», meinte Arnulf. Er schlug den roten Mantel zur Seite und legte eine Hand an den Griff seines Schwerts.

Da tat Aki das Einzige, was ihm einfiel. Ohne nachzudenken, zog er den Lederbeutel hervor und zeigte ihn den Soldaten.

«Ich … ich habe genug Geld», sagte er.

Als sich die mürrischen Gesichter der Blutmäntel aufhellten, merkte Aki, dass er einen Fehler gemacht hatte. Ehe er sichs versah, hatte ihm Gevehard den Beutel aus der Hand gerissen und die Münzen hervorgeholt.

«Der hat ja wirklich Geld und sogar eine ganze Menge!», stellte er fest.

«Bestimmt alles gestohlen», sagte Arnulf grinsend.

Aki ballte die Hände zu Fäusten. Seine Wut gewann die Oberhand über die Angst. Die Kerle waren drauf und dran, ihm das Geld wegzunehmen. Aber was konnte er dagegen tun? Er war einen Kopf kleiner und unbewaffnet. Außerdem wären die übrigen Blutmäntel binnen weniger Augenblicke zur Stelle. Aki konnte es ja nicht mal mit einem von ihnen aufnehmen. Dennoch durfte er sich die Münzen nicht einfach abnehmen lassen, zu viel hing davon ab.

«Das Geld gehört mir», sagte er. «Mein Vater ist ein angesehener Bauer. Er hat mich hergeschickt, um Lebensmittel zu kaufen.»

«Ach so, ein angesehener Bauer ist er?», meinte Gevehard. «Welcher Bauer schickt denn einen so schwachbrüstigen Kerl wie dich mit so vielen Münzen allein zum Markt?»

«Die Münzen gehören mir!», wiederholte Aki und schaute dem Soldaten fest in die Augen. «Außerdem bin ich nicht allein. Ich bin unterwegs in einen Graben gefallen. Daher hat mein Vater mich vorausgeschickt, damit ich mir neue Sachen kaufe. Vater und die Knechte werden jeden Moment eintreffen.»

Gevehards Blick flackerte. «Warum sagst du das nicht gleich?»

Aber Arnulf, der die Münzen noch immer in der Hand hatte, meinte: «Ich glaube dem Kerl kein Wort. In einen Graben gefallen und dann allein vorgeschickt worden? Das stinkt doch! Er hat das Geld gestohlen und will sich rausreden.»

Das schien Gevehard nicht zu überzeugen. «Wenn er die Wahrheit sagt, könnte man uns bestrafen. Du weißt doch, dass der Graf keinen Ärger will. Die Leute könnten sonst von den Märkten fernbleiben.»

Bei der Erwähnung des Grafen blitzte Furcht in Arnulfs Augen auf.

«Gib's ihm zurück», forderte Gevehard ihn auf.

Arnulf schüttete einen Teil der Münzen in den Beutel zurück, sechs behielt er aber und gab drei davon Gevehard ab.

«Du hast noch keinen Eintritt bezahlt, Junge», sagte er und hielt Aki den Beutel hin.

«Sechs Münzen? Wofür?», entgegnete Aki. «Keiner von den anderen muss etwas dafür bezahlen, nur um auf den Markt zu kommen.»

Arnulf drehte sich weg und sagte: «Sag mal, Gevehard, hast du hier irgendwo einen blonden, verlausten Bauernknaben gesehen, der behauptet, wir hätten ihm sein Geld weggenommen, obwohl er es selbst für unnütze Dinge ausgegeben hat?»

Gevehard steckte die Münzen ein. «Nein, so einen habe ich nicht gesehen. Aber wenn uns so einer mit solchen Vorwürfen kommt, sollte er sich in Acht nehmen. Wem würde man wohl mehr Glauben schenken?»

Die Soldaten klopften sich gegenseitig auf die Schultern und wandten sich lachend den wartenden Menschen hinter Aki zu.

Wutentbrannt stapfte Aki auf den Marktplatz.

Die Sachsen hatten ihn fast um die Hälfte des Geldes gebracht. Was hätte er dafür nicht alles kaufen können? Wenn Ketils Gott dabei seine Finger im Spiel gehabt hatte, sprach das nicht für ihn.

Dennoch war Aki einigermaßen glimpflich davongekommen, wenn er es recht bedachte. Immerhin hatten die Blutmäntel ihn nicht erkannt, und für die restlichen Münzen würde er noch genug Lebensmittel kaufen können.

Nicht weit vom Eingang entfernt entdeckte er den Ochsenkarren wieder. Der Wagen stand bei einer aus Stangen und Brettern errichteten Bude, vor der der Händler die Schaffelle auf die Auslage räumte. Die Ladefläche leerte sich rasch, aber das Messer hatte man noch nicht entdeckt.

Aki überlegte noch, wie er das Messer unbemerkt unter den Fellen hervorholen konnte, als sich mehrere Kunden dem Stand näherten. Der Händler schien bekannt zu sein. Man pries seine Waren in höchsten Tönen und begann sogleich mit ihm zu feilschen.

Aki schlich sich an den Karren. Mehrere Male musste er seine Hand zwischen die Felle stecken, bis er das Messer endlich wiederfand. Er schob es hinter den Gürtel und zog den Mantel darüber.

Während er über den Platz schlenderte, hellte sich seine Stimmung auf. Es roch nach Rauch und Dung, duftete aber auch nach Honig und Gewürzen, nach gebratenem Fleisch und frischer Räucherware. Es gab Stände mit Kleidern, mit Schmiedewaren, mit Kämmen und Schmuck von Perlenketten über Ringe und Armreife bis hin zu silbernen Fibeln. Aki genoss die Gerüche und den Anblick der herrlichen Dinge, die er so lange entbehrt hatte, und je länger er dem bunten Treiben zusah, desto freier fühlte er sich.

Nachdem er eine Runde gedreht hatte, nur um zu schauen und all die Eindrücke auf sich wirken zu lassen, leistete er sich an einem Stand ein Stück Lamm, das über einem offenen Feuer gebraten wurde. Während er es mit Heißhunger verschlang, lauschte er Musikanten, die auf Knochenflöten spielten, und schaute anschließend einem Ringkampf zu, bei dem sich zwei halbnackte Sklaven in einer Schlammpfütze wälzten.

Plötzlich fiel ihm siedend heiß ein, warum er eigentlich

hier war. Als er nachsah, stellte er ernüchtert fest, dass er nur noch sechs Münzen hatte.

Im Kopf ging er noch einmal die Sachen durch, die er mitbringen sollte. Dann suchte er nach einem Stand, an dem er Zwiebeln und einige Hände voll Bohnen in Körbe packen ließ. An anderen Ständen kaufte er kleine Säcke mit Gerste und Roggen zum Brotbacken, außerdem Pökelfleisch und Dörrfisch, den man *skreið* nannte. Nachdem er das ganze Geld aufgebraucht hatte, hatte er so viel gekauft, wie er gerade noch tragen konnte.

Leider war es nun an der Zeit, den Marktplatz wieder zu verlassen. Zu gerne hätte er noch länger den Musikanten zugehört und den Kämpfen zugeschaut. Er sehnte den Tag herbei, an dem es für ihn wieder vollkommen normal sein würde, die Annehmlichkeiten eines normalen und freien Lebens zu erleben. Aber es half nichts – er musste zu den anderen in den Wald zurück.

Als er sich auf den Weg zum Ausgang machte, hörte er mit einem Mal eine schrille Frauenstimme, die nach dem «blonden Jungen» rief. Meinte sie etwa ihn?

Aki drehte sich nach der Stimme um. Vor einem Zelt sah er an einem langen Tisch die Soldaten sitzen, die ihm das Geld abgenommen hatten. Arnulf und Gevehard! Jeder der beiden hatte einen mit Bier gefüllten Becher vor sich stehen. In den Armen hielten sie auffallend geschminkte Frauen, vermutlich Huren. Gevehard flüsterte der Frau an seiner Seite etwas ins Ohr, woraufhin sie Aki zu sich winkte.

Doch Aki rührte sich nicht vom Fleck. Nach der ersten Begegnung mit den beiden Blutmänteln hatte er keine Lust auf eine Wiederholung. Allerdings war er mit Waren vollbepackt. Er konnte unmöglich weglaufen, ohne die Sachen zu verlieren. Nein, er hatte keine andere Wahl und ging zu dem Tisch.

Die Hure in Gevehards Arm musterte Aki. «Ein hübscher Junge bist du, vielleicht etwas dreckig, aber hübsch.»

«Und er hat Geld», meinte Gevehard höhnisch.

«Ist das wahr?», sagte die Hure, dann rief sie nach jemandem.

Am hinteren Ende des Tisches hob eine andere Frau den Kopf. Sie war blond, jung und wäre ohne die Schminke im Gesicht sicher hübsch gewesen. Als sie sich erheben wollte, griff ein Mann, der neben ihr saß und Aki den Rücken zukehrte, nach ihrem Arm und zog sie unsanft zurück auf die Bank. Die Frau stieß einen wütenden Schrei aus und versuchte sich aus dem Griff zu winden. Dessen ungeachtet presste der Mann, der lange, fettige Haare und ein ziemlich breites Kreuz hatte, ihr einen Kuss auf den Hals.

Die beiden Huren, die bei Arnulf und Gevehard gesessen hatten, sprangen auf und eilten ihr zu Hilfe. Die Blutmäntel verzogen die Gesichter. Sie mussten nun ihrer Pflicht nachkommen und einschreiten, anstatt sich zu vergnügen.

In dem Durcheinander sah Aki eine gute Gelegenheit, endlich den Markt zu verlassen. Doch er kam nicht weit. Nach wenigen Schritten holte ihn die junge Frau ein, die vor ihrem Freier geflohen war.

«Ein Mann mit Geld bist du also», sagte sie. «Begleite mich zum Zelt. Für zwei Münzen kannst du mich haben. Der andere Kerl hat gar nichts, nur dreckige Finger.»

«Ich … nein … ich muss …», stammelte Aki. Aus der Nähe betrachtet, war die Frau wirklich schön, trotz der dick aufgetragenen Schminke.

Vom Tisch her hörte er die wütenden Stimmen und Rufe der Soldaten, die versuchten, den Freier festzunehmen.

Doch der wehrte sich, und es gelang ihm, die Männer immer wieder abzuschütteln. Schließlich zog Arnulf sein Schwert und hielt es dem betrunkenen Streithahn an die Kehle.

«Komm schon, Kleiner», zwitscherte die Hure in Akis Ohr.

Doch Aki hörte ihr nicht zu. Wie vom Donner gerührt starrte er den Betrunkenen an, dem Arnulf gerade die Hände auf dem Rücken zusammenbinden wollte – und der Betrunkene starrte zurück. Während der Mann noch zu überlegen schien, ob er Aki schon einmal begegnet war, hatte Aki den Sklavenhändlersohn Grim wiedererkannt.

Seine Knie wurden weich. Wie hatte er nur so dumm sein können? Dieser Markt war einer der größten im ganzen Land. Alle Händler, die irgendetwas auf sich hielten und gute Geschäfte machen wollten, waren hier – natürlich auch die Sklavenhändler.

Die Hure schob eine Hand zwischen Akis Beine.

«Ich mache alles mit, was du willst», flüsterte sie. «Alles! Zwei Münzen. Bitte, nur zwei Münzen!»

Aki hatte nur Augen für Grim. Offenbar hatte auch er Aki inzwischen erkannt und schien schlagartig nüchtern geworden zu sein. Er redete auf die Blutmäntel ein, und es dauerte nicht lange, bis er ihre Aufmerksamkeit auf Aki gelenkt hatte.

Da stieß Aki die Hure von sich und begann mit den Einkäufen in den Armen um sein Leben zu laufen.

Am Eingang des Marktes bildeten die noch immer dicht gedrängt stehenden Menschen eine unüberwindbare Mauer.

Verfolgt von den Blutmänteln, schlug Aki einen Haken nach dem anderen. Er hoffte, sich zwischen den Ständen verstecken zu können. Doch die Soldaten waren ihm zu dicht auf den Fersen. Immer wieder musste er anderen Leuten ausweichen. Er rempelte diesen und jenen an und verlor mehrere Zwiebeln und einen der Getreidesäcke.

Als er an dem Ochsenkarren vorbeikam, in dem er das Messer versteckt hatte, schlug er erneut einen Haken und rannte weiter, bis er endlich den Zaun erreichte. Die Palisade aus in den Boden gerammten Pfählen reichte Aki bis zur Brust und wäre unter normalen Umständen ein überwindbares Hindernis gewesen – aber nicht mit vollbepackten Armen.

Am Zaun blieb Aki stehen. Er befand sich auf der Rückseite der äußeren Budenreihe, hinter der die Händler leere Kisten, Körbe und Fässer abgestellt hatten. Die Soldaten waren nirgendwo zu sehen. In einiger Entfernung pinkelte ein Mann mit heruntergelassener Hose gegen den Zaun.

Sollte es Aki tatsächlich gelungen sein, die Blutmäntel abzuschütteln?

Sofort begann er, Säcke, Körbe und Beutel über den Zaun zu werfen. Die Sachen landeten auf der anderen Seite im Gras.

Gerade wollte er den mit Trockenfisch gefüllten Korb in Sicherheit bringen, als er hinter sich polternde Geräusche hörte. Er schaute über die Schulter und sah Grim, der in einen Stapel Kisten gefallen war. Grim stieß einen wütenden Fluch aus, dann rappelte er sich wieder auf.

Aki warf schnell den Fisch auf die andere Seite und schwang sich dann selbst auf die Palisade. Doch Grim bekam eines seiner Beine zu fassen und schleuderte Aki so hart zu Boden, dass diesem beim Aufprall die Luft wegblieb und ihm für einen Moment schwarz vor Augen wurde.

Als er wieder aufschaute, stand Grim breitbeinig über ihm.

«Schau an, schau an – der Hurensohn», rief Grim lachend. «Du bist eine Menge Geld wert, weißt du das? Der Graf wird sich freuen, wenn ich …»

Grim verstummte abrupt, und das Grinsen rutschte aus dem schiefen Gesicht wie ein Haufen Mist von einem Steilhang. Mit einem wütenden Schrei auf den Lippen wich er zurück.

Sofort sprang Aki auf die Füße. In der Hand hielt er sein Messer, das er Grim in den Oberschenkel gestoßen hatte.

Während Grim noch entgeistert auf den Blutstrom starrte, der aus seiner aufgerissenen Hose quoll, hechtete Aki zum Zaun, schwang sich darüber und landete auf der anderen Seite zwischen seinen Sachen. Davon sammelte er so viel ein, wie er auf die Schnelle greifen konnte, dann rannte er davon.

«Ich krieg dich, du Bastard!», hörte er Grim brüllen.

Als Aki sich im Laufen umdrehte, sah er den Sklavenhändlersohn hinter dem Zaun stehen. Offenbar kam er mit dem verletzten Bein nicht über die Palisade.

Aber Grim rief etwas, das Aki einen Schauer über den Rücken jagte.

«Jetzt weiß ich, wo du bist, Hurensohn! Und ich werde dich finden!»

Aki war noch etwa zweihundert Schritt vom Waldrand entfernt, als er hinter sich das Schnauben von Pferden hörte. Mit einem Blick über die Schulter sah er drei Reiter in wallenden, blutroten Mänteln herannahen. Die Soldaten ritten in vollem Galopp und holten schnell auf.

Was hatte Ketils Gott noch gesagt?, schoss es Aki durch den Kopf. *Gott ist mein Fels und mein Heil …*

Noch hundertfünfzig Schritt bis zum Wald.

Gott ist der Fels meiner Stärke …

Donnernde Hufe kamen näher.

Gott ist meine Zuversicht …

Die Soldaten riefen ihm zu, er solle anhalten. Ihre Pferde schnaubten.

Akis Herz raste, und sein Atem rasselte, als habe er den ganzen Rauch eines Nachtfeuers in den Lungen.

Noch einhundert Schritt bis zum Waldrand. Wo war Ketil? Und wo war sein verdammter Gott?

Schweren Herzens ließ Aki ein mit Bohnen gefülltes Säckchen fallen.

Gott ist meine Stärke, meine Zuversicht, meine Kraft … Ach, verdammt – es gab keinen Gott!

Aki musste schneller werden und warf einen weiteren Sack fort. Das Pökelfleisch – leckeres Pökelfleisch! – fiel heraus und verteilte sich im Gras.

Noch fünfzig Schritt bis zum Wald.

«Bleib endlich stehen, Junge!», rief einer der Soldaten.

Das tat Aki natürlich nicht. Jenseits der Wiese erhoben sich vor ihm die Baumreihen wie eine schützende Mauer. Wenn er sie erreichen würde, könnte er die Reiter abschütteln. Der Wald war in den Jahren sein Zuhause geworden, in dem er sich so geschickt und flink bewegen konnte wie ein Tier …

Noch dreißig Schritt.

Neben ihm tauchte ein Soldat auf seinem Pferd auf. Der kahlköpfige Mann preschte an ihm vorbei und schnitt ihm vor dem Waldrand den Weg ab. Es war weder Gevehard noch Arnulf.

Aki blieb wie erstarrt stehen. Der Mann, der vor ihm das Pferd zügelte, war der Hauptmann der gräflichen Leibgarde. Aki erinnerte sich, dass er damals im Hafen dabei gewesen war. Er war es gewesen, der zusammen mit dem Grafen den Käfig ins Wasser gekippt hatte.

Der Kahlkopf zog sein Schwert und richtete es auf Aki. Nun kamen auch Arnulf und Gevehard heran, die sich Aki von den Seiten her näherten, um ihm den Fluchtweg abzuschneiden.

Da schleuderte Aki das mit Roggen gefüllte Säckchen gegen das Pferd des Hauptmanns. Der Sack platzte auf, und Getreide quoll heraus. Wiehernd bäumte sich das Pferd auf. Die Vorderhufe flogen an Akis Kopf vorbei. Der Hauptmann stieß einen Fluch aus. Er hatte Mühe, sich im Sattel zu halten.

Aki sprang an ihm vorbei und rannte in den Wald. Äste knackten unter seinen Füßen. Laub raschelte. Zu seiner Linken erkannte er zwischen den Bäumen ihr Lager. Ketil war nirgendwo zu sehen. So sehr hatte Aki gehofft, der Mönch würde ihm beistehen. Doch weder auf dessen Gott noch auf Ketil selbst schien Verlass zu sein.

Aki wollte gerade weiterlaufen, um in den Tiefen des Waldes zu verschwinden, als er von dem Hauptmann gepackt und zu Boden geworfen wurde. Er verlor die letzten Einkäufe und fand sich in einem dornigen Brombeergebüsch wieder. Als er aufschaute, sah er die anderen beiden Soldaten auf sich zukommen. Gevehard trat grinsend gegen den Korb. Trockenfisch verteilte sich auf dem Laub.

«Haben wir dich, du Bastard!», schnaubte der Hauptmann. Sein wütendes Gesicht hatte die Farbe seines Mantels angenommen. «Wo ist die Seherin?»

Aki versuchte sich zu regen, aber seine Kleider wurden von den Dornen festgehalten.

Der Hauptmann richtete erneut sein Schwert auf Aki. Auch Arnulf und Gevehard hatten ihre Klingen gezogen.

«Bring uns zum Zauberweib, oder wir töten dich auf der Stelle», sagte der Hauptmann.

«Er wird sein Maul schon aufmachen, wenn wir ihm ein Bein abschlagen», warf Gevehard ein.

Arnulf nickte. «Keine schlechte Idee. Du das rechte Bein, ich das linke.»

Doch dazu kamen sie nicht.

Wie aus dem Nichts erhob sich hinter ihnen ein gewaltiger Schatten. Ein Arm, dick und stark wie ein Ast, legte sich um Gevehards Hals. Bevor Gevehard oder einer der anderen reagieren konnte, wurde sein Kopf von einer großen Hand gepackt – und dann brach sein Genick mit einem hässlichen Knacken.

24.

Das Geräusch von Hufschlägen lockte Thankmar ans Fenster.

Ernust ritt in vollem Galopp über den Hof der Markgrafenburg. Soldaten liefen aus dem Weg, als das Pferd mit schweißnassem Fell an ihnen vorbeijagte. Vor dem Haus des Grafen brachte Ernust es zum Halten. Er sprang hinunter, hastete zur Tür und hämmerte dagegen.

«Graf Thankmar!», rief Ernust. «Öffnet! Öffnet bitte!»

Thankmar entriegelte die Tür. Er hatte das Schwert gegürtet, darüber trug er seinen besten Mantel aus purpurfarbenem Stoff. Der Saum war mit dem weißen Fell von

Eisfüchsen abgesetzt. Die kostbaren Felle stammten aus Hladir, sie hatten Sigurd gehört.

«Wo kommst du her?», fauchte Thankmar den Hauptmann an. «Ich erwarte wichtigen Besuch. Du hättest längst hier sein müssen, um die Soldaten in Stellung zu bringen, wenn …»

«Ich muss Euch etwas mitteilen, Herr!», erwiderte Ernust, der nach dem harten Ritt noch immer außer Atem war. «Wir haben …»

«Unterbrich mich nicht, Soldat», fuhr Thankmar dazwischen. «Hast du nicht gehört, was ich gesagt habe? Ruf die Männer zu den Waffen. Sie sollen Eindruck auf meinen Gast machen.»

«Ja, Herr. Natürlich, Herr. Aber es ist … wir haben den Sohn der Seherin aufgespürt!»

Das verschlug Thankmar die Sprache.

Die Seherin! Endlich! Das war eine gute Nachricht. Oh ja – eine sehr gute Nachricht. Doch warum jetzt? So lange schon ließ er nach dem Zauberweib suchen, und ausgerechnet jetzt, da so vieles auf dem Spiel stand, gab es endlich eine Spur von ihr.

«Wo ist sie?», wollte Thankmar wissen.

Ernust senkte den Blick. «Er … der Sohn … ist geflohen.»

Thankmar trat dicht vor Ernust. Er überragte den robusten Glatzkopf um Haupteslänge.

«Du hast ihn entkommen lassen? Sag, dass das nicht wahr ist. Seit vier Jahren ist das der erste Hinweis auf die Seherin – und du lässt ihren Sohn laufen!»

«Er war nicht allein», erwiderte Ernust kleinlaut. «Da war ein Mann bei ihm, ein riesiger Mann. Es war dieser Mönch, Ihr wisst schon, Herr. Er hat Gevehard und Arnulf getötet, hat beiden das Genick gebrochen. Nur mir gelang die Flucht.»

«Du bist vor einem Mönch geflohen?»

Thankmar war fassungslos. Gevehard und Arnulf, beides gute, im Kampf erprobte Männer, waren getötet worden, und der beste Mann seiner Haustruppe war vor einem Mönch weggelaufen wie ein feiges Weib.

«Wo habt ihr den Jungen aufgetrieben?», fragte Thankmar.

«Auf dem Markt an der Wieglesdor des Danewerks.»

Thankmar holte tief Luft. Wäre heute ein gewöhnlicher Tag, wäre er umgehend aufgebrochen, um die Seherin zu jagen. Aber jeden Augenblick konnte Evurhard eintreffen, und den Mann durfte Thankmar auf keinen Fall versetzen. Nein, diese Angelegenheit hatte jetzt Vorrang vor allen anderen.

«Wir unterhalten uns später darüber», sagte er. «Und jetzt sorg dafür, dass sich die Soldaten bereit machen.»

Dann knallte er die Tür zu und ließ Ernust davor stehen.

Seufzend wandte er sich um und ging drei Schritte in den Raum.

«Ich nehme an, dass Ihr alles mit angehört habt», sagte er zu Poppo.

Der Bischof nickte. Er trug eine frisch gewaschene Kutte und saß an dem für das Treffen aufgebauten Tisch.

«Das Teufelsweib lebt also doch noch.»

«Sicher ist das nicht», erwiderte Thankmar nachdenklich. «Ernust hat nur von dem Jungen gesprochen.»

«Wenn seine Mutter tot wäre», meinte Poppo, «wäre der Sohn längst verschwunden, irgendwo im dänischen Königreich untergetaucht, oder noch weiter weg. Nein, ich bin überzeugt, die Seherin lebt noch.»

«Wie könnt Ihr Euch dessen so sicher sein?», fragte Thankmar.

«Mit ihren Tätowierungen und den verbrannten Armen würde jeder sie wiedererkennen, daher kann sie sich nicht frei bewegen. Sie ist auf die Kinder angewiesen. Da gab es doch auch zwei Töchter, wenn ich mich richtig erinnere ...»

«Aber wie kommt dieser Mönch ins Spiel?»

Poppos Blick glitt von Thankmar weg und richtete sich auf irgendeinen unsichtbaren Punkt in der Kammer. Dem Bischof war anzusehen, dass ihm diese Sache äußerst peinlich war. Schließlich war es seine Schuld, dass der Mönch entkommen war.

«Vielleicht war er auf dem Weg zum Treenehafen», sagte er so leise, als rede er mit sich selbst. «Dabei ist er wohl irgendwo auf die Seherin gestoßen.»

«Der Hafen ist zwar ein gutes Stück vom Marktplatz entfernt», sagte Thankmar. «Aber das würde dennoch das Gebiet, in dem sie sich versteckt hält, erheblich eingrenzen. Ja, ich glaube, wir sind ihr auf der Spur.»

Dieser Gedanke erfüllte ihn so sehr mit Freude, dass ihm nach einem Schluck Wein war. Er griff nach einem Becher und wollte ihn mit dem hervorragenden Rotwein füllen, den er für Evurhard hatte bereitstellen lassen. Doch dann stellte er den Becher wieder zurück. Es war noch zu früh zum Trinken. Für die Verhandlung musste er einen klaren Kopf behalten.

An Poppo gewandt, fragte er: «Was sollen wir also Eurer Meinung nach tun?»

Der Bischof faltete die Hände vor der Brust wie zum Gebet, senkte den Kopf und berührte mit seinen Lippen die Fingerspitzen, als wolle er sie küssen.

«Ich würde vorschlagen, wir warten erst einmal das Gespräch mit Evurhard ab. In den nächsten Tagen kümmern wir uns dann um die Seherin. Es ist unwahrscheinlich, dass sie sofort ihr Lager abbrechen werden. Nein, ich denke, dass sie den Winter abwarten wollen, bevor sie ein neues Versteck suchen.»

«Aber in der Gegend ist der Wald voller Sümpfe.»

«Nun, es wird sicher ein paar Dänen geben, die sich dort auskennen und uns für die eine oder andere Münze durch den Morast führen.»

Thankmar nickte zustimmend. Was der Bischof sagte, schien Hand und Fuß zu haben, und es war wichtig, sich zunächst auf das Gespräch mit Evurhard zu konzentrieren.

Er war gut beraten gewesen, sich den Bischof zum Verbündeten zu machen. Poppo war ein kluger Mann, und Thankmar schätzte seinen Rat. Lange hatte er mit sich gehadert, ob er Poppo ins Vertrauen ziehen sollte. Natürlich war es mit einem hohen Risiko verbunden, in einer solchen Sache Mitwisser zu haben. Aber er hatte es schließlich doch getan – und nicht bereut. Poppo hatte ihm sofort seine Unterstützung zugesagt, allerdings nicht uneigennützig. Der Bischof verlangte eine Gegenleistung für seine Verschwiegenheit. Thankmar sollte ihn nach der Machtergreifung als Erzkanzler einsetzen und somit zum zweitmächtigsten Mann im Reich machen.

Es würde schlechtere Kanzler als Poppo geben, dachte Thankmar.

Vor der Tür waren plötzlich Schritte zu hören, dann klopfte es, und jemand rief: «Der Herzog ist eingetroffen!»

Thankmar öffnete und trat, von Poppo gefolgt, vor das Haus.

Evurhard war tatsächlich gekommen, so wie Huga es

angekündigt hatte. Und er hatte Soldaten mitgebracht. Begleitet von gut drei Dutzend bewaffneten Männern, ritt Evurhard durch das geöffnete Tor. Aufrecht saß er im Sattel, die Nase hoch erhoben.

«Er meint es wirklich ernst», meinte Poppo.

«Was meint Ihr?», fragte Thankmar.

«Er scheint sich tatsächlich für den nächsten König zu halten.»

Thankmar zog die Augenbrauen zusammen. «Soll er ruhig.»

25.

Nach einer kurzen Begrüßung bat Thankmar seinen Gast ins Haus.

Gefolgt vom Gesandten Huga, trat Evurhard ein. Er wirkte angespannt wie eine Bogensehne. Steifbeinig durchmaß er die Kammer und schaute sich so gründlich um, als befürchtete er, ein gedungener Mörder verstecke sich in einer Ecke.

Thankmar war bei der Tür stehen geblieben und betrachtete seinen Gast. Evurhard schien einige Jahre älter zu sein als Thankmar. Er hatte ein schmales Gesicht mit fein gezeichneten Zügen und einem spitz zulaufenden Kinnbart. Gegen ihn wirkte Huga, der nicht von seiner Seite wich, noch mehr wie eine hässliche Kröte.

Thankmar überlegte, was er über Evurhard wusste, musste sich aber eingestehen, dass es nicht sehr viel war, obwohl ihre Väter einst gemeinsam gegen Otto gekämpft hatten. Evurhards Onkel war kein Geringerer als Konrad gewesen, der letzte Frankenkönig und Vorgänger von

Heinrich, Thankmars Großvater, der als erster sächsischer König die Macht übernommen hatte.

Nachdem Evurhard seine Runde durch die Kammer beendet hatte, wirkte er ein wenig gelöster. Ohne auf eine Einladung seines Gastgebers zu warten, setzte er sich an den Tisch und ließ sich nun das erste Mal dazu herab, Thankmar in die Augen zu schauen.

«Ihr lebt recht bescheiden, Markgraf», sagte er.

Huga nahm neben seinem Herrn Platz, setzte sein breites Krötengrinsen auf und sagte: «Es ist ein hartes Leben hier oben inmitten all der Dänen.»

Thankmar ließ sich nicht aus der Ruhe bringen, auch wenn sich die beiden offensichtlich über ihn lustig machten. Er schenkte Evurhard ein freundliches Lächeln, setzte sich ihm gegenüber und wartete, bis auch Poppo saß.

«Ihr müsst entschuldigen, Herzog», sagte Thankmar. «Mein Heim ist in der Tat bescheiden und das Leben in der Mark hart. Aber sind es nicht gerade derartige Umstände, die uns die Bedeutung der wirklich wichtigen Dinge im Leben aufzeigen?»

Als wäre dies sein Stichwort, rief Poppo: «Nur Güte und Gnade werden mir folgen mein Leben lang, und ich werde bleiben im Hause des Herrn immerdar!»

Die anderen bekreuzigten sich.

Dann rief Thankmar nach Bedienung. Sklaven kamen in den Raum und trugen das Essen auf. Seit Tagen waren die Bediensteten mit den Vorbereitungen für das Mahl beschäftigt. Der Tisch füllte sich rasch mit Geflügel, Rindfleisch und Räucherfisch. Anstatt jedoch zum Essen zu greifen, beugte sich Evurhard zu Huga hinüber und unterhielt sich so leise mit ihm, dass kein Wort zu verstehen war.

Poppo trommelte mit den Fingern auf den Tisch.

Thankmar legte ihm beruhigend eine Hand auf den Arm und sagte höflich zu seinen Gästen: «Wenn Ihr Euch erst mit Eurem Berater verständigen wollt, Herzog, lassen wir Euch gern noch einen Moment allein.»

Evurhard schaute mit gerunzelter Stirn auf. «Nein. Ist schon gut. Fangen wir an.»

«Dann greift bitte zu», sagte Thankmar.

Doch Evurhard und Huga rührten die Speisen, die vor ihnen lagen, nicht an.

«Ich hoffe, Ihr hattet einen guten Ritt», meinte Thankmar. «Der Weg ist beschwerlich, ich weiß. Er wird vor allem von Viehhändlern genutzt, die ihre Ochsen zu den Märkten auf der Hammaburg bringen.»

Evurhard winkte ab. «Lassen wir das, Markgraf. Wir sind nicht hier, um über Viehhändler zu reden. Kommen wir zur Sache. Bereits morgen früh müssen wir wieder abreisen.»

«Morgen schon? Ich hatte gehofft, Euch ein paar Tage lang bewirten zu dürfen. Ich bekomme nicht häufig Besuch ...»

«Wir essen, und dann reden wir. Je schneller wir zu einer Einigung kommen, desto besser.»

Evurhard zog ein Messer und schnitt damit einen Flügel vom Entenbraten ab.

Da langten auch die anderen zu. Den Gästen schien es zu schmecken, das freute Thankmar.

Zufriedene Gäste wähnen sich in Sicherheit, dachte er.

Zwischen zwei Bissen gab er einem Sklaven einen Wink, der daraufhin einen Krug an den Tisch brachte.

«Für einen Becher Wein werdet Ihr aber hoffentlich noch Zeit haben, Herzog», sagte Thankmar. «Es wäre schade um das kostbare Getränk, schließlich habe ich für Euch eines meiner besten Fässer öffnen lassen.»

«Aber nicht zu viel», entgegnete Evurhard.

Nachdem der Sklave alle vier Becher bis an den Rand gefüllt hatte, hob Thankmar seinen Wein und wartete, bis die anderen die Geste erwiderten.

«Worauf wollen wir trinken?», fragte Thankmar.

Evurhard, dessen Stirn noch immer in Falten lag, antwortete: «Worauf schon? Auf bessere Zeiten natürlich!»

«Ein weiser Wunsch, Herzog!»

Thankmar trank in kleinen Schlucken. Dabei ließ er Evurhard nicht aus den Augen, der über den Becherrand zurückstarrte. Als die Becher wieder abgestellt wurden, war der des Herzogs leer, und der Sklave schenkte umgehend nach. So ging es eine Weile mit Essen und vor allem Wein weiter, wobei Thankmar darauf achtete, nicht so viel zu trinken wie Evurhard. Dessen Blick war bereits glasig, als die Essensreste abgeräumt wurden und die Sklaven den Raum verließen. Nur die Becher standen noch auf dem Tisch, ebenso der frisch gefüllte Krug.

«Wird der Bischof an unserem Gespräch teilnehmen?», fragte Evurhard, ohne Poppo dabei anzuschauen.

«Ich bin über alles informiert worden», sagte Poppo spitz.

Seiner Stimme war die Verärgerung darüber anzuhören, dass der hochmütige Herzog ihn wie Luft behandelte. Thankmar war dies nur recht. Es würde ihm Poppos Loyalität sichern, da der Bischof niemals jemanden wie Evurhard unterstützen würde, der die weltliche Macht über die der geistlichen stellte.

«Hm, er ist also informiert», meinte Evurhard.

«Ja, und er genießt mein volles Vertrauen», erwiderte Thankmar.

Evurhard griff nach seinem Becher und trank, ohne auf die anderen zu warten. Dann schenkte er sich selbst nach, trank einen weiteren Schluck und erhob sich. Er wankte leicht.

«Es sollte in der Tat von Vorteil sein», sagte er, «auch unter dem Klerus Verbündete zu haben, ja, das sollte es …»

Während er sprach, ging er vor dem Tisch hin und her. Wie zu sich selbst sagte er: «Kommen wir nun zu dem Grund meines Besuchs. Ich werde mich nicht mit langer Vorrede aufhalten. Es ist an der Zeit, das zu vollenden, was unseren Vätern missgönnt war.»

Er blieb stehen und schaute Thankmar an.

«Seid Ihr damals meinem Vater begegnet, Markgraf?»

Thankmar nickte. Allerdings hatte er den alten Evurhard nur ein einziges Mal auf der Mersburg gesehen, als der mit Thankmars Vater den Aufstand gegen Otto plante. Den Grund für den Besuch kannte Thankmar damals zwar nicht. Aber als die Männer ihre Köpfe zusammensteckten, war ihm klar gewesen, dass es um eine sehr ernste Sache ging.

Was nach dem Treffen geschah, hatte er später von seiner Großmutter erfahren. Thankmars Vater und der alte Evurhard belagerten mit ihren Heeren zunächst erfolglos eine Festung, die man Belecke nannte. Danach waren sie weitergezogen zu einer gewissen Eresburg, die sie einnehmen konnten. Thankmars Vater blieb auf der Burg, um den Stützpunkt zu halten, während der alte Evurhard sein Heer weiterführte. Nur wenige Tage später griffen Ottos Truppen die Eresburg an und eroberten die Festung zurück. Thankmars Vater flüchtete in die Burgkapelle, wo er sich ergeben wollte. Doch er wurde getötet, obwohl er zuvor all seine Waffen ablegt hatte. Als der alte Evurhard vom Tod seines Verbündeten hörte, streckte auch er die Waffen. Otto begnadigte ihn. Doch bereits ein Jahr später beteiligte er sich an einem weiteren Aufstand gegen den König – und wurde dabei selbst getötet.

«Euer Vater», sagte Thankmar, «war ein Mann mit Charakter. Er hat sich nicht beugen lassen, sondern ist Otto mit erhobenem Haupt entgegengetreten.»

Evurhard blieb abrupt stehen. Zum ersten Mal hellte sich seine Miene auf.

«Ja, das hat er getan», sagte er stolz. «Und nun werde ich Euch meinen Plan erläutern, Markgraf. Wir werden das Vermächtnis unserer Väter in Ehren halten und beenden, was beendet werden muss: Ottos Herrschaft!»

Thankmar hörte aufmerksam zu und tat dem Herzog seine Zustimmung und Hochachtung mehrfach durch bedeutungsvolles Nicken kund. Dabei war das Vorhaben noch naiver, als er angenommen hatte. Naiv und dumm.

Thankmar hatte sich längst einen eigenen Plan zurechtgelegt, doch davon würde er nichts erzählen. Stattdessen tat er so, als würde er Evurhards Worten aufmerksam lauschen, und nickte ihm dann und wann anerkennend zu.

Der Herzog hatte also vor, weitere Mitverschwörer um sich zu scharen, was zunächst einmal eine naheliegende Idee war. Doch der Rest war so vorhersehbar, dass der Plan einfach zum Scheitern verurteilt war. Mit den vereinigten Heeren der Verschwörer wollte Evurhard im kommenden Frühjahr zum Reichstag nach Wormaza ziehen, wo Otto seinen Sohn vor der eigentlichen Krönung als Mitkönig präsentieren würde. Diese Gelegenheit wollte Evurhard nutzen, um den König anzugreifen – und ihn in einer großen Schlacht zu besiegen, wie er im Brustton der Überzeugung sagte.

«Ich würde gern Eure Meinung zu meinem Plan hören», schloss Evurhard seine Ausführung.

«Oh, das ist ein guter Plan, Herzog», rief Thankmar und klatschte in die Hände. «Ihr seid tatsächlich ein noch hervorragenderer Stratege, als ich erwartet hatte.»

Gleichzeitig dachte er: Evurhard ist ein Fliegenschiss! Sollte Otto mit einem Angriff rechnen – und es war nicht auszuschließen, dass er von dem Aufstand erfuhr –, würde er diesen natürlich genau in Wormaza erwarten. Thankmar hatte inzwischen eigene Erkundigungen eingeholt und zwei seiner Männer zur Hammaburg geschickt. Die Stadt war ein Marktplatz für Neuigkeiten. Die Boten waren vor Evurhard auf die Markgrafenburg zurückgekehrt und hatten berichtet, dass Otto bereits in diesen Tagen durch das Reich zog, um ein Heer zu sammeln, mit dem er im kommenden Jahr nach Italien ziehen wollte. Bis zum nächsten Frühjahr würde er über ein hochgerüstetes Heer und natürlich die Legio Regia verfügen. Es hieß allerdings, dass sich der Großteil des Heeres bei der Augusburg sammeln werde. Dennoch würde Otto auch zum Reichstag in Wormaza und zur Krönung in Aquisgranum sicher nicht wehrlos sein.

Und Evurhard wollte ihm in einer offenen Schlacht gegenübertreten. Der Herzog war also entweder geistesgestört oder unglaublich naiv.

Evurhard trat vor Thankmar und reichte ihm seine Hand. Der Händedruck war fest und feucht. Mit Angst erringt man keinen Sieg, dachte Thankmar.

«Selbstverständlich werde ich mich für Eure Unterstützung erkenntlich zeigen», sagte Evurhard. «Huga hat Euch sicher ausgerichtet, dass Ihr nach dem Umsturz Eure alten Ländereien zurückerhaltet.»

Thankmar nickte.

«Kommen wir nun zu den Einzelheiten», fuhr Evurhard fort. «Wie viele Männer könnt Ihr aufbringen?»

Thankmar tat, als würde er überlegen. «Rund dreihundert», sagte er dann. Diese Zahl war natürlich arg untertrieben. Mittlerweile war er reich genug, um ein Heer zu bezahlen, das gut und gerne doppelt so groß sein würde.

«Dreihundert?», wiederholte Evurhard. Die Enttäuschung war ihm anzumerken. Offenbar hatte er auf mehr Männer gehofft.

«Nun ja», meinte er dann, «zusammen mit den Soldaten der anderen Verschwörer können wir dann wohl ein Heer von vielleicht eintausend Mann gegen Otto führen.»

«Eintausend!», jubelte Thankmar. «Damit werden wir Ottos Heer überrennen!»

Seine vermeintlich vorbehaltlose Zustimmung zauberte Evurhard wieder ein Lächeln auf die Lippen. Wahrscheinlich hatte er mit Widerspruch und aufreibenden Diskussionen gerechnet.

Beschwingt schenkte sich Evurhard Wein nach, inzwischen wohl den vierten oder fünften Becher. Er leerte ihn in einem Zug, stellte ihn ab und ließ dann seine Faust auf die Tischplatte krachen.

«Wir werden Otto und seine ganze Sippe vernichten», rief er, «und die Gerechtigkeit wiederherstellen! Mein Vater hat damals dem Sachsen Heinrich zum Thron verholfen, weil mein Vater selbst darauf verzichtete. Anstatt sich dafür erkenntlich zu zeigen, hat Otto nach Heinrichs Tod die Macht an sich gerissen. Seither verteilt Otto nach Gutdünken die Ämter an die Speichellecker, die ihm die Herrschaft sichern. Und wir? Die alten Familien, die diese Länder viele Jahre lang regierten? Uns speist er mit Almosen ab!»

Evurhard schenkte sich erneut Wein nach, wobei er einen Teil davon verschüttete.

Trink nur ordentlich weiter, dachte Thankmar. Er wartete darauf, dass Evurhard endlich zu dem Punkt kommen würde, der Thankmar am wichtigsten war.

Doch zunächst war Evurhard mit Trinken beschäftigt. Huga rutschte zunehmend nervöser auf seinem Stuhl herum. Es war offensichtlich, dass der Wein seinem Herrn bereits kräftig zu Kopfe stieg.

Und dann war es so weit.

«*Ich* werde das Erbe meines Vaters antreten!», rief Evurhard. «*Ich* werde dieses Reich regieren! So wie zuvor mein Onkel Konrad und davor viele andere Männer aus unserem Geschlecht. Die Macht gehört in die Hand der Nachfahren Konrads!»

Evurhard setzte den Becher an. Beim Trinken rann ihm Rotwein aus den Mundwinkeln, tropfte in seinen kurzen Bart und dann auf sein Hemd. Als der Becher leer war, warf er ihn hinter sich an die Wand, wo er krachend zerbrach. Dann ließ er einen triumphierenden Blick von einem zum anderen gleiten, als habe er die entscheidende Schlacht schon gewonnen.

Thankmar hatte sich die ganze Zeit unter Kontrolle gehabt. Doch jetzt wallte heiße Wut in ihm auf. Der Bastard sah sich tatsächlich schon auf dem Thron! Unter dem Tisch ballte er die Hände zu Fäusten und versuchte ruhig und gleichmäßig zu atmen. Es wäre ihm ein Leichtes gewesen, dem betrunkenen Evurhard gleich hier ein Messer zwischen die Rippen zu stoßen. Aber er musste sich zurückhalten, musste sich mäßigen. Noch brauchte er Evurhard, und vor allem brauchte er dessen Soldaten.

Huga fand als Erster die Sprache wieder. Vorsichtig warf

er ein, dass nun bald die Sonne untergehen würde und man das Zeltlager errichten sollte.

Thankmar schluckte seinen Ärger herunter. «Selbstverständlich habe ich für Euch ein Nachtlager auf der Burg herrichten lassen, Herzog. Ihr seid mein Gast und müsst nicht im Zelt nächtigen.»

Huga antwortete für seinen Herrn, der sich schwer atmend am Tisch abstützte.

«Habt Dank für Euer Angebot, Markgraf. Aber wir halten es für geboten, bei unseren Männern zu bleiben.»

Das überraschte Thankmar. Misstraute Evurhard ihm etwa doch?

Da wankte der Herzog zu ihm und bat ihn, sich zu erheben. Als Thankmar das tat, schloss Evurhard ihn in seine Arme wie einen alten Freund.

«Ihr seid ein guter Kerl, Markgraf», sagte der Herzog mit schwerer Zunge. «Es ist gut, Euch an meiner Seite zu wissen. Mit so treuen Gefolgsleuten, wie Ihr einer seid, werde ich die Macht erringen.»

Thankmar nickte bestätigend. Sein Blick wanderte zu Huga, der ihn misstrauisch beäugte.

Die Kröte ahnt irgendetwas, dachte er.

26.

Thankmar wurde vom Morgenlicht geweckt, das durchs geöffnete Fenster in die Kammer sickerte. Er rieb sich die Augen und wälzte sich schlaftrunken aus den Fellen. Barfuß trat er ans Fenster, durch das ihm die Kälte entgegenschlug. Draußen waren in der aufkommenden Helligkeit bereits die Konturen der Wohn- und Nebengebäude und des Walls zu erkennen. Dazwischen hatten sich Pfützen gebildet. Aus einem Stall war das Schnauben eines Pferds zu hören. In den Wäldern jenseits des Walls schrie ein Eichelhäher.

Irgendwo in den Wäldern der Mark versteckt sie sich, dachte Thankmar.

Mittlerweile war es einige Tage her, seit der Fluch der Seherin das letzte Mal über ihn gekommen war, vielleicht drei oder vier Tage, so genau wusste er es nicht mehr. Die Anfälle folgten keinem bestimmten Rhythmus, an dem er sich hätte orientieren können. Manchmal erschien die Seherin zweimal an einem Tag in seinem Kopf, dann ließ sie ihn wieder längere Zeit in Ruhe.

Thankmar hatte sich in den letzten Jahren oft gefragt, wie lange er die rasende Unruhe und die Schmerzen, bei denen sein Schädel zu zerbersten drohte, noch würde aushalten können. Die Antwort kannte er nicht. Auch Poppo konnte ihm in dieser Beziehung keinen Rat geben. Aber eines war ihnen durch ihre vielen Gespräche und Poppos Studium gelehrter Schriften klargeworden: Viel Zeit hatte Thankmar nicht mehr, bis ihn der Fluch das Leben kosten konnte. Diese Zeit musste er nutzen, um das Zauberweib in seine Gewalt zu bringen – und zwar lebend! Nur sie selbst würde in der Lage sein, den Fluch von ihm zu nehmen. Würde sie vorher sterben, wäre die letzte Gelegenheit vertan. Daher hatten Thankmars Soldaten den strikten Befehl, die Seherin aufzuspüren und gefangen zu nehmen, ohne ihr ein Haar zu krümmen.

Immer mehr Vögel begannen zu singen. Bald verdrängte ihr munteres Gezwitscher die Stille, die über der nächtlichen Burg gelegen hatte. Thankmar, der häufig am Fenster stand und zu den Wäldern hinüberschaute, glaubte, dass der Gesang in den vergangenen Wochen dünner geworden war. Viele Vögel waren wieder verschwunden. So wie jeden Herbst, wenn die Tage kürzer und die Nächte länger wurden. Im Frühling kehrten die Tiere auf wundersame Weise zurück, und alles begann wieder von vorn. Immer wieder und immer so fort.

Aber im kommenden Jahr sollte alles anders sein!

Thankmar wandte sich vom Fenster ab. Es war so weit, der Tag begann. Jetzt würde er Evurhard verabschieden.

Auf dem Platz vor dem Burgtor herrschte schon geschäftiges Treiben. Die Franken hatten früh damit begonnen, ihre Zelte abzubauen, und waren fast fertig, als Thankmar hinzukam. Er entdeckte Evurhard und Huga inmitten der Soldaten, die Stangen und Zeltbahnen verstauten und auf die Pferde packten.

Thankmar bemerkte, dass ihm Poppo von der Burg her folgte. Er wartete, bis der Bischof zu ihm aufgeschlossen hatte, dann gingen sie gemeinsam weiter.

Als er den Namen des Herzogs rief und ihm einen guten Morgen wünschte, drehte sich Evurhard zu ihm um. Er machte einen übelgelaunten Eindruck und schien noch unter den Nachwirkungen des Weins zu leiden. Seine Augen waren rot gerändert. Er rieb seine klammen Hände aneinander.

«Ich hoffe, Ihr hattet eine angenehme Nacht hier draußen», sagte Thankmar.

Evurhard nickte ihm mürrisch zu und begann seine Schläfen zu massieren. Hugas Augen funkelten.

«Ihr hättet meine Einladung annehmen sollen», sagte Thankmar, «mit einem festen Dach über dem Kopf schläft es sich besser – und trockener.»

«Wahrscheinlich habt Ihr recht», entgegnete Evurhard. «Aber in diesen Zeiten kann man nicht vorsichtig genug sein.»

«Ja!», pflichtete Huga ihm bei. «Denn eine Sache hat uns doch recht verwundert.»

«So?», erwiderte Thankmar. «Würdet Ihr mir verraten, was Ihr meint?»

«Nun, wir hatten fest damit gerechnet, dass Ihr Ansprüche auf den Thron erheben würdet. Schließlich stammt Ihr in direkter Linie vom alten Heinrich ab. Da liegt es doch nahe, dass Ihr Begehrlichkeiten hegt.»

Hugas Worte waren zwar nicht als Frage formuliert, aber als eine solche gemeint. Thankmar nahm an, dass die beiden das Thema eigentlich gestern Abend hatten anbringen wollen. Der Wein hatte Evurhard wohl einen Strich durch die Rechnung gemacht. Wie auch immer – Thankmar war auf diese Frage vorbereitet, denn sie war, wie die Kröte soeben treffend bemerkt hatte, naheliegend.

«Ja, es stimmt», sagte er und wählte seine Worte mit Bedacht. Er musste den Herzog und dessen Berater in Sicherheit wiegen. «Ich habe einen Anspruch auf den Thron!»

Huga zuckte zusammen, und Evurhard hörte auf, seine Schläfen zu massieren.

«Und ich denke», fuhr Thankmar fort, «es wäre nur gerecht, wenn ich als Anwärter zumindest in Betracht gezogen werden würde. Aber nicht ein Mann allein kann entscheiden, ob er König wird oder nicht. Er muss, wie jeder weiß, von den Fürsten gewählt und vor Gott gekrönt werden. Wen würden die Fürsten wohl wählen? Einen der Ihren! Ich bin jedoch nur ein Graf, ein unbedeutender Graf, der in der Einöde über eine Handvoll ungewaschener Dänen gebietet, wie Euer Berater festgestellt hat. Also habe ich beschlossen, im Dienste der Gemeinschaft und im Sinne der Gerechtigkeit von meinem Anspruch zurückzutreten.»

«Ach?» Evurhards Mund blieb offen stehen.

«Ja, ich bin überzeugt, dass auch Gott so entschieden hat!», legte Thankmar nach.

Poppo nickte heftig. Erwartungsgemäß gefiel ihm eine solche Aussage.

Evurhard und Huga starrten Thankmar an, als habe der soeben verkündet, sich freiwillig enthaupten zu lassen.

«Wen hat Gott Eurer Meinung nach dazu auserkoren?», fragte Evurhard.

Thankmar verbeugte sich. «Euch, Herr! Nur Euch! Euer Vater hat damals in einem Akt großer Weitsicht zugunsten meines Großvaters auf den Thron verzichtet. Es ist nun an der Zeit, die Königswürde wieder in die Hände Eurer Familie zu legen.»

Evurhard glühte vor Begeisterung. Anders als Huga. Der Berater bedachte Thankmar noch immer mit einem Blick, in dem große Skepsis lag.

«So ist es!», rief Evurhard. «Ihr sprecht die Wahrheit, Markgraf!»

«Wir sollten nun aufbrechen …», warf Huga ein.

«Gleich, gleich», unterbrach ihn der Herzog. «Sagt, Markgraf, werdet Ihr Euren Eid auf mich schwören, wenn im Frühjahr der Zeitpunkt gekommen ist?»

Thankmar verbeugte sich abermals. «Ich werde Euch ein treuer und ergebener Diener sein – so wie mein Vater Eurem Vater gedient hätte.»

Evurhard trat vor ihn und legte ihm die rechte Hand auf die Schulter. «Und werdet Ihr Euer Schwert ziehen für mich und meinen Sieg?»

Natürlich werde ich das tun, dachte Thankmar. Ich werde meine Klinge in deinem Blut baden!

Stattdessen schwor er feierlich: «Mein Schwert und mein Leben für meinen König!»

27.

«Eine überzeugende Vorstellung», sagte Poppo anerkennend.

Sie standen vor der Burg und schauten den Franken hinterher, bis diese in den Wäldern verschwunden waren.

«Ich hoffe, Ihr verzeiht mir», sagte Thankmar, «dass ich den Namen des Allmächtigen für mein kleines Täuschungsmanöver ... nun ja, bemüht habe.»

«Ich?», entgegnete Poppo. «Vergeben kann Euch nur Gott allein. Aber ich werde ein gutes Wort für Euch einlegen.»

Offenbar hatte der Bischof dies als Scherz gemeint, denn auf seinen Lippen zeigte sich eines der seltenen Lächeln, bei dem seine Augen so kalt blieben wie die eines Henkers.

Thankmar spürte einen kühlen Zug auf seinem Gesicht. Aber es war mitnichten der Atem Gottes, sondern lediglich eine frische Böe, die über den Vorplatz wehte. Von Norden her kamen schwere Wolken auf. Der Himmel verdunkelte sich.

Thankmar würde sich beeilen müssen, um erledigen zu können, was er sich vorgenommen hatte.

Poppo folgte ihm durchs Tor in die Burg. Sie trafen auf Ernust, der bei den anderen Soldaten stand. Als Thankmar ihn zu sich winkte, kam der Hauptmann mit schuldbewusster Miene auf ihn zu. Wahrscheinlich befürchtete er, sein Herr werde ihm nun Vorhaltungen wegen des geflohenen Jungen machen. Aber Thankmar forderte ihn lediglich auf, sein Pferd zu satteln. Ernust lief zum Stall und kehrte kurz darauf mit dem Rappen zurück.

«Ich werde bald zurück sein», sagte Thankmar, als er auf dem Pferd saß. «Sorg inzwischen dafür, Ernust, dass ein Dutzend Männer zum Abmarsch bereit ist. Wir werden noch heute Abend mit der Suche nach der Seherin beginnen.»

«Darf ich Euch fragen, wohin Ihr zu reiten gedenkt?», wollte der Bischof wissen. Ein Windstoß zerrte an seiner Kutte.

«Sicher dürft Ihr fragen», erwiderte Thankmar. «Aber ich kann Euch nur sagen, dass Ihr die Antwort darauf bald erfahren werdet.»

Poppo zog die Augenbrauen zusammen, fragte aber nicht weiter nach.

«Sollte ich Euch nicht begleiten, Herr?», warf Ernust ein. «Es wird Regen geben, vielleicht sogar Sturm ...»

«Ein Dutzend Männer, heute Abend», rief Thankmar im Befehlston. «Wir werden die Seherin jagen!»

Er trat dem Rappen in die Flanken und ritt durchs Tor, den Wäldern entgegen.

Das Wetter verschlechterte sich zusehends.

Dicht über den Wipfeln jagten schmutzig graue Wolken dahin. Wie der Atem eines Ungeheuers fauchte der Wind, schüttelte die Bäume und riss die letzten Blätter von Ästen und Zweigen.

Thankmar ritt, so schnell er konnte. Bald würde er die Stelle erreichen, an der er den Weg verlassen musste. Etliche Male war er in den vergangenen Jahren an dem

Wildpfad vorbeigekommen, und jedes Mal war er versucht gewesen, die Urkunde aus dem Versteck zu holen. Aber die Vernunft hatte ihn immer wieder davon abgehalten. Er musste warten, bis es so weit war. Und nun war es so weit!

Doch je näher er der Stelle kam, die durch drei eng stehende Buchen auf der einen Seite des Wegs und durch den Bach auf der anderen Seite markiert war, desto mehr beschlich ihn ein unangenehmes Gefühl. Er konnte nicht sagen, woher es kam und welchen Grund es dafür gab. Nur, dass es ihm Angst bereitete.

Er erkannte die Buchen, die wie riesige Finger aus dem Erdboden ragten. Er zügelte das Pferd, das schnaubend zum Stehen kam, und sprang hinunter. Eine Böe ließ das Laub um ihn herum aufwirbeln.

Thankmar führte das Pferd einige Schritte in den Wald, bis er auf den Bach stieß. Dort band er es mit dem Zügel an einen Baum. Unruhig trampelte das Pferd mit den Hufen. Thankmar streichelte sein Fell. Dann machte er sich auf den Weg.

Er war nur wenige Schritte weit gekommen, als sich das Gefühl zurückmeldete. Es war wie ein Kribbeln im Nacken, so als ob …

Er drehte sich um. Aber da war niemand, der ihn beobachtete. Da waren nur die Bäume, die vom Wind bewegt wurden. Die Stämme knirschten und ächzten.

Die Seherin, schoss es Thankmar durch den Kopf. Sie ist hier! Sie beobachtet mich.

Nicht jetzt! Bitte nicht jetzt, flehte er. Er spürte, wie ihre Macht in ihm aufstieg und ihre Stimme in seinen Kopf drängte.

«Halt dein Maul!», brüllte Thankmar die Bäume an.

«Halt dein verdammtes Maul! Ich bin hinter dir her, und ich werde dich zwingen, den Fluch von mir zu nehmen …»

Irgendwo splitterte ein Ast, brach mit lautem Getöse durch andere Äste und prallte dumpf auf den Waldboden.

Dann ließ der Wind nach, und es wurde stiller.

Thankmar ahnte, dass die Ruhe trügerisch war. Der Wind sammelte sich wie ein Heer vor dem großen Sturm auf den Feind.

Er horchte in sich hinein. Sein Herz schlug noch immer heftig, aber die Stimme der Seherin war verstummt. Allmählich beruhigte sich sein Herz; er atmete einige Mal tief durch. Als er sich in Bewegung setzte, begann es zu regnen, und der Wind kehrte zurück.

Schritt für Schritt tastete er sich voran, den Bachlauf zur linken Seite. Bald traten die Bäume auseinander, der Pfad wurde etwas breiter. Thankmar begann zu laufen, schneller, immer schneller. Er stolperte über eine Wurzel und landete mit dem Gesicht voran im tropfnassen Laub. Doch er sprang wieder hoch, rannte weiter, rutschte wieder aus, zerriss seinen Mantel an Dornen und Ästen. Zweige peitschten sein Gesicht.

Und dann endlich sah er den Hügel auftauchen.

Er wischte sich das Regenwasser aus den Augen und ließ sich vor dem Stein zu Boden sinken. Er fühlte sich wie ein Pilger, der nach einer kräftezehrenden Reise am Schrein mit der heiligsten aller Reliquien angekommen war.

Thankmar berührte den Stein, dessen Oberfläche rau und nass war. Er legte beide Hände dagegen und drückte, bis der Stein umfiel und er ihn ein Stückchen zur Seite rollen konnte. Darunter war eine Mulde im Boden, die sich nun schnell mit Wasser füllte. Er tauchte seine Finger hinein und begann zu graben. Die Erde hinter sich schleudernd, wühlte er tiefer und tiefer. Dann endlich, als er schon bis zu den Armbeugen im Loch steckte, stieß er auf etwas Hartes. Der Deckel der Schatulle!

Vorsichtig legte er sie frei und schachtete die Erde um sie herum aus, bis er sie anheben konnte. Unablässig rann ihm Wasser ins Gesicht. Seine Kleider waren inzwischen vollkommen durchnässt. Er fuhr sich mit dem Handrücken über die Augen, um besser sehen zu können.

Und dann war ihm, als würde ihn ein Blitz durchfahren und in zwei Hälften reißen.

Er hatte die Schatulle doch mit einem Schloss gesichert. Ja, ganz sicher hatte er das getan. Aber da war kein Schloss mehr.

Seine Finger zitterten, als er den Deckel berührte und ihn aufklappte.

Er griff in die Kiste. Seine Kehle zog sich zusammen. Das Tuch, in das er die Urkunde gewickelt hatte, war nicht mehr da. Stattdessen ertastete er einen hölzernen Gegenstand, der an einem Lederband befestigt war.

Er holte ihn heraus und erkannte den spitz zulaufenden Holzspan aus dem Altar, auf dem sein Vater gestorben war. Es war – Thankmars Talisman.

Und mit der Wucht eines herabfahrenden Henkerschwerts wurde ihm bewusst, was das zu bedeuten hatte.

28.

Der Wellenspalter war ein Schiff, das seinen Namen nicht mehr verdiente. Es war in die Jahre gekommen und brauchte dringend eine gründliche Überholung. Die Planken waren morsch, viele Riemenpforten ausgeschlagen. Wasser drang durch zahllose Stellen ein, an denen sich das Werg gelöst hatte.

Der Zustand der Mannschaft war kaum besser. Sie wurde vom einäugigen Schiffsführer Pálnir befehligt und bestand aus etwa vierzig Mann, zu denen auch Hakon gehörte. An ein vergleichbar schlechtes Jahr konnten sich auch die Älteren an Bord nicht mehr erinnern. Immer wieder waren die Seeräuber gezwungen gewesen, in Häfen auszuharren und auf Reparaturen zu warten, anstatt Handelsschiffe oder Gehöfte an den Küsten zu überfallen. Mal war das Steuerruder gebrochen, mal das Segel gerissen, mal waren Planken geborsten.

An diesem Morgen stand Hakon am Vordersteven, zu dem Pálnir ihn beordert hatte. Er sollte die Küste beobachten. Das tat er nun schon seit einiger Zeit, ohne etwas Auffälliges zu sehen.

Der Rabe saß wie gewöhnlich auf seiner Schulter. Hin und wieder ließ er ein leises Krächzen hören, etwa wenn hinter ihnen der Mast bedrohlich knirschte. Vor einigen Tagen war der Mast bei einem Herbststurm so schwer beschädigt worden, dass er beinahe zerbrochen wäre. Der Sturm hatte sie einige Meilen südlich der Siedlung Túnsberg überrascht. Dort hatten die Wikinger ein letztes Mal an Land gehen wollen, um einen Hof zu überfallen und Beute zu machen. Doch die Götter hatten ihnen den Erfolg nicht gegönnt.

Sie gönnten ihnen gar nichts!

In seiner Verzweiflung hatte Pálnir einen zauberkundigen Alten, der seit vielen Jahren auf dem Wellenspalter fuhr, die Runenstäbe werfen lassen. Aus dem Orakel las der Alte, dass der Wettergott Thor ihnen zwar riet, die Heimreise anzutreten. Mit der Einschränkung jedoch, dass sie noch ein letztes Mal versuchen sollten, Beute zu machen. Wenn sich eine günstige Gelegenheit ergab.

Dieser göttliche Rat war so gut wie gar keiner, dachte Hakon.

Dennoch hatte er Pálnir nicht widersprochen, als dieser ihm den Befehl gegeben hatte, nach etwas Ausschau zu halten, von dem niemand sagen konnte, was es war.

Der Wellenspalter segelte im schwachen Wind etwa eine halbe Meile vor der Westküste, an der Stämme der Svea lebten. Pálnir, der mit seinen fünfundzwanzig Lebensjahren bereits ein erfahrener Seemann war, hoffte, der Sturm könnte ein Schiff an die Küste getrieben haben. Aber sosehr Hakon sich auch anstrengte, er entdeckte kein manövrierunfähiges Schiff oder gar ein Wrack zwischen den kaum überschaubaren Schären, die wie Walbuckel aus dem Wasser ragten.

Ein Jahr noch, dachte er, während er die Küste an sich vorüberziehen ließ. Ein ganzes verfluchtes Jahr! Ein Winter, ein Frühjahr, ein Sommer und ein Herbst. Erst dann war die von Sigurd gesetzte Frist vorüber, und Hakon konnte wieder in die Heimat zurückkehren.

Was wohl aus Eirik geworden war? Diese Frage stellte sich Hakon jeden Tag. Sechs Jahre war der Junge mittlerweile alt und die meiste Zeit davon ohne seinen Vater aufgewachsen. Ob er sich überhaupt noch an ihn erinnerte?

Noch immer hatte Hakon lebhaft jenen Frühlingstag vor Augen, an dem er Hladir hatte verlassen müssen. Der Schnee taute, und das Schmelzwasser ergoss sich in Strömen in den großen, wieder eisfreien Fjord. Hakon ging auf das erste Handelsschiff, das im Hafen von Hladir anlegte. Das Schiff kam aus dem Norden und hatte Walrosszähne, Vogelfedern und Otterpelze geladen, die für die Sveasiedlung Birka bestimmt waren. Doch es sollte sein Ziel niemals erreichen.

Im Eyrasund wurden sie von Seeräubern angegriffen, deren Anführer Pálnir war. Ein junger Däne, tollkühn und wagemutig.

Nachdem er das Handelsschiff eingenommen hatte, ließ Pálnir alle Männer an Bord erschlagen. Nur Hakon wurde verschont. Er hatte sich als Einziger zur Wehr gesetzt und Pálnir beeindruckt, indem er drei seiner Männer getötet hatte. Einen weiteren Seeräuber hatte der Rabe so schwer verletzt, dass der Mann wenig später an den Verletzungen starb.

Pálnir hatte Hakon die Wahl gelassen: Entweder würde er sich den Wikingern anschließen oder sterben wie die Besatzung des Handelsschiffs.

Die Wahl war Hakon nicht schwergefallen. Natürlich wollte er leben. Aber er sah auch die Gelegenheit, bei den Seeräubern das zu lernen, was Sigurd von ihm erwartete: ein Mann zu werden, ein würdiger Jarl.

Drei erfolgreiche Sommer hatte Hakon bei den Seeräubern erlebt. Im Herbst waren sie immer mit einer Schiffsladung Silbermünzen, Schmuck, Bernstein und Waffen zu der Burg zurückgekehrt, auf der sie die Winter verbrachten. Die Burg, über die Pálnirs Vater herrschte, befand sich an der südlichen Küste des Baltischen Meeres in der Nähe der von Slawen bewohnten Stadt Jumne. Es war der Dänenkönig Harald Gormsson gewesen, der diese Burg vor einigen Jahren hatte errichten lassen, mit der Duldung der Slawen. Im Gegenzug mussten die Dänen die slawische Stadt beschützen und sich bei ihren Raubzügen von Jumne fernhalten, um den Seehandel nicht zu gefährden.

Bislang hatten sich die Dänen an diese Abmachung

gehalten. Pálnir würde es wohl auch in diesem Jahr tun, dachte Hakon. Auch wenn es für ihn sicher verlockend war, in den seichten Gewässern rund um Jumne ein Handelsschiff aufzubringen, damit er nicht mit leeren Händen zu seinem Vater zurückkehren musste.

Hakon konnte nur zu gut verstehen, dass Pálnir nicht den Zorn seines Vaters auf sich ziehen wollte. Daher würde er dem Schiffsführer helfen. Er war sein Freund geworden, sofern man in dieser vom Schicksal geformten Gemeinschaft von Freundschaft sprechen konnte. Es war eine Gemeinschaft, in der es oftmals allein ums nackte Überleben ging. Aber Hakon achtete, respektierte und vertraute Pálnir, und er merkte immer wieder, dass sie nicht nur in Bezug auf ihre Väter Gemeinsamkeiten hatten.

Beide waren schweigsame Männer, die nur redeten, wenn es etwas Wichtiges mitzuteilen gab. Abendelang konnten sie nebeneinander an der Bordwand stehen, aufs Meer schauen, schweigen und ihren Gedanken nachhängen. Auch ohne Erklärungen von Pálnirs Seite spürte Hakon, dass er ein Mann mit Sehnsüchten war, die nicht allein durch Münzen, Edelsteine und Blut gestillt werden konnten.

Nein, es ging ihm um mehr. Ebenso wie Hakon war Pálnir ein Getriebener, dessen Leben durch schreckliche Ereignisse aus dem Lot geraten war. Für Hakon war dies der Überfall des Markgrafen, der zu Thoras Tod geführt und seinem Leben eine entscheidende Wende gegeben hatte. Was es für Pálnir war, wusste Hakon nicht. Er hatte ihn niemals danach gefragt und würde es auch nicht tun.

Angetrieben von einem schwachen Wind, glitten sie südwärts an der Küste entlang.

Vielleicht finden wir ja wirklich ein an den Schären zerschelltes Schiff, um es wie die Aasfresser auszuplündern, überlegte Hakon.

Die Luft war bereits herbstlich frisch, der wolkenverhangene Himmel grau und trist. Auf einer flachen Schäre rekelten sich Robben. Ob sie versuchen sollten, eines der Tiere zu erlegen, damit die Männer endlich wieder Fleisch zu essen bekamen? Allerdings wäre es riskant, den Wellenspalter zwischen die Schären zu manövrieren. Zudem machten die Tiere zwar einen trägen Eindruck, konnten aber schnell fliehen, wenn sie Gefahr witterten.

Hakon verwarf den Gedanken. Er wollte sich gerade nach dem Mast umdrehen, der wieder einmal knirschte, als er über den Küstenwäldern dünne Rauchsäulen in den blassgrauen Himmel aufsteigen sah.

Auch der Rabe hatte den Rauch bemerkt und stieß ein anhaltendes Krächzen aus.

Hakon drehte sich um, formte mit den Händen einen Trichter um den Mund und rief nach Pálnir. Der Schiffsführer war damit beschäftigt, mit anderen Männern Wasser aus dem Bug zu schöpfen. Als er Hakons Stimme hörte, stellte er den Eimer ab und kam zum Vordersteven.

Wortlos zeigte Hakon, was er gesehen hatte. Pálnir kniff sein rechtes Auge zusammen. Das linke hatte ihm vor zwei Jahren ein Sachse bei einem Überfall ausgestochen. Hakon hatte den Angreifer mit dem Schwert erschlagen, bevor dieser Pálnir töten konnte. Seither schuldete ihm Pálnir etwas.

«Wo Rauch ist, sind Menschen», sagte er. «Und wo Menschen sind, gibt es Beute. Wir sollten den Versuch wagen.»

«Ist es denn das, was in Thors Sinne eine günstige Gelegenheit wäre?», entgegnete Hakon.

Pálnir zuckte mit den Schultern. «Da ist Rauch. Da sind Menschen, und vielleicht ist da etwas zu holen.»

Hakon stimmte zu, gab aber zu bedenken, dass sie nicht mehr weit von der Insel Hising in der Mündung des Flusses Gautelf entfernt sein konnten. Dort standen mehrere Höfe. Ein Raubzug in einer belebten Gegend war riskant.

Doch Pálnir hatte bereits eine Entscheidung getroffen. Er befahl dem Mann am Ruder, Kurs auf die Schären zu nehmen. Die aus Walrosshäuten gedrehten Taue, die das Segel hielten, knirschten, und der Mast knackte wie ein alter Knochen. Das Schiff drehte bei.

Hakon wurde das Gefühl nicht los, dass sie einen Fehler machten.

29.

An den Ausläufern der Schären holte die Mannschaft das Segel ein und legte die Riemen bereit. Rudernd manövrierten sie den Wellenspalter an Steinen vorbei, bis sie unterhalb der felsigen Küste eine seichte Stelle entdeckten. Jenseits des Anlandeplatzes stand ein Wald, in dem Nadelbäume, vereinzelt auch Birken und Buchen wuchsen.

Nachdem das Schiff angelandet war, wählte Pálnir zwei Gruppen mit je einem Dutzend Männer aus. Die Übrigen blieben an Bord, um das Schiff zu bewachen und gegebenenfalls den Rückzug zu sichern.

Pálnir übernahm die Führung der einen Gruppe, Hakon die der anderen. Der Plan lautete, dass sie keilförmig ausschwärmen sollten. Ein Trupp würde den Wald in nördlicher und der andere in südlicher Richtung durchkämmen. Fanden sie bis zum Abend keinen Hof, den man ohne größere Gefahr angreifen und ausrauben konnte, würden sie zum Schiff zurückkehren.

Bewaffnet mit Schwertern, Beilen, Helmen und Schilden, machten sie sich auf den Weg. Hakon führte seine Gruppe ins Unterholz. Seine Begleiter waren gestandene Kämpfer, harte Kerle, die den Tod nicht fürchteten. Doch das erfolglose Jahr hatte seine Spuren hinterlassen. Der eintönige Alltag an Bord, die Langweile, der Hunger und die vielen Rückschläge hatten sie ausgezehrt. Immer häufiger hatte Pálnir in den vergangenen Wochen Streit schlichten und Recht sprechen müssen. Einmal hatte er zwei Streithähne eigenhändig über Bord geworfen, als Warnung für die anderen.

Hakon wunderte sich daher nicht, dass bei den entmutigten Männern keine rechte Begeisterung aufkommen wollte, während sie ihm durch Farnfelder und über umgestürzte Bäume folgten. Niemand glaubte noch an einen Erfolg.

Das änderte sich schlagartig, als sie den Waldrand erreichten. Auf einer weitläufigen Lichtung stand ein einzelnes Gehöft. Das Langhaus und die Nebengebäude waren von einer Steinmauer umgeben. Auf dem Hof hielten sich Menschen auf, etwa ein halbes Dutzend. Es schienen ausschließlich Frauen zu sein. Bei ihrem Anblick begannen einige der Seeräuber wie hungrige Wölfe zu knurren. Sie hatten lange keine Weiber mehr gehabt.

Sofort nahmen sie die Schilde vom Rücken, zogen Schwerter und Beile.

Aber Hakon zögerte. Es machte ihn stutzig, dass kein einziger Mann zu sehen war. Auf einem Hof dieser Größe müssten mindestens zehn Männer leben. Wo waren sie? Es war durchaus möglich, dass sie sich in den Gebäuden aufhielten oder den Hof verlassen hatten, um die Ernte einzuholen, zu jagen oder zu fischen. Aber alle Männer gleichzeitig?

Die Wikinger wurden ungeduldig. Hakon konnte sie

nicht mehr lange aufhalten. Auf Pálnir zu warten, erschien ihm nicht sinnvoll. Der war sicher ein gutes Stück weit entfernt.

Also gab er das Zeichen. Sofort rückten die Männer vor und stürmten in einer Reihe aus dem Wald. Der Rabe erhob sich von Hakons Schulter und flog voraus.

Alarmiert vom Brüllen der Wikinger, wandten ihnen die Frauen die Gesichter zu. Einige Weiber stießen schrille Warnschreie aus, dann rannten sie zu einem Ausgang auf der anderen Seite. Als die Seeräuber den Hof erreichten, waren die Frauen bereits im Wald verschwunden.

Hakon marschierte auf den Innenhof. Er hörte seine Männer fluchen. Sie wollten die Frauen verfolgen, doch Hakon befahl ihnen hierzubleiben.

Über dem Anwesen lag eine bedrückende Stille. Es waren keinerlei Geräusche zu hören, nicht von arbeitenden Menschen, nicht von blökenden Schafen oder grunzenden Schweinen.

Hakon schaute zum Raben hinauf, der sich auf dem Dach des Wohnhauses niedergelassen hatte.

Er würde mich warnen, dachte Hakon und schickte die Männer ins Haus. Er selbst blieb auf dem Hof zurück und behielt den Wald rund um die Lichtung im Auge.

Nach einer Weile kehrten die Männer zurück. Sie hatten nichts von Wert gefunden. Kein Silber, keine Waffen, nur ein paar Brote und Räucherwürste. Daraufhin schickte Hakon sie in die Schuppen. Aber auch darin war keine Beute, nicht einmal ein Schwein, das sie hätten schlachten und mit an Bord nehmen können.

Wütend schlug einer der Männer vor, alle Gebäude in Brand zu setzen.

Hakon wies ihn ab. Der Rauch wäre meilenweit zu sehen, vermutlich noch auf Hising. Stattdessen beschloss er, die Männer erneut in die Schuppen zu schicken, damit sie die Böden untersuchten. Manchmal versteckten die Bauern ihr Hab und Gut in Erdhöhlen, die unter Brettern verborgen waren.

Da stieß der Rabe ein lautes Krächzen aus.

An die zwanzig Svea kamen in breiter Linie auf den Hof zugerannt. Sie sahen nicht aus wie einfache Bauern. Sie sahen aus wie Krieger! Brüllend schwenkten sie Beile, Schwerter, Lanzen und Bögen. Einige schossen bereits im Laufen die ersten Pfeile auf die Eindringlinge ab und verletzten zwei von Hakons Männern tödlich.

Bevor die nächsten Pfeile niedergingen, duckten sich die Seeräuber unter ihre Schilde. Hakon rief sie zu dem Ausgang, durch den die Frauen geflohen waren. Als sie jedoch mit den Schilden über den Köpfen darauf zuliefen, sahen sie, dass sich auch von der Seite gut zwanzig schwer bewaffnete Svea näherten.

Der Hof war eine tödliche Falle. Hakon und seine Männer waren eingekreist, die Jäger zu Gejagten geworden.

Sie haben uns die ganze Zeit beobachtet, schoss es Hakon durch den Kopf. Vermutlich hatten sie den Wellenspalter entdeckt und alle Männer aus der Umgebung zusammengetrommelt. Aber warum so viele? Die Höfe lagen oft meilenweit auseinander. Selbst ein schneller Läufer hätte nicht so viele Männer in so kurzer Zeit alarmieren können. Auch konnte sich Hakon nicht erklären, warum die Männer bis an die Zähne bewaffnet waren, als hätten sie gegen einen übermächtigen Feind gerüstet.

Die Svea rückten weiter vor. Hakon rief seine restlichen Männer zusammen. Zwei weitere waren von Pfeilen durchbohrt worden.

Als die Angreifer auf den Hof liefen, zogen sich Hakon und seine Männer zu einer Stelle zurück, an der die Mauer mannshoch aufragte und ihnen daher zumindest von einer Seite einen gewissen Schutz bot. Und dann ging es Schlag auf Schlag. Die Svea waren zwar bewaffnet wie Krieger, aber im Nahkampf verhielten sie sich wie Bauern. Ohne Ordnung hieben sie ungestüm auf die Schilde ein. Dadurch konnten Hakons Männer sie mit Schwertstößen auf Abstand halten und mehrere töten. Hakon selbst gelang es, zwei Angreifern seine Klinge in den Leib zu stoßen.

Da zogen sich die Svea plötzlich einige Schritte zurück und verharrten abwartend. Auf ihren Gesichtern spiegelte sich die grimmige Entschlossenheit, ihr Hab und Gut zu verteidigen. Junge Kerle waren darunter, einige fast noch Kinder, und Ältere, zahnlose Greise mit struppigen Bärten. Es schien, als hätten sie alles zusammengezogen, was eine Waffe halten konnte.

Hakons Atem ging keuchend. Der Schweiß lief ihm übers Gesicht.

Ein Wikinger verlor die Nerven und forderte die Gegner zum Kampf auf. Provozierend ließ er sein Schild sinken, riss sich Mantel und Hemd vom Leib und hieb mit seinem Beil in Richtung der abwartenden Svea.

«Kommt schon, ihr Bastarde!», rief er. «Wir schneiden euch die Eingeweide raus, und dann holen wir eure Weiber …»

Doch er brachte seinen Satz nicht zu Ende. Mit einem Mal wurde es um die Seeräuber herum dunkel. Etwas landete auf Hakons Kopf und verdeckte ihm die Sicht. Er riss es herunter und stellte überrascht fest, dass es eine Hose war. Schon folgten weitere Kleidungsstücke, die ihm ebenso die Sicht raubten wie seinen Männern. Mäntel, Hemden, Tuniken, Hosen und Tücher wurden über die Mauer auf sie geworfen und machten sie nicht nur blind, sondern auch ihre Waffen unschädlich.

Während die Seeräuber verzweifelt versuchten, ihre Schwerter und Beile von den Kleidern zu befreien, griffen die Svea wieder an, und dieses Mal überwältigten sie die Eindringlinge in einem Handstreich. Es war ein Gemetzel, das nur vier von ihnen überlebten, unter ihnen Hakon.

Die Svea trieben die Überlebenden in der Mitte des Hofs zusammen. Sie schlugen und traten die Gefangenen und fesselten sie an Händen und Füßen.

Hakon blutete aus unzähligen Wunden. Seine Lippen waren aufgeplatzt, aus seiner Nase lief Blut. In der Brust spürte er heftige Stiche.

Vier Jahre lang war er zur See gefahren, hatte Dutzende Kämpfe miterlebt und viele Männer getötet. Er hatte sie seine Klinge spüren lassen. Und nun war er von Bauern überwältigt worden, von Kindern und Alten und von Männern, deren Hände normalerweise Pflüge führten, aber keine Schwerter.

Ein Hustenanfall schüttelte Hakon. Er spuckte blutigen Schleim auf den staubigen Boden.

Er fragte sich, wo der Rabe war. Bislang war der Vogel immer zur Stelle gewesen, wenn er ihn brauchte. Aber seit die Bauern gekommen waren, hatte er den Raben nicht mehr gesehen.

Der Vogel spürt, dass ich dem Tode geweiht bin, dachte Hakon bitter.

Als er aufschaute, sah er einen Mann über sich stehen. Mit wutverzerrter Miene schaute er auf Hakon herab. Er hatte das wettergegerbte Gesicht eines Bauern. In einer Hand hielt er ein Schwert, in der anderen ein Beil.

Hinter ihm hatte sich eine größere Menschenmenge versammelt, darunter waren auch die zurückgekehrten Frauen.

Sie werden uns töten, dachte Hakon. Sie werden uns alle töten.

Er hoffte, dass man ihm im Augenblick des Todes wenigstens ein Schwert in die Hand geben würde, damit er nicht unbewaffnet vor die Götter treten musste.

Hakon drehte sich auf den Rücken und versuchte sich aufzusetzen. Ein brennender Schmerz durchzuckte seinen Oberkörper.

Er sah eine junge Frau aus der Menge vortreten und zu dem Mann mit dem Schwert und dem Beil kommen. Dann hockte sie sich vor Hakon und starrte ihn mit hasserfülltem Blick an. Ihre Augen waren blau wie der Morgenhimmel; ihr Gesicht wies ebenmäßige Züge auf. An der hellroten Tunika mit den silbernen Fibeln erkannte er sie als die Frau wieder, die den Warnschrei ausgestoßen hatte. In der rechten Hand hielt sie ein Messer, das sie langsam gegen seinen Hals drückte. Die Menschen forderten lautstark seinen Tod.

Hakon spürte, wie sich der Druck der Klinge verstärkte.

Da beugte sich der Mann zu der jungen Frau herunter und zog ihre Hand weg.

«Ich muss ihn töten!», fauchte sie den Mann in der Sprache der Nordmänner an. Ihre Stimme klang seltsam undeutlich.

Als sie ihren Mund öffnete, sah Hakon, dass die beiden oberen Schneidezähne fehlten, was ihrem schönen Gesicht einen jammervollen Ausdruck verlieh.

«Lass mich den Bastard umbringen!», schrie sie.

Der Mann schüttelte den Kopf und wandte sich an Hakon. «Bist du der Anführer dieser Räuber?»

Hakon nickte.

«Wie ist dein Name?»

«Hakon.»

«Du und deine Männer – ihr werdet sterben!», sagte der Mann, und die Menschen jubelten.

«Werdet ... ihr mich ein Schwert halten lassen?», brachte Hakon seinen letzten Wunsch vor.

Ein verächtliches Grinsen legte sich über die Lippen des Bauern. «Für so viel Dummheit hast du keinen ehrenvollen Tod verdient!»

Er machte eine nachdenkliche Miene. «Bevor du jedoch stirbst, wirst du mir erzählen, warum ihr zurückgekehrt seid. Es gibt hier nichts mehr zu holen für euch.»

Zurückgekehrt?, überlegte Hakon. Was meinte der Bauer damit?

«Wir waren noch nie hier», sagte er.

«Lügner!», schrie die Frau.

Sie wollte sich auf Hakon stürzen, aber der Bauer hielt sie erneut zurück.

«Du wirst deine Rache früh genug bekommen, Jofried», sagte er.

Widerwillig ging sie zu den anderen zurück.

Da rief einer von Hakons Männern, der Ragi hieß: «Tötet uns endlich, ihr Schweinehunde. Je schneller wir es hinter uns haben, desto besser.»

Der Bauer gab einem jungen Mann, der kaum älter als sechzehn zu sein schien, ein Zeichen. Der Svea ließ sich ein Beil geben. Dann ging er mit stolzgeschwellter Brust zu Ragi, packte ihn an den Haaren und schleifte ihn von den anderen fort.

«Schlag fest zu!», zischte Ragi. «Ich kann es kaum erwarten, nach Walhall zu kommen, und dann pisse ich auf euch alle. Mach endlich!»

Trotz seiner Worte stand ihm die Todesangst ins Gesicht geschrieben. Hakon hatte ihn nie leiden können. Ragi war ein Großmaul und prahlte mit Taten, die er niemals begangen hatte. Jetzt hatte Hakon jedoch Mitleid mit ihm. Es war ein Unterschied, ob ein Mann kämpfend mit dem Schwert in der Hand sein Leben ließ oder ob er unehrenhaft hingerichtet wurde.

Der Sveajunge wechselte einen Blick mit dem Bauern. Dann führte er das Beil hinter sich, holte aus und ließ es auf Ragis Kopf niederfahren.

Hakon schloss die Augen. Er hörte Ragis Schädel brechen und den Jubel der umstehenden Svea.

Als er die Augen wieder öffnete, lag Ragi mit gespaltenem Schädel in einer Blutlache.

Der Bauer stieß Hakon gegen die Stirn. «Hast du es auch so eilig wie dein Freund?»

Hakon wollte etwas erwidern und den Bauern erneut um ein Schwert bitten, als er einen Schatten am Himmel kreisen sah. Der Rabe kehrte zurück! Er drehte zwei Runden über dem Hof, bevor er sich wieder auf dem Dach des Langhauses niederließ.

Ich muss Zeit gewinnen, dachte Hakon.

«Du schuldest mir eine Antwort», sagte der Bauer. «Warum bist du zurückgekehrt?»

«Ich war noch nie hier», wiederholte Hakon.

Der Bauer legte die Stirn in Falten. «Willst du damit sagen, ihr gehört nicht zu der Flotte, die während des Sturms bei Hising vor Anker lag?»

«Wir kommen von Norden.»

«Hakon hat recht», sagte Baug, einer der anderen beiden noch lebenden Seeräuber. «Wir wollten nach Túnsberg, als der Sturm uns überraschte.»

Der Bauer drehte sich um und rief einen älteren Mann zu sich, mit dem er sich eine Weile leise unterhielt.

Hakon schaute zum Raben auf dem Dach des Hauses.

Nach einer Weile wandte sich der Bauer wieder an die Gefangenen. «Die Flotte bestand aus sechs Schiffen mit Dänen und Sachsen, mindestens dreihundert Männer. Der Sturm hielt sie hier fest. Wir hatten Angst vor ihnen, dennoch boten wir ihnen unsere Gastfreundschaft an. Und weißt du, wie sie uns die Gastfreundschaft gedankt haben, Mann, der Hakon genannt wird?»

Hakon gab keine Antwort. Eine schreckliche Vorahnung beschlich ihn.

«Sie haben es uns gedankt», fuhr der Bauer fort, «indem sie auf Hising die Höfe geplündert und viele Männer, Frauen und Kinder getötet haben.»

Der Bauer zeigte auf die junge Frau mit dem Messer. «Meine Tochter Jofried hat dabei den Mann verloren, den sie heiraten wollte. Als sie ihm beistehen wollte, hat man ihr die Zähne ausgeschlagen …»

«Wie sahen die Sachsen aus?», brachte Hakon hervor. «Ich meine, was trugen sie für Kleidung?»

«Rote Mäntel», erwiderte der Bauer, «blutrote Mäntel, zumindest einige von ihnen, und das waren die schlimmsten. Sie haben nicht nur getötet, sie haben unsere Leute verstümmelt, zerhackt …»

Hakons Herz setzte einige Schläge aus. Die Blutmäntel waren hier gewesen! Was hatten sie hier zu suchen? Der Graf hatte bestimmt keine Flotte bemannt, um im Svealand Bauernhöfe zu überfallen. Nein, ganz sicher nicht. Wahrscheinlich waren die Sachsen auf dem Weg nach Norden gewesen, als der Sturm sie überrascht hatte. Nach Norden. Nach Hladir?

«Lass uns endlich die Bastarde umbringen, Vater», rief die junge Frau.

Aber der Bauer winkte ab. Er massierte seine Schläfen, als ob er unter Kopfschmerzen leide.

«Heute nicht mehr», sagte er leise. «Ich … muss mich hinlegen … muss schlafen. Bindet die Räuber in der Scheune an die Pfähle. Für heute ist genug Blut vergossen worden …»

«Aber Vater!», rief Jofried. «Du wirst sie doch nicht laufen lassen?»

«Nein», sagte der Bauer, «das werde ich nicht tun. Auch wenn sie offenbar nicht zu den Mördern der Flotte gehören, wollten sie doch unseren Hof überfallen. Und dafür werden wir sie morgen früh hinrichten.»

Er drehte sich um. Die Menschen bildeten eine Gasse, durch die sich der Bauer schwerfällig zum Haus schleppte.

Hakon und die beiden Seeräuber wurden von Männern gepackt und an Ragis Leiche vorbei zu einer offenen Heuscheune geschleift. Dort wurden sie an Stützpfähle gefesselt, wie der Bauer es befohlen hatte.

Allmählich senkte sich die Dunkelheit über das Anwesen. Hakon sah, dass die Svea sich zerstreuten. Ein Teil verließ den Hof, die anderen gingen ins Wohnhaus.

«Ragi hat es gut», meinte Baug irgendwann. «Er hat es schon hinter sich.»

«Ja, das hat er», sagte Fridgeir, der dritte Überlebende. «Uns bleibt nur noch das Warten auf den Tod.»

Vielleicht auch nicht, dachte Hakon, als er den Raben krächzen hörte und ihn im Licht des aufgegangenen Mondes vom Langhaus auf das Dach der Scheune fliegen sah.

30.

«Verdammte Kälte», schimpfte Höskuld.

Er rieb seine Hände über der Feuerschale, in der noch Glutnester glommen. Wütend stampfte er mit den Stiefeln auf, um seine eingefrorenen Füße wieder zum Leben zu erwecken.

Er hasste die Nachtwachen auf dem hölzernen Wehrgang von Hladir, vor allem in der kalten Jahreszeit. Der Dienst schien sich im Herbst ewig hinzuziehen, und im nahenden Winter, wenn es tagsüber kaum noch hell wurde, würde es noch schlimmer werden.

«Mach nicht so einen Krach!», rief eine Stimme aus der Dunkelheit.

Kveldulf, der Anführer der Stadtwache, trat zu ihm an die Feuerschale.

«Mit deinem Getrampel weckst du noch die ganze Stadt auf», schnauzte er.

«Mir ist kalt!», erwiderte Höskuld, hielt aber die Füße still.

«Na und?» Kveldulf streckte seine Hände ebenfalls über die Glut, die kaum noch Wärme spendete. «Meine Füße sind auch eingefroren.»

«Dann lass uns ein paar Scheite auflegen», bat Höskuld.

Auf dem Wehrgang standen in regelmäßigen Abständen Feuerschalen, die zu Beginn der Nachtwache mit glühenden Kohlen und Holz gefüllt wurden. Doch die Wärmespender hielten nie lange genug vor.

«Du kennst die Anordnung», sagte Kveldulf. «Keine Feuer auf dem Wehrgang, wenn es dunkel ist!»

«Wer soll es denn sehen? Die Wale? Der Fjord fängt schon an zuzufrieren. Bis zum nächsten Frühjahr wird kein

Schiff mehr nach Hladir kommen. Außerdem haben sich Gunnhilds Söhne schon lange nicht mehr blicken lassen.»

Gunnhild war die Frau des vor einigen Jahren getöteten Königs Erich Blutaxt gewesen. So wie Erich lagen auch Gunnhild und ihre Söhne im ewigen Streit mit Sigurd. Es ging dabei um die Vorherrschaft im Lande Nordmoer und somit um die Kontrolle über den Pelzhandel mit den Samen und Terfinnen. Doch Sigurd leistete Gunnhild erbitterten Widerstand, auch wenn er allein gegen sie stand, nachdem ihre Söhne Sigurds Verbündeten, König Hakon den Guten, ermordet hatten.

«Befehl ist Befehl!», knurrte Kveldulf.

Seufzend wandte sich Höskuld ab und starrte wieder in die Dunkelheit. Vom Fjord her wehte ihm kalter Wind ins Gesicht. Im Hafen hörte er die Masten der Schiffe knarren, die noch nicht an Land gebracht worden waren. In der Stadt war es still. Die Bewohner schliefen friedlich und beschützt. Beschützt von Männern wie Höskuld, der sich auf dem Wehrgang den Hintern abfror.

Da glaubte er mit einem Mal, irgendwo draußen auf dem Fjord, jenseits der Schären, Geräusche zu hören. Er legte die Hände an die Ohren und lauschte. Da war es wieder. Es klang nach … Walen, die mit ihren Buckeln die Wasseroberfläche durchbrachen.

Natürlich sind es Wale!, dachte Höskuld. Jeden Herbst kamen Hunderte Schwertwale an die Küsten, wo die stolzen, schwarzweiß gemusterten Tiere Jagd auf Lachse, Kabeljau und Hering machten.

Wir bewachen die Stadt vor Walen, dachte Höskuld grimmig.

Er wandte sich wieder Kveldulf zu und fragte nach dessen Frau, nur um irgendetwas zu sagen.

«Liegt im Bett, was sonst», antwortete der Anführer.

Er stocherte mit seinem Messer auf der Suche nach einem glühenden Stück Kohle in der Feuerschale. «Und was macht dein Weib?»

«Schläft ebenfalls, nehme ich jedenfalls an. Wäre jetzt gern bei ihr, um mich an ihr zu wärmen.»

Kveldulf warf ihm einen scharfen Blick zu. «Was willst du damit sagen?»

«Was glaubst du denn?»

«Pass gut auf, was du tust. Solltest du versuchen, deinen Posten zu verlassen, um zu deinem Weib unter die Felle zu kriechen, hältst du die nächste Nachtwache ohne Mantel und Stiefel.»

Höskuld verdrehte die Augen und wandte sich ab. Es half nichts. Bis zum Morgengrauen würde er hier draußen ausharren müssen. Mit Kveldulf war einfach nicht zu reden. Höskulds einziger Trost war, dass es nicht mehr lange bis zur Dämmerung dauern konnte, wenn ihn sein Zeitgefühl nicht täuschte. Und tatsächlich erhob sich bald über den Bergen im Osten ein zarter Schimmer. Endlich! Gleich würde die Ablösung kommen.

Er dachte an seine Frau und sehnte sich nach ihrer schlafwarmen Haut und nach ihren weichen Brüsten. Daran würde er sich wärmen, bevor er den Schlaf nachholte.

Voller Vorfreude sperrte er den Mund auf, um herzhaft zu gähnen. Er begann wieder, mit den Füßen aufzustampfen, in die die Kälte mit unverminderter Grausamkeit kniff.

Plötzlich hielt er inne. Das aufkommende Tageslicht verdrängte zunehmend die Dunkelheit. Auf dem Fjord hatte sich Nebel gebildet, der in hellen Schwaden über der Wasseroberfläche waberte. Da hörte er wieder die Geräusche. Aber es waren keine jagenden Schwertwale. Es waren

Schiffe! Ganz deutlich schälten sich die Umrisse aus dem Dunst.

Der Anblick ließ Höskuld erstarren. Erst sah er zwei Schiffe auftauchen, dann weitere. Angetrieben von Rudern, hielten insgesamt sechs Langschiffe wie eine Geisterflotte auf die Stadt zu.

«Da, sieh doch!», stieß Höskuld aus, als er seine Sprache wiedergefunden hatte.

Kveldulf, der noch immer in der Feuerschale stocherte, schaute auf. Sein Blick folgte Höskulds ausgestrecktem Arm zum nebelverhangenen Fjord.

Dann ließ er das Messer in der erkalteten Asche stecken, formte mit den Händen einen Trichter um den Mund und rief, so laut er konnte, nach den anderen Kriegern.

Höskulds Gedanken an sein Weib waren wie fortgeblasen.

31.

Thankmar machte es sich im Jarlshaus gemütlich.

Er konnte zufrieden sein, bislang war alles nach Plan gelaufen. In einem Handstreich hatte er das Seeräubernest eingenommen. Dieser Sigurd, der jetzt mühsam um Haltung ringend auf seinem Hochstuhl saß, mochte vielleicht ein erfolgreicher Wikinger sein. Für den ausreichenden Schutz seiner Stadt konnte er aber nicht sorgen. So wie damals, als Thankmar die Stadt zum ersten Mal überfallen hatte, hatte es auch heute kaum Gegenwehr gegeben. Offenbar hatten die Normannen – so wie Thankmar gehofft hatte – zu dieser Jahreszeit nicht mit einem Angriff gerechnet. Die Wehrgänge waren zwar besetzt gewesen, aber bevor die Krieger Verstärkung bekamen, hatte Thankmar längst die Palisaden mit Feuerpfeilen in Brand setzen und das Tor aufbrechen lassen. Die Normannen hatten keine andere Wahl, als die Waffen zu strecken. Zur Abschreckung für alle anderen Bewohner ließ Thankmar mehreren Männern auf dem Marktplatz die Köpfe abschlagen. Anschließend begannen die Sachsen und Dänen, die Stadt zu plündern. Thankmar zog, begleitet von Ernust und den Blutmänteln, zum Jarlshaus.

Nun loderten in der Wohnhalle frisch entfachte Feuer, die die Kälte aus dem nachtkühlen Haus vertrieben. Diener und Sklaven liefen umher und bewirteten Thankmar und seine Blutmäntel an den Tischen. Angespannte Stille herrschte in der Halle. Sieger und Besiegte belauerten sich, niemand sprach ein Wort. Nur hin und wieder waren die klappernden Geräusche von Holzschüsseln und Löffeln zu hören.

Die Sachsen konnten es kaum erwarten, etwas Anständiges zu essen zu bekommen. Vor drei Wochen waren sie in Haithabu aufgebrochen. Während der Fahrt hatten sie sich hauptsächlich von Trockenfisch, hartem Brot und Zwiebeln ernährt. Nur zu Beginn ihrer Reise, als sie wegen eines Sturms mehrere Tage bei einer Insel ausharren mussten, hatte Thankmar den Männern erlaubt, ein paar Höfe zu überfallen, damit ihnen die Warterei nicht zu lang wurde. Thankmar hatte gelernt, wie man Männer zu führen hatte. Daher wusste er, dass es kaum etwas Gefährlicheres gab als unzufriedene Soldaten. Das Geld, das er den Sachsen und Dänen zahlte, war das eine, Zerstreuung das andere. So hatten sie ihren Spaß gehabt und sich zugleich noch einmal richtig die Bäuche vollschlagen können. Inzwischen waren zwei weitere Wochen vergangen. Nach der ungemütlichen

Reise, die sie zwischen den Inseln der Nordküste hindurchgeführt hatte, mit kalten, wechselnden Winden und tückischen Strömungen, waren der Hunger nach Essen, der Durst auf Wein und die Lust auf Weiber groß.

Endlich trugen die Bediensteten große Töpfe in die Halle und verteilten sie. Die Blutmäntel hämmerten mit den Löffeln auf die Tischplatten.

Thankmar ließ Sigurd nicht aus den Augen. Er hatte es dem Jarl gestattet, sich umzuziehen. Der Alte trug anstatt der Schlaftunika nun einen prächtigen Fellmantel.

«Ich freue mich, Euch endlich kennenzulernen, Jarl Sigurd», sagte Thankmar.

«Diese Freude ist ganz allein auf Eurer Seite», entgegnete Sigurd und fuhr sich durch den struppigen Graubart.

Vier ältere Männer, die beim Jarl saßen, nickten bitter. Sigurd hatte darum gebeten, die Alten an der Verhandlung, wie er es bezeichnet hatte, teilnehmen zu lassen. Thankmar hatte ihm den Wunsch gewährt.

Verhandlung? Thankmar musste innerlich über Sigurds Worte lachen. Glaubte der Alte tatsächlich, er könne hier irgendetwas für sich herausschlagen? Aber wenn Thankmar es recht bedachte, war die Annahme wirklich nicht ganz an den Haaren herbeigezogen. Vielleicht würde Sigurd tatsächlich etwas aushandeln können. Das Leben Hunderter Menschen hing davon ab, ob der Jarl kooperieren würde.

Thankmar wollte gerade den dünnen Gesprächsfaden wieder aufnehmen, als neben ihm Ernust einen Fluch ausstieß. Man hatte seine und die Schüsseln der anderen Blutmäntel mit einer weißen, klebrigen Masse gefüllt. Ernust roch daran und schob die Schüssel angewidert fort.

«Das Zeug stinkt wie meine Füße, wenn ich eine Woche lang meine Stiefel nicht ausgezogen habe», knurrte er.

«Was ist das?», fragte Thankmar Sigurd über den Tisch hinweg.

«Wir nennen es Skyr», antwortete der Jarl. «Es wird aus Ziegenmilch hergestellt.»

Thankmar konnte es kaum glauben. Saurer Milchbrei? Machte sich Sigurd über ihn lustig?

«Ihr habt nicht häufig Gäste, nehme ich an», sagte Thankmar.

«Zumindest keine Sachsen», gab Sigurd zurück.

Thankmar ballte die Hände zu Fäusten. Der Normanne hatte wirklich Mut, derart freche Antworten zu geben. Man hatte seine Stadt eingenommen, ein halbes Dutzend seiner Krieger erschlagen, und er behandelte die Sieger wie Bittsteller. Es war an der Zeit, härtere Töne anzuschlagen.

Thankmar nahm die Schüssel, die vor ihm stand, und warf sie in hohem Bogen in das Feuer vor Sigurds Hochsitz. Ein Teil des Breis ergoss sich auf den Boden, der Rest verbrannte mit der Holzschale zischend in den Flammen.

Sigurd verzog keine Miene. «Ich habe Euch nicht eingeladen.»

Thankmar spürte heiße Wut in sich aufwallen. Aber er riss sich zusammen. Er durfte die Beherrschung noch nicht verlieren.

«Bringt Wein und Fleisch – für mich und meine Männer!», rief er.

«Wir haben selbst kaum etwas», entgegnete Sigurd trocken. «Es war kein gutes Jahr.»

Thankmar glaubte dem Jarl nicht und schickte Ernust und einige Soldaten zu dem Raum, aus dem die Bediensteten die Töpfe geholt hatten. Kurz darauf kehrten die Sachsen mit zwei Weinfässern und Holzplatten zurück, die sie mit Würsten, Pökelfleisch und Räucherfisch vollgepackt hatten.

«Das ist alles, was wir besitzen», knurrte Sigurd. Er beobachtete mit finsterem Blick die Sachsen, die das Essen unter sich verteilten.

«Spricht er die Wahrheit?», wollte Thankmar von Ernust wissen.

«Die Vorratskammer war wirklich fast leer.» Ernust machte eine bedauernde Geste. «Aber nun ist gar nichts mehr drin.»

Lachend machten sich die Blutmäntel über Essen und Wein her. Auch Thankmar griff bei Fleisch und Fisch zu und ließ sich Wein einschenken.

Er hob den Becher in Sigurds Richtung und rief: «Bringt dem Jarl Wasser!»

Wieder lachten seine Männer.

Sigurd ignorierte die Provokation. Stattdessen beriet er sich flüsternd mit den Alten.

Thankmar ließ sie gewähren. Sollten sie ruhig reden, solange sie noch konnten. Vermutlich informierten die Alten ihren Jarl über die Vorgänge in der Stadt.

Während er zuschaute, wie die Normannen die Köpfe zusammensteckten, genoss Thankmar das Essen und den Wein. Sigurd hatte ihn vermutlich von einem fränkischen Schiff erbeutet. So guten Wein konnten nur Franken herstellen. Er war köstlich, so wie Fleisch und Fisch. Als Thankmar satt war, ließ er sich von einer Sklavin einen Lappen und Wasser bringen und säuberte seine vor Fett triefenden Finger. Dann wandte er sich an Sigurd, der noch immer mit den Alten diskutierte.

«Ich frage mich», sagte Thankmar, «wie es wohl Eurer Frau gehen mag. Da Ihr bei meinem letzten Besuch leider nicht zugegen wart, musste ich mit ihrer Gesellschaft vorliebnehmen. Und mit der Gesellschaft der Frau Eures Sohns. Ihr Name war Thora, wenn mich meine Erinnerung nicht trügt.»

Bei der Erwähnung des Namens zuckte Sigurd zusammen. Zum ersten Mal schien er verunsichert zu sein.

«Ich habe Eurer Frau ein Geschenk mitgebracht», fuhr Thankmar fort. «Holt sie her, damit ich es ihr geben kann.»

«Sie ist nicht hier.»

Doch Thankmar war überzeugt, dass der Normanne das Weib in einem der hinteren Räume versteckte.

«Wollt Ihr, dass meine Soldaten Euer Haus durchsuchen?», fragte Thankmar.

Da winkte Sigurd einen Sklaven zu sich und sprach mit gedämpfter Stimme auf ihn ein. Der Sklave lief zu einer der Türen und kehrte kurz darauf in Begleitung einer weißhaarigen Frau zurück.

Thankmar rief die Alte zu sich. Seit er Bergljot das letzte Mal gesehen hatte, schien sie deutlich gealtert zu sein. Ihr Gesicht war eingefallen und faltig wie ein alter Apfel, ihre Haut blass und ledrig. Sie stand mit gebeugtem Oberkörper vor ihm, als ruhe auf ihren Schultern eine schwere Last. Aber ihre Augen, aus denen sie Thankmar hasserfüllt anfunkelte, waren hellwach.

Er forderte sie auf, ihm ihre linke Hand zu zeigen. Zögernd streckte sie sie ihm entgegen. Thankmar hatte damals den Ringfinger am unteren Glied abgetrennt. Die Wunde schien gut verheilt zu sein. Über dem Stumpf hatte sich Narbengewebe gebildet.

«Ich habe etwas für dich», flüsterte Thankmar. «Möchtest du wissen, was es ist?»

Als er sich etwas zur Seite beugte, konnte er sehen, wie

Sigurd unruhig auf seinem Hochstuhl hin und her rutschte. Es verunsicherte ihn offensichtlich, nicht mitzubekommen, was mit seiner Frau geschah.

«Nun?», fragte Thankmar die Frau. «Bist du gar nicht neugierig?»

Bergljot schwieg beharrlich.

Diese Normannen sind störrischer als Esel, dachte Thankmar. Er holte unter seinem Mantel einen kleinen Lederbeutel hervor, dessen Inhalt er in seine geöffnete Hand legte. Es war Wichmanns Ring.

«Ein Geschenk», sagte Thankmar. «Gib mir deine andere Hand. Ich möchte ihn dir aufsetzen.»

Bergljot riss vor Angst die Augen auf. Offenbar ahnte sie, was Thankmar vorhatte.

«Deine rechte Hand, Frau!», zischte Thankmar.

Endlich reichte sie sie über den Tisch. Thankmar erhob sich von der Bank, packte Bergljots Handgelenk und schob ihr den Ring auf den Finger. Sein Griff war fest. Die Frau stöhnte vor Schmerzen.

«Ich habe Eurem Weib ein Geschenk gemacht!», rief Thankmar. «Jetzt werdet Ihr mir eines machen!»

«Was muss ich Euch geben, damit Ihr endlich wieder verschwindet?», gab der Jarl zurück.

«Euren Sohn!»

Thankmar spürte, wie Bergljot, deren Handgelenk er immer noch festhielt, zusammenzuckte.

«Meinen Sohn?», sagte Sigurd verdutzt. «Hakon?»

«Ich habe gehört, dass er so heißen soll.»

«Warum?»

«Er hat etwas, das mir gehört.»

Sigurd sackte in seinem Hochstuhl zusammen. Thankmar beobachtete ihn genau, um aus seinen Reaktionen herauszulesen, ob der Jarl etwas von der Urkunde wusste. Aber Sigurds Blick blieb undurchdringlich.

«Wo ist Hakon?», wiederholte Thankmar seine Frage.

«Ich … weiß es nicht.»

«Das war eindeutig die falsche Antwort.»

Thankmar überlegte, ob es sinnvoll war, mit dem starrköpfigen Alten zu verhandeln. Mit Worten würde er hier nicht weiterkommen.

Er schaute Bergljot an, diese kleine und zarte Alte, die auf der anderen Seite des Tisches fest in seinem Griff steckte. Als Thankmar seine Lippen zu einem breiten Grinsen dehnte, schien sich ihre Vorahnung in Gewissheit zu verwandeln. Nackte Angst spiegelte sich auf ihrem Gesicht.

«Bitte nicht», flehte sie.

«Was habt Ihr vor?», rief Sigurd von hinten.

Er reckte den Hals und machte Anstalten, sich aus seinem Hochsitz zu erheben.

Thankmar hatte nur noch Augen für Bergljot. Mit einem Ruck zerrte er sie auf die Tischplatte und zog sie so dicht zu sich heran, dass er ihre Hand vor seinen Mund führen konnte. Er öffnete, noch immer grinsend, die Zähne, legte sie um den Finger, auf dem Wichmanns Ring steckte, und biss kräftig zu. Unter dem Druck brach der Knochen wie ein trockener Zweig. Die Zähne durchtrennten Fleisch und Sehnen. Thankmar riss den Finger von der Hand ab und spuckte ihn mitsamt dem Ring auf den Tisch. Dann stieß er die vor Schmerzen brüllende Bergljot von sich fort. Sie rutschte vom Tisch und fiel auf den Boden.

Mit dem Handrücken wischte sich Thankmar das Blut von den Lippen.

Sigurd lief zu seiner Frau und ging neben ihr auf die

Knie. Schallendes Gelächter erhob sich unter den Blutmänteln. Sigurd versuchte, seiner schluchzenden Frau auf die Füße zu helfen. Aber sie krümmte sich vor Schmerzen zusammen.

«Warum habt Ihr das getan?», rief Sigurd aufgebracht.

Thankmar ließ Ernust vorsichtshalber das Schwert ziehen. Der Jarl war zwar unbewaffnet, aber vielleicht versteckte er ein Messer im Stiefel oder unter dem Mantel.

Thankmar stellte seine Frage zum dritten Mal: «Wo ist Euer Sohn? Wenn er mir mein Eigentum zurückgibt, soll der Finger das Einzige bleiben, was Ihr und Eure Familie verliert, Jarl.»

Sigurd schüttelte heftig den Kopf. «Er ist nicht hier. Ich habe ihn fortgeschickt, weil ... damit er Lebenserfahrung sammelt. Er darf Nordmoer fünf Jahre lang nicht betreten ...»

Die Worte trafen Thankmar wie ein Schlag in den Magen. «Wie lange ist das her?», schrie er.

Der Jarl dachte kurz nach. «Im kommenden Jahr wird er zurückkehren.»

Thankmar sank auf die Bank zurück. Alles in seinem Kopf drehte sich. Er senkte den Blick auf den Span auf seiner Brust und dachte an den schrecklichen Tag, als er die Schatulle ausgegraben und das Holzstück anstelle der Urkunde gefunden hatte. Der Krieger hatte ihm ein Zeichen gegeben, obwohl er wohl kaum damit gerechnet hatte, dass Thankmar dafür Hladir angreifen würde.

Er konnte unmöglich ein ganzes Jahr auf den Bastard warten. Er brauchte die Urkunde, damit er im Frühjahr seinen Anspruch auf den Thron vor Evurhard und den anderen Aufständischen beweisen konnte. Davon hing alles ab, und dafür hatte Thankmar ein Vermögen ausgegeben, um Schiffe und Mannschaft zu kaufen und in den Norden zu fahren.

Während er seinen Kopf in die Hände stützte und versuchte, einen klaren Gedanken zu fassen, hörte er tief in seinem Innersten die Stimme der Seherin. Aber sie sang nicht, sie lachte. Sie lachte ihn aus.

Aber er ließ sich nicht auslachen!

Die Urkunde war hier. Irgendwo hier in diesem verdammten, eiskalten Land. Warum Thankmar sich dessen so sicher war, konnte er nicht sagen, aber er spürte es.

Er sprang von der Bank auf, hämmerte mit den Fäusten auf den Tisch und brüllte: «Euer Sohn hat mir eine Urkunde gestohlen, Jarl Sigurd! Wenn Ihr mir das Schriftstück nicht aushändigt, werde ich Eurer Frau erst die Finger, dann die Arme und dann den Kopf abschneiden – und dann lasse ich diese ganze Stadt niederbrennen. Wo ist die Urkunde?»

Sigurd und Bergljot, die sich einige Schritte vom Tisch entfernt hatten, blieben stehen und drehten sich um. Beide starrten den Grafen an.

«Das Pergament!», stieß Sigurd aus. «Ihr seid gekommen, nur um das Pergament zu holen?»

Thankmar erstarrte. Der Jarl wusste von der Urkunde!

«Ja, ein Pergament mit Schrift und Siegel», rief er. «Holt es her!»

Sigurd senkte den Blick. Von dem Stolz, den er vorhin noch zur Schau gestellt hatte, war nichts mehr geblieben.

«Hakon hat das Pergament irgendwo versteckt …»

Thankmar ließ abermals seine Fäuste auf die Tischplatte krachen. «Dann durchsucht diese ganze verdammte Stadt, Jarl. Oder wollt Ihr, dass ich das übernehme?»

Sigurd schüttelte den Kopf. «Es könnte überall sein. Wir werden es nicht finden.»

Thankmar zog sein Schwert. Oh doch – er würde die Urkunde finden, und wenn es sein musste, auch ohne die Hilfe des alten Narren, dessen Tage gezählt waren.

«Kommt her», schrie er, «damit ich Euch den Kopf abschlagen und mit der Durchsuchung in Eurem Hals beginnen kann.»

Plötzlich trat Bergljot vor. Mit der linken Hand hielt sie ihre rechte fest. Blut quoll zwischen ihren Fingern hervor und tropfte auf den Boden.

«Ich glaube, ich weiß, wo Hakon Eure Urkunde versteckt hat.»

«Wo?», rief Thankmar. «Wo? Wo? Rede, Weib!»

«Ich führe Euch hin, wenn Ihr schwört, die Stadt und ihre Bewohner zu verschonen.»

Thankmar hätte dem Weib in diesem Augenblick alles versprochen. Alles!

32.

Sie erreichten den Tempel über verschlungene Wege.

Das Götzenhaus war ein mit Rinde gedecktes Gebäude mit Holzwänden. Es stand auf einem Plateau hoch oben in den verschneiten Bergen über Hladir. Auf der einen Seite der ebenen Fläche ragte eine schroffe Felswand auf, zur anderen Seite ging es steil in die Tiefe hinab. Die unberührte Schneedecke auf dem Plateau wies darauf hin, dass seit längerer Zeit niemand mehr beim Tempel gewesen war.

Thankmar beschlich ein unangenehmes Gefühl, als er sich mit Ernust und einem Dutzend Blutmänteln dem vom Wind umheulten Gebäude näherte. Ernust zog Bergljot an einem Strick, den man ihr in einer Schlinge um den Hals gelegt hatte, hinter sich her. Ihre rechte Hand war mit Stofffetzen verbunden worden, um die Blutung zu stillen. Während des Aufstiegs hatte sie meist geschwiegen und nur den Mund aufgemacht, um den Sachsen den Weg zu weisen.

Als Thankmar in einiger Entfernung vom Tempel anhielt, schleuderte ihm eine eisige Böe Schneeflocken ins Gesicht. Es war bitterkalt. Nun begann es auch noch zu schneien.

Aber das war es nicht, was Thankmar beunruhigte. Beim Anblick des heiligen Ortes glaubte er die Macht der heidnischen Götter beinahe körperlich zu spüren.

Den anderen schien es ebenso zu gehen. Die Soldaten waren eng zusammengerückt. Sie hatten die Hände an die Waffen gelegt, als könnten sie damit irgendetwas gegen die unsichtbaren Kräfte der bösen Geister ausrichten.

Thankmar riss sich aus der Starre. Er wandte sich an Ernust und sah in dessen bleich gewordenes Gesicht. Der Hauptmann fürchtete sich zwar vor kaum etwas auf dieser Welt, aber nun stand ihm die Angst ins Gesicht geschrieben. Es half nichts, Ernust war der beste seiner Soldaten. Daher schickte Thankmar ihn zusammen mit Bergljot zum Tempel, über dessen Tür ein grinsender, mit einer Schneehaube gekrönter Pferdeschädel hing. Bergljot sollte die Urkunde holen, und dann würden sie schnell wieder verschwinden. Lieber nahm Thankmar den gefährlichen Abstieg bei Dunkelheit in Kauf, als einen Augenblick zu lang an diesem Ort zu verweilen. Die dunklen Mächte, mit denen die Seherin ihn verflucht hatte, schienen hier leibhaftig zu werden.

Ernust stapfte mit Bergljot im Schlepptau zum Tempel. Vor der Tür versank der Hauptmann knietief in einer Schneewehe. Es dauerte eine Weile, bis er den Schnee mit bloßen Händen beiseitegeschaufelt und die Tür freigelegt hatte, sodass er sie öffnen konnte. Dann verschwand er mit der Frau im Gebäude. Gleichzeitig schien der Wind an Stärke zuzunehmen. Eine Böe ließ Thankmars purpurfarbenen Mantel wallen und fuhr mit eisiger Hand unter seine Kleidung.

Es dauerte eine Ewigkeit und war fast dunkel geworden, bis Ernust seinen Kopf aus der Tempeltür steckte und die anderen zu sich winkte.

Thankmar fluchte. Er wollte die Geisterstätte nicht betreten. Aber er hatte keine andere Wahl. Irgendetwas stimmte nicht. Ob die Urkunde doch nicht im Tempel war?

Zusammen mit den Soldaten ging er zu der schmalen Tür. Nacheinander betraten sie das stockfinstere Gebäude.

«Wir brauchen Licht», hörte er Ernust sagen. «Die Alte hat versucht, die Urkunde zu finden. Aber es ist zu dunkel.»

Man holte zwei Fackeln hervor. Es dauerte einen Moment, bis einer der Soldaten auf dem Boden ein kleines Feuer entfacht hatte, an dem die Fackeln entzündet wurden. Kurz darauf erleuchteten sie einen Raum, der viel größer erschien, als er von außen wirkte. Das Dach des Tempels ruhte auf mehreren Pfählen, die mit Schlangen- und Rankenmustern verziert waren.

Als Thankmar sich zur hinteren Wand drehte, fuhr er zusammen, als habe man ihm Eiswasser in den Nacken geschüttet.

Dort standen drei mannshohe, aus Holz geschnitzte Figuren mit fratzenhaften Gesichtern. Die beiden äußeren stellten weibliche Götzen dar, die in der Mitte eine männliche, was an den überdimensionierten Geschlechtsteilen zu erkennen war. Der Gott war mit einem armlangen Phallus ausgestattet, die anderen mit hervorspringenden Brüsten.

Thankmar berührte seinen Talisman und atmete tief ein.

Nachdem sich seine Panik gelegt hatte, ließ er sich eine

Fackel geben und näherte sich den Götterbildnissen. Ernust und Bergljot folgten ihm.

«Was sind das für Wesen?», fragte Thankmar.

Instinktiv dämpfte er seine Stimme, als würden die Geister zum Leben erwachen, wenn sie ihn hörten.

«In der Mitte steht Thor», antwortete Bergljot.

Sie deutete mit der linken Hand auf die Figur rechts außen. «Und das ist Thorgerd Hölgabrud, die Schutzgöttin von Hladir. Die andere Göttin ist ihre Schwester Irpa.»

Von Thor hatte Thankmar natürlich gehört. Der Götze war in den Ländern des Nordens allgegenwärtig. Die anderen Namen waren ihm unbekannt.

«Sind das Thors Weiber?», fragte er.

Bergljot schüttelte den Kopf. Thorgerd sei einst die Ehefrau eines alten Königs namens Hölgi gewesen, nach dem das Halogaland im Norden benannt worden war, erklärte sie. Thorgerds Schwester Irpa sei Hölgis Geliebte gewesen. Als der König starb, hätten sich beide Frauen selbst getötet. Dann seien sie mit ihm in einem Grabhügel, dessen untere Schicht aus Gold und Silber bestand, bestattet worden.

Thankmar empfand die Göttinnen mit ihren aufgerissenen Holzaugen und den wulstigen Lippen als besonders furchteinflößend. Für einen Augenblick kam es ihm vor, als würde er die Stimme der Seherin nicht mehr nur in seinem Innern hören, sondern direkt aus den Mündern von Thorgerd und Irpa.

Schnell wandte er den Blick ab. Es war nicht gut, an diesem Ort zu sein. Nein, ganz und gar nicht gut.

«Hol die Urkunde!», fuhr er Bergljot an.

Zu seiner Verwunderung zuckte sie mit den Schultern und sagte: «Ich weiß nur, dass Hakon damals mit Eurem Pergament zum Tempel gegangen ist, mehr nicht.»

Thankmar spürte Wut in sich aufsteigen. Er legte die rechte Hand an den Schwertgriff, ließ die Klinge jedoch stecken.

«Verdammtes Weib!», zischte er. «Wo könnte dein Sohn hier drin die Urkunde versteckt haben?»

Bergljot senkte den Blick auf ihre verletzte Hand. Dann flüsterte sie den Namen der Göttin Thorgerd. Es dauerte einen Augenblick, bis Thankmar begriff, was sie damit meinte. Als er es verstanden hatte, verlor er jede Vorsicht. Er befahl den Soldaten, die Götzenfigur umzuwerfen.

Bergljot wandte sich mit Tränen in den Augen ab.

Ernust zwängte sich in den Freiraum hinter Thorgerd und stemmte sich gegen die Holzfigur. Es dauerte eine Weile, bis sie sich bewegte. Sie wankte immer stärker hin und her und krachte schließlich auf den Boden.

Thankmar vernahm einen gellenden Schrei. Zunächst glaubte er, es sei Bergljot gewesen. Doch dann wurde ihm bewusst, dass er selbst vor Entsetzen und Schmerzen geschrien hatte. Die Stimme der Seherin regte sich in seinem Innern.

In Todesangst und rasend vor Wut, riss er einem Soldaten das Beil aus dem Gürtel, stürzte sich auf die Göttin und hieb mit aller Kraft auf ihren Körper ein. Holzspäne stoben auf. Der Tempel wurde von den Geräuschen hämmernder Schläge erfüllt. Wie ein Besessener ließ Thankmar wieder und wieder das Beil auf das Wesen niederfahren, als schlage er auf die Seherin ein. Um sie zu töten. Um den Fluch zu überwinden. Er hasste sie. Musste sie zerstören!

Er hörte nicht, wie Bergljot schluchzend um Vergebung für ihren Verrat flehte.

Er hörte nicht, wie der Wind immer heftiger um den Tempel heulte.

Er hörte nicht, wie Ernust ihm etwas zurief.

Mit einem letzten Schlag durchtrennte Thankmar Thorgerds Hals. Ihr Kopf löste sich vom Rumpf, rollte über den Boden und blieb mit dem fratzenhaften Gesicht nach oben liegen. Thankmar war überzeugt, dass ihn die aufgerissenen Augen mit demselben Ausdruck anstarrten wie damals die Seherin auf der Brücke.

Sein Herz raste, als er das Beil sinken ließ.

Erst jetzt vernahm er Ernusts Stimme. «Herr! Das müsst Ihr Euch anschauen!»

Thankmar ging zu ihm und sah, was der Hauptmann gemeint hatte. Im Sockel der Götzenfigur klaffte ein Loch. Thankmar kniete davor nieder, schob seine Hand hinein und tastete das Innere ab. Als sein Arm bis zum Ellenbogen darin verschwunden war, stieß er auf etwas, das sich wie mit Wachs getränkter Stoff anfühlte. Er zog es heraus. Im Schein einer Fackel wickelte er das Tuch auseinander. Als er sah, was darin war, wusste er, dass ihn nichts und niemand mehr würde aufhalten können.

33.

Der Wellenspalter glitt in das Hafenbecken von Hladir.

In den ausgeschlagenen Riemenpforten ächzten die Ruder, und unter jeder Bewegung des Schiffes knarzte der Mast wie ein morscher Baum im Wind. Das Segel hatte man bereits eingeholt. Es war zerschlissen und an den Rändern ausgefranst. Eine weitere Fahrt würde der Wellenspalter nicht überstehen. Niemand an Bord zweifelte, dass dies seine letzte Reise gewesen war.

Und seine letzte Reise wurde eine Fahrt in den Tod.

Wie versteinert stand Hakon mit dem Raben auf der Schulter auf seinem angestammten Platz am Vordersteven. Fassungslos starrte er auf das, was einmal seine Stadt gewesen war. Hladir, das große Handelszentrum im Norden, in dessen Hafen Schiffe aus aller Welt anlegten. Es war eine Stadt der Händler, der Handwerker, der Fischer und Walfänger. Eine Stadt der stolzen Krieger. Das alles war nicht mehr. Das alles war zerstört. War nur noch Schutt und Asche.

Hakon war zu spät gekommen.

Dabei hatte die Mannschaft noch einmal alles aus dem Wellenspalter herausgeholt. Nachdem der Rabe Pálnir und seine Leute zu dem Gehöft geführt hatte, hatten sie Hakon und die anderen beiden Seeräuber befreit. Hakon hatte den schrecklichen Verdacht, dass der Graf auf dem Weg nach Norden war – nach Hladir! Es gelang ihm, Pálnir, der ihm noch etwas schuldete, zu der Fahrt nach Norden zu bewegen, anstatt nach Südosten. Pálnir hatte nicht gezögert. In Jumne würde sowieso nur sein verärgerter Vater auf ihn warten. Auf dem äußeren Seeweg, der über das offene Meer jenseits der dem Festland vorgelagerten Inseln und Schären führte, segelten sie zu den Ländern des Nordens. Das Schiff trotzte Stürmen und gewaltigen Wellen. Die Wikinger gingen bis zum Äußersten. Sie kämpften, segelten, ruderten, bis ihre Hände voller Blasen waren. Sie schöpften Wasser aus dem leckgeschlagenen Rumpf. Sie schliefen kaum, und viele von ihnen litten unter der Seekrankheit.

Dennoch sollte alles umsonst gewesen sein.

An Bord herrschte sprachloses Entsetzen, als der Wellenspalter in den Hafen einfuhr. Vorbei an dümpelnden Kisten, Fässern und Planken, zerschlagenen Riemen und Mastspitzen, die wie gesplitterte Rippenknochen aus dem

Wasser ragten. Die Landebrücken waren zerstört, die Hütten, in denen Fischer und Bootsbauer ihre Arbeitsgeräte aufbewahrten, eingerissen worden. Am Ufer lagen zerfetzte Netze und zerbrochene Werkzeuge herum.

Pálnir trat an Hakons Seite. Für den Schmerz seines Freundes fand er keine tröstenden Worte.

Hakons Blick fiel auf die Stadtmauer, die aussah, als wäre ein Riese durchmarschiert, mit gewaltigen, alles zermalmenden Füßen. Der Wachturm, der einst über dem Tor thronte, war zusammengestürzt, ebenso weite Teile der Palisaden auf dem Erdwall. Das Ausmaß der Zerstörung der Häuser in Hladir konnte Hakon bislang nur erahnen. Zu sehen war davon vom Hafen aus wenig. Nur hier und da ragten schwarz verkohlte Überreste von Dächern über den Wall.

Der Rabe krallte sich an Hakons Schulter fest, als der Wellenspalter gegen die Pfähle einer eingebrochenen Landebrücke stieß. Er schrammte daran entlang, bis er im seichten Uferbereich auf Grund lief und mit einem Ruck zum Stehen kam. Beim Anlanden barsten mehrere Planken. Noch mehr Wasser sickerte ein. Doch niemand kümmerte sich darum. Der Wellenspalter, der nur noch ein Wrack war, würde diesen Ort der Zerstörung niemals wieder verlassen.

Die Männer erhoben sich von den Ruderbänken, traten an die Landebrücke und warteten schweigend, bis Hakon seinen Platz am Vordersteven verließ, auf die Bordwand stieg und von dort aus an Land ging. Sie schauten ihm nach, wie er mit schweren Schritten durch den unberührten Schnee in Richtung Stadt stapfte.

An der Ruine angekommen, die einmal das Tor gewesen war, erhob sich der Rabe von Hakons Schulter. Der Vogel stieg in den grauen Himmel auf, der sich bald wieder verdunkeln würde. Er flog höher und immer höher, als wolle er zu den Göttern fliegen, um ihnen von den Schrecken auf dieser Welt zu berichten. Erst als er nur noch als ein kleiner schwarzer Punkt auszumachen war, stürzte er wieder hinab, um irgendwo in der Stadt zu verschwinden.

Da gab Pálnir den anderen ein Zeichen, und sie folgten Hakons Spuren im Schnee.

Als Hakon vor den Resten eines kleinen Hauses stehen blieb, begann es wieder zu schneien. Flocken tauten auf seinem Gesicht.

Die Wände des Hauses, das nur wenige Schritt von der Mauer entfernt war, waren niedergebrannt. Verkohltes Holz und mit grauer Asche vermischter Schnee bedeckten den Boden. Zwischen schwarz verfärbten Stützpfählen und Dachbalken waren noch Teile des Bettes zu erkennen, in dem Thorleif, der alte Freund von Hakons Vater, geschlafen hatte.

Das Haus, das kaum mehr als eine Hütte gewesen war, gehörte zu den frühesten Erinnerungen in Hakons Leben, denn Thorleif war auch sein Freund gewesen. In seiner Kindheit hatte er viele Tage bei dem Mann, der als Walfänger gearbeitet hatte, verbracht. Hier hatte Thorleif dem jungen Hakon die Herstellung von Walspeeren mit Widerhaken und das richtige Verknoten von Seilen beigebracht. Hatte ihm von abenteuerlichen Seefahrten auf der Jagd nach riesigen Walen berichtet. Hatte ihm die Geschichten von der Entstehung der Welt durch die Götter erzählt.

In Hakons Erinnerung saß Thorleif immer auf einem alten Schemel. Hakon hockte auf dem Bett und hörte dem Alten gebannt zu, während sich in seiner Vorstellung eine

Welt voller Ungeheuer, Götter und heldenhafter Kämpfer auftat.

Nun war das Haus zerstört wie alle anderen in Hladir. Kein Gebäude war von den Flammen verschont geblieben, die in einem Inferno in der Stadt gewütet haben mussten. Hladir war eine Ansammlung von Brandruinen, über die sich der Schnee legte wie ein Leichentuch.

Hakon hörte die sich nähernden Stimmen von Pálnir und den anderen. Ohne sich umzudrehen, riss er seinen Blick und seine Gedanken von Thorleifs zerstörtem Haus und begab sich auf den schweren Gang durch die Stadt.

Damals, vor vier Jahren, als er das letzte Mal heimgekehrt war, hatte es auch zu schneien begonnen. Hakon erinnerte sich an die ausgelassen tobenden Kinder, die ihn mit Schneebällen beworfen hatten. Hladir war eine lebendige Stadt gewesen. Jetzt war sie tot. Das, was hier gewütet hatte, hatte offenbar nicht einmal Leichen zurückgelassen. Hakon sah nirgendwo Menschen, nur hin und wieder Tiere: gefrorene Kadaver erschlagener Hunde und Körperteile geschlachteter Rinder, Ziegen, Schweine und Pferde.

Je tiefer Hakon in die Stadt eindrang, desto mehr lähmte ihn die Angst vor dem, was ihn auf dem Jarlshof erwarten würde. Was war mit seinen Eltern und Eirik geschehen?

Hakon zwang sich weiterzugehen, setzte Fuß vor Fuß, kam Schritt um Schritt dem Hof näher.

Unter seinen Stiefeln knirschte der Schnee. Und noch immer waren keine Spuren von menschlichem Leben in dieser Stadt zu sehen. Dieser Geisterstadt.

Der Jarlshof bot den gleichen Anblick wie der Rest Hladirs.

Die Torpfosten waren niedergerissen worden. Das Elchgeweih lag zerbrochen vor der Steinmauer. Dahinter waren die Trümmer der Schuppen, Nebengebäude und des Jarlshauses zu erkennen. Vom Langhaus standen nur noch die Gründungspfähle. Die verkohlten Wände und das Dach waren zu einem wilden Durcheinander aus schwarzen Balken und Brettern zusammengestürzt.

Hakon gab sich einen Ruck und betrat den Hof. Der Rabe empfing ihn mit einem Krächzen. Er saß inmitten der Trümmer des Wohnhauses auf der Spitze eines Pfahls. Und hier sah Hakon zum ersten Mal seit der Ankunft lebendige Tiere. Es waren Möwen, große und kräftige Tiere, deren weißes Gefieder sich von den Brandresten abhob. Dutzende von ihnen tummelten sich keifend und zankend in der Ruine und hackten mit ihren Schnäbeln auf irgendetwas ein.

Einige Möwen erhoben sich kreischend, als Hakon näher kam. Aber nur, um sich gleich darauf wieder herabzustürzen. Als Hakon sah, woran sich die Vögel labten, fühlte er sich, als habe man ihm bei lebendigem Leib das Herz herausgerissen. Die Möwen fraßen von den Leichen, die unter den Trümmern begraben worden waren.

Tot! Sie waren alle tot! Sein Sohn, seine Mutter, sein Vater.

Aber warum hatte der Graf das getan? Weil …

Bei den Göttern!

Hakon dachte den Gedanken zu Ende. Die Erkenntnis zog ihm den Boden unter den Füßen weg und ließ ihn in das tiefste Loch dieser Welt stürzen. Weil er selbst den Grafen hergelockt hatte!

Er hatte die Urkunde aus der Schatulle genommen und dafür den Holzspan hineingelegt. Ein Zeichen hatte er dem Grafen damit geben wollen. Es sollte eine Drohung sein, dass Hakon nicht ruhen würde, bis er Thoras Mörder getötet haben würde. Stattdessen war der Mörder erneut nach Hladir gekommen.

Hakon taumelte, seine Knie knickten ein, und er fiel in den Schnee.

Warum hatten die Svea ihn nicht getötet? Warum hatte das Mädchen ihm nicht die Kehle aufgeschnitten? Dann hätte er alles hinter sich gehabt. Hätte das nicht ertragen müssen.

Wie aus weiter Ferne hörte er Stimmen. Er spürte, wie ihm jemand erst ins Gesicht schlug und dann Schnee auf seine Stirn rieb. Hände packten ihn, schüttelten ihn, versuchten, ihn aufzurichten.

Er öffnete die Augen und blickte in Pálnirs ernstes Gesicht. Diese schaute ihn lange an. Erst als er überzeugt war, dass Hakon wieder selbständig stehen konnte, ließ er ihn los.

Um sie herum stand die Mannschaft des Wellenspalters. Die Männer, mit denen er zur See gefahren war. Grobe Kerle, mutige Krieger, stark und furchtlos, die ihre Hände vielfach mit Blut besudelt hatten. Nun hatte auch sie das Entsetzen gepackt und das Grauen sich tief in ihre Gesichter gegraben.

So etwas hatte noch niemand von ihnen gesehen.

Pálnir stieß ein tiefes Stöhnen aus. Dann sagte er ein einziges Wort, und alle anderen nickten stumm.

«Brenna!»

Brenna. So nannte man es, wenn Menschen in ein Gebäude getrieben wurden, an das man Feuer legte. So etwas kam immer wieder vor. Allein die Tatsache, dass in Hladir Menschen bei lebendigem Leib verbrannt worden waren, hätte wohl nicht für ein solches Entsetzen unter den Wikingern gesorgt. Der Tod war ihr ständiger Begleiter. Nein, es war die schiere Menge an Menschen, die auf so grausame Weise in der großen Halle des Jarlshauses ihr Ende gefunden hatten. Es mussten Hunderte sein, die man hineingezwängt hatte und deren Körper bis zur Unkenntlichkeit verstümmelt und verkohlt waren. Die im Todeskampf zu einer einzigen Masse zusammengeschmolzen waren.

«Brenna», sagte Pálnir noch einmal und schluckte schwer. «Wer so etwas tut, trägt den Hass tief in seinem Herzen.»

«Ich hätte es verhindern können», flüsterte Hakon.

Es waren seine ersten Worte an diesem Tag.

Pálnir warf ihm einen fragenden Blick zu. Doch er ging nicht auf Hakons Selbstvorwurf ein.

«Ob dein Sohn auch darunter ist?», fragte er stattdessen.

Hakon wischte sich mit der schneekalten Hand übers Gesicht. «Ich werde es herausfinden.»

«Wie?»

«Indem ich die Trümmer abtrage und jeden Toten bestatten werde. Wenn Eirik dabei ist, werde ich ihn erkennen.»

Pálnir warf ihm einen zweifelnden Blick zu, sagte dann aber: «Ich helfe dir dabei.»

Er wandte sich an die Umstehenden. «Und ihr werdet Hakon dabei zur Hand gehen.»

«Vielleicht sollten wir uns erst einmal eine Unterkunft bauen», warf einer ein. «Wie es aussieht, werden wir hier wohl den Winter verbringen müssen.»

«Ja», sagte Pálnir.

Er teilte die Männer ein. Nach dem misslungenen Überfall auf den Sveahof waren sie noch einunddreißig. Pálnir bestimmte zehn, die in den Überresten der Häuser nach Baumaterialien suchen sollten. Damit sollten sie eine Hütte errichten. Die übrigen Männer würden bei den Leichen mit anpacken.

Dann trat Pálnir wieder neben Hakon, der noch immer wie festgefroren dastand, den Blick starr auf die menschlichen Überreste unter dem Trümmerberg gerichtet. Pálnir wollte etwas zu ihm sagen, doch er brachte nichts heraus.

Hakon war in seinen Gedanken bei dem Tag, an dem er Eirik das erste Mal in den Händen gehalten hatte. Bergljot ließ ihn holen, nachdem Thora den Jungen zur Welt gebracht hatte. Ein kleines Bündel Mensch war Eirik gewesen, ganz verschmiert und rot angelaufen von den Anstrengungen der Geburt. Bergljot überreichte Hakon seinen Sohn, und er hatte ihm einen Klaps auf den Hintern gegeben, damit er zu schreien begann. Als er es endlich tat, war dies für Hakon der schönste Laut, den er jemals gehört hatte. Thora lächelte sie beide so süß an, wie es keine andere Frau auf dieser Welt vermochte. Auch Sigurd stand am Bett. Er war sichtlich stolz gewesen auf Hakon, seinen Sohn.

Nun waren sie alle tot.

«Fangen wir an!», sagte Hakon.

Doch als er in das Gewirr verkohlter Balken und Bretter steigen wollte, hörte er plötzlich Rufe aus Richtung der Mauer. Er drehte sich um und sah drei der Männer, die auf dem Weg in die Stadt gewesen waren, zurück auf den Jarlshof kommen. Sie hatten zwei Leute in ihre Mitte genommen, einen alten Mann und einen Knaben.

Im ersten Augenblick glaubte Hakon, bei dem Knaben könne es sich um Eirik handeln. Er stellte jedoch sogleich enttäuscht fest, dass der Knabe zu alt war, vielleicht zehn oder elf Jahre. Aber den Alten erkannte er sofort: Es war Thorleif.

Hakons Herz begann zu rasen. Es gab doch Überlebende!

34·

Die Dämmerung setzte ein. Thorleif und der Junge führten die Wikinger über schneebedeckte Pfade immer höher hinauf in die Berge, und Thorleif berichtete, was geschehen war. Der Graf war tatsächlich wegen der Urkunde nach Hladir gekommen. Mit Bergljots Hilfe hatte er das Schriftstück im Tempel gefunden. Die Menschen von Hladir waren daraufhin erleichtert gewesen. Sie glaubten, Thankmar würde sein Versprechen halten und wieder abziehen.

«Wir hatten sein Wort», sagte Thorleif mit dünner Stimme, als sie hinter einer Felswand, die ein wenig Schutz vor dem Schnee bot, eine Pause einlegten. «Er hatte zugesagt, niemanden zu töten, wenn er das verdammte Pergament wiederfinden würde.»

Thorleif war völlig außer Atmen. Er war ein Greis geworden, ein alter, vom Tode gezeichneter Mann, nur noch Haut und Knochen. Das lange, weiße Haar fiel ihm aus. Seine Lippen waren aufgeplatzt, sein Gesicht war mit Schürfwunden und Ekzemen übersät.

«Aber das Wort dieses Bastards ist weniger wert als der Dreck unter meinen Fingernägeln», fuhr Thorleif fort. «Anstatt uns in Frieden zu lassen, haben die Soldaten mit den roten Mänteln und die Dänen unsere Leute aus ihren Häusern geholt. Sie haben sie auf den Jarlshof und ins Haus deines Vaters getrieben. Es waren so viele, dass die Ersten schon erstickten, während die Soldaten immer weitere hineinzwängten …»

Hakon konnte nicht mehr an sich halten. «Was ist mit Sigurd? Und was mit Bergljot und Eirik?»

«Sie leben», erwiderte Thorleif. «Eirik ist gesund. Auch Bergljot, aber sie ist schwach. Wie es Sigurd geht, weiß ich nicht. Nur, dass er noch am Leben ist. Deine Mutter hält ihn von allen anderen fern.»

Hakon atmete auf. Sie lebten, wenigstens das. «Aber warum habt ihr das alles geschehen lassen? Warum habt ihr euch nicht gewehrt?»

«Gewehrt?», rief Thorleif aufgebracht. Ein Hustenanfall überkam ihn, und es dauerte einen Moment, bis er weitersprechen konnte.

«O ja, einige haben sich gewehrt», sagte er dann. «Das haben sie wirklich getan – im Angesicht des Todes. Wir wussten alle, was man mit uns vorhatte. ‹Brenna! Brenna!›, haben die Sachsen und Dänen gerufen und dabei gelacht. Sie haben jeden, der sich weigerte, ins Haus zu gehen, abgeschlachtet wie Vieh.»

Hakon biss sich auf die Lippen, bis er Blut schmeckte. Er war erleichtert, dass es inzwischen fast dunkel und seine Trauer für die anderen nicht zu sehen war.

«Dennoch gelang einigen die Flucht», fuhr Thorleif fort. «Es waren diejenigen, die zum Schluss ins Haus gehen sollten. Der Graf wollte, dass wir – deine Mutter, dein Sohn, dein Vater, die anderen Stadtoberhäupter und ihre Familien – zusahen, was er tat. Er wollte unsere Angst genießen. Wollte sich daran weiden.»

Thorleif stockte. Die Erinnerung machte ihm zu schaffen.

Hakon, Pálnir und die anderen Seeräuber standen dicht gedrängt um den Alten und den Knaben. Einige Männer hielten brennende Fackeln, die sie vor dem Abmarsch vom Wellenspalter geholt hatten. Der Wind heulte in den Bergen und ließ die Flammen flackern.

«Es gab Streit zwischen den Dänen und den Sachsen», erzählte Thorleif. «Ich weiß nicht, warum sie aneinandergerieten. Vielleicht ging es um die Aufteilung der Beute.

Viele Männer waren betrunken. Als sie begannen, mit Waffen aufeinander loszugehen, haben wir die Gelegenheit ergriffen und sind geflohen. Und haben die anderen ihrem Schicksal überlassen.»

Die Fackeln warfen zuckende Schatten über das Gesicht des Alten, das so fahl war wie das eines Toten.

«Wir hätten nichts mehr für sie tun können», sagte er flehentlich, als wolle er seine Zuhörer um Vergebung bitten. «Etwa hundert von uns gelang die Flucht. Wir rannten in die Berge. Unten bei Hladir hatte es noch nicht geschneit. Sie konnten unsere Spuren nicht verfolgen. Auf halber Strecke hielten wir an und sahen das Jarlshaus brennen. Am nächsten Morgen beobachteten wir aus den Bergen, wie sie alle Sachen von Wert auf ihre Schiffe brachten und in der ganzen Stadt Feuer legten. Dann stachen sie in See. Wir blieben oben. Haben uns verkrochen, aus Angst, sie könnten zurückkehren.»

«Wann war das?», fragte Hakon.

Er überlegte, warum sie dem Grafen nicht begegnet waren. Aber dann dachte er, dass der Graf vermutlich den inneren Seeweg gewählt hatte, während der Wellenspalter auf dem äußeren Weg jenseits der Inseln und Schären gen Norden gesegelt war.

«Vor drei oder vier Tagen. Oder waren es fünf Tage?», sagte Thorleif.

Die Frage war an den Jungen gerichtet.

«Vor fünf Tagen», antwortete der Knabe.

Thorleif nickte. «Dann waren es also fünf. Danke, mein Junge. Er heißt Halli und ist ein schlauer Kerl. Er erinnert mich an dich, Hakon, als du jung warst. Deshalb habe ich ihn mit zur Stadt runtergenommen. Wir haben nichts mehr zu essen …»

«Wir haben Brot und Trockenfisch vom Schiff mitgebracht», sagte Hakon.

Einige der Seeleute zeigten die mit Proviant gefüllten Beutel. Dann setzten sie ihren Marsch durch den Schnee fort. Der Alte ging, flankiert von zwei Fackelträgern, voran.

Hakon hatte längst die Orientierung verloren. Zu lange war er nicht mehr in den Bergen gewesen. Eine Zeitlang war er überzeugt, dass sie dem Pfad zum Tempel folgten. Dann hatte Thorleif mehrfach die Richtung gewechselt und sie über Gelände, das von gewaltigen Gesteinsbrocken übersät war, und durch tiefe Schluchten geführt. Mal ragten zu beiden Seiten des Weges schroffe Kanten auf. Dann ging es an Schluchten vorbei, deren Tiefe man nur erahnen konnte.

Es schien eine Ewigkeit zu dauern, bis Thorleif endlich verkündete, man habe das Ziel erreicht. Die Gruppe kam zum Stehen.

Der Alte und Halli knieten sich am Fuß einer Felswand zwischen große Steine und waren dann so plötzlich verschwunden, als habe der Berg sie verschluckt.

Hakon ließ sich eine Fackel geben und ging zu der Stelle. Im Gestein klaffte ein etwa vier Fuß hohes und ebenso breites Loch.

War dies der Eingang zu der Höhle, von der Thorleif ihm früher einmal erzählt hatte?

Die Geschichte hatte von Zwergen gehandelt, die tief unten im Gestein lebten, wo sie die Waffen und Kleinode der Götter schmiedeten. Odins Speer und Thors Hammer gehörten ebenso dazu wie Freyjas Halsband und die Kette des Fenriswolfes.

Thorleif erschien wieder in der Öffnung. Er forderte die anderen auf, ihm zu folgen. Auf allen vieren krochen

Hakon und die Wikinger durch einen Gang, der zunächst ein gutes Stück geradeaus führte. Dann weitete er sich und mündete schließlich in einer mindestens dreißig Fuß hohen, von Fackeln erhellten Halle. Die stickige Luft stank nach Schweiß und Fäkalien.

Dutzende Gesichter wandten sich ihnen zu, als erst Thorleif, dann Hakon und Pálnir und schließlich die anderen Seeräuber in die Halle drängten. In den Blicken der ausgemergelten, am Boden sitzenden Gestalten lagen Angst und Verunsicherung. Hakon sah vor allem ältere Männer und nur wenige junge Frauen. Kinder gab es kaum.

Er schaute sich nach Eirik um, konnte aber nirgends einen Jungen in seinem Alter entdecken. Er war sich nicht sicher, ob er seinen Sohn überhaupt wiedererkennen würde, selbst wenn er direkt vor ihm stünde.

Unterdessen hatten Pálnir und die anderen Krieger damit begonnen, den Proviant zu verteilen. Als die Menschen dies sahen, verloren sie ihre Scheu und rissen den Ankömmlingen das Essen aus den Händen.

Hakon bat Thorleif, ihn zu seiner Familie zu bringen. Der Alte lotste ihn durch die Menschenmenge bis zur hinteren Höhlenwand, an der Felsvorsprünge wie eine Treppe nach oben führten. Thorleif kletterte voran, bis sie in einer Höhe von etwa zehn Fuß über dem Höhlenboden auf ein Plateau kamen.

Mit der Fackel leuchtete Hakon die im Schatten liegende Fläche ab und entdeckte einen schmalen Durchbruch in der Felswand.

Davor hockte auf einem Stein ein blasser Junge.

«Eirik?», fragte Hakon.

Der Junge starrte ihn nur an.

«Eirik, bist du das?», fragte Hakon erneut.

Als der Junge noch immer nicht antwortete, ging Thorleif zu ihm, kniete nieder und unterhielt sich leise mit ihm. Hakon konnte mehrfach das Wort *feðgar* verstehen, der Begriff für Vater und Sohn. Der Junge ließ Hakon nicht aus den Augen.

Schließlich schüttelte der Junge den Kopf und sagte: «Ich habe keinen Vater mehr.»

Die Worte trafen Hakon wie ein Beilhieb.

«Wer sagt das?», rief er. Seine Stimme hallte von den Wänden wider.

Der Junge zuckte zusammen.

Als Hakon näher kam, hörte er Thorleif sagen: «Doch, Eirik, das ist Hakon. Dein Vater.»

«Aber Sigurd hat gesagt, meine Eltern seien tot.»

Hakon griff nach Eiriks Hand, und als er in dessen Augen schaute, erkannte er darin Thora wieder. Ein heftiger Schmerz wallte in ihm auf, als sei eine alte Wunde aufgerissen.

«Ich bin es … bin es wirklich.»

«Bist du ein Krieger?», fragte Eirik.

Er zeigte auf den Silberreif, den Hakon am rechten Handgelenk trug.

Hakon nickte, streifte den Armreif ab und gab ihn dem Jungen. Eiriks Miene hellte sich auf.

«Du kannst ihn behalten. Ich schenke ihn dir.»

Ein zartes Lächeln huschte über Eiriks Lippen. «Bin ich jetzt auch ein Krieger?»

Bevor Hakon etwas sagen konnte, bemerkte er eine Bewegung. Jemand kam aus dem Durchbruch und trat auf das Plateau.

«Mutter!», rief Hakon.

Bergljot kam auf ihn zu.

«Endlich», sagte sie leise. «Jeden Tag und jede Nacht habe ich zu den Göttern gebetet, dass sie dich zurückbringen.»

Hakon nahm seine Mutter in die Arme und drückte sie an sich. Er spürte ihre Knochen. Nach einem Moment löste sie sich aus seiner Umarmung. Ihr Gesicht war eingefallen. Dunkle Ringe lagen unter ihren Augen. Sie zitterte, als sie versuchte, ihre rechte Hand hinter ihrem Rücken zu verstecken. Doch Hakon hatte den blutgetränkten Verband bemerkt. Ihre Hand war geschwollen und blau verfärbt.

«Was ist mit deiner Hand?», fragte er.

«Nichts, es ist nichts.» Sie machte mit der Linken, an der der Ringfinger fehlte, eine wegwerfende Bewegung.

«Hat der Graf …?»

«Später! Wir reden später darüber.»

Sie forderte ihn auf, ihr zu folgen, und verschwand in der Felsspalte.

Hakon tauschte einen Blick mit Thorleif.

«Dein Vater ist da drin», sagte der Alte.

«Er wird mich hassen.»

«Vermutlich. Wenn er dazu noch fähig ist.»

«Es tut mir so leid …»

«Es tut uns allen leid», fiel ihm Thorleif ins Wort und legte ihm eine Hand auf die Schulter. «Was auch immer da drin geschehen wird, vergiss nicht, es sind letztlich immer die Götter, die die Entscheidungen treffen. Sie lenken die Geschicke der Welt, und wenn du dem Grafen die Urkunde gestohlen hast, um ihn herzuführen, war es ihr Wille.»

«Ich wollte ihn nicht herführen!», stieß Hakon aus.

Doch da hatte sich Thorleif bereits abgewandt und ging zu den anderen zurück.

Gedanken rasten durch Hakons Kopf. Glaubten die Leute etwa, dass er den Grafen mit Absicht nach Hladir gelockt hatte? Glaubten sie das wirklich? Dann würden sie ihn hassen wie ihren schlimmsten Feind. Und sie hatten recht. Er hasste sich selbst dafür. Warum hatte er diese verdammte Urkunde hierhergebracht? Warum?

Weil er Angst vor Sigurd hatte. Er hatte Angst gehabt, mit leeren Händen vor seinen Vater zu treten. Er hatte doch nicht geahnt, was er damit anrichten würde.

«Hakon?»

Eirik stand neben ihm und zupfte an seinem Ärmel. Der viel zu große Silberreif war bis auf seinen Ellenbogen gerutscht.

Hakon rang sich ein Lächeln ab. «Lass uns zu Sigurd gehen.»

«Ach, der schläft», entgegnete der Junge. «Weißt du, er schläft immer. Ich glaube, er wacht niemals wieder auf.»

Hinter dem Plateau lag ein kleiner Raum, der von Kerzenflammen spärlich beleuchtet wurde. Im Jarlshaus hatte es immer einen großen Vorrat an Kerzen gegeben, die aus Wal- oder Robbentran hergestellt wurden und einen fürchterlichen Gestank verbreiteten. Offenbar hatten Hakons Eltern es irgendwie geschafft, einige davon mitzunehmen.

In der Mitte der Höhle brannten auf einem großen, flachen Stein vier Kerzen. Sie warfen einen warmen Schimmer über den Mann, der regungslos auf dem Podest lag. Sigurds hagerer Körper war bis zur Brust mit einem dünnen Leinentuch bedeckt, unter dem sich seine Gliedmaßen hart und knöchern abzeichneten. Seine Augen waren geschlossen.

Als Hakon sich seinem Vater näherte, lief Eirik voraus zu Bergljot, die hinter dem Podest stand. Eirik wollte ihr stolz den Armreif zeigen. Doch Bergljot legte den Zeigefinger ihrer linken Hand an die Lippen und bedeutete Eirik, still zu sein.

«Wie geht es ihm?», fragte Hakon leise.

Bergljot senkte den Blick.

Er darf nicht tot sein, schoss es Hakon durch den Kopf. Er musste seinem Vater sagen, dass er das alles nicht gewollt hatte. Es war keine Absicht! Er wollte doch nur, dass Sigurd ihm verzieh – ihn wieder aufnahm. Als seinen Sohn.

Er kniete neben Sigurd nieder. Das Gesicht seines Vaters wirkte wie in Stein gemeißelt. Die Falten um Augen und Mund hatten einen verbitterten, zornigen Zug angenommen. Der Oberkörper war von einer blutverkrusteten Wunde gezeichnet, die von einem Schwert zu stammen schien. Wahrscheinlich war er bei der Flucht verletzt worden.

Als Hakon sich über Sigurd beugte, merkte er, dass sich die Brust leicht hob und senkte.

«Vater», flüsterte Hakon. «Vater, kannst du mich hören?»

Da schlug Sigurd mit einem Mal die Augen auf. Seine Hände fuhren wie Klauen unter dem Tuch empor nach Hakons Hals. Der alte Mann mochte auf der Schwelle zum Tode stehen, aber sein Griff war hart und fest. Hakon war so überrascht, dass er außerstande war, sich aus dem Würgegriff zu befreien.

Sigurd bäumte sich auf und zog Hakon zu sich.

«Nicht die Götter», stieß Sigurd aus. «Du bist schuld!»

«Nein, Vater», keuchte Hakon.

Er wagte nicht, sich gegen Sigurd zu wehren.

«Ich bin nicht mehr dein Vater», zischte der Jarl. «Und du bist nicht mehr mein Sohn!»

Der Griff um Hakons Hals lockerte sich. Die Hände fielen zurück auf das Podest. Sigurds Kopf sackte zur Seite, und es wurde totenstill in der Höhle.

TEIL III

Im Jahr des Herrn 961

35.

Es begann zu tauen.

Früh am Morgen krochen Aki und Ketil unter den Decken aus Otter- und Dachsfell hervor und schlichen aus der Höhle. Velva schlief noch, und Asny war bereits fortgegangen, um die Hechtfallen zu kontrollieren.

Aki stapfte hinter den Erdhügel, wo der Schnee noch nicht geschmolzen war. Er kniete nieder, nahm eine Handvoll Schnee und presste ihn so fest zusammen, bis die Kugel hart war wie Eis. Sie lag gut in der Hand und war leichter als ein Stein.

Ketil zeigte auf die Trolleiche bei Gydas Grab.

«Wenn du den untersten Ast verfehlst, wovon ich ausgehe, sagst du zehn Vaterunser auf», meinte Ketil und grinste breit.

«Und wenn ich treffe?», erwiderte Aki.

«Dann bade ich nackt im Schnee.»

«Den Anblick willst du uns zumuten?»

«Nein. Weder euch noch die Tiere im Wald werde ich mit meinem Körper erfreuen. Du hast den Mund etwas zu voll genommen, junger Mann. Niemand trifft auf diese Entfernung.»

Aki lachte leise. «Ich schon.»

Ketil hob die Augenbrauen. «Ganz schön vorlaut am frühen Morgen. Also gut, wie wär's dann mit der Astgabel da, die aussieht wie eine Hand?»

Aki zuckte beiläufig mit den Schultern. Er stellte sich in Position und visierte die Trolleiche am Rande der Lichtung an. Ein ungeübter Werfer hätte schon Schwierigkeiten gehabt, überhaupt so weit zu kommen, geschweige denn die Astgabel zu treffen. Aber Aki war ein hervorragender Werfer, auch wenn er sich eingestehen musste, dass diese Entfernung auch für ihn eine Herausforderung darstellte.

Er schloss die Augen, atmete tief ein und langsam wieder aus. Dann öffnete er sie wieder, hob den Schneeball auf Schulterhöhe, zielte – und warf. Er traf so hart, dass der Schneeball zerplatzte und die hin- und herschwingende Astgabel aussah, als würde der Troll ihnen winken.

Ketil stieß einen Seufzer aus.

«Ich mache dir einen Vorschlag», sagte Aki. «Ich erlasse dir das Nacktbad. Stattdessen lässt du mich endlich einmal wieder ein paar Sätze aus deinem Buch abschreiben, ja?»

Der Vorschlag schien Ketil nicht zu gefallen. «Ich weiß nicht recht. Deine Mutter könnte es mitbekommen.»

«Das wird sie nicht», entgegnete Aki.

Velva hatte den ganzen Winter in der Höhle verbracht. Warum sollte das ausgerechnet heute anders sein?

Wenige Tage, nachdem Aki und Ketil vom Markt am Danewerk zurückgekehrt waren, hatte es zu schneien begonnen. Es wurde, wie von Velva prophezeit, ein so harter, eiskalter Winter, dass sie in der Höhle mehrfach einschneiten. Von Akis Einkäufen waren lediglich ein paar getrocknete Fische und ein halber Sack Roggen geblieben, nachdem Ketil die beiden Soldaten getötet und den Hauptmann in die Flucht geschlagen hatte. Aki hatte damals tiefe Dankbarkeit empfunden, weil Ketil ihn nicht im Stich gelassen hatte. Sie waren Freunde geworden, echte Freunde.

Auch in den harten Wintermonaten war es für Velva und ihre Kinder ein großer Vorteil gewesen, den Isländer an ihrer Seite zu haben. Als alles aufgegessen war, hätten sie sich von Kleintieren, Flechten und Baumrinde ernähren müssen. Ketil war es jedoch gelungen, mit bloßen Händen ein Wildschwein zu erlegen. Zusammen mit den von Aki und Asny gefangenen Hasen, Hamstern und Mäusen waren ihre Vorräte zwar nicht üppig, aber sie reichten aus, um nicht zu verhungern und den Winter zu besiegen.

Der Mönch schaute zur Höhle zurück, überzeugte sich, dass Velva sie tatsächlich nicht beobachtete, und marschierte dann über die Lichtung davon. Aki folgte ihm. Er freute sich darauf, endlich wieder zu lesen und zu schreiben. In den Wintermonaten hatte es nur wenige Gelegenheiten dazu gegeben, und Aki hatte jedes Mal begierig darauf gewartet, seine Fähigkeiten endlich weiter zu verbessern.

Zu Ketils Überraschung machte Aki schnell Fortschritte. Der Mönch war voll des Lobes. In wenigen Monaten hatte Aki das gelernt, wofür andere Jahre brauchten. Ketil selbst empfand das Lernen als Tortur. Im Kloster habe er viele Novizen erlebt, die sich damit herumplagten, und nicht einer von ihnen habe so zügig die Laute der Buchstaben und die Bedeutung der Wörter verstanden.

Das Versteck befand sich nicht weit von der Höhle entfernt unter einem mit Moos bewachsenen Steinhaufen. Ketil wollte das Buch gerade hervorholen, als er zurückzuckte und einen erstickten Laut ausstieß.

«Könntest du bitte das Buch herausnehmen? Ähm … meine Finger sind ganz steifgefroren.»

Aber der Grund für Ketils Zögern war ein ganz anderer: Oben auf einem Stein saß eine Spinne, die kaum größer als ein Daumennagel war. Aki grinste innerlich. Ketil war der mit Abstand stärkste Mann, dem er je begegnet war, vor Spinnen hatte dieser Riese jedoch eine geradezu panische Angst. Zugeben würde er diese Schwäche natürlich niemals.

Da Aki seinen Freund nicht in Verlegenheit bringen wollte, wischte er die Spinne mit einem Handstreich weg, rollte den Stein zur Seite und holte darunter die Tasche mit dem Buch hervor.

Ganz in der Nähe ließen sie sich auf einem umgestürzten Baumstamm nieder. Aki gab Ketil das Buch und fischte aus der Tasche die Schreibsachen: einige an den Spitzen angekohlte Holzspäne sowie ein Stück dünne Birkenrinde, die wegen ihrer Ebenmäßigkeit als Schreibunterlage geeignet war. Unterdessen suchte Ketil in den heiligen Schriften nach der Stelle, an der sie ihre Übungen unterbrochen hatten.

«Also», meinte Ketil schließlich, «schreib das auf: ‹Wer Unrecht sät, wird Unheil ernten, und die Rute seines Übermuts wird ein Ende nehmen.›»

«Den Satz hatten wir schon», entgegnete Aki.

«Wirklich? Daran kannst du dich noch erinnern? Gut, dann diesen Satz: ‹Die Lippen der Gerechten weiden viele, aber die Toren sterben durch Unverstand.›»

Die Worte waren in einer Sprache verfasst, die man Latein nannte. Während Aki begann, sie auf die Rinde zu schreiben, erklärte Ketil, dass diese Weisheiten von einem alten König namens Salomon stammten. Als Aki den Satz niedergeschrieben hatte, reichte er Ketil die Rinde. Bei der Überprüfung schaute der in dem Buch nach, als ob er sich selbst nicht ganz sicher sei.

«Gut gemacht», lobte Ketil schließlich. «Kaum Fehler.»

«Wie viele denn?»

«So etwa drei oder vier.»

«Kannst du es nicht genauer sagen?»

«Nein, ich ...»

Ketil verstummte. Irgendwo knackte ein Ast, dann noch einer. Hatte Velva die Höhle doch verlassen? Aki ließ die Holzstückchen hinter den Baumstamm fallen und die Rinde unter seinem Mantel verschwinden. Ketil tat dasselbe mit dem Buch. Velva durfte nichts von Akis Übungen wissen. Schließlich hatte sie von Ketil verlangt, die heiligen Schriften von Aki fernzuhalten. Ja, geradezu befohlen hatte sie das.

Aber es war nicht Velva, sondern Asny, die aus dem Unterholz auftauchte. Da der Bach wieder eisfrei war, hatte sie gestern Abend nach langer Zeit die Angeln auslegen können. Offensichtlich mit Erfolg. Stolz zeigte sie ihren Fang, einen Hecht, der nach dem langen Winter zwar nicht besonders fett, dafür aber fast so lang wie ihr Arm war.

Ketil und Aki klatschten begeistert in die Hände.

«Ich dachte, du hättest längst alle Hechte rausgefangen», sagte Aki.

«Anscheinend ist doch noch einer übrig geblieben», erwiderte Asny lachend.

«Ja, und der hat dir offensichtlich alles abverlangt.»

Asnys Fellmantel war mit Schlamm beschmiert. «Immerhin bin ich nicht ins Wasser gefallen, Bruder!», sagte sie.

Aki verdrehte mit gespielter Entrüstung die Augen. Im vergangenen Frühjahr war er beim Versuch, einen Hecht ans Ufer zu ziehen, in den Bach gestürzt. Er hatte Asny beweisen wollen, dass er der bessere Angler war. Doch er hatte sich vollkommen verschätzt und den Halt verloren. Asny hatte ihren Bruder aus dem Bach gezogen. Das rieb sie ihm bei jeder sich bietenden Gelegenheit unter die Nase.

«Kommt mit, ihr beiden. Wir werden den Hecht zubereiten», meinte Asny. «Mutter wird sich darüber freuen.»

«Ach, geh ruhig schon vor», meinte Aki. Er wollte wissen, welche Fehler er beim Schreiben gemacht hatte.

Für Ketil schien die Unterbrechung jedoch zum richtigen Zeitpunkt gekommen zu sein. Er sprang auf und bot Asny an, beim Ausnehmen und Schuppen zu helfen.

«Nein, Mönch!», rief plötzlich eine Stimme. «Wir Frauen kümmern uns um den Fisch.»

Alle drei wandten sich gleichzeitig um. Velva stand mit in die Hüften gestemmten Fäusten am Rande der Lichtung. Im Tageslicht sah sie noch blasser aus als in der Höhle. Die Tätowierungen auf ihrem Gesicht wirkten wie Wundmale.

Ketil war von ihrem Erscheinen so überrascht, dass er unvermittelt einen Schritt zurückwich. Das Buch rutschte aus der Kutte und fiel ins feuchte Laub. Sein Gesicht lief rot an, und Aki stockte vor Schreck der Atem. Velva würde wütend werden, furchtbar wütend.

Doch sie schien das Buch gar nicht bemerkt zu haben. Zumindest ließ sie sich nichts anmerken und winkte stattdessen Asny zu sich.

«Die Männer haben sicher Wichtigeres zu tun», sagte Velva.

Sie wartete, bis Asny bei ihr war. Dann gingen sie gemeinsam zur Höhle.

Ketil stand noch immer wie vom Donner gerührt da. Das Buch lag zu seinen Füßen.

«Hat sie das Buch etwa nicht gesehen?», stammelte er.

Aki schlug das Herz bis in den Hals. «Sie ist eine Seherin», flüsterte er. «Hast du das vergessen?»

36.

Asny fing von nun fast jeden Tag einen Hecht. Nach dem Winter hatten die Fische zwar noch nicht viel Fleisch auf den Gräten, waren aber immerhin groß genug, um die Höhlenbewohner satt zu machen.

An diesem Tag – es war gut eine Woche seit dem Vorfall mit dem Buch vergangen – brachte Asny sogar zwei Hechte mit. Sogleich machten sich die beiden Frauen an die Vorbereitungen für das Mahl. Aki schaute zu, wie sie die Fische in einer Schüssel mit getautem Schneewasser säuberten, dann mit getrockneten Kräutern würzten und anschließend auf Stöcke spießten. Aus dem letzten Getreidevorrat bereiteten sie einen Brotteig zu und legten ihn zum Backen auf die Steine an der Feuerstelle.

Ketil hockte derweil in einer dunklen Ecke und starrte schweigend vor sich hin. Das tat er die meiste Zeit, seit ihm das Buch aus der Kutte gefallen war. Aki war es bislang nicht gelungen, seinen Freund aufzuheitern. Er hatte versucht, ihn zu einer Schneeballschlacht, einem Waldspaziergang oder zu einer Jagd zu überreden – alles Unternehmungen, die Ketil noch vor Tagen begeistert mitgemacht hätte. Aber jetzt reagierte er auf Akis Vorschläge nur noch mit einem abweisenden Kopfschütteln.

Irgendetwas ging in ihm vor. Aki fragte sich ein ums andere Mal, ob der Grund dafür wirklich das schlechte Gewissen war.

Aki war überzeugt, dass Velva das Buch bemerkt hatte. Dennoch hatte sie kein einziges Wort darüber verloren. Er schämte sich, seine Mutter hintergangen zu haben, weil er in dem Buch gelesen und die Schrift der Christen gelernt hatte.

Als sich die Dunkelheit über den Wald legte, entzündete Asny das Feuer. Bald darauf erfüllte der Geruch von gebratenem Fisch und gebackenem Brot die Höhle. Aki, Asny und Velva griffen beherzt zu. Es freute Aki, dass seine Mutter mit Heißhunger zulangte. Mittlerweile hatten sich die Falten auf ihrem Gesicht ein wenig geglättet, und ihre Haut nahm allmählich wieder eine gesunde Farbe an.

Dennoch war die Stimmung alles andere als gelöst. In den letzten Tagen hatte Ketil immerhin am Essen teilgenommen, sich auf Bitten der anderen zu ihnen gesellt und einige Bissen in sich hineingestopft. Aber heute ließ er sich weder von Aki noch von Asny ans Feuer locken. Erst als Velva die Zwillinge aufforderte, Ketil in Ruhe zu lassen, gaben sie nach.

Auch Velva war an diesem Abend anders als sonst. Immer wieder sah sie zu Ketil. Es hatte den Anschein, als durchbohre sie den Mönch mit ihren Augen. Aki hatte diesen alles durchdringenden Blick lange nicht bei seiner Mutter bemerkt. Eigentlich nicht mehr seit dem Vorfall auf der Landebrücke von Haithabu, und es machte ihm Angst.

Irgendetwas wird heute geschehen, dachte er.

Als Velva satt war, rülpste sie, wischte sich den Mund ab und säuberte ihre Hände mit Wasser. Dann schaute sie erst Aki und dann Asny lange an, bis ihr Blick zu Ketil wanderte.

«Der Winter geht, und die Zeit der Entscheidung kommt», sagte sie in ihrer knappen Art. Sie verschwendete ihren Atem nicht für überflüssige Worte.

Aus der Ecke war ein Räuspern zu horen.

«Komm zu uns, Mönch!», sagte Velva.

Das Räuspern wurde zu einem Stöhnen. Ketil kroch aus

dem Dunkeln und ließ sich zwischen Aki und Asny am Feuer nieder.

Er wiegte seinen großen Kopf hin und her. «Ja, die Zeit der Entscheidung …»

Im Feuer knackten glühende Scheite. Funken stoben auf.

«So hart dieser Winter auch war», sagte Velva nach einer Weile, «Schnee und Eis haben uns Schutz vor den Soldaten geboten. Sobald jedoch der Frühling kommt, wird der Graf die Jagd auf uns wieder eröffnen. Dieses Mal wird er das Gebiet leichter eingrenzen können. Er weiß nun, wo er suchen muss, nachdem man euch auf dem Marktplatz beinahe erwischt hätte.»

Auf Ketils Stirn glitzerten Schweißperlen. «Ihr habt recht, Seherin, und das bedeutet, dass ihr die Höhle verlassen müsst.»

«Ihr?», fragte Aki verwundert.

«Ja, ihr – du, Asny und eure Mutter.»

«Und was geschieht mit dir?»

«Ketil wird uns nicht begleiten», antwortete Velva an seiner Stelle.

«Warum nicht?», fragte Asny.

«Weil ich nach Colonia zurückkehre», antwortete Ketil. Er schaute Velva irritiert an. Offenbar fragte er sich, woher sie von seinen Plänen wusste.

«Nein!», rief Asny. In ihrer Stimme schwang ein Anflug von Panik mit. Ebenso wie Aki mochte sie Ketil sehr. Ein Leben ohne ihn konnten sich beide nicht mehr vorstellen. Auch Aki traf die Ankündigung wie ein Schlag. Ketil wollte sie ihrem Schicksal überlassen!

«Aber du bist unser Freund!», sagte er. «Nein, nicht nur ein Freund – du gehörst zu uns.»

Und das stimmte. Ketil war für Aki wie ein großer Bruder, vielleicht sogar wie der Vater, den Aki niemals gehabt hatte.

«Erklär es ihnen», sagte Velva.

Ketil starrte auf seine Hände, als sei dort irgendetwas Besonderes zu sehen.

«Ich habe euch erzählt, dass Herr Brun, der Erzbischof von Colonia, mich in die dänische Mark geschickt hat, damit ich für ihn herausfinde, was Graf Thankmar hier treibt.»

«Das hast du uns erzählt», warf Asny ein. «Aber du hast auch gesagt, dass die alten Götter dich zu uns geführt haben und dass du uns helfen willst.»

Ketil nickte nachdenklich. «Ja, und ich habe euch geholfen, den Winter zu überstehen. Nun ist es an der Zeit, nach Colonia zurückzukehren. Ich muss meinen Auftrag zu Ende führen. Ich muss Herrn Brun von Thankmars Untaten berichten, damit er dem Mörder das Handwerk legt.»

Er schaute einen nach dem anderen aus feucht schimmernden Augen an. «Es tut mir leid.»

«Es ist, wie es ist», sagte Velva.

«Vielleicht gibt es aber doch noch eine andere Möglichkeit», entgegnete Ketil. «Ich habe lange darüber nachgedacht, ob ich euch diesen Vorschlag machen soll. Wollt ihr mich nach Colonia begleiten?»

«Ja», riefen Aki und Asny wie aus einem Munde.

Aki fand diese Idee wunderbar. So häufig hatte Ketil ihnen von der Stadt mit ihren gepflasterten Straßen und den aus Steinen erbauten Häusern erzählt, dass Aki eine lebhafte Vorstellung von Colonia hatte. Es gab sogar Nächte, in denen er von den belebten Märkten träumte, auf denen es alles zu kaufen gab, was man sich nur wünschte. Außerdem war er neugierig auf Ketils Kloster. In einem

Gebäude, der *bibliotheca*, sollte es Hunderte Bücher geben. Aki wusste, dass sich auch Asny nach einem Leben mit den Annehmlichkeiten sehnte, die eine Stadt ihnen bieten könnte.

Ein Lächeln legte sich über Ketils Gesicht, das so viele Tage überschattet gewesen war. «Mein Herr Brun würde auch Euch mit offenen Armen empfangen, Seherin …»

«Nein!»

Das Wort hing eine Weile in der rauchgeschwängerten Luft wie eine Gewitterwolke, die jeden Augenblick zu platzen drohte. Dieses Nein war so bestimmt, dass die Träume der Zwillinge sich in nichts auflösten.

«Warum nicht, Mutter?», fragte Asny.

Ketil holte die letzten Geldstücke hervor, die ihm noch geblieben waren. «Es sind zwar nur sechs Münzen. Wenn wir jedoch einem Schiffsführer unsere Hilfe an Bord anbieten, wird er uns alle bestimmt mitnehmen …»

«Nein!» Velvas Kiefermuskeln zuckten. «Ich bin dir dankbar für alles, was du für uns getan hast, Mönch. Aber unsere Wege werden sich wieder trennen.»

Ketil gab nicht auf. «Wollt Ihr für immer im Wald bleiben, Seherin? Immer mit der Angst leben, dass der Graf Euch ausfindig macht? Denkt an Eure Kinder. Sie sind erwachsen und wollen ein normales Leben führen, sich frei bewegen können, vielleicht Kinder haben. Das Leben geht weiter!»

«Die Kinder können dich begleiten, Mönch», sagte Velva. «Sie werden sich in deiner Welt zurechtfinden. Aki hat eure Schrift und eure Sprache schnell gelernt. Er beherrscht sie mittlerweile besser als du, Ketil. Aber ich gehöre nicht in deine Welt, in der ein Gott herrscht, der keine anderen Götter neben sich duldet.»

Sie hatte also doch die ganze Zeit Bescheid gewusst, fuhr es Aki durch den Kopf.

«Allein wirst du sterben, Mutter!», rief er.

«Das entscheiden die Götter.»

«Bitte denk über Ketils Angebot nach», flehte Asny.

«Mein Entschluss steht fest. Es bleibt euch überlassen, was ihr tut. Ihr seid keine Kinder mehr.»

Sie wandte sich ab und kroch zum Schlaflager. Dort drehte sie sich noch einmal um.

Aki erschrak, als er auf ihrem Gesicht einen Schatten bemerkte. Das letzte Mal hatte sie nach Gydas Tod so ausgesehen. Aber da war auch etwas Wissendes in ihrer Miene – etwas, das sie den anderen verschwieg und das nichts Gutes bedeutete.

37.

Ketil träumte von dem Tag, an dem er Island hatte verlassen müssen. Nachdem das Urteil auf der großen Zusammenkunft, dem Allthing, gegen ihn gesprochen worden war, ritt er mit seinem Vater zu einer Bucht bei den Ostfjorden, in der ein Handelsschiff angelegt hatte. Die Menschen hatten sich am Ufer versammelt. Sie wollten mit eigenen Augen sehen, dass Ketil das Land wirklich verließ. Die Familie des getöteten Jungen beschimpfte Ketil. Die Mutter warf Steine nach ihm.

Der einzige Mensch, der an diesem Tag trauerte, war sein Vater. Er hatte sich abseits von den anderen auf einem Stein niedergelassen. Dort saß er auch, als das Schiff längst abgelegt hatte und das offene Meer ansteuerte, ein einsamer, gebrochener Mann.

Seit jenem Tag hasste Ketil Trennungen.

Als er an diesem Morgen noch vor den anderen erwachte, wusste er, dass ein weiterer Abschied bevorstand, ein Abschied, der ebenso schmerzhaft sein würde wie jener damals auf Island. Wieder einmal musste er Menschen, die er liebte, verlassen, und wieder einmal wusste er nicht, ob er sie jemals wiedersehen würde.

Aber er hatte einen Auftrag zu erfüllen. Er musste Brun von Thankmars Gräueltaten berichten!

Die Zwillinge hatten sich zwar gestern Nacht noch nicht entschieden, aber Ketil war überzeugt, dass sie es nicht übers Herz bringen würden, ihre Mutter allein zu lassen. Um ihnen diese Entscheidung abzunehmen, wollte er ihnen den Abschied erleichtern und im Morgengrauen aufbrechen, wenn alle noch schliefen.

Es ist, wie es ist, hatte Velva gesagt.

Und das, was war, bleibt, dachte Ketil und hoffte, dass die anderen ihn in guter Erinnerung behalten würden.

Auf allen vieren kroch er zum Ausgang der Höhle und zwängte sich durch das Loch. Wie oft hatte er diese enge Behausung verflucht, ebenso wie das dornige Gestrüpp, hinter dem das Loch verborgen war. Nun aber dachte er mit Wehmut an die Zeit mit Velva und den Zwillingen. Ihm war schon jetzt klar: Selbst die Dornen, an denen er seine Kutte zerrissen hatte, würden ihm fehlen.

Draußen vor dem Erdhügel sah er im ersten Dämmerlicht, dass sich der Winter noch einmal gegen den nahenden Frühling erhoben und in der Nacht den Waldboden mit einer dünnen Schicht aus Schnee und Raureif überzogen hatte. Dennoch würden die ersten Schiffe bereits wieder vom Treenehafen ablegen. Wenn der Waldbach eisfrei war, waren es die salzigen Küstengewässer ebenfalls.

Bevor Ketil die Lichtung verließ, kniete er in der Nähe des Höhleneingangs nieder, wischte den Schnee von einem Stein und legte drei Münzen darauf. Die anderen drei behielt er für eine Anzahlung der Schiffspassage. Den Rest würde er in Colonia nachliefern.

Auf dem Weg zum Versteck hinterließ er Spuren im Schnee. Er versicherte sich, dass keine Spinne auf dem Stein saß, holte das Buch hervor und schob es unter seine Kutte.

Als er sich für einen letzten Abschiedsblick zur Lichtung umdrehte, kam ihm der Gedanke, dass er die drei vielleicht doch irgendwann wiedersehen würde. Er würde dem Erzbischof anbieten, in die Mark zurückzukehren. Nicht er allein natürlich, sondern in Begleitung von Soldaten. Brun war der Erzkanzler und verfügte über Soldaten. Er konnte nicht zulassen, dass der Markgraf und der Bischof die christlichen Werte mit Füßen traten und unschuldige Menschen misshandelten. Nein, Brun musste Bewaffnete schicken, die den beiden das Handwerk legten, und er, Ketil, würde die Soldaten herführen.

Vermutlich hätten Velva und die Zwillinge dann längst ein neues Versteck gefunden. Wenn der Graf und der Bischof aber erst einmal unschädlich gemacht waren, könnte Ketil sich auf die Suche nach seinen Freunden begeben.

Ja, genau so wollte er es machen!

Nach einer Weile erreichte er die Lichtung mit dem Teich, in dem er sich im vergangenen Herbst nach dem unfreiwilligen Moorbad gewaschen hatte. Eine Ewigkeit schien das her zu sein, und nur der Herrgott wusste, warum er seinen nicht immer gehorsamen Diener Ketil beim Pinkeln ins Morastloch hatte fallen lassen.

An den Rändern des von vertrockneten Binsen gesäumten Teichs hatte sich über Nacht eine dünne Eisschicht gebildet. Im Winter waren Ketil und Aki auf der Suche nach Jagdwild einige Male hier gewesen. Weiter als bis zur Lichtung waren sie jedoch nie gegangen. Der Weg, der durch den Wald zum Treenehafen führte, war nicht allzu fern und die Gefahr zu groß, den Soldaten des Grafen oder anderen Leuten, die hinter ihnen her waren, zu begegnen. Das Risiko bestand natürlich auch heute. Ketil musste es jedoch in Kauf nehmen.

Die Mittagszeit war noch nicht heran, als er zum Weg kam. Im Gegensatz zum schneebedeckten Waldboden war der Untergrund des Pfads vom Tauwasser aufgeweicht und von Menschen, Ochsen und Wagenrädern aufgewühlt worden. Ein gutes Zeichen. So viele Menschen wären wohl kaum unterwegs, wenn nicht tatsächlich schon wieder Schiffe in See stachen.

Ketil war noch nicht weit gekommen, als er auf einen Mann traf. Es war ein Händler, der sich damit plagte, einen im Schlamm steckengebliebenen Karren freizubekommen. Der Wagen war mit Hirschgeweihen beladen.

Ketil überlegte, ob es nicht sicherer wäre, den Mann einfach zu überholen. Aber dann hatte er Mitleid mit dem Händler, der mit seinem Karren augenscheinlich überfordert war. Er trat neben ihn. Der Mann zuckte bei Ketils Anblick jäh zusammen. Ketil, dem solche Reaktionen nicht fremd waren, lächelte freundlich und bot seine Hilfe an.

Das Gesicht des Händlers hellte sich auf. Sein Name sei Ulf, erzählte er, und er müsse schnell zum Hafen. Das Schiff, für das die Geweihe bestimmt seien, werde noch an diesem Nachmittag ablegen.

Das hörte Ketil gern.

Mit einem kräftigen Ruck beförderte er den Karren aus

dem Matsch und schob ihn zu einer Stelle mit trittfestem Untergrund. Der Händler schenkte Ketil eine Münze und stellte ihm zwei weitere Münzen in Aussicht, wenn Ketil den Karren bis zum Hafen schieben würde.

Das verlockende Angebot konnte er nicht ausschlagen. Leichthändig manövrierte er das Gefährt durch Pfützen und Schlamm, während der Händler redselig neben ihm herspazierte. Er mache seine Geschäfte, indem er Waren zwischen den Häfen von Haithabu und Hygelac an der Treene hin- und hertransportiere. Eigentlich mit einem Ochsenkarren. Sein einziger Ochse sei jedoch im Winter gestorben.

Nach einer Weile meinte der Händler anscheinend, genug von sich erzählt zu haben. Er ging dazu über, Fragen zu stellen – und das gefiel Ketil überhaupt nicht.

Aber der Däne ließ nicht locker.

«Wo kommst du her, Mönch? Ich meine, du bist hier mitten im Wald aufgetaucht, da frage ich mich …»

«Aus Etzeho», antwortete Ketil schnell, vielleicht etwas zu schnell. Er spürte Ulfs prüfenden Blick.

«Ich kenne Etzeho», sagte Ulf. «Aber ich wusste nicht, dass dort Mönche leben.»

«Ich habe in dem Ort nur den Winter verbracht, im Haus eines Priesters», sagte Ketil und betete im Stillen, dass Gott ihm seine Notlüge verzeihen möge. «Vater Alibert, so heißt er. Ich bin ihm bei Gottesdiensten und Beerdigungen zur Hand gegangen.»

Auf seiner Reise in die Mark hatte Ketil erfahren, dass in Etzeho tatsächlich ein Priester dieses Namens lebte, und Ketil hoffte inständig, dass dieser nicht längst gestorben war und der Händler das wusste.

«Priester Alibert?», meinte Ulf nachdenklich. «So, so. Ich habe gehört, er sei schwer krank.»

«Es geht ihm wieder besser.»

«Was hatte er für eine Krankheit?»

«Er war schwach, überarbeitet, das Alter halt.»

Der Händler nickte nachdenklich.

«Und was hast du nun vor?»

«Ich werde heimkehren, nach Colonia, eine große Stadt in Lotharingen.»

«Colonia ist mir ebenfalls bekannt. Ich bin viel herumgekommen auf meinen Reisen. Was hat dich in den Norden verschlagen? Hat dein Herrgott dich geschickt?»

Er kicherte leise.

Der Weg beschrieb eine Kurve, in deren Mitte eine große Pfütze war. Ketil bugsierte den Karren auf der linken Seite um die Lache, während Ulf gezwungen war, die andere Seite zu nehmen. Dadurch wurde das Gespräch zumindest kurz unterbrochen. Kaum gingen sie jedoch wieder nebeneinander her, wiederholte der Händler seine Fragen.

«Ich hatte viel über die Mark gehört», antwortete Ketil. «Als sich mir die Gelegenheit zu dieser Reise bot, habe ich sie ergriffen. Ich wollte mir ein eigenes Bild von der Gegend und den Menschen machen …»

«Bist du unserem Herrn begegnet, dem Markgrafen?»

Ketil spürte ein Kribbeln auf seiner Haut. «Nein.»

«Aber doch bestimmt dem Bischof?»

Allmächtiger, dachte Ketil, unternimm bitte irgendetwas, damit dieser Kerl endlich seinen Mund hält.

«Du meinst Bischof Poppo?», erwiderte er.

«Natürlich, es gibt nur einen Bischof in der Mark.»

«Ich … ich wollte ihn im vergangenen Herbst aufsuchen, doch er scheint ein vielbeschäftigter Mann zu sein …»

«Wo hast du nach ihm gesucht?»

«In Haithabu.»

«Ach, du warst in Haithabu. Soviel ich weiß, und das ist eine ganze Menge, war Bischof Poppo den Herbst über die meiste Zeit in der Stadt. Ich habe ihn dort häufig gesehen. An dich kann ich mich allerdings nicht erinnern – und du bist wahrlich kein Mann, den man einfach so übersieht …»

Ketil räusperte sich übertrieben laut. «Das Reden bekommt meinem Hals nicht. Ich lag noch bis vor wenigen Tagen mit einer Krankheit nieder.»

Dann täuschte er einen heftigen Hustenanfall vor, würgte und spuckte. Ulf wich sofort zwei Schritte von ihm ab. Vermutlich hatte er Angst, sich anzustecken. Den Abstand behielt der Händler zu Ketils Erleichterung auch für den restlichen Weg bei. Und er hielt den Mund, ließ es sich aber nicht nehmen, ab und zu skeptische Blicke auf Ketil zu werfen.

Eine Weile später erreichten sie die ersten Hütten und Gehöfte der Siedlung Hygelac. Ulf bedankte sich für die Hilfe und händigte Ketil die versprochenen Münzen aus. Mit den Worten, dass er nun den Mann suchen müsse, der ihm die Ware abkaufen und dann verschiffen wolle, verabschiedete er sich, winkte Ketil im Gehen noch einmal zu und war verschwunden.

Ketil beeilte sich, zum Hafen zu kommen.

38.

«Aki, bitte mach schneller», rief Asny.

Es war bereits Nachmittag.

«Komme ja schon», knurrte Aki, der mit den letzten Töpfen und Schüsseln beladen aus der Höhle kroch.

Er schleppte die Sachen zu dem Gestell, das die Zwillinge aus Haselstangen gebaut hatten. Angel- und Jagdgeräte sowie Decken und Kleider hatten sie bereits verpackt. Nachdem Aki die Töpfe und Schüsseln dazugelegt hatte, begann Asny alles mit Schnüren zu befestigen und spannte schließlich noch eine Decke darüber. Bei dem bevorstehenden Marsch durch das unwegsame Gelände durfte nichts verloren gehen.

Aki stand dabei, ohne seiner Schwester zur Hand zu gehen. Er fühlte sich kraftlos. Vor allem aber war er maßlos enttäuscht von Ketil, der sich davongestohlen hatte wie ein Dieb.

Natürlich wären weder Aki noch Asny ohne ihre Mutter mit nach Colonia gereist. Es war für die Zwillinge undenkbar, sie allein im Wald zurückzulassen. Sie gehörten zusammen, was auch immer geschah. Dass Ketil aber ohne ein Wort des Abschieds gegangen war, nagte an Aki, machte ihn traurig und wütend zugleich.

Nach dem Gespräch gestern Nacht hatte er gehofft, Ketil würde es sich noch einmal anders überlegen und bei ihnen bleiben. Vor allem hätte er niemals angenommen, dass Ketil so schnell verschwinden würde. Aber als Aki den verwaisten Schlafplatz gesehen hatte, war es ihm gleich merkwürdig vorgekommen. Der Mönch war häufig der letzte gewesen, der aufstand. Aki hatte überall nach ihm gesucht und war schließlich den Spuren bis zum Stein gefolgt, wo er die drei Münzen fand. Auch stellte er fest, dass das Buch verschwunden war. Kurz hatte Aki überlegt, den Spuren weiter zu folgen. Vielleicht konnte er Ketil einholen und ihn umstimmen. Aber er hatte den Gedanken wieder verworfen. Ketil hatte sich entschieden.

«Du kannst es nicht ändern», sagte Asny und wischte sich eine Haarsträhne aus dem Gesicht.

Inzwischen war das Gestell für den Abmarsch vorbereitet. Nun fehlte nur noch Velva.

«Geh sie holen», bat Asny. «Es wird Zeit.»

«Warum warten wir nicht bis morgen früh? Es wird bald dunkel. Siehst du nicht, was für lange Schatten die Bäume schon werfen?»

«Du warst doch dabei, Aki. Mutter hat entschieden, dass wir noch heute aufbrechen müssen.»

«Aber *warum* müssen wir das tun?»

Asny zuckte mit den Schultern. «Vielleicht haben die Götter es ihr gesagt.»

Der Gedanke war auch Aki gekommen. Er seufzte. Es tat ihm leid, dass er sich Asny gegenüber so abweisend verhielt und ihr beim Packen nicht geholfen hatte.

Er rang sich ein Lächeln ab. «Wo ist sie überhaupt hingegangen?»

«Sie wollte Gydas Grab schmücken.»

Sie drehten sich zur Trolleiche um und sahen den vom Schnee befreiten Grabhügel.

«Vielleicht sucht sie etwas, was sie auf das Grab legen kann», meinte Asny.

In dem Moment knackte irgendwo im Wald ein Ast. Das Geräusch kam nicht aus der Richtung, in der Gydas Grab lag.

«Hast du das gehört?», fragte Asny.

Aki nickte. War das Velva gewesen? Oder gar Ketil, der es sich doch noch anders überlegt hatte?

Asny formte mit den Händen einen Trichter vor dem Mund und rief laut Velvas Namen. Als sie keine Antwort erhielt, rief sie ein zweites und ein drittes Mal.

Merkwürdig, dachte Aki, selbst wenn es Ketil gewesen sein sollte, hätte er sich bestimmt bemerkbar gemacht. Er überlegte, ob sie nachschauen sollten, entschied sich aber dagegen, weil sie dann ihre Sachen unbewacht zurücklassen müssten.

«Ruf mit», forderte Asny ihren Bruder auf.

Sie riefen, so laut sie konnten. Doch ihre Fragen verhallten unbeantwortet im Wald.

Aki spürte ein Kribbeln im Nacken.

Da brach erneut ein Ast.

«Vielleicht ist es ein Tier», meinte Asny, «ein Wildschwein oder ein Reh. Oder ein Troll.»

«Jedes Tier wäre bei dem Lärm, den wir machen, längst geflohen.»

Er glaubte auch nicht, dass es ein Troll oder ein Waldgeist war. Velva hatte ihnen von diesen geheimnisvollen Wesen erzählt. Wenn es sie aber in diesem Wald gäbe, wären sie ihnen längst begegnet.

Asny kam näher an Aki heran. «Das ist mir unheimlich.»

Aki bemühte sich, sich seine eigene Unruhe nicht anmerken zu lassen. Er war wieder der einzige Mann in seiner Familie und fühlte sich daher für den Schutz der anderen verantwortlich. Was sollte er tun? Sie konnten nicht einfach weglaufen und Velva zurücklassen.

Und wenn es Blutmäntel waren?

Aki kam ein schrecklicher Gedanke, den er sich aber sogleich verbot. Nein! Ketil mochte sich davongestohlen haben. An die Blutmäntel würde er sie jedoch niemals verraten.

Dann brach zum dritten Mal ein Ast. Wer auch immer durchs Unterholz schlich, verhielt sich nicht gerade geschickt.

Aki kniff die Augen zusammen. Die ganze Zeit hatte er angestrengt in den Wald gestarrt, doch bislang nichts erkennen können. Aber eben gerade war da was gewesen. Eine Bewegung! Ein Schatten, gleich dort hinten bei den Birken! Ja, jetzt war er sich sicher, zwischen den Birken waren über dem hellen Schnee die Umrisse einer menschlichen Gestalt zu sehen – nein, die Umrisse von zwei Gestalten.

«Wir müssen verschwinden!», stieß er aus.

Asny schaute ihn überrascht an. «Und was wird aus Mutter?»

«Wir laufen in den Wald und verstecken uns. Wir kommen später zurück. Los!»

Da stieß Asny einen gellenden Schrei aus.

Zwei Männer stürmten zwischen den Bäumen hervor und rannten auf die Lichtung. Sie hatten Schwerter in den Händen, Kurzschwerter, deren Klingen aufblitzten.

Aki erkannte die Männer sofort wieder.

39.

«Haben wir dich, Hurensohn!»

Grims triumphierendes Gelächter hallte über die Lichtung. Er näherte sich den Zwillingen von der linken Seite, sein Vater Geirmund kam von rechts.

Das plötzliche Auftauchen der Sklavenhändler hatte Asny so überrascht, dass sie wie angewurzelt stehen geblieben war. Aki, der schon auf dem Sprung war, verharrte neben ihr. Er konnte seine Schwester nicht allein zurücklassen, und mittlerweile war die Gelegenheit zur Flucht sowieso vorbei. Hinter ihnen versperrten das Haselgestell und der Erdhügel den Weg, von den Seiten näherten sich Grim und Geirmund.

Asny zitterte am ganzen Körper. In ihrer Verzweiflung klammerte sie sich an Aki.

«Runter auf die Knie!», brüllte Geirmund.

Der Alte hatte sich ebenso wie sein Sohn vom Aussehen her kaum verändert. Das dünne Haar stand von Geirmunds Kopf ab. Blasse Haut spannte sich um seine Schädelknochen, und über seine Stirn verlief eine Ader, dick wie ein Regenwurm.

Aki gehorchte und zog die an ihm hängende Asny mit auf die Knie.

«Das Warten hat sich gelohnt», stieß Grim lachend aus und bleckte die gelben Zähne im schiefen Gesicht. «Den ganzen Winter haben wir nach euch gesucht und überall herumerzählt, dass wir jedem eine Belohnung zahlen, der uns etwas über euch sagen kann. Wie es aussieht, hat sich der Kerl mit den Hirschgeweihen die zehn Münzen wirklich verdient. Er hat nämlich euren Freund, den großen Mönch, getroffen. Seit dem Vorfall auf dem Markt weiß fast jeder in der Mark, dass er mit euch unter einer Decke steckt. Wir brauchten nur noch seinen Spuren zu folgen, auch wenn das nicht ganz einfach war, weil der Schnee an einigen Stellen getaut ist, aber …»

«Halt deinen Mund», herrschte sein Vater ihn an.

Im Gegensatz zu Grim wirkte Geirmund äußerst angespannt. Und wachsam.

Der Alte richtete die Schwertklinge auf die Zwillinge.

«Wo ist die Seherin?», zischte er. In seinem Bart hingen Speicheltropfen.

Akis Herz schlug schnell. Er durfte jetzt nichts Falsches sagen. «Mutter ist nicht hier. Sie ist fortgegangen, schon vor längerer Zeit. Wir sind ganz allein …»

«Fort?», brüllte Geirmund. Zwischen seinen buschigen

Augenbrauen bildete sich eine tiefe Zornesfalte. «Ich glaube dir kein Wort, Bastard. Wo ist die Zauberin? Rede! Oder soll ich deiner Schwester die Nase abschneiden?»

«Vielleicht ist sie da drin?», warf Grim ein und zeigte auf den Erdhügel. «Wir haben euch schon eine ganze Weile beobachtet und gesehen, wie ihr durch das Loch rein- und rausgekrochen seid.»

«Sie ist fort», wiederholte Aki.

Grim grinste feist. «Dann ist sie also tatsächlich da drin. Der Kerl lügt, das hat er schon immer getan – gelogen und betrogen!»

«Ja!», sagte Asny plötzlich. «Sie ist in der Höhle.»

Aki starrte seine Schwester an. Wie konnte sie so etwas behaupten? Hatte sie den Verstand verloren? In wenigen Augenblicken würden die Sklavenhändler herausgefunden haben, dass sie gelogen hatte. Doch dann wurde ihm mit einem Mal klar, was Asny vorhatte.

Die Falte zwischen Geirmunds Augenbrauen wurde wieder kürzer. «Sagt der Seherin, sie soll sofort herauskommen. Wenn sie irgendeinen Zauber versucht oder uns verfluchen will, töten wir euch.»

«Mutter ist sehr krank», log Asny. «Sie kann nicht mehr gehen …»

«Dann machen wir ihr Beine», warf Grim ein. «Wir könnten ein Feuer anzünden und die Seherin ausräuchern.»

Geirmund schlug seinem Sohn mit der flachen Hand auf den Hinterkopf.

«Du hast weniger Verstand als ein toter Hering, Junge! Willst du riskieren, dass die Seherin stirbt? Du kennst die Befehle des Grafen. Er *muss* sie lebendig haben. Sonst gibt es keine Belohnung, und obendrein wird er uns die Köpfe abschlagen.»

«Aber wie kriegen wir sie aus der Höhle, ohne von ihr verflucht zu werden?»

Geirmund dachte einen Moment nach. Dann berührte er mit der Spitze der Schwertklinge Asnys Nase. «Du holst sie raus!»

«Ich helfe ihr», sagte Aki schnell. «Allein kann sie unsere Mutter nicht tragen.»

Die Sklavenhändler wechselten Blicke, bis Geirmund zustimmend knurrte.

«Und wenn alle drei nicht mehr rauskommen?», gab Grim zu bedenken.

Zum ersten Mal zeigte sich so etwas wie ein Lachen auf Geirmunds bleichem Gesicht. «Das werden sie, mein Junge, das werden sie.»

Die Zwillinge verschwanden in der Höhle und krochen, kaum dass sie drin waren, gleich weiter zum Hinterausgang. Aki steckte seine Hände in das Gestrüpp, mit dem das Loch verborgen und abgedichtet war. Als er jedoch die Äste und Zweige zur Seite ziehen wollte, stieß er gegen einen harten Widerstand.

«O nein!», stöhnte er.

«Was ist?»

«Ich habe vollkommen vergessen, dass Ketil im Winter einen Stein vor den Ausgang gerollt hat, gegen die Kälte. Weißt du nicht mehr, wie fürchterlich es gezogen hat?»

Asny setzte sich auf den Haufen aus zerrupften Reisig- und Schilfresten, die unter den Fellen gelegen und ihr Schlaflager gepolstert hatten. Sie zog die Beine an und senkte den Kopf auf die Knie.

Aki legte ihr tröstend einen Arm um die Schultern.

Hinter dem Brombeergestrüpp am Vordereingang schimmerte dünnes Tageslicht. Sie konnten Grims und Geirmunds gedämpfte Stimmen und die Geräusche ihrer Schritte hören.

«Und was tun wir jetzt?», fragte Asny.

«Ich weiß es nicht.»

Aki ließ seinen Blick durch die Höhle schweifen. Kaum noch etwas wies darauf hin, dass hier mehrere Menschen auf engstem Raum zusammengelebt hatten. Alles, was sie besaßen, hatten sie ausgeräumt. Jetzt lagen die Sachen auf dem Haselgestell, über das sich gerade die Sklavenhändler hermachten. Mehrmals war dumpfes Scheppern zu hören, als Tonschalen und Becher zerbrachen.

Akis Blick fiel auf die Überreste der mit Steinen eingefassten Feuerstelle.

Da kam ihm eine Idee. Es war zwar gefährlich, aber er sah keine andere Möglichkeit.

«Hör zu», flüsterte er und erläuterte seinen Plan.

Asny sah nicht überzeugt aus. «Glaubst du, sie sind wirklich so dumm?»

«Wenn dir etwas Besseres einfällt, mach einen anderen Vorschlag.»

Asny schüttelte den Kopf.

Aki kroch zur Feuerstelle und wählte einen Stein aus, der etwa so groß wie zwei Männerfäuste war. Mit dem Stein bezog er neben dem Eingang Stellung. Er gab Asny ein Zeichen.

Sie holte Luft und rief durch die Höhlenöffnung: «Wir schaffen es nicht! Wir brauchen das Gestell, um Mutter rauszuschaffen. Sie ist sehr krank …»

Vor dem Eingang waren wütende Stimmen zu hören.

Aki nickte seiner Schwester aufmunternd zu. Das mit dem Gestell war ein guter Vorwand.

Die Brombeerruten raschelten. Kurz darauf tauchten die verschnürten Haselstangen auf. Akis Herzschlag beschleunigte sich. Sein Plan würde nur gelingen, wenn einer der beiden Sklavenhändler in die Höhle kam, damit Aki ihm das Schwert abnehmen konnte. Mit einem Schwert würde er sich durchaus zutrauen, gegen einen der beiden anzutreten. Was Grim oder Geirmund ihm an Kraft voraushatten, konnte Aki durch Schnelligkeit und Wendigkeit wettmachen.

Das Gestell war etwa zur Hälfte in der Höhle, als es gegen eine Wand stieß und sich verkeilte.

«Zieht es rein und legt die Seherin drauf», hörte Aki Geirmunds Stimme. Der Alte saß offenbar unmittelbar vor dem Eingang.

«Es hat sich verklemmt», rief Asny zurück. «Wir brauchen eure Hilfe.»

Geirmund stieß einen Fluch aus. Dann war sein keuchender Atem zu hören.

Aki hielt den Stein mit beiden Händen an der Stelle über dem Eingang, an der Geirmunds Kopf auftauchen würde. Er zwang sich, ruhig zu atmen, um das Zittern seiner Hände unter Kontrolle zu bekommen. Während er wartete, fielen ihm die Worte ein, die Ketil vorgelesen hatte, bevor Aki zum Markt aufgebrochen war. Damals hatte der Christengott Aki nicht beigestanden; aber vielleicht würde er es heute tun, und wenn er wirklich so mächtig war, wie Ketil behauptet hatte, dann …

Von Gott kommt meine Hoffnung, dachte Aki. *Nur er ist mein Fels und mein Heil, meine sichere Burg; ich werde nicht wanken …*

Da bewegte sich etwas im Eingang. Erst war es nur ein Schatten, dann erschien Geirmunds Kopf, dann sein Hals, und schließlich kamen die breiten Schultern zum Vorschein. Er kroch auf allen vieren in die Höhle.

Aki spannte seine Muskeln an.

Plötzlich hielt Geirmund inne. Seine Augen mussten sich an das Zwielicht gewöhnen.

«Wo ist die Seherin?», schnaubte er und drehte sein Gesicht zu Aki.

Aki sah noch, wie Geirmund die Augen aufriss, dann ließ er den Stein auf den Schädel des Sklavenhändlers niederfahren. Er traf ihn über dem linken Ohr. Geirmund stieß einen stöhnenden Laut aus und sank zu Boden.

Aki warf den Stein fort und packte Geirmund an den Schultern. Asny kroch herbei und half ihm. Gemeinsam zogen sie den leblosen Alten Stück für Stück herein.

«Was ist da los?», rief Grim draußen. «Vater? Vater, sag doch was!»

Es schien eine Ewigkeit zu dauern, bis sie zumindest Geirmunds Oberkörper durch das Loch hatten. Aki seufzte erleichtert. Das Schwert hing an Geirmunds Gürtel.

Grims Stimme wurde panischer. «Was habt ihr mit Geirmund gemacht? Ich bringe euch um, wenn ihr ihm etwas angetan habt! Hört ihr mich? Ich räucher euch aus!»

Aki griff nach dem Schwert. Er wollte aus der Höhle, um es mit Grim aufzunehmen. Doch Geirmunds breiter Hintern blockierte den Eingang. Er legte die Klinge wieder zur Seite und zog gemeinsam mit Asny an Geirmund, bis er endlich drin war.

Da ertönte ein schriller Schrei.

Die Zwillinge fuhren zusammen. Sie hatten die Stimme sofort erkannt – es war Velva! Und sie schrie wieder und wieder und stieß die Worte auf eigenartig verzerrte Weise aus.

Dann war Grims Brüllen zu hören, und es wurde still.

Viel zu still.

Aki schnappte sich das Schwert. Aber als er nach draußen wollte, begann sich Geirmund zu regen. Aki hatte nicht fest genug zugeschlagen. Er hoffte, dass der Alte noch immer benommen war, und bewegte sich auf das Loch zu. Asny rief nach ihm. Aki kroch weiter. Er musste wissen, was mit Velva geschehen war. Warum sie keinen Laut mehr von sich gab.

Aki achtete nicht auf die Dornen, die sein Gesicht zerkratzten. Er kämpfte sich weiter voran. Dann war er draußen – und erstarrte.

Nur wenige Schritte von ihm entfernt stand Grim und glotzte wie benommen auf Velva. Die Zauberin schien vor ihm zu knien.

Ein brennender Schmerz fuhr Aki durch alle Glieder. Er sah, dass Velva gar nicht kniete. Sie wurde nur durch das Schwert gehalten, das Grim festhielt. Die Klinge steckte bis zum Heft in Velvas Mund und war in ihrem Nacken wieder ausgetreten. Blut strömte wie ein Sturzbach über ihren Rücken.

Aki hörte einen Schrei, dieses Mal war es sein eigener. Er hob das Schwert, um sich auf Grim zu stürzen. Um ihn zu töten.

Etwas hielt ihn von hinten fest, und als er sich losreißen wollte und sich umdrehte, sah er in Geirmunds wutverzerrtes Gesicht. Der Alte schlug mit der Faust zu, und die Welt wurde schwarz wie die finsterste Nacht.

40.

Es goss in Strömen, als Thankmar sein Heer zur Eresburg führte. Über dem Berg jagten Wolken grau und schwer dahin. Der Weg schlängelte sich den Berg hinauf, rechts von ihnen ging es steil bergab. Windböen fauchten um die Steilhänge. Tief unten strömte der reißende Fluss durchs Tal. Mühsam kämpften sich Hunderte Pferde über den schlammigen Weg, der von Süden her als einziger Zugang auf die Gipfelebene führte.

Hauptmann Ernust, der neben Thankmar an der Spitze des Heeres ritt, warf dem Grafen einen Blick zu, als dieser eine heitere Melodie zu pfeifen begann.

«Ihr scheint gut gelaunt zu sein, Herr», meinte Ernust, den kahlen Kopf zwischen den breiten Schultern eingezogen.

«O ja», erwiderte Thankmar. «Ist das nicht ein wundervoller Tag?»

Der Mantel hing nass und schwer von seinen Schultern. Lächelnd wischte er sich über die Augen. Sofort tropfte aus seinen Brauen Regenwasser nach.

Ernust grummelte etwas, was nicht nach einer Bestätigung klang.

«Das ist ein Wetter, bei dem Siege errungen werden», erklärte Thankmar. «Die Zaghaften, die Prahler und Stiefellecker bevorzugen Sonnenschein. Aber wenn Gott die Welt mit Sturm und Chaos überzieht, steht ein wahrer Herrscher mit erhobenem Schwert auf dem Schlachtfeld und badet im Blut seiner Feinde.»

Ernust machte ein nachdenkliches Gesicht. Er schien auch noch über die Worte seines Herrn zu grübeln, als sie bald darauf die Hochebene erreichten, auf der die von einem Erdwall und einer hölzernen Brustwehr gesicherte Burg thronte. Unterhalb des Burgwalls war die Ebene mit dicht an dicht stehenden Zelten vollgestellt, über denen die Banner der Aufständischen wehten. Männer wateten durch knöcheltiefe Pfützen zwischen den Zelten und befestigten sie gegen den stärker werdenden Wind.

Am Rand des Plateaus zügelte Thankmar sein Pferd und wartete auf seine Soldaten. Unter ihnen waren viele Männer, die ihn im vergangenen Herbst nach Hladir begleitet hatten. Als die Schar nachgerückt war, gab Thankmar den Befehl, die Zelte auf den verbliebenen Freiflächen aufzustellen. Die Soldaten begannen sogleich, die Planen und Tücher über dem aufgeweichten Boden auszurollen.

Thankmar ließ von Ernust zwei Dutzend Blutmäntel auswählen, dann ritten sie über einen mit Bohlen befestigten Weg zur Burg.

Die Anlage stand im Herzogtum Sachsen, unweit zur Grenze des Herzogtums Franken. Vor etwa zweihundert Jahren war sie vom alten Frankenkaiser Carolus bei den Kämpfen zwischen Franken und Sachsen erobert worden. Carolus, den die Geschichtsschreiber *magnus*, den Großen, nannten, hatte dabei das sächsische Heiligtum, die heidnische Irminsul, zerstört. Vielleicht würde Thankmar wieder eine solche Weltensäule errichten, wenn es so weit war. Nicht, weil er etwas für heidnische Gottheiten übrighatte, nein, ganz gewiss nicht. Er würde es zu Ehren der alten Sachsen tun, die einst auf dieser Burg residiert hatten – hier, wo Thankmars Vater den Tod gefunden hatte.

Am Tor versperrten ihnen Soldaten des Burgherrn, Graf Gunther, den Weg. Thankmar saß ab, stellte sich vor, und die Wachen ließen ihn und seine Männer passieren. Auf dem verwaisten Burghof suhlten sich Schweine im Schlamm.

Linker Hand des Tores standen Pferdeställe und ein halbes Dutzend schilfgedeckte Hütten mit Lehmwänden. Geradeaus erhob sich der aus Steinen errichtete Palas. Vor der geschlossenen Tür suchten zwei Wachposten unter einem Dachvorsprung Schutz vor dem Wetter.

Thankmar schickte Ernust und die Blutmäntel mit Gepäck und Pferden zu den Ställen und Hütten. Sie sollten die Pferde versorgen und sich ein Quartier suchen.

Er selbst machte sich auf den Weg zur Burgkapelle, einem kleinen Steingebäude mit Spitzdach und einem Holzkreuz davor, das sich in einen Winkel zwischen dem Burgwall und dem Palas duckte.

Thankmar trat ein und schloss die Tür hinter sich. Einen Augenblick lang ließ er die Stille auf sich wirken, die nur vom Plätschern des Regens unterbrochen wurde. Die Luft roch nach feuchtem Stroh. Es raschelte unter Thankmars Stiefeln, als er zum Altar ging. Er kniete davor nieder und umschloss mit der rechten Hand seinen Talisman, den hölzernen Span.

Hier war sein Vater gestorben. Mehr als zwanzig Jahre waren seit jenem Sommertag im Jahre 938 vergangen, an dem er vor Ottos Soldaten in die Kapelle hatte fliehen müssen – eine Kirche, die von Papst Leo geweiht worden war. Die Tat war ein Frevel! Der alte Thankmar stand im Gotteshaus unter dem Schutz des Allmächtigen und hätte vor allen Nachstellungen sicher sein müssen. Dennoch drängten die Soldaten nach. Er wurde verwundet, konnte die Angreifer aber abwehren. Doch dann bohrte ihm ein Vasall namens Maincia heimtückisch einen Speer in den Rücken.

Thankmar nahm das Lederband mit dem Span ab und strich mit der linken Hand über den Altar. Unter seinen Fingern spürte er die Kerbe, aus der er den Holzkeil geschnitten hatte, als er vor einigen Jahren schon einmal hier gewesen war. Damals hatte er geschworen, dass er – Thankmar, der Sohn – das herbeiführen würde, was seinem Vater verwehrt worden war: Gerechtigkeit.

«Vater», sagte Thankmar, «ich schwöre bei meinem Leben, dass ich nicht eher ruhen werde, bis ich deinen Tod gerächt und den Thron erobert habe!»

In der Hütte, in der die Blutmäntel untergekommen waren, wechselte Thankmar seine nassen Kleider gegen trockene aus. Von Ernust ließ er sich das kleine Weinfass aushändigen, das dieser von der dänischen Mark bis zur Eresburg mitgeführt und nicht aus den Augen gelassen hatte. Seinen Soldaten gab Thankmar den Befehl, die Waffen anzulegen und sich bereitzuhalten.

Auch Thankmar gürtete sein Schwert, bevor er sich auf den Weg zum Palas machte.

Er hatte seine kostbarsten Kleider angezogen, die, wie er meinte, eines Herrschers würdig waren. Wie an dem Tag, an dem Evurhard ihn auf der Markgrafenburg besucht hatte, trug Thankmar den purpurfarbenen, mit Eisfuchsfellen gesäumten Mantel über einer blauen Tunika. Seine Füße steckten in eingefetteten Stiefeln, die allerdings schon nach wenigen Schritten über den Hof mit Schlamm besudelt waren.

An der Palastür traten ihm die Wachen in den Weg.

«Gebt uns Euer Schwert, Graf», sagte einer der Soldaten.

Thankmar nahm es ab und reichte es ihm lächelnd. Je bereitwilliger er sich zeigte, desto unwahrscheinlicher war es, dass die Soldaten ihn durchsuchen und dabei das kleine Messer finden würden, das er unter dem Mantel versteckte.

«Was ist in dem Fass?», wollte der Soldat wissen.

«Ein ganz besonderer Wein. Er ist ein Geschenk für Herzog Evurhard.»

Die Soldaten warfen sich Blicke zu. Dann ging einer zur Tür und klopfte an. Die Tür wurde von innen entriegelt und geöffnet. Thankmar trat seine Stiefel ab und kam an weiteren Wachposten vorbei in den zugigen Palas.

Die Halle war ein langer Saal, dessen Boden mit Stroh und Schilf bedeckt und in dem der Geruch nach Rauch allgegenwärtig war. In einem Kamin loderte ein Feuer, das die feuchte Kälte jedoch nicht vertreiben konnte. An den Wänden hingen Felle und Tücher mit dem Zeichen des Burgherrn Gunther. Davor standen Tische und Bänke. Platten mit abgenagten Geflügel- und Wildtierknochen zeigten Thankmar, dass man gerade üppig gespeist hatte.

Nirgendwo waren Bedienstete zu sehen, die die Reste hätten abräumen können. Thankmar sah nur einige Männer, die um einen breiten Lehnstuhl, einem Thron ähnlich, herumstanden und sich mit Weinbechern in den Händen unterhielten.

Es waren acht Männer: Huga sowie fünf Grafen und Herzöge, die Evurhard auf seine Seite hatte bringen können, was offenbar auch für die beiden Geistlichen galt. Bis auf einen Mann standen alle. Derjenige, der auf dem Thron saß, war nicht etwa der Burgherr Gunther, sondern Evurhard – der Mann, der sich bereits für den neuen König hielt.

Evurhard hob die rechte Hand. Alle Gespräche verstummten, und die Männer wandten sich Thankmar zu.

«Ich freue mich, Euch endlich wiederzusehen», sagte Evurhard feierlich.

Er erhob sich aus dem Stuhl, kam Thankmar entgegen und begrüßte ihn. Thankmar stellte das mitgebrachte

Weinfass auf einem Tisch ab, auf dem bereits ein größeres Fass stand, aus dem sich die Männer bedienten.

Dann ergriff er Evurhards Rechte mit beiden Händen.

«Die Freude ist ganz auf meiner Seite», sagte er und verbeugte sich demütig.

Als er wieder aufschaute, sah er den Berater Huga neben Evurhard stehen. Er musterte Thankmar mit hochgezogenen Augenbrauen.

«Wir sprachen gerade über Euch», sagte Evurhard.

«Nur Gutes, hoffe ich», erwiderte Thankmar lachend.

Evurhard machte daraufhin eine Miene, die Thankmar nicht recht deuten konnte.

«Ja – und vielleicht», meinte Evurhard.

Er führte Thankmar zu den anderen.

«Das ist Graf Thankmar! Er hat eine weite Reise auf sich genommen, um sich unseren Reihen anzuschließen. Einige von Euch werden ihn bereits kennen. Für alle anderen: Er ist der Sohn des legendären Thankmar, der hier auf der Eresburg im Kampf um den Thron sein Leben lassen musste.»

Thankmar nickte mit einem strahlenden Lächeln in die Runde. Von den Anwesenden kannte er nur den einen oder anderen flüchtig, etwa den Grafen Barthold von Hildenisheim oder Gunther, den Herrn der Eresburg.

«Ihr seid reichlich spät», bemerkte Huga. «Habt Ihr die Nachricht über den genauen Zeitpunkt unseres Treffens nicht erhalten?»

«Doch, doch», sagte Thankmar, «und ich muss mich aufrichtig bei Euch entschuldigen. Ich bin aufgehalten worden. Dadurch hat sich meine Abreise leider verzögert.»

Huga spitzte die Lippen. «Man sagt, Ihr hättet im vergangenen Herbst eine Flotte bemannt, um sie in den Norden zu führen.»

Das also war der Grund für Evurhards Zögern. Es überraschte Thankmar nicht, dass Huga von seiner Fahrt wusste.

«Hat sich meine Mission bereits herumgesprochen?», meinte er.

«Ihr werdet verstehen, dass wir uns über unsere Freunde auf dem Laufenden halten», sagte die Kröte. «Warum habt Ihr diese Fahrt bei unserem letzten Treffen mit keinem Wort erwähnt?»

Huga, der nun ganz in seinem Element zu sein schien, durchbohrte Thankmar förmlich mit Blicken.

Die anderen Männer kamen näher.

«Meine Fahrt hat mit unserer Angelegenheit nicht das Geringste zu tun», erklärte Thankmar. «Da ich als Graf der dänischen Mark für die Sicherheit und den Schutz der Menschen dort verantwortlich bin, musste ich einem Seeräuber das Handwerk legen. Der Normanne hat die Geschäfte vieler Dänen bedroht …»

«Oho!», machte Huga und blies seine Froschbacken auf. «Was für eine Tat! Ja, das war wirklich eine äußerst fürsorgliche Tat, die Euch auszeichnet. Man sagt auch, Ihr hättet die Stadt des Seeräubers nicht nur eingenommen, sondern vollständig niedergebrannt und die meisten Bewohner getötet.»

Ein Raunen erhob sich unter den Anwesenden. Das Verbrennen von Menschen war zwar auch den Sachsen und Franken nicht fremd, aber es gehörte doch viel Grausamkeit dazu, eine ganze Stadt auszulöschen.

«Da seid Ihr ebenfalls richtig informiert», räumte Thankmar ein und ergänzte lachend: «Ich frage mich, wie viel Geld Ihr für diese Informationen bezahlt habt.»

«Gerade so viel, wie nötig war», sagte Huga und verzog die Lippen zum breiten Krötenlächeln.

Da wurde Thankmars Miene ernst. «Die Normannen, die im Feuer umkamen, waren Seeräuber, Mörder und gottlose Götzenanbeter – keine ehrenhaften Menschen. Und keine, die das Mitleid eines aufrechten und tiefgläubigen Christen verdient hätten.»

Einige der Umstehenden, allen voran die beiden Priester, hoben ihre Weinbecher und nickten zustimmend.

Thankmar nahm Haltung an, streckte den Rücken, wölbte die Brust und sagte laut: «Diese gottlose Brut hat den Tod verdient – so wie König Otto und seine Günstlinge!»

Jetzt hoben alle ihre Becher.

«Ihr sprecht wahre Dinge gelassen aus», sagte Evurhard.

Ihm war anzumerken, dass er nun wesentlich entspannter war. Offenbar war es Thankmar gelungen, etwaige Zweifel an seiner Loyalität auszuräumen.

«Trinken wir also auf unsere Gemeinschaft», rief Evurhard, und die Männer leerten die Becher.

Einzig Huga nippte lediglich am Wein, wobei er Thankmar nicht aus den Augen ließ.

Während Gunther sich daran machte, die Becher aus dem größeren Fass neu zu füllen, hob Evurhard zu einer Rede an. Der Herzog sprach vom bewundernswerten Mut der Adligen. Sie hätten keine Kosten und Mühen gescheut und auf der Eresburg ein Heer zusammengeführt, mit dem man Otto vernichtend schlagen werde. Er betonte mehrfach, dass nur die in diesem Saal Anwesenden von den Umsturzplänen wüssten und dass alle zu absoluter Verschwiegenheit verpflichtet seien.

«Für niemanden gibt es ein Zurück – egal, was auch passieren wird», rief er.

Thankmar nickte zustimmend und ging dann zu seinem mitgebrachten Weinfässchen.

«Ich habe mir erlaubt, Euch, Herzog Evurhard, für diesen besonderen Anlass ein ganz besonderes Geschenk zu überreichen», sagte er. «Erinnert Ihr Euch an den Wein, den Ihr bei Eurem Besuch auf der Markgrafenburg genossen habt?»

«O ja!», bestätigte Evurhard. «Das war ein außergewöhnlich guter Wein.»

«Dann reicht mir Euren Becher», bat Thankmar. «Ich möchte Euch gleich einen Schluck davon einschenken.»

Evurhard leerte seinen Becher in einem Zug und hielt ihn unter das Fass. Thankmar drehte den kleinen Hebel am Zapfhahn nach rechts und ließ den dunkelroten Frankenwein in Evurhards Becher rinnen.

Huga schien das gar nicht zu gefallen.

«Herr, Ihr solltet den Wein nicht ungeprüft …», warf die Kröte ein.

«Ach was!», rief Evurhard. «Einen solchen Tropfen darf ich mir nicht entgehen lassen.»

Doch als Evurhard trinken wollte, legte ihm Huga eine Hand auf den Arm.

«Der Markgraf soll ebenfalls von dem Wein trinken», drängte Huga.

Alle Blicke richteten sich auf Thankmar.

«Aber natürlich – wenn mein künftiger König mir einen Schluck von dem Geschenk spendiert», sagte er lachend.

«Nur zu, mein Freund», meinte Evurhard.

Thankmar nahm einen Becher vom Tisch, drehte beim Zapfen den Hebel dieses Mal nach links und ließ den roten Wein aus dem Hahn laufen.

Im vergangenen Sommer hatte Thankmar dieses besondere Fässchen in Haithabu einem byzantinischen Händler abgekauft. Im Inneren gab es zwei voneinander getrennte

Kammern, die mit unterschiedlichen Flüssigkeiten gefüllt werden konnten. Je nach Stellung des Hebels am Hahn konnte man wählen, aus welcher Kammer gezapft werden sollte. Der Byzantiner hatte erklärt, dass ein Mann namens Philon von Byzanz vor vielen Jahrhunderten dieses System erfunden hatte, eigentlich um es mit verschiedenen Weinsorten zu füllen. Der Händler verlangte für das Fass stattliche einhundert Gramm Silber, und Thankmar war gern bereit, die Summe dafür zu zahlen.

Als sein Becher gefüllt war, drehte er sich zu Evurhard und der Kröte um.

«Trinken wir auf unseren Sieg!», rief Evurhard so laut, dass seine Stimme im Saal widerhallte.

«Und auf den neuen König», ergänzte Thankmar.

«Nein!», fuhr Huga dazwischen. «Der Markgraf soll zuerst trinken.»

Gemurmel erhob sich. Die Anwesenden wunderten sich über Hugas Misstrauen.

Thankmar ließ sich jedoch nicht aus der Ruhe bringen. Er setzte den Becher an die Lippen und nahm unter Hugas prüfenden Blicken zwei große Schlucke.

«Seid Ihr nun zufrieden, Huga?»

Die Kröte nickte kantig, und endlich tranken auch Evurhard und dann alle anderen.

Thankmar wartete in aller Seelenruhe ab, bis sie ihre Becher geleert hatten, und zog dann ein in Tuch eingeschlagenes Pergament unter seinem Mantel hervor. Er faltete das Tuch auseinander und hielt die Urkunde in die Höhe.

Huga trat als Erster heran. Herzöge, Grafen und Priester drängten hinterher.

«Was soll das sein?», fragte Huga.

«Das werde ich Euch gleich erzählen», entgegnete Thankmar.

Er richtete seinen Blick auf Evurhard, der etwas abseits von den anderen stand und in diesem Moment genau dieselben Reaktionen zeigte wie die Menschen, an denen Thankmar zuvor das Gift getestet hatte. Evurhards Augen weiteten sich, dass es den Anschein hatte, sie würden aus seinem dunkelrot angelaufenen Gesicht quellen. Sein Atem ging stoßweise. Der Becher fiel aus seiner zitternden Hand zu Boden.

«Er hat ihn vergiftet!», riefen einige Männer.

«Diese Urkunde ist ausgestellt worden von König Heinrich, meinem Großvater», rief Thankmar schnell. «Darin wird mein Vater als Thronfolger bestimmt. Daher bin ich es – und nur ich allein! –, der als sein direkter Nachfahre Anspruch auf die Herrschaft hat – und nicht Evurhard. Diese Urkunde ist zudem älter als alle Ansprüche, die Otto hat!»

Verwirrte Blicke glitten zwischen der Urkunde und Evurhard hin und her.

Der Herzog war auf die Knie gesunken und presste die Fäuste gegen seinen Magen. Speichel tropfte aus seinem Mund. Huga kauerte neben seinem Herrn und versuchte, den vor Schmerzen zuckenden Herzog zu halten.

Graf Barthold von Hildenisheim trat mit wutverzerrter Miene vor Thankmar. «Wir haben Evurhard Treue und Gefolgschaft gelobt – so wie Ihr es getan habt. Er ist unser Führer!»

«Die Urkunde besagt etwas anderes», erwiderte Thankmar gelassen.

Barthold stand mit zu Fäusten geballten Händen vor ihm, ebenso wie drei, vier andere Männer. Die übrigen hielten sich abwartend im Hintergrund.

Aber Thankmar war sich sicher, dass keiner die Hand gegen ihn erheben würde. Sie alle hatten den Inhalt der Urkunde inzwischen gelesen und wussten nun, dass nur er, der Nachfolger König Heinrichs, ihr oberster Herrscher war.

Wer sich an Thankmar vergehen würde, beginge Hochverrat!

Außerdem würde es keiner der Verschwörer wagen, aus Protest die Gruppe zu verlassen. Sie hatten sich dem Aufstand gegen Otto verschworen, und wer diesen Schwur brach, war dem Tode geweiht.

Das Gleiche galt für jeden, der sich gegen Thankmar stellte.

«Die Urkunde ist gefälscht!», kreischte Huga. Sein Krötengesicht bebte vor Zorn und Angst.

«Sie trägt Heinrichs Unterschrift und sein Siegel», entgegnete Thankmar.

«Wir müssen Unterschrift und Siegel überprüfen», sagte Barthold. «Bevor das nicht geklärt ist, bleibt Evurhard unser Führer.»

Thankmar seufzte. Glaubten sie wirklich, Evurhard würde mit dem Leben davonkommen?

Er drehte sich zur Tür, steckte Daumen und Zeigefinger in den Mund und stieß einen schrillen Pfiff aus. Daraufhin wurde die Tür aufgestoßen. Ernust drang, gefolgt von zwei Dutzend Blutmänteln, in den Saal. Sie trieben die entwaffneten Palaswachen vor sich her.

Im Hintergrund ließ Huga einen heulenden Klagelaut hören. In den Armen hielt er seinen Herrn. Vor Evurhards Mund hatte sich gelblicher Schaum gebildet.

Thankmar gebot seinen Soldaten Einhalt. Er steckte die Urkunde ein, ging zu Huga, riss ihn von Evurhard fort und schleuderte ihn gegen den Thronstuhl, der mit einem dumpfen Geräusch umkippte.

Anschließend ließ sich Thankmar hinter Evurhard nieder und flüsterte ihm ins Ohr: «Ich habe ein Gegengift. Soll ich es dir geben?»

Evurhards Kopf wackelte hin und her. Als er den Mund öffnete, quoll Schaum hervor, bevor er ein gequältes «Jaaa!» hervorbringen konnte.

«Dann sag jetzt den anderen, wer ihr König ist», flüsterte Thankmar.

Evurhard verzog das Gesicht, als eine weitere Welle grauenvoller Schmerzen durch seinen Körper fuhr.

«Er … Thank…mar ist der … König», lallte er.

Barthold und den anderen entglitten die Gesichtszüge.

«Danke, mein Freund», sagte Thankmar.

Er zog sein Messer, setzte es an Evurhards Kehle und erlöste ihn von seinen Schmerzen.

41.

Sturmwind peitschte den Regen über das tosende Meer. Bei jedem Wellenschlag bäumte sich das Schiff auf wie ein wildes Pferd, bevor es ins Wellental hinabstürzte. Ein Schwall mit Regen vermischter Gischt ergoss sich über das Deck und die Menschen, die sich gegen die Naturgewalten stemmten.

Aki schmeckte das salzige Wasser auf den Lippen. Sein Haar und seine Kleidung trieften vor Nässe. Auch Asny, die neben ihm auf der Ruderbank saß, tropfte das Wasser vom Leib.

Bei jeder Ruderbewegung schlugen die Ketten, die man

den Zwillingen um die Handgelenke gelegt hatte, gegen die blank gescheuerten Riemengriffe.

«Rudert!», brüllte der Schiffsführer gegen den fauchenden Wind an. Sein Name war Fulrad. Er war Mitte dreißig, dürr wie Treibholz und mit einem viel zu großen Bärenfellmantel bekleidet. Die ledrige Haut seines Gesichts über dem dunklen Bart war von Sonne und Seewind gegerbt.

«Verdammt noch mal – ihr sollt rudern! Oder wollt ihr, dass uns die Strömung auf die Untiefen drückt? Rudert!», rief er in der Sprache der Nordmänner. Die meisten Männer an Bord waren Dänen.

Die Riemen knarrten in den Löchern der Bordwand. Immer wieder tauchten die Ruderblätter ins schäumende Wasser. Vor und zurück bewegten sich die Ruder, vor und zurück.

Das Handelsschiff, das mit einem Laderaum ausgestattet war, war mit elf Männern besetzt. Asny war die einzige Frau an Bord. Die meisten Männer waren Händler, die ihre Waren von der Dänenmark über das Nordmeer nach Westen verschifften, um Geweihe, Tiere und Specksteine in den am großen Strom Rhenus gelegenen Städten zu verkaufen.

Das wollten auch Grim und sein Vater Geirmund, die auf der Bank hinter den Zwillingen saßen und diese nicht aus den Augen ließen. Aki und Asny gehörten nun ihnen. Sie waren ihre Sklaven – und somit das Wertvollste, das Grim und Geirmund noch hatten.

«Rudert!», rief Fulrad erneut. Er stemmte sich im Heck gegen das Steuerruder, um das Schiff auf Kurs zu halten.

Seine Augen weiteten sich, als sich plötzlich eine gewaltige Welle vor dem Vordersteven aufbaute. Das Schiff stieg höher und höher. Es schien, als gleite es auf der Welle geradewegs in den Himmel, bevor es jäh wieder in die Tiefe fiel. Das Wasser klatschte mit einem ohrenbetäubenden Geräusch auf das Deck. Die Planken krachten, als habe sich jede einzelne gelöst. Doch sie hielten. Noch hielten sie.

Mit einem Mal brach Asny über dem Riemen zusammen. Ihr Gesicht war blutleer, ihre Augenlider flackerten. Aki wollte seiner Schwester aufhelfen. Doch Grim beugte sich nach vorn und stieß ihn zurück. Daraufhin packte Grim Asny an den Schultern und schlug ihr mit der flachen Hand auf den Hinterkopf.

«Du sollst nicht schlafen, Weib!», zischte er.

Das Schiff stieg auf.

Asny öffnete die Augen. Sie drehte sich um und starrte Grim an. Ihr Blick war so hasserfüllt, dass er Aki unweigerlich an Velva erinnerte.

Diesen Eindruck hatte offenbar auch Grim. Er zuckte zurück, als sei er von einer Wespe gestochen worden. Für einen Moment wirkte er verunsichert, beinahe ängstlich. Doch er fing sich wieder – und schlug abermals zu. Seine Hand hinterließ einen roten Fleck auf Asnys Wange, aber über ihre Lippen kam kein Laut.

Das Schiff krachte ins Wellental.

Asnys Blick haftete noch immer an Grim, als wolle sie alles Leben aus ihm saugen.

Da hob Grim erneut die Hand, ballte sie zur Faust und zielte auf Asny.

Aki ließ den Riemen los. Die Ketten rasselten, als er zu Grim herumfuhr, um ihn an dem Schlag zu hindern. Er würde ihm die Kette über das schiefe Gesicht ziehen, auch wenn dies für ihn selbst das Ende bedeutete. Er war Grims Sklave und ihm auf Gedeih und Verderb ausgeliefert. So wie man einen tollwütigen Hund totprügelte, so würde

Aki sein Leben verwirken. Aber er konnte es nicht zulassen, dass dieser verdammte Kerl Asny misshandelte.

Bevor Aki und Grim aufeinander losgehen konnten, griff Geirmund ein. Der Alte rammte seinem Sohn den Ellenbogen hart in die Seite. Grim stieß einen keuchenden Laut aus und ließ seine Faust sinken.

«Willst du dem Kerl die Nase brechen?», brüllte Geirmund gegen das Sturmgetöse an. «Was, glaubst du wohl, würden wir an einem Sklaven mit schiefer Nase verdienen? Die Sklaven dürfen keine äußeren Verletzungen haben. Hörst du – keine Verletzungen!»

Ohne Aki aus den Augen zu lassen, legte Grim seine Hände wieder auf den Riemen, als sich ein Wasserschwall über das Schiff ergoss.

Aki wischte sich übers Gesicht, wandte sich von Grim ab und warf Asny einen tröstenden Blick zu. Der Fleck auf ihrer Wange leuchtete rot. Sie holte tief Luft, dann begannen beide wieder zu rudern.

«Mehr Backbord!», rief Fulrad den Ruderern zu.

Der Lotse im Bug hatte soeben signalisiert, dass sie geradewegs auf eine Untiefe zuhielten. Mit all seiner Kraft drückte Fulrad gegen das Steuer, und die Ruderer auf der Backbordseite zogen hart die Riemen durch.

Während sie die Untiefe umschifften, dachte Aki daran, dass Grim und Geirmund das Geld bitter nötig hatten, wenn sie irgendwann in die Mark zurückkehren wollten. Noch im Wald hatten die beiden den Plan gefasst, die Zwillinge fern der Heimat zu verkaufen. In der Mark konnten sie das unmöglich tun. Zu groß war die Gefahr, dass Thankmar ihnen auf die Schliche kam. Wenn der Graf herausfand, dass Grim die Seherin getötet hatte, würde er ihn und seinen Vater hinrichten lassen.

Daher waren die Sklavenhändler mit den Zwillingen fluchtartig zum Treenehafen aufgebrochen. Da Grim und Geirmund jedoch kaum Geld bei sich hatten, mussten sie Fulrad zusagen, ihm die Kosten für die Fahrt zu bezahlen, sobald sie ihre Sklaven verkauft haben würden.

Fulrad hatte ihnen zu verstehen gegeben, dass er kein Mann war, der mit säumigen Schuldnern nachsichtig umging. Seine Besatzung bestand neben einem Lotsen aus zwei Seeleuten, an deren Händen Blut klebte. Die Seeleute waren bärbeißige Friesen, die nicht zögern würden, Grim und Geirmund die Haut bei lebendigem Leib vom Fleisch zu schneiden und ihre Überreste an die Fische zu verfüttern. Grim und Geirmund hatten keine andere Wahl gehabt und stimmten dem Handel zu, bevor sie mit ihren Sklaven an Bord gingen.

Am nächsten Morgen verließ das Schiff den Hafen, fuhr über die Treene und anschließend den Fluss Egidora, bis es die mit zahllosen kleinen Inseln durchsetzte und von weitem Marschland gesäumte Mündung erreichte. Bei günstigem Fahrtwind folgten sie in den nächsten Tagen der Küste des Nordmeeres zunächst in südlicher Richtung und dann, nachdem sie die Mündung des Flusses Albia durchquert hatten, dem weiteren Küstenverlauf nach Westen.

Den letzten Abend vor dem Unwetter hatten sie am Rande einer weitläufigen Bucht verbracht, in die der Fluss Wesera mündete. Noch im Morgengrauen waren sie mit einlaufender Flut weitergefahren, obwohl sich das schwere Wetter bereits ankündigte.

Fulrad war ein erfahrener Seemann, der die meisten Jahre seines Lebens auf dem Wasser verbracht und viele Stürme überstanden hatte. Er hatte die Wolkenformationen beobachtet und dann entschieden, dass der Herrgott – Fulrad betonte immer wieder, Christ zu sein – ein Einsehen haben würde. Als sich die Wolkenwand näher heranschob, hatte die Besatzung das Segel eingeholt und die Mitreisenden zu den Rudern gerufen.

Und tatsächlich schien die Welle, die soeben das Schiff zu zerbrechen drohte, der Höhepunkt des Unwetters gewesen zu sein. Der Wind und bald darauf auch der Seegang ließen spürbar nach.

Aki war völlig entkräftet. Die Blasen an seinen Händen waren aufgeplatzt, und die Haut darunter war wundgescheuert. Asny erging es noch schlimmer. Ihr Blick war abwesend und ihre Bewegungen waren fahrig. Sie war kurz davor, erneut zusammenzubrechen.

Aber so plötzlich, wie das Unwetter gekommen war, verzog es sich wieder. Als auf der Steuerbordseite eine Insel auftauchte, brach die Sonne durch die Wolkendecke.

«Wir haben es geschafft», stellte Fulrad zufrieden fest und klopfte dreimal auf eine Planke.

Das Schiff, das für die Fahrt durch das Wattenmeer gebaut worden war, war sein ganzer Stolz – und sein einziges Kapital.

Aki hatte Fulrad mehrfach die Geschichte erzählen hören, die er auch nun wieder zum Besten geben würde. Auf diese Weise wollte er jedem an Bord verdeutlichen, welche Ehre es war, ausgerechnet auf seinem Schiff, das er liebevoll «Wattenvogel» nannte, mitzufahren – und dass der hohe Fahrpreis, den er verlangte, gerechtfertigt sei.

«Ihr könnt euch nicht vorstellen, wie viel Geld ich bezahlt habe», sagte Fulrad und ignorierte, dass einige Männer die Augen verdrehten.

«In den Wintermonaten hat der Wattenvogel einen

neuen Mast und ein neues Segel bekommen. Ich habe die Takelage erneuern und die Planken mit frischem Werg abdichten lassen. Mein letztes Geld habe ich dafür ausgegeben. Und warum? Damit ich euch eine sichere und schnelle Reise gewährleisten kann.»

Zu Fulrads Unglück hatte er im Treenehafen nicht genug Mitreisende finden können. Sein Schiff war nur zu zwei Dritteln besetzt. Bereits die Fahrt zur Dänenmark war wegen der wenigen Mitreisenden ein Verlustgeschäft gewesen. Um dennoch einen Gewinn zu erzielen, würden die Händler einen ordentlichen Aufpreis zahlen müssen.

«Der Wattenvogel ist das beste Schiff seiner Art im ganzen Sachsenreich», fuhr Fulrad fort. «Ach, was sage ich, das beste in der ganzen Welt …»

Ein warnender Ruf des Lotsen unterbrach Fulrad in seiner Rede. Er hob mahnend eine Hand und forderte die Ruderer auf, die Riemen aus dem Wasser zu heben, damit das Schiff langsamer wurde.

Aki drehte sich zum Bug um und schaute an den mittschiffs im Laderaum aufgetürmten Waren vorbei zum Lotsen, der am Vordersteven stand. Der Mann warf eine Leine in Fahrtrichtung ins Wasser und holte sie wieder ein, wenn das Schiff darübertrieb. Die Leine war am unteren Ende mit einem Senkblei beschwert und in regelmäßigen Abständen mit gefärbten Schnüren versehen. Anhand dieser Markierungen konnte der Lotse die Wassertiefe feststellen – und diese nahm offenbar rasch ab.

Der Lotse war ein wichtiger Mann an Bord, wenn nicht sogar der wichtigste. Ohne ihn wäre auch ein erfahrener Seemann wie Fulrad in dem schwer zu befahrenen Wattenmeer hoffnungslos verloren. Der Lotse des Wattenvogels war Friese und Dutzende Male vor der friesischen Küste zwischen der Mündung des Flusses Rhenus im Westen und der dänischen Küste im Osten hin- und hergefahren. Während der Schiffsführer sich bei der Passage auf Segel oder Ruderer konzentrierte, ließ der Lotse die Landmarken nicht aus den Augen, orientierte sich an Inseln und Flussmündungen oder Hügeln und Wäldern sowie einzelnen Bäumen an der Küste.

Und er gab das Zeichen, wenn bei Ebbe das ablaufende Wasser unter dem Kiel flach wurde. Dann wurde es Zeit, die Fahrt zu unterbrechen, was nun der Fall war. Der Lotse signalisierte Fulrad durch Handzeichen, dass sie bald auf Grund laufen würden. Fulrad gab den Befehl, die Riemen einzuholen.

Erleichtert zog Aki das Ruder an Deck und schob es unter die Bänke.

Unterdessen ließ Fulrad an Bug und Heck die Anker setzen. Wenn sich das Wasser bei Ebbe vollständig zurückgezogen haben würde, würde man das Schiff auf dem Watt, das die Nordmänner *erfiri* nannten, trockenfallen lassen. Der Wattenvogel hatte einen flachen Boden, der zu beiden Enden hin hochgebogen war. Bei auflaufendem Wasser würden die Aufbiegungen vorn und achtern dem Schiff wiederum genügend Auftrieb geben und verhindern, dass es sich im Schlick festsaugte.

«Mitkommen!», schnaubte Grim.

Ehe Aki sichs versah, hatte Grim ihn und Asny mit festem Griff an den Armen gepackt und die Zwillinge vor sich her zum Laderaum geschoben. Die Vertiefung war etwa zehn Fuß breit und lag unterhalb der Decksplanken. An der Bordwand auf der Backbordseite hatte Fulrad Planken verlegen lassen, sodass man nicht hinuntersteigen musste, wenn man vom Bug zum Heck oder umgekehrt gehen wollte. Der Laderaum war durch übereinandergestapelte Kisten, Fässer und Säcke aufgeteilt worden. Auf der einen Seite waren die Tiere untergebracht – vier Schweine, zwei Pferde und ein Ochse –, auf der anderen, der kleineren Seite, war Akis und Asnys Platz.

Grim drängte sie über eine kleine Leiter in den Laderaum hinunter. Widerstandslos ließen sich die Zwillinge zu dem eisernen Ring führen, durch den Grim eine Kette zog, die er mit ihren Fußeisen verband. Dann steckte er den Bügel eines Schlosses in die Kettenglieder, ließ es einrasten und zog den Schlüssel ab. Den Schlüssel verstaute er in dem Beutel, den entweder er oder Geirmund immer am Gürtel trugen.

Nachdem Grim geprüft hatte, ob die Ketten festsaßen, erhob er sich wieder. Vom Rand des Decks oberhalb des Laderaums nahm er einen Wasserschlauch sowie einen Kanten Brot. Beides warf er den Zwillingen mit einer verächtlichen Geste hin, als koste es ihn große Mühe, den beiden etwas von den Vorräten abzugeben.

«Fresst und trinkt, solange ihr noch könnt», sagte er.

Aki hob das Brot und den Schlauch auf. Er zerbrach den harten Kanten und gab Asny das größere der beiden Stücke. Dann zog er den Holzstöpsel aus dem Mundstück des Trinkschlauchs und reichte das Wasser an seine Schwester weiter.

Grim stand noch immer bei ihnen. Er machte keinerlei Anstalten, sie allein zu lassen, wie er es für gewöhnlich tat, nachdem er sie angekettet und versorgt hatte.

Oben an Deck hatten die Männer damit begonnen, ihre Lager vorzubereiten. Sie rollten Decken aus. Einige legten sich sogleich hin, andere setzten sich in kleinen Gruppen zusammen. Ihre gedämpften Stimmen drangen in den Laderaum.

Aki stellte fest, dass Grim Asny nicht aus den Augen ließ. Es schien, als warte der Sklavenhändler auf etwas. Das beunruhigte Aki noch mehr als Grims Schläge, mit denen er Asny bestraft hatte.

Asny selbst war zu erschöpft, um Grims lauernde Blicke zu bemerken. Sie führte den Schlauch an den Mund. Ihre Hand und ihr Arm zitterten. Wasser lief über ihr Kinn und tropfte auf die Tunika.

«Du verschwendest kostbares Wasser, Weib!», fuhr Grim sie an.

Aki nahm ihr den Schlauch ab und hielt das Mundstück an ihre Lippen. Viel zu hastig saugte sie einige Schlucke ein. Das Wasser bekam ihrem Magen nicht. Sie musste husten und spie das Wasser auf die Planken.

Grim beugte sich herunter und riss Aki den Schlauch aus den Händen.

«Genug!», zischte er. «Wenn ihr es nicht wollt, dann nehm ich es.»

Vor den Augen der durstigen Zwillinge trank er das Wasser bis auf den letzten Tropfen aus. Dann legte er den Schlauch zurück an den Rand, wo sein Vater gerade die Decken für ihr Lager ausbreitete. Geirmund schien sich nicht für das Geschehen im Laderaum zu interessieren.

Als habe Grim nur darauf gewartet, machte er einen Schritt auf Asny zu und kniete neben ihr nieder. Seine Augen blitzten auf. Er atmete flach und schnell.

Ehe Asny oder Aki, der auf der anderen Seite saß, reagieren konnte, legte Grim seine Hand auf Asnys Brust und drückte zu. Asny stöhnte.

«Fühlt sich gut an», zischte Grim.

Asny griff nach der Hand, aber Grim war zu kräftig. Asnys Gegenwehr veranlasste ihn nur dazu, ihre Brust noch fester zu drücken – und noch breiter zu grinsen.

Aki warf einen hilfesuchenden Blick auf Geirmund, der mit dem Essen beschäftigt war und ihnen den Rücken zukehrte. Von dem Alten war keine Hilfe zu erwarten.

Ohne über die weiteren Folgen nachzudenken, riss Aki die Kette hoch und holte aus. Bevor er jedoch nach Grim schlagen konnte, hatte der die Kette gepackt und zerrte Aki daran nach unten. Mit der rechten Hand drückte Grim noch immer Asnys Brust.

«He, Hurensohn», flüsterte Grim in Akis Ohr, «ich lasse dich dabei zuschauen, wenn ich es deiner Schwester besorge …»

Da hörte Aki die Geräusche von Schritten, und er spürte, wie der Druck auf die Kette schwächer wurde. Er hob den Kopf. Geirmund hatte Grim an den Schultern gepackt und von den Zwillingen weggezogen.

«Was machst du hier?», bellte der Alte. Brotkrumen rieselten aus seinem Bart.

Grim breitete entschuldigend die Arme auseinander.

«Ich wollte nur nachschauen, ob die Ketten fest sitzen, und da hat mich der Kerl plötzlich angegriffen. Mit der Kette wollte er mich schlagen, dieser … dieser …»

«Halt den Mund», fauchte Geirmund.

Sein finsterer Blick glitt von Grim zu Aki und dann zu Asny, die ganz dicht an ihren Bruder gerückt war.

Aki hatte die Hände zu Fäusten geballt, zwischen den Fäusten pendelte die Kette hin und her. Er überlegte, ob er Grim widersprechen und Geirmund erzählen sollte, was sich wirklich zugetragen hatte. Aber der Alte würde wohl eher seinem Sohn als einem Sklaven glauben.

«Wir müssen den Hurensohn bestrafen, Vater», sagte Grim.

«Natürlich müssen wir das», meinte Geirmund. «Ich würde ihm eigenhändig die Haut vom Leib peitschen. Aber du weißt genau, dass wir die beiden noch brauchen.»

«Sicher, Vater, wir dürfen ihnen keine äußeren Verletzungen zufügen. Nein, das nicht!»

«Komm jetzt!», forderte Geirmund ihn auf. «Lass uns was trinken.»

Dann ging er zurück. Grim folgte ihm, blieb an der Leiter aber noch einmal stehen und drehte sich zu den Zwillingen um. Mit einem hintergründigen Grinsen hob er seine rechte Hand, ballte sie zur Faust und schob den Daumen zwischen Zeige- und Mittelfinger. Dabei leckte er sich so genüsslich die Lippen, als habe man ihm einen knusprigen Braten vorgesetzt – und sein Blick war dabei auf Asny gerichtet.

42.

Wie ein Leichentuch legte sich die Dämmerung über das schwarze Wattenmeer. Die Wolken waren nahezu verschwunden. Am Himmel funkelten unzählige Sterne, und der Wind trieb die bittere Kälte des offenen Meeres auf das Deck des Wattenvogels.

Ein letztes Mal schaukelte das Schiff sanft hin und her, bevor sich der flache Kiel auf dem Schlick absetzte. Dann stand es still.

Aki beobachtete, wie sich Fulrad und eine Handvoll anderer Männer an Deck sammelten. Sie waren in dicke Mäntel gehüllt, ihre Füße steckten in hohen Lederstiefeln.

In den Händen hielten sie Fischspeere und Eimer. Sie wollten in den Prielen Schollen, Flundern und Aale stechen. Sollten sie erfolgreich sein, würden die Fische eine willkommene Abwechslung auf dem Speiseplan bedeuten, der an Bord vor allem aus hartem Brot und Zwiebeln bestand.

Zu Akis Erleichterung war Asny mit dem Kopf an seiner Schulter eingeschlafen. Sie war völlig entkräftet und brauchte dringend Schlaf. Auch Aki war erschöpft, aber in seinem Kopf kreisten ruhelose Gedanken. Er konnte Grims Blick nicht vergessen und war überzeugt, dass er alles daransetzen würde, Asny zu missbrauchen. Grim hatte offenbar länger kein Weib mehr gehabt. Außerdem – davon war Aki überzeugt – wollte sich Grim wegen der alten Geschichte bei dem Ballwettbewerb rächen. Die einzige Hoffnung ruhte auf Geirmund, dem das Geld wichtiger war als Vergeltung.

Vorsichtig, um Asny nicht zu wecken, löste sich Aki von ihr und richtete sich so weit auf, bis er über die Bordwand schauen konnte. In einiger Entfernung zog sich das Ufer der flachen, mit Wäldern überzogenen Insel am Horizont dahin und verschwand allmählich in der Dunkelheit. Von den Erzählungen der Männer an Bord wusste Aki, dass es hier viele dieser Inseln gab, die der friesischen Küste wie ein schützender Riegel vorgelagert waren.

Der Mond hatte sich bereits über den Rand der Welt erhoben und tauchte die feuchte Wattenlandschaft in ein geheimnisvoll glitzerndes Licht. Schemenhaft konnte Aki die Männer erkennen, die an den schmalen Wasserläufen entlanggingen, wobei sie immer wieder ihre Speere in die Priele stießen.

Im Wattenmeer wurden die Fahrtpausen nicht nur durch die Nächte bestimmt, sondern auch durch die Gezeiten.

Daher dauerten die Fahrten zwischen der Küste und den Inseln, die man auch Binnenfahrten nannte, wesentlich länger als jene über das Meer, waren aber sicherer. Ein Unwetter, wie das vom Nachmittag, hätte den Wattenvogel auf offener See zum Kentern gebracht.

Als vom Deck her gedämpfte Stimmen an Akis Ohren drangen, ließ er sich schnell wieder nieder. Von unten sah er Geirmund und Grim mit einem dritten Mann zu ihrem Lager am Rand des Laderaums kommen, wo sie sich auf die Decken setzten. Der dritte Mann war ein Händler, der Honigwein zu den Franken am Rhenus liefern wollte. Er leistete den Sklavenhändlern wie in den vergangenen Nächten Gesellschaft. Sein Wein schien recht stark zu sein, denn die drei waren jeden Abend ziemlich betrunken.

Warum dieser Händler, der ebenfalls Däne war, die beiden mürrischen Sklavenhändler so freigebig mit Wein versorgte, wusste Aki nicht. Vielleicht hatten sie ihm Geld versprochen, wenn sie die Sklaven verkauft haben würden.

«Ich trinke auf meinen Vater und dessen Vater», hörte Aki Geirmund sagen.

Die drei hoben ihre Becher, leerten sie und schenkten aus einem kleinen Fass nach.

«Und ich trinke auf mein Weib», sagte der Händler.

«Auf dein Weib?», erwiderte Geirmund überrascht.

«Tust du das nicht?»

«Wir trinken nicht auf Weiber, nur auf Männer!»

Der Händler lachte. «Wenn ihr den Bart meiner Frau sehen könntet, würdet ihr auch auf sie trinken.»

Da lachten auch Geirmund und Grim und schütteten den Wein in sich hinein.

Nachdem die Becher wieder gefüllt waren, wandte sich Geirmund an Grim. «Jetzt du!»

«Hm», machte Grim nur.

«Sag schon, Junge – auf wen trinkst du?»

«Ist mir egal», knurrte Grim.

Das war offensichtlich nicht die Antwort, die Geirmund erwartet hatte.

«Man trinkt auf seine Väter!»

Grim stöhnte. Dann sagte er: «Auf meinen Vater und dessen Vater, wer auch immer das gewesen sein mag …»

«Trink jetzt endlich!», fuhr ihm Geirmund ins Wort.

Das taten sie.

Asny zitterte im Schlaf. Vorsichtig zog Aki die Decke über ihren ausgekühlten Körper. Geirmund hatte ihnen die Decke gegeben. Sie war dünn, voller Läuse und an mehreren Stellen eingerissen. Außerdem bot sie kaum Schutz vor der beißenden Kälte, die wie eine giftige Schlange unter ihre Kleider kroch.

Gerne hätte Aki seine Arme um Asny gelegt, um sie zu wärmen und ihr noch näher zu sein. Aber das ließen die Ketten nicht zu.

Asny zitterte immer heftiger, und dann zuckte sie plötzlich zusammen, als habe die unsichtbare Schlange sie gebissen. Sie schreckte hoch und schaute sich mit weit aufgerissenen Augen um.

«Wo sind wir?», fragte sie.

«Psst!», machte Aki.

Erst als Asny ihre Hände anheben wollte und das Gewicht der Kette spürte, erinnerte sie sich. Ernüchtert sank sie mit dem Rücken gegen die Planken.

Aki lehnte sich neben sie, und so saßen sie schweigend und in Gedanken versunken eine Weile da, ohne sich anzuschauen.

Fulrad und die anderen waren noch immer auf der Jagd nach Fischen. Offenbar waren die Männer erfolgreich, sonst wären sie längst wieder zurückgekehrt. Es konnte nicht mehr lange dauern, bis das Wasser das Watt wieder fluten würde.

«Hast du das Brot gegessen?», fragte Aki seine Schwester.

Er wusste zwar genau, dass sie es nicht angerührt hatte. Aber ihm fiel nichts Besseres ein, um sie von ihren Grübeleien abzulenken.

Sie schüttelte den Kopf. «Ich bekomme keinen einzigen Bissen herunter. Mein Magen will das Brot nicht.»

«Schau her», sagte Aki.

Er nahm sein Stück und brach eine kleine Ecke ab. Er steckte das Brot in seinen trockenen Mund und wartete, bis der Speichel es aufgeweicht hatte und er es herunterschlucken konnte.

«Mach es so wie ich», forderte er seine Schwester auf. «Weich es vorher ein, dann geht es leichter runter.»

«Das habe ich schon versucht. Ich glaube, ich habe die Seekrankheit, so wie der Mann, der ganz weiß im Gesicht geworden ist.»

Aki erinnerte sich noch gut an den Händler. Kaum hatten sie das Nordmeer erreicht, war ihm so übel geworden, dass er sich mehrfach über die Bordwand erbrechen musste, bis sein Magen so leer war, dass er nur noch gelben Schleim ausspuckte.

In dem Moment hallten Rufe über das Deck.

Grim, Geirmund und der Händler hatten schon wieder zu viel getrunken. Sie lachten und lallten so laut, dass sie die anderen beim Schlafen störten. Von allen Seiten protestierten Männer gegen den Lärm.

Grim dachte nicht daran, ruhig zu sein. Er erhob sich und forderte jeden, der es wagen würde, zum Kampf heraus. Nur mühsam gelang es Geirmund, seinen betrunkenen Sohn davon abzuhalten, einen Streit anzufangen.

Nachdem es an Bord stiller geworden war, kam Asny auf ein Thema zu sprechen, das sie offenbar schon seit einiger Zeit beschäftigte.

«An diesem Fluss, dem Rhenus, liegt doch die Stadt Colonia. Vielleicht wollen sie uns dort verkaufen.»

Aki ahnte, welche Hoffnung Asny damit verband. Auch er hatte darüber nachgedacht, war aber zu dem Schluss gekommen, dass die Wahrscheinlichkeit, Ketil könnte sie retten, verschwindend gering war.

«Colonia liegt viele Meilen im Landesinnern, hat Ketil erzählt», meinte er. «Ich nehme an, Grim und Geirmund werden die erstbeste Gelegenheit ergreifen, uns zu Geld zu machen. Es könnte also sein, dass wir gar nicht bis nach Colonia kommen. Und selbst wenn, wäre es ein sehr großer Zufall, wenn er uns dort treffen würde. Er wähnt uns bestimmt noch immer in der Mark.»

Asny nickte traurig.

Vermutlich war ihr dieser Gedanke ebenfalls gekommen, dachte Aki. Es tat ihm leid, ihre letzte Hoffnung zerstört zu haben. Aber hätte er sie anlügen sollen?

Er war überzeugt, dass sie ihr Schicksal selbst in die Hand nehmen mussten – und das konnte nur eines bedeuten.

Als es den Trinkern zu kalt wurde, beschlossen sie, ein Feuer zu machen. Das war zwar an Bord eines Schiffes nicht ungefährlich, aber Fulrad hatte es in den vergangenen Nächten gelegentlich erlaubt – vor allem, wenn es ihm selbst zu kalt wurde. Allerdings musste das Feuer klein gehalten werden und durfte nie unbewacht bleiben.

Aki beobachtete, wie sich Grim vom Rand des Laderaums entfernte und kurz darauf mit einer eisernen Schale zurückkehrte. Die drei Männer füllten sie mit Spänen und Holzstücken, die trotz des Unwetters trocken geblieben waren. Grim versuchte, das Holz anzuzünden. Doch seine Bewegungen waren fahrig. Kaum glomm ein wenig Glut auf, löschte der scharfe Wind sie sofort wieder.

Nach einer Weile hatte Geirmund genug und nahm die Sache selbst in die Hand. Er schien nicht so betrunken zu sein wie sein Sohn, und es dauerte nicht lange, bis Rauch aus der Schale quoll, den der Wind über dem ganzen Schiff verteilte. Die drei drängten sich um das Feuer und rieben ihre klammen Hände über den Flammen.

Die Schweine stießen quiekende Laute aus.

«Wir werden fliehen», flüsterte Aki seiner Schwester zu.

Sie wandte ihm das Gesicht zu. «Fliehen? Aki – wir sind angekettet. Grim und Geirmund lassen uns nicht aus den Augen. Selbst wenn es uns gelingen würde, beim Rudern über Bord zu springen, mit den Ketten und den Fußeisen würden wir untergehen wie Steine …»

«Ich weiß», unterbrach Aki sie. «Wir müssen versuchen, die Ketten loszuwerden.»

«Und wie?»

«Hm.»

Seufzend legte Asny ihren Kopf wieder auf Akis Schulter. «Wenn Mutter bei uns wäre, wüsste sie einen Weg.»

«Ach ja?», entgegnete Aki. «Glaubst du etwa, sie hätte die Schlösser einfach weggezaubert?»

Er hatte den Satz kaum ausgesprochen, da bereute er seine Worte schon. Es tat ihm leid. Er hatte sich hinreißen lassen, Velvas Fähigkeiten in Frage zu stellen. Sie war erst wenige Tage tot. Seither musste er ständig an seine Mutter denken, und er vermisste sie sehr. Aber es gab auch Momente, da ertappte er sich dabei, dass er wütend auf sie war, weil sie ihre Kinder im Stich gelassen hatte. Was natürlich nicht stimmte.

«Entschuldige», bat er Asny. «Ich wollte nicht schlecht über Mutter reden.»

«Ich weiß.»

Sie schmiegte sich an ihn.

«Velva war eine große Zauberin – die größte», sagte Aki. «Ganz bestimmt hätte sie uns befreit, so wie damals, als der Markgraf sie ertränken wollte …»

«Ja», sagte Asny mit erstickter Stimme.

Auch Akis Augen füllten sich mit Tränen, als ihn die Erinnerungen an Velva überkamen. An all die schönen Momente, die sie gehabt hatten – trotz der Anfeindungen und Gefahren, denen sie in Haithabu und später im Wald ausgesetzt gewesen waren. Sie war immer für ihre Kinder da gewesen, hatte sich aufgeopfert und niemals aufgegeben.

Und ihr Mörder saß am wärmenden Feuer und betrank sich!

Als hätte Aki seine Gedanken laut ausgesprochen, ließ Grim oben an Deck plötzlich sein dreckiges Lachen hören, und dann schüttete er noch mehr Wein in sich hinein.

Der Rauch aus der Feuerschale hüllte das Schiff ein, zog in den Laderaum zu den Zwillingen und weiter über die Kisten, Fässer und Säcke zu den Tieren.

Zunächst waren es nur die Schweine, die unruhig wurden, und Aki dachte sich nichts dabei.

Er war wieder in seine Gedanken versunken und grübelte darüber nach, wie sie den Sklavenhändlern entkommen könnten. Auch Asny hatte nichts mehr gesagt, seit sie über Velva gesprochen hatten.

Als das Quieken lauter wurde, nahm Asny ihren Kopf von Akis Schulter.

«Die Tiere haben Angst», sagte sie.

«Mhm. Der Rauch.»

Aki dankte den Göttern für die Sachen, die zwischen ihnen und den Tieren aufgestapelt waren. Immer deutlicher drangen die Laute von der anderen Seite zu ihnen herüber. Jetzt quiekten nicht mehr nur die Schweine. Die Pferde begannen zu schnauben und mit den Hufen zu trampeln.

An Deck schien sich niemand um die Tiere zu scheren.

Grim warf neues Holz in die Schale. Die Flammen schlugen hoch, und der Rauch wurde dichter. Offenbar hatte Grim feuchtes Holz gegriffen.

Von dem Qualm begannen die Augen der Zwillinge zu tränen.

Und dann machte sich der Ochse bemerkbar. Zunächst war es nur ein anhaltendes, tiefes Brummen, das aus seiner Kehle drang. Dann schwoll das Brummen zu einem wütenden Brüllen an.

Der Ochse war zwar an einem eisernen Ring an den Planken festgekettet, aber das Tier, das während der Fahrt die meiste Zeit still verharrte, war ein Ausbund an Kraft – ein Berg aus Muskeln –, und seine armlangen Hörner waren an den Enden spitz wie Messer.

Als der Ochse mit den Hufen aufstampfte, erbebte das Schiff. Einige der ganz oben liegenden Kisten wackelten.

Inzwischen hatten die Geräusche andere Männer an Bord geweckt. Auch Grim, Geirmund und der Weinhändler lachten nicht mehr. Sie verließen ihr Lager und gesellten sich zu den anderen. Offenbar kam ihnen nicht in den

Sinn, ihr Feuer könnte die Ursache für die Unruhe unter den Tieren sein.

Aus der Schale drang weiterhin dichter Rauch.

Man rief nach dem Besitzer des Ochsen, musste aber feststellen, dass der mit den anderen ins Watt gegangen war.

Die Tiere gebärdeten sich immer toller. Die Schweine quiekten, und die Pferde wieherten. Aber es war nicht mehr der Qualm, der sie aufbrachte und mit Todesangst erfüllte – es war die Gefahr, die sich unmittelbar unter ihnen befand.

Aki zuckte zusammen, als er das klirrende Geräusch der sich spannenden Kette hörte, an der der Ochse riss und zerrte.

Wieder erschütterte ein heftiges Beben die Planken. Eine Kiste rutschte herunter und krachte vor den Füßen der Zwillinge in den Laderaum.

«Löscht das Feuer!», rief plötzlich jemand an Deck.

Fulrad war an Bord geklettert. Sofort liefen einige Männer zur Schale und schütteten Wasser über die Flammen, die zischend unter einer dichten Qualmwolke vergingen.

Erst als der Wind den letzten Rauch vom Schiff vertrieben hatte, beruhigten sich die Tiere. Der Besitzer ging in den Laderaum und stellte fest, dass der Ochse die Kette nicht beschädigt hatte.

An Deck war jetzt nur noch Fulrads wütende Stimme zu hören. «Wer hat das Feuer entfacht?»

Keiner der Männer bewegte sich.

Fulrad ließ seinen Blick von einem zum anderen gleiten. Die Seeleute hatten sich mit den Fischspeeren hinter ihm aufgebaut.

Von seiner Position aus konnte Aki erkennen, wie Fulrads Blick schließlich bei Grim und Geirmund hängen blieb.

«Die Feuerschale steht bei eurem Lager», fuhr der Schiffsführer die beiden an.

«Er war das», sagte Grim und zeigte auf den Weinhändler.

Dem Mann entglitten die Gesichtszüge.

Fulrad trat vor ihn. Er war gut einen Kopf größer als der Weinhändler.

«Stimmt das?», wollte Fulrad wissen.

Als der Mann heftig den Kopf schüttelte, ergriff Geirmund das Wort. «Mein Sohn spricht die Wahrheit. Das Feuer war die Idee dieses Mannes.»

Da griff Fulrad in einen der Eimer, die sie mit ins Watt genommen hatten, nahm eine große Scholle heraus und schlug sie dem Weinhändler ins Gesicht. Einmal, zweimal, dreimal klatschte es laut.

Gelächter hallte über das Schiff, während Fulrad mit der Scholle so lange auf den vermeintlichen Übeltäter einprügelte, bis der Fisch aufriss und sich Blut und Eingeweide über den Händler ergossen. Erst als Fulrad von ihm abließ, gingen die Männer wieder zu ihren Schlafplätzen zurück.

Grim lachte noch immer, als er an den Rand des Laderaums zurückkehrte. Als sein Blick auf die Zwillinge fiel, verstummte er.

«Leg dich hin!», knurrte Geirmund im Hintergrund.

Aber Grim blieb noch eine ganze Weile dort oben stehen und starrte auf Asny.

43·

Thankmar erwachte schweißgebadet. Sein Herz hämmerte gegen die Rippen wie nach einer atemlosen Hatz. Wie nach der Flucht aus der Hölle. Und genau dort war er gewesen.

Aber war es ein Traum, oder war es die Realität? Er wusste es nicht.

Er setzte sich auf dem Lager auf. Stroh und Reisig, mit denen das Bett gepolstert war, knisterten unter seinem Gewicht. Das Fell rutschte in seinen Schoß. Sofort fror er in seiner schweißgetränkten Tunika. Er legte das Fell zur Seite, stellte seine Füße auf den kalten Boden und erhob sich.

Tastend bewegte er sich durch die Dunkelheit zur gegenüberliegenden Wand und von dort ein Stück weiter nach links, bis er den Schemel fand, auf dem er am Abend seine Kleider abgelegt hatte. Er tauschte die verschwitzte Tunika gegen eine neue aus, zog Stiefel an und hängte sich schließlich den dicken Mantel um die Schultern.

Allmählich entspannte sich sein Körper. Aber in seinem Kopf kämpften die Gedanken noch immer gegen die schrecklichen Bilder an.

Wochenlang hatte sie ihn in Ruhe gelassen – so lange, dass er bereits gehofft hatte, ihre Macht habe nachgelassen, weil er so weit von der Mark entfernt war. Oder sei sogar vollkommen verschwunden.

Doch die Hoffnung war trügerisch. Die Seherin war zurückgekehrt und hatte ihn unvermittelt angesprungen wie ein hungriges Raubtier, das hinter einer Ecke auf Beute lauerte. Und beinahe hätte es ihn gefressen.

Thankmar atmete einige Male durch. Sein Herz schlug noch immer schnell, die Schläge waren jedoch nicht mehr so heftig.

Er brauchte dringend frische Luft. Mit ausgestreckter Hand tastete er sich weiter an der Wand entlang und stieß auf die Ecke, von der aus er der anderen Wand folgte. Irgendwo musste doch das Fenster sein! Dutzende Nächte hatte er in dieser Zelle verbracht, die Gunther ihm im Palas der Eresburg überlassen hatte. Thankmar hätte auch bei den anderen im Schlafsaal übernachten können, der immerhin durch Kaminfeuer beheizt wurde. Aber es war für ihn undenkbar, in der Nähe anderer Männer zu schlafen. Er musste allein sein, allein mit seinen Ängsten. Wie hätte er es ihnen erklären sollen? Er, der kommende König, durfte keine Schwäche zeigen.

Der einzige Mensch, der von dem Fluch wusste, war Poppo. Thankmar bedauerte, den Bischof nicht bei sich zu haben, und er hatte vor der Abreise von der Markgrafenburg lange darüber nachgedacht, Poppo mitzunehmen. Doch jemand musste über die Mark wachen. Den Dänen war nicht zu trauen. Wer wusste schon, auf welche Gedanken der Dänenkönig Harald Gormsson gekommen wäre, wenn alle sächsischen Besatzer das Feld räumten.

Thankmar ließ seine Finger über die raue Wand gleiten. Wo war das Fenster?

Die Zelle war nicht groß, fünf Schritt in der Länge vielleicht und vier in der Breite. Thankmar kannte jeden Winkel, und doch fand er nun dieses verdammte Fenster nicht.

Sein Herz begann wieder heftiger zu schlagen.

Da stieß er mit dem linken Oberschenkel gegen den Tisch. Ein Becher klapperte. Nachdem Thankmar am Abend mit Barthold, Gunther und den anderen Aufständischen die letzten Details besprochen hatte, hatte er einen Krug Wein und einen Becher mit in die Zelle genommen. Er hatte den Wein jedoch nicht angerührt, auch wenn das

Verlangen groß gewesen war, vor dem Einschlafen noch etwas zu trinken. Die Vernunft hatte gesiegt. Schließlich stand der Aufbruch des Heeres unmittelbar bevor. Thankmar brauchte einen klaren Kopf, wenn er die Truppen nach Westen führte.

Nun verspürte er einen heftigen Drang nach dem Wein, um das Gewitter in seinem Kopf zu bändigen. Seine Hand glitt über die Tischplatte. Da war der Krug. Er war schwer und bis an den Rand gefüllt. Sollte er einen Schluck nehmen, nur einen halben Becher …

Nein! Er war der Führer eines mächtigen Heeres.

Seine Finger glitten weiter, bis er den Lederschlauch fand. Er setzte ihn an die Lippen und trank Wasser. Das Herzpochen flaute ab, und als er sich wieder zur Wand drehte, ertastete er endlich das Fenster. Er schob den kleinen Riegel zurück und stieß den Laden auf. Frische Luft schwappte in den Raum. Thankmar atmete tief ein. Endlich wurden seine Gedanken klarer.

Das Fenster ging zur Ostseite. Am Horizont schimmerte über dem Burgwall ein erster Silberstreif. Der Tag war nicht mehr fern.

Thankmar versuchte, seine Gedanken auf Otto zu konzentrieren. Er stellte sich vor, wie der falsche König in diesem Moment irgendwo arglos im Bett lag und keine Ahnung hatte, dass sich sein Todfeind auf den Weg machte, um ihm die Krone zu entreißen. Diese Vorstellung zauberte Thankmar ein Lächeln auf die Lippen. Der Tag der Rache kam näher!

Da bemerkte er eine Bewegung. Ein Insekt flatterte am Fenster vorbei, vielleicht ein Schmetterling oder eine Motte.

Thankmar wollte sich gerade vom Fenster abwenden, als

mit einem Mal etwas geschah, das ihn auf direktem Wege in die Hölle zurückschleuderte, der er soeben entkommen war. Wie aus dem Nichts öffnete sich vor dem Fenster ein gleißender, heller Schein. Im ersten Augenblick dachte Thankmar an eine Stichflamme.

Doch dann sah er eine Gestalt.

Sie!

Herrgott, Allmächtiger!, flehte Thankmar. Herrgott, allmächtiger Vater!

Er taumelte in die Zelle, die nun von Flammen erfüllt zu sein schien. Die Hitze war unerträglich. Feuer, überall war Feuer.

Und dann tauchte sie im Fenster auf.

Zunächst sah er nur ihr Gesicht. Es war umrahmt von einem Meer aus pulsierender Glut. Aus ihren Augen züngelten Flammen.

Thankmar taumelte weiter, stieß mit dem Rücken gegen die Wand. Wo war die Tür? Es war doch so hell, dass er sie erkennen müsste. Aber sie war verschwunden. Da war nur Helligkeit, blendende Helligkeit.

Und das Wesen, das kaum einem Menschen glich. Es kroch – nein: Es floss durch das Fenster in die Zelle, die Wand hinunter auf den Boden und bewegte sich auf Händen und Knien kriechend auf Thankmar zu. In dem Feuergesicht öffnete sich ein zahnloser Mund, und begleitet von Feuerströmen quollen Worte daraus hervor:

Gewaltiges komme, bersten Klippen, die Welt erbebe,
schlecht werde der Wind, Gewaltiges komme …

Die Seherin war gekommen, um ihn zu holen.

Thankmar sackte mit dem Rücken an der Wand auf den

Boden. Er zog die Beine an und schlang die Arme um die Knie, als könnte er ihr entfliehen, wenn er sich nur so klein wie möglich machte.

Sie war niemals fort gewesen. Er durchlebte den Albtraum erneut. Oder war es die Realität?

Sie kam näher, schob die unerträgliche Hitze wie eine Bugwelle vor sich her. Thankmar ergriff den hölzernen Span, sein Amulett, und streckte es ihr entgegen. Die Seherin stieß zischelnde Laute aus, Stichflammen schossen aus ihren Augen. Auf ihrem Feuerleib pulsierten die Tätowierungen, die Sonnen.

Thankmar wollte den Blick abwenden. Er zwang sich, die Augen zu schließen, kniff sie zusammen. Doch immer wieder öffneten sie sich, als würden unsichtbare Finger an seinen Lidern zerren. Er sollte mit ansehen – musste mit ansehen –, was geschah!

Ich werde dir die Brust zerbrechen, dass giftige Nattern dein Herz zernagen, dass deine Ohren für immer ertauben und deine Augen aus deinem Schädel springen …

Sie war so dicht vor ihm, dass Thankmar zu spüren glaubte, wie die Hitze seine Haare versengte und wie sich seine Haut vom Fleisch schälte.

Dass deine Ohren für immer ertauben und deine Augen aus deinem Schädel springen …

Sie streckte ihre Hände nach ihm aus. Die Finger verwandelten sich in dünne, glühende Schlangen, die aus ihren Fingern wuchsen und sich seiner Brust näherten.

«Nein!», brüllte Thankmar. «Nein! Nein! Nein!»

Heiße Tränen rannen über seine Wangen. «Du bist nicht wahrhaftig. Ich bilde mir das alles nur ein …»

Der Flammenkörper bäumte sich auf. Die Sonnen auf ihrer brennenden Haut leuchteten heller als jemals zuvor.

«Ich bin dein!», schrie die Seherin. Ihre Worte wurden von einem Feuerschwall begleitet.

«Ich bin für immer und ewig dein! Ich bin dein Weib. Ich bin du – du bist mein!»

Mit aller Gewalt presste Thankmar seinen Kopf hart auf die Knie. Ihm wurde schwarz vor Augen.

Dann – mit einem Mal – umgab ihn Stille, und es wurde eiskalt.

Es dauerte eine Weile, bis Thankmar merkte, dass das einzige Geräusch, das er noch hörte, sein eigenes Schluchzen war. Er nahm den Kopf von den Knien. Durch das Fenster drang ein sanfter Schimmer. Die Konturen der spärlichen Einrichtung schälten sich vor seinen Augen aus dem Zwielicht. Da, gleich vor ihm, war der Tisch mit dem Weinkrug, dem Becher und dem Trinkschlauch, links davon das Bett und rechts der Schemel. Das verschwitzte Hemd war zu Boden gerutscht. Alle Sachen waren unversehrt, nirgendwo waren Brandspuren zu erkennen.

Thankmars Blick glitt zum Fenster. Dahinter graute der Morgen.

Traum oder Realität?

Er erhob sich mühsam. Seine Knie schlotterten. Er musste sich an der Wand abstützen, um nicht der Länge nach hinzufallen. Er wartete einige Atemzüge ab, dann schleppte er sich zum Tisch. Ohne einen einzigen Gedanken damit zu vertun, was vernünftig war und was nicht, füllte er Wein in den Becher. Seine Hände zitterten, unter dem Krug bildete sich eine rote Pfütze. Er stellte den Krug ab, setzte den Becher an und leerte ihn, dann einen zweiten und einen dritten.

Das Zittern ließ nach. Der Wein entfaltete seine berauschende, beruhigende Wirkung.

Mit dem Becher in der Hand wagte sich Thankmar ans Fenster. Aus dem Silberstreif war ein helles Band geworden. Bald würde das Leben auf der Burg und im Zeltlager erwachen.

Thankmar trank.

Er hatte es überstanden, war der Hölle entkommen, wieder einmal. Doch wie lange noch? Wie lange noch würde er der Seherin widerstehen können? Sie würde zurückkehren, bis sie das bekam, wonach sie trachtete – sein Leben, seine Seele.

Ich bin für immer und ewig dein! Ich bin dein Weib. Ich bin du – du bist mein ...

Thankmar fragte sich, was diese Worte zu bedeuten hatten. Niemals zuvor hatte sie sie ausgesprochen. Warum ausgerechnet jetzt?

Thankmar schüttelte den Gedanken ab und schenkte nach. Als er erneut aus dem Fenster schaute, merkte er, dass der Wein allmählich seinen Blick trübte. Im Heerlager waren Bewegungen auszumachen. Vor seinen Augen verschwommen die Gestalten, die zwischen den Zelten hin- und herliefen und Sachen zusammenpackten.

Die Zeit für den Aufbruch war gekommen, und Thankmar war betrunken.

Er füllte den Becher wieder.

Nun zitterte er nicht mehr. Der Wein erfüllte ihn mit Mut.

«Du wirst mich niemals kriegen, Dämon», zischte er durch zusammengebissene Zähne.

Laute Stimmen rissen ihn aus seinen Gedanken. Aus den Langhäusern traten mit Gepäck beladene Männer. Unter ihnen waren auch die Soldaten seiner Haustruppe, deren blutrote Mäntel vor seinen Augen tanzten. Er kniff die Augen zusammen, er sah schon doppelt.

Ein letzter Becher noch, dann würde er sein Schwert gürten und in den Tag hinaustreten …

Verdammt, König – reiß dich zusammen!, befahl er sich und stellte den Becher mit einem leisen Knall auf dem Tisch ab. Kein Wein mehr.

Er wollte sich gerade vom Fenster abwenden, als ihn etwas innehalten ließ. Der Schmetterling war wieder da. Er ließ sich auf dem Fensterbrett nieder, wo er seine Flügel ausbreitete. Er saß ganz still und ließ sich auch nicht stören, als Thankmar sich über ihn beugte.

Ein kalter Schauer fuhr ihm über den Rücken, als er die Zeichnungen auf den rostroten Flügeln betrachtete. Sie hatten auf den Spitzen augenförmige Flecken, die schwarz, blau und gelb gefärbt waren und aussahen wie …

Thankmar spürte, wie sich seine Kehle zuschnürte.

Die Flecken sahen aus wie die tätowierten Sonnen auf der Haut der Seherin. Nein, das war unmöglich, und doch war er umso mehr davon überzeugt, je länger er die Flügel betrachtete. Dabei hatte er bereits Hunderte dieser Schmetterlinge gesehen. Aber niemals zuvor war ihm die Ähnlichkeit aufgefallen.

Ob es am Wein lag, der seine Sinne benebelte? Oder litt er noch immer unter dem Schock?

Er wusste in diesem Augenblick nur eines – er musste das Tier haben.

Vorsichtig führte er seine Hände über den Schmetterling und fing ihn ein. Auf seinen Handflächen, die eine Höhle um das Insekt formten, spürte er die kitzelnden Bewegungen der aufgeregten Flügelschläge, dann presste er seine Hände mit sanftem Druck zusammen.

44.

Gerüstet wie ein Kriegsherr, trat Thankmar in den jungen Tag hinaus, das lange Schwert am Gürtel, ebenso Kurzschwert und Messer, den Schild über der Schulter. Vom Helm hing ein Kettenschutz über Schultern und Nacken. Er hatte den Helm aufgesetzt, um sein vom Weinrausch rot angelaufenes Gesicht zumindest zum Teil zu verdecken.

Er blinzelte am *Nasal*, dem Nasenschutz seines Helms, vorbei in die Sonne, die sich über der Eresburg in den blassblauen Himmel erhob. In der Nähe waren einige Soldaten stehen geblieben und schauten neugierig zu ihm herüber.

Er maß die Entfernung bis zum weit geöffneten Burgtor. Es waren etwa einhundert Schritte, einhundert Schritte über den vom Regen aufgeweichten Boden, auf dem sich das Wasser in unzähligen Pfützen gesammelt hatte. Ein tückischer, rutschiger Untergrund, vor allem wenn man so viele Becher Wein geleert hatte.

Thankmar hatte ein flaues Gefühl im Magen. Er musste unbedingt etwas essen. Wie viele Becher waren es wohl gewesen?

Er holte tief Luft und ging los. Er konzentrierte sich auf den Boden vor seinen Füßen, setzte einen Fuß vor den anderen.

Die Soldaten nahmen Haltung an, als er an ihnen vorbeistapfte. Er musterte sie aus den Augenwinkeln und achtete auf ihre Reaktionen. Es schien ihnen nicht aufzufallen, dass er betrunken war.

Ohne Zwischenfall erreichte er das Tor, trat hindurch und folgte dem mit Bohlen befestigten Weg zum Heerlager. Dort verluden Soldaten und Bedienstete Zelte, Waffen, Vorräte und anderes Gepäck auf Pferde und Karren. Das Gelände unterhalb der Burg war noch immer von Menschen bevölkert, obwohl sich ein Großteil bereits dem Tross angeschlossen hatte, der sich in einem langen Zug den Hügel hinabwand.

Auf dem Weg durch das Lager hörte Thankmar einige Männer seinen Namen rufen. Er erwiderte die Grüße nicht.

Dann endlich sah er die Glatze seines stiernackigen Hauptmanns in der Nähe. Ernust wartete mit einem gezäumten und gesattelten Schlachtross auf seinen Herrn. Thankmar verließ den Weg und watete durch den Schlamm zu ihm.

Ernust hob eine Hand zum Gruß. «Herr, es ist alles bereitet für den Aufbruch. Ihr seid spät dran …»

Thankmar unterbrach ihn mit einer mürrischen Handbewegung. Er war mit weit auseinandergebreiteten Füßen stehen geblieben und versuchte, auf dem rutschigen Untergrund festen Stand zu finden.

Ernust runzelte die Stirn.

«Wo sind die anderen?», fragte Thankmar. Er sprach langsam und betonte jedes einzelne Wort.

Die Falten auf Ernusts Stirn wurden tiefer.

«Die Heerführer sind bereits vorausgeritten.»

Ernust zeigte zu dem Tross, der aus der Nähe betrachtet noch viel gewaltiger erschien. Vom Heerlager aus reihten sich immer mehr Menschen ein.

Tausend Soldaten für Otto, dachte Thankmar und musste lachen.

«Herr, geht es Euch gut?»

Thankmar hörte auf zu lachen. «Natürlich! Wunderbar geht es mir, Soldat, ganz wunderbar! Hast du etwas zu essen für mich?»

Ernust stutzte, dann griff er in die Tasche, die an seinem Gürtel hing, und holte ein faustgroßes Stück Räucherschinken hervor. Mit einem Anflug des Bedauerns reichte er Thankmar den kostbaren Vorrat. Der Graf nahm es ohne Dank, biss ein großes Stück ab und stopfte den Rest in seine eigene Tasche.

«Tritt zur Seite!»

Ernust wich zurück, behielt die Zügel des Schlachtrosses aber in der Hand.

Thankmar tätschelte dem stämmigen Pferd den Hals. Dann stützte er sich am Sattel ab und hob den linken Fuß, um ihn in den Steigbügel zu setzen. Doch es geschah das, was er befürchtet hatte: Er traf den Bügel nicht richtig und rutschte mit dem Fuß ab.

Ernust räusperte sich.

Auch Thankmars zweiter und dritter Versuch misslang. Er schaffte es einfach nicht, den Stiefel in das verdammte Eisen zu stecken.

«Darf ich Euch helfen?», fragte Ernust.

Thankmar schnaubte missmutig und schaute sich um. Da ihn niemand beobachtete, nickte er.

«Aber beeil dich!»

Ernust hielt mit der rechten Hand den Steigbügel und mit der linken den Zügel. Thankmar hob den Fuß, zielte, und endlich rutschte der Stiefel in den Bügel. Als er sich auf den breiten Pferderücken schwang, quittierte sein berauschter Kopf dies mit einer leichten Schwindelattacke. Er schloss die Augen. Als er sie wieder öffnete, stand Ernust noch immer neben dem Ross.

«Worauf wartest du, Soldat?», fragte Thankmar von oben herab. «Hol endlich dein Pferd, wir haben keine Zeit zu verlieren. Und putz dir die Hände.»

Ernust nickte. Im Gehen wischte er sich den Schlamm von Thankmars Stiefeln an der Hose ab.

«Aus dem Weg!», rief Ernust. «Macht Platz für Thankmar von der Mersburg!»

Er pflügte mit seinem Pferd eine Schneise durch die Menschenschar. Thankmar folgte ihm, die rechte Hand am Zügel, die linke am Schwert, den Rücken stocksteif durchgestreckt und den starren Blick auf irgendeinen unsichtbaren Punkt in der Ferne gerichtet. Er hatte diese Pose Dutzende Male geübt. So hatte ein Herrscher zu reiten.

Sie ritten an Fußsoldaten und Panzerreitern vorbei, die mit Schilden, Lanzen, Schwertern, Hirschfängern, Pfeil und Bogen bewaffnet waren. Vorräte und Gerätschaften wie Spitzhacken, Beile und Grabscheite lagen in Packwagen, die von Pferden und Ochsen gezogen wurden. Nebenher gingen Bedienstete und Sklaven. Auch Huren und Händler, die auf gute Geschäfte hofften, begleiteten den Tross.

Es schien, als begebe sich eine ganze Stadt auf Reisen.

Nach einer Weile schloss Thankmar zu den anderen Führern auf, die an der Spitze des Heeres ritten. Barthold von Hildenisheim sah ihn kommen, wendete sein Pferd und ritt ihm entgegen.

«Wir sind bereit, Thankmar!»

«Worauf wartet Ihr dann?»

«Auf Euch.»

Auf Thankmars Lippen legte sich ein zufriedenes Lächeln. Sie warteten auf ihn – auf sein Zeichen! Auf das Zeichen des Königs! Er hatte die Macht, einen Tross von weit über tausend Menschen in Marsch zu setzen. Und bald würde er die Macht haben, über das Schicksal eines ganzen Reichs zu richten.

Für den Augenblick vergaß er die Seherin und führte sein Schlachtross bis ganz nach vorn. Dann drehte er sich im Sattel um, hob die linke Hand – und alles gehorchte seinem Befehl.

45.

Der Wattenvogel glitt durch dichten Nebel.

Sein Ziel war die Handelssiedlung Staveran, die irgendwo am östlichen Ufer der großen Meeresbucht, der *almera*, lag. Durch die Wand aus milchig trüben Schwaden, die das Schiff umwaberten, war weder vom Ufer noch von der Siedlung etwas zu sehen. Eigentlich war überhaupt nichts zu sehen außer einem kleinen Ausschnitt der spiegelglatten Wasseroberfläche, auf der der Wattenvogel geräuschlos dahinglitt.

An diesem Tag, dem neunten, seit sie im Treenehafen aufgebrochen waren, war es nahezu windstill. Fulrad hatte das Segel nicht hissen lassen, und nur hin und wieder tauchten die Ruder ins Wasser, um dem Schiff einen kleinen Schub zu geben.

Aki und Asny warteten wie alle anderen auf den Ruderbänken auf Fulrads Kommando. Der Schiffsführer stand wie immer am Steuer und hielt ständigen Kontakt mit dem Lotsen im Bug.

Vom Lotsen hing bei dieser Blindfahrt das Schicksal des Schiffes mehr denn je ab. In regelmäßigen Abständen war das platschende Geräusch zu hören, wenn er die mit dem Senkblei beschwerte Leine ins Wasser warf. Überall konnten Untiefen und Steine lauern, die dicht unter der Oberfläche verborgen waren.

«Drei Faden Wasser unter dem Kiel!», rief der Lotse, nachdem er die Leine eingeholt und gleich wieder ausgeworfen hatte.

Fulrad befahl, die Ruder einmal durchzuziehen. Der Wattenvogel nahm etwas Fahrt auf, dann ließ man ihn wieder gleiten.

«Zweieinhalb Faden!», stellte der Lotse fest.

Fulrad ließ einen weiteren Ruderschlag machen.

Auf der Bank hinter den Zwillingen stieß Geirmund einen keuchenden Laut aus, der in einen krampfartigen Anfall überging. Der Husten zerriss die angespannte Stille auf dem Wattenvogel wie Peitschenschläge.

«Lass das Rudern, Vater», hörte Aki Grim sagen. «Leg dich hin und ruh dich aus.»

Geirmund hustete erneut.

«Ich werde mich ausruhen, wenn ich mit Odin in der Walhall feiere», gab er mürrisch zurück.

Aki warf einen Blick über seine Schulter. So wie Geirmund aussah, würde es nicht mehr lange dauern, bis die Götter ihn abriefen. Seine roten Augen glotzten stumpf und abwesend aus einem Gesicht, das bleich wie das einer Leiche war.

«Ein Faden!», rief der Lotse.

Fulrad ließ das Schiff ohne Ruderschlag weitergleiten.

«Guck nach vorn, Hurensohn!», knurrte Grim Aki an.

Er wandte sich ab.

Das Plätschern der Bugwelle begleitete seine Gedanken. Er war erleichtert, dass sich Asnys Zustand in den vergangenen Tagen erheblich gebessert hatte. Es war wohl doch eine vorübergehende Seekrankheit gewesen. Am Tag nach dem Vorfall mit dem Feuer hatte Asny endlich wieder Brot herunterbekommen und es bei sich behalten.

Bald darauf hatte sie ihren Anteil mit Heißhunger verspeist. Aki hatte ihr stets größere Stücke abgebrochen als für sich selbst, ohne dass Asny dies bemerkte. Sie hätte es niemals zugelassen, dass ihr Bruder um ihretwillen auf etwas verzichtete.

Asnys Genesung schürte neue Hoffnung. Wenn sie fliehen wollten, musste Asny bei Kräften sein. Eine Gelegenheit, an die Schlüssel zu gelangen, hatte sich aber bislang nicht ergeben. Grim legte den Lederbeutel niemals zur Seite und trug ihn Tag und Nacht an seinem Gürtel. Außerdem wachte er aufmerksam über die Zwillinge. Aber seit dem letzten Mal hatte er keine weiteren Versuche unternommen, sich an Asny zu vergehen.

Auch das machte Aki Mut, den Gedanken an Flucht nicht aufzugeben – wenn er doch nur endlich an die Schlüssel kommen würde.

Wieder hustete Geirmund, dieses Mal so laut, dass Fulrad beinahe die Warnung des Lotsen überhört hätte.

«Wie tief?», rief Fulrad.

«Halber Faden», wiederholte der Lotse. «Nur noch ein halber Faden!»

«Verdammt», knurrte Fulrad und rief: «Eine Untiefe? Sollen wir an Steuer- oder Backbord daran vorbeifahren?»

Das Lot plumpste erneut ins Wasser. Dann herrschte einen Augenblick gespannte Stille, bis der Lotse Entwarnung gab. «Wir haben wieder einen Faden unter dem Kiel!»

Fulrad stieß einen Seufzer aus. «Es wird wieder tiefer – rudert!»

Die Riemen tauchten ab.

Geirmund schnappte vernehmlich nach Luft.

Aki sah, wie sich ein Mann auf einer Ruderbank umdrehte und Geirmund mit einem hämischen Grinsen bedachte. Es war der Weinhändler. Kein Wunder, dass der Mann den Sklavenhändlern alle erdenklichen Krankheiten an den Hals wünschte. Seit sie ihn in der Feuernacht zum Sündenbock gemacht hatten, mied er die beiden, sofern dies an Bord möglich war. Getrunken hatten die drei nicht mehr zusammen. Dennoch hatten Grim und Geirmund noch immer Weinvorräte, von denen sie sich reichlich bedienten. Woher sie den Wein hatten, war Aki schleierhaft. Vielleicht bestahlen sie den Händler einfach, während er schlief. Er würde sich kaum bei Fulrad beschweren, nachdem er bei ihm in Ungnade gefallen war.

«Zwei Faden!»

«Rudern!»

«Nein!», entgegnete der Lotse. «Hier ist etwas im Wasser. Wartet! Es ist … ja, eine Markierung. Wir haben die Zufahrt gefunden!»

Fulrad reckte den Kopf. Dann gab er das Kommando, nur auf der Steuerbordseite die Ruder durchzuziehen. Der Wattenvogel drehte ab. Kurz darauf glitten sie an der Markierung vorbei, einem ins Wasser gesetzten Pfahl, der so lang war, dass er gut zehn Fuß aus der Oberfläche ragte.

Als Aki das Seezeichen sah, lief ihm ein Schauer über den Rücken. In den Pfahl waren grimmig dreinblickende Gesichter geschnitzt. Aber sie waren es nicht, die Aki beunruhigten: Es war der Kopf eines Mannes, den man auf die Pfahlspitze gespießt hatte. Das meiste Fleisch war verfault oder von Vögeln abgefressen worden. Das lippenlose Gesicht sah aus, als würde es grinsen, und aus dunklen Höhlen, in denen einst die Augen gewesen waren, blickte der Tote auf den Wattenvogel herab.

«Warum hat man den Kopf dorthin gesetzt?», fragte Asny leise.

«Vielleicht zur Abschreckung», meinte Aki. «Es könnte ein Dieb gewesen sein, oder ein Betrüger …»

«Mund halten!», fuhr Grim sie an. «Ein Sklave redet nur, wenn sein Herr ihn dazu auffordert. Das werdet ihr bald lernen, ihr Hurenbälger!»

Er lachte trocken.

Das werden wir nicht, Dreckskerl, dachte Aki. Bevor ihr uns an irgendeinen Herrn verkaufen könnt, sind wir längst geflohen. Dann könnt ihr zusehen, wie ihr an euer verdammtes Geld kommt.

Bei dem Gedanken, wie Grim und Geirmund fern der Heimat mit leeren Händen dastehen würden, musste Aki innerlich lachen. Auch wenn ihm noch unklar war, wie er und Asny entkommen konnten, so erfüllte ihn doch allein die Vorstellung daran mit Zuversicht. Ja, sie würden es schaffen. Sie würden irgendwie an die Schlüssel gelangen und zwar bevor man sie zu einem der Sklavenmärkte in den Städten am Rhenus brachte.

Nachdem sie den ersten Pfahl passiert hatten, glitten sie an weiteren Markierungen entlang, die in regelmäßigen Abständen von etwa fünfzig Fuß aus dem Wasser ragten. Auf beinahe jedem Pfahl steckte ein Kopf. Offenbar gab es viele Diebe und Betrüger in Staveran.

Das wenige, was Aki von dem Ort wusste, hatte er aus einem Gespräch zwischen Fulrad und einem der Männer an Bord aufgeschnappt. Die Siedlung sei vor allem ein Umschlagplatz für Getreide und unterhalte Handelsverbindungen zu Städten am Nordmeer und am Baltischen Meer.

Fulrad wollte in Staveran frisches Süßwasser und Lebensmittel an Bord nehmen und dann so schnell wie möglich wieder aufbrechen. Mit jedem Tag, den die Fahrt zu den Städten am Rhenus länger dauerte, verlor er Geld. Die mitreisenden Händler würden ihm den vollen Betrag erst zahlen, wenn sie ihr Ziel erreichten, und je schneller Fulrad alle Händler abgesetzt hatte, um mit anderen wieder zum Nordmeer zurückzufahren, desto lukrativer war es für ihn.

«Ein Faden!», rief der Lotse. «Der Hafen! Wir sind da!»

Der Nebel lichtete sich.

Der Hafen von Staveran war mit dem von Haithabu nicht zu vergleichen. Hier gab es lediglich vier Landebrücken, auch war dieser Hafen zur See hin offen und nicht wie in Haithabu durch eine halbkreisförmige Palisade geschützt.

Etwa ein Dutzend größere und kleinere Schiffe lagen kieloben am Ufer, auf das man sie zum Überwintern gezogen hatte. Dahinter standen Bootsschuppen und Speichergebäude.

Die Handelssiedlung selbst konnte Aki noch nicht sehen, nur einen breiten, mit Bohlen befestigten Weg, der vom Hafen aus eine Anhöhe hinaufführte. Auf der anderen Seite des Hügels stiegen Rauchfahnen fast senkrecht in den grauen Himmel.

«Ruder einholen!», befahl Fulrad.

Der Wattenvogel glitt in den Hafen. Als sich das Schiff einer Landebrücke näherte, flogen Möwen auf, die am Ufer vom Kadaver eines Seehunds gefressen hatten. Kreischend drehten die Vögel eine Runde über dem Schiff, bevor sie zum Ufer zurückflogen und sich auf dem Dach eines Schuppens niederließen.

In einiger Entfernung sah Aki zwei Fischer, die ihren Fang in Kisten sortierten. Als sie das ankommende Schiff bemerkten, schauten sie auf.

Die beiden Seeleute hatten sich unterdessen mit langen Stangen, die mit eisernen Spitzen beschlagen waren, an der Bordwand verteilt. Sie fuhren die Stangen, die man *forkr* nannte, gegen die Landebrücke aus, fingen damit den Schub des Schiffes auf und dämpften den Aufprall. Dann sprangen sie von Bord und vertäuten den Wattenvogel an Pollern.

Die beiden Fischer kamen näher. In ihren Bärten glitzerten Schuppen. Ihre Lederschürzen waren mit Fischresten übersät.

Fulrad rief ihnen etwas zu, das Aki nicht verstand. Vermutlich war es die Sprache der Friesen. Die Fischer begannen lauthals zu lachen. Nachdem Fulrad seine Worte wiederholt hatte, erwiderte einer der Friesen etwas, das Fulrad offensichtlich überhaupt nicht gefiel.

Mit verkniffener Miene wandte er sich an die Mitreisenden und sagte: «Die Kerle behaupten, dass sie zwar alles haben, was wir kaufen wollen. Aber es dauert einige Zeit, bis sie die Sachen beisammenhaben.»

Fulrad spuckte auf die Planken. «Diese Friesen sind die langsamsten und bequemsten Fischfresser, die mir jemals untergekommen sind. Wir werden die Nacht hier verbringen müssen.»

Geirmund erhob sich von der Ruderbank. «Dann können wir also an Land gehen?»

«An Land?», meinte Fulrad. «Was willst du in diesem verlausten Nest?»

«Na, was wohl?», entgegnete Geirmund patzig. «So schnell wie möglich die Sklaven verkaufen.»

46.

Nach dem Nebel kam der Regen, und er verwandelte den Marktplatz von Staveran in eine Schlammwüste. Die Sklavenhändler zogen Aki und Asny an Seilen, die um ihre Hälse lagen, über den Platz. Das Wasser stand bereits knöcheltief in den Pfützen auf dem von Karrenrädern, Ochsen- und Pferdehufen gefurchten Boden. Ein paar windschiefe Buden mit heruntergelassenen Läden waren das Einzige, das darauf hinwies, dass hier tatsächlich ein Markt abgehalten wurde.

Heute war jedoch nirgendwo ein Mensch zu sehen, geschweige denn ein Kunde, der sich zwei Sklaven leisten konnte. Nur ein Hund trottete zwischen den Buden hervor. Er zog ein Hinterbein nach und humpelte davon.

Beim Anblick des verwaisten Marktes schöpfte Aki neue Hoffnung. Geirmunds Ankündigung, die Zwillinge bereits in Staveran verkaufen zu wollen, hatte ihn vollkommen überrascht. Er war fest davon überzeugt gewesen, noch genug Zeit zu haben, um einen Plan für die Flucht zu fassen. Aber nun legte sich seine Verzweiflung allmählich wieder. Es sah nicht danach aus, als ob Geirmund bei diesem Wetter einen Käufer finden würde.

Inzwischen goss es in Strömen. Dicke Tropfen schlugen das braune Wasser in den Pfützen schaumig. Binnen kurzer Zeit waren die Kleider der vier einsamen Gestalten durchweicht.

«Hier werden wir die Sklaven niemals los», stellte Grim fest.

«Wir müssen es versuchen», erwiderte Geirmund. «Diese ganze Gegend hier widert mich an. Wir werden in die Mark zurückkehren, sobald …»

Ein Hustenanfall unterbrach ihn. Als er wieder zu Atem kam, war sein blasses Gesicht mit dunkelroten Flecken übersät.

«Ach ja?», meinte Grim. «Wie sollen wir denn nach Hause kommen? Zu Fuß vielleicht?»

«Wenn's sein muss. Wir verkaufen diese Brut, und dann verschwinden wir. In irgendeinem Hafen werden wir schon ein Schiff finden, das uns in die Mark bringt.»

«Und was ist mit Fulrad?»

Geirmund lachte gequält. «Hast du wirklich geglaubt, ich würde dem Franken auch nur ein einziges Gramm Silber geben?»

«Ich … nein, woher …»

Geirmund schlug seinen Sohn auf den Hinterkopf. «Du musst noch viel lernen, Junge. Bete zu den Göttern, dass ich noch eine Weile lebe. Ohne mich bist du verloren in der Welt.»

Grim verzog das Gesicht.

Der Alte wandte sich ab und betrachtete die mit Schilf und Holz gedeckten Hütten am Rande des Marktplatzes. Sein Blick blieb an einer Hütte hängen, deren Tür nur angelehnt war. Die Fensterläden waren geöffnet. Laute Stimmen drangen aus dem Innern der Hütte.

«Das wird ein Gasthaus sein», meinte Geirmund. «Ich werde mich aufwärmen und etwas trinken. Du bleibst mit den Sklaven hier und wartest auf einen Käufer.»

«Und wenn keiner kommt?»

«Du tust, was ich sage!»

Grim stöhnte.

«Aber versuch nicht, auf eigene Faust zu handeln», ermahnte ihn Geirmund. «Ich werde mich ans Fenster setzen und dich im Auge behalten.»

«Du traust mir wohl gar nichts zu, Vater.»

«So ist es!»

Geirmund setzte sich in Bewegung und ließ seinen Sohn mit den Zwillingen im Regen zurück. Regentropfen rannen über Grims Gesicht. Er schaute seinem Vater nach, bis der im Gasthaus verschwunden war. Dann drehte er sich zu den Zwillingen um und starrte Aki an.

«Er hält mich für einen Nichtsnutz! Weißt du, wessen Schuld das ist? Deine! Es ist ganz allein deine Schuld, Hurensohn. Weil du mir auf dem Markt am Danewerk das verdammte Messer ins Bein gerammt hast und mir entwischt bist. Geschlagen hat er mich dafür.»

Grim deutete auf sein missgestaltetes Gesicht. «Hier hat er mich geschlagen, so wie früher. Immer wieder.»

Er baute sich vor den Zwillingen auf, die Hände in die breiten Hüften gestemmt. Sein Blick sprühte vor Hass.

Asny drängte sich an Aki.

«Ihr macht euch über mich lustig», fauchte Grim die beiden an. «Das habt ihr schon immer getan, elendes Schlangengezücht.»

Aki hätte Grim beinahe widersprochen, schließlich war es doch genau umgekehrt gewesen. Aber er biss sich auf die Zunge und schwieg.

Grim stieß Aki mit der Faust hart gegen die Brust. «Ich hätte dich töten sollen – damals, als du mich beim Ballwerfen betrogen hast.»

Aki keuchte. Der Schlag hatte ihm die Luft genommen. Er konnte sich nur zu gut an jenen Tag erinnern, an dem das Unglück über ihn und seine Familie hereingebrochen war.

«Glaub mir, Hurensohn, es hat mir großes Vergnügen bereitet, die Seherin zu töten – die angeblich so mächtige

Zauberin, vor der sogar ein Mann wie der Markgraf gezittert hat. Doch ich war es, der sie erledigt hat. Ich, der Nichtsnutz …»

Grim schaute kurz zum Gasthaus, dann wandte er sich wieder an die Zwillinge.

«Wenn der Alte nicht wäre, wärt ihr beiden schon lange nicht mehr am Leben. Ich kann es kaum erwarten, es dir zu besorgen, Weib, während dein Bruder dabei zuschauen muss. Ich will hören, wie du schreist und um Gnade bettelst …»

Grim schob seine rechte Hand unter Asnys Tunika und befingerte sie zwischen den Beinen.

«Lass sie in Ruhe!», zischte Aki und ballte die Hände zu Fäusten.

Verdammt, sah denn Geirmund nicht, was hier geschah? Grim schien die Kontrolle zu verlieren. Wenn der Alte nicht aufpasste, würde sein Sohn über Asny herfallen.

Aki hob die Fäuste, die Kette rasselte.

Grim grinste schief. «Ich kann mich nicht erinnern, dich zum Reden aufgefordert zu haben, Sklave. Ich fürchte, ich muss dich bestrafen.»

Seine Hand bewegte sich unter der Tunika immer schneller.

«Was ist, Weib? Du bist ja ganz still. Sag, dass es dir gefällt. Los, lass es mich hören!»

Aki sah, wie Asny tief Luft holte.

«Sag es!», zischte Grim.

Da spuckte ihm Asny ins Gesicht.

«He, alter Mann, du wolltest mir doch eine Jungfrau anbieten, oder habe ich da etwas falsch verstanden?», sagte jemand.

Grim zog schnell die Hand unter Asnys Tunika hervor.

Geirmund war in Begleitung eines Mannes zurückgekehrt, den er offenbar aus dem Gasthaus mitgebracht hatte. Der Mann war von hagerer Gestalt. Er trug einen langen, gewachsten Mantel, der ihn vor dem Regen schützte und auf den das Zeichen eines Adlers gestickt war. Der Bart war sauber gestutzt, es schien, als müsse der Mann sich nicht selbst um seine Haarpflege kümmern.

«So wie der Kerl an deiner Sklavin herumfingert, tut er das nicht zum ersten Mal», meinte der Mann mit Blick auf Grim.

Er sprach in der Sprache der Dänen, aber man hörte, dass er kein Nordmann war.

«Ihr müsst meinen Sohn entschuldigen, sie ist ganz bestimmt noch eine Jungfrau, Herr …», erwiderte Geirmund.

«Tjaard. Graf Tjaard von Staveran.» Er richtete seinen Zeigefinger drohend auf den Alten. «Wenn du mich belügst, Sklavenhändler, landen eure Köpfe auf den Pfählen der Hafeneinfahrt.»

«Nein, Graf. Das wird nicht nötig sein. Mein Sohn kennt seine Grenzen.»

Der Graf machte mit der Hand eine Bewegung, als wolle er eine lästige Fliege verscheuchen.

«Was verlangst du für die Sklavin?»

«Oh, Herr Tjaard. Wir verkaufen die Sklavin leider nicht allein. Sie und ihr Bruder sind Zwillinge, die wir Euch für … 500 Gramm Silber überlassen würden. Wie Ihr wisst, sind Zwillinge wertvoll.»

«Zwillinge?»

Der Graf musterte zunächst Asny und dann Aki eingehend.

«Ja, sie sehen sich ähnlich. Du hast recht, Alter. Zwillinge werden nicht häufig angeboten. Die Götter schenken dir Glück, wenn du Zwillinge im Haus hast. Aber …»

Sein Blick glitt wieder zu Asny.

«Aber ich habe dieses Glück nicht nötig. Ich habe selbst Zwillinge unter meinen Kindern. Ich will nur diese Frau haben. Der schmächtige junge Mann macht nicht den Eindruck, als sei er für schwere Arbeit zu gebrauchen.»

Der Graf legte seine Hand auf Asnys Gesicht und drückte gegen ihre Kiefer, bis sich ihr Mund öffnete.

«Hm, hm», machte er, während er ihre Zähne begutachtete. «Zweihundert Gramm gebe ich dir für die Frau.»

Als Aki dies hörte, konnte er nicht mehr an sich halten und machte einen Schritt auf den Grafen zu. Es war vollkommen undenkbar, dass Asny allein hierblieb. Wenn sie schon verkauft wurden, musste Aki auf jeden Fall verhindern, dass man ihn von Asny trennte.

«Herr», sagte er, «ich bin vielleicht nicht sehr kräftig – aber ausdauernd. Ich werde sehr hart für Euch arbeiten …»

Die Stimme versagte ihm, und er spürte, wie sich seine Kehle zuschnürte. Grim zog ihn mit einem Ruck am Seil vom Grafen fort. Aki rang um Luft. Er griff nach seinem Hals, um seine Finger hinter das Seil zu bekommen und es zu lockern.

Grim zog die Schlinge fester zu.

«Ein vorlauter Sklave», hörte Aki den Grafen sagen. «Habt ihr sie nicht mit der Peitsche erzogen?»

«Nehmt … mich … mit», keuchte Aki.

«Aki!», rief Asny panisch.

Geirmund presste ihr eine Hand auf den Mund.

«Das Weib ist eigentlich völlig zahm», meinte er entschuldigend. «Ihr bekommt beide für vierhundert Gramm – ach, was sage ich: dreihundertfünfzig!»

Der Graf schaute erst zu Aki, der sich gegen Grims Würgegriff wehrte, dann wieder zu Asny. Kopfschüttelnd meinte er: «Mein letztes Wort: zweihundertfünfzig Gramm – für die Frau.»

47.

Brun wartete ungeduldig auf der Baustelle. Er wischte sich mit der Hand durchs Gesicht. Unter seinen Fingern knisterten die Bartstoppeln.

Wie alt bin ich?, überlegte er. Vor fünfunddreißig Jahren hatte der Herrgott ihn das Licht der Welt erblicken lassen. Fünfunddreißig Jahre. Damit war er älter, als es viele andere Menschen überhaupt wurden. Aber er war nicht annähernd so alt, wie er sich fühlte.

Sein Blick wanderte über die Gerüste an den aufragenden Wänden der Kirche empor. Über dem nach oben hin noch offenen Bauwerk fegten dunkle Wolken hinweg.

Würde Gott ihm noch genug Zeit schenken, damit er die Fertigstellung dieses mächtigen Gebäudes erlebte? Die Vollendung der neuen Klosterkirche, die Brun zu Ehren des Allmächtigen errichten ließ.

Er atmete tief ein und spürte die Schmerzen in seiner Brust. Er hustete Schleim, aber heute kein Blut, immerhin. Natürlich gehörte er ins Bett, damit sein müder Körper Kraft schöpfen konnte. Damit sein Geist Ruhe fand. In den vergangenen Wochen hatte er beim Beten immer wieder gemerkt, dass er nicht bei der Sache war, dass seine Gedanken abschweiften. Aber Brun konnte es sich im Moment nicht leisten, sich auszuruhen. Er musste in Bewegung bleiben. Es gab noch viel zu erledigen.

Immer nach der Art der klugen Biene am frühen Morgen, dachte er und musste lächeln. Natürlich war es Gottes Art, nach der er handelte, nicht die Art der Biene. Der Herr führte ihn, und Brun, sein treuer Diener, baute ihm diese Kirche so wie all die anderen Kirchen in Colonia. Sankt Martin etwa, im Hafenviertel, oder Sankt Alexander.

Als hätte Brun nicht schon genug mit anderen Dingen zu schaffen. Er war der Erzbischof von Colonia, und er war der Erzkanzler und somit nach seinem Bruder Otto, dem König, der mächtigste Mann im Königreich.

Unermüdlich sorgte sich Brun um die weltlichen und geistlichen Angelegenheiten – eine Ämterhäufung, die ihm nicht nur Freunde einbrachte. Er kannte die Klagen mancher Würdenträger: Warum befasste sich ein Bischof mit politischen Angelegenheiten und Kriegen, obwohl er eigentlich die Seelsorge übernommen hatte?

Weil es der Weg war, den Gott ihm vorbestimmt hatte. Brun würde ihn gehen bis an das Ende seiner irdischen Tage. So lange würde er, der vom Papst das Pallium empfangen hatte, die Geschicke der Kirche und die des *sacrum imperium*, des heiligen Reiches, lenken, nach bestem Wissen und Gewissen.

Und für den Preis seiner Gesundheit.

Eine Böe fauchte durch die offenen Fenster ins Innere der Basilika, in der am heutigen Sonntag, dem heiligen Tag des Herrn, nicht gearbeitet wurde. Staub wirbelte auf und legte sich über die zu mannshohen Stapeln aufgeschichteten Balken, Steine und anderen Baumaterialien.

Brun zog den Schafspelz, den er über dem einfachen Gewand trug, fest vor der Brust zusammen. Ein Wassertropfen kitzelte seine Nase. Es begann zu regnen.

Ich sollte mich wirklich ins Bett legen, dachte er, wahrscheinlich kommt Wilhelm auch heute nicht.

Der Erzbischof von Magontia, dessen Ankunft Brun herbeisehnte, war bereits mehrere Tage überfällig. Brun nahm an, dass Wilhelm vom Hochwasser aufgehalten wurde, da in diesen Tagen nur wenige Schiffe den Rhenus befuhren.

Er trat gegen einen Steinbrocken, der über den Boden rollte und gegen einen mit Kalk gefüllten Eimer prallte. Es war von allergrößter Wichtigkeit, dass er Wilhelm sprach. Diese Angelegenheit duldete keinen Aufschub.

Da hörte er Schritte.

Wilhelm – endlich!

Brun drehte sich zum offenen Portal um. Doch als er sah, wer da kam, stieß er einen Seufzer aus. Es waren drei Jungen, Novizen aus dem Kloster Sankt Pantaleon. Sie hatten ihre Kapuzen abgenommen und näherten sich ihm. Ihre Wangen glühten vor Eifer. Brun ahnte, was ihn erwartete.

Zwei Jungen blieben ehrfürchtig einige Schritte entfernt bei einem Steinhaufen stehen, während sich der dritte weiter vorwagte. Sein Name war Ruotger, und Brun mochte ihn sehr. Er hatte eine freundliche Art, war belesen und mit einer schnellen Auffassungsgabe gesegnet wie nur wenige Jungen in seinem Alter. Allerdings hatte er erhebliche Defizite, was seine Gesangskunst betraf, und das galt ebenso für die beiden anderen Novizen, die Ruotger im Schlepptau hatte.

«Herr Brun, wir haben geübt», sagte Ruotger mit einem strahlenden Lächeln auf den Lippen. Seine abstehenden Ohren waren vor Aufregung ganz rot.

«So, so», erwiderte Brun. «Geübt habt ihr! Wie schön.»

Ruotger winkte die anderen beiden zu sich. «Ja, Herr, den ganzen Morgen.»

Die Knaben öffneten die Münder wie hungrige Spatzenkinder ihre Schnäbel.

«Aber es regnet ...», warf Brun ein.

Doch da stimmten die drei bereits einen Psalm an und sangen voller Inbrunst: «O Herr, verleihe dem König langes Leben, dass seine Jahre Geschlechter überdauern! Er bleibe ewiglich vor Gottes Angesicht. Gib, dass Gnade und Treue ihn behüten ...!»

Brun war ein Freund der Künste, und er liebte es besonders, schönen Stimmen zu lauschen. Der Gesang der Jungen klang jedoch wie das Jaulen geprügelter Hunde. Dennoch brachte er es nicht übers Herz, sie zu unterbrechen. Er schaute in ihre leuchtenden Gesichter und sah, welche Mühe sie sich gaben und was es für sie bedeuten musste, dem Erzbischof ihre Fortschritte zu präsentieren, auch wenn keine Fortschritte festzustellen waren.

Man muss Geduld mit ihnen haben, dachte er. Geduld ist der Meister allen Handelns. Geduld ist göttlich.

«Der Herr ist König immer und ewig», psalmodierten die Knaben.

Brun bemerkte eine Bewegung beim Portal und sah fünf Männer in die Kirche kommen. Einen von ihnen erkannte er sofort – es war Wilhelm. Endlich!

Mit einer ausholenden Geste bedeutete Brun den Knaben, den Psalm zu beenden. Das Jaulen verhallte, und auf ihren Gesichtern machte sich Enttäuschung breit.

«Nein, nein», sagte Brun schnell, «ich bin stolz auf euch, meine Söhne. Ihr habt ganz hervorragend geübt. Aber nun verlangen meine Amtsgeschäfte wieder meine Aufmerksamkeit.»

«Dann dürfen wir Euch also bald eine weitere Kostprobe geben?», fragte Ruotger.

Brun nickte vage. Sein Blick war auf Wilhelm gerichtet, der mit ausholenden Schritten auf ihn zukam. Die vier Männer in seiner Begleitung, drei Soldaten seiner Leibwache und ein Geistlicher, hatten Mühe, mit ihm Schritt zu halten.

«Das werden wir Bruder Wikfried erzählen», sagte Ruotger. «Der meint nämlich, wir würden das Singen niemals lernen.»

Die anderen beiden Jungen nickten zustimmend.

Brun tätschelte Ruotger den Kopf. Dann ließ er die Knaben stehen und trat Wilhelm entgegen.

Die Erzbischöfe umarmten sich zur Begrüßung. Wilhelm war Ottos erstgeborener Sohn und mit seinen zweiunddreißig Jahren nicht viel jünger als Brun. Die auffallend hohen Wangenknochen hatte Wilhelm von seiner Mutter, einer Slawin, geerbt. Sie war bei einem Feldzug gegen die Slawen in Gefangenschaft geraten und vom damals siebzehnjährigen Otto geschwängert worden.

«Ich hatte Euch schon vor Tagen erwartet», sagte Brun.

«Das Hochwasser hat unseren Hafen geflutet und viele Schiffe zerstört.»

«Dann lasst uns keine weitere Zeit verlieren.»

Wilhelm hob die Augenbrauen. «Was ist überhaupt der Grund für unser dringliches Treffen? Euer Bote hat sich nicht einmal zu Andeutungen hinreißen lassen. Er hat mir nur ausgerichtet, ich müsse so schnell wie möglich nach Colonia kommen.»

Brun warf einen Blick auf Wilhelms Begleiter. «Das, was ich mit Euch zu besprechen habe, duldet in der Tat keinen Aufschub, obwohl der Reichstag zu Wormaza und das Fest in Aquisgranum vorbereitet werden müssen. Aber diese Angelegenheit hat oberste Priorität.»

«Ihr macht mich neugierig. Nun?»

Brun schüttelte den Kopf. «Nicht hier.»

Brun führte Wilhelm über den Klosterhof zum Haus des Abtes, in dem er eine Zelle für das Gespräch hatte vorbereiten lassen. Vor dem Haus trennten sie sich von Wilhelms Begleitern und traten in einen von Fackeln erhellten Gang, von dem links und rechts Türen abgingen. Vor einer Tür standen zwei Soldaten aus Bruns Leibwache. Sie verbeugten sich und nickten, als Brun ihnen befahl, niemanden in die Zelle zu lassen.

In dem kleinen Raum brannten auf einem Tisch zwei Bienenwachskerzen. Ihre Flammen zuckten in der Zugluft, die durch das geöffnete Fenster drang. Draußen wurde es bereits dunkel. Brun schloss den Fensterladen und bat Wilhelm, auf einem der beiden Stühle Platz zu nehmen. Dann schenkte er ihm aus einem Krug Wein in einen Becher. Den anderen Becher füllte er mit Wasser aus einem zweiten Krug.

«Ihr solltet nicht immer so streng mit Euch sein», meinte Wilhelm. «Ihr wirkt sehr angespannt. Ein Schluck Wein würde Euch ruhiger machen.»

«Ich brauche einen klaren Kopf.»

«Immer?»

«An jedem Tag, den der Allmächtige mir auf Erden schenkt.»

«Nun denn.» Wilhelm hob seinen Becher. «Ich für meinen Teil habe mir nach der langen Reise durchaus einen Wein verdient.»

«Deshalb habe ich Euch eingeschenkt.»

Auch Brun setzte den Becher an und hätte sich beinahe verschluckt, als es mit einem Mal an der Tür klopfte.

«Ich habe klar und deutlich gesagt, dass ich keine Störungen dulde», rief er.

«Aber es ist Abt Warin», drang die Stimme eines Soldaten durch die Tür. «Er besteht darauf, Euch zu sprechen.»

Brun machte eine entschuldigende Geste in Wilhelms Richtung. Abt Warin war nicht irgendjemand, den man einfach wegschicken konnte, auch nicht der Erzbischof.

«Es geht um eine Lieferung Steine für die Kirche», hörte Brun den Soldaten rufen. «Die Steine sollen morgen eintreffen und müssen noch bezahlt werden.»

Brun seufzte und rief: «Ich werde Warin später aufsuchen.»

Daraufhin waren auf dem Gang laute Stimmen zu hören. Offenbar hatte Warin kein Verständnis dafür, abgewiesen zu werden. Dann wurde irgendwo eine Tür geräuschvoll zugeworfen.

«Ihr macht mich immer neugieriger», sagte Wilhelm.

Brun erhob sich und begann auf und ab zu gehen.

«Ist Euch Herzog Evurhard bekannt?», fragte er dann.

«Meint Ihr Evurhard, den Sohn des Evurhard von Franken, der sich einst gegen Otto erhoben hat?»

«Genau den meine ich.»

«Ich bin ihm zwei- oder dreimal begegnet.»

«Wie schätzt Ihr ihn ein? Ich meine, wie loyal steht er zum König?»

Wilhelm musterte Brun, der bei der Tür stehen geblieben war.

«Dazu kann ich nichts sagen», meinte Wilhelm. «Seinen Vater hatte Otto ja begnadigt, wofür der alte Evurhard ihm Treue geschworen hat.»

Brun holte tief Luft. Es war an der Zeit, die Gedanken, die ihm seit einiger Zeit im Kopf herumgingen, mit jemandem zu teilen.

«Vor einigen Wochen erreichte mich die Nachricht, dass Evurhard mit einem Heer zur Eresburg gezogen ist. Dort soll er sich mit anderen Herzögen und Grafen getroffen haben, die ebenfalls viele Männer anführen. Daran mag ja noch nichts Auffälliges sein, aber ...»

Brun trank einen Schluck Wasser.

«Aber unter den Adligen, die an diesem Treffen teilgenommen haben, war auch ein Mann, der uns in keiner guten Erinnerung ist: Thankmar von der Mersburg.»

«Thankmar? Der König hat ihn doch in die dänische Mark geschickt.»

«Geschickt? Nun ja, den wahren Grund kennt kaum jemand.»

Nur ein ausgewählter Kreis, zu dem auch Brun und Wilhelm gehörten, wusste, warum Thankmar der Jüngere, der Nachfahre des erstgeborenen Sohns König Heinrichs, in den Norden verbannt worden war. Es war nie abschließend geklärt worden, ob Thankmar bei der Schlacht auf dem Lechfeld Otto wirklich umbringen wollte. Wie auch? Thankmar selbst hatte dies natürlich geleugnet. Für alle anderen hatte es so ausgesehen, als habe Thankmar Otto das Leben gerettet, indem er die Magyaren tötete. Der König hatte jedoch große Zweifel an dieser Version gehabt. Auch Brun glaubte seinem Bruder und nicht Thankmar, dem Sohn des Mannes, der Otto vom Thron hatte stürzen wollen.

«Wie viele Soldaten haben sie?», fragte Wilhelm. Zwischen seinen Augenbrauen hatte sich eine tiefe Falte gebildet.

«Einige hundert vielleicht. Gegenwärtig soll das Heer

bei der Diusburg lagern. Ich habe gehört, Evurhard will nach Aquisgranum kommen.»

«Aus welchem Grund?»

«Da gibt es nur zwei Möglichkeiten. Die eine ist die, die die Heerführer verbreiten lassen – dass man Otto bei seinem Feldzug gegen Berengar in der Lombardei unterstützen wird. Ihr wisst, wie wichtig dieser Krieg ist. Es hängt vieles davon ab …»

Brun holte Luft. «Nein, nicht vieles – es hängt alles davon ab! Otto muss Berengar vernichten. Sonst wird der Papst Otto nicht zum Kaiser krönen. So lautet die Bedingung. Aber nur ein Kaiser kann über ein Reich vom Nordmeer bis zum Mittelländischen Meer herrschen. Und nur dann wird es endlich ewigen Frieden geben. Nur dann wird Gott auf Erden regieren.»

Wilhelm nickte nachdenklich. «Und wie lautet die andere Möglichkeit?»

Brun verschränkte die Arme vor der Brust. Es war bereits Mitte April. In diesen Tagen wollte der König von der Augusburg aufbrechen, wo sich sein Heer sammelte. Für Anfang Mai hatte Otto einen Reichstag in Wormaza einberufen. Dort wollte er den Feldzug in der Lombardei offiziell verkünden, ebenso wie er seinen Sohn zum König wählen lassen würde, um ihn dann Ende Mai in Aquisgranum krönen zu lassen.

«Wie viele Soldaten wird Otto nach Aquisgranum führen?», stellte Brun eine Gegenfrage.

«Vier- oder fünfhundert», sagte Wilhelm. «Der Großteil des Heeres bleibt bei der Augusburg. Es wird von dort aus die Alpen überqueren. Aber beim Reichstag von Wormaza werden noch weitere Soldaten von Ottos Verbündeten sein. Ihr meint doch nicht etwa, dass …»

«Psst», machte Brun und deutete zur Tür. «Kein Wort darf nach außen dringen. Es ist bislang nur ein Verdacht – eine Möglichkeit, die wir aber sehr genau in Betracht ziehen sollten …»

«Dass Evurhard und Thankmar Otto angreifen», vollendete Wilhelm flüsternd seinen Satz.

Brun nickte. «Es gibt noch eine andere Sache, die mir äußerst merkwürdig erscheint. Es heißt, Thankmar führe das Heer an und nicht Evurhard.»

Wilhelm schüttelte ungläubig den Kopf. «Thankmar ist ein unbedeutender Graf. Woher sollte er die nötigen Reichtümer besitzen, um ein Heer gegen den König aufzustellen?»

«Das weiß ich nicht – noch nicht. Aber mir ist zu Ohren gekommen, dass er in der Mark mit harter Hand herrscht und dabei auch vor unchristlichen Methoden nicht zurückschreckt.»

«Nun, da wäre er nicht der Einzige. Und es erklärt nicht, wie Thankmar zu einer solchen Macht gelangen konnte, ein Heer zu führen. Das würde ich vielmehr Evurhard zutrauen.»

Brun machte eine ratlose Geste. «Evurhard ist auf der Diusburg nicht gesehen worden.»

Die Falten zwischen Wilhelms Augenbrauen wurden noch tiefer. «Ihr glaubt, Thankmar könnte seinen Platz eingenommen haben …»

Auf dem Gang wurden erneut Stimmen laut. Mehrmals fiel Bruns Name. Dieses Mal ließen die Soldaten den Besucher jedoch gar nicht erst bis zur Tür durch. Kurz darauf stieß jemand einen lauten Fluch aus. Dann knallte wieder eine Tür zu.

«Was sollen wir also tun?», fragte Wilhelm.

Im Haus des Abts war es wieder still geworden.

Brun trat ans Fenster, öffnete es und atmete frische Nachtluft ein. Hinter ihm zuckten die Kerzenflammen. Auf dem Klosterhof sah er im Mondschein die sich entfernende Gestalt eines sehr großen Mannes.

«Wir müssen schnell weitere Informationen über Thankmar einholen», sagte Brun in die Nacht, und er hörte, wie sich Wilhelm Wein nachschenkte.

48.

Aki lauschte den Atemzügen seiner Schwester. Sie schlief an seiner Schulter. Auch er war erschöpft. Den ganzen Tag hatten sie an den Riemen gesessen und den Wattenvogel den großen Fluss stromaufwärts gerudert. In rascher Folge hatte Fulrad Ruderkommandos gegeben. Es war kaum Zeit zum Luftholen geblieben.

Auf dem Marktplatz hatten sich Geirmund und der Graf letztlich doch nicht auf einen Preis einigen können, und Geirmund war fest entschlossen gewesen, Aki und Asny nur zusammen zu verkaufen. Nachdem sie anschließend in Staveran mehrere Tage auf Trinkwasser und Essen warten mussten, wollte Fulrad so schnell wie möglich zu einer Burg fahren. Sie lag im Herzogtum Lothringen an der Mündung des Flusses Rura in den Rhenus. Fulrad hatte erfahren, dass sich dort in diesen Tagen Hunderte Soldaten aufhielten. Die große Ansammlung von Menschen machte den Händlern an Bord Hoffnung auf gute Geschäfte – und Fulrad auf eine baldige Bezahlung der Schiffsreise.

Bereits morgen, so meinte Fulrad, könne man die Diusburg erreichen.

Am Abend war der Wattenvogel in einer Bucht vor Anker gegangen. Der sich allmählich verdunkelnde Himmel war wolkenlos. Es würde eine sternklare und kalte Nacht werden. In den seichten, vom Rhenus hereinschwappenden Wellen schaukelte das Schiff hin und her.

Es wurde immer stiller an Bord. Händler und Seeleute bereiteten ihr Nachtlager vor und wickelten sich in Decken und Felle ein.

Auf der anderen Seite des Laderaums hörte Aki die Schweine grunzen. Der Ochse ließ ein tiefes Brummen hören. Es klang zufrieden. Die Tiere hatten frisches Heu bekommen.

Aki fand keinen Schlaf. Seine Gedanken drehten sich nur um eine Frage: Wie konnte ihnen die Flucht gelingen, bevor sie die Burg erreichten? Die Zeit wurde immer knapper, und die Gefahr, dass Grim und Geirmund dieses Mal einen zahlungswilligeren Käufer fanden, war wesentlich größer als auf dem verregneten Marktplatz der Friesensiedlung Staveran.

Es war zum Verzweifeln!

Grim ließ den Lederbeutel niemals unbeobachtet. Seit Geirmund krank geworden war, hatte sein Sohn die Hoheit über die Schlüssel.

Der Zustand des Alten hatte sich seit Staveran weiter verschlechtert. Die meiste Zeit verbrachte er auf dem Lager neben dem Laderaum, wo er in Decken gehüllt von Fieberschüben geplagt wurde. Immer wieder schüttelten heftige Hustenanfälle seinen ausgezehrten Körper. Er konnte weder feste Nahrung noch den Wein bei sich behalten, den er gegen die Schmerzen zu trinken versuchte. Die anderen Männer mieden Geirmund aus Angst, sich anzustecken. Selbst Grim hielt sich weitgehend fern und hatte sich ein

Lager etwas abseits vom Laderaum eingerichtet. Offenbar litt Geirmund an etwas anderem als einer vorübergehenden Seekrankheit.

Aber hin und wieder kümmerte sich Grim um seinen Vater, so wie an diesem Abend.

Im letzten Dämmerlicht konnte Aki sehen, wie Grim mit einer Feuerschale auftauchte. Er stellte sie bei Geirmunds Lager ab und warf Späne und gröbere Holzstücke hinein.

Der Alte wachte auf. Sofort begann er, so heftig zu keuchen und zu bellen, als wolle der Husten seinen Körper zerreißen.

Aki fürchtete, Asny könne aufwachen. Doch die Geräusche weckten sie nicht.

Nachdem Geirmund wieder eingeschlafen war, begleiteten seine rasselnden Atemzüge Grims Versuche, das Feuer zu entzünden. Es dauerte nicht lange, bis dünner Rauch aufstieg und kleine Flammen aus der Schale schlugen. Grim setzte sich ans Feuer und füllte einen Becher mit Wein. Eine Weile trank er vor sich hin, als sich mit einem Mal Schritte näherten.

«Ich habe euch verboten, Feuer zu machen», sagte eine wütende Stimme.

Fulrad und ein Seemann bauten sich vor Grim auf, der jedoch keinerlei Anstalten machte, das Feuer zu löschen.

«Mein Vater braucht Wärme», entgegnete er. «Oder willst du es auf deine Kappe nehmen, wenn der Alte die Nacht nicht überlebt? Du weißt, es bringt deinem Schiff Unglück, wenn ein Mann darauf stirbt.»

«Trotzdem! Das Feuer ist zu gefährlich.»

«Hab dich nicht so, Schiffsführer. Sieh doch, der Wind trägt den Rauch von den Tieren fort. Es wird nichts geschehen.»

Fulrad dachte kurz darüber nach, wandte sich dann an den anderen Mann und wechselte leise einige Worte mit ihm.

«Ubbo wird auf dich aufpassen», sagte Fulrad dann zu Grim. «Ich traue dir nicht über den Weg.»

Grim hob grinsend seinen Weinbecher und nickte Fulrad zu, der sich abwandte und wieder zu seinem Lager ging.

Grim reichte Ubbo, der sich neben ihm niedergelassen hatte, einen Becher mit Wein. Doch der winkte ab.

«Fulrad hat es verboten, während der Wache zu trinken», meinte er.

«Stell dich nicht so an. Von mir erfährt er nichts. Zu zweit trinkt es sich leichter.»

Ubbo nahm den Becher, hielt ihn aber unschlüssig in der Hand. Grim trank einen großen Schluck, rülpste und wischte sich dann mit dem Hemdsärmel über Lippen und Bart.

«So einen guten Honigwein bekommst du so schnell nicht wieder», meinte er.

Ubbo roch an dem Wein, sein Widerstand schien zu bröckeln. Er reckte den Hals und warf einen Blick über den Laderaum hinweg zum Heck, wo Fulrad sein Lager beim Steuerruder hatte.

«Aber du hältst den Mund», sagte er.

Grim grinste, und Ubbo trank.

«Und?», fragte Grim

«Mhm, wirklich gut.»

«Du bist doch Friese, nicht wahr? Ich verwette den Arsch meines Alten, dass ein Friese nicht halb so viel verträgt wie ein Däne.»

Das ließ sich Ubbo nicht zweimal sagen. Er legte den

Kopf in den Nacken, leerte den Wein und hielt Grim den Becher zum Nachfüllen hin.

Nachdem die beiden eine zweite und dritte Runde hinter sich hatten, wurde Ubbos Stimme schwerer. «Die Sklaven da unten – wollt ihr die bei der Diusburg verkaufen?»

«Wenn sie jemand haben will und genug dafür zahlt.»

Ubbo schaute in den Laderaum. Schnell schloss Aki die Augen und stellte sich schlafend.

«Ich würde das Weib sofort nehmen», hörte er Ubbo sagen, «wenn ich genug Geld hätte. Ist sie noch Jungfrau?»

«Ja.»

Ubbo seufzte und trank.

Aki öffnete die Augen wieder. Es machte ihn wütend, dass die Kerle über Asny redeten, als wäre sie ein Stück Vieh. Asny war mehr wert als diese beiden Trinker da oben zusammen, ach was – mehr wert als alle anderen Menschen überhaupt. Aki dankte den Göttern, dass Asny das Geschwätz nicht mit anhören musste.

«Weißt du», sagte Ubbo, «manchmal stelle ich mir vor, wie diese Frau unter mir liegt und ich …»

«Pass gut auf, dass es bei dieser Vorstellung bleibt», fuhr ihm Grim ins Wort.

«Sei ruhig, Däne. Man wird ja mal laut denken dürfen.»

Dann tranken sie eine Weile weiter und starrten schweigend in die Flammen.

Aki hatte den Eindruck, dass Grim allmählich ungeduldig wurde, weil der Friese so lange durchhielt. Doch dann winkte Ubbo ab, als Grim erneut nachschenken wollte.

«Ich sehe diese verdammten Flammen schon doppelt», lallte Ubbo.

«Dann leg dich hin.»

«Ich hab Wache.»

«Die übernehme ich für dich.»

«Du? Du hast doch selbst drei … oder vier Becher getrunken.»

«Fünf. Ich habe früher angefangen als du.»

«Ach!»

«Womit entschieden wäre, wer mehr verträgt.»

Ubbo wollte nach dem Becher greifen, ließ es aber doch sein. «Und du sagst zu niemandem ein Wort?»

«Nein.»

Grims Miene verzog sich zu einem Grinsen, während sich Ubbo torkelnd davonmachte. Beinahe wäre er über einen schlafenden Mann gestolpert. Aus irgendeinem Grund schien Grim erleichtert zu sein, den Friesen los zu sein. Dabei hatte er ihm selbst angeboten, mit ihm zu trinken.

Er füllte sich einen weiteren Becher und setzte sich dann so, dass er die Zwillinge im Blick hatte. Die Schatten der Flammen huschten über sein schiefes Gesicht. Er grinste noch immer.

Aki schloss die Augen.

Eine Böe strich über die Landschaft. Das Schiff wiegte sich sanft. Müdigkeit übermannte Aki, und er schlief ein.

Als er erwachte, stand der Mond noch immer über dem Mast. Aber irgendetwas war anders.

Aki hörte Geräusche. Er merkte, dass Asny nicht mehr an seiner Schulter lehnte. Als er den Kopf drehte, gefror ihm das Blut in den Adern. Grim war da. Er kniete mit heruntergelassener Hose zwischen Asnys Beinen. Die Tunika war über ihr Gesäß hochgerutscht. Ihre Augen waren weit aufgerissen, und in ihrem Mund steckte etwas, das aussah wie ein zusammengerollter Stofffetzen. Grim hielt ihr ein

Messer an den Hals. Die Klinge blitzte im Mondschein, als er zu Aki herüberschaute.

Er verzog seinen Mund zu einem breiten Grinsen. «Bist ja endlich wach, Hurensohn. Ich hatte schon befürchtet, wir müssten ohne dich anfangen.»

Aki öffnete den Mund, aber aus seiner Kehle kam nur ein erstickter Laut.

«Psst!», machte Grim. «Du weckst noch die anderen Männer auf. Wenn du einen einzigen Ton von dir gibst, schneide ich ihr was ab. Hm, vielleicht ein Ohr. So, wie ich es damals bei dir hätte tun sollen, Hurensohn!»

Asny warf ihrem Bruder einen flehenden Blick zu. Sie wollte ihn davon abhalten, Grim anzugreifen.

Aki war hin und her gerissen. Er zweifelte nicht daran, dass Grim seine Drohung wahr machen würde. Aber er konnte auch nicht tatenlos zusehen, wie Asny vergewaltigt wurde.

«Der Alte stirbt», lallte Grim. «Der stirbt eh. Wenn nicht heute, dann morgen. Oder übermorgen. Ich werde auch ohne ihn in die Mark finden, und ohne das verdammte Silber. Und ich will endlich mal wieder ein Weib haben – und zwar genau das da! Weißt du, Hurensohn, wenn man so aussieht wie ich, stehen die Weiber nicht gerade Schlange, um es sich von einem besorgen zu lassen. Außerdem will ich etwas nach Hause mitnehmen: die Erinnerung daran, wie ich mich an dir gerächt habe!»

In der Feuerschale am Rande des Laderaums knackte ein Scheit. Flammen loderten auf und warfen flackernde Schatten über Grims Gesicht, das wie eine vom Wahnsinn verzerrte Maske aussah.

Aki musste sich zwingen, seine Hände im Schoß zu lassen und ihm nicht die Kette durchs Gesicht zu ziehen.

Grim rutschte auf den Knien dichter an Asny heran, packte ihre Schenkel und spreizte sie so weit, wie es die Fußfessel zuließ. Akis Herz raste. Er hörte Asny durch den Knebel stöhnen, und er flehte die Götter um Hilfe an. Was sollte er tun?

«Schau genau hin», zischte Grim.

Er drückte Asny das Messer gegen den Hals, schob seine freie Hand unter ihr Gesäß und hob es an, um in sie eindringen zu können.

Mit einem Mal frischte der Wind auf. Eine Böe trieb Rauch in den Laderaum.

Grim ließ Aki nicht aus den Augen. «Ich bin der Erste», raunte er, während er sich langsam auf Asny schob.

Da zerriss ein lauter Ton die Stille der Nacht. Er schwoll an zu einem bedrohlichen Brüllen, begleitet von wütenden, stampfenden Geräuschen.

Grim zuckte zurück. Er ließ Asny los und drehte sich nach der Feuerschale um.

Aki reagierte sofort. Er konnte nicht anders. Musste Asny vor Grim beschützen, was auch immer danach geschehen würde. Er hob die Hände, holte mit der Kette aus und traf Grim seitlich an der Schläfe. Aus einer fingerlangen Wunde lief Blut.

Grim fuhr herum. Er war hart im Nehmen und schüttelte sich nur kurz. Bevor Aki erneut mit der Kette ausholen konnte, warf Grim sich auf ihn. Aki spürte einen stechenden Schmerz im rechten Arm. Dennoch gelang es ihm, Grim von sich wegzustoßen. Grim rollte über die Planken, sprang aber sofort wieder auf.

«Ich … bring dich um!», stieß er hervor. Blut rann von seiner Schläfe und verteilte sich auf seinem Gesicht.

Er wollte einen Schritt nach vorn machen. Doch die Hose

hing ihm in den Kniekehlen und behinderte ihn. Schnell zog er sie hoch.

Aki straffte die Kette zwischen seinen Fäusten und hielt sie wie einen Schild vor sich.

Da tauchte wie aus dem Nichts eine Hand hinter Grim auf, legte sich auf seine Schulter und hielt ihn zurück. Grim wirbelte herum – und erstarrte.

Geirmund war vom Tod gezeichnet. Tiefe Falten zeichneten sein Gesicht, aus dem die letzte Farbe gewichen war. Weiß hob es sich von der Dunkelheit ab.

«Verschwinde!», krächzte er.

Grim gehorchte sofort. Er ließ das Messer sinken und schlich wie ein geprügelter Hund zum Deck. Einige Männer, die von dem Lärm geweckt worden und neugierig näher gekommen waren, wichen vor ihm zurück.

Geirmund pumpte Luft in seine Lungen, als setze er zum letzten Atemzug an.

«Haut ab!», brüllte er. «Haut alle ab!»

Die Männer trollten sich.

Geirmund folgte seinem Sohn. Er stieg aus dem Laderaum, ließ sich auf dem Lager nieder und rollte sich in die Decken ein. Dann wurde es still an Bord des Wattenvogels. Der Rauch hatte sich verzogen. Vom Ochsen oder den anderen Tieren war nichts mehr zu hören.

Aki rutschte zu Asny und nahm ihr den Knebel aus dem Mund. Sie bettete schluchzend ihren Kopf in seinen Schoß.

Sie waren davongekommen, dieses Mal noch. Aber Grim würde es wieder versuchen. Wieder und wieder. Er würde nicht eher ruhen, bis er seine Lust und seinen Rachedurst gestillt hatte. Und er würde einen Weg finden, um den Verkauf der Zwillinge zu verhindern. Geirmund hatte bestimmt nicht mehr lange zu leben.

Aki spürte Blut an seinem Arm herunterlaufen. Die Wunde schmerzte kaum, offenbar war der Schnitt nicht tief.

Er beugte sich zu Asny und strich über ihr Haar. Da fiel sein Blick auf etwas, das neben ihren Beinen lag. Die Kette rasselte leise, als Aki danach griff und es aufhob.

Es war der Lederbeutel.

49.

Aki beobachtete Fokko, den anderen Seemann, der für den betrunkenen Ubbo die Nachtwache übernommen hatte. Fulrad war irgendwann aufgewacht und hatte festgestellt, dass Ubbo nicht mehr auf Grim aufpasste. Seither stand Fokko in der Nähe des Laderaums. Er sollte besonderes Augenmerk auf Grim haben, auch wenn dieser bereits schlief. Fulrads Geduld mit dem stumpfsinnigen Trinker war am Ende.

Aki verbarg den Lederbeutel unter der Decke. Seiner Schwester hatte er nichts von dem Fund erzählt. Noch nicht. Sie war eingeschlafen, und er wollte sie erst einweihen, wenn er seinen Plan in die Tat umsetzte. Doch dafür musste erst Fokko verschwinden, der von seiner Position aus nicht nur Grim, sondern auch die Zwillinge im Blick hatte.

Je länger Aki wartete, umso unruhiger wurde er. Wenn der Seemann bis zum Morgengrauen ausharrte, wäre alles verloren. Grim würde den Verlust der Schlüssel bemerken.

Der Mond war bereits ein gutes Stück weitergewandert, als Fokkos Blase das Problem löste. Zunächst begann er von einem Fuß auf den anderen zu treten, bis er den Druck nicht mehr aushielt und zum hinteren Teil des Schiffs ging.

Aus irgendeinem Grund zog er es vor, vom Heck aus ins Wasser zu pinkeln. Vielleicht aus Gewohnheit, vielleicht weil dort weniger Männer schliefen, die das Plätschern hätte wecken können.

Aki holte Luft. Er musste schnell handeln und weckte Asny, die ihn überrascht anschaute. Er legte einen Zeigefinger an seine Lippen, holte den Beutel unter der Decke hervor und fischte die Schlüssel heraus.

Asnys Augen weiteten sich.

«Stell keine Fragen», flüsterte Aki. «Ich erkläre es dir später.»

Asny nickte. Über ihre Lippen legte sich ein Lächeln. Sie sah glücklich aus, so glücklich und voller Hoffnung wie lange nicht mehr.

Vom Heck her hörten sie es plätschern. Fokkos Blase schien ordentlich gefüllt zu sein.

Aki öffnete zunächst das Schloss von Asnys Fußfessel und legte sie geräuschlos auf der Decke ab, bevor er ihre Hände von der Kette befreite. Dann gab er ihr die Schlüssel und ließ sich von ihr die Fesseln abnehmen.

Das Gefühl war überwältigend, nach so langer Zeit endlich wieder Arme und Beine ausbreiten zu können, auch wenn sie von den ungewohnten Bewegungen schmerzten und die Stichwunde auf Akis rechtem Arm brannte. Leise raunte er Asny zu: «Beweg deine Arme und Beine, sonst ertrinken wir im eiskalten Wasser.»

Das Plätschern wurde leiser. Dann waren gedämpfte Stimmen zu hören. Offenbar hatte Fokko Gesellschaft bekommen, und Aki hoffte, dass der andere Mann ihn noch eine Weile ablenkte.

Doch auch damit war das Problem nicht völlig aus dem Weg geschafft. Wenn er und Asny über Bord sprangen, würde Fokko das unweigerlich hören und sie im Mondschein sehen. Es gab an Bord Pfeile und Bögen, und Aki war überzeugt, dass die Männer davon Gebrauch machen würden.

Daher hatte sich Aki einen Plan zurechtgelegt. Er war zwar riskant, aber Aki sah keine andere Möglichkeit. Er flüsterte seiner Schwester ins Ohr, was er vorhatte. Ihr skeptischer Gesichtsausdruck verriet, was sie von dem Plan hielt: nicht viel. Doch sie nickte Aki aufmunternd zu. Sie hatten wirklich keine andere Wahl.

Jemand lachte.

Aki nahm die Decke, schlich zur Feuerschale und berührte sie. Sie war nicht mehr so heiß, dass er sich daran die Hände verbrennen würde. Vorsichtig zog er sie zu sich und schaute hinein. Einige Scheite glühten noch. Grim hatte nicht daran gedacht, das Feuer zu löschen.

Aki hielt einen Zipfel der Decke an die Glut.

Während er darauf wartete, dass der Stoff Feuer fing, fiel sein Blick auf Geirmund, der fest zu schlafen schien. Grim war nirgendwo zu sehen. Wahrscheinlich lag er weiter hinten bei den anderen.

Endlich begann die Decke zu glimmen, dann züngelten kleine Flammen daran empor. Es war so weit! Aki knüllte die Decke zusammen. Das Feuer würde Fokko und alle anderen ablenken.

Aki wollte sich gerade von der Schale abwenden, als er sah, dass Geirmunds Augen geöffnet waren. Auf den Pupillen spiegelten sich die Flammen.

Aki wirbelte herum, um so schnell wie möglich das brennende Knäuel in den hinteren Teil des Schiffes zu werfen. Doch er war zu aufgeregt, der Wurf viel zu hastig ausgeführt. Die Decke verfing sich am Mast, entfaltete sich und fiel zwischen die Tiere auf der anderen Seite des Laderaums.

Sofort begannen die Schweine zu quieken. Die Pferde schnaubten und wieherten, und dann überdeckte das Brüllen des Ochsen alle anderen Geräusche. Der Wattenvogel erzitterte unter den donnernden Hufen.

Aki vergaß alle Vorsicht. In wenigen Augenblicken würde der Ochse alle Männer an Bord geweckt haben.

«Asny, schnell, zieh dich aus!», rief er und riss sich ebenfalls die Kleider vom Leib. Die Kleider würden sie im Wasser nur behindern.

Gemeinsam rannten sie zur Bordwand.

«Das Wasser wird eiskalt sein», sagte Aki. «Versuch dich darauf einzustellen, sonst lähmt es dich.»

Sie nickte. Die Freiheit war zum Greifen nah. Als Aki ihr jedoch helfen wollte, über die Bordwand zu klettern, spürte er eine knochige Hand auf seiner nackten Schulter. Er wurde mit festem Griff gepackt und von Asny fortgezogen. Geirmund funkelte ihn zornig an. Die dicke Ader auf seiner Stirn trat blau hervor.

«Ihr elenden Bastarde!», krächzte er. «Ich werde euch …»

Er brachte den Satz nicht zu Ende, denn in diesem Moment ließ ihn ein Brüllen zusammenfahren. Flammen schlugen über den Wall. Offenbar hatten sich das Stroh und einige Waren entzündet. Auch der Mast brannte. Die Tiere litten Todesängste, schrien, brüllten, trampelten. Die Pferde hatten sich losgerissen. In ihrer Panik sprangen sie gegen den Wall, der hin- und herwankte. Und dann kippte er. Aki und Geirmund wurden unter einer Lawine aus Kisten, Säcken und Fässern begraben. Eine Kiste traf Aki am Kopf. Er verlor die Besinnung.

Als er wieder zu sich kam, spürte er einen Druck auf seiner Brust. Er packte den mit Getreide gefüllten Sack, stemmte ihn hoch und wälzte sich darunter hervor. Unter seiner Schädeldecke hämmerten Schmerzen. Er schaute sich um, konnte Asny aber nirgendwo sehen. Dort, wo sie zuletzt gestanden hatte, türmten sich Kisten und Säcke. Aki kletterte über die herumliegenden Waren zu der Stelle.

Die Männer an Deck schleppten Eimer zum Laderaum und schütteten Wasser über die Flammen. Aber sie bekamen das Feuer nicht in den Griff. Der gesamte Bereich, in dem die Tiere untergebracht waren, brannte. Einige Tiere schienen bereits verendet zu sein. Die Pferde stießen noch immer markerschütternde Laute aus, während die Männer versuchten, sie mit Seilschlingen einzufangen.

Dichte Rauchschwaden zogen über das Schiff. Aki unterdrückte einen Hustenanfall. Endlich erreichte er die Bordwand und machte sich an den Kisten zu schaffen. Einige ließen sich leicht forträumen, andere waren so schwer, dass er seine ganze Kraft aufbringen musste.

Fieberhaft arbeitete er sich voran. Sie waren so kurz vor dem Ziel gewesen, hätten nur noch ins Wasser springen und in die Freiheit schwimmen müssen!

Aki zerrte eine Kiste weg – und sah Asnys Beine. Er ergriff den Getreidesack, der noch über ihr lag, warf ihn hinter sich und kniete neben ihr nieder. Sie atmete, sie lebte! Er berührte ihr Gesicht, und sie schlug die Augen auf. Aki traten vor Erleichterung Tränen in die Augen. Der Sack hatte den Aufprall der Kisten gedämpft. Sie schien unverletzt zu sein.

Er wollte ihr gerade auf die Beine helfen, als der Ochse zu brüllen begann. Aki wunderte sich, weil es so klang, als würde das Tier dicht neben ihnen stehen. Als er sich umdrehte, fuhr er entsetzt zurück. Ohne den Wall sah er das Tier nur wenige Schritt entfernt an der Kette zerren.

Im Feuerschein zuckten die Muskelstränge unter dem Fell. Dann riss die Kette. In seiner Panik warf der Ochse den Kopf hin und her, wobei er mit den spitzen Hörnern einem Pferd die Flanke aufschlitzte. Blut und Gedärme ergossen sich in einem Schwall über die Planken. Das Pferd brach zusammen und zerschmetterte im Todeskampf einem Schwein den Schädel. Unterdessen machte sich der Ochse über das andere Pferd her und bohrte ihm die Hörner in den Leib. Das lange Fell des Ochsen hatte an mehreren Stellen Feuer gefangen. Er wirbelte herum, und sein Blick fiel auf die Zwillinge.

Sie hielten inne. Mit drei, vier Sätzen wäre der Ochse bei ihnen – zu schnell, als dass genug Zeit wäre, um auf die Kisten zu klettern und über Bord zu springen.

Da fiel Aki ein, dass Geirmund ein Schwert in der Hand gehalten hatte!

Es musste noch an der Stelle liegen, wo der Wall über ihm zusammengebrochen war. Das Schwert war zwar klein und der Ochse riesig, aber Aki sah keine andere Möglichkeit, sich gegen das Tier zu wehren.

«Schnell, versteck dich hinter einer Kiste», rief er Asny zu und kroch zurück. Dadurch lenkte er den Ochsen ab, der mit gesenkten Hörnern inmitten der Flammen stand und ihm mit seinen Blicken folgte. Mit dem Vorderhuf scharrte das Tier in der schleimigen Masse aus Blut, Eingeweiden und Fäkalien.

Aki tastete den Boden zwischen den Kisten und Säcken ab. Einmal glaubte er einen Fuß zu spüren. Geirmund. Hoffentlich war er verreckt! Aki suchte weiter. Das Schwert konnte nicht weit sein.

Unter einem Sack fand Aki es endlich. Er nahm es und richtete sich auf. Ruhig atmen! Konzentrieren! Er hatte nur einen einzigen Wurf, und wenn er sein Ziel verfehlte, würden ihn die Hörner aufspießen und der gewaltige Schädel ihn zerquetschen.

Nur ein einziger Wurf!

Konzentrier dich!

Er war ein hervorragender Werfer, vielleicht einer der besten. Unzählige Male hatte er geübt, mit Steinen, mit Bällen, mit Ästen, auch mit Messern. Aber noch nie mit einem Schwert.

Der Ochse setzte einen Huf vor, nahm Anlauf und stürmte los.

Aki fasste die Klinge an der Spitze, zielte und schleuderte das Schwert dem Ochsen entgegen. Es traf den Kopf des Tiers und drang ins rechte Auge ein. Brüllend schleuderte der Ochse im Lauf den Schädel hin und her, um das lästige Schwert abzuschütteln. Es sah aus, als sei ihm ein drittes Horn gewachsen. Der Anblick des vom Wahnsinn gezeichneten Tieres, das mit der Klinge im Schädel auf ihn zuhielt, ließ Aki erstarren. Nur noch wenige Schritte trennten ihn von den todbringenden Hörnern.

Beweg dich, schoss es Aki durch den Kopf. Lauf! Lauf! Aber seine Beine wollten dem Befehl nicht folgen.

Da packte ihn jemand am Arm und zog ihn zur Seite. Der dampfende Körper pflügte durch Kisten und Fässer, schoss eine Armeslänge entfernt an Aki vorbei und prallte am Rand des Laderaums gegen den Balken, auf dem die Decksplanken lagen. Die Schwertklinge wurde bis zum Heft in den Schädel gedrückt. Der Ochse brüllte ein letztes Mal, dann kippte er um.

Aki zitterte am ganzen Körper.

«Ins Wasser, schnell!», zischte Asny. «Sie haben uns bemerkt.»

Tatsächlich zeigten einige Männer auf die Zwillinge. Die meisten waren jedoch weiterhin mit Löschen beschäftigt.

Sie krochen zur Bordwand. Eine Kiste war so gefallen, dass sie daraufsteigen und über die oberste Planke klettern konnten. Aki sprang als Erster hinauf und drehte sich um, um Asny hinaufzuhelfen. Doch Asny ergriff seine Hand nicht. Arme hatten sich von hinten um sie geschlungen.

«Hab ich euch!», fauchte Grim.

Er würgte Asny.

«Komm runter, Hurensohn, oder ich breche ihr das Genick.»

Gedanken rasten durch Akis Kopf. Er hatte nichts, womit er Grim hätte angreifen können.

Die anderen Männer waren mit Löschen beschäftigt, und es schien, als würden die Flammen kleiner werden. Immerhin war es gelungen, ein Übergreifen des Feuers auf das Deck zu verhindern. Der Mast war allerdings nicht mehr zu retten. Er brannte bis in die Spitze, auch über die Rah krochen Flammen.

Grim spannte die Muskeln an. «Zum letzten Mal, Hurensohn: Komm runter!»

Aki war der Verzweiflung nah. Er musste tun, was Grim verlangte, um Asny zu retten.

«Flieh!», röchelte Asny. «Flieh ohne mich, Aki!»

Tränen rannen über ihre Wangen.

Aki schüttelte den Kopf und wollte gerade von der Kiste steigen, als ihn ein knackendes Geräusch nach oben schauen ließ. Über ihm zerbrach der Mast, kippte und krachte gegen Aki. Er schreckte vor dem brennenden Holz zurück.

Die Flammen versengten seine Haut. Aki wankte, stieß mit den Füßen gegen die obere Planke und fiel.

Eiskaltes Wasser schlug über ihm zusammen.

50.

Brun massierte mit den Daumen seine geschlossenen Lider. Er holte tief Luft, öffnete die Augen und senkte langsam den Blick auf das Pergament vor ihm auf dem Tisch.

«Wo sind die Schwäne?», murmelte er.

Einer der Männer im Raum räusperte sich.

Oder habe ich die Schwäne einfach übersehen?, fragte sich Brun.

Es fiel ihm zunehmend schwerer, sich zu konzentrieren. Er ging die Aufstellung für das Festmahl erneut durch. «50 Schweine und 150 Schweineschultern», las er vor. «50 Rinder, 210 Schafe, ebenso viele Lämmer … und dann 10 000 Eier, 3000 Käse, 25 Schüsseln Fett, 35 000 Gerstenbrote, 21 000 Weizenbrote, 30 Fässer fränkischer Wein.»

Er hatte sich nicht geirrt.

Brun schaute in die Runde. Vor dem Tisch standen die fünf Männer, die er für diesen Morgen in den Capitolstempel, das große Säulengebäude aus der Römerzeit, einbestellt hatte. Auch Wilhelm war gekommen, hielt sich aber abseits von den anderen.

«Warum fehlen die Schwäne auf der Liste?», fragte Brun. «Ich habe klare Anweisungen gegeben. Der König will Schwäne. Keine Enten, keine Gänse, nein – Schwäne!»

Ein Mann, der mit einer blauen Tunika und einer roten Hose bekleidet war, trat vor und griff in eine Tasche. Brun hatte Fürst Rothard mit der Beschaffung der Lebensmittel beauftragt. Rothard räusperte sich erneut und zog aus der Tasche ein zweites Pergament, das er auf den Tisch legte.

«Herr, wie konnte ich nur vergessen ...»

«Schon gut!»

Brun beugte sich über das Schriftstück.

«In Milch gekochte Bohnen, Aalpasteten, gebratene Aale, 1600 Flusskrebse und hier ... 10 Schwäne ... Nein! 15! Ich hatte 15 gesagt!»

«Selbstverständlich, Herr», warf Rothard ein und wollte nach dem Pergament greifen. «Ich werde die Anzahl umgehend korrigieren.»

«Lasst gut sein.»

Brun nahm den Federkiel, der neben einem mit Galltinte gefüllten Gefäß lag, und tunkte die Spitze hinein. Er strich die Ziffer durch und ersetzte sie durch die Zahl 15. Dann gab er Rothard die Pergamente zurück, die dieser vorsichtig zusammenrollte und wieder verstaute.

Brun unterdrückte ein Gähnen, während Rothard und seine Begleiter gingen. Durch die geöffnete Tür schwappte frische Luft in den stickigen Raum.

Brun hatte in dieser Nacht, wie in vielen Nächten zuvor, kaum geschlafen. Meist waren es die vielen Dinge, an die er zu denken hatte und die organisiert werden mussten, die ihn nicht zur Ruhe kommen ließen: die Unterkünfte für die königliche Familie und die Gäste, die Aufstellungen der Speisen und Getränke für das Festmahl, die Sitzordnung bei Tisch, das Tafelgeschirr, das in großer Anzahl vorgehalten werden musste, und und und.

Natürlich wäre es einfacher, nicht die ganze Organisation in der eigenen Hand zu behalten. Aber es fiel Brun schwer, die Kontrolle über das, was getan werden musste, abzugeben.

Und hatte ihm Rothards Beispiel nicht wieder einmal recht gegeben? Ob nun 10 oder 15 Schwäne aufgetischt wurden, mochte für einen Außenstehenden eine Nebensächlichkeit sein. Für den König war es das nicht und daher auch für Brun nicht. Er war Ottos rechte Hand, und das ehrenvolle Amt hatte man ihm nicht von ungefähr anvertraut.

Als die Tür wieder geschlossen wurde und nur Wilhelm zurückgeblieben war, konnte Brun dem Drang nicht länger widerstehen und gähnte herzhaft.

In dieser Nacht hatte er noch über eine andere Sache gegrübelt. Während er sich von einer Seite auf die andere wälzte, hatte er sich immer wieder gefragt, wie Thankmar einzuschätzen war. Aus den wenigen Begegnungen erinnerte sich Brun an einen jungen Mann, der sich im Hintergrund hielt und nicht viel redete. Dennoch war er Brun im Gedächtnis geblieben, und Brun hatte kein gutes Gefühl bei dieser Erinnerung. Über den Grund hatte er lange nachgedacht und war schließlich zu der Überzeugung gelangt, dass es Thankmars Mimik war, die ihn irritierte. Es waren sein Blick und sein Lächeln. Ein Lächeln, das Brun noch bei der Erinnerung durch Mark und Bein ging. Es war das abschätzende Lächeln eines Jägers, der sein Opfer in die Enge trieb und zum tödlichen Schlag ausholte – eiskalt und berechnend.

«Er lässt Euch keine Ruhe, nicht wahr?»

Brun schaute auf. Wilhelm war vor den Tisch getreten.

Im Kamin knackte ein Scheit. Es klang wie ein Peitschenknall.

«Ja, ich habe über ihn nachgedacht», antwortete Brun.

«Das habe ich auch getan.»

«Und zu welchem Ergebnis seid Ihr gekommen?»

«Zu keinem – zumindest zu keinem definitiven. Ich kann mir einfach nicht vorstellen, dass Thankmar es wagen würde, den König anzugreifen.»

«Sein Vater ist nicht davor zurückgeschreckt», warf Brun ein. «Er hat versucht, Otto vom Thron zu jagen, und dafür mit dem Leben bezahlt. Das spricht meiner Ansicht nach durchaus dafür, dass der Sohn diese Familientradition fortführen will.»

«Aber der alte Thankmar hat seine Ansprüche öffentlich verkündet», meinte Wilhelm. «Ihr erinnert Euch sicherlich an das Gerede von dieser Urkunde, die ihn angeblich zu Heinrichs rechtmäßigem Thronerben mache.»

Natürlich erinnerte sich Brun. Allerdings hatte weder er noch irgendjemand anders diese Urkunde jemals zu Gesicht bekommen. Daher wurde allgemein angenommen, dass es das Schriftstück gar nicht gab.

«Es klingt für mich zudem durchaus nachvollziehbar», fuhr Wilhelm fort, «dass Thankmar dem König das Heer zur Verfügung stellen will. Wahrscheinlich hofft er, auf diese Weise seine Güter und Ländereien in der Grafschaft Mersburg zurückzubekommen.»

«Ein Akt der Buße also. Aber würde Otto ihm verzeihen?»

«Das könnt Ihr besser einschätzen. Ihr steht ihm näher als ich.»

Brun nickte nachdenklich. «Vielleicht würde der König Thankmar begnadigen. Immerhin braucht er für seinen Feldzug jeden Soldaten, und es wäre nicht das erste Mal, dass ein in Ungnade gefallener Mann auf eine solche Weise die Gunst des Königs zurückerlangt.»

«Dennoch zweifelt Ihr an Thankmars Absicht?»

Brun betrachtete nachdenklich seine Fingernägel. «Es

kann sein, dass ihm die alten Besitztümer seiner Familie nicht ausreichen.»

«Ihr meint, er will mehr?»

«Vielleicht will er alles ...»

Brun verstummte, als mit einem Mal auf dem Gang laute Geräusche zu hören waren. Dann klopfte es.

«Hier ist jemand, der Euch sprechen will, Herr», rief einer der Soldaten.

«Ich habe zu tun!», entgegnete Brun.

«Aber ... er weigert sich, wieder zu gehen.»

Brun warf Wilhelm einen irritierten Blick zu. Drei Männer hatte Brun vor der Tür postiert. Drei kräftige bewaffnete Männer aus seiner Leibgarde! Und diese Soldaten waren nicht in der Lage, einen aufdringlichen Besucher fortzuschicken?

Wieder waren laute Geräusche zu hören und laute, wütende Männerstimmen. Die Tür krachte in den Angeln. Holz splitterte. Ein Mann stieß einen Schrei aus.

«Ich muss mit Euch reden, Herr!», hörte Brun jemanden rufen.

Die Stimme kam ihm bekannt vor.

Brun sprang vom Stuhl auf. Natürlich! Wie hatte er ihn nur vergessen können? Wahrscheinlich weil er überarbeitet und unkonzentriert war. Mit drei Sätzen war Brun am überraschten Wilhelm vorbei und riss die Tür auf.

In einer anderen Situation hätte Brun vielleicht gelacht bei dem Anblick, der sich ihm auf dem Gang bot. Es sah einfach zu aberwitzig aus, wie einer der Soldaten versuchte, mit seinem Schwert einen riesigen Mönch auf Abstand zu halten, während sich der Mönch die anderen beiden Soldaten wie kleine Kinder links und rechts unter die Arme geklemmt hatte.

«Ketil!», rief Brun.

Das Gesicht des Riesen hellte sich auf. Seine Lippen dehnten sich zu einem breiten Grinsen. Er öffnete die Arme und ließ die Soldaten fallen wie Strohsäcke. Dann machte er einen langen Schritt über die Männer hinweg, kniete vor Brun nieder und küsste den Bischofsring.

«Herr, endlich! Ich muss Euch Wichtiges berichten!»

Und das tat Ketil.

Brun hatte ihn umgehend in den Raum geführt und die Tür geschlossen. Nun stand Ketil da und redete wie ein Wasserfall, während Brun und Wilhelm zu ihm aufschauten und Mühe hatten, den hervorsprudelnden Worten zu folgen. Immer entsetzter wurden ihre Mienen, als sie hörten, was Ketil aus der Dänenmark zu berichten hatte. Dass Thankmar zusammen mit einem Bischof namens Poppo Menschen verbrennen ließ. Dass er einen Mann ans Kreuz genagelt hatte. Dass seine Männer Angst und Schrecken unter den Dänen verbreiteten und man diese Soldaten Blutmäntel nannte, wegen der roten Umhänge – und wegen des Blutes, das an ihren Händen klebte. Ketil berichtete von seiner Verurteilung zum Tode, dass er hatte fliehen können und den Winter bei ausgestoßenen Dänen im Wald verbracht hatte.

«Gestern bin ich in Colonia eingetroffen», endete er. «Ich wollte Euch sofort aufsuchen, doch man hat mich im Kloster nicht zu Euch vorgelassen.»

«Woher hätte ich ahnen können, dass du das warst?», entgegnete Brun und schalt sich innerlich dafür, nicht aufmerksamer gewesen zu sein. Ketils Stimme, der Fluch, der große Schatten auf dem Klosterhof – Brun hätte ihn erkennen können.

«Nun, der Mönch kommt ja gerade noch zur rechten Zeit», warf Wilhelm ein.

«Was weißt du von Thankmars Plänen?», fragte Brun.

«Von seinen Plänen, Herr?»

Brun und Wilhelm wechselten einen Blick. Durften sie Ketil ins Vertrauen ziehen? Er war loyal, wohl einer der loyalsten Menschen, die Brun kannte, obwohl er Menschen ausgeraubt und getötet hatte, bevor Brun ihn vor dem Galgen bewahrte. Es war Brun damals wie eine göttliche Eingebung erschienen, als er diesen riesigen Mann mit der Schlinge um den Hals gesehen hatte. Die Männer, die ihn hinrichten wollten, reichten ihm kaum bis an die Schultern, und es waren ein halbes Dutzend von ihnen nötig, um Ketil festzuhalten. Aber es war nicht seine Statur allein. Was Brun bewogen hatte, diesem Mann kraft seiner Autorität als Bischof und Kanzler das Leben zu retten, war etwas gewesen, das Brun noch immer nicht genau erklären konnte. Vielleicht war es sein Wesen, das so wild und doch im Kern so gütig war.

Trotz der Zuneigung zu Ketil beschloss Brun, vorsichtig zu sein und ihm nichts von seinem Verdacht zu erzählen, Thankmar könnte es auf den Thron abgesehen haben. Über diese Angelegenheit durfte kein Wort nach außen dringen. Erst mussten sie Sicherheit haben, in diese oder in jene Richtung.

«Es heißt, Thankmar habe ein Heer aufgestellt», sagte Brun.

Ketil schaute ihn mit seinen dunklen Augen an. «Seine Haustruppe ist wohl an die fünfzig Mann stark, aber ein Heer …»

«Er soll viele Soldaten anführen.»

«Ich habe ihn seit dem Spätsommer nicht mehr gesehen.»

Brun biss sich auf die Unterlippe. Irgendetwas musste zwischen Herbst und Frühjahr geschehen sein, das Thankmar in die Lage versetzt hatte, ein mächtiger Heerführer zu werden.

Bevor Brun eine weitere Frage stellen konnte, kam ihm Wilhelm zuvor.

«Dieser Poppo, von dem du gesprochen hast, was ist das für ein Mensch?»

Ketils Miene verdüsterte sich. «Ich weiß, dass es Gott nicht gefällt, wenn ich fluche.»

Seine Augen fixierten irgendeinen Punkt über den Erzbischöfen.

«Aber bei diesem Hundesohn kann ich mich nicht beherrschen. Der verdammte Bastard ist eine Schande, und es ist eine Schande, dass dieser Mörder sich Christ nennt.»

Brun verkniff sich einen Kommentar. Er wandte sich an Wilhelm und wechselte das Thema. «Was wisst Ihr über diesen Bischof, diesen Poppo?»

«Er ist ein Zögling und Vertrauter von Adaldag, dem Erzbischof des Bistums Hammaburg, zu dem auch die dänische Mark gehört. Adaldag hat Poppo nach Haithabu geschickt, um die Heiden zu missionieren.»

«Was er offenbar auf seine eigene Art und Weise tut.»

«Ja, Herr», sagte Ketil, «Ihr müsst dem Treiben dieser Männer Einhalt gebieten.»

Brun hob abwehrend die rechte Hand. «Das werde ich tun, Ketil. Doch nun beantworte mir eine andere Frage: Hältst du es für möglich, dass Thankmar zum König kommt, um Otto mit dem Heer zu unterstützen?»

Wilhelm warf Brun einen Blick zu, sagte aber nichts.

«Das kann ich mir nicht vorstellen», antwortete Ketil.

«Warum nicht?»

«Weil der König für ihn ein Verräter ist, ein *seljari*, wie wir Isländer das nennen. Ich habe einmal ein Gespräch zwischen Thankmar und Bischof Poppo belauscht …»

Brun spürte, wie sich seine Nackenhaare aufstellten.

Im Kamin knackte erneut ein Scheit. Funken regneten auf den Steinboden.

51.

Asny bibberte am ganzen Körper, obwohl das Rudern ihr den Schweiß aus den Poren trieb. Es war das Gefühl unendlicher Einsamkeit, das sie zittern ließ. Sie hatte Aki verloren, hatte den letzten Menschen – Freund und Bruder zugleich – verloren, der ihr noch etwas bedeutet hatte. Es gab nichts mehr, für das es sich noch zu leben lohnte. Nur sie selbst.

Aber was war das für ein armseliges Leben? Sie war eine Gefangene, eine Sklavin, eine Handelsware. Sie war Abfall.

Niemals zuvor war ihr das eigene Schicksal so bewusst geworden. Seit der brennende Mast Aki getroffen hatte und er über Bord geschleudert worden war, hatte sie niemanden mehr, mit dem sie ihre Gedanken teilen, an dessen Schulter sie sich lehnen konnte. Was geblieben war, waren die Trauer um Aki und das Gefühl tiefer, schwarzer Leere.

Ach, Aki!

Ein Seufzer dehnte ihre Brust, während sie mit ihren von Schwielen und Blasen übersäten Händen erneut das schwere Ruder durchzog und Fulrads Kommandorufe in ihren Ohren widerhallten.

Ein winziger Funken Hoffnung war ihr geblieben. War

es möglich, dass Aki den Schlag des Masts und den Sturz ins eiskalte Wasser überlebt hatte?

Wieder und wieder ging Asny diese Frage im Kopf herum, beherrschte ihre Gedanken am Tage beim Rudern und in der Nacht, wenn sie keinen Schlaf fand.

Grim hatte sie an die Ruderbank gekettet, da der ausgebrannte Laderaum nicht mehr betreten werden durfte. Das Feuer hatte auch den Mast und einen Teil der Ladung vernichtet. Man hatte es aber löschen können, bevor die Planken durchbrannten oder die Flammen auf das Deck übergriffen. Trotz der Katastrophe war der Wattenvogel noch fahrtüchtig, und so waren sie am nächsten Morgen unter dem Kommando eines von Wut und Verzweiflung gezeichneten Fulrad aus der Bucht gerudert und kämpften sich seit nunmehr drei Tagen stromaufwärts über den Rhenus.

Alle anderen an Bord hielten Aki für tot. Unmittelbar nach seinem Verschwinden hatte Grim verzweifelte Versuche unternommen, ihn zu finden. Er war mit der eisenbeschlagenen Stange, der *forkr*, hin- und hergelaufen und hatte sie immer wieder ins Wasser gestoßen. Am nächsten Morgen hatte er dann versucht, Fulrad zu überreden, das Schiff zum Ufer zu rudern, um dort nach Spuren zu suchen. Als Antwort hetzte Fulrad seine Männer auf Grim, die so lange auf ihn eintraten und einschlugen, bis er um Gnade bettelte. Fulrad gab ihm und seinem Vater die Schuld an dem Unglück.

«Rudert!», bellte der Schiffsführer. «Rudert!»

Sie warfen sich in die Riemen, um gegen die starke Strömung des Hochwassers anzukommen.

Asny hatte den Eindruck, dass Fulrad in den vergangenen Tagen noch dürrer geworden war. Der Bärenfellmantel hing wie ein schlaffer Sack von seinen Schultern. Auf

Fulrad lastete nicht nur der drohende Verlust des Schiffes, wenn er kein Geld auftreiben konnte, um den Wattenvogel überholen zu lassen. Auch die Händler hatten Forderungen gegenüber Fulrad gestellt, etwa der Viehhändler, der mit den Schweinen, Pferden und dem Ochsen ein Vermögen verloren hatte.

Fulrad verwies die Händler an Grim und den kranken Geirmund, der sich beim Einsturz der Kisten auch noch einen Knöchel verrenkt hatte. Man war übereingekommen, dass die beiden Dänen bei der nächsten Gelegenheit ihre Sklavin verkaufen mussten. Mit dem Erlös sollten sie wenigstens einen Teil des Schadens begleichen.

«Rudert!»

Asny hörte Grim stöhnen. Er hatte Akis Platz auf der Ruderbank eingenommen und saß neben ihr. Asny biss die Zähne zusammen und zog den Riemen durch.

Immer wieder tauchten die Bilder der Schreckensnacht vor ihrem inneren Auge auf. Das Feuer, der brennende Mast, Akis vor Schreck aufgerissene Augen, als er über Bord fiel, und sie hörte seinen Schrei. Es war nur ein einziges Wort, das er herausgeschrien hatte – ihren Namen.

Noch im Angesicht des Todes hatte er an sie gedacht, hatte sich mehr um ihr Leben gesorgt als um sein eigenes. Asny musste bei diesem Gedanken so heftig den Kopf schütteln, dass Grim sich zu ihr wandte und irgendetwas knurrte.

Sie wollte nicht glauben, dass Aki wirklich tot war. Tief in ihrem Innersten fühlte sie, dass er am Leben war, dass er es geschafft hatte, auch wenn es schier unmöglich schien. War es nur der winzige Funken Hoffnung, an den sie sich klammerte, um nicht den letzten Willen für ihr eigenes Überleben aufzugeben? Oder war es eine Gewissheit, die sich aus dem Bewusstsein nährte, das nur Zwillinge haben können? Immer waren sie zusammen gewesen, schon im Leib ihrer Mutter, die die Kinder der Götter ausgetragen hatte, wie sie es nannte.

Während der Wattenvogel über die Stromschnellen des Rhenus dahinglitt, erinnerte sie sich an eine der wenigen Gelegenheiten, bei denen sie von Aki für eine längere Zeit getrennt gewesen war. Sie waren damals sechs oder sieben Jahre alt, so genau wusste Asny das nicht mehr. Dafür konnte sie sich an die Ereignisse und vor allem an das Gefühl erinnern, das sie während dieser Tage hatte. Aki war nicht heimgekehrt, nachdem er allein auf die Jagd in die Wälder bei Haithabu gegangen war. Velva und Asny hatten überall nach ihm gesucht. Vergebens. Dennoch hatte Asny die ganze Zeit das Gefühl gehabt, dass ihm zwar etwas zugestoßen war, dass er aber noch lebte. Und so entdeckten sie ihn schließlich doch noch – verborgen im dichten Unterholz, wo Grim und seine Freunde ihn an einen Baum gefesselt hatten. Aki wäre verdurstet und verhungert, wenn Asny nicht auf ihr Gefühl vertraut hätte. Es war ihr gelungen, Velva, die trotz ihrer seherischen Fähigkeiten die Hoffnung aufgegeben hatte, zu überreden, einen letzten Versuch zu unternehmen.

Sie hatte sein Leben gefühlt, und dieses Gefühl war auch jetzt noch da. Irgendwo, wenn auch schwach.

Die Stimme des Lotsen riss sie aus ihren Gedanken.

«Die Burg!»

Fulrad stemmte sich sofort gegen das Ruder und gab den Befehl, die Riemen an Steuerbord hart durchzuziehen.

Das Schiff schwenkte aus der Flussmitte und nahm Kurs auf die Mündung eines Flusses, der sich hier mit dem Rhenus vereinte.

Sie näherten sich der Diusburg.

52.

Der Wattenvogel glitt in den Hafen der Diusburg, der, von einer weitläufigen Palisade umgeben, an der Einmündung des Flusses Rura in den Rhenus lag.

Asny drehte sich auf der Ruderbank um und sah, dass das Wasser an der Anlegestelle sehr hoch stand. Einige Brücken waren überflutet. Ein gutes Dutzend Schiffe hatte hier festgemacht, andere hatte man ans Ufer gezogen. Viele der Schiffe waren breite Lastkähne, auf denen Menschen, Tiere und Wagen von dieser Seite auf die andere Seite des Rhenus transportiert wurden.

Die Fährleute machten in diesen Tagen gute Geschäfte. Das Ufer des Hafens war voller Menschen, die auf eine Passage warteten. In der kurzen Zeit, die der Wattenvogel durch die Mündung des Nebenflusses gefahren war, waren ihnen zwei vollbesetzte Fähren entgegengekommen, und gerade legten zwei weitere ab.

«Die verschiffen wohl ein ganzes Heer», sagte Fulrad.

Er warf Grim einen Blick zu und ergänzte: «Wo viele Menschen sind, kann man gute Geschäfte machen.»

Grim nickte kurz, während er wie die anderen Ruderer den tropfenden Riemen über der Oberfläche hielt. Der Wattenvogel verlor allmählich an Fahrt. Fulrad steuerte ihn zu einem der wenigen freien Anlandeplätze und manövrierte das Schiff an anderen Kähnen vorbei. Sie hatten kaum angelegt, als sich eine Menschenmenge versammelte und Männer, Frauen und Kinder das ausgebrannte Schiff betrachteten.

Asny bemerkte einen Mann in einem Fellmantel, der sich in Begleitung von zwei mit Lanzen bewaffneten Soldaten durch die Schaulustigen drängte. Fulrad trat an die

Rampe und wechselte mit dem Mann einige Worte in einer Sprache, die Asny nicht verstand. Schließlich reichte Fulrad seinem Gegenüber zwei Silbermünzen als Hafengebühr, woraufhin der Fellmantel und die Soldaten wieder verschwanden.

Fulrad trat vor die Mannschaft. «Unsere Reise endet vorerst in diesem Hafen. Es soll hier tüchtige Bootsbauer geben, die den Wattenvogel überholen werden.»

Er wandte sich an Grim. «Sieh zu, Däne, dass du deine Sklavin so schnell wie möglich verkaufst, und dann bring mir sofort mein Geld. Ich muss den Bootsbauern eine Anzahlung leisten.»

Grim murmelte etwas und erhob sich von der Ruderbank. Er nahm das Seil, das er am Gürtel trug, und legte Asny die Schlinge um den Hals. Er zog die Schlinge zu, bis sie den Druck der rauen Fasern spürte.

«Nimm mich mit!», krächzte eine Stimme.

Zum ersten Mal seit der Feuernacht stand Geirmund von seinem Lager auf und kam auf einen Stock gestützt angehumpelt. Der Alte hatte sich den rechten Fuß verletzt, als die Kisten über ihn gefallen waren. Sein Gesicht war noch immer bleich wie eine gekalkte Wand. Aber sein Husten schien sich gebessert zu haben.

«Du kannst doch kaum gehen», meinte Grim.

«Ich gehe besser, als du verhandelst, Junge. Ohne mich wirst du nicht einmal ein Huhn los.»

Einige Männer an Bord lachten.

Geirmund zog seinen Sohn zu sich heran und flüsterte ihm etwas ins Ohr. Er sprach leise, aber Asny hörte seine Worte. «Sobald wir die Sklavin verkauft haben», flüsterte der Alte, «verschwinden wir – natürlich mit dem Geld.»

Grims Augen leuchteten auf. Er hakte seinen Vater unter.

Doch als sie sich auf den Weg machen wollten, versperrte ihnen Fulrad an der Rampe den Weg.

«Nicht so schnell!», knurrte der Schiffsführer. «Fokko und Ubbo gehen mit. Ich will euch unter Beobachtung haben.»

Sie kamen an Bootsschuppen und Fischerhütten vorbei und folgten dann einem breiten Weg, der zur Königspfalanza führte. Sie war von einer Steinmauer und einem Graben umgeben, und schon von weitem sah Asny die Kirche und den Palas. Die großen, aus Stein errichteten Gebäude waren beeindruckend. Bei dem Anblick ahnte Asny, wie die Stadt Colonia aus Ketils Erzählungen aussehen mochte. Aber sie hatte die Hoffnung, den Mönch wiederzusehen, längst aufgegeben. Was wohl geschehen würde, wenn Grim und Geirmund einen Käufer für sie fanden? Sie wusste es nicht. Ihr Schicksal lag im Ungewissen. Vielleicht geriet sie an einen Mann, der sie schlagen und missbrauchen würde, vielleicht kam sie in eine Familie, in der Sklaven nicht wie Hunde getreten wurden. Wahrscheinlicher war die erste Möglichkeit.

Ihr Magen krampfte sich zusammen. Wenn doch nur Aki hier wäre …

Je näher sie der Burg kamen, desto mehr Menschen füllten den Weg. Bald ging es nur noch stockend voran, und sie waren gezwungen, in einem dichten, zähfließenden Strom mitzuschwimmen. Asny sah Soldaten in Kettenhemden und Brünnen, Bauern, die Kühe und Ochsen mit sich führten, andere Männer zogen mit Töpfergefäßen beladene Karren, deren hölzerne Räder über die Bohlen rumpelten. Die Tonwaren waren mit Rädchenverzierungen versehen. Sie stammten, wie Fokko altklug erläuterte, aus den nahen Töpfereien, die für diese Produkte weithin bekannt seien.

Nach einer Weile erreichten sie den Markt. Der Platz hatte gewaltige Ausmaße und war mit der Friesensiedlung Staveran nicht zu vergleichen. Unterhalb der Burgmauer erstreckte sich der Markt über eine Länge von einer halben Meile. Dicht an dicht standen feste Buden, dazwischen hatte man Stände errichtet. In den schmalen Gängen wimmelte es von Menschen.

Fokko, der die Sprache der Einheimischen beherrschte, fragte sich zum Sklavenmarkt durch und führte die anderen zu einem vom übrigen Markt durch eine Palisade abgegrenzten Bereich.

Grim stieß einen wüsten Fluch aus, als sie hinter den Holzzaun traten. Der Sklavenmarkt platzte aus allen Nähten. Auf Grim und Geirmund wartete eine übermächtige Konkurrenz. Dutzende Händler boten ihre Sklaven an: kräftige Männer und Frauen, von denen viele deutlich jünger als Asny waren, darunter auch Kinder. Es gab sogar Sklaven mit dunkler Hautfarbe, die aus Ländern weit entfernt im Süden stammten, dort, wo immer die Sonne schien.

Grim entdeckte im Gedränge eine freie Stelle und beeilte sich, Asny dorthin zu manövrieren, bevor ein anderer Händler den Platz besetzte. Fokko und Ubbo, die den hinkenden Geirmund untergehakt hatten, kamen nicht so schnell hinterher und folgten in einiger Entfernung.

Kaum hatte Grim den Platz eingenommen, ertönte von mehreren Seiten Gelächter. Ein Sklavenhändler, ein fetter, feister Kerl mit fliehender Stirn und geflochtenem Bart, sprach Grim in einer fremden Sprache an. Als Grim sich als Däne zu erkennen gab, wiederholte der Mann seine Frage in der Sprache der Nordmänner.

«Ist das alles, was du anzubieten hast?»

Grim verzog das Gesicht. Er hatte kein Interesse an einem Gespräch.

Doch der Zopfbart ließ nicht locker. Er baute sich vor Asny auf und betrachtete sie eingehend. Wie in Staveran verspürte sie ein Übelkeitsgefühl, während der Mann sie mit seinen Augen auszuziehen schien. Asny musste sich gegen den Drang wehren, dem Kerl ins Gesicht zu spucken. In der rechten Hand hielt er eine Lederpeitsche, und er sah aus wie jemand, der gern und häufig davon Gebrauch machte.

«Mhm», machte er. «Ein hübsches Ding. Ich gebe dir vierzig Gramm Silber dafür, Däne, oder nein, sagen wir fünfzig.»

«Verschwinde!», rief jemand mit heiserer Stimme.

Geirmund war mit Fokko und Ubbo nachgekommen.

«Wer wagt es …», entgegnete der Händler. Sein Gesicht lief vor Wut rot an.

Als er jedoch die kräftigen Seeleute an der Seite des Alten sah, schlich er zu seinen eigenen Sklaven zurück.

«Und jetzt?», fragte Grim seinen Vater mit Blick auf die vorbeischlendernden Menschen.

Der Alte beachtete ihn nicht. Er wandte sich an Fokko und Ubbo und knurrte: «Ich kann nicht mehr stehen.»

Das klang nicht wie eine Feststellung, sondern wie ein Befehl. Geirmund, der tagelang dem Tode nah gewesen war, schien wie ausgewechselt. Sklavenmärkte waren seine Welt, sein Leben. Endlich bekam er wieder eine Gelegenheit, mit den Kunden zu feilschen.

Ubbo holte eine leere Holzkiste. Geirmund ließ sich darauf nieder und schielte zu Asny hoch.

«Lächeln, Mädchen, immer lächeln! Wenn ein Mann

Interesse zeigt, zeigst du ihm alles, was er sehen will. Verstanden?»

Sie antwortete nicht, und als er ihren Hintern tätschelte, warf sie ihm einen Blick zu, in den sie allen Hass legte, zu dem sie fähig war.

Zwischen Geirmunds Augenbrauen bildete sich eine tiefe Falte. «Lächeln!»

Asny wandte sich ab.

«Schaut her!», rief der Alte der vorbeiziehenden Menge zu. «Kommt und schaut euch diese Jungfrau an!»

Männer drehten die Köpfe. Manche blieben kurz stehen, gingen dann aber weiter.

«Eine ungewaschene Jungfrau mit verlaustem Haar!», rief einer, und andere lachten.

So ging es eine ganze Weile, bis sich ihnen ein Mann näherte. «Und sie ist wirklich eine Jungfrau?», fragte er in der Sprache der Nordmänner.

Er war mit einem Mantel aus feinem Stoff bekleidet. Auf dem Kopf trug er eine bestickte Kappe und um den Hals eine Silberkette. «Aus welchem Land stammt die Sklavin?»

«Aus der dänischen Mark», erwiderte Geirmund.

Der Mann schaute von Asny zu Geirmund, dann zu Grim und schließlich zu den Seeleuten.

«Eine Sklavin – und vier Sklavenhändler?»

Geirmund räusperte sich.

«Ihr scheint das Geld nötig zu haben», meinte der Mann. «Wie viel?»

«Zweihundertfünfzig Gramm Silber.»

Der Mann lachte leise. «Ihr scheint es wirklich sehr nötig zu haben.»

Er forderte Asny auf, ihm ihre Hände zu zeigen. Sie hielt sie ihm hin. Es überraschte sie, dass er nach ihren Händen fragte und nicht gleich ihre Jungfräulichkeit nachprüfen wollte.

«Kann sie kochen?», fragte er.

Geirmund wollte antworten, als Grim ihm zuvorkam. «Woher sollen wir das wissen?»

Der Alte stieß ihn mit dem Ellenbogen an und sagte: «Natürlich kann sie kochen, Herr!»

«Ihre Hände sehen eher wie die eines Rudersklaven aus.»

«Trotzdem kann sie kochen.»

Andere Männer blieben stehen und verfolgten die Verhandlung belustigt. Einer von ihnen trat neben den Mann mit der Silberkette. Es war ein stämmiger Krieger, der ein langes Schwert und eine Brünne unter dem roten Mantel trug.

Asny zuckte zusammen.

«Hat Barthold nicht genug Köche?», fragte der Krieger.

Asny starrte auf den Mantel. Diese Farbe würde sie niemals vergessen.

«Ja, aber nicht genug kochende dänische Jungfrauen», erwiderte die Silberkette und grinste vielsagend.

«Sie ist Dänin?»

«Aus der Dänenmark. Das behauptet der Alte zumindest.»

Der Krieger legte den Kopf schief. «Was will der Alte dafür haben?»

«Sie kann kochen und arbeiten, hart arbeiten – und sie ist noch unberührt», mischte Geirmund sich ein. «Da sind zweihundertfünfzig Gramm Silber nicht zu viel verlangt.»

Der Mann mit der Kette hatte offenbar das Interesse verloren.

«Für einhundert hätte ich sie genommen», meinte er und machte Anstalten zu gehen. Dabei klopfte er demonstrativ auf einen Lederbeutel an seinem Gürtel. Münzen klimperten.

«Wir schauen uns woanders um», forderte er den Krieger auf.

Doch der Rotmantel blieb.

«Aus welcher Gegend in der Mark stammt sie?», wollte er von Geirmund wissen.

«Haithabu.»

«So? Ein dänischer Sklavenhändler bietet eine dänische Sklavin aus der großen Hafenstadt Haithabu an, die für ihren Sklavenmarkt bekannt ist. Ist das nicht etwas ungewöhnlich? Sind ihre Eltern so arm, dass sie die eigene Tochter verkaufen mussten? Oder hast du sie ihren Eltern gestohlen?»

Geirmund rutschte unruhig auf der Kiste hin und her. «Wollt Ihr sie haben, Herr, oder nicht? Zweihundertzwanzig Gramm – mein letztes Wort.»

Der Blick des Kriegers war fest auf Asny gerichtet. Sie versuchte in seinen Augen zu lesen, was in ihm vorging. Aber es war unmöglich, der Kerl starrte sie einfach nur an.

«Nein», sagte er dann, drehte sich um und verschwand in der Menge.

Geirmund stieß einen ächzenden Laut aus.

Grim beugte sich zu ihm hinunter. «Hast du den Mantel gesehen?», flüsterte er. Er war ganz blass im Gesicht geworden.

«Was?»

«Seinen Mantel? Hast du den gesehen?»

«Was soll damit sein?»

«Die Farbe des Blutes …»

«Na und! Überall tragen Männer solche Mäntel, Junge.»

«Ich glaube, ich habe den Mann schon einmal gesehen.

Ja, ich bin mir sicher. Es war im vergangenen Herbst auf dem Markt am Danewerk. Du weißt schon, damals, als ich beinahe den Hurensohn erwischt hätte.»

Fokko drängte zwischen die beiden. «Was habt ihr zu flüstern? Seht zu, dass ihr das Weib loswerdet. Ich habe keine Lust, mir hier die Beine in den Bauch zu stehen. Ich will was essen und Bier trinken.»

«Ich auch», bestätigte Ubbo.

Geirmund legte die Stirn in Falten. Er schien angestrengt über Grims Worte nachzudenken. Dann schüttelte er energisch den Kopf und wandte sich wieder dem Marktgeschehen zu.

«Schaut her!», rief er. «Schaut euch die Jungfrau an!»

Während Geirmund weiterhin erfolglos Asny anpries, ließ sie ihren Blick über den Markt schweifen. Und dann sah sie ihn wieder. Der Krieger stand in einiger Entfernung bei einem anderen Mann. Beide schauten in ihre Richtung.

Asny bekam einen trockenen Mund.

Der andere trug ebenfalls einen roten Mantel. Er hatte ein auffallend breites Kreuz und eine Glatze.

In diesem Augenblick wünschte sich Asny nur eins: dass sich sofort unter ihren Füßen der Erdboden auftäte und sie ganz tief in einem Loch versänke, in dem niemand sie jemals wiederfinden würde.

53.

Thankmar hielt gerade mit den anderen Heerführern die tägliche Besprechung ab, als Ernust vollkommen außer Atem ins Zelt kam. Auf seiner Glatze glänzten Schweißperlen. Thankmar war von der Störung so irritiert, dass er sich im ersten Augenblick fragte, wie Ernust es geschafft hatte, an den fünf Soldaten vor dem Zelt vorbeizukommen. Aber natürlich war Ernust der Befehlshaber der Wachen. Warum hätten sie ihn aufhalten sollen?

Thankmar warf seinem Hauptmann einen drohenden Blick zu. Ernust machte jedoch keinerlei Anstalten, das Zelt wieder zu verlassen. Dabei wusste er ganz genau, dass die Heerführer bei ihren Gesprächen nicht gestört werden durften.

Gunther war gerade dabei zu berichten, wie es mit dem Übersetzen des Heeres voranging. Mit dem Ergebnis war Thankmar überhaupt nicht zufrieden. Es dauerte viel zu lange. Seit einer Woche lagerte das Heer nun schon bei der Diusburg. Sie waren über den Hellweg in den Westen gezogen. Der Weg führte vom Rhenus bis zum Fluss Albia im Osten des Königreichs und verband Burgen und Städte wie die Magathaburg, Padrabrunno, Drudmunde, Essendia und die Diusburg.

Unterwegs hatte Thankmar erfahren, der Rhenus sei wegen des Hochwassers wenn überhaupt nur bei der Diusburg zu überqueren. Gleich nach der Ankunft begannen sie daher mit der Verschiffung der Truppen auf allen verfügbaren Fähren. Dennoch kostete es viel Zeit, mehr als eintausend Menschen mitsamt Gepäck, Wagen, Last- und Reittieren über den Strom zu transportieren. Es hatte den Anschein, als würden sie noch mehrere Tage brauchen, bis der ganze Tross endlich auf der anderen Flussseite sein würde.

Und der Monat April war bereits angebrochen.

Bevor Ernust die Versammlung gestört hatte, hatte Gunther vorgeschlagen, zur Unterstützung auch Handelsschiffe einzusetzen. Thankmar wollte gerade etwas dazu sagen, doch nun wandte er sich an Ernust.

«Soldat!», rief er in scharfem Befehlston.

Ernust kratzte seine Glatze. «Es ist sehr wichtig, Herr.»

«Nichts kann so wichtig sein, dass es eine Unterbrechung unserer Besprechung rechtfertigt, oder?»

«Hm, doch.»

Thankmar musste sich eingestehen, dass Ernusts Hartnäckigkeit seine Neugier weckte. Für gewöhnlich hielt sich der Hauptmann an die Befehle.

«Dann sprich», forderte Thankmar ihn auf. «Aber fass dich kurz!»

Ernust warf einen Blick auf die anderen Anwesenden. «Es ist … es wäre besser …»

Thankmar verstand und sagte zu Gunther: «Auch ich hatte Eure Idee natürlich längst in Erwägung gezogen. Aber die Handelsschiffe können mit ihrem Tiefgang nicht auf der anderen Flussseite anlanden.»

«Wir haben noch mehr als einen Monat», meldete sich Barthold zu Wort.

Thankmar nickte nachdenklich. Selbst wenn es eine weitere Woche dauerte, den Tross überzusetzen, blieb ihnen noch reichlich Zeit, und bislang war eigentlich alles nach Plan verlaufen.

«Für heute haben wir das Wesentliche besprochen», sagte er und beendete die Versammlung.

Als er mit Ernust allein war, ließ er sich auf seinem Stuhl nieder und winkte den Hauptmann zu sich. «Nun?»

Ernust öffnete den Mund, und es schien, als wolle er zu einer längeren Rede ansetzen. «Herr, wir haben …»

Dann verstummte er abrupt, als wisse er nicht genau, wie er aussprechen sollte, was ihm auf der Seele lag.

Thankmar zog die Augenbrauen zusammen.

«Ihr habt was?», fragte er scharf.

«Wir haben jemanden gesehen, Herr. Nein, eigentlich war es Valgard, der Däne aus Eurer Leibgarde …»

«Valgard ist mir bekannt, Soldat. Komm endlich zur Sache!»

Ernust senkte den Blick. «Ich bin mir nicht sicher, und ich will nichts Falsches sagen. Es ist besser, Ihr kommt mit und seht es Euch selbst an, versteht Ihr?»

Thankmar verstand gar nichts. Seine Finger trommelten auf den Lehnen des kostbaren Stuhls, den er von der Eresburg hatte mitnehmen lassen. Gunther hatte keine Einwände gehabt, zumindest hatte er es nicht gewagt, welche zu äußern.

Thankmar betrachtete Ernust. Der Hauptmann machte nicht den Eindruck, als ob es bei seinem Anliegen um eine belanglose Sache ginge, und einen Scherz würde er sich mit seinem Herrn niemals erlauben.

«Gut», sagte Thankmar.

Er stand auf, gürtete das Schwert, zog die Lederhandschuhe über und legte seinen Mantel um. Dann folgte er Ernust vor das Zelt. Die Sonne stand bereits tief über dem Horizont jenseits des großen Stroms.

Das Heerlager war auf einer weitläufigen Grasfläche im Hinterland der Diusburg errichtet worden. Für das zügige Verschiffen der Truppe wäre es von Vorteil gewesen, so dicht beim Hafen wie möglich zu lagern. Aber der Verwalter der Pfalanza hatte ihnen den abgelegenen Platz zugewiesen. Thankmar musste dies zähneknirschend hinnehmen, aber er hatte sich den Namen des Verwalters gemerkt.

Ernust lief voran. Thankmar beeilte sich, um mit ihm Schritt zu halten. Sie hasteten über den ausgetretenen Weg. Bald darauf passierten sie das Holztor und gelangten in die

Siedlung, die wegen drohender Normannenüberfälle mit einem Erdwall und einer hölzernen Brustwehr umschlossen war. Dann eilten sie weiter durch das Gassengewirr.

Obwohl sich der Tag dem Ende zuneigte, waren hier viele Menschen unterwegs. Die meisten wichen freiwillig vor dem bulligen Sachsen zurück, und wer es nicht rechtzeitig schaffte, den Weg freizugeben, den stieß Ernust einfach zur Seite.

Thankmars Neugier wurde immer größer. Ihm war schleierhaft, was es so Wichtiges geben konnte, dass Ernust eine solche Eile an den Tag legte. Wenn es um eine gewöhnliche Angelegenheit ging, etwa einen Streit zwischen betrunkenen Soldaten zu schlichten, hätte er dies bereits im Lager erklärt.

Sie kamen auf den Weg, der am Burggraben verlief. Thankmar dachte daran, dass Otto manchmal auf seinen langen Reisen durch das Reich in der Pfalanza der Diusburg residierte. Residiert hatte, musste es wohl besser heißen. Thankmar malte sich in Gedanken aus, wie er bald selbst durch das Haupttor der Burg reiten würde, anstatt wie ein Dieb außerhalb der Mauer entlangzuhuschen. Er freute sich schon jetzt auf das Gesicht, das der überraschte Verwalter machen würde, wenn er in Thankmar den Mann wiedererkannte, dem er den Platz auf der Grasfläche zugewiesen hatte.

Vermutlich wird er sich entschuldigen, dachte Thankmar, und ganz sicher werden das seine letzten Worte sein.

Als sie den Markt erreichten, verlangsamte Ernust seine Schritte, und sie gingen nebeneinander her über den Platz. Bei den meisten Buden waren die Läden inzwischen geschlossen, und von vielen Ständen waren die Auslagen weggeräumt worden. Nur wenige Händler harrten noch aus und hofften auf ein letztes Geschäft, bevor die Sonne unterging.

Thankmar war versucht, den Hauptmann erneut nach dem Grund für sein rätselhaftes Gehabe zu fragen, aber er übte sich in Geduld. Es schien, als habe Ernust sein Ziel fast erreicht. Er trat in den abgetrennten Bereich des Sklavenmarktes, ging einige Schritte weiter und blieb dann stehen. Er stieß einen Fluch aus.

«Was wollen wir hier?», fragte Thankmar.

«Sie sind weg!»

«Wer ist weg?»

Ernust war jedoch schon wieder davongeeilt. Er lief zu einem dicken Mann, offenbar ein Sklavenhändler. Thankmar schloss zu Ernust auf und hörte ihn mit dem Händler in der Sprache der Sachsen reden. Er fragte nach vier Männern und einer Sklavin.

«Diese dänischen Krötenschisse?», erwiderte der Händler, sichtlich verärgert darüber, dass Ernust sich nicht für seine Sklaven interessierte.

«Genau die», erwiderte Ernust.

Der Händler rollte demonstrativ eine Peitsche aus, wahrscheinlich um Ernust damit zu beeindrucken.

«Ich hoffe, die Bastarde sind allesamt in den Fluss gefallen und ersoffen und …»

Er kam nicht dazu, seinen Satz zu beenden. Ernust packte ihn an den Schultern und stemmte ihn so hoch, dass seine Füße in der Luft schwebten. Die Peitsche fiel zu Boden.

«Wo sind die Dänen?», zischte Ernust.

Die Überheblichkeit wich dem Händler aus dem Gesicht. «Sie sind … zum Hafen. Haben sie gesagt. Bier trinken … Herr.»

«Und die Sklavin? Ist sie verkauft worden?»

«Nein.»

Ernust ließ den Mann los, der unsanft auf dem Hintern landete. Er schien zwar große Angst vor dem glatzköpfigen Soldaten zu haben, hatte aber dennoch nicht seine Geschäftstüchtigkeit verloren und bat Ernust freundlich, sich unter seinen Sklavinnen nach einer Jungfrau umzuschauen.

Ernust drehte sich zu Thankmar um. «Wir müssen weiter.»

Der Hafen kam zur Ruhe. Die hämmernden Arbeitsgeräusche der Schiffsbauer waren verklungen. Auf den Landebrücken und Schiffen hielten sich nur noch wenige Menschen auf, die mit den letzten Vorbereitungen für die Nacht beschäftigt waren, ihre Lager ausbreiteten, Taue zusammenrollten und Kisten stapelten.

Ernust kletterte auf ein Fass und ließ seinen Blick schweifen. Offensichtlich konnte er nicht das entdecken, wonach er suchte. Sein Gesicht wurde immer länger. Er kletterte wieder herunter und lotste Thankmar an Hütten und Bootsschuppen vorbei zu den Fähren, die am Ufer auf die nächsten Einsätze warteten. Ein gutes Dutzend Soldaten lungerte dort herum. Sie wachten über Packwagen, mit denen man Gerätschaften aus dem Zeltlager herangekarrt hatte, damit alles gleich am Morgen auf die Fährschiffe verladen werden konnte.

Als die Soldaten Thankmar und den Hauptmann sahen, nahmen sie Haltung an. Ernust fragte sie nach einem Gasthaus, und sie wiesen ihnen den Weg zu einer Bierschwemme in der Nähe.

In der Hafensiedlung war das Gelächter und Gegröle betrunkener Männer zu hören. Das Gasthaus war gut besucht. Die meisten Gäste drängten sich an langen Tischen, die man ins Freie gestellt hatte.

Ernust blieb an der Ecke eines Schuppens stehen. Er schaute zu den Trinkern, zog sich dann hinter einen Kistenstapel zurück und gab Thankmar ein Zeichen, ihm zu folgen.

Es war ein eigenartiges Gefühl, einem anderen Mann die Führung zu überlassen. Aber Thankmar ließ den Hauptmann gewähren.

«Sie ist da», sagte Ernust. Sein Gesicht glühte vor Aufregung.

«Wer denn, verdammt noch mal?»

Etwas strich an Thankmars Beinen entlang, und als er an sich herabblickte, sah er einen Hund mit schwarzem Fell, der bettelnd zu ihm aufschaute. Der Köter stank nach altem Fisch.

«Da vorne, gleich am ersten Tisch, sind die Dänen», flüsterte Ernust.

Thankmar schaute in die Richtung, in die Ernusts ausgestreckter Zeigefinger zeigte, und sah einen älteren und einen jüngeren Mann. Beide klammerten sich an ihre Bierkrüge, aus denen sie hin und wieder einen Schluck nahmen. Irgendetwas stimmte nicht mit dem Gesicht des Jüngeren. Es schien, als ob die Knochen falsch zusammengewachsen seien.

«Neben dem hässlichen Kerl sitzt eine Frau», sagte Ernust.

«Ja, die sehe ich. Na und? Es ist nur eine Sklavin mit einem Strick um den Hals.»

«Kommt Euch die Frau bekannt vor?»

Worauf wollte der Hauptmann hinaus? Thankmar kniff die Augen zu Schlitzen zusammen. Es war eine junge Frau.

Sie hatte ein flaches Kinn und blondes Haar, das auf dem Hinterkopf zu einem Knoten zusammengesteckt war. Mit etwas Wasser und einem Kamm würde man sie wohl in ein ansehnliches Weib verwandeln können – in ein sehr ansehnliches Weib sogar. Aber das alles erklärte nicht Ernusts Geheimnistuerei.

Da kam Thankmar mit einem Mal der Schmetterling in den Sinn, den er auf der Eresburg gefangen hatte. Er hatte den Schmetterling zum Gepäck getan und seither nicht mehr daran gedacht. Warum tat er es ausgerechnet jetzt? Beim Anblick dieser Sklavin?

Das Licht war noch hell genug, um die Gesichtszüge der Frau eingehend betrachten zu können. Thankmar spürte ein Kribbeln im Bauch. Irgendetwas war mit dieser Frau. Aber was? Das Kribbeln verstärkte sich zu einem unangenehmen, drückenden Gefühl in seinem Magen.

«Rede endlich, Soldat, wer ist das?»

«Ich bin mir nicht vollkommen sicher. Aber sie sieht dem jungen Mann auffallend ähnlich, den wir im vergangenen Herbst beinahe auf dem Markt am Danewerk …»

Ein heiseres Stöhnen drang aus Thankmars Kehle. «Meinst du etwa den Sohn der Seherin?»

«Ja. Erinnert Ihr Euch an ihre Kinder, damals in Haithabu?»

Natürlich tat Thankmar das. Niemals würde er auch nur ein einziges Detail jenes Tages vergessen, an dem die Seherin von den Toten auferstanden war. Auch ihre Kinder würde er nicht vergessen, das kleine Mädchen und die anderen beiden …

Thankmar stockte der Atem. Die beiden größeren waren Zwillinge gewesen. Man hatte kaum unterscheiden können, wer der Junge und wer das Mädchen war.

Der Hund ließ ein klägliches Winseln hören.

«Die Tochter der Seherin …»

«Herr, ist Euch nicht wohl?»

Ernusts Stimme drang wie aus weiter Ferne an Thankmars Ohren. Der Druck in seinem Magen wurde stärker. Thankmar stieß einen ächzenden Laut aus und ging in die Knie. Er presste die Fäuste gegen seinen Bauch, würgte, stöhnte. Dann wanderten die Schmerzen seinen Körper hinauf, breiteten sich im Kopf aus und hämmerten einen brutalen Rhythmus gegen die Schädeldecke. Und dann sprang ihn die Seherin an, drängte mit aller Gewalt nach vorn. Ihre schrille Stimme hallte in seinem Kopf wider, wollte ihn zum Platzen bringen.

Der Hund ergriff jaulend die Flucht.

Thankmar erbrach sich.

«Sagt doch was, Herr. Was geschieht mit Euch?»

Thankmar wischte sich den Mund ab. Seine Hände zitterten. «Es … geht gleich wieder …»

Ernust wusste nichts von den Anfällen, er durfte nichts davon wissen!

«Das war der gebratene Fisch vorhin», brachte Thankmar keuchend hervor. Er richtete sich mühsam auf. «Ich werde mir den Koch vornehmen.»

Ernust sah ihn von der Seite an.

«Sind sie noch da?», fragte Thankmar.

Ernust nickte.

Thankmar atmete tief ein. An den Tischen hatte sich nichts verändert. Die Männer tranken, und die Sklavin saß still dabei.

Die Tochter der Seherin!

War das wirklich möglich? So viele Jahre hatte er die Mark nach der Seherin absuchen lassen, und nun saß ihre

Tochter vor einer Bierschwemme im Hafen der Diusburg. Eine Sklavin! Im ersten Augenblick erschien ihm das alles vollkommen abwegig. Aber dann dachte er an sein von Gott bestimmtes Schicksal. Gott würde dafür sorgen, dass Thankmar den Platz auf dem Thron einnahm, ebenso wie Gott die Macht der Seherin brechen konnte, irgendwann.

Dann kam Thankmar wieder der Schmetterling in den Sinn.

Er griff nach seinem Amulett und zischte durch die zusammengepressten Zähne: «Ich muss sie haben!»

«Das wird nicht einfach werden», meinte Ernust. «Sie wird nicht nur von den Dänen bewacht. Seht Ihr die anderen Männer bei ihnen am Tisch? Zwei davon waren auch auf dem Sklavenmarkt. Ich glaube, es sind Seeleute. Wir sollten Verstärkung holen.»

Thankmar schüttelte den Kopf. «Das dauert zu lange. Wir müssen sofort handeln.»

Er dachte angestrengt nach. Viel Zeit blieb ihnen nicht. Bald würde die Sonne untergehen und das Gasthaus schließen. Da fiel ihm die naheliegendste Lösung ein.

«Wir kaufen ihnen die Sklavin ab.»

Er klopfte auf den Lederbeutel an seinem Gürtel, in dem genug Münzen für drei oder vier Sklaven waren.

Thankmar ging voran zu dem Tisch, baute sich davor auf und streckte den Rücken durch. Er schlug seinen Mantel zurück, um sein Schwert zu zeigen. Ernust war einen halben Schritt hinter ihm stehen geblieben. Noch beachtete sie niemand. Die Dänen glotzten in ihre Bierkrüge, und die Seeleute unterhielten sich. Die Sklavin hielt den Kopf gesenkt.

Zwischen den Gästen schob sich ein Mann mit fleckiger

Schürze hindurch und brachte neues Bier an den Tisch. Er stellte die vollen Krüge ab, sammelte die leeren ein und verkündete, dies sei die letzte Runde.

Die Männer tranken.

Thankmar trat dichter an den Tisch und räusperte sich hörbar.

Es war die Frau, die als Erste den Kopf hob.

Sie spürt meine Anwesenheit, dachte er.

Er nahm den Lederbeutel und wollte ihn gerade vor den Dänen auf den Tisch legen, als sein Blick den der jungen Frau traf. Ihre Augen weiteten sich.

Thankmars letzter Zweifel, so er denn noch einen gehabt hatte, verflüchtigte sich, als er in das vor Angst verzerrte Gesicht schaute. Ja, bei Gott! In den Zügen war unverkennbar die Seherin zu erkennen. Es war die Tochter!

Da öffnete sich ihr Mund. Ein Schrei drang aus ihrer Kehle, der sich so grauenvoll anhörte wie die Schreie, die Thankmar quälten.

Vor dem Gasthaus verstummten die Gespräche. Männer wandten sich Thankmar zu, der wie erstarrt mit dem Geldbeutel in der Hand dastand.

Er spürte, wie der Druck zurückkehrte, und zwang sich, tief zu atmen.

Aber bevor er den Sklavenhändlern ein Angebot unterbreiten konnte, war der junge Däne mit dem verunstalteten Gesicht aufgesprungen und zog ein Kurzschwert. In seiner überhasteten Bewegung stieß er mit den Oberschenkeln gegen die Tischkante. Der Tisch kippte um und riss die Männer auf der anderen Seite mitsamt der Bank zu Boden. Bierkrüge rutschten herunter und zerplatzten. Bier ergoss sich über die Männer.

Blitzschnell zog Thankmar sein Schwert. Ernust hatte

seines bereits in der Hand und die Klinge auf den Dänen gerichtet, der ein Gesicht machte, als habe man ihm glühende Kohlen in die Hose gestopft.

Die Frau schrie noch immer.

Bis auf den alten Dänen hatten sich alle anderen Männer schnell wieder aufgerappelt. Es waren mehr als ein Dutzend kräftiger, angetrunkener Kerle, denen die Abwechslung offenbar gerade recht kam. Sie zückten ihre Beile, Kurzschwerter und Messer. Die Waffen wirkten zwar geradezu kümmerlich, verglichen mit Thankmars und Ernusts Klingen, aber die anderen waren deutlich in der Überzahl.

Der Däne packte die Sklavin und nutzte das Durcheinander, um mit ihr zu verschwinden. Er drängte sie fort, wobei er den anderen Männern etwas zurief.

Als Ernust ihnen nacheilen wollte, versperrten die Seeleute den Weg. Das Bier hatte sie streitlustig gemacht. Dennoch schien ein Rest an Vernunft sie davon abzuhalten, sich auf die beiden Männer zu stürzen, die wie Kriegsherren aussahen. Vielleicht waren es die langen Klingen, vielleicht die Blicke, in denen harte Entschlossenheit lag – Entschlossenheit zum Töten.

Thankmar sah den Dänen und die Sklavin hinter einer Gruppe Schaulustiger verschwinden und zielte mit dem Schwert auf den Mann, der sich am weitesten vorgewagt hatte. Der Kerl war dürr wie ein Ast, was auch der Bärenfellmantel nicht verbarg.

«Aus dem Weg, Algenfresser», zischte Thankmar. «Oder dein Mantel kriegt ein ganz hässliches Loch.»

Der Mann runzelte die Stirn. «Warum wolltest du die Sklavin rauben?»

«Ich wollte sie kaufen.»

«Kaufen?»

Der Bärenfellmann ließ sein Schwert sinken und drehte sich nach seinen Leuten um.

«Nein!», kreischte plötzlich eine Stimme. Dem Alten war es gelungen, unter dem Tisch hervorzukriechen. Beim Aufstehen musste er sich an der Tischkante abstützen. Irgendetwas stimmte nicht mit seinem rechten Fuß.

«Die Männer wollen dich um dein Geld bringen, Fulrad», keifte der Alte.

Thankmar klimperte mit den Münzen im Geldbeutel. Die Augen des Bärenfellmanns leuchteten auf. Er streckte eine Hand aus, um nach dem Beutel zu greifen, aber Thankmar zog ihn zurück.

«Ihr bekommt Geld, wenn wir die Sklavin haben.»

Der Bärenfellmann und die anderen Seeleute traten zur Seite.

Als der Alte protestieren wollte, schlug ihm Ernust mit der linken Faust so hart ins Gesicht, dass er über den umgekippten Tisch geschleudert wurde.

Sie nahmen die Verfolgung auf.

Es dämmerte. Das Licht der untergehenden Sonne überzog das Hafengelände und die umliegende Landschaft mit einem roten Schimmer. Thankmar liebte dieses Licht, es erinnerte ihn an seine Lieblingsfarbe. Aber im Moment hatte er keinen Sinn dafür. Er suchte mit den Augen das Gelände ab. Die Flüchtenden waren nirgendwo zu sehen. Thankmar und Ernust waren bis zu den letzten Hütten gelaufen, hinter denen sich eine Brachfläche öffnete, die sich zwischen dem Siedlungswall und dem Flussufer bis zur Mündung zog.

«Verdammt! Wo sind sie hin?», rief Thankmar.

Ernust zuckte ratlos mit den Schultern. Dann hielt er plötzlich inne und zeigte in Richtung einer in den Rhenus auslaufenden Landzunge. Da erkannte auch Thankmar die Gestalt, die sich schwerfällig am Ufer entlangbewegte.

«Das ist aber nur einer», meinte Ernust.

Thankmar schüttelte den Kopf. «Er trägt das Weib, wegen der Fußfessel.»

Sie hasteten am Ufer entlang, das mit Flechtzäunen und Pfählen befestigt war. Der Abstand verringerte sich schnell, und es dauerte nicht lange, bis sie auf etwa dreißig Schritt herangekommen waren.

Thankmar wurde langsamer. Der Däne lief geradewegs in eine Falle. Vor ihm verschwand der Weg an der überfluteten Landzungenspitze. Erst als er den Wassersaum erreicht hatte, blieb er stehen, drehte sich um und hievte die Frau von seiner Schulter.

Thankmar und Ernust näherten sich mit gezogenen Schwertern. Der Däne war so schlau, seines im Gürtel zu lassen.

«Nehmt das Weib!», rief er panisch. «Sie gehört Euch. Aber lasst mich am Leben.»

Die Frau stand zitternd neben ihm.

Es war Thankmar ein Rätsel, warum der Däne solche Angst vor ihm hatte. Er konnte doch keine Ahnung haben, wer die Sklavin war. Oder doch?

Thankmar kam näher, und mit einem Mal dämmerte ihm, dass er dieses schiefe Gesicht schon einmal gesehen hatte, auch wenn er nicht mehr wusste, wann und wo das gewesen war. Vermutlich in Haithabu.

«Wo ist ihre Mutter?», fragte Thankmar und richtete das Schwert auf den Hals des Dänen.

Dem Kerl schlotterten die Knie. «Ich weiß … es nicht.»

«Ich gebe dir dreißig Silbermünzen, wenn du es mir sagst!»

Der Däne schluckte. «Sie ist … in der Mark. Wir haben nur das Weib hier erwischt. Die anderen sind geflohen.»

Ernust hielt sich zurück, während Thankmar einen weiteren Schritt vortrat. Die Klinge war nur noch eine Handbreit von der Kehle des Dänen entfernt. Die Frau versteckte sich hinter seinem Rücken.

«Wo war das?», fragte Thankmar.

«In einem Wald. Nicht weit entfernt vom Treenehafen.»

«Warum habt ihr sie nicht zu mir gebracht? Jeder in der Mark kennt die Summe, die ich als Belohnung ausgelobt habe, und so wie du aussiehst, würdest du dir das Geld wohl kaum entgehen lassen.»

Er konnte sehen, wie es hinter der breiten Stirn des Dänen arbeitete.

«Wir haben Euch auf Eurer Burg nicht angetroffen, Herr.»

Thankmar lächelte. Das war eine gute Antwort, aber leider die falsche. Wenn der Däne wirklich auf der Markgrafenburg gewesen wäre, hätte man ihn mit der Tochter der Seherin nicht wieder ziehen lassen. Jeder Mann dort wusste, dass Thankmar alles tun würde, um der Seherin auf die Spur zu kommen.

Er ließ sein Schwert sinken und hielt dem Dänen den Geldbeutel hin. Der Däne zögerte. Er misstraute Thankmar.

Als Thankmar aufsah, merkte er, dass die Frau sich ein Stück fortbewegt hatte. Sie stand bereits mit den Füßen im Wasser.

«Wir nehmen deine Sklavin, und du nimmst das Geld», sagte Thankmar.

Der Däne zögerte immer noch. Seine Finger zitterten.

Als er schließlich nach dem Beutel griff, beschrieb Thankmars Schwert einen Bogen, und die Klinge blitzte im blutroten Licht auf, als sie die Hand des Dänen abtrennte. Fassungslos starrte er auf die Stelle, an der eben noch seine Hand gewesen war. Dann begann er zu schreien.

Die Frau ging weiter ins Wasser, war aber noch einige Schritte von den gefährlichen Stromschnellen entfernt.

Thankmar lachte und trennte mit einem zweiten Hieb dem Dänen den Kopf ab. Der Schädel flog durch die Luft und plumpste vor der Frau ins Wasser.

Ernust stieß ein anerkennendes Grunzen aus. Dann hob er die Hand vom Boden auf, in der noch immer der Geldbeutel steckte.

Thankmar ließ sein Schwert zurück in die Scheide gleiten und folgte der Frau, der das Wasser bereits bis an die Knie reichte. Es wurde Zeit, sie zu holen. Nur noch wenige Schritte, dann würde sie von der Strömung mitgerissen werden.

Thankmar reichte ihr lächelnd seine rechte Hand. Zwischen ihnen dümpelte Grims Kopf, und das Wasser färbte sich rot.

54.

Aki schlüpfte an den Wachen vorbei durch das Stadttor. Er hatte sich unter eine Gruppe Arbeiter gemischt, die mit Säcken und Bauholz beladene Karren nach Colonia brachten. Als er in die Stadt gelangte, kam er aus dem Staunen nicht heraus. Dagegen erschien ihm Haithabu wie eine beschauliche Siedlung. Noch nie hatte er so viele Häuser an einem Ort gesehen, noch nie so viele Menschen, so viele Tiere.

Er ließ sich mit dem Menschenstrom durch die gepflasterten Gassen treiben, vorbei an mehrstöckigen Steingebäuden, zwischen die man Holzhütten gequetscht hatte, damit kein Winkel ungenutzt blieb. Aber Colonia war nicht nur eine große, sondern auch eine laute Stadt. Karren und Wagen rumpelten über die mit Schlaglöchern übersäten Wege. Rufe und Stimmengewirr erfüllten die Gassen. Männer fluchten, Frauen keiften, und Kinder weinten. Aki hörte Schweine grunzen und Pferde wiehern. Vor seinen Füßen huschten Ratten über den Boden. In einer Gasse schüttete jemand den Inhalt eines Eimers aus einem Fenster. Stinkender Abfall klatschte auf die Straße.

Aki machte einen Bogen darum und ging weiter durch das Labyrinth aus breiten und schmalen Wegen, aus verwinkelten und engen Gassen. Je tiefer er in die Stadt drang, desto unruhiger wurde er.

Wie sollte er hier jemals Ketil finden?

Die Zeit drängte. Viel zu lange schon war er von Asny getrennt. Inzwischen konnten Grim und Geirmund sie überall hingebracht haben. Ob sie sie bereits verkauft hatten? Es würde die Suche nach ihr viel schwieriger machen, wenn sie inzwischen in einer verlausten Sklavenhütte oder auf irgendeinem abgelegenen versteckten Gehöft war.

Aber Aki würde nicht ruhen, bis er wieder mit Asny zusammen war. Dessen war er sich sicher – er musste sie aus der Gewalt der Sklavenhändler befreien oder aus der ihres neuen Besitzers, wer auch immer das war und wo auch immer dieser sein mochte.

Dafür war er bereit, alles aufs Spiel zu setzen. Auch sein Leben.

Eine gute Woche war seit dem Feuer auf dem Schiff vergangen, und Aki vermisste seine Schwester immer mehr. Auch Velva und Gyda vermisste er. Aber der Verlust seiner Zwillingsschwester überdeckte jeden anderen Schmerz. Es war ein Gefühl, als wäre sein Herz in zwei Hälften gerissen worden, und so war es ja auch.

Das letzte Mal hatte er sie an dem Morgen nach seinem Sturz vom Wattenvogel gesehen. Er hatte sich im eiskalten Wasser ans Ufer gerettet und sich bis zum nächsten Morgen hinter einem Gebüsch versteckt. Aki fror so sehr, dass er befürchtete, die Nacht nicht zu überstehen. Doch er biss die Zähne zusammen und überlebte, musste überleben.

Er hatte gehofft, der Wattenvogel sei vom Feuer so stark beschädigt worden, dass Fulrad das Schiff zum Land bringen würde. Dann hätte er vielleicht eine Gelegenheit bekommen, Asny zu befreien.

Diese Gelegenheit kam nicht. Der Wattenvogel war manövrierfähig. Das Ruder und die Riemen waren vom Feuer offenbar verschont geblieben. Aki musste mit anschauen, wie das Schiff aus der Bucht gerudert wurde.

Kurz bevor der Wattenvogel den Fluss erreichte, hatte sich Asny noch einmal umgedreht, und Aki war versucht gewesen, ihr ein Zeichen zu geben. Ein Zeichen, dass er noch lebte. Ein Zeichen, dass sie die Hoffnung nicht verlieren durfte. Bevor er sich jedoch dazu durchringen konnte, hatte sie sich wieder abgewandt, und dann war das Schiff aus seinem Blickfeld verschwunden.

Nach einer Meile Fußmarsch landeinwärts war Aki auf einen Pfad gestoßen, auf dem er dem Fluss stromaufwärts folgte. Als er an einem Hof vorbeikam, wartete er auf die Nacht, schlich sich an und fand in einem Schuppen alte Kleider. Doch sein Körper war so ausgekühlt, dass er nach zwei Tagen krank wurde. Sein Kopf fühlte sich an, als würden Hämmer von innen gegen seinen Schädel schlagen. Seine Nase tropfte, und seine Gliedmaßen schmerzten bei jedem Schritt. Dennoch gönnte er sich keine Ruhe, sondern lief weiter, immer weiter. Er trank Wasser aus klaren Bächen und aß Flechten, Rinde und Insekten, wie er es im Wald gelernt hatte.

Einmal stieß er auf ein Heerlager. Hunderte Soldaten hatten das Ufer besetzt, von dem aus Fähren und Lastkähne zur anderen Flussseite pendelten und neue Soldaten von einem Hafen herüberbrachten. Aki nahm an, dass die Burg, die über einer weitläufigen Siedlung auf der anderen Flussseite thronte, die Diusburg war, von der Fulrad gesprochen hatte.

Es war gut möglich, dass dort der Wattenvogel im Hafen lag, und Aki überlegte ernsthaft, auf die andere Seite zu kommen. Er verwarf den Gedanken jedoch wieder. Es war unmöglich, an den Soldaten vorbei auf eine der bewachten Fähren zu gelangen.

Nein, er sah nur einen Ausweg: Er musste nach Colonia, zu Ketil. Der Mönch kannte das Land, und im Gegensatz zu Aki beherrschte er die Sprache der Menschen. Also marschierte Aki weiter und erreichte schließlich die Stadt.

Nachdem er den halben Tag lang durch Gassen und Straßen geirrt war, sah er ein, dass er allein nicht weiterkommen würde. Er fasste sich ein Herz und steuerte auf einen Mann in seinem Alter zu, der lächelnd an einer Hausecke lehnte und auf etwas herumkaute. Der Mann trug einfache Kleidung und keine Waffe. Im Kopf legte sich Aki rasch ein paar Wörter zurecht, die er aus Ketils Buch gelernt hatte und von denen er hoffte, dass der Mann sie verstehen würde.

«Helft mir, oh Herr!», sagte Aki. «Wo ist das Kloster Pantalen?»

Das Lächeln verschwand aus dem Gesicht, und der Mann sagte etwas, das nicht annähernd so klang wie die Worte aus dem Buch.

Aki wiederholte die Frage. Vielleicht hatte er zu undeutlich gesprochen.

Der Mann musterte Aki von unten bis oben, machte einen Schritt auf ihn zu und spuckte ihm einen schwarzen Klumpen vor die Füße, der aussah wie Birkenteer. Dann hob er drohend die rechte Hand und ballte sie zur Faust. Aki drehte sich blitzschnell um und rannte weg.

Als er nach einer Weile zum Stehen kam, musste er sich an einer Wand abstützen. Er wischte sich den Schweiß von der erhitzten Stirn. Er hatte die Krankheit noch nicht vollständig überwunden. Vorsichtig drehte er sich um und sah nach, ob der Raufbold ihn verfolgt hatte. Aber er konnte ihn nirgendwo entdecken.

Wieder einmal waren Aki seine Schnelligkeit und Wendigkeit zugutegekommen, und so hatte er seinen Verfolger nach einigen Straßenecken abhängen können. Worüber sich der Mann so aufgeregt hatte, war Aki ein Rätsel.

Er wartete, bis sein Herz ruhiger schlug. Erst jetzt bemerkte er das mannshohe Holzkreuz, das nur wenige Schritt entfernt vor einer einfachen Holzhütte stand.

Vielleicht konnte der Raufbold die Christen nicht leiden, dachte Aki. Es war schließlich ihre Sprache, die Ketil ihn gelehrt hatte.

Aki ging zu der Hütte und klopfte gegen die Tür. Als auch nach dem dritten Klopfen keine Reaktion kam, zog er am Griff. Die Tür war nicht verriegelt. Er trat ein. Tageslicht sickerte durch Ritzen in den Wänden in den einzigen Raum, der bis auf ein hüfthohes Podest am anderen Ende leer war. Auf dem Altar stand ein Kreuz.

Aki wollte sich gerade zum Gehen wenden, als er ein Kribbeln in der Nase spürte und nieste.

«Wenn du gekommen bist, um zu beten, warum tust du es nicht?», sagte eine Stimme.

Aki wirbelte herum und sah hinter dem Altar einen Mann auftauchen. Aki blieb an der Tür stehen, während der Mann auf ihn zukam und dabei sein dunkles Gewand glatt strich.

Ein Priester, dachte Aki.

Über seiner Brust pendelte ein Silberkreuz, das an einem Lederband um seinen Hals hing. Der Mann riss den Mund auf und gähnte herzhaft. Seine Oberlippe war gespalten.

«Ich habe den ganzen Tag gewartet, dass jemand zum Gottesdienst kommt», sagte er. «Dabei muss ich wohl eingeschlafen sein.»

Der Priester grinste.

Aki sagte schnell seinen Satz auf.

Der Priester hob die Augenbrauen. «Pantalen? Du meinst sicher das Kloster des heiligen Pantaleon.»

Aki nickte.

«Dein Latein ist ordentlich, mein Sohn, auch wenn ich deine Aussprache merkwürdig finde. In welchem Kloster bist du unterrichtet worden?»

Aki dachte angestrengt nach. Er durfte nichts Falsches sagen. Ketil hatte einmal ein anderes Kloster erwähnt, das an dem Fluss lag, an dessen Mündung sie vorbeigefahren waren.

Der Priester wartete.

«Wesera», sagte Aki.

«So heißt ein Fluss. Aber welches Kloster?»

Aki senkte den Kopf.

«Du weißt nicht mehr, nach wem dein Kloster benannt wurde? Vielleicht war es Cluny?»

«Ja!», sagte Aki schnell.

Der prüfende Blick des Priesters traf ihn.

«Der heilige Pantaleon war ein berühmter Medikus, ein außergewöhnlicher Heiler von Gottes Gnaden. Wusstest du, dass Milch aus seiner Wunde lief, als man ihm mit einem Schwert den Schädel spaltete?»

«Nein.»

«Sankt Pantaleon. Den Namen solltest du dir merken, mein Sohn. Und noch etwas: Lerne weiter fleißig Latein – und lerne Gottes Gebote. Eines lautet: Du sollst nicht lügen. An der Wesera liegt das Kloster Corvey.»

Das Kloster des heiligen Pantaleon lag vor den Toren der Stadt und war umgeben von Feldern, Äckern und Hütten. «Es liegt still und von der lästigen Unruhe entfernt», hatte der Priester gesagt, als er Aki den Weg dorthin erklärt hatte.

Still war es jedoch nicht in diesem Kloster. Schon von weitem hörte Aki die Geräusche von Hämmern und Meißeln, mit denen Steine bearbeitet wurden. In der von einer Mauer umschlossenen Anlage erhob sich ein gewaltiges, von Gerüsten umgebenes Gebäude. Vermutlich war das die Kirche, von der Ketil erzählt hatte. Das Bauwerk, das auf den Fundamenten eines abgerissenen römischen Gebäudes errichtet wurde, sollte der Stolz des Klosters werden.

Der Weg, dem Aki folgte, endete vor dem Portal des Bauwerks. Überall liefen Arbeiter umher, schleppten Steine, sägten Holz und schoben Karren.

Aki wollte nicht auf der Baustelle nach Ketil fragen. Er entdeckte einen zweiten Weg, der zu einer kleinen Hütte und einer abseits gelegenen Pforte führte, und wandte sich ihm zu. Als Aki die Hütte fast erreicht hatte, drang eine wütende Stimme daraus hervor. Vorsichtig ging er weiter und spähte durch den Spalt der halb geöffneten Tür ins Innere. Ein beleibter Mönch stand mit dem Rücken zu ihm an einem Tisch und wischte das aus einem umgekippten Becher ausgelaufene Bier von der Platte.

Aki duckte sich und huschte an der Tür vorbei zur Pforte. Wenn der Mönch ihn sah, hielt er ihn bestimmt auf und verweigerte ihm den Zugang zum Kloster.

Aki drückte gegen die eiserne Pforte. Als sie nach innen schwang, knarrte sie fürchterlich in den Angeln, und sofort war aus der Hütte ein wütender Ruf zu hören.

Er stürmte los. Nach einigen Schritten warf er einen Blick über seine Schulter und sah den Mönch, der mit rot angelaufenem Gesicht hinter ihm herrannte. Er war nicht mehr der Jüngste, und sein dicker Bauch behinderte ihn. Die Distanz zwischen ihm und Aki wurde schnell größer. Hinter einer Hausecke schlug Aki einen Haken. Er rannte an Holzhütten und Steingebäuden vorbei in Richtung der Mauer. Dort angekommen, schaute er sich abermals um, konnte aber weder den Mönch noch sonst jemanden sehen.

Aki folgte einige Schritte dem Verlauf der Mauer, bevor er sich wieder der Baustelle zuwandte. Hier stieß er auf weitere Mönche. Es waren drei Knaben, die ein Lied sangen. Ihre Stimmen klangen so schräg und unharmonisch, dass es Aki einen Schauer über den Rücken jagte. Die Knaben unterbrachen ihren Gesang, als sie Aki bemerkten, und ein etwa zehnjähriger rothaariger Junge mit abstehenden Ohren trat ihm in den Weg.

«Bist du ein Mönch?», fragte er mit Blick auf Akis verdreckte Kleider.

«Ich … bin neu.»

Der Knabe grinste so breit, dass sich seine Ohren bewegten.

«Mein Name ist Ruotger, und das sind Iring und Waldrich. Wir würden dir gern ein Lied vorsingen.»

Während Aki das Gejammer über sich ergehen ließ, bemerkte er aus den Augenwinkeln eine Bewegung bei der Kirche. Zwei Mönche waren um die Ecke gekommen und schauten zu ihnen herüber. Doch beim Anblick der Knaben gingen sie kichernd weiter.

Ungeduldig wartete Aki, bis das Lied zu Ende war.

«Wie hat es dir gefallen?», fragte Ruotger.

«Ja, gut», sagte Aki. «Ich suche Ketil.»

Ruotger warf ihm einen skeptischen Blick zu. «Wirklich?»

«Ja, Ketil. Ein sehr großer Mann.»

«Hat dir das Lied wirklich gefallen?»

Aki nickte übertrieben heftig.

Ein Lächeln legte sich auf Ruotgers Lippen, und auch die anderen beiden schienen mit der Antwort zufrieden zu sein.

«Wenn du magst, singen wir dir noch eins vor», bot der Rothaarige an.

Aki stöhnte innerlich auf. Wenn der dicke Pförtner die Verfolgung doch nicht aufgegeben hatte, konnte er jeden Moment auftauchen.

«Vielleicht später, nachdem du bei Ketil warst?», fragte Ruotger.

Als Aki das hörte, hätte er beinahe einen Freudenschrei ausgestoßen. Ketil war also hier!

«Wo ist er?», fragte er.

Ruotger zeigte auf ein zweistöckiges Steingebäude ganz

in der Nähe. «Er müsste im Skriptorium sein. Ich habe ihn vorhin hineingehen sehen.»

Aki ließ die Knaben stehen und lief auf das Haus zu.

Auf halbem Wege hörte er laute Stimmen hinter sich, von denen er eine wiedererkannte – sie gehörte dem Pförtner. Er hatte Verstärkung geholt. Zu sechst stürmten sie hinter Aki her: drei Mönche und drei andere Männer, vermutlich Arbeiter, mit Knüppeln und Hämmern bewaffnet.

Aki begann zu schreien.

55.

Aki schaute schweigend zu, wie sich der Riese neben ihm auf einer Bank im Klostergarten in ein Häufchen Elend verwandelte. Ketil krümmte sich wie unter einer heftigen Schmerzattacke. Sein Oberkörper kippte nach vorn, die Stirn schlug auf die zusammengepressten Knie, und seine Hände rauften die Haare um die frisch geschorene Stelle auf dem Kopf.

Über den Winter war die Tonsur herausgewachsen. Aki hatte sich so an Ketils Anblick mit den längeren Haaren gewöhnt, dass er ihn im ersten Moment beinahe nicht wiedererkannt hätte.

Die Verfolger auf den Fersen, hatte Aki die Tür zum Skriptorium fast erreicht, als einer der Arbeiter ihn einholte. Der Knüppel verfehlte Aki nur knapp. In seiner Panik war ihm nichts anderes eingefallen, als immer wieder lauthals nach Ketil zu rufen – offenbar laut genug. Bevor die Männer ihn zusammenschlagen konnten, wurde die Tür aufgerissen, und ein vollkommen überraschter Ketil tauchte auf. Es dauerte nur einen winzigen Augenblick, bis er die Situation erfasste. Er stieß den zuvorderst stehenden Arbeiter so hart gegen die Brust, dass der Mann einige Schritt rückwärts durch die Luft flog. Die anderen wichen zurück, und auch dem Pförtner, der Aki fortwährend als Einbrecher und Dieb beschimpft hatte, blieben die Worte im Halse stecken.

«Oh nein!», stieß Ketil zwischen zwei Schluchzern aus. «Nein, nein, nein! Das darf nicht wahr sein. Was habe ich nur getan!»

Nach einer Weile richtete er sich wieder auf. Sein Gesicht war tränenüberströmt. «Es ist alles meine Schuld! Alles meine Schuld! Oh Gott, könnte ich doch nur irgendetwas tun.»

Seine Unterlippe zitterte. «Ich hätte euch niemals allein lassen dürfen. Ich hätte darauf bestehen müssen, dass ihr die Mark verlasst.»

Aki spürte den Kloß in seinem Hals dicker werden. «Es ist nicht deine Schuld. Velva wäre niemals mit dir mitgekommen.»

«Aber du und Asny, ihr hättet das tun sollen. Vielleicht hätte Velva sich dann rechtzeitig in Sicherheit bringen können.»

Es lässt sich nicht mehr ändern, wollte Aki sagen, brachte es jedoch nicht über die Lippen. Er schaffte es ja kaum, sich selbst gegenüber einzugestehen, dass seine Mutter nicht mehr lebte.

«Und Asny wäre nicht verschleppt worden von diesen … diesen …», rief Ketil.

Die zerrauften Haare standen von seinem Kopf ab wie die Stacheln eines Igels.

In der Nähe standen zwei Mönche in einem abgelassenen Fischteich und schaufelten Schlamm ans Ufer.

Ketils Fäuste hämmerten auf die Bank, dann sprang er

mit einer solchen Wucht auf, dass Aki fast heruntergefallen wäre. Mit zwei Sätzen war Ketil bei einem Baum. Es knackte laut, als er einen armdicken Ast abbrach wie einen dünnen Zweig.

Die Mönche unterbrachen ihre Arbeit und schauten herüber.

«Verschleppt von diesen Bastarden …», brüllte Ketil den Baum an.

Der Ast krachte gegen den Stamm. Holz splitterte.

«Ich werde euch die Schädel einschlagen, ihr verdammten Bastarde!»

Die Mönche kletterten aus dem Teich und rannten davon, als wäre ihnen ein Dämon erschienen.

«Ihr verdammten Bastarde!», brüllte Ketil noch einmal.

Der zerbrochene Ast entglitt seinen Händen und fiel zu Boden. Ketil stieß einen Seufzer aus, der geradewegs aus dem Totenreich zu kommen schien. Mit hängenden Schultern schleppte er sich zurück. Die Bank ächzte unter seinem Gewicht.

Aki wartete, bis sich Ketils keuchender Atem wieder einigermaßen beruhigt hatte.

«Du kannst etwas tun», sagte er dann.

«Was?»

«Du kannst mir helfen, Asny zu suchen.»

Ketil nickte langsam. «Aber wo?»

«Vielleicht ist sie auf der Diusburg. Fulrad, der Schiffsführer, wollte dorthin. Bestimmt hat er Grim und Geirmund gezwungen, Asny dort zu verkaufen.»

«Selbst wenn sie dort sein sollte, ist es schon eine Woche her, seit du dort vorbeigekommen bist, wie du erzählt hast. Bis wir die Burg erreicht haben, wären noch ein paar Tage vergangen.»

Er fuhr sich über die Bartstoppeln auf seinem Kinn.

«Wir könnten Herrn Brun um Hilfe bitten», sagte Aki.

«Hm», machte Ketil. «Das wäre die beste Möglichkeit. Er hat Macht, und er hat Geld. Wenn jemand Asny ausfindig machen könnte, dann Herr Brun.»

Aki ergriff Ketils Arm. «Lass uns sofort zu ihm gehen. Asny ist in großer Gefahr, das spüre ich.»

Ketil sog hörbar Luft durch die Nase ein. «Er … ich fürchte, nein, ich weiß, dass er im Moment ganz andere Probleme hat. Er muss den Reichstag und die Krönung vorbereiten und …»

«Und?»

Aki rutschte auf der Bank hin und her. Er hatte den Eindruck, Ketil jedes Wort einzeln aus der Nase ziehen zu müssen.

«Und», sagte Ketil langsam, «und es ist jemand auf dem Weg nach Colonia, der ihm sehr große Sorgen bereitet.»

«Wer ist das?», fragte Aki ungeduldig.

Ketil betrachtete seine Schuhe. «Ein Mann, dem wir beide besser nicht vor die Augen treten.»

56.

Vor den Nächten hatte sie am meisten Angst. Wenn es dunkel wurde, kam der Graf ins Zelt. Asny versuchte sich dann schlafend zu stellen. Regungslos saß der Graf an ihrem Lager. Sie konnte seine Blicke spüren und seine Atemzüge hören, tiefe, gleichmäßige Atemzüge. Und sie nahm seinen Geruch wahr. Ein Geruch nach Schweiß, kaltem Schweiß – und Blut. Aber roch er wirklich nach Blut? Oder bildete sie sich das nur ein?

An diesem Abend hockte sie mit angezogenen Knien am Feuer und wartete darauf, dass ihr glatzköpfiger Bewacher sie wieder an den eisernen Griff einer Truhe neben ihrem Schlaflager kettete. Tagsüber lag sie gefesselt in einem mit Segeltuch überspannten Wagen. Sie wusste nicht, wohin die Reise ging. Nur, dass das Heer, nachdem es den Strom überquert hatte, dem Flusslauf stromaufwärts folgte.

Der Glatzkopf räusperte sich. Er stand gelangweilt beim Zelteingang und pulte sich mit der Spitze eines Messers Dreck unter den Fingernägeln hervor.

Durch die Zeltbahnen schimmerte das Licht der untergehenden Sonne. Wie jeden Abend hatte das Heer den Marsch mit Einbruch der Dämmerung unterbrochen. Dieses Mal lagerte es in der Nähe einer Siedlung, die man Nussia nannte, wie Asny aus einem Gespräch des Glatzkopfes mit einem dänischen Blutmantel erfahren hatte. Für die Heerführer hatte man Zelte errichtet. Die Soldaten und das Gesinde schliefen in Decken und Fellen unter freiem Himmel.

Als vor dem Zelt Schritte und Stimmen zu hören waren, schob der Glatzkopf das Messer hinter seinen Gürtel und ging zu Asny. Bevor er jedoch dazu kam, sie anzuketten, trat der Graf ein.

Asny erschrak. Er tauchte viel früher auf als an den anderen Abenden.

Eine innere Stimme sagte ihr, dass das nichts Gutes bedeutete. Bislang hatte er sie nur ein einziges Mal nach ihrer Mutter gefragt. Gleich in der ersten Nacht war das gewesen, an dem Tag, an dem er Grim den Kopf abgeschlagen hatte. Wieder und wieder hatte der Graf ihr diese Frage gestellt. Asny hatte einsilbig Grims Geschichte bestätigt, dass Velva noch lebe, sie aber nicht wisse, wo ihre Mutter sich versteckt halte. Sie glaubte, dass diese Lüge ihr Überleben sichern würde. Solange der Graf annahm, er könnte Velva eines Tages mit Asnys Hilfe aufspüren, würde er sie verschonen. Hoffte sie zumindest.

Sie zog die Beine noch dichter an ihren Oberkörper. Ein Schauer lief ihr über den Rücken, als der Graf näher kam. Das Schwert schaute unter dem blutroten Mantel hervor.

Er wechselte einige Worte mit dem Glatzkopf, der daraufhin das Zelt verließ.

Im Feuer knackte ein Scheit. Funken stoben auf und rieselten auf die staubigen Stiefel des Grafen.

Asny hielt den Blick gesenkt. Sie wagte nicht, ihm ins Gesicht zu schauen. Er stand schweigend vor ihr und starrte sie an. Asnys Unbehagen wuchs.

Nach einer Weile betraten zwei Soldaten mit einem hölzernen Bottich das Zelt, den sie am Feuer abstellten. Aus dem Zuber stieg heißer Wasserdampf auf, und Asny erinnerte sich sofort an den Kessel mit kochendem Wasser, in den Velva ihre Arme hatte tauchen müssen. Die Narben auf ihren Armen und Händen waren niemals wieder verschwunden.

Asny schlang die Arme ganz fest um die Beine, um das aufkommende Zittern zu unterdrücken. Aus den Augenwinkeln beobachtete sie, wie der Graf eine Hand in den Bottich steckte, sie aber sogleich wieder herauszog. Er rief den Blutmänteln etwas zu, die daraufhin schnell das Zelt verließen. Kurz darauf kehrten sie mit zwei Eimern zurück und schütteten weiteres Wasser in den Bottich. Der Graf prüfte erneut den Inhalt, und nun schien er zufrieden zu sein.

Er schickte die Soldaten fort. Als er mit Asny allein war, trat er neben sie.

In ihrem Kopf arbeitete es. Sie würde ihm gehorchen

müssen, was auch immer er von ihr verlangte, und die Angst vor dem, was kommen würde, lähmte sie.

Mit einer ruhigen Bewegung streckte er seine rechte Hand aus. Sie spürte einen sanften Druck auf ihrer Schulter.

«Nenn mir deinen Namen.»

Seine Stimme klang so irritierend warm und freundlich, dass Asnys Angst noch größer wurde.

«Dein Name!»

«Ich ...»

«Hm?»

Seine Hand ruhte noch immer auf ihrer Schulter.

«Asny», flüsterte sie.

«Asny!» Es hörte sich an, als ließe er sich den Namen auf der Zunge zergehen wie einen zarten Bissen.

Er bedeutete ihr, sich zu erheben. «Komm, Asny.»

Sie reagierte nicht. Noch niemals hatte ein Mann sie so zärtlich angesprochen. Damals, als sie Haithabu verlassen mussten, war sie fast noch ein Kind gewesen. Männer hatten sich nicht für sie interessiert, und in den Jahren, in denen sie zur Frau geworden war, hatte sie im Wald gelebt. Der einzige Mann in ihrer Nähe war Aki gewesen, bis Ketil zu ihnen kam. Der war zwar ein Mönch, aber er hatte dem anderen Geschlecht nicht abgeschworen, wie er es einmal formuliert hatte, auch wenn es vor den Augen seines Gottes eine Sünde war. Doch niemals hatte Ketil Asny so angestarrt, wie Grim es getan hatte und wie viele der anderen Männer auf dem Wattenvogel. Mit Blicken, in denen pure, bedrohliche Lust lag und das Verlangen, Asnys Körper zu besitzen.

Die Stimme des Grafen riss sie aus ihren Gedanken. «Du brauchst keine Angst zu haben.»

Seine Hand glitt an ihrer Schulter herab und schob sich unter ihre linke Achsel. Er hatte dünne, kräftige Finger.

«Komm!», forderte er sie noch einmal auf.

Sie hatte keine andere Wahl und gab ihren Widerstand auf, lockerte die angespannten Arme und Beine und ließ sich hochziehen. Dabei summte der Graf eine Melodie, die so beruhigend klang, als würde er ein Kind in den Schlaf singen.

Seine Hand blieb an ihrem Arm, als er sie am Feuer vorbei zum Zuber führte, und dann sagte er das, wovor sich Asny gefürchtet hatte: «Zieh dich aus.»

Seine Stimme hatte noch immer den freundlichen Ton, der überhaupt nicht zu ihm passte, zu diesem kaltblütigen Mörder. Das wollte sich in ihrem Kopf einfach nicht zu einem Bild zusammenfügen. Der Graf hatte Velva und ihre Kinder ertränken wollen, er hatte Grim, ohne mit der Wimper zu zucken, den Kopf abgeschlagen, und nun behandelte er Asny wie eine …

«Zieh dich aus, mein Mädchen.»

«Nein!»

Sie schloss die Augen. Er würde sie schlagen, ganz sicher würde er das tun. Sie war seine Sklavin und hatte ihm zu gehorchen. Er konnte mit ihr machen, was er wollte. Er hatte alle Rechte, sie hingegen war rechtlos.

Und wehrlos.

Sein Gesicht näherte sich ihrem. Barthaare kitzelten ihr linkes Ohr.

«Das Bad wird dir guttun», flüsterte er.

Dann hörte sie sich entfernende Schritte und öffnete die Augen wieder. Er hatte sich auf die Truhe gesetzt und kehrte ihr den Rücken zu.

«Du brauchst keine Angst zu haben», wiederholte er.

Asnys Blick glitt vom Grafen zum dampfenden Bottich. Es war eine Ewigkeit her, seit sie das letzte Mal gebadet hatte. Sie erinnerte sich an einen sonnigen Tag im vergangenen Herbst und an den Waldbach, dessen Wasser auch im Sommer kühl war. Wie angenehm musste es sein, das warme Wasser auf der Haut zu spüren!

Sie trat an den Zuber.

Wenn der Graf mich vergewaltigen will, wird er es tun, egal ob ich gebadet habe oder nicht, dachte sie und erschrak bei diesem Gedanken. Hatte sie sich in ihr Schicksal ergeben?

Der Graf saß noch immer mit dem Rücken zu ihr und machte keinerlei Anstalten, sich umzudrehen. Vielleicht wollte er ihr wirklich nur ein Bad gönnen …

Sie begann sich auszuziehen und ließ zunächst die zerschlissene, vor Dreck starrende Tunika zu Boden fallen, dann schlüpfte sie aus dem Unterkleid.

Das Wasser empfing ihren rechten Fuß mit prickelnder Wärme. Sie stieg hinein, hockte sich mit angezogenen Beinen in den Bottich und genoss das Kribbeln, das ihren Körper durchfuhr. Das Wasser plätscherte leise, warmer Dampf umhüllte sie. Ihr Körper entspannte sich. Sie lehnte sich an und schloss die Augen.

Im Hintergrund summte der Graf seine Melodie.

Asny schreckte auf, als sie eine Berührung auf ihrer Haut spürte. Sie drehte den Kopf und sah den Grafen hinter dem Bottich stehen. Seine rechte Hand lag auf ihrer linken Schulter, mit der linken reichte er ihr einen Lappen.

Draußen im Heerlager waren die Stimmen lachender Männer zu hören.

Der Zauber des Augenblicks war verflogen, und die lähmende Angst kehrte zurück. Schnell beugte sie sich vor, um ihre Brüste zu verbergen, und fuhr sich mit dem Lappen über Ober- und Unterkörper, Arme und Beine. Dann stieg sie tropfnass aus dem Wasser. Doch ihre Kleider waren verschwunden. Stattdessen hielt der Graf ihr ein großes Tuch hin. Sie nahm es, drehte sich weg und trocknete sich damit ab.

«Zieh dies an», sagte der Graf.

Sie schlang das Tuch um ihren Körper und wandte sich ihm zu. Er hielt ihr ein frisches Unterkleid hin. Sie nahm es und schlüpfte hinein. Der Stoff war angenehm weich und schmiegte sich wie ein sanfter Frühlingshauch an ihre Haut.

Währenddessen hatte der Graf ein weiteres Kleid und Schmuckstücke aus der Truhe neben Asnys Schlaflager geholt. Sie streifte das Kleid über und konnte ihren Augen kaum trauen. Nie zuvor hatte sie ein so herrliches Kleid gesehen, geschweige denn getragen. Es war aus feinstem, purpurfarbenem Leinen und musste ein Vermögen gekostet haben.

«Halt still», bat sie der Graf. «Ich habe es auf der Diusburg gekauft. Es war eine Eingebung – und nun kenne ich den Grund. Es kann kein Zufall sein. Die Sachen sind wie für dich gemacht.»

Seine Finger näherten sich ihrem Gesicht. Asny wagte kaum zu atmen, als er eine feuchte Haarsträhne aus ihrer Stirn strich und ihr dann ein gewebtes Band, eine *vitta*, um die Schläfen legte. Ihren Hals schmückte er mit einer Kette aus bunten Steinen und ihren Kopf mit einem silberglänzenden Diadem. Den Umhang, den er ihr schließlich um die Schultern legte, band er mit goldenen Schnüren zu und befestigte daran eine mit Edelsteinen besetzte Fibel.

Als er fertig war, trat er zwei Schritte zurück und betrachtete sie in Gänze. Er schien zufrieden mit dem Anblick zu sein, denn er nickte anerkennend und führte sie dann an den Zuber, damit sie hineinschaute.

Asny erschrak, als sie sich über den Bottich beugte. Ihr Spiegelbild war im Feuerschein zwar nur verschwommen zu erkennen. Aber es reichte aus, um ihr einen Eindruck der Pracht zu verschaffen, mit der sie angetan war. Es war unglaublich. Sie sah aus wie eine …

Ein schrecklicher Gedanke schoss ihr durch den Kopf. Sie konnte ihr Spiegelbild nicht länger ertragen und taumelte einige Schritte vom Zuber fort. Mit einem Mal schienen der Schmuck und die Kleider das Gewicht von Mühlsteinen zu haben. Ihr Hals schnürte sich zusammen, und als sie zum Grafen schaute, begann sie am ganzen Körper zu zittern.

Sein Gesicht hatte sich verändert. Der freundliche Ausdruck war verschwunden. Er starrte sie finster an, die Augenbrauen tief ins Gesicht gezogen, und in seinem Blick lag Hass.

Er streckte seine linke Faust in ihre Richtung, drehte die Finger nach oben und öffnete sie. Auf der Handfläche sah Asny etwas liegen. Es war ein Tier, ein Insekt. Dann erkannte sie, dass es ein Schmetterling war. Ein getrockneter Schmetterling.

«Freu dich!», zischte er. «Du sollst lächeln!»

Er trat vor sie. Hielt ihr den Schmetterling vors Gesicht. Sein Blick huschte über ihre Lippen. Asnys Mundwinkel zuckten.

Sie sah ihn mit der rechten Hand ausholen und spürte gleich darauf einen brennenden Schmerz auf ihrer Wange. Der Schlag schleuderte ihren Kopf zur Seite. Das Diadem fiel zu Boden.

«Freu dich!», schrie er. «Eine Königin hat sich zu freuen, wenn man ihr ein Geschenk macht!»

Draußen begann es zu regnen, und dicke Tropfen hämmerten gegen die Zeltwände.

57.

Aki schaute zu, wie die Dunkelheit dem neuen Tag wich. In der Nacht war ein heftiger Wolkenbruch niedergegangen, und in den Pfützen auf dem Klosterhof spiegelte sich ein blasser Morgenhimmel. Die Pfützen funkelten wie Edelsteine. Oder wie Augen. Augen, die ihn beobachteten.

Die halbe Nacht hatte er am Fenster der Zelle des Gästehauses verbracht, nachdem er sich zuvor auf der Pritsche ruhelos von einer Seite auf die andere gewälzt hatte. Während die Regentropfen gegen die geschlossene Lade trommelten, lag er wach und grübelte. Immer wieder kreisten seine Gedanken um Asny.

Er hatte versucht, Ruhe zu finden, indem er sich zwang, an die schönen Zeiten zu denken, etwa an die Geschichte mit dem *raf*, dem Bernstein. Eines Tages, die Zwillinge waren damals etwa acht Jahre alt, hatte Velva sie gebeten, einige der braungelben Steine zu suchen. Velva schnitzte aus dem Raf kleine Figuren, die sie verkaufte oder gegen Vorräte tauschte, und sie brauchten dringend Essen. Ihre Vorräte waren wieder einmal zur Neige gegangen, und die kleine Gyda war krank. Daher machten sich die Zwillinge auf den Weg ans Meer. Ihnen war klar, was vom Erfolg oder Misserfolg abhing, und so wollte natürlich jedes der Kinder den größten Bernstein finden, um Velva damit glücklich zu machen. Ihr Ziel war eine östlich von Haithabu gelegene Meeresbucht. Auf dem mit Treibgut übersäten Strand machten sie sich an die Suche. Am Ende des Tages hatte Asny mehrere wunderschöne Exemplare in ihrem Beutel, während Aki lediglich eine Handvoll kaum daumennagelgroße Bernsteine vorweisen konnte. Als Asny merkte, wie niedergeschlagen ihr Bruder war, führte sie ihn zu einer Stelle, an der das angeschwemmte Seegras von den Wellen zu einem Haufen aufgetürmt worden war. Aki war sich zwar sicher, dass er das Gras bereits durchsucht hatte, aber Asny meinte, er solle es noch einmal versuchen, und tatsächlich fand er dort den schönsten Bernstein, einen faustgroßen Raf.

Er hatte seine Schwester nie gefragt, ob sie den Stein dort hingelegt hatte. Aber wenn wir uns wiedersehen, dachte er jetzt, werde ich das nachholen.

Eine Böe trieb kühlen Wind über den Klosterhof und kräuselte das Wasser in den Pfützen. Aus einem Gebäude, das man Dormitorium nannte, sah Aki drei Mönche in grauen Kutten kommen.

Auch Aki hatte man eine Kutte gegeben. Bislang hatte er es jedoch nicht übers Herz gebracht, die Christenkleidung anzuziehen. Er fühlte sich unwohl im Kloster unter all den Christen mit ihren merkwürdigen Bräuchen. Damals, im Wald, hatte Aki sich darauf gefreut, eines Tages in Ketils Kloster zu kommen und die vielen Bücher zu lesen, von denen der Mönch ihm erzählt hatte. Nun war all das überschattet von der Sorge um Asny.

Vier Tage war Aki schon im Kloster. Vier Tage, die er verloren hatte und an denen er voller Ungeduld darauf wartete, eine Audienz, wie Ketil das nannte, beim Erzbischof Brun zu bekommen.

Jeden Tag hatte Ketil ihn aufs Neue vertröstet. Herr

Brun sei sehr beschäftigt, er müsse sich um dieses und jenes kümmern. Aki konnte es nicht mehr hören. Obwohl er wusste, wie sehr Ketil sich bemühte, wurde er immer unruhiger, und er war wütend auf Ketil, der so sehr von diesem Herrn Brun geschwärmt hatte.

Aki wurde aus seinen Gedanken gerissen, als er auf dem Gang des Gästehauses Schritte hörte. Ohne Klopfen wurde die Tür geöffnet.

Ketil trat mit einem breiten Grinsen ein. «Zieh dich an, Junge!»

«Ich trage bereits meine Sachen.»

«Das nennst du angezogen? Diese alten Kleider?»

«Ja, und? Ich habe sie ausgebessert.»

Man hatte ihm eine Knochennadel und einen Faden gegeben, womit er Löcher und Risse zugenäht hatte.

«Heute musst du gut aussehen», sagte Ketil.

Er streckte den Rücken durch und wölbte die Brust unter seiner frisch gewaschenen Kutte. Gleichzeitig zog er den Kopf ein, um nicht gegen die Decke zu stoßen. «Und zwar so gut wie ich!»

Aki sprang auf. «Bedeutet das etwa …»

«Ja, mein Freund, das bedeutet es.»

Ein grimmig dreinblickender Soldat mit einer schiefen Nase versperrte ihnen den Weg zu einer Hütte, die sich im Schatten des Kirchenbauwerks versteckte.

«Haut ab!», nuschelte der Soldat.

Als jedoch weder Ketil noch Aki Anstalten machten, sich zu entfernen, näherten sich weitere Männer. Sie gehörten zur Leibgarde des Erzbischofs und waren mit Lanzen und Schwertern bewaffnet.

Ketil beugte sich zu Aki hinunter und flüsterte ihm ins

Ohr, alles Weitere ihm zu überlassen. «Vertrau mir. Wir haben nur diese eine Gelegenheit.»

Dann richtete er sich zur vollen Größe auf, schaute auf den Mann herab und sagte: «Wir haben eine Audienz beim Erzbischof von Colonia.»

Der Soldat versuchte sich an einem überheblichen Grinsen. «Kannst du das beweisen, Mönch?»

Ketil senkte den Blick auf seine rechte Hand, betrachtete kurz seine Fingernägel und ballte die Hand dann wie beiläufig zur Faust.

«Du wolltest mich schon einmal aufhalten, Soldat. Vor einigen Tagen im Capitolstempel. Vielleicht erinnerst du dich daran.»

Der Blick des Mannes flackerte. «Befehl ist Befehl.»

«Und Audienz ist Audienz.» Ketil schien dieses Wort zu lieben.

«Wir lassen niemanden ...»

Der Soldat verstummte, als Ketil einen Schritt auf ihn zu machte.

«Richte meinem Herrn Brun aus, dass Ketil da ist.»

Die Soldaten wechselten einige Worte. Dann ging einer von ihnen zur Hütte und klopfte an. Kurz darauf wurde die Tür geöffnet. Ein stämmiger Mann in der Rüstung eines hochrangigen sächsischen Kriegers, offenbar ein Feldherr, erschien. Als er den Kopf drehte, sah Aki, dass ihm das linke Ohr fehlte. Vernarbtes Gewebe wucherte um ein kleines schwarzes Loch. Er hörte zu, was der Soldat zu sagen hatte, überlegte kurz und winkte dann Ketil und Aki zu sich.

Als Ketil an dem Soldaten mit der schiefen Nase vorbeikam, ließ er ein bedrohliches Knurren hören. Der Soldat zuckte zusammen, als habe man ihm Eiswasser in den Nacken gekippt.

Aki konnte kaum glauben, dass sich der Erzbischof in einem Lagerschuppen aufhalten sollte. Die Wände und das Dach der Hütte waren aus einfachen Brettern gezimmert. In der Mitte des einzigen, mit Baumaterialien und Werkzeugen vollgestellten Raums stand ein Tisch, an dem ein Mann saß und vier weitere standen.

Aki wurde unruhig.

Als sie eintraten, sah der Mann am Tisch von einem Pergament auf, das er im Schein von zwei brennenden Wachskerzen gelesen hatte. In der rechten Hand hielt er einen Federkiel neben ein mit Galltinte gefülltes Gefäß.

«Herr Brun», sagte der Feldherr, und der Mann am Tisch nickte.

Von der Kielspitze tropfte Tinte auf die Tischplatte.

Aus Ketils Erzählungen hatte Aki versucht, sich ein Bild des Erzbischofs zu machen. Nun musste er feststellen, dass er vollkommen falschgelegen hatte. Zumindest äußerlich bot Brun das absolute Gegenteil dessen, was Aki sich vorgestellt hatte. Er hatte einen großen, kräftigen Mann in kostbaren Gewändern erwartet. Der Erzbischof war jedoch hager und mit einer einfachen Kutte bekleidet, über der er einen Schafspelz trug. In das bartlose Gesicht hatten sich tiefe Falten gegraben, und unter den Augen lagen schwere Tränensäcke. Brun wirkte alt und erschöpft.

Aber der Blick ließ Aki die Macht dieses Mannes erahnen. Eine Schärfe lag darin, eine wissende, alles durchdringende Schärfe.

Der Erzbischof sagte etwas in einer Sprache, die Aki nicht verstand. Es klang nicht unfreundlich, aber auch nicht übermäßig begeistert. Brun legte den Federkiel ab, erhob sich und kam auf die beiden zu.

Ketil sank sofort auf die Knie, und als Aki zögerte, zog

der Mönch ihn zu sich herunter. Er ergriff die Hand des Erzbischofs und berührte mit den Lippen einen großen Ring.

«Bitte entschuldigt sein Verhalten, Herr», sagte Ketil. «Er ist Däne, aus der Mark, und er weiß noch nicht, was sich gehört. Aber er versteht die lateinische Sprache.»

An Aki gewandt, flüsterte er: «Küss den Ring.»

Aki tat es, auch wenn es ihm widerstrebte. Was hätte wohl Velva dazu gesagt, dass er sich einem Christen unterwarf?

«Ein Däne?», erwiderte Brun, nun ebenfalls auf Latein, und musterte Aki mit einem Blick, der mit einem Mal hellwach war.

«Ja, Herr!», antwortete Ketil.

«Das ist interessant.» Brun ging zum Tisch zurück.

Ketil und Aki erhoben sich wieder.

Der Erzbischof ließ einen Mann vortreten, der mit einem dunkelblauen Mantel bekleidet war. Er legte ein weiteres Pergament auf den Tisch. Brun las es. Dann tunkte er den Federkiel in das Tintenfass und schrieb etwas auf das Pergament. Der Blaumantel nahm beide Pergamente an sich, rollte sie zusammen und verstaute sie in einer Tasche. Nachdem Brun in der anderen Sprache etwas zu ihm gesagt hatte, wandten sich der Blaumantel und ein zweiter Mann der Tür zu.

Der Erzbischof wartete, bis die beiden die Hütte verlassen und die Tür wieder geschlossen hatten. Dann fragte er: «Ist der junge Däne der Grund, warum du mich so dringend sprechen musst, Ketil?»

«Ja, Herr! Er gehört zu der Familie, bei der ich den Winter verbracht habe. Er – sein Name ist Aki – möchte Euch um Eure Hilfe …»

Ketil verstummte, als Brun eine Hand hob und sich an Aki wandte. «Du stammst also aus der Mark.»

Aki nickte.

«Und du beherrschst die lateinische Sprache.»

«Ja, ein wenig.»

«Eine sehr seltene, dafür aber umso lobenswertere Kombination. Ich nehme an, Ketil hat dich unterrichtet. Nun, bevor du mir erklärst, in welcher Sache du meine Hilfe brauchst, möchte ich, dass du mir alles erzählst, was du über euren Markgrafen weißt.»

«Wir mussten uns vor ihm verstecken.»

«Davon hat Ketil mir bereits berichtet. Ich möchte eine Antwort auf die Frage haben, woher Thankmar die Reichtümer besitzt, mit denen er ein ganzes Heer ausheben konnte. Selbst wenn er mit unchristlichen Methoden das letzte Silber aus deinem Volk presst, würde dies kaum dafür ausreichen.»

Aki erinnerte sich an ein Gespräch zwischen Grim und Geirmund auf dem Schiff. «Ich habe gehört, dass der Graf die Stadt eines Seeräubers geplündert haben soll. Der Seeräuber ist der Feind unseres Königs Harald.»

Bruns Augen glänzten wie feuchte Steine. «Wie lautet der Name des Seeräubers?»

Aki erinnerte sich dunkel daran, dass dieser Name auch vor vielen Jahren bei der Verhandlung in Haithabu gefallen war. «Ich glaube, er heißt Sigurd.»

Brun wandte sich an den Mann, dem das Ohr fehlte. «Sagt Euch dieser Sigurd etwas, Ricwin?»

«Er ist der Jarl der Normannenstadt Hladir. Hin und wieder gibt es Berichte, dass er hinter Überfallen auf fränkische oder sächsische Schiffe steckt. Mir scheint, dieser Sigurd ist ein gefährlicher Mann.»

Brun richtete seinen Blick wieder auf Aki. «Und diesen Seeräuber soll Thankmar angegriffen haben?»

«Ja, zweimal.»

«Warum zweimal?»

«Das weiß ich nicht, vielleicht weil Sigurd sehr reich ist. Er überfällt auch dänische Handelsschiffe, wie ich gehört habe.»

Brun nickte nachdenklich. «Dann müsste Harald Gormsson dem Grafen dankbar sein.»

«Er hat ihm Krieger gegeben.» Das hatte Aki auch aus dem Gespräch von Geirmund und Grim erfahren.

«Viele Krieger?»

«Das weiß ich nicht.»

Brun nickte nachdenklich. «Harald Gormsson also. Das erklärt einiges.»

Er schien sich mit diesen Antworten zunächst einmal zu begnügen. «Wir sind vorhin von Rothard und seinem Skribenten unterbrochen worden, Ricwin. Fahrt nun fort mit Eurem Bericht – aber auf Latein. Vielleicht kann der junge Däne etwas dazu beitragen, was uns weiterhilft.»

Bevor Ricwin begann, bat der dritte Mann, der bislang geschwiegen hatte, um das Wort.

«Gewährt mir einen Einwand», sagte er.

«Nun, Wilhelm?»

«Haltet Ihr es wirklich für ratsam, diese Sache vor einem Heiden zu besprechen? Er trägt zwar eine Mönchskutte und spricht die Sprache der Gelehrten. Es würde mich allerdings wundern, wenn der Däne den christlichen Glauben angenommen hätte.»

Bruns Blick wanderte von Wilhelm zu Aki, dann zu Ketil.

«Kannst du für den jungen Mann bürgen?», fragte Brun.

«Aus vollstem Herzen», sagte Ketil, ohne zu zögern. «Lasst mich Euch Akis Geschichte erzählen, und Ihr werdet verstehen, dass er allen Grund hat, Thankmar bis aufs Blut zu hassen.»

Brun trommelte mit den Fingern auf der Tischplatte. «Gut. Aber halt dich nicht mit Nebensächlichkeiten auf. Ich habe nicht viel Zeit.»

Ketil nickte eifrig. Er berichtete von Poppos Jagd auf Akis Mutter, von der Wasserprobe und Velvas vernarbten Armen, von Thankmars Versuch, die Frau hinzurichten, und ihrer Verbannung in den Wald.

«Thankmar gab nicht auf», sagte Ketil. «Er schien besessen davon zu sein, die Frau zu finden und zu töten.»

«Warum?», wollte Brun wissen.

Ketil senkte den Blick auf seine Schuhe. «Weil ... sie eine Seherin war.»

Die drei Männer am Tisch bekreuzigten sich.

«Willst du damit sagen, der Däne ist der Sohn einer heidnischen Zauberin?», stieß Brun aus. «Beim Allmächtigen, Ketil! Warum hast du uns das verschwiegen? Diese Seherinnen sind gefährlich! Sie bekämpfen uns Christen, und sie genießen großes Ansehen in den barbarischen Völkern. Missionare müssen ihr Leben lassen, weil Zauberinnen und Zauberer die Heiden aufhetzen.»

Aki spürte, wie die Wut in ihm hochkochte. Der Erzbischof mochte Ketils Freund sein, aber er hatte kein Recht, so über Velva zu reden.

«Ja, Herr», sagte Ketil. «Ich habe von diesen Geschichten gehört. Aber auch auf Island haben nicht alle Seherinnen Böses im Sinn. Im Gegenteil, Velva war ein guter Mensch.»

«Woher willst du das wissen?», fragte Brun scharf.

«Ich habe bei ihr gelebt, wie ich Euch erzählte ...»

«Bei Ausgestoßenen – das hast du gesagt!»

Aki merkte, dass Ketil zu zittern begann. Es kostete ihn offenbar große Überwindung, seinem Herrn zu widersprechen, und Aki war stolz auf seinen Freund und dankbar, dass er Partei für Velva ergriff.

«Ja, sie sind verbannt worden. Aber Thankmar wollte die Seherin und ihre Kinder töten, weil er Angst hatte, Velva würde seine mörderischen Pläne in der Mark durchkreuzen. Weil sie sich stark gemacht hat für die Menschen, denen er alles genommen hat. Und weil sie ihn verflucht hat.»

Brun saß regungslos da, nur seine Nasenflügel bebten. Dann wandte er sich an Wilhelm und Ricwin, und sie berieten sich eine Weile mit gedämpften Stimmen.

Als sie ihr Gespräch beendet hatten, sagte Brun: «Wir machen eine Ausnahme. Es gibt im Moment Wichtigeres als eine Seherin. Erzähl uns den Rest der Geschichte des Dänen, aber fass dich kurz.»

«Ich danke Euch, Herr», sagte Ketil und berichtete von Velvas Tod, der Versklavung der Zwillinge, Akis Flucht und dessen Trennung von seiner Schwester.

«Und deshalb ist Aki nach Colonia gekommen», schloss Ketil. «Er möchte Euch um Hilfe bei der Suche nach seiner Schwester bitten.»

Nun war es raus! Aki wartete angespannt auf die Reaktion des Erzbischofs.

«Ich soll ... was?», fragte Brun irritiert.

«Er hat doch sonst niemanden mehr», flehte Ketil.

Brun drehte den Kopf und schaute abwechselnd von Ricwin zu Wilhelm. Wilhelm schüttelte fassungslos den Kopf, während Ricwin aussah, als müsse er sich ganz dringend erleichtern, vielleicht weil er ein Lachen unterdrückte.

Brun atmete hörbar ein und wieder aus und sagte dann: «Ricwin, fahrt mit Eurem Bericht fort. Und der Däne …»

Er machte eine Pause.

Aki lief ein Schauer über den Rücken. War das alles? Hatte er die weite Reise umsonst gemacht?

Seine Unterlippe begann vor Wut zu zittern. Er ballte die Hände zu Fäusten und spürte sogleich Ketils Hand an seinem Arm.

«Und der Däne soll ruhig alles mit anhören», fuhr Brun fort. «Zu seiner Bitte werde ich mich anschließend äußern.»

Aki öffnete die Fäuste, und Ketil ließ seinen Arm los.

Nun war es an Ricwin, die Sorgen der beiden Erzbischöfe noch größer zu machen. Hauptmann Ricwin – so erfuhr Aki – war erst heute zurückgekehrt, nachdem er die Truppenbewegungen von Thankmars Heer bei der Diusburg und bei der Querung des Rhenus ausgespäht hatte. Ricwin schätzte die Stärke des Heeres auf mindestens tausend Bewaffnete, hinzu kam in etwa die gleiche Anzahl an Leuten, die den Tross begleiteten.

«Tausend Soldaten», raunte Wilhelm. «Das sind mehr, als wir befürchtet hatten.»

Brun nickte mit leichenbitterer Miene. Dann fragte er nach Thankmar.

Er habe den Markgrafen mehrere Male beobachten können, erzählte Ricwin. Thankmar habe einen durchaus gelösten Eindruck auf ihn gemacht und sich zumeist im Heerlager bei der Diusburg aufgehalten. Hin und wieder sei er im Hafen gewesen, um die Verschiffung der Truppen zu kontrollieren. Einmal habe Thankmar auch den Marktplatz besucht.

Als Aki dies hörte, stellten sich seine Nackenhaare auf. Wenn nun Asny ebenfalls auf dem Markt gewesen war und Thankmar sie erkannt hatte? Nein, dieser Gedanke war abwegig. Mehrere Jahre waren vergangen, seit der Graf ihr das letzte Mal begegnet war. Aber dann kam Aki noch ein anderer Gedanke. Thankmars Hauptmann hatte ihn vor nicht allzu langer Zeit gesehen, und die Zwillinge waren einander noch immer sehr ähnlich.

«In drei oder vier Tagen wird das Heer Colonia erreichen», hörte Aki Ricwin berichten.

«Welche Adligen sind bei Thankmar?», wollte Brun wissen.

«Gunther von der Eresburg, Barthold von Hildenisheim und einige andere Männer, die wohl auch Soldaten beigesteuert haben. Nach allem, was ich erfahren habe, führt Thankmar das Heer ...»

«Dann stimmt es also doch», meinte Wilhelm. «Und über Evurhard von Franken habt Ihr wirklich nichts gehört?»

«Nun, mir sind Gerüchte zu Ohren gekommen, Evurhard sei erkrankt und auf der Eresburg zurückgeblieben.»

Brun massierte seine Schläfen. «Gut», sagte er, «oder besser: nicht gut. Nun wissen wir also, dass Thankmar ein Heer zunächst nach Colonia führt und dann weiter nach Aquisgranum, zur Krönung von Ottos Sohn. Dem Sohn des Mannes also, den Thankmar einen Verräter nennt, wie wir von Ketil erfahren haben.»

Er schaute Aki an. «Ist dir dazu noch irgendetwas eingefallen?»

Aki war noch immer in seine Gedanken vertieft. Anstatt dem Erzbischof zu antworten, stellte er Ricwin spontan die einzige Frage, die ihm im Kopf herumging: «Habt Ihr auch den Hauptmann des Grafen auf dem Markt gesehen?»

Ketil stöhnte. «Beantworte die Frage meines Herrn!»

Doch Brun winkte ab. «Der Däne soll erzählen, warum diese Information wichtig für ihn ist.»

«Das kann ich noch nicht genau sagen, Herr.»

Brun nickte Ricwin zu.

«Ja», sagte Ricwin, «den Hauptmann – ich glaube, er heißt Ernust – habe ich dort auch gesehen.»

Er kratzte sich am vernarbten Ohrloch. «An der Sache war etwas Merkwürdiges. Ich hatte das wieder vergessen, denn ich hielt es nicht für bedeutend. Aber jetzt, da der Däne danach fragt, fällt es mir wieder ein. Es war die einzige Gelegenheit, bei der ich Thankmar aufgebracht erlebt habe. Er und der Hauptmann rannten so schnell durch die Siedlung, dass ich Mühe hatte, ihnen unbemerkt zu folgen, und dann hatte ich auf dem Markt den Eindruck, als würden die beiden nach jemandem suchen …»

«Wer könnte das gewesen sein?», fragte Brun.

Ricwin schien verunsichert. «Ich habe die beiden aus den Augen verloren, als sie anschließend zum Hafen hinuntergingen.»

Brun zog die Augenbrauen zusammen, verkniff sich jedoch einen Kommentar.

Er fragte Aki: «Nach wem könnte Thankmar gesucht haben?»

Aki senkte den Kopf. «Vielleicht nach meiner Schwester.»

Bruns Hände klatschten auf den Tisch. Die Kerzenflammen flackerten.

«Es tut mir leid, junger Mann, dass ich dir das sagen muss. Uns treiben im Moment ganz andere Sorgen um als die Frage, wo deine Schwester abgeblieben ist. Aber ich hatte dir versprochen, noch etwas zu deiner Bitte zu sagen.

Weil du Ketils Freund bist und ich es sehr schätze, wenn ein Heide die Sprache der Gelehrten erlernt, werde ich dir nun folgendes Angebot unterbreiten.»

Aki holte tief Luft.

«Du wirst vorerst im Kloster bleiben», sagte Brun. «Ich werde Abt Warin umgehend anweisen, dich als Novizen aufzunehmen. Du wirst schreiben und lesen lernen und gemeinsam mit den Mönchen beten. Wenn du den heidnischen Götzen abschwörst und mit der Taufe den christlichen Glauben annimmst, werde ich dich mit allen Mitteln unterstützen – aber erst, wenn alles andere ausgestanden ist.»

Aki ballte die Hände wieder zu Fäusten.

58.

Aki und Ketil liefen, so schnell sie konnten. Rechter Hand flogen die armseligen Hütten und Grubenhäuser vorbei, die sich außen unter die Stadtmauer duckten. Am Tag hatte es geregnet. Die Wege waren glatt, und die beiden mussten aufpassen, auf dem tückischen Untergrund nicht auszurutschen und somit die Reiter aus den Augen zu verlieren.

Sie hielten einen Abstand von etwa dreihundert Schritt zwischen ihnen und den zwei Dutzend Männern, weit genug, dass die Reiter sie auf diese Entfernung nicht erkennen würden, wenn sich einer von ihnen umdrehen sollte.

«Das ist wahnsinnig», stieß Ketil aus.

Aki nickte nur, um sich den Atem für das Laufen aufzusparen.

«Vollkommen wahnsinnig!», wiederholte Ketil.

Am Morgen hatte er Aki mit der Nachricht überrascht, Brun, Wilhelm und Ricwin wollten noch heute Abend dem Markgrafen einen Besuch abstatten. Daraufhin hatte Aki beschlossen, sich an Bruns Fersen zu heften. Obwohl Ketil versuchte, ihm dies auszureden, war Aki nicht umzustimmen. Es war eine einmalige Gelegenheit, und Aki würde sie nutzen. Er musste herausfinden, ob Asny im Lager war.

Aki wusste, wie riskant sein Vorhaben war. Sollte Brun davon Wind bekommen, würde man ihn aus dem Kloster jagen, was ja noch zu verschmerzen wäre. Die drei vergangenen Tage im Kloster mit den ständigen Gebeten zum Christengott gehörten nicht zu seiner besten Zeit. Nein, das Klosterleben mit den strengen Regeln würde Aki ganz sicher nicht vermissen. Aber er könnte dann jegliche Unterstützung durch den Erzbischof vergessen.

Und was geschehen würde, wenn Thankmar sie entdeckte, wagte er sich gar nicht erst vorzustellen.

Aki schlug das Herz bis zum Hals.

Sie kamen an einer Kirche vorbei, die Ketil ihm vor einigen Tagen gezeigt und dabei erklärt hatte, dass man das Gotteshaus den Aposteln geweiht habe. Ketil hatte Akis ratlosen Blick richtig gedeutet und gemeint, er werde schon noch lernen, wer die Apostel seien. Aki hatte sich dazu nicht geäußert.

Nicht weit entfernt von der Kirche tauchte das westliche Stadttor auf. Dahinter beschrieb die Mauer einen Bogen in Richtung Flussufer – und dann sahen sie das Heerlager, ein gewaltiges Lager mit einer Ausdehnung von gut einer Meile. Es gab Hunderte kleinere, dachförmige Zelte für Soldaten, Fußvolk und Gesinde, aber auch prächtige Zelte mit geraden Wänden, über deren Kuppeln die Banner der Heerführer im Abendwind flatterten.

Als die Reiter die Ausläufer des Lagers erreichten, verlangsamten Aki und Ketil ihre Schritte und gingen schließlich hinter einer Eiche am Wegesrand in Deckung.

«Was willst du jetzt tun?», keuchte Ketil.

«Wir folgen ihnen, damit sie uns zu Thankmar führen.»

«Ach, so einfach stellst du dir das vor?»

Aki zuckte mit den Schultern. «Wir haben keine andere Wahl.»

«Und wenn man uns entdeckt?»

«Wir müssen vorsichtig sein.»

Aki lugte hinter dem Baum hervor. Brun, Wilhelm und Ricwin standen abseits von den erzbischöflichen Leibgardisten und unterhielten sich. Dann setzte sich der Trupp auf ein Zeichen von Brun erneut in Bewegung.

«Es geht los», sagte Aki.

Ketil murmelte ein Gebet.

Bevor die Erzbischöfe und die Soldaten aus ihrem Blickfeld verschwanden, hatten Aki und Ketil das Lager erreicht. Einige Männer waren bei den Pferden zurückgeblieben. Aber niemand beachtete die beiden Gestalten in Mönchskutten.

Das taten auch die Männer nicht, die zumeist in Gruppen bei den Zelten standen oder saßen. Überall loderten mit Einbruch der Dämmerung Feuer auf. Soldaten tranken Bier, redeten und lachten. Einige priesen in Liedern das wunderbare Kriegerleben. Diener versorgten Pferde und räumten Karren und Wagen aus. Es roch nach gebratenem Fleisch. Aus der Stadt waren Huren gekommen, die mit den Soldaten anbändelten.

Die Kapuzen tief in die Gesichter gezogen, huschten Aki und Ketil an dem bunten Treiben vorbei und kamen immer tiefer ins Lager. Es dauerte eine ganze Weile, bis Brun vor ihnen endlich anhielt.

Aki spürte, wie sich seine Nackenhaare aufstellten.

Die Erzbischöfe waren vor einem riesigen Zelt stehen geblieben, über dem das Banner des Markgrafen wehte. Das Zelt hatte die Ausmaße eines Palas, und seine Wände waren mit dem Zeichen gekreuzter Schwerter verziert – Schwerter mit von Blut besudelten Klingen.

Und dann sah Aki zum ersten Mal nach all den Jahren den Grafen wieder.

Er stand vor dem Zelt und redete mit einigen Soldaten, bis ihn einer auf die Abordnung aus Colonia aufmerksam machte. Als er sich zu ihnen drehte, huschte ein Schatten über sein Gesicht, der jedoch sogleich wieder verschwand, und weiße Zähne blitzten zwischen den lächelnden Lippen auf.

Aki war wie angewurzelt stehen geblieben. Erst als Ketil ihn zu einem Haufen übereinandergestapelter Kisten drängte, wurde ihm bewusst, dass sie für alle anderen sichtbar waren.

Von dem Versteck aus beobachteten sie, wie Thankmar zu den Erzbischöfen ging, vor ihnen niederkniete und lächelnd erst Bruns und dann Wilhelms Ring küsste. Ricwin stand dabei, eine Hand am Schwert. Bruns Leibgardisten hielten einige Schritt Abstand, ebenso wie die Blutmäntel.

Nach der Begrüßung erhob sich Thankmar wieder und geleitete die Erzbischöfe ans Feuer. Er schnippte mit den Fingern, woraufhin Diener herbeieilten und aus einem Brett und Holzklötzen eine Bank errichteten. Brun und Wilhelm ließen sich darauf nieder. Thankmar setzte sich ihnen gegenüber auf einen Stuhl mit breiten Armlehnen. Becher wurden verteilt und Wein eingeschenkt.

«Was sie wohl zu bereden haben?», flüsterte Ketil.

«Ich will nur wissen, ob Asny hier ist.»

«Wir sollten herausfinden, wo Thankmar seine Diener und Sklaven untergebracht hat.»

Aki schüttelte den Kopf. «Wenn er sie wirklich in seine Gewalt gebracht haben sollte, dann nur, weil er genau weiß, wer sie ist.»

«Und was könnte das deiner Meinung nach bedeuten?»

«Dass sie in seinem Zelt ist.»

«Aber sie ist eine Sklavin!»

«Sie ist vor allem die Tochter der Seherin, die ihn verflucht hat.»

«Mhm, und nun möchtest du an den ganzen Männern vorbeimarschieren, um nachzuschauen, ob ...»

Ketil verstummte abrupt. Von hinten näherten sich Stimmen. Aki sah aus den Augenwinkeln ein halbes Dutzend Blutmäntel in ihre Richtung kommen. Sofort duckten er und Ketil sich tief in den Schatten. Akis Herz trommelte so heftig, dass er befürchtete, die Männer könnten es hören. Aber sie gingen an den Kisten vorbei und waren kurz darauf nicht mehr zu sehen.

Die beiden richteten sich wieder auf.

Am Feuer redete Thankmar mit ausholenden Gesten, während ihm die Erzbischöfe mit versteinerten Mienen zuhörten. Hin und wieder ergriff einer der beiden das Wort, woraufhin Thankmar lächelnd seine weißen Zähne zeigte. Aki fand, der Graf sah dabei aus wie damals, als er Harald Gormsson berichtete, wie er der Frau des Seeräubers den Finger abgebissen hatte.

«Nun sag schon – wie willst du da reinkommen?», flüsterte Ketil ungeduldig.

Aki zeigte auf einen mit Heu beladenen Karren, der in

der Nähe des Zeltes stand. Mit ein bisschen Glück und der Hilfe der Götter konnten sie es unbemerkt bis zu dem Karren schaffen und von dort weiter zum Zelt.

Ketil nickte vage, als Aki ihm den Plan erläuterte.

Thankmar und die Erzbischöfe waren noch immer in ihr Gespräch vertieft. Auch die Blutmäntel auf der einen und Bruns Leibgardisten auf der anderen Seite schauten nicht zum Karren.

«Wenn das schiefgeht, Junge, lege ich dich übers Knie», flüsterte Ketil und grinste schief.

«Wenn du dann noch die Gelegenheit dazu bekommst», erwiderte Aki tonlos.

«Oh, der Däne hat Galgenhumor. Also los!»

Ketil duckte sich und spurtete los. Aki folgte ihm. Sie erreichten den Heuwagen und warfen sich dahinter auf den Boden. Vom Feuer her war Thankmars Lachen zu hören. Es klang aufrichtig und freundlich. Aki und Ketil waren jetzt so nahe, dass man die einzelnen Stimmen unterscheiden konnte.

«Verstehst du, was sie sagen?», flüsterte Aki.

Ketil legte eine Hand an sein rechtes Ohr und lauschte.

«Sie reden in der Sprache der Sachsen. Warte … Thankmar meint, es sei eine große Ehre für ihn, an der Seite des Königs in der Lombardei zu kämpfen. Er bittet Brun, dies dem König zu übermitteln, und jetzt sagt Brun, dass er morgen zum Reichstag nach Wormaza abreisen wird …»

Aki hatte genug gehört. «Ich muss ins Zelt, bevor sie ihr Gespräch beenden.»

Flach auf dem Boden robbten sie zu der Rückseite. Hier wartete Aki einen Augenblick, um sicherzugehen, dass niemand in der Nähe war. In einiger Entfernung sah er den Schein von Lagerfeuern. Aber der Abstand war zu groß, als dass jemand sie von dort aus hätte sehen können. Stimmen und Gelächter drangen gedämpft zu ihnen herüber.

Die Zeltbahnen waren mit Holzpflöcken im Erdboden verankert. Aki legte beide Hände um einen Pflock, doch er ließ sich nicht bewegen.

«Lass mich das machen», zischte Ketil.

Aki rückte zur Seite und beobachtete, wie sich die Pranken des Mönchs auf den Pflock legten und diesen mit einem kurzen, trockenen Ruck aus der Erde zogen. Er legte das Holz zur Seite und hob die Zeltbahn behutsam ein Stück weit an.

Aki kroch vor den Spalt. Die einzigen Geräusche, die er hörte, waren Stimmen von der anderen Seite des Zeltes und von den entfernten Lagerfeuern.

Er nickte Ketil kurz zu, dann schob er sich langsam unter der Zeltbahn hindurch. Als er drin war, blieb er einen Moment liegen. Noch immer deutete kein Geräusch darauf hin, dass jemand im Zelt war.

Er versicherte sich, dass Ketil die Zeltwand weiterhin hochhielt, damit er jederzeit wieder herauskommen konnte, dann hockte er sich auf die Knie.

Unmittelbar vor ihm verdeckten drei aufeinandergestellte Truhen den Blick aufs Innere, das der durch die Wände dringende Feuerschein in mattes Zwielicht tauchte. An den Truhen richtete sich Aki so weit auf, bis er darüber hinwegschauen konnte – und das, was er sah, ließ ihm den Atem stocken.

Inmitten des Zeltes lehnte ein glatzköpfiger Mann an einer Stange, mit der die Kuppel abgestützt wurde. Der mit einem Blutmantel bekleidete Mann stand mit dem Rücken zu Aki. Aber er brauchte das Gesicht nicht zu sehen, um zu wissen, dass es Thankmars Hauptmann war.

Plötzlich drang das Geräusch eines unterdrückten Hustens an Akis Ohren. Der Hauptmann war nicht allein. Akis Blick schweifte durch das Zelt und blieb im hinteren Bereich an einer Gestalt haften, die auf einem Stuhl saß und Aki ebenfalls den Rücken zukehrte.

Aki hätte beinahe einen Schrei ausgestoßen.

War es wirklich Asny?

Die Gestalt auf dem Stuhl war eindeutig eine Frau, schmale Schultern, zierlicher Körper, langes, goldfarbenes Haar …

Aber konnte das Asny sein, seine Schwester, die Sklavin?

Soweit Aki dies in dem Dämmerlicht erkannte, trug die Frau ein purpurfarbenes Kleid aus feinem Stoff, und auf ihrem Kopf glitzerte ein silbernes Schmuckstück.

Diese Frau sah nicht aus wie eine Sklavin.

Eine Stimme ließ Aki jäh zusammenzucken. Er schaute zum Eingang und sah dort den Grafen stehen. Thankmar sagte etwas zu dem Hauptmann, der daraufhin das Zelt verließ. Der Graf trat zu der Frau und sprach sie an. Auf Dänisch.

Aki rang nach Luft.

«Meine Königin», hörte er Thankmar mit sanfter Stimme sagen und sah, wie er der Frau über das goldene Haar strich.

Sie drehte den Kopf und schaute zu ihm auf.

Es war Asny!

Aki taumelte zwei Schritte rückwärts und stieß mit dem Bein gegen etwas Hartes. Auf einem kleinen Tisch klapperten Becher, nicht sehr laut, aber laut genug, dass Thankmar es gehört hatte. Der Graf schaute in seine Richtung.

Aki tauchte sofort hinter den Truhen ab. Wirbelte herum. Der Spalt zwischen Zeltbahn und Boden war verschwunden. Stimmen! Da waren Stimmen hinter dem Zelt.

Und dann hörte er das Kratzen einer Schwertklinge, die aus der Scheide gezogen wurde.

TEIL IV

Pfingsten 961

59.

Brun rauschte über den Gang. Er war zu spät dran. Der König hasste Unpünktlichkeit. Aber Brun hatte einen guten Grund.

Draußen ging bereits die Sonne unter. Zwei Tage vor dem heiligen Pfingstsonntag wimmelte es von Menschen im Palas der Pfalanza zu Aquisgranum. Brun lief an ihnen vorbei, bis am Ende des Gangs die Tür auftauchte. Sie wurde von Männern der königlichen Leibgarde bewacht. Bei ihnen standen einige Soldaten aus Rom, die Brun an ihrer Kleidung erkannte. Sie waren schon da, natürlich.

Der Hauptmann der königlichen Garde erkannte Brun. Man öffnete ihm die schwere Tür, und er trat in den von Kaminfeuern beheizten Saal, dessen Wände mit Waffen, Fellen und Tüchern geschmückt waren. Am anderen Ende des Raums stand ein Tisch, an dem vier Männer saßen.

Die Tür schloss sich mit einem Krachen hinter Brun. Die Männer am Tisch schauten auf.

«Brun!», rief Otto. Seine Stimme hallte von den hohen Steinwänden wider. «Da seid Ihr ja endlich!»

Erzbischof Wilhelm, der neben Otto saß, räusperte sich.

Als Brun näher kam, erhoben sich die beiden anderen Männer von den Stühlen. Sie trugen purpurfarbene Mäntel und breite Hüte, von denen kleine Quasten an Schnüren herabhingen. Brun kannte die Kardinäle Victor und Josephus von früheren Begegnungen. Nachdem man sich begrüßt hatte, nahm Brun neben Otto Platz und flüsterte ihm ins Ohr: «Er ist eingetroffen.»

Otto hob die Augenbrauen, erwiderte jedoch nichts, sondern wandte sich den Gästen zu. «Kardinal Victor und Kardinal Josephus reisen im Auftrag des Papstes Johannes. Sie überbringen die besten Wünsche und den Segen des Heiligen Vaters.»

Die Kardinäle nickten so eifrig, dass die Quasten an ihren Hüten wackelten.

Natürlich überbrachten sie die Wünsche des Papstes. Brun wusste jedoch, dass ihnen noch etwas anderes auf dem Herzen lag. Etwas, das ihnen viel wichtiger war.

«Ja, der Segen des Heiligen Vaters …», murmelte Victor und verstummte. Er betrachtete seinen linken Daumennagel.

Auch Josephus sah aus, als ob er nicht genau wüsste, wie er aussprechen sollte, was ihm im Kopf herumging.

«Wird Papst Johannes sein Versprechen halten?», fragte Otto.

Seine Stimme war tief und hatte einen wohltönenden Klang. Sie konnte aber auch laut und scharf werden.

«Oh, das wird er, ganz sicher», versicherte Victor.

Er beendete das Studium seines Daumennagels, als Otto sich vorbeugte, die Ellenbogen aufstützte und die Spitzen seiner Finger gegeneinanderlegte.

«Es freut mich, das zu hören», sagte er.

Dann dämpfte er seine Stimme: «Es war in der Vergangenheit nicht immer gegeben, dass Zusagen eingehalten wurden, weil …»

Er ließ das Ende des Satzes bewusst offen, um nicht der Erste zu sein, der das Ungeheuerliche aussprach.

«Ja», bestätigte Victor nur.

Josephus ließ erneut die Quasten an seinem Hut wackeln. «Wir – und da spreche ich nicht nur für uns beide –

haben großes Interesse daran, dass Ihr unser Kaiser werdet, damit ...»

«Damit?», fragte Otto.

Die Kardinäle wechselten einen Blick.

«Damit Ihr den Papst auf den Pfad der Tugend und der Gottesfürchtigkeit zurückführt», antwortete Victor.

«Hat er diesen Pfad jemals beschritten?», fragte Otto.

Die Frage stand für einen Moment im Raum. Brun wartete gespannt darauf, wann die Kardinäle ihre Zurückhaltung ablegen würden. Das Treiben des Papstes war ein offenes Geheimnis. Es gab nicht wenige Männer, die behaupteten, dieser Papst habe Sünden erfunden, die seit Anbeginn der Welt unbekannt gewesen seien.

«Er ist ... noch so jung», meinte Josephus schließlich. Es sollte wohl wie eine Entschuldigung klingen, hörte sich jedoch wie eine Anklage an.

Papst Johannes hatte das Heilige Amt im Alter von sechzehn Jahren angetreten, nun war er zweiundzwanzig.

Otto legte seine Hände flach auf den Tisch. «Ist es nicht besser geworden?»

«Im Gegenteil!», begann Victor. «Neulich hat er vor dem Altar der Mutterkirche dem Teufel zugetrunken. Und beim Würfeln hat er Zeus, Venus und andere Dämonen angerufen. Die Glücksspiele bezahlt er mit den Opfergaben. Er hält zweitausend Pferde und füttert sie mit in Wein getränkten Mandeln und Feigen. Er belohnt die Gefährtinnen seiner Liebesnächte mit goldenen Kelchen von Sankt Peter. Er wälzt sich in den Lüsten ...»

«Der Lateran gleicht einem Hurenhaus», rief Josephus. «Weiber! Weiber überall!»

Die Kardinäle bekreuzigten sich, und Otto, Brun und Wilhelm taten dies ebenso.

«Wenn Ihr erst Kaiser seid», sagte Victor, «werdet Ihr Euch dann der Sache annehmen?»

Otto richtete sich in seinem Stuhl zur vollen Größe auf und zupfte seine mit Seidenstreifen durchsetzte Tunika zurecht, die er unter einem blauen Umhang trug. «Ich werde nicht untätig bleiben, wenn die Kirchenfürsten eine entsprechende Bitte an mich richten.»

«Das werden wir!», rief Josephus und ergänzte dann leiser: «Es gibt Geistliche, die beten jeden Tag und jede Nacht um sein Ableben.»

Brun war überzeugt, dass auch Victor und Josephus zu diesen Geistlichen gehörten.

Er warf Otto einen auffordernden Blick zu. Es wurde Zeit, die andere Angelegenheit unter sechs Augen zu besprechen.

Als hätte der König die Gedanken seines Kanzlers erraten, beendete er das Gespräch, indem er zu den Kardinälen sagte: «Ich danke Euch für die Aufrichtigkeit und freue mich, Euch übermorgen am Pfingstsonntag bei der Krönung meines Sohnes begrüßen zu dürfen.»

Dann erhob er sich. Die anderen taten es ihm gleich. Nachdem man sich in aller Förmlichkeit verabschiedet und gegenseitiger Treue versichert hatte, gingen die Kardinäle zur Tür. Dort drehte sich Victor noch einmal um.

«Der Papst ist …», sagte er, schluckte den Rest des Satzes jedoch hinunter, als er sah, dass Josephus die Tür bereits geöffnet hatte. Victor eilte ihm hinterher.

«Der Papst ist Abschaum», vollendete Otto den Satz, als sie allein waren. «Aber dieses eine Mal noch werde ich mein Haupt vor dem Abschaum beugen.»

Wenn wir die andere Sache überstehen, ergänzte Brun in Gedanken.

Sie schauten aus dem Fenster im zweiten Stockwerk des halbrunden Anbaus, der den Palas wie eine Apsis abschloss. Jenseits der schilfgedeckten Lehmhütten unterhalb der Pfalanzamauer hatte das königliche Heer sein Lager aufgeschlagen. Auf Bruns Drängen hin hatte Otto nach dem Reichstag in Wormaza wesentlich mehr Soldaten nach Aquisgranum geführt, als vorgesehen war. Die Truppen waren vor einigen Tagen eingetroffen.

Von Westen führte eine Straße zum Heerlager, über die weitere Soldaten heranzogen. Viele Soldaten. Rüstungen und Waffen glänzten rot im Licht der untergehenden Abendsonne. Es war das Heer des Grafen Thankmar.

«Er ist da», sagte Brun.

«Mhm», machte Wilhelm.

Otto schwieg.

Die ersten Soldaten hatten das Gelände bereits erreicht und begannen, ihre Zelte an den Ausläufern von Ottos Heerlager aufzustellen.

«Er kommt spät», sagte Wilhelm in die Stille hinein.

«Es wird einen Grund dafür geben», erwiderte Brun.

«Vielleicht hat er die Strecke unterschätzt.»

«Das glaube ich nicht. Er ist fast drei Wochen in Colonia geblieben, bevor er sein Heer in Marsch setzte. Außerdem ist mir zugetragen worden, dass er auf dem Weg hierher noch eine Rast von drei Tagen eingelegt hat – nicht viele Meilen von Aquisgranum entfernt.»

«Warum hat er das getan?»

«Das weiß ich nicht – noch nicht.»

«Aber hätte er nicht längst angegriffen, wenn an dem Verdacht etwas dran wäre?»

«Vielleicht hätte er das getan, wenn er auf ein kleineres Heer gestoßen wäre. Die Heere sind jedoch etwa gleich stark. Der Ausgang einer Schlacht wäre vollkommen offen.»

Wilhelm wandte sich an Otto. «Und wenn er Euch nun doch unterstützen will, mein König?»

Otto legte die Hände hinter dem Rücken zusammen und schwieg weiterhin.

«Wir haben immer noch keine Beweise, dass er in kriegerischer Absicht handelt», sagte Wilhelm.

Brun musste sich eingestehen, dass Wilhelm recht hatte. Sie hatten versucht, Männer aus Thankmars Heer zu bestechen, um Informationen über dessen Pläne zu bekommen. Aber Bruns Späher hatten immer die gleiche Antwort erhalten: Die Soldaten waren davon überzeugt, in die Lombardei zu ziehen.

Dennoch vertraute Brun seinem Gefühl. «Und wir haben keine Beweise für das Gegenteil: dass seine Absichten friedlich sind.»

«Wir haben sein Wort.»

«Was ist das Wort eines Mannes wert, der schon einmal den König töten wollte?»

Wilhelm verzog das Gesicht. Offenbar gingen ihm die Argumente aus.

Dafür ergriff nun Otto das Wort. «Was sollen wir also tun?»

Über diese Frage hatte sich Brun in den vergangenen Tagen immer wieder den Kopf zerbrochen. Er hatte alle Möglichkeiten durchgespielt, hatte das Für und Wider abgewogen und war zu keinem befriedigenden Ergebnis gekommen. Aber er war der Kanzler des Königs, und in dieser Funktion verlangte man von ihm zu Recht eine Entscheidung – und daher hatte er eine getroffen.

«Wir sollten ihn festnehmen lassen!», sagte er.

«Festnehmen?», rief Wilhelm. «Damit würden wir einen Kampf provozieren. Wir müssten Gewalt anwenden, um an ihn heranzukommen.»

«Nein. Wir könnten Thankmar, Barthold, Gunther und die anderen Heerführer auf der Krönungsfeier überwältigen. In der Kirche dürfen keine Waffen getragen werden. Jeder weiß das, und jeder wird sich daran halten – auch Thankmar. Mein Hauptmann Ricwin versteht es, einen solchen Auftrag ohne großes Aufsehen auszuführen. Kaum jemand wird etwas davon bemerken. Wenn wir dem Heer die Führer genommen haben, werden die Soldaten keinen Alleingang wagen.»

Wilhelm schüttelte energisch den Kopf. Er hielt Bruns Plan offensichtlich für abwegig.

Nun war es an Otto zu entscheiden.

Der König stützte die Hände auf den Fenstersims, beugte sich vor und schaute hinaus. Seine Augen waren nur schmale Schlitze, als würden sie von grellem Licht geblendet.

Er wäre kein so mächtiger Herrscher geworden, wenn er übereilte Entscheidungen treffen würde, dachte Brun. Und er hatte viele richtige Entscheidungen getroffen. Die Überzeugung, immer das Richtige zu tun, hatte ihn niemals betrogen.

Für dieses Selbstverständnis bewunderte Brun seinen Bruder, der inzwischen fünfzig Jahre alt war. Sein Bart war grau und sein Gesicht von tiefen Falten gezeichnet. Aber sein Geist war wach, hellwach, so wie damals, als er dem dreizehn Jahre jüngeren Brun eine erste Lektion in Sachen Menschenkenntnis erteilt hatte.

Brun lebte zu der Zeit in einem Kloster. Er war fünf Jahre alt, ein zarter Knabe, schmächtig und mehr den geistigen

Künsten und geistlichen Idealen zugetan als den kämpferischen Auseinandersetzungen wie viele Altersgenossen. Auch unter den Novizen im Kloster gab es etliche, die sich durch Kraftproben und Großmäuligkeit hervorzutun versuchten. Natürlich wussten alle, wer Brun war. Aber sein Vater, König Heinrich, hielt sich weit entfernt im Slawenland auf. Dorthin hatte er auch Otto mitgenommen, und so war Brun ständigen Anfeindungen und Angriffen ausgesetzt.

Bis Otto dies unterband.

Es war ein kühler Herbsttag gewesen. Zwei Jungen, die einige Jahre älter waren als Brun, hatten ihn in einen Stall geschleppt, wo sie ihn zwingen wollten, Pferdemist zu essen. Da Brun sich weigerte, hielt ihm einer der beiden die Hände auf dem Rücken fest, während ihm der andere die Nase so lange zudrückte, bis Brun den Mund öffnen musste. Das Zeug schmeckte so widerlich, dass sich Brun heute noch an den Geschmack erinnerte, wenn er Pferdeäpfel sah. Vermutlich hätten die Knaben ihn dazu gebracht, das Zeug hinunterzuschlucken, wenn Otto nicht mit einem Mal aufgetaucht wäre. Er war damals achtzehn Jahre alt, groß gewachsen und kräftig.

Er war ein Krieger! Ein Krieger, dessen bloßes Erscheinen die Novizen so sehr lähmte, dass sie außerstande waren zu fliehen. Otto ließ sie vor sich niederknien. Tränen liefen ihnen über die Wangen. Bei einem bildete sich vorn auf der Kutte ein feuchter dunkler Fleck. Otto wartete, bis Brun den Mist ausgespuckt und seinen Mund mit Wasser ausgespült hatte. Dann nahm er einen Pferdeapfel in die Hand und sagte: «Soll ich sie bestrafen? Soll ich sie das tun lassen, was sie von dir verlangt haben?»

Als die Novizen das hörten, begannen sie vor Angst zu

zittern. Brun gefiel der Gedanke durchaus, auf diese Weise Rache zu nehmen. Aber er war noch immer so verwirrt, dass er kein einziges Wort herausbrachte.

«Dann entscheide ich für dich!», sagte Otto schließlich.

Lachend schleuderte er den Pferdeapfel gegen die Bretterwand hinter den Novizen. Als ihnen klarwurde, dass sie noch einmal davonkamen, flohen sie wie Hasen. Sie belästigten Brun nie wieder. Einer der beiden war später sogar sein Freund geworden.

Brun hatte gelernt, dass das Naheliegende nicht immer die beste Lösung war.

Otto trat einen Schritt vom Fenster zurück und sagte: «Ich will die Krone – die Krone für mein Kaiserreich!»

Sein Blick glitt von Wilhelm zu Brun und blieb an ihm haften.

«Ich habe die Slawen und die Ungarn besiegt», sagte Otto. «Ich trage die Krone der Sachsen, bin Oberherr über das Königreich Burgund und habe größten Einfluss im westfränkischen und im dänischen Reich. Ich trage die goldene Lanze. Und ich werde Kaiser. Dafür muss ich eine Schlacht in der Lombardei schlagen – und gewinnen. Um jeden Preis! Dieser Graf, der der Sohn meines toten Halbbruders ist, bringt mir viele Soldaten. Wenn er mir hilft, den Sieg gegen Berengar zu erringen, ist er willkommen, und wenn er tapfer an meiner Seite kämpft, soll all das, was war, vergessen sein.»

Dann drehte er sich um und ging zur Tür. Brun schaute dem König nach. Zum ersten Mal in seinem Leben war er überzeugt, dass sein Bruder einen Fehler beging.

60.

Malina mochte die Dunkelheit nicht. Sie liebte die Sonne, die hellen, warmen Strahlen auf ihrer Haut, die ihre Sommersprossen aufblühen ließen. In dieser Nacht schien immerhin der Mond, als sie über den stillen Pfad ging. Er führte an den Fischteichen und Obstbäumen vorbei zu einer Tür in der Mauer, einem Hintereingang der Pfalanza.

Der Mondschein und der Gedanke an die Münze, die sie ihrem Freier abgenommen hatte, zauberten Malina ein Lächeln auf die Lippen.

Lachen!

Das war ihre einzige Möglichkeit, um nicht unterzugehen in einem Leben, in dem es keinen Grund zum Lachen gab. Mit Lachen setzte sie sich zur Wehr gegen die dunklen Gedanken, gegen die Erinnerungen, etwa an den Mann, der sie damals ihrem Vater abgekauft und auf seinen Hof gebracht hatte. Der Mann hieß Bovo und war ein Sachse, ein Bauer, ein Trinker und Schläger.

Zwei Jahre hatte Bovo Malina getreten wie einen Hund, hatte sie bei Hagel und Sturm auf die Felder gejagt, hatte sie missbraucht. Er scherte sich einen Dreck darum, ob sein Weib oder seine Kinder mit im Raum waren, wenn er über Malina herfiel. Sein eigenes Weib fasste der Bauer nicht mehr an, und wahrscheinlich war dies der Frau sogar ganz recht.

Eine Zeitlang gelang es Malina, ihr Elend still zu ertragen. Doch irgendwann war ihre Kraft zu Ende. Sie spürte, wie ihr die Kontrolle entglitt und ihre Gedanken sie zum Weinen brachten, wenn sie doch hätte lachen müssen. Wenn sie aber ihre Fähigkeit zu lachen verlor, verlor sie ihr Leben. Dann hätten die dunklen Gedanken gewonnen.

So kam es, dass Malina zum ersten Mal einen Mann töten musste.

An jenem Abend schleifte Bovo sie zum Feuer im Wohnraum der Hütte. Die Kinder spielten mit Schnitzfiguren, Bovos Weib saß am Webstuhl. Er befahl Malina auf Knie und Hände, mit dem Gesicht zum Feuer. Er zog ihre Tunika hoch und begann, sich an ihrem Körper zu vergehen, während seine Frau angestrengt weiterwebte und die Kinder spielten. Durch einen Tränenschleier fiel Malinas Blick auf den Schürhaken, und mit einem Mal sah sie keinen anderen Ausweg mehr. Sie nahm das Eisen aus dem Feuer und wirbelte herum. Das Eisen traf Bovo seitlich an der Schläfe und riss ein fingerbreites Loch in seinen Schädel. Er kippte vornüber und gab keinen Laut mehr von sich.

Später dachte Malina manchmal, dass in den Schreien der Frau und der Kinder nicht nur Entsetzen, sondern auch Erleichterung gelegen hatte. Aber vielleicht bildete sie sich das nur ein, so wie sich schreckliche Erinnerungen verändern konnten, wenn man mit einem Lächeln an sie dachte.

Malina war in die Nacht hinausgerannt, fort von der Hütte, fort vom Hof, über Felder, in einen Wald. Bis sie nicht weiterlaufen konnte. Auf einer Lichtung ließ sie sich erschöpft ins kühle Gras fallen und schlief mit einem Lächeln ein.

Am nächsten Tag lief sie nach Westen. Sie lebte eine Zeitlang in den Wäldern bei Räubern, die sie auch nicht besser behandelten als Bovo, lief weiter, bis sie irgendwann nach Colonia kam. Bei einer erfahrenen Hure lernte sie das Handwerk. Sie mochte diese Arbeit nicht, aber sie brauchte Kleidung, sie musste essen. Weil sie wusste, dass die Männer nur das eine von ihr wollten, konnte sie dies ebenso gut für Geld machen. Die meiste Zeit hielt sie sich in Colonia auf. Wenn sie jedoch von größeren, nicht weit entfernten Versammlungen erfuhr, wie Reichstagen oder Heeresaufmärschen, ging sie mit anderen Huren dorthin. Wo viele Männer waren, war auch viel Geld, und so war sie vor einigen Tagen wieder einmal nach Aquisgranum gekommen.

Die Münze, die sie heute Abend dem Freier abgenommen hatte, war wahrscheinlich nicht wertvoll. Sie würde aber für eine kleine Mahlzeit und zwei oder drei Bier reichen. Der Freier, dessen Namen sie nicht erfahren hatte, war so betrunken gewesen, dass er auf ihren Brüsten einschlief, gleich nachdem er gekommen war. Sie hatte sich von ihm befreit, die Münze eingesteckt und das Haus in der Nähe des Palas verlassen. In der Pfalanza kannte sie sich inzwischen aus, hatte sich an den vergangenen Abenden Freier gesucht und im letzten Sommer sogar in der Palasküche Arbeit gefunden.

Sie kam zur Tür, vor der zwei Soldaten standen. Als sie Malina sahen, grinsten sie schief, sagten aber nichts. Einer klopfte viermal gegen die Tür. Das war das Zeichen für die Huren, die an Tagen wie diesen, wenn in der Pfalanza Feste gefeiert wurden, ein und aus gingen. Die Hurerei wurde stillschweigend geduldet, um die Gäste bei Laune zu halten.

Von außen wurde das Klopfzeichen erwidert. Daraufhin schob der Soldat den Riegel zur Seite und öffnete die Tür. Malina trat hindurch und stieß auf zwei weitere Männer, die den Eingang auf der anderen Seite der Mauer bewachten. Ihre bärtigen Gesichter grinsten auf Malina herab. Der Soldat, der links von ihr stand, legte ihr mit leichtem Druck eine Hand aufs Gesäß. Schnell schlüpfte sie an den beiden vorbei. Als die Männer ihr hinterherriefen, was sie mit ihr und den Lanzen, mit denen sie bewaffnet waren, anstellen wollten, ließ sie ihre Lippen lächeln, und sie konnte sich wieder auf das freuen, was an diesem Abend noch vor ihr lag: Brot, Käse und Bier in einem der Gasthäuser unten in der Siedlung.

Bei dieser Vorstellung begann ihr Magen zu knurren. Er knurrte so laut, dass sie das andere Geräusch zunächst nicht bemerkte. Es war ein heiseres Krächzen, das von einem der Bäume am Wegesrand kam.

Malina sah auf einem Ast die Umrisse eines dunklen Vogels. Er krächzte erneut und breitete dabei seine Flügel aus, machte jedoch keinerlei Anstalten wegzufliegen.

Dann raschelte es ganz in der Nähe. Sie drehte sich um. Aus dem Gebüsch trat eine Gestalt auf den Weg. Es schien ein Mann zu sein. Er trug eine Mönchskutte, hatte die Kapuze tief ins Gesicht gezogen und kam in ihre Richtung.

Malina zuckte zusammen. Sie hatte gehört, dass zwischen Pfalanza und Siedlung hin und wieder Männer den Huren auflauerten, um sie zu überfallen und sich die Bezahlung zu sparen.

Sie wirbelte herum. Doch der Mann war bereits bei ihr, sprang sie von hinten an und riss sie im Fallen mit sich zu Boden. Dann drehte er sie auf den Rücken und drückte ihr die Kehle zu.

Seine Kapuze war heruntergerutscht. Mondlicht spiegelte sich auf der Glatze über dem dunklen Haarkranz. Der Mann zitterte vor Erregung. Sein Gesicht lag im Schatten, aber seinen Geruch nahm Malina wahr – er stank nach Schweiß, Angstschweiß.

Er löste sich, befahl ihr aufzustehen und deutete mit dem Kopf zum Wegesrand. Sie ging vor, und er führte sie zu einer hinter Büschen und Sträuchern verborgenen freien Stelle.

«Zieh dich aus!», zischte er.

Sie reagierte nicht.

«Soll ich dir weh tun?»

«Das hast du bereits getan.» Sie berührte ihren Hals.

Es klatschte laut, als er ihr mit der flachen Hand ins Gesicht schlug. Malina hatte schon härtere Schläge bekommen. Doch als er ihr mit einer geschickten Bewegung die Beine wegtrat, fiel sie rücklings zu Boden. Sofort war er über ihr.

«Du treibst es jeden Tag mit ihnen», stieß er aus. «Da macht es keinen Unterschied, ob du es freiwillig tust oder nicht!»

Oh doch!, dachte sie und zog ihr rechtes Knie an.

Offenbar hatte der Mönch mit Gegenwehr gerechnet, denn er fing den Kniestoß ab. Plötzlich blitzte eine Messerklinge vor ihrem Gesicht auf, und sie spürte, wie sich die andere Hand zwischen ihre Oberschenkel drängte.

Malina tastete den Boden ab, suchte nach einem Gegenstand, etwas, das sie als Waffe verwenden konnte, einen Knüppel, einen Stein …

«Mach die Beine breit», schnaufte der Mönch.

Da stießen ihre Finger auf einen Ast, armdick und fest. Sie nahm den Knüppel in die Hand, während sich der Mönch noch immer an ihren Schenkeln abmühte und das Messer vor Malinas Augen tanzte.

Malina spreizte die Beine. Als der Mönch erleichtert grunzte, schlug sie zu. Schlug so hart, wie sie konnte, aber nicht hart genug, um den Schädel platzen zu lassen wie damals Bovos.

Der Mann stieß einen Schrei aus und kippte um.

Sie rappelte sich auf, aber er hielt sie am Bein fest, zog sich an ihr hoch und fuchtelte mit dem Messer. Sein Blick flackerte.

«Das Weib ist dem Manne untertan», fauchte er und holte mit dem Messer aus.

Da schoss wie aus dem Nichts ein Schatten auf ihn zu. Ein Vogel landete auf seinem Kopf. Scharfe Krallen bohrten sich in die Glatze, und der Schnabel stieß nach der Stirn.

Der Mönch schrie auf und ließ das Messer fallen, um den Vogel mit beiden Händen abwehren zu können. Als er ihn mit der Faust traf, schlug der Vogel die Flügel durch und flog laut krächzend in die Nacht davon.

Blut rann über den Mönchsschädel und bildete ein netzartiges Muster auf dem Gesicht.

«Du bist mit Satan im Bunde!», brüllte er Malina an.

In seiner Wut und seinem Entsetzen schien er vollkommen vergessen zu haben, dass die Soldaten, die den Hintereingang der Pfalanza bewachten, nicht allzu weit entfernt waren.

Er bückte sich nach dem Messer, doch Malina war schneller, hob es auf und stach es ihm in den Hals. Er taumelte zwei, drei Schritte rückwärts, tastete nach dem Griff und versuchte die Klinge herauszuziehen. Aber er schaffte es nicht. Mit einem gurgelnden Laut landete er rücklings zwischen den Sträuchern.

Malinas Herz hämmerte. Sie rang nach Luft.

Erneut drang das Krächzen an ihre Ohren. Der Vogel hatte sich auf einem Baum niedergelassen, keine zehn Schritt von ihr entfernt.

Sie drehte sich um und rannte los, brach durch Büsche und Gestrüpp zum Weg zurück, und die ganze Zeit hatte sie das Gefühl, dass jemand sie beobachtete.

61.

Aki wusste, dass er in dieser Nacht keinen Schlaf finden würde. Er saß mit überkreuzten Beinen auf einer Schilfmatte in der Hütte, die man der Abordnung von Sankt Pantaleon bei der Pfalanza zugewiesen hatte. Es stank nach Urin und Dung, da die Hütte normalerweise als Stall für Schweine und Ziegen genutzt wurde. Durch ein schmales Fenster fiel Mondlicht herein und zeichnete einen hellen Streifen auf Ketils breites Gesicht.

«Nein», sagte der Isländer.

«Doch!», erwiderte Aki.

Ketils Kiefermuskeln mahlten. «Es ist zu gefährlich – viel zu gefährlich!»

Einige Mönche drehten sich zu ihnen um. Sie hatten sich zur Komplet, dem Tagesabschluss, am anderen Ende der Hütte um eine Kiste versammelt, auf die sie ein Kreuz gestellt hatten. Sie warteten auf die anderen beiden, wussten aber auch, dass es keinen Zweck hatte, den eigensinnigen Ketil aufzufordern, an der Komplet teilzunehmen, wenn er nicht wollte.

Ketil dämpfte seine Stimme. «Das kannst du nicht machen, Junge.»

Die Mönche wandten sich wieder dem provisorischen Altar zu und stimmten einen Psalm an.

Dies ist der Tag, den der Herr gemacht hat, wir wollen uns freuen und fröhlich sein in ihm …

«Er hat dich schon einmal beinahe erwischt. Du kannst froh sein, dass du noch lebst. Wenn die Soldaten auch nur einen Augenblick länger hinter dem Zelt geblieben wären …»

«Dann hättest du mich nicht rechtzeitig herauslassen

können. Ja, ich weiß! Du hast es mir Dutzende Male vorgehalten, Ketil. Ich bin dir sehr dankbar, dass du mich gerettet hast. Aber ich muss Asny sehen. Heute Nacht! Versteh doch – ich muss wissen, wie es ihr geht. Die Ungewissheit bringt mich um. Du hättest sie sehen sollen. Diese Kleider, dieser Schmuck …»

Aki schluckte. «Er hat sie ‹meine Königin› genannt. Kannst du dir das vorstellen?»

Ketil hob und senkte die Schultern. «Vorstellen nicht. Aber ich glaube es, weil du es sagst, und das macht auch für mich die Sache nicht gerade einfach.»

Ach, Herr, hilf! Ach, Herr, lass wohl gelingen! Gesegnet sei der, der kommt im Namen des Herrn. Wir segnen euch vom Haus des Herrn aus …

Ketil knetete seine Hände. «Das kann ja nur bedeuten, dass Thankmar deine Schwester zu seiner Braut machen will – zur Braut eines Königs. Und was das wiederum bedeutet, macht mir ebenfalls große Sorgen. Herr Brun hat es zwar nicht so deutlich ausgesprochen – zumindest mir gegenüber nicht. Aber ich glaube, er befürchtet, dass Thankmar bei der Krönung übermorgen eine ganz große Sache plant.»

Er warf einen Blick zu den Mönchen, die in ihren Psalm versunken waren.

Der Herr ist Gott, er hat uns Licht gegeben. Bindet das Festopfer mit Stricken an die Hörner des Altars!

«Er hat es auf den Thron abgesehen», flüsterte Ketil und pulte an einem losen Halm, der aus der Schilfmatte ragte.

«Seitdem du mir davon erzählt hast, Aki, plagt mich mein Gewissen. Ich hätte Brun davon berichten müssen! Dann hätte er jedoch wissen wollen, woher ich es weiß, und es wäre aufgeflogen, dass wir ihn hintergangen haben.»

«Mach dir keine Vorwürfe. Der Erzbischof ist gleich am nächsten Tag abgereist. Du hattest also gar keine Gelegenheit dazu.»

Ketil zupfte den Halm aus der Matte und betrachtete ihn, als sei er für irgendetwas wichtig.

«Doch, die hatte ich.»

Aki schaute seinen Freund überrascht an. «Wann denn?»

«In derselben Nacht, nachdem wir aus dem Heerlager zurückkamen. Da bin ich zu ihm gegangen, um ihn zu bitten, bei der Krönung dabei sein zu dürfen.»

«Davon hast du mir gar nichts erzählt.»

Ketil senkte den Blick und wickelte den Halm um die Kuppe seines linken Zeigefingers.

«Ich wollte dir keine falschen Hoffnungen machen. Bei der Krönung sind nur ausgewählte Gäste zugelassen, Menschen von Amt und Würde. Herzöge, Fürsten, Bischöfe und solche Leute. Aber ganz sicher keine einfachen Mönche, die noch nicht einmal zur Komplet mit ihren Brüdern singen. Es sei denn …»

«Es sei denn?»

«Es sei denn, die einfachen Mönche sind in Besitz einer Urkunde, die sie als rechtmäßige Gäste des Erzbischofs von Colonia ausweist.»

«Du sprichst in Rätseln.»

Ketil drehte aus dem Halm eine Schlinge und zog sie um seine Fingerkuppe zusammen. «Die Sache ist mir äußerst unangenehm. Also, ich habe eine Urkunde …»

Der abgeschnürte Teil seines Fingers schwoll an. Ketil beugte sich vor. Er sprach nun so leise, dass Aki ihn kaum noch verstehen konnte.

Im Hintergrund psalmodierten die Mönche.

Du bist mein Gott, ich will dich preisen! Mein Gott, ich will dich erheben!

«Ich habe eine solche Urkunde besorgt. Herr Brun wollte mir keine ausstellen. Ich sollte in Sankt Pantaleon auf dich aufpassen, damit du nicht wegläufst. Er war sehr beeindruckt davon, wie schnell du die Sprache der Gelehrten gelernt und wie du dich für deine Schwester eingesetzt hast.»

«Hm», machte Aki. Er wusste nicht, ob er sich über das Lob freuen sollte oder nicht. Schließlich hatte ihm der Erzbischof den sehnlichsten Wunsch verwehrt.

«Wie hast du diese Urkunde bekommen?», fragte er.

Ketil lockerte den Halm. Die Schwellung nahm wieder ab.

«Schwör mir, dass du niemandem davon erzählst!»

Aki verdrehte die Augen. «Natürlich nicht.»

«Ich hatte in jener Nacht gesehen, wo Herr Brun die Einladungen aufbewahrt. Nachdem er abgereist war, bin ich eines Nachts in die Zelle geschlichen und habe mir eine der Urkunden … nun ja … ausgeliehen. Sie war mit seinem Siegel versehen, und ich brauchte nur noch unsere Namen einzutragen.»

«Unsere Namen? Was soll ich bei der Krönung? Der Graf wird Asny wohl kaum in die Pfalanza bringen.»

«Das glaube ich auch nicht. Aber wenn es uns gelingt, Herrn Brun zu warnen und Thankmars Plan zu vereiteln, wird Brun uns helfen müssen.»

«Aus Dankbarkeit?», erwiderte Aki ungläubig.

Ketils Vorhaben erschien ihm viel zu unsicher. Er machte alles von seinem Herrn Brun abhängig. Was dieser davon hielt, einem Dänen zu helfen, dessen Schwester zu befreien, hatte der Erzbischof ihnen doch bereits gesagt.

«Ja, aus Dankbarkeit», sagte Ketil. «Du solltest nicht so

schlecht von ihm denken. Wir werden ihn warnen. Er wird Thankmar festnehmen lassen, und dann holen wir uns Asny. Ganz einfach, mein Freund.»

Ketil warf Aki einen aufmunternden Blick zu.

«Wenn Asny dann überhaupt noch lebt», entgegnete Aki bitter.

«Vergiss nicht – er hat sie ‹meine Königin› genannt.»

«Das macht mich nicht eben ruhiger.»

Mit einem Seufzen ließ Ketil den gekringelten Halm fallen und legte Aki eine Hand auf die Schulter. «Vertrau mir. Sein Zelt wird von Blutmänteln bewacht. Wir haben keine andere Wahl.»

Danket dem Herrn, denn er ist freundlich, denn seine Gnade währt …

Aki schüttelte die schwere Hand ab, sprang auf und rief: «Doch, die haben wir!»

Die Mönche hörten auf zu singen und drehten sich zu ihnen um.

62.

Malinas Herz raste. Endlich tauchten in der Dunkelheit die Umrisse der Hütten auf. Sie wurde langsamer, ging die letzten Schritte zur Siedlung und blieb dann stehen. Ihr war so schwindlig, dass sie sich an einem Weidenzaun abstützen musste. Allmählich wurde ihr Atem ruhiger, und die vom Mond beschienenen Häuser nahmen vor ihren Augen deutliche Konturen an.

Sie hatte wieder einen Menschen getötet. Hatte ihn töten müssen. Mitleid spürte sie nicht, und sie fühlte sich weder gut noch schlecht bei dem Gedanken an das, was geschehen war. Das Einzige, was sie in diesem Moment fühlte, war eine tiefe innere Leere. Der Mönch hätte sie umgebracht, so wie auch Bovo es irgendwann getan hätte. Es war in der Welt so eingerichtet, dass der Schwächere nicht gegen den Stärkeren bestehen konnte. Malina war nicht schwach. Solange ihr das eigene Leben noch etwas bedeutete, würde sie darum kämpfen. Und es war ihr noch immer wertvoll genug, auch wenn es darin zu bestehen schien, sich von Männern missbrauchen zu lassen.

Männer! Wie Malina sie hasste. Sie waren alle gleich, einer wie der andere. Ihr Vater! Bovo! Der Mönch! Die unzähligen Freier, die es mit ihr getrieben hatten, und die unzähligen, die es noch tun würden. Sie war Freiwild, nur ein Körper, an dem Männer sich abreagierten und befriedigten.

Sicher hatte es auch den einen oder anderen gegeben, der sie zur Frau genommen hätte, damit sie seinen Haushalt besorgte und seine Kinder großzog. Wenn sie denn überhaupt Kinder bekommen konnte. Bislang hatten die Götter zum Glück nicht vorgesehen, dass Malina schwanger wurde.

Sie schloss die Augen, atmete durch die Nase tief ein und durch den Mund langsam aus. Dann öffnete sie die Augen wieder, um sich auf den Weg zu machen. Mit einem Lächeln auf den Lippen ließ sie die bösen Gedanken hinter sich.

Wie immer, wenn Heere bei der Pfalanza lagerten, hatte sich die sonst so beschauliche Siedlung in ein lärmendes, von Bier getränktes Bordell verwandelt. Überall grölten Soldaten, die sich in den Gasthäusern vergnügten. Auf dem Marktplatz hatten geschäftstüchtige Einwohner aus Brettern, Pfählen und Tüchern notdürftige Unterstände als Bierschenken errichtet. Andere hatten in ihren Hütten und

Werkstätten Bänke, Tische und Theken aufgestellt, um den unzähligen Soldaten das zu bieten, was diese suchten – Abwechslung vom eintönigen Lagerleben.

Malina beschloss, den Tag in dem Gasthaus ausklingen zu lassen, in dem sie auch an den Vorabenden eingekehrt war. Die Hütte stand ein wenig abseits vom allgemeinen Trubel rings um den Marktplatz. Dennoch drängten sich drinnen gut drei Dutzend Soldaten und grell geschminkte Huren an den Tischen. Hinter einer Theke, die aus einem breiten, auf Fässer gelegten Brett bestand, füllte der Wirt Bier in Krüge ab, die von seinen drei Töchtern und seiner Frau verteilt wurden. Der Wirt war ein kräftiger Mann mit rundem Gesicht und Doppelkinn. Seine Töchter waren nicht gerade das, was man als schön bezeichnen konnte. Aber sie hatten ausladende Hüften und große Brüste, und das gefiel den ausgehungerten Soldaten.

Malina spürte die Blicke der Männer, während sie sich zur Theke durchkämpfte, erwiderte aber keinen dieser Blicke. Für heute hatte sie genug.

Der Wirt schaute kurz auf, als sie vor die Theke trat, runzelte die Stirn und wandte sich wieder den Krügen zu.

«Ein Bier», sagte Malina, «und Brot und Käse.»

«Hast du Geld?», wollte der Wirt wissen.

Malina holte die Münze hervor.

«Käse gibt es nicht mehr.»

«Und Brot?»

«Auch nicht.»

«Bier ist vermutlich auch ausverkauft», meinte Malina.

Der Wirt schenkte einen Becher voll und schob ihn zu ihr hinüber. «Wasch dein Gesicht», knurrte er.

«Mein Gesicht?», fragte Malina.

Der Wirt antwortete nicht. Eine seiner Töchter kam hinter die Theke. Sie nahm zwei Krüge in jede Hand und warf Malina einen skeptischen Blick zu, bevor sie mit dem Bier wieder verschwand.

Malina trank einen Schluck, was ihr Magen mit einem wütenden Knurren kommentierte.

«Du willst Brot?», fragte eine Stimme.

Sie drehte sich um. Hinter ihr stand ein Soldat, ein großer Kerl mit breiten Schultern und einem vom Trinken geröteten Gesicht. Er glotzte Malina aus wässrigen Augen an und hielt ihr einen Kanten dunkles Brot hin.

Malina zögerte. Der Soldat machte nicht den Eindruck, als wolle er ihr das Brot ohne Gegenleistung geben.

«Ich bin nicht hungrig», log sie und wandte sich ihrem Bier zu.

«Hast du ein Schwein geschlachtet?»

Der Mann stand jetzt neben ihr, das Brot noch immer in der Hand.

Das Lächeln entglitt Malinas Lippen. Nun wurde ihr klar, was die Bemerkung des Wirts zu bedeuten hatte. Verdammt – das Blut! Es war wie eine Fontäne aus dem Hals des Mönchs gespritzt.

«Das war … ich habe mich geschnitten», sagte sie schnell und schaute sich nach einem Lappen um. Zwischen den Krügen lag einer, mit dem der Wirt die Bierpfützen vom Brett wischte.

«Beim Rasieren, was?», sagte der Soldat lachend.

Malina fuhr sich mit dem feuchten Lappen über das Gesicht. Sie musste fürchterlich aussehen.

«Blut und Schminke», bemerkte der Soldat. «Das gefällt mir.»

Sie spürte seine Hand auf ihrem Arm.

Nicht schon wieder, dachte sie.

Der Soldat beugte sich zu ihr herunter und flüsterte ihr ins Ohr: «Komm mit! Du kriegst Brot und eine Münze.»

«Nein!»

Malina schüttelte die Hand ab.

«Willst du mich für dumm verkaufen, Weib?», knurrte er. «Du bist eine Hure, und ich bezahle dich.»

Malina schloss die Augen und betete zu den Schutzgöttern ihrer Heimat, dass der Kerl einfach verschwinden möge. Aber er rückte dichter an sie heran. Sein bierschwerer Atem kitzelte ihre Stirn.

«Komm mit!», zischte er.

Die rechte Hand des Wirts klatschte auf die Theke. «Ich will hier drin keinen Ärger haben. Entweder geht ihr beide raus, oder du suchst dir ein anderes Weib.»

Der Soldat starrte den Wirt an. Seine Kiefermuskeln bewegten sich, als kaue er auf einem Stück Leder herum. Dann stapfte er zu seinem Tisch zurück.

«Danke», sagte Malina.

Der Wirt zuckte mit den Schultern. «Trink aus und verschwinde.»

Malina nickte. Sie sollte sich tatsächlich zurückziehen in das Zelt, das sie sich mit anderen Huren aus Colonia teilte.

Als sie den Becher ansetzte, sah sie aus den Augenwinkeln, wie die Tür geöffnet wurde und ein großer, mit einem dunklen Mantel bekleideter Mann das Gasthaus betrat. Er blieb am Eingang stehen und ließ seinen Blick durch den Raum schweifen. Seine Augen waren dunkel wie sein Mantel, ebenso die Haare und der ungepflegte Bart. An den Handgelenken trug er silberne Armreife.

Malina leerte den Becher und schob dem Wirt die Münze hin. Er schüttelte den Kopf, gab ihr das Geldstück zurück und verharrte plötzlich in der Bewegung. Sein Gesicht verfinsterte sich.

«Habe ich mich nicht klar ausgedrückt?», fragte er an Malina vorbei.

Sie zuckte zusammen, als sich von hinten eine schwere Hand auf ihre Schulter legte. Sie drehte sich um.

Der Soldat hatte zwei Männer als Verstärkung mitgebracht.

«Bleib ruhig, Fettsack!», sagte er zum Wirt. «Wir nehmen das Weib mit.»

«Ich arbeite heute nicht mehr», widersprach Malina.

Der Soldat zog die Augenbrauen zusammen. «Seit wann befiehlt das Weib einem Mann, was er zu tun hat?»

Die Männer rückten so dicht an sie heran, dass jeder Fluchtweg versperrt war. Mit einem breiten Grinsen kniff ihr der Soldat in die linke Brust. Malina schrie auf.

«Du hast mich in meiner Ehre verletzt, Hure. Weißt du, was ich mit Männern mache, die so etwas wagen? Ich schneide ihnen die Eier ab.»

Er kniff Malina in die andere Brust. «Aber für dich werde ich mir etwas anderes überlegen müssen …»

Sie riss ihr rechtes Knie hoch, um es dem Kerl in den Unterleib zu rammen – und dieses Mal traf sie.

Der Soldat heulte auf.

«Raus hier! Alle!», hörte Malina den Wirt rufen.

Jemand packte ihren Kopf und drückte ihn auf die nasse Theke. Sie bekam Bier in die Nase.

«Halt dein Maul», keuchte der Soldat in Richtung des Wirts und machte sich von hinten an Malinas Tunika zu schaffen.

Lächle, forderte sie sich selbst auf. Es wird schnell gehen. Der Kerl ist aufgeregt. Er hat sich nicht unter Kontrolle.

Doch der Soldat kam nicht dazu. Malina hörte ein schepperndes Krachen und sah Tonscherben auf die Theke fallen. Der Druck auf ihren Kopf ließ nach und verschwand dann ganz.

Im Gasthaus war es totenstill geworden.

Malina richtete sich auf und drehte sich um.

Der Soldat, der sie festgehalten hatte, lag mit einer stark blutenden Kopfwunde auf dem Boden und bewegte sich nicht. Die anderen waren einige Schritte zurückgewichen und hatten ihre Kurzschwerter gezogen.

Neben Malina stand der dunkle Mann, in der Hand ein Schwert mit langer Klinge, die er auf die beiden Soldaten richtete. Einen Augenblick lang schienen alle im Gasthaus wie erstarrt. Dann brach die Hölle los.

63.

Er sieht den Thron auf dem Hügel stehen, umgeben von einem Meer aus Leichen. Die Wolken reißen auf, und ein Sonnenstrahl, scharf wie ein Schwert, flutet die Welt mit gleißendem Licht. Die Krone, das Schwert, die goldene Lanze – die Insignien der Macht. Sie liegen bereit.

Bereit für ihn!

Er watet durch das Blut der Toten. Erklimmt den Hügel, greift nach den Insignien. Seine Hand nähert sich.

Dann stürzt er ab!

Eine unsichtbare Kraft zerrt ihn fort von Thron und Krone, hinein in ein Loch, das sich zwischen den Leichen auftut. Immer tiefer wird er hineingezogen in den Schlund der Hölle. Der Aufprall ist hart, raubt ihm die Sinne.

Als er aufschaut, sieht er ihn. Satan. Der Dämon aller Dämonen, der gefallene Engel. Satan reißt ihm die Eingeweide aus dem Leib, wirft ihn glutäugigen Bestien zum Fraß vor und dann ins ewige Feuer …

Und ihr Lachen gellt in seinen Ohren wider. Ihr Lachen! Sie lacht über ihn. Sie triumphiert.

Deine Seele versinke in Qualen! Fahr hin zur Hel, von Hunden zerfleischt …

Thankmar schlug die Augen auf und sah sich zusammengekrümmt in seinem Zelt liegen. Zwischen seinen Zähnen steckte der Stiel eines Holzlöffels. Er keuchte, sein Atem ging stoßweise. Allmählich beruhigte sich sein Herz wieder. Der Anfall war der schlimmste seit langem gewesen.

Er spuckte den Stiel aus. Seine Zähne hatten tiefe Abdrücke im Holz hinterlassen.

Endlich war er bei der Pfalanza angekommen, dem Ort, an dem die Gebeine des alten Herrschers Carolus Magnus lagen. Es war der Ort, an dem Thankmar auferstehen würde, der Ort der Entscheidung über Sieg oder Niederlage, über Leben oder ewige Finsternis.

Er wusch sein Gesicht mit kaltem Wasser über einer Schale, trocknete sich ab und ging zu der brennenden Tranlampe. Die Flamme warf flackernde Schatten auf das Gesicht der Frau, die an Händen und Füßen gefesselt auf einer Decke lag und ihn anstarrte.

«Ich könnte dich töten», sagte er leise, «um dich an meinen Schmerzen teilhaben zu lassen. Ich könnte mich an deiner Angst weiden und dir die Qualen zufügen, die ich zu ertragen habe.»

Er kniete neben ihr nieder, nahm ein Messer und drückte es auf die Tunika über ihrer linken Brust. Die Klinge hob und senkte sich. Ihr Herz schlug schnell.

Er grinste.

«Ganz langsam würde ich dich töten, dir die Haut vom Körper schälen. Das könnte ich tun, hier und jetzt. Es würde meinen Schmerz für einen Augenblick lindern, wenn ich sehe, wie du leidest.»

Ihre aufgerissenen Augen glänzten. Auf ihren Pupillen tanzten kleine Flammen.

«Du weinst», sagte er, «und du hast Angst.»

Das Messer glitt von der Brust hinauf zum Ausschnitt, in dem sich ihre Schlüsselbeine abzeichneten. Er drückte zu, aber nur so stark, dass die zarte Haut ein wenig geritzt wurde. Ein Blutstropfen quoll hervor.

Sie gab keinen Laut von sich.

«Hast du Angst?», fragte er.

Sie reagierte nicht.

«Hast du Angst?», wiederholte er seine Frage, dieses Mal etwas schärfer.

Sie nickte.

«Ich kann dich nicht hören.»

«Ja», hauchte sie.

Das Messer wanderte zur Kehle. Für den Moment genoss er die Todesangst in ihrem Blick. Dann erhob er sich, stellte sich mit gespreizten Beinen über sie und zog sein Hemd hoch bis über die Brust.

Sie keuchte leise, als ihr Blick auf Thankmars entblößten Oberkörper fiel. Er war mit Narben und verschorften Wunden übersät.

«Ich habe sie nicht gezählt», sagte er. «Es sind Hunderte. Hunderte Wunden, um die Qualen meiner Seele zu lindern. Die Qualen des Fluchs.»

Er führte das Messer über seinen Bauch. Die Klinge kreuzte Narben und Wunden, die wieder aufplatzten und deren Blut sich mit dem Blut aus dem frischen Schnitt vermischte.

«Ich spüre es, aber es schmerzt mich nicht mehr», sagte er. «Weißt du, warum ich dich noch nicht getötet habe?»

Sie schwieg.

Das Blut rann über seinen flachen Bauch und versickerte im Bund seiner Hose.

«Nein, natürlich weißt du es nicht. Woher auch? Ich werde es dir erklären.»

Seine Miene gefror zu Eis. Er entfernte sich von ihr, ging zu einem Tisch, auf dem ein kleines Fass stand, aus dem er einen Becher mit Wein füllte. Ihr Blick folgte ihm. Er nahm einen kleinen Schluck und richtete seinen Blick auf einen Punkt über ihrem Kopf.

«Morgen töte ich den König», sagte er leise, «und dann trete ich an seine Stelle. Ich werde König, und dafür brauche ich dich.»

Er schaute sie an und sah die Verwirrung in ihren Augen.

Mit dem Becher in der Hand kam er zu ihr zurück und kniete neben ihr nieder. Langsam führte er den Becher über ihren Kopf und kippte ihn.

Sie schloss die Augen, als sich der Wein über ihrem Gesicht verteilte, ihren Hals hinunterrann und den Blutstropfen wegschwemmte.

Ihre Lippen bebten. Er konnte sehen, wie es in ihr arbeitete, wie sie gegen ihre Angst ankämpfte.

Tapferes Mädchen, dachte er, nahm ein Stück Leinen und wischte ihr den Wein vom Gesicht.

«Schau es an!»

Sie öffnete die Augen wieder, und ihr Blick fiel auf etwas, das er vorsichtig zwischen Daumen und Zeigefinger seiner linken Hand über sie hielt.

«Ist er nicht schön?», fragte er und bewegte den getrockneten Schmetterling auf und ab, als wolle er ihn fliegen lassen.

Sie schwieg.

Er schlug ihr mit der rechten Hand ins Gesicht. «Mach deinen Mund auf, wenn ich dich etwas frage!»

«Ja», flüsterte sie.

«Ja – was?»

«Er ist schön.»

Er nickte und legte den Schmetterling in seine rechte Hand.

«Schönheit ist vergänglich», sagte er.

Seine Hand schloss sich um den Schmetterling zur Faust, und als er sie wieder öffnete, waren die zarten Flügel zerbrochen.

«Alles ist vergänglich!»

Er drehte die Hand, und die Überreste des Schmetterlings fielen auf seine Gefangene herab.

«Nur Gott währt ewig. Und der Ruhm eines Mannes, dessen Taten ihn unsterblich werden lassen.»

Ja, dachte er, meine Taten sind mein Ruhm.

Er rief sich die Worte der Seherin ins Gedächtnis, die sie ihm in der Eresburg eingeflüstert hatte. Es hatte gedauert, bis er ihren Sinn verstanden hatte, bis er begriffen hatte, was die Seherin ihm hatte sagen wollen. Erst als das Schicksal ihre Tochter in seine Hände gespült hatte, hatte er den Sinn verstanden.

Er deutete mit dem Kopf zu dem Lager, auf dem er die Nächte verbrachte.

«Wenn der Thron mir gehört, wirst du meine Braut. Ich werde mich mit dir vereinen, nur ein einziges Mal. Dann bist *du* für immer und ewig mein! Dann bist du mein Weib.

Ich bin du – du bist mein, und dann werde ich dich töten und die Macht der Seherin brechen.»

64.

Vemund hatte Durst, aber nicht auf Wasser; davon hatte er genug in seinem Trinkschlauch. Er hatte verdammten Durst auf Bier. Auf starkes, mit Honig versetztes Bier, das man da, wo er herkam, *öl* nannte und das auf dem Hof seines Vaters reichlich gebraut wurde, wenn ein Gelage anstand.

Ein ganzes Fass könnte er jetzt austrinken. Seit Tagen hatte er an nichts anderes gedacht als an ein ordentliches Gelage. Nun hatten sie endlich diese Pfalanza erreicht und die Zelte errichtet, als Ernust sie mit dem Befehl überraschte, der Graf habe für die kommenden zwei Tage ein absolutes Bier- und Weinverbot angeordnet. Das galt auch für die Blutmäntel, zu denen Vemund gehörte.

Der Befehl hatte für erhebliches Gemurre im ganzen Heer gesorgt. Dennoch würde es niemand wagen, sich darüber hinwegzusetzen. Was mit Männern geschah, die die Anordnungen des Grafen missachteten, hatte er ihnen einmal eindrucksvoll vor Augen gehalten. Er hatte einen Soldaten, der bei einer Nachtwache betrunken eingeschlafen war, vor versammelter Menge ausgepeitscht, bis der Körper des Mannes nur noch ein blutiger Klumpen Fleisch war.

Daher zog Vemund es vor, die Augen zu schließen und sich den Gedanken an ein Gelage hinzugeben. An ein Gelage mit Bier, fettem Fleisch und einem schönen Weib an seiner Seite.

Das war es schließlich, wofür es sich lohnte zu leben. Und zu sterben. Vemund sehnte sich nach nichts mehr, als in der Schlacht zu fallen und von den Walküren als Einherjar auserwählt zu werden. Das war das Schicksal der Tapfersten aller Tapferen, der Einherjar. Vemund war überzeugt, zu den Auserwählten zu gehören und nach dem Tod bis in alle Tage in Odins Walhall zu trinken, zu essen und sich den Weibern hinzugeben.

Die Christen nannten so etwas *paradisus*, Paradies, aber Vemund glaubte nicht, dass sie damit dasselbe meinten. Die Christen, denen er begegnet war, waren verstockte, staubtrockene Nörgler wie dieser Bischof Poppo in der Dänenmark. Auch Vemunds Herr, Graf Thankmar, verstand sich nicht aufs Feiern, obwohl auch er gelegentlich trank. Vemund hatte ihn gesehen, damals beim Aufbruch auf der Eresburg. Steifbeinig war der Graf zu seinem Pferd gewankt, auf das er ohne die Hilfe seines Hauptmanns Ernust nicht heraufgekommen wäre.

Nein, Vemund hatte wahrlich nicht den Eindruck gehabt, dass der Graf Spaß gehabt hatte mit seinem Rausch.

Jemand knuffte Vemund in die Seite. Er öffnete die Augen. Bresti grinste ihn schief an.

«Ich schlafe nicht», knurrte Vemund.

«Es sah aber so aus.»

«Ich denke an Bier.»

Bresti, ein Däne wie Vemund, seufzte zustimmend.

«Hör dir die anderen an», sagte Vemund und zeigte in Richtung der Zelte des Sachsenkönigs. Aus der Ferne drang der Lärm der trinkenden und feiernden Soldaten des Königs an Vemunds und Brestis Ohren.

«Zwei Tage noch», meinte Bresti.

«Und bis dahin müssen wir Wasser saufen und uns die Beine in den Bauch stehen.»

Ernust hatte die beiden zur Wache am Eingang des Grafenzeltes eingeteilt. Andere Blutmäntel hatten Posten an den Seiten und der Rückwand bezogen. Warum in Colonia mit einem Mal das ganze Zelt tagsüber und nachts abgeriegelt werden musste, hatte ihnen niemand verraten. Natürlich gab es Gerüchte, und viele Männer meinten, der Graf hüte darin einen kostbaren Schatz. Gesehen hatte ihn aber keiner.

Vemund wusste nur von dieser Frau, die der Graf seit der Diusburg versteckte. Niemand außer Ernust und dem Graf selbst durften seither das Zelt betreten. Vemund hatte die Frau nur zweimal gesehen. Das erste Mal, als sie verdreckt und in zerrissenen Kleidern ins Heerlager bei der Diusburg gebracht worden war. Das zweite Mal, als sie in Colonia aufgebrochen waren und Ernust sie zu dem mit Zeltbahnen abgedeckten Ochsenkarren geführt hatte, in dem man sie während der Reise transportierte. Vemund erkannte die Frau kaum wieder, so sehr hatte sie sich verändert. Sie war eine verlauste Sklavin gewesen, und nun war sie atemberaubend schön. Ihr langes, gekämmtes Haar glänzte wie Gold, und ihre Haut war rein wie frisch gefallener Schnee.

Seither träumte Vemund von der Frau und von Bier natürlich. Aber eigentlich noch mehr von der Frau. Wie es wohl wäre, so ein Weib auf einem Gelage bei sich zu haben und dann mit ihr das Lager zu teilen?

Er seufzte leise. Die Frau war unerreichbar für ihn, zumindest so lange, bis er in die Walhall einzog. Dass er dessen würdig war, würde er den Göttern in der großen Schlacht schon noch beweisen. Dorthin sollten sie bald ziehen, in ein Land, das man Lombardei nannte, um an der Seite des Sachsenkönigs gegen irgendeinen anderen König zu kämpfen.

So lautete der Auftrag, und Vemund war es vollkommen egal, für wen und gegen wen er kämpfte. Nur der Kampf war wichtig, und dass er endlich seine Schwertklinge im Blut baden und mit jedem getöteten Mann seinen Ruhm mehren konnte. Und die Aussicht, von Odins Schlachtjungfrauen auserwählt zu werden.

Deshalb war es von großem Vorteil, in der Haustruppe des Grafen zu dienen, in die nicht jeder Mann aufgenommen wurde. Vemund hatte sich in der Mark einen guten Ruf erarbeitet. Bereits als junger Mann hatte er drei Männer getötet. Sie waren Brüder, die Söhne eines Bauern, dessen Hof eine halbe Tagesreise vom Anwesen seines Vaters entfernt lag. Jahrelang hatte es Streit zwischen den Bauern gegeben. Vemund hatte diesen Streit schließlich mit einem Beil aus dem Weg geräumt. Sein Vater entrichtete voller Stolz das Blutgeld für seinen Sohn, der sich daraufhin in der Leibgarde des Dänenkönigs Harald Gormsson andiente. Damit war die Sache aus der Welt geschafft, und als der Graf den König um Unterstützung für einen Kriegszug gegen den Seeräuber Sigurd bat, fiel die Wahl auch auf Vemund. Das war im vergangenen Herbst gewesen, und es war eine wahre Freude, unter der Führung des Grafen die Stadt in ein Schlachtfeld zu verwandeln und niederzubrennen.

Der Graf war mit Vemund zufrieden und hatte ihm das Angebot gemacht, der Haustruppe beizutreten, in der neben Sachsen auch einige Dänen dienten. Vemund hatte keinen Augenblick gezögert. Er würde niemals das Gefühl vergessen, wie es war, sich das erste Mal den blutroten Mantel umzuhängen. Nun war er einer von ihnen. Einer jener Krieger, bei deren Anblick sich die Menschen in ihren Häusern verkrochen und Väter freiwillig ihre Töchter herausgaben, um das eigene Leben zu retten.

«Hast du das gehört?», fragte Bresti in Vemunds Gedanken hinein.

«Hm? Was soll ich gehört haben?»

Bresti zeigte auf den einzigen Baum in der Nähe des Zeltes, an dem man das Pferd des Grafen angebunden hatte.

«Es hat geschnaubt», sagte Bresti.

«Das tun Pferde manchmal.»

«Es klang irgendwie unruhig. Vielleicht will es fressen.»

Vemund schüttelte den Kopf. Er selbst hatte dem Tier vorhin eine Armladung Heu gebracht. Wie er im Mondschein erkennen konnte, war noch immer reichlich Heu übrig. Allerdings hatte das Pferd den Kopf gehoben. Es fraß nicht mehr und ließ erneut ein Schnauben hören.

Bresti hatte recht. Irgendetwas stimmte nicht.

«Ich werde nachschauen», sagte Vemund.

Er blieb jedoch stehen, als er die Schatten von drei Männern aus Richtung der anderen Zelte herankommen sah. Als sie sich näherten, erkannte er die Heerführer Gunther und Barthold. Den dritten Mann hatte Vemund noch nie gesehen. Es war ein dicker Kerl, mit Doppelkinn und rundem Gesicht, der sich fortwährend Schweiß von der Stirn wischte, was ungewöhnlich war in dieser sternklaren, kühlen Nacht.

Ungewöhnlich war auch, dass die Heerführer ohne Begleitung ihrer Leibwachen waren. Aber es war nicht Vemunds Aufgabe, sich um die Sicherheit von Männern zu sorgen, die ihn nicht dafür bezahlten.

Die drei blieben vor dem Eingang stehen. Barthold hielt eine Fackel, in deren Schein sein hellblauer Mantel leuchtete. Er rief den Namen des Grafen. Der Dicke warf Vemund und Bresti einen Blick zu. Es gefiel Vemund, dass in dem Blick eine gewisse Angst lag. Dann schaute der Dicke über die Schulter in die Richtung zurück, aus der sie gekommen waren.

Das Tuch am Eingang wurde zur Seite geschlagen. Ernust, der erst vor kurzem hineingegangen war, kam heraus, ging zu den Männern und wechselte einige Worte mit ihnen.

Vemund verstand nicht, was sie sagten. Dafür hörte er erneut das Pferd schnauben.

Ernust verschwand wieder im Zelt und kehrte mit Graf Thankmar zurück.

Der Dicke zuckte zusammen, und während der Graf auf ihn einredete, rann ihm der Schweiß in Strömen vom Gesicht. Mondlicht fing sich in den glitzernden Tropfen.

Als ihm der Graf einen Lederbeutel reichte, öffnete er ihn, begutachtete die Münzen, die darin waren, und ließ den Beutel unter seinem Hemd verschwinden. Der Beutel war prall gefüllt. Vemund nahm an, dass es ein Vermögen sein musste.

Der Graf holte etwas anderes aus seinem Mantel hervor, das er dem Dicken zeigte, der es mit weit aufgerissenen Augen anstarrte. Vemund konnte zunächst nicht erkennen, worum es sich handelte, da der Graf ihm den Rücken zukehrte. Als der Graf den Gegenstand jedoch wieder unter seinem Mantel verbarg, sah Vemund, dass es eine *flaska*, eine Flasche aus Glas, war, die mit einer Hanfschnur umflochten war.

Auf ein Zeichen von Ernust hin wandte sich der Dicke von den anderen Männern ab und ging in Begleitung des Hauptmanns zu den anderen Zelten zurück.

Erneut machte das Pferd ein Geräusch, und als Vemund dieses Mal hinschaute, glaubte er, neben dem Tier einen Schatten gesehen zu haben, der dort nicht hingehörte.

Er stieß Bresti an. «Da ist jemand.»

Bresti schaute hin, schüttelte aber den Kopf. «Ich kann niemanden sehen.»

Der Graf und die beiden anderen Heerführer hatten sich nicht von der Stelle bewegt. Sie unterhielten sich mit gedämpften Stimmen.

«Ich muss das überprüfen», sagte Vemund.

«Du darfst deinen Posten nicht verlassen. Wir sollten dem Grafen Bescheid geben.»

«Nein. Erst muss ich sicher sein, dass wirklich niemand beim Pferd ist. Ich schicke eine der anderen Wachen her.»

Um nicht aufzufallen, ging Vemund langsam am Zelt entlang, bis er hinter der Ecke auf einen Blutmantel stieß. Er forderte ihn auf, ihn am Eingang kurz zu vertreten. Dann ging er weiter, machte einen weiten Bogen um den Baum herum und schlich sich von hinten an.

Er war noch etwa zwanzig Schritt entfernt, als er ihn sah. Beim Pferd stand jemand mit dem Rücken zu Vemund. Offenbar nutzte er das Tier als Deckung.

Es war augenscheinlich ein Mann, ein schmächtiger, junger Mann, der mit einem sackartigen Gewand bekleidet war.

Mutiger Bursche, dachte Vemund bei sich.

Das Pferd war das einzige Versteck, von dem aus man das Zelt aus relativ geringer Entfernung beobachten konnte.

Vemund grinste. Der Bastard hatte wohl nicht mit seinem scharfen Blick gerechnet. Der Graf würde bestimmt eine angemessene Belohnung springen lassen, wenn Vemund ihm den neugierigen Burschen zum Fraß vorwarf.

Mit einer Gegenwehr dieses schwachbrüstigen Kerls war kaum zu rechnen, was Vemund bedauerte. Gern hätte er sein Schwert eingesetzt, das er ausgiebig geschärft hatte.

Der Graf hatte erst vor wenigen Tagen angeordnet, dass alle Soldaten dies mit ihren Waffen tun mussten. Man hatte daraufhin gescherzt, die große Schlacht stehe wohl unmittelbar bevor und nicht erst in der Lombardei.

Da hatte Vemund eine Idee. Er könnte doch einfach behaupten, der Kerl habe fliehen wollen, weshalb er ihm mit dem Schwert eine ordentliche Wunde habe zufügen müssen. Ein Hieb auf das Bein war besser als gar nichts, dachte er und freute sich auf das Blut, das gleich fließen würde.

Er war noch etwa zehn Schritt entfernt, als es unter seinen Stiefeln knackte. Ein Ast! Ein verdammter Ast!

Der Bursche hatte das Knacken gehört und drehte sich um.

Erstaunt stellte Vemund fest, dass der Kerl eine Mönchskutte trug und dass er plötzlich etwas in der rechten Hand hielt, das aussah wie ein Gürtel, dessen Enden er zusammenhielt. Mit der linken Hand legte er blitzschnell etwas in die Schlaufe.

Vemund stürmte los, das Schwert in der Hand.

Zu spät erkannte er die Schleuder, und das Letzte, das er in dieser Nacht sah und hörte, waren die grellen Blitze, die in seinem Kopf aufzuckten, und der Widerhall eines Donners, als der Stein seine Stirn traf.

65.

Hakon öffnete die Augen und blinzelte ins schimmernde Morgenlicht, das durch die Baumwipfel kroch. Die kleine Frau lag neben ihm, mit dem Kopf auf seiner rechten Schulter. Er drehte sich vorsichtig zu ihr. Sie schnarchte leise. Ein sanftes Lächeln umspielte ihre Lippen. Ihre Lider waren von Sommersprossen gesprenkelt, ebenso ihre Nase, ihre Stirn und die Wangen, auf denen die Reste verwischter Schminke klebten.

Es war für Hakon ein ungewohntes Gefühl, einem anderen Menschen so nah zu sein. Die letzte Frau, mit der er eine ganze Nacht unter einem Fell verbracht hatte, war Thora gewesen. Fünf Jahre war das her, damals, zwei Tage, bevor der Graf sie erschlagen hatte. Andere Frauen, mit denen er seither das Lager geteilt hatte, hatte er wieder verlassen, bevor es hell wurde.

Hakon hätte es auch heute vorgezogen, allein zu schlafen. Er hatte jedoch nur das eine Fell, und obwohl bald der Sommer anbrechen würde, waren die Nächte noch kühl. Besonders wenn man im Freien schlief, vom Erdboden nur durch eine dünne Schicht Laub und Reisig getrennt.

Die Frau murmelte etwas im Schlaf. Ihre langen Wimpern zuckten, und unter ihren Lidern bewegten sich die Augen. Ihr Atem kitzelte seinen Bart.

Malina.

Sie hatte ihm ihren Namen verraten. Sie beherrschte zwar die Sprache der Normannen, war aber offenbar keine Nordländerin.

Er war mit ihr vor der aufgebrachten Menge aus dem Gasthaus geflohen. Sie hatten die Verfolger abgeschüttelt und waren schließlich in das Waldstück gekommen, das Hakon für seinen Beobachtungsposten ausgewählt hatte. Hier hatte er vor drei Tagen sein Lager am Waldrand unterhalb einer mächtigen Eiche eingerichtet. Er gönnte sich nur kurze Schlafpausen. Bei Helligkeit beobachtete er meist die Burg von einem Ast der Eiche aus, nachts schlich er sich über das freie Feld an und lauerte nahe der Tür hinter den Büschen.

Den Winter hatte er mit den Überlebenden von Hladir in der Höhle verbracht. Als im Tal die Schneeschmelze einsetzte, waren sie hinunter in die zerstörte Stadt gezogen. Sie hatten die Toten geborgen und ihre Überreste zusammen mit den Männern, Frauen und Kindern, die den Winter nicht überlebt hatten, den Göttern übergeben. Die Feuer brannten zwei Tage lang, und die Rauchsäulen stiegen wie schwarze Türme in den Himmel auf. Hakons Vater Sigurd bestatteten sie auf einem Hügel beim Jarlshof unter dem Schiff, auf dem er viele Jahre gefahren war. Viele Dinge, die sie ihm für seine letzte Reise mitgeben konnten, gab es jedoch nicht. Den Schmuck und die Waffen hatte der Graf mitgenommen. Dann machten sie sich an den Wiederaufbau der Stadt und sandten Boten in andere Gegenden von Nordmoer, die mit Männern und Bauholz zurückkehrten.

Die Menschen von Hladir hofften, dass Hakon als ihr neuer Jarl die Führung übernehmen würde. Sie baten Bergljot, ihrem Sohn diesen Wunsch anzutragen, und als er eines Abends allein am Ufer des Fjords stand, kam sie zu ihm und sagte: «Ich weiß, was du vorhast, Hakon. Aber wir brauchen dich hier. Du bist Sigurds Sohn. Nimm sein Erbe an. Die Menschen vertrauen dir, trotz allem.» Hakon schaute sie lange an, dann sprach er die Worte aus, die ihm schon lange im Kopf herumgingen. «Ich kann niemandem eine Hilfe sein, solange ich im Innern zerrissen bin», sagte er. Bergljot seufzte traurig. Sie strich ihrem Sohn über die Wange, dann nickte sie mit Tränen in den Augen.

Sobald die Fjorde wieder eisfrei waren, nahm Hakon seine Waffen und ging an Bord des ersten Schiffs, das nach Süden fuhr. Nur der Rabe begleitete ihn. Pálnir und die Männer vom Wellenspalter hatten beim Aufbau der Stadt geholfen. Doch nun begannen sie, ein neues Schiff zu bauen, um damit auf Raubzug zu gehen. Pálnir wollte im nächsten Herbst nicht mit leeren Händen auf die Burg seines Vaters zurückkehren.

Bald darauf kam Hakon zum zweiten Mal nach Haithabu und dann zur Markgrafenburg. Doch die Ratte hatte ihr Loch verlassen. Hakon musste den Spuren viele Meilen bis zur Stadt Colonia folgen, wo er den Grafen endlich entdeckte. Aber er wurde ständig von Blutmänteln bewacht, sodass Hakon seinen Plan, ihn noch im Heerlager zu töten, aufgeben musste.

Als er erfuhr, dass das Heer zur Krönung eines Königs ziehen würde und wo diese stattfinden wollte, hatte er beschlossen, bei dieser Burg, die sie Aquisgranum nannten, auf eine günstigere Gelegenheit zu warten.

Und dabei sollte ihm die kleine Frau helfen.

Über ihm, auf einem Ast der Eiche, stieß der Rabe ein anhaltendes Krächzen aus.

Die Frau schlug die Augen auf. Sie zog ihre Hand unter dem Fell hervor und berührte Hakons Gesicht.

«Danke», sagte sie leise.

Er legte ihre Hand auf das Fell, setzte sich auf und lehnte seinen Rücken gegen den Eichenstamm.

Die Frau stützte sich auf einen Ellenbogen und schaute ihn lächelnd an.

«Ich kann mich an keine Gelegenheit erinnern», sagte sie, «bei der ich mit einem Mann das Lager geteilt habe, ohne dass er mich genommen hat. Es sei denn, er war zu betrunken.»

«Mhm.»

«Findest du mich hässlich?»

«Nein.»

«Warum hast du es dann nicht mit mir getan?»

Hakon schaute sie an, als habe sie ihn gefragt, ob sie ihm einen Finger brechen dürfe.

«Weil es andere Dinge zu erledigen gibt», antwortete er.

«Du bist ein seltsamer Mann. Noch nie hat jemand mir geholfen, ohne etwas dafür zu verlangen.»

Er schaute an ihr vorbei und überlegte, wie er ihr erklären sollte, was er von ihr erwartete.

«Nicht einmal mein Vater», sagte sie.

Hakon nahm einen Kanten Brot aus seinem Beutel, teilte ihn und gab Malina eine Hälfte. Sie verschlang das Brot mit wenigen Bissen.

Er ahnte, was nun kommen würde. Es gab im Moment nichts, was ihn weniger interessierte als die Lebensgeschichte dieser Frau. Aus Erfahrung mit Thora wusste Hakon aber, dass man Frauen reden lassen musste, wenn man etwas von ihnen wollte. Sie mochten das. Also tat er so, als würde er aufmerksam zuhören, während sie von ihrer Heimat berichtete, irgendeine kleine Siedlung im Osten, in der ein Slawenstamm lebte, den man Varnower nannte.

«Weißt du, warum mein Vater mich Malina genannt hat?»

Er schüttelte den Kopf. Woher sollte er das wissen?

«Weil er mein Lächeln so süß fand. Malina heißt in unserer Sprache Himbeere.»

Sie seufzte. «Das hat ihn aber nicht davon abgehalten, mich zu verkaufen, als ich elf Jahre alt war. Wir waren sieben Geschwister, zu viele Kinder, um sie nach einer schlechten Ernte über den Winter zu bringen. Wir lebten in einer kleinen Hütte, in einer Siedlung am Ufer eines Sees mit einer Insel, auf der eine Burg steht. Eine richtige Burg! Zwar keine aus Stein, wie es sie hier manchmal gibt. Aber eine Burg mit hohen Mauern aus Holz und Erde. Sie haben einen halben Berg abgetragen und die Erde zu der Insel gebracht ...»

Hakon unterdrückte ein Gähnen. Er fragte sich, wie viele Worte noch aus dieser kleinen Frau hervorsprudeln würden. Dennoch musste er sich eingestehen, dass ihm ihre Erzählung nicht unangenehm war. Er hatte lange Zeit mit kaum einem Menschen ein Wort gewechselt, und er mochte ihre leise, helle Stimme.

Er biss vom Brot ab.

«Zu der Insel führte ein Steg», sagte sie, «der war so breit, dass sogar zwei Ochsenkarren nebeneinander darüberfahren konnten. Ich war gern auf dem Steg und habe auf dem Wasser mein Spiegelbild angeschaut und mich betrachtet, wie ich aussehe, wenn ich böse gucke oder traurig oder fröhlich. Fröhlich mag ich mich am liebsten. Magst du mein Lächeln?»

Als Hakon nickte, öffnete sie ihre Lippen so weit, dass ihre Zähne zu sehen waren.

«Tanzt du gern?», fragte sie.

Hakon verschluckte sich am Brot. «Tanzen?»

«Ja!», rief sie und kroch unter dem Fell hervor. «Es hilft, die steifen Arme und Beine nach einer kalten Nacht aufzuwecken.»

Sie begann, zwischen den Bäumen hin- und herzuspringen. Dann pflückte sie vom Boden Blumen mit weißen Blüten ab, die hier massenweise wuchsen. Sie warf die Blumen in die Luft und tanzte unter den herabrieselnden Blüten hindurch.

Hakon schaute nach oben in den Baum. Der Rabe sprang unruhig auf dem Ast hin und her.

Nach einer Weile kehrte sie zu Hakon zurück, der noch

immer mit dem Fell über den Knien am Baum lehnte, und legte sich neben ihn.

«Und ich weiß gar nichts von dir», sagte sie zwischen zwei schnellen Atemzügen.

Hakon schob sich das letzte Stück Brot in den Mund. «Das ist besser so», sagte er kauend.

«Dann willst du mir wohl auch nicht erzählen, warum du dem Soldaten den Krug über den Kopf gezogen hast, oder?»

Sie warf einen skeptischen Blick zum Raben hinauf. «Und warum dieser Vogel den Mönch angegriffen hat.»

«Ich möchte, dass du etwas für mich tust.»

«Also doch.»

«Hm?»

«Na, du erwartest also doch etwas von mir.»

«Ja.»

Sie kicherte leise. «Bei was für einer Sache könnte eine so schwache Frau wie ich wohl einem so starken Krieger helfen?»

Hakon drehte ihr sein Gesicht zu und sah ihr fest in die Augen. Sie erwiderte seinen Blick.

«Ich muss in die Burg», sagte er.

«Das ist keine Burg. Sie nennen diese Anlage Pfalanza. Ihr König hält sich dort manchmal mit seinem Gefolge auf ...»

«Dann in die Pfalanza. Du kennst dich da drinnen aus.»

Sie nickte verstehend. «Du hast mich beobachtet. Es war also kein Zufall, dass der Vogel gestern Nacht da war. Warum hast du dir keine andere Frau ausgesucht? Ich bin nicht die Einzige, die ...»

«Ich habe das Gefühl, dass ich dir vertrauen kann!», unterbrach er sie. «Und mein Gefühl täuscht mich selten.»

Sie schaute ihn mit einem Ausdruck an, der eine Mischung aus Freude und Überraschung war. «Das hat noch niemals ein Mann zu mir gesagt. Du bist wirklich seltsam. Warum verrätst du mir nicht deinen Namen?»

«Weil er nicht wichtig für dich ist.»

Sie warf einen Blick auf seine silbernen Armringe. «Dann nenne ich dich einfach … Krieger.»

Er zuckte mit den Schultern.

«Wann soll ich dich in die Pfalanza bringen, Krieger?»

«Wenn es wieder dunkel ist.»

«Es sind viele Soldaten in der Pfalanza, sehr viele. Sie wollen einen neuen König krönen.»

«Ich weiß.»

«Es ist gefährlich.»

«Ja.»

«Das ist wirklich schade. Da begegne ich endlich einem Mann, der gut zu mir ist. Doch er hat nichts Besseres zu tun, als sich umbringen zu lassen.»

Hakon legte das Fell zur Seite, erhob sich und zog das Schwert aus der Scheide. Er ging zu einem Baum, an dessen Stamm ein faustgroßer Pilz wuchs. Die Klinge blitzte auf und trennte den Pilz mit einem sauberen Schnitt ab.

Malina trat neben Hakon. «Ich glaube, du bist ein Krieger, der eine sehr weite Reise gemacht hat. Hast du all das auf dich genommen, um jemanden zu töten?»

«Du fragst zu viel, Frau.»

«Malina!»

«Hintperi.»

«Was bedeutet das? Ich kenne nicht alle Worte deiner Sprache.»

«Himbeere.»

66.

Im Schutz der Dunkelheit verließen Hakon und Malina den Wald. Nachdem sie eine Weile über die Brachfläche gestapft waren, stießen sie auf einen Wasserlauf, der zur Pfalanza führte. Sie folgten dem von Sträuchern und Erlen gesäumten Bach, bis sie hinter einem Haselstrauch stehen blieben. Sie waren noch etwa fünfzig Schritt von der Mauer entfernt. Die Tür lag zu ihrer linken Seite. Die Helme der Soldaten waren als kleine, im Mondlicht schimmernde Punkte zu erkennen.

«Sie nutzen den Graben zur Bewässerung ihrer Teiche», erklärte Malina leise. «Unterhalb der Mauer gibt es einen Durchfluss.»

Sie deutete mit den Händen die Größe des Lochs an.

«Zu klein für uns», meinte Hakon.

«Für dich ja, für mich nicht. Ich krieche hindurch und hole dich über die Mauer. Mit einem Seil oder einer Leiter, je nachdem, was ich finde.»

«Hm.»

Als sie Hakons Zögern bemerkte, sagte sie: «Du kannst mir vertrauen. Dein Gefühl täuscht dich nicht.»

Hakon hatte tatsächlich keine andere Wahl, auch wenn das Risiko bestand, dass sie ihn verriet. Die Männer jenseits der Mauer würden einen Haufen Münzen springen lassen für den Hinweis auf einen Normannen, der sich auf unerlaubte Weise Zugang verschaffen wollte.

Ein Schatten rauschte über ihre Köpfe hinweg, flog voraus und landete auf der Mauer.

«Nun?», meinte Malina. «Was hältst du von meinem Plan? Dein merkwürdiger Vogel wartet schon auf uns.»

Hakon nickte.

Sie begann sich auszuziehen, erst die dünnen Schuhe, dann die Tunika und schließlich das kurze Unterkleid. Hakons Blick streifte ihren Körper.

Sie lachte ihr helles Lachen. «Gefällt dir, was du siehst, Krieger?»

Er schaute woanders hin.

«Bring mir nachher meine Sachen mit», bat sie.

Er hörte es leise plätschern und sah sie durchs knöcheltiefe Wasser davonwaten. Ihre Haut schimmerte in der Dunkelheit. Als sie die Mauer erreichte, legte sie sich flach ins Bachbett und war kurz darauf verschwunden.

Hakon vermisste sein Schwert. Er hatte es im Wald unter einer Schicht Laub zurückgelassen. Die lange Klinge wäre in der Pfalanza viel zu auffällig.

Eine Böe strich über das Land und spielte mit den Haselzweigen. Auf der Mauer stieß der Rabe einen krächzenden Laut aus.

Hakon hob Malinas Kleider auf, verstaute sie unter seinem Hemd und lief los. Geduckt huschte er am Graben entlang zu einem Gebüsch, etwa zehn Schritt von der Mauer entfernt.

Von hier aus waren die Soldaten besser zu erkennen. Es waren deutlich mehr als in den vergangenen Nächten, mindestens ein Dutzend. Aber Hakon hatte damit gerechnet, dass die Wachen am Vorabend eines so bedeutenden Ereignisses verstärkt werden würden.

Etwas kam über die Mauer geflogen. Ein Seil, das mit einem Stein beschwert war. Kurz über dem Boden prallte der Stein gegen die Mauer. Das Seil pendelte einige Male hin und her, dann hing es still.

Hakon machte sich bereit. Als er jedoch das Versteck verlassen wollte, warnte ihn der Rabe mit einem Krächzen.

Hakon zog sich wieder zurück und sah zwei Soldaten an der Mauer entlang in seine Richtung kommen. Verdammt! Malina musste das Seil hochziehen, sonst würden die Männer es entdecken. Aber wie sollte er sich bemerkbar machen? Rufen konnte er nicht, die Soldaten waren bereits zu nah. Dann verschmolzen ihre glänzenden Helme plötzlich mit der Dunkelheit. Die Männer waren nicht mehr zu sehen, nur noch ihre Stimmen leise zu hören. Eine Wolke hatte sich vor den Mond geschoben.

Hakon schnellte vor. Mit fünf, sechs langen Schritten war er an der Mauer und tastete nach dem Seil. Er warf einen Blick in Richtung Tür. Sie lag im Dunkeln, ebenso wie die Soldaten. Er packte das Seil und zog sich Stück für Stück hinauf, die Füße gegen die Mauer gestemmt. Oben angekommen, holte er das Seil rasch ein und legte sich flach hin. Sein Herz raste. Die Stimmen der Soldaten waren nun sehr nah. Dann entfernten sie sich wieder, wurden leiser und waren bald darauf nicht mehr zu hören.

Die Wolkendecke riss auf. Hakon sah Malina im Mondschein am Fuß der Mauer stehen. Sie hatte den Kopf in den Nacken gelegt und schaute zu ihm hoch.

«Willst du da oben übernachten?», fragte sie.

Hakon legte einen Finger an die Lippen. Sie nickte. Er warf das Seil zu ihr hinunter. Dann ließ er sich an der Mauer herab, indem er sich am oberen Rand festhielt, ganz lang machte und dann absprang. Um den Aufprall abzufedern, beugte er die Knie. Doch der Stoß war zu heftig. Er geriet aus dem Gleichgewicht und ging zu Boden.

Malina kniete neben ihm nieder. «Das war jetzt aber nicht nötig, Krieger, dass du dich aus Dankbarkeit vor meine Füße wirfst.»

Sie zeigte auf einen Schuppen. «Da drin können wir uns bis morgen früh verstecken.»

Hakon rappelte sich auf, holte ihre Sachen unter seinem Hemd hervor und reichte sie ihr. Sie nahm die Kleider, machte aber keine Anstalten, sie anzuziehen. Stattdessen schob sie sich so dicht an ihn heran, dass ihre Brüste ihn berührten.

«Im Schuppen bewahren sie Gartengeräte auf», sagte sie leise. «Aber es gibt auch mit Heu gefüllte Säcke, aus denen wir uns ein Nachtlager machen können. Wir haben viel Zeit …»

«Zieh dich an. Du zitterst.»

Sie lächelte vielsagend. «Aber nicht nur vor Kälte, mein Krieger.»

«Mach schon!»

Seufzend wandte sie sich ab und schlüpfte in ihre Kleider.

«Besser so?», fragte sie tonlos, als sie angezogen war.

«Hakon», sagte er.

«Hm?»

«Ich heiße Hakon.»

Ihr Gesicht hellte sich auf. «Hakon! Das klingt irgendwie … stolz.»

«Ich werde dir etwas erzählen.»

«Eine Geschichte?»

«Meine Geschichte, damit du verstehst, warum ich das tue, was ich tun muss.»

Sie ergriff seine Hand, und obwohl er sie zunächst abschütteln wollte, ließ er sie dann doch gewähren und sich von ihr zum Bretterverschlag führen. Sie schlossen die Tür hinter sich.

Ein Schatten landete auf dem Dach des Schuppens. Der

Rabe wachte über die beiden, und für den Rest der Nacht gab er keinen Laut mehr von sich.

67.

Am Pfingstsonntag des Jahres 961 warteten vor dem Atrium, einem der Pfalzkirche vorgelagerten Säulenbau, bereits in aller Frühe viele Menschen auf Einlass. Aki und Ketil stellten sich ganz hinten an. Schlurfend bewegte sich die Menge auf den Eingang zu, vor dem sie sich immer dichter drängte und schließlich fast zum Stehen kam. Ketil schaute über die Menge hinweg zum Tor, vor dem Soldaten alle Besucher durchsuchten. Waffen durften in der Pfalanza nur von den Männern des Königs getragen werden.

«Das kann dauern», knurrte Ketil.

«Siehst du ihn?», fragte Aki leise.

Ketil schüttelte den Kopf.

«Oder einen der Männer, von denen ich dir erzählt habe, einen in einem hellblauen Mantel oder einen sehr dicken Mann?»

«Was denkst du denn? Hier sind Hunderte Männer. Einige haben blaue Mäntel, und Dicke gibt es auch. Woher soll ich wissen, wie diese Kerle aussehen?»

«Wärst du mitgekommen, dann wüsstest du es.»

Ketil zog die Augenbrauen zusammen. «Dein Ausflug war zu nichts gut, außer dass du dich in große Gefahr gebracht hast.»

Der Isländer hatte recht. Aki wusste noch immer nicht, wie es Asny ging. Was geschehen wäre, wenn er den Blutmantel nicht rechtzeitig gehört hätte, wagte er sich gar nicht vorzustellen.

«Deiner Schwester ist nicht geholfen, wenn du dich töten lässt», sprach Ketil es aus.

Aki verdrehte die Augen. «Ich habe doch schon gesagt, dass wir es so machen werden, wie du vorgeschlagen hast.»

Ketil schaute ihn mitfühlend an. «Du wirst sehen, mein Freund, heute Abend hast du deine Schwester wieder.»

Aki hätte diesen Optimismus gern geteilt. Aber es fiel ihm schwer zu glauben, dass alles wirklich so einfach sein sollte, wie Ketil behauptete.

«He, he!», rief ein Mann vor ihnen. «Nicht so drängeln …»

Als er sich umdrehte und zu Ketil aufschaute, wich die Wut in seinem Gesicht einem überraschten Ausdruck.

«Ich meinte, wir müssen doch alle warten», ergänzte er kleinlaut.

«Ich nicht!», fauchte Ketil, und der Mann schaute schnell wieder nach vorn.

Aki spürte Ketils Hand an seinem Arm, dann wurde er von ihm aus der Menge gezogen.

Sie marschierten außen an der Menschentraube entlang, bis Ketil sich weiter vorn einfach wieder hineindrängte. Zwar wagte es niemand, den riesigen Mönch aufzuhalten, aber von mehreren Seiten wurden Protestrufe laut.

Da fischte Ketil ein Pergament aus seiner Kutte und hielt es in die Höhe.

«Diese Urkunde», rief er, «wurde vom Erzkanzler und Erzbischof Brun von Colonia ausgestellt. Sie gibt uns ungehinderten Zutritt zur Pfalanza.»

Die Proteste verstummten.

Am Tor verlangte ein Soldat das Pergament zu sehen.

Ketil gab es ihm. Der Soldat betrachtete das Schreiben und machte den anderen Wächtern ein Zeichen, Ketil und Aki durchzulassen.

Sie betraten das Atrium. Aki staunte über die Kirche, die sich am Ende der Säulengänge in den blassblauen, nahezu wolkenlosen Morgenhimmel erhob.

Er glaubte an die Götter, die die Christen heidnisch und böse nannten, und er hielt Odin für den mächtigsten Gott. Aber in diesem Moment, in dem er sich über den mit Menschen gefüllten Innenhof des Atriums der Kirche näherte, beschlichen ihn Zweifel. Wie mächtig war ein Gott, zu dessen Ehren man ein solches Gebäude errichtete?

Als er neben Ketil vor dem Kirchenportal zum Stehen kam und noch einmal am Gebäude emporschaute, fühlte er sich klein und unbedeutend.

Ein solcher Gott, dachte er, muss über allen anderen stehen. Dennoch hasste er ihn in diesem Moment mehr als jemals zuvor.

«Eine schöne Kirche», raunte Ketil.

«Ja», bestätigte Aki knapp.

«Ich war schon einmal hier. Ich kenne mich hier aus. Komm! Wir müssen uns die besten Plätze sichern.»

Sie traten durch die geöffneten Flügeltüren. Auch in der Basilika, die im Gegensatz zu den meisten Kirchenbauten nicht langgezogen, sondern kreisförmig war, hielten sich Menschen auf, zumeist Mönche und Priester. Keiner von ihnen sagte etwas. Nur die Geräusche ihrer Schritte hallten von den hohen Wänden wider.

Auch Ketil schwieg, als er Aki zu einer Treppe lotste, die hinauf zur Empore führte, einem Umgang, der in weitem Rund das Kircheninnere umfasste. Kurz darauf erreichten sie eine unbewachte Tür. Ketil öffnete sie, und sie kamen in den hohen Turm, der über dem Portal thronte und dem Kirchenschiff vorgelagert war.

«Den Glockenturm hat mir Herr Brun bei unserem letzten Aufenthalt hier gezeigt», erklärte Ketil.

Von dort aus ging es weiter über eine steile Treppe, deren Stufen mit Vogelkot übersät waren. Aki zuckte zusammen, als klatschende Flügelschläge die Stille zerrissen. Zwei Tauben erhoben sich von einem Fenstersims und flogen davon. Die Stufen wanden sich immer weiter hinauf. Aki musste sich zwingen, nicht in die Tiefe zu schauen.

Es dauerte eine Weile, bis sie das obere Ende der Treppe erreichten und in einen kleinen Raum kamen, in dem unter einem Holzgestell eine Glocke von der Decke hing. Ketil ging weiter zu einem Fenster.

Aki folgte ihm. Der Ausblick war wundervoll. In der Ferne erstreckten sich sanft geschwungene Felder und Wälder, durch die die alte Römerstraße führte, über die sie gekommen waren. Die Morgensonne tauchte die Welt in ein schmeichelndes Licht. Selbst das Heerlager mit den Hunderten Zelten wirkte von hier oben friedlich und unscheinbar.

Aki durchsuchte mit den Augen das Lager nach dem Zelt des Grafen und glaubte es schließlich in der hintersten Reihe zu entdecken. Gestern Nacht hatte er lange danach suchen müssen und es in der Dunkelheit kaum gefunden, bis er auf zwei Blutmäntel stieß, denen er gefolgt war.

Wie auch gestern überkam ihn beim Anblick des Zeltes große Wehmut, und bei dem Gedanken, dass Asny dort festgehalten wurde, spürte er, wie sich sein Magen verkrampfte.

«Schau nach unten!», sagte Ketil.

Der gesamte Innenhof des Atriums war inzwischen mit

Menschen gefüllt. Lediglich in der Mitte des Hofes gab es eine von Soldaten abgeriegelte, freie Fläche, die Aki vorhin nicht bemerkt hatte. Inmitten dieser Fläche stand auf einem Steinsockel ein Thron.

«Jetzt geht es los», raunte Ketil.

In die Menschenmenge kam Bewegung, als drei in schwarze Gewänder gehüllte Männer durch einen Seiteneingang ins Atrium kamen. Auf den Köpfen trugen sie Mitren, weiße Spitzhauben, die, wie Aki fand, reichlich albern aussahen. In einem der Männer erkannte er Brun wieder. Der Erzbischof ging mit ernster Miene vorweg durch eine Gasse in der Menge.

«Die anderen beiden sind Heinrich, der Erzbischof von Treberi», erklärte Ketil, «und Wilhelm, der Erzbischof von Magontia.»

Beim Thron blieben die drei Männer stehen.

Die letzten Geräusche auf dem Hof verebbten, als mit einem Mal der König vor die Menschen trat. Otto harrte am Rand des Säulengangs aus, bis die Soldaten die Menge weiter zurückgedrängt und die Gasse zum Thron verbreitert hatten.

Dann setzte er sich in Bewegung. Aki wunderte sich, dass dies der Bruder des mageren Brun sein sollte. Otto war groß und hatte eine kräftige Statur. Über seinen Schultern trug er einen langen, purpurfarbenen Mantel, darunter glänzte ein Brustpanzer.

Einige Schritte hinter dem König folgte eine etwa dreißig Jahre alte Frau. Aki nahm an, dass es Ottos Gemahlin Adelheid war. Der Anblick der Frau irritierte ihn. Ihr Gesicht war auffallend blass, beinahe weiß, und ihr Mund verkniffen wie bei einer zornigen Greisin.

Die beiden waren gerade am Thron angekommen, als

ein kurzer, aber heftiger Jubelsturm durch das Atrium wogte.

Im Seiteneingang war ein rothaariger Junge aufgetaucht. Aki schätzte ihn kaum älter als sechs Jahre. Der Knabe war wie der König in einen roten Umhang gewandet, darunter trug er ein blaues Hemd. Seine Füße steckten in Stiefeln, die ihm ein gutes Stück zu groß waren, und als er sich auf den Weg durch die Gasse machte, watschelte er beim Gehen wie eine Ente. Je näher er dem Thron kam, desto mehr nahm sein pausbäckiges Gesicht die Farbe seiner feuerroten Locken an. Es schien, als würde sein Kopf glühen.

«Ist er das?», fragte Aki.

Ketil nickte zustimmend. «Das ist der Sohn des Königs. Otto heißt er, so wie sein Vater.»

Es war Aki völlig unverständlich, warum die Sachsen einen kleinen Jungen zum König machten. Wie sollte der Knabe Entscheidungen treffen? Wie über Recht und Unrecht entscheiden? Und dazu noch ein Knabe wie dieser, der in seiner Gestalt und Ausstrahlung alles vermissen ließ, was einen König in Akis Augen auszeichnete: Würde, Erhabenheit, Strenge, Macht …

«Sie haben ihm die falschen Schuhe angezogen», meinte er.

«Mhm. Da wächst er schon noch rein. Schau lieber hin, was nun geschieht!»

Klein-Otto war zum Thron gewatschelt. Auf ein Zeichen seines Vaters begann er die drei Stufen zu erklimmen, was ihm in den Stiefeln einige Mühe bereitete. Oben angekommen, ließ er sich auf den Thron fallen und versank beinahe zwischen den Lehnen.

Jetzt traten die Erzbischöfe vor und reichten dem Jungen nacheinander ihre Hände. Wieder erhob sich Jubel, dieses Mal anhaltender. Die Rufe verstummten auch nicht, als nach den Erzbischöfen andere Männer zum Thron vorgelassen wurden. Geistliche und weltliche Führer huldigten dem Knaben. Das Ganze schien kein Ende zu nehmen und begann Aki allmählich zu langweilen – bis er plötzlich den Grafen sah.

Er ballte die Hände zu Fäusten.

Der Graf stand halb verdeckt hinter einer Marmorsäule am Rande des Atriums und verfolgte die Zeremonie mit versteinerter Miene.

«Siehst du», sagte Ketil. «All die Fürsten, Herzöge, Grafen, Erzbischöfe, Bischöfe, Äbte und Edelleute geloben dem neuen König Treue gegen alle Feinde des Reichs. He, Junge! Hörst du mir überhaupt zu?»

Warum, fragte sich Aki, huldigt der Graf nicht dem neuen König?

Nach der Zeremonie im Atrium begaben sich die Menschen in die Kirche.

Ketil und Aki stiegen die Treppe zur Empore wieder hinab. Von der erhöhten Stelle aus hatten sie einen guten Blick auf das Innere der Kirche. Unten versammelte sich die Menge. Der Altar stand im Zentrum des von Säulen und Gewölben umgebenen Kirchenschiffs und war mit Reliquien und Insignien belegt: ein langes Schwert und eine mit Edelsteinen besetzte Krone. Die heilige Lanze mit der vergoldeten Spitze hatte man so am Altar befestigt, dass sie wie ein mahnender Finger in die Höhe ragte.

Noch immer schoben sich Menschen in die Kirche und verteilten sich um den Altar, vor dem die drei Erzbischöfe und die Herrscherfamilie warteten. Auch die Empore füllte sich mit Zuschauern.

«Siehst du die Lanze dort unten?», flüsterte Ketil. «Der König hat sie in der Schlacht gegen die Magyaren getragen. Es heißt, Gottes Licht sei auf die Spitze gefallen, damit Otto die Schlacht gewinnt – und er hat gewonnen.»

Aki interessierte die Lanze nicht. Er ließ seinen Blick über die Menge schweifen, bis er Thankmar unweit des Portals entdeckte. Der Graf stand bei den beiden Männern, die gestern Nacht bei ihm gewesen waren. Aki war sich ganz sicher.

Am Altar stellte sich unterdessen Erzbischof Brun in Positur. Er hatte sich umgezogen und trug jetzt nicht mehr den schwarzen Umhang, sondern war bekleidet mit einem Leinenrock, einem Messgewand und darüber einer Stola. In der rechten Hand hielt er den Bischofsstab.

Allmählich verebbten das Gemurmel und die Geräusche scharrender Füße. Dann, als Brun vortrat und die linke Hand hob, wurde es ganz still.

Er öffnete den Mund und rief: «Seht! Hier führe ich zu Euch den von Gott erwählten und von allen Fürsten zum König gemachten Otto. Wenn Ihr der Wahl zustimmt, hebt die Rechte zum Himmel!»

Die Menschen reckten ihre Hände, und der Ruf «Felicitas regi!» hallte durchs Kirchenschiff. Und noch einmal: «Felicitas regi!»

Aki sah, dass auch Thankmar und die beiden anderen Männer ihre Hände erhoben hatten. Aber ihre Lippen blieben geschlossen.

Am Altar überreichte Brun dem Königsknaben das Schwert und sagte laut: «Durch göttliche Vollmacht wird dir alle Gewalt im Reich übergeben. Mit diesem Schwert sollst du die Feinde Christi vertreiben – die barbarischen Heiden und die schlechten Christen.»

Der Erzbischof legte dem Jungen einen kostbaren Mantel um, den er mit silbernen Fibeln befestigte, und gab ihm ein Zepter in die Hand. Dann machte Brun Platz für die anderen beiden Erzbischöfe. Einer träufelte dem Jungen Öl in die roten Locken, dann setzte ihm der andere die Krone aufs Haupt. Zum Abschluss der Krönung führten die Erzbischöfe den Jungen zu einem Thron zwischen zwei Marmorsäulen.

Während sich ein vielstimmiger Gesang erhob, der die Kirche mit «Te Deum laudamus! Dich, Gott, loben wir!» erfüllte, schaute Aki zum Portal.

Der Graf war verschwunden. Nur die anderen beiden Männer standen noch immer dort.

Aki beugte sich weit über die Brüstung der Empore, um das Kirchentor besser einsehen zu können – und dort sah er Thankmar. Der Markgraf verließ gerade die Kirche. Er schien es sehr eilig zu haben.

In dem Moment begann die Glocke zu läuten.

68.

Der Klang der Glocke weckte Hakon. Er schreckte hoch. Durch die Ritzen zwischen den Brettern drang Tageslicht in die Hütte.

Helles Licht, viel zu helles Licht!

Er setzte sich abrupt auf, wischte sich durchs Gesicht und zupfte einen trockenen Halm aus seinem Bart. Der Platz neben ihm im Heu war leer.

Immer noch schlug die Glocke.

Er hatte zu lange geschlafen. Der Tag war längst angebrochen und die Slawin verschwunden. Das konnte nur eins bedeuten: Sie hatte sich davongeschlichen. Und warum hatte sie das getan? Um ihn zu verraten!

Er erhob sich.

Das verdammte Weib!

Hakon verfluchte sich dafür, ihr vertraut zu haben. Hatte ihn das Leben nicht das Gegenteil gelehrt? Dass er niemandem trauen durfte. Niemandem außer sich selbst.

Er trat wütend gegen einen Stein, der über den Boden kullerte und mit einem dumpfen Geräusch gegen die Bretterwand prallte.

Auf dem Dach krächzte der Rabe.

Warum hatte ihn der Vogel nicht gewarnt? Konnte Hakon nicht einmal mehr seinem Raben trauen? Bestimmt hatte die Frau auch ihn verzaubert, so wie sie es mit Hakon getan haben musste. Wie sonst hätte er sich dazu hinreißen lassen, ihr sein Leben und seine Gedanken zu verraten? All die Erlebnisse, die ihn zu dem gemacht hatten, was er war: ein einsamer Mann, ruhelos, getrieben vom ungestillten Verlangen nach Rache. Ein Mann, der bereit war, für seine Rache das eigene Leben zu opfern. Um den Schwur zu erfüllen, den er seinem Vater gegeben hatte – einem Vater, der seinen Sohn verstoßen hatte.

Alles hatte er ihr erzählt, dieser Natter.

Nur den Plan nicht, wie er den Grafen töten würde. Aus dem einfachen Grunde, weil er noch keinen Plan hatte.

Die ganze Nacht über hatte er geredet und geredet. Es hatte ihm gutgetan, all das loszuwerden, was er so lange in seinem Herzen vergraben hatte. Mit jedem Satz fühlte er sich leichter und freier, während sie bei ihm saß, den Kopf an seine Schulter gelehnt, und ihm einfach nur zuhörte.

Irgendwann musste er eingeschlafen sein, mit einem

Gefühl, wie er es seit Ewigkeiten nicht mehr erlebt hatte. Vertrauen, ja, das war es gewesen. Vertrauen in einen anderen Menschen. Vertrauen in sich selbst. Dass er es schaffen würde. Dass er den Grafen töten und endlich Ruhe finden würde.

Hakon sah das Messer neben dem Heuhaufen liegen. Er hatte es vor dem Einschlafen abgelegt und wunderte sich, warum sie es nicht mitgenommen hatte. Wahrscheinlich glaubte sie, dass ihm das Messer auch nichts nutzte, wenn sie erst mit den Soldaten zurückkehrte. Und mit einer Handvoll Münzen für ihren Verrat.

Er hob das Messer auf, steckte es hinter seinen Gürtel, ging zur Tür und spähte durch einen Spalt. Vor der Hütte war niemand zu sehen. Er öffnete vorsichtig die Tür. Sie knarrte fürchterlich.

Der Rabe antwortete mit einem Krächzen.

Hakon ging nach draußen. Die Sonne stand hoch über der Kathedrale. Noch immer dröhnte die Glocke.

Auf der anderen Seite der Pfalanza, unterhalb der hohen Mauer, waren viele Menschen unterwegs. Sie kamen aus der Kathedrale und bewegten sich in Richtung des Palas.

Hakon nahm an, dass die Krönungszeremonie, von der ihm die Frau erzählt hatte, bereits beendet war und sich die Menge nun zum Festmahl in den Palas begab. Wenigstens das hatte er noch nicht verpasst. Es musste ihm gelingen, irgendwie in den Palas zu kommen, den Grafen zu finden und ihn zu töten, und zwar bevor das verräterische Weib ihm die Soldaten auf den Hals hetzen konnte.

«Hast du gut geschlafen?»

Er wirbelte herum.

Sie saß neben der Hütte auf einem Fass, ließ die Füße baumeln und lächelte ihn honigsüß an.

«He, Krieger!», rief sie. «Ich bin's. Du schaust mich an, als hättest du mich noch nie gesehen.»

«Was … tust du hier?», entgegnete er verwirrt.

«Ich genieße die Sonne und hoffe auf ein paar neue Sommersprossen. Weißt du, die meisten Frauen mögen keine Sommersprossen, aber ich liebe sie.»

Sie kicherte. «Natürlich habe ich auf dich gewartet.»

Sie rutschte vom Fass, nahm ein Stoffbündel, das neben dem Fass auf dem Boden lag, und kam damit zu ihm.

«Ich wollte dich nicht wecken. Du hast geschlafen wie ein Toter, und da dachte ich mir, dass du den Schlaf brauchst. Für das, was du vorhast, kann es nicht schaden, wenn du ausgeruht bist. Hier!»

Sie hielt ihm das Bündel hin.

Hakon zögerte und schaute sich um. Es waren wirklich keine Soldaten in der Nähe.

«Zieh es an!», forderte sie ihn auf.

«Was ist das?»

Sie lachte hell. «Oh, ich bin sicher, es wird dir gefallen.»

Hakon nahm das Bündel und faltete es auseinander. «Eine Mönchskutte?»

«Du willst doch zum Festmahl, und es gibt bestimmt viele Mönche im Saal.»

«Woher hast du die Kutte?»

«Ich habe dir doch erzählt, dass ich mich hier auskenne. Ich weiß, in welchem Gebäude die Mönche ihre Kleider aufbewahren. Mach schon!»

Hakon verzog das Gesicht. Es war ihm zuwider, die Kleidung der verhassten Christen zu tragen. Aber er musste sich eingestehen, dass sie recht hatte, die Frau, von der er soeben noch geglaubt hatte, sie würde ihn verraten.

Er legte seinen dunklen Mantel ab und schlüpfte in die

Kutte. Malina legte ihm eine Kordel um den Bauch und knotete sie zusammen. Dann trat sie zwei Schritte zurück und musterte ihn.

«In deinen anderen Kleidern gefällst du mir besser.»

Sie holte etwas unter ihrer Tunika hervor und gab es ihm. Es war ein Holzkreuz mit einem Lederband.

«Das auch noch?», fragte er.

Sie nickte.

Der Rabe stieß einen schimpfenden Laut aus.

Seufzend legte sich Hakon das Band um den Hals. Dann ließ er sich von Malina ihren Plan erläutern, der zwar vollkommen verrückt und gefährlich klang. Aber Hakon hatte keine andere Wahl, als es genau so zu machen. Und Malina zu vertrauen.

Ein Pfad führte Hakon durch Gärten mit geharkten Beeten und beschnittenen Obstbäumen und an Teichen vorbei, in denen Karpfen tote Insekten von der Oberfläche schlürften.

Bald darauf näherte er sich dem belebten Teil zwischen der Kirche auf der einen und dem Palasgebäude auf der anderen Seite. Hakon senkte den Kopf unter der Kapuze. Die Kutte passte ihm hervorragend, und das war ein Glück. Er war deutlich größer als die meisten Mönche.

Niemand beachtete ihn, als er zu den Menschen aufschloss. Rechter Hand hatte sich vor dem Eingang zum Palas eine Schlange gebildet. Bewaffnete Soldaten kontrollierten jeden, der hineingehen wollte.

Hakon spürte den Druck des Messers an seiner Hüfte.

Er zwang sich, ruhig zu atmen und beim Gehen auf seine Schritte zu achten.

Menschen standen in kleinen Gruppen zusammen und vertrieben sich die Wartezeit, bis der Andrang nachlassen würde. Hakon sah Männer in kostbaren Mänteln und sogar einige Frauen mit geschminkten Gesichtern und Kleidern aus schimmernden Stoffen. Priester gingen auf und ab, auch viele Mönche, und immer wieder Soldaten des Königs mit grimmigen Gesichtern und achtsamen Blicken.

Mit gemessenen Schritten bewegte sich Hakon durch die Menge. Den Kopf hielt er gesenkt. Das Kreuz pendelte vor seiner Brust. Ein Mönch trat ihm in den Weg, nickte ihm kurz zu und ging dann weiter. Hakon nickte unter der Kapuze zurück.

Dann erreichte er endlich das Gästehaus, von dem Malina ihm erzählt hatte. Hakon entdeckte den Weg, der am Gebäude entlangführen sollte. Abseits des Trubels näherte er sich der Hausecke, hinter der er auf einen kleinen, stillen Hof stoßen würde. Dort sei ein Nebeneingang des Palas für die Bediensteten, hatte sie gesagt, und dort wollte sie auf ihn warten.

Als Hakon um die Ecke bog, sah er die Tür – aber es war nicht Malina, die da wartete, sondern zwei Männer. Der eine stand in der Tür und redete mit einem anderen Mann, der Hakon den Rücken zukehrte. Der Mann in der Tür trug einen hellblauen Mantel, der andere einen roten, einen blutroten. Seine Glatze glänzte im Sonnenlicht.

Hakon trat schnell einen Schritt zurück. Aber der Blaumantel hatte ihn bereits bemerkt und gab dem anderen ein Zeichen, und als der sich zu Hakon umdrehte, erkannte er den Hauptmann des Grafen wieder.

Hakon verharrte in seiner Bewegung. Der Blaumantel verschwand in der Tür und zog sie von innen zu. Der Glatzkopf kam auf Hakon zu. Er war unbewaffnet. Hakon legte seine rechte Hand an die Stelle, wo er unter der Kutte das Messer versteckte.

«Was machst du hier, Mönch?», fragte der Hauptmann in der Sprache der Sachsen. Er hatte große, kräftige Hände, die er zu Fäusten geballt hatte.

Es waren die Hände, die Thora festgehalten hatten, als der Graf ihr den Kopf abschlug.

«Ich … muss in die Küche», erwiderte Hakon. «Ich soll helfen.»

Der Glatzkopf musterte ihn. «Wie lange stehst du schon hier herum?»

«Ich bin gerade erst gekommen.»

Ein Schatten huschte über ihre Köpfe hinweg und landete auf dem Dach des Gasthauses. Hakon hörte das vertraute Krächzen.

Hinter dem Blutmantel öffnete sich die Tür. Hakon sah Malinas Gesicht auftauchen. Als sie den Mann bemerkte, zog sie die Tür bis auf einen schmalen Spalt wieder zu.

«Was hast du gesehen?», wollte der Hauptmann wissen.

«Euch, Herr, und einen anderen Mann.»

«Sonst nichts?»

«Nein.»

Der Glatzkopf legte die hohe Stirn in Falten. Dann schien er zur Seite treten zu wollen, zögerte aber, und ein breites Grinsen legte sich über seine Lippen.

«Sprich ein Gebet für den König», sagte er.

Hakon erstarrte. «Für … Otto?»

Der Mann lachte, während Hakon fieberhaft überlegte, ob er irgendwann einen Christenpriester ein Gebet hatte aufsagen hören, das er wiedergeben könnte.

Die Tür öffnete sich wieder.

«Wo bleibst du denn so lange?», rief Malina.

Der Hauptmann drehte sich zu ihr um. Das Lachen glitt aus seinem Gesicht. «Stör uns nicht, Weib!»

Malina kam näher. Sie hatte sich umgezogen, hatte ihre Tunika gewechselt und sich eine Schürze umgebunden.

«Hörst du nicht, was ich sage, Weib?», bellte der Glatzkopf.

Malina lächelte ihn an. Es war ein Lächeln, von dem Hakon überzeugt war, dass es Stahlklingen zum Schmelzen bringen könnte.

«Wir brauchen den Mönch in der Küche», sagte sie ruhig.

Unverständliche Worte brummelnd, stapfte der Hauptmann davon und verschwand hinter der Ecke.

Seid stark in dem Herrn und in der Macht seiner Stärke, denn wir haben zu kämpfen mit den Weltbeherrschern der Finsternis, fielen Hakon die Worte wieder ein, die der Bischof damals auf der Landebrücke von Haithabu gerufen hatte. So oder so ähnlich.

«Du Krötenschiss!»

Hakon brauchte einen Augenblick, bis er begriff, dass der dicke Kerl mit dem roten Gesicht ihn meinte. Der Dicke hatte ein Schlachterbeil in der Hand und kam drohend näher.

Hakon und Malina blieben am Eingang zur Küche stehen.

«Hast wohl mit dem Weib rumgemacht, he?», rief der Dicke.

Schweiß rann ihm über Gesicht und Doppelkinn. Die Schürze, die sich vor seinem Bauch spannte, war mit Resten von Blut und Eingeweiden beschmiert.

«Der Abt hat versprochen, dass alle von euch bei Tagesanbruch in der Küche erscheinen. Du fauler Misthaufen! Was glaubst du, was hier los ist? Mach dich an die Arbeit!»

Er ließ das Beil sinken und stapfte weiter zu seinem nächsten Opfer, einem jungen Mönch, der sich ungeschickt damit abmühte, ein Huhn zu rupfen. Der Dicke riss es ihm aus den Händen.

«So geht das!»

Federn wirbelten herum und verteilten sich auf dem Boden.

«Nichtsnutze!», rief er kopfschüttelnd. «Alles Nichtsnutze. Arbeiten sollt ihr!»

Hakon und Malina wechselten einen Blick.

«Das ist der Koch», erklärte sie leise. «Ich habe mal für ihn gearbeitet. Aber er ist nicht immer so. Manchmal hat er richtig schlechte Laune.»

Sie trat in die Küche. Hakon folgte ihr. Zusammen drängten sie sich vorbei an schuftenden, schwitzenden Mönchen, Dienern, Mägden und Sklaven. Die Küche erschien Hakon so groß wie die Halle eines Jarlshauses. Sie war ausgestattet mit allen Gerätschaften, die man brauchte, um eine gewaltige Anzahl Menschen zu verköstigen. An den Wänden standen Öfen, in denen Weizenbrote gebacken wurden, über offenen Feuern brodelte es in Kesseln. Tische reihten sich aneinander. Bedienstete kneteten Teig, nahmen Fische aus, schnitten Gemüse und zogen Hasen, Bibern und Ottern die Felle ab. Unter der Decke baumelten tote Tiere. Hakon sah Mönche, die einen gehäuteten Hirsch bearbeiteten und ihm Beine und Kopf abschnitten. Und über all dem Durcheinander aus Lärm, Feuer, Schweiß und Blut schwebte der Geruch von Gewürzen, gebratenem Fleisch und gebackenem Brot.

Hakons Magen knurrte wie ein wütender Wolf.

Sie durchquerten die Küche, ohne dass der Koch sie ein weiteres Mal aufhielt, und kamen zu einer breiten Tür.

«Der Festsaal», flüsterte Malina und zeigte auf den Durchlass.

Hakon schaute noch einmal in die Küche. Der Koch war auf einen Schemel geklettert und starrte auf irgendetwas zu seinen Füßen.

Hakon und Malina schoben sich weiter zur Tür. Hinter dem Durchgang, der so breit war, dass man auch größere Dinge hindurchtragen konnte, öffnete sich vor Hakons Augen ein riesiger Saal. Er war vollgestellt mit Dutzenden Tischen, an denen die Gäste saßen. Der Durchgang wurde von Soldaten bewacht, die Hakon und Malina den Rücken zukehrten und ihre Aufmerksamkeit auf den Saal richteten.

«Siehst du den Mann, den du suchst?», fragte Malina.

Hakon schüttelte den Kopf. «Wenn er hier ist, werde ich ihn finden, und ich spüre, dass er hier ist.»

«Pass auf dich auf, mein Krieger. Versprichst du mir das?»

Er schaute in ihr Gesicht und auf ihre lächelnden Lippen.

«Versprich es mir», bat sie.

Er riss seinen Blick los und ging zur Tür.

«Mäuse!», hörte er hinter sich den Koch brüllen. «Verdammte Mäuse! Tötet diese Viecher!»

Hakon schlüpfte an den Soldaten vorbei und trat in den Saal.

69.

Aki beobachtete den Grafen.

Er saß in der Mitte an einer langen Tafel, die offenbar den wichtigsten Amts- und Würdenträgern vorbehalten war. Der Tisch war vollbesetzt, bis auf jene drei Plätze am hinteren Ende, wo die Stühle für die Herrscherfamilie standen. Der junge König, sein Vater und dessen Gemahlin ließen auf sich warten. Daher herrschte im Saal ein munteres Durcheinander aus Stimmen und den Klängen von Lauten und Flöten.

Wie schon vor dem Atrium war es Aki und Ketil auch beim Palas gelungen, mit Hilfe der Urkunde in den Festsaal zu gelangen. Sie hatten darauf achtgegeben, dem Erzbischof nicht über den Weg zu laufen, aber ihre Sorge war unbegründet. Als Brun in der Halle erschien, hatten Aki und Ketil längst ihre Plätze eingenommen und saßen nun an einem der kleineren Tische, die man rings um die Tafel aufgestellt hatte.

Gut ein Dutzend Männer saßen mit ihnen am Tisch. Es waren fast alles Adlige, die die Anwesenheit der Mönche mit einigem Erstaunen zur Kenntnis nahmen. Natürlich hielten sich im Festsaal noch andere Mönche auf. Aber sie standen abseits der anderen Gäste und warteten auf ihre Aufgabe, die darin bestand, den Einzug der Herrscher mit Psalmen und Liedern zu begleiten – und nicht mit den hohen Herrschaften zu speisen und zu trinken.

Ein finsterer Blick aus Ketils dunklen Augen hatte jedoch jede Diskussion im Keim ersticken lassen. Dem Adel blieb nichts anderes übrig, als zusammen mit Gottes einfachen Dienern den Tisch zu teilen.

Aki schaute sich in der Halle um. Niemals zuvor hatte er so viele Kostbarkeiten gesehen. Der Saal bot eine faszinierende Zurschaustellung von Reichtum und Macht. Dagegen erschien ihm die Versammlungshalle von Haithabu, in der Harald Gormsson bisweilen einkehrte, wie eine armselige Fischerhütte. Die Wände im Festsaal waren mit seidenen

Tüchern und kunstvoll gewebten Teppichen behängt, mit Schilden aus Silber, mit Schwertern und Lanzen. Es gab Geweihe von Hirschen und Elchen und ausgestopfte Köpfe von Wildschweinen, Bären, Wölfen, Füchsen und Tieren, die Aki noch nie zuvor gesehen hatte. Auf den Tischen brannten Bienenwachskerzen, an den Wänden Fackeln. In Kaminen loderten Feuer, deren Flammen die Halle in ein geheimnisvolles Licht tauchten und flackernde Schatten an die Wände warfen, die die Tierschädel wie Dämonen aussehen ließen.

«Weißt du, was das da ist?», fragte Ketil und zeigte in Richtung der Königstafel.

Aki schreckte aus seinen Gedanken auf. «Der Graf?»

«Nein. Ich meine den Tierkopf über dem Stuhl des Königs.»

Aki verneinte und richtete den Blick wieder auf den Grafen, der mit gestrecktem Rücken an der Tafel saß, nicht weit entfernt von den Plätzen der Herrscher. Auf seinem Gesicht lag ein undurchdringlicher Ausdruck. Er lächelte, aber seine Augen waren kalt.

«Das ist das gefährlichste Tier der Welt», raunte Ketil. «Ein Löwe. Diese Raubtiere leben in Ländern jenseits des mittelländischen Meeres.»

«Aha», meinte Aki ohne Begeisterung.

«Woher will ein Mönch wissen, was ein Löwe ist?», fragte ein Mann mit geflochtenen Bartzöpfen und harten Gesichtszügen, der Ketil gegenübersaß.

Ketil richtete sich zur vollen Größe auf, was den Mann veranlasste, auf der Bank ein Stück zurückzuweichen.

«Weil ich gegen einen gekämpft habe», hörte Aki Ketil sagen. «Er hatte Zähne, die so scharf waren wie Messerklingen und lang wie meine Finger.»

Ketils Hände klatschten so hart auf den Tisch, dass die noch leeren Schalen und Löffel klapperten.

«Du hast gegen einen Löwen gekämpft?», fragte ein anderer Mann ungläubig.

«Das habe ich …»

Plötzlich erhob sich Thankmar von der Tafel und ging zu einem Mann, der bei einem Kamin stand und auf ihn zu warten schien. Aki war dieser Mann in dem hellblauen Mantel bereits vorhin aufgefallen. Er war aus dem Durchgang gekommen, der in die Küche führte. Und es war derselbe Mann, den er in der vergangenen Nacht beim Zelt des Grafen gesehen hatte.

«Es war der Atem des Todes, der mir entgegenschlug», erzählte Ketil. «Er stank nach dem Blut Hunderter Männer, die er getötet und gefressen hatte. Ich lag unter ihm, schaute direkt in seinen aufgerissenen Rachen. Dampfender Speichel tropfte auf mein Gesicht …»

Ein Raunen wanderte um den Tisch.

Thankmar und der andere Mann zogen sich in die Nische hinter dem Kamin zurück. Aki lehnte sich auf der Bank ein wenig zurück, um den Blickwinkel zu verändern. Er sah, wie Thankmar etwas hervorzog und es dem Blaumantel reichte, der es sofort unter seinem Hemd verschwinden ließ.

«Seine Zähne schnappten nach meinem Hals. Aber im letzten Moment gelang es mir, die Mähne zu packen und dann …»

Ketil nahm einen Holzlöffel und brach den Stiel mit einem Krachen in zwei Teile.

«Und dann hat sein Genick genau dieses Geräusch gemacht. Nur noch viel lauter natürlich.»

«Er hat dem Löwen das Genick gebrochen», hauchte der

Mann mit dem Zopfbart und sah nicht so aus, als würde er an Ketils Worten zweifeln.

Das taten die anderen offenbar auch nicht. Die Männer sprangen auf und applaudierten begeistert.

Ketil wandte sich an Aki. Sein Gesicht glühte vor Stolz.

«Hast du diesen Mann schon mal gesehen?», fragte Aki. «Den da vorne, beim Grafen.»

«Habe ich was?» Ketil schaute ihn überrascht an. «Hast du nicht zugehört, wie ich den Löwen …»

«Der Mann in dem blauen Mantel.»

Ketil schüttelte ernüchtert den Kopf. Er fragte den Zopfbart nach dem Blaumantel.

«Das ist Graf Barthold von Hildenisheim», antwortete er. «Er ist der Truchsess. Sag, Mönch, kannst du uns nicht noch eine Geschichte erzählen, während wir aufs Essen warten?»

«Was ist ein Truchsess?», wollte Aki wissen.

«So nennt man einen Adligen, der beim Festmahl die Rolle eines Bediensteten übernimmt und die Aufsicht über die königliche Tafel hat. Damit erweist er dem König seine Ehrerbietung.»

«Eine Geschichte! Bitte!», rief jemand.

«Gleich», erwiderte Ketil und beugte sich zu Aki hinunter. «Was ist mit dem Mann?»

«Der Graf hat ihm etwas zugesteckt.»

«Und was?»

«Es ging zu schnell.»

«Denkst du, es könnte wichtig sein?»

Aki zuckte mit den Schultern.

«Ich glaube», sagte Ketil, «wir müssen uns keine allzu großen Sorgen machen. Schau doch!»

Er zeigte zum Erzbischof, der von seinem Platz aufgestanden war und in Richtung Kamin starrte. Dort hatten der Graf und der Blaumantel ihr Gespräch beendet. Als Thankmar zur Tafel zurückkehrte, ließ der Erzbischof sich wieder nieder.

«Herr Brun hat alles unter Kontrolle», sagte Ketil und atmete tief durch die Nase ein. «Lass uns einen Moment innehalten, mein Freund, und Kräfte sammeln. Gleich kommt das Essen. Ich rieche Gebratenes. Geflügel, Fleisch, Fisch ...»

Der Blaumantel hielt zielstrebig auf die Küchentür zu.

«Du hast uns eine Geschichte versprochen, Mönch», bat der Zopfbart.

«Mhm», machte Ketil, richtete sich auf, verschränkte die Hände und ließ die Fingergelenke krachen. «In den fernen Ländern gibt es Schlangen, die können einen ausgewachsenen Ochsen erwürgen und verschlingen, und als ich eines Tages ... He, Junge! Wo willst du hin?»

Aki hatte die Teile des zerbrochenen Löffels genommen und sich erhoben.

«Ich hole einen neuen Löffel.»

«Das ist nicht nötig. Man wird uns einen neuen bringen ...»

Aber Aki war bereits außer Hörweite.

70.

Vor der Küche versperrten ihm zwei Soldaten den Weg.

«Zutritt nur für Küchenbedienstete», knurrte einer. Er sah aus, als würde er gleich die Zähne fletschen.

«Ich soll einen neuen Löffel holen», erwiderte Aki.

Der Soldat nahm ihm die Teile aus der Hand und begutachtete sie. «Der zerbricht nicht so einfach.»

«Ich bin draufgetreten», log Aki.

Er versuchte am Soldaten vorbei in die Küche zu schauen, aus der ihm ein undefinierbares Stimmengewirr und die Hitze der Öfen und Feuer entgegenschlugen. Dutzende Menschen waren mit der Zubereitung der Speisen beschäftigt, schnitten Zwiebeln, zerteilten Tiere und füllten Kochtöpfe und Öfen. Auf den Tischen türmten sich Berge von Fleisch und Gemüse.

Eine laute Stimme hallte durch die Küche: «Tötet sie endlich!»

Aki sah einen dicken Mann mit Schürze, offenbar ein Koch, der mit erhobenen Fäusten durch den Raum tobte. Plötzlich blieb er stehen und ließ die Hände sinken. Vor ihm stand der Blaumantel. Der Gesichtsausdruck des Kochs veränderte sich schlagartig. Schien er eben noch außer sich vor Wut zu sein, so wirkte er nun geradezu ängstlich. Er zog die Schultern ein.

Aki erkannte ihn wieder. Der Dicke war, ebenso wie der Blaumantel, gestern Nacht im Heerlager gewesen. Irgendetwas ging hier vor, irgendetwas, bei dem der Graf die Fäden zog.

«Draufgetreten?», fragte der Soldat. «Du Leichtgewicht willst diesen Löffel zerbrochen haben?»

«Ja», sagte Aki schnell.

«Für wen ist der Löffel?»

«Für den Erzbischof Brun von Colonia.»

Der Soldat schaute an Aki vorbei zur Festtafel und gab Aki die Teile zurück.

«Dann beeil dich!»

Aki murmelte einen Dank und schlüpfte an den Soldaten vorbei. In der Küche warf er die Holzstücke in einen mit Gemüseabfällen gefüllten Eimer.

Der Blaumantel stand mit dem Rücken zu ihm. Aki wagte sich so weit vor, bis er dicht bei ihnen war. Er stellte sich neben einen älteren Mönch an den Tisch, griff nach einer Zwiebel, begann die Schale abzuziehen und lauschte. Aber die Männer redeten zu leise.

Nach einer Weile zeigte der Koch auf ein großes, bereits gebratenes Geflügeltier, das bei vier anderen Braten auf einem Tisch lag. Daraufhin zog der Blaumantel einen Gegenstand hervor. Wahrscheinlich war es derjenige, den er von Thankmar bekommen hatte. Er gab ihn dem Koch, der ihn unter seiner Schürze verschwinden ließ.

Aki hatte wieder nicht sehen können, was es war.

Als der Blaumantel sich umdrehte, wandte sich Aki schnell wieder der Zwiebel zu und zupfte an der Schale herum, während der Mann an ihm vorbei aus der Küche eilte.

Der Koch starrte ihm hinterher. Dann stieß er einen tiefen Seufzer aus, und sein Blick fiel auf Aki.

Er rief ihm etwas zu. Aki machte eine entschuldigende Geste. Der Koch wechselte in die Sprache der Sachsen, die Aki inzwischen leidlich verstand.

«Was machst du da?», schnauzte er Aki an.

Das teigige Gesicht verwandelte sich wieder in eine wütende Grimasse.

«Zwiebeln schälen», antwortete Aki.

Auf der hohen Stirn des Dicken glitzerten Schweißperlen wie Morgentau auf einem Kohlkopf.

«Mit den Fingern?», rief der Koch. «Wo kommst du überhaupt her? Hier macht wohl jeder, was er will! Bei Tagesanbruch habe ich gesagt. Bei Tagesanbruch – und nicht erst am Mittag!»

Aki wollte sich gerade eine Ausrede ausdenken, als der Koch ihm zuvorkam.

«Besorg dir ein Messer und dann schneide die Dinger so, wie es sich gehört!»

Kopfschüttelnd stapfte er zu dem Tisch mit dem gebratenen Geflügel.

Der Mönch, der neben Aki stand, und sich ebenfalls mit Zwiebeln abplagte, reichte ihm ein kleines Messer. Dabei verdrehte er die Augen, wohl um Aki sein Mitgefühl auszudrücken.

«Hast du gehört, worüber der Koch und der andere Mann geredet haben?», fragte Aki auf Latein.

Der Mönch starrte ihn verwirrt an. «Warum willst du das wissen?»

«Bitte!»

Der Mönch zuckte die Schultern. «Der Koch hat erklärt, wie man die Schwäne zubereitet. Die Vögel werden mit Gewürzen eingerieben, ihre Bäuche mit getrockneten Äpfeln und Birnen gefüllt, und dann werden sie zugenäht. Fünf Schwäne sind bereits fertig, sodass sie gleich aufgetragen werden können.»

«Schwäne?», entgegnete Aki überrascht.

«Ja, Schwäne.»

Hatte Aki sich geirrt, und Thankmar und der andere Mann planten doch nichts Böses? Aber warum taten sie dann so geheimnisvoll, wenn es doch nur um Schwäne ging? Aki erinnerte sich daran, dass Brun damals in Sankt Pantaleon gemeint hatte, der König liebe gebratene Schwäne.

«Hat der Mann in dem blauen Mantel noch etwas anderes gesagt?»

«Du bist aber neugierig, junger Mann», tadelte ihn der Alte. «Ich glaube nicht, dass eine solche Neugier im Sinne unseres Herrn ist.»

«Nur noch diese eine Sache.»

«Also gut. Der Mann wollte vom Koch wissen, welches der Tiere zuerst an die Tafel des Königs gebracht wird.»

Aki drehte sich zum Koch um, der auf einer großen Holzplatte die fünf Schwäne zu einem anderen, etwas abseits stehenden Tisch brachte. Dort machte er sich daran, die Nähte von vier Schwänen aufzutrennen und das gegarte Obst herauszunehmen, das er in einer Holzschale sammelte. Dann zog er den Gegenstand, den der Blaumantel ihm gegeben hatte, unter seiner Schürze hervor.

Jetzt sah Aki, dass es eine Flasche war.

Der Koch entkorkte sie, schüttete einen Teil des Inhalts über das Obst und stopfte es anschließend wieder in die Vögel. Die Nähte verschloss er mit einem Faden, den er mit Hilfe eines kleinen Spießes durch das Fleisch der Tiere schob. Als alle vier Schwäne zugenäht waren, beträufelte er sie mit der Flüssigkeit und rief dann einen Mann zu sich, der auf die Braten aufpassen sollte. Der Koch entfernte sich und stellte die Flasche in einer Nische hinter einem Ofen ab.

Zwei Mäuse flitzten an seinen Füßen vorbei.

«Verdammte Viecher!», fluchte der Koch. «Warum hat sie noch niemand getötet? Muss ich mich um alles allein kümmern?»

Er trat nach den Mäusen und traf eine, die mit voller Wucht gegen die Wand geschleudert wurde. Die Maus war augenblicklich tot.

«So geht das!», knurrte er, wischte sich Schweiß von der Stirn und rief: «Weitermachen! Schneller, ihr lahmes Gesindel …»

In dem Moment drang der anhaltende Laut eines Horns aus dem Festsaal in die Küche. Alle hielten inne und schauten von ihren Arbeiten auf.

Die Könige waren eingetroffen!

Der Koch hastete zum Tisch mit den Schwänen, rief einige Diener zu sich und redete gestikulierend auf sie ein. Dabei zeigte er auf die Schwäne. Aki verstand wieder kein Wort.

«Und jetzt würdest du wohl gern wieder wissen, was er sagt», meinte der Alte.

Aki nickte eifrig.

Der Alte lachte. «Du gefällst mir, ja, irgendwie gefällst du mir. Er erklärt ihnen, in welcher Reihenfolge sie die Braten auftragen sollen.»

Aki schaute zum Koch und sah, dass der gerade einen Diener mit dem Schwan losschickte, den er nicht mit dem Inhalt der Flasche übergossen hatte.

«Das ist der erste Braten, der nun für den Vorkoster aufgetischt wird», erklärte der Alte.

Aki nickte, wandte sich vom Tisch ab und ging zum Ofen. Ihm war ein schrecklicher Gedanke gekommen, und als er hinter den Ofen schaute, sah er seinen Verdacht bestätigt.

Die Flasche war umgekippt. Unterhalb des Flaschenhalses hatten sich ein paar Tropfen der Flüssigkeit gesammelt. In der kleinen Pfütze lag nicht nur die eine Maus, die der Koch vorhin erwischt hatte, sondern da lagen insgesamt vier Mäuse. Sie waren tot.

Aki schnappte nach Luft. Es war Gift!

Er wirbelte herum. Er musste die Menschen im Festsaal warnen! Doch er kam nicht weit. Direkt vor ihm stand der Koch. Aki prallte gegen den harten, runden Bauch. Der Koch glotzte ihn mit weit aufgerissenen Augen an, und in seinem Blick erkannte Aki Wut, aber auch Angst.

Ehe er sichs versah, hatte ihn der Koch gepackt und drängte ihn zu einer Kammer im hinteren Bereich der Küche. Aki versuchte sich loszureißen, doch der Koch war viel stärker, riss die Tür der Kammer auf und schubste ihn hinein. Er konnte gerade noch sehen, wie die Diener die Schwäne in den Saal brachten.

Dann wurde die Tür zugeknallt und von außen ein fester Riegel vorgeschoben.

71.

Er war ein Jäger auf der Jagd.

Sein Blick glitt durch den Saal, über die Tische, bis er seine Beute sah.

Gleich nachdem Hakon die Halle betreten hatte, hatte er sich in eine dunkle Ecke zurückgezogen. Jetzt drehte er sich zur Wand und zog das Messer unter der Kutte hervor. Als er sich wieder dem Saal zuwandte, hatte er die überkreuzten Hände in die weiten Ärmel geschoben. Das Messer hielt er darunter verborgen in der rechten Hand.

Er setzte sich in Bewegung, ging langsam an Tischen und Bänken vorbei, umrundete die Tafel und ging weiter zu einer Gruppe Mönche. Sie schienen auf etwas zu warten. Einer der Mönche schaute ihn fragend an und sagte etwas. Hakon nickte unter seiner Kapuze, woraufhin sich der Mönch schulterzuckend abwandte.

Hakon war nun hinter dem Grafen. Das zu einem Zopf gebundene, dunkelblonde Haar fiel über den kräftigen Nacken und die Schultern auf den blutroten Umhang. Der Graf saß still, den Oberkörper gestreckt, die Hände auf dem Tisch abgelegt. Er wirkte angespannt. Die anderen Männer an der Tafel unterhielten sich, doch der Graf redete mit niemandem.

Hakons Finger schlossen sich fester um das Messer. Der Griff war aus Hirschgeweih, rau und fest. Seine Hand würde nicht abrutschen, auch wenn er schwitzen sollte.

Er wartete. Irgendetwas würde gleich geschehen. Irgendetwas, das die Menschen im Saal ablenkte und Hakon die Möglichkeit gab, sich seiner Beute zu nähern. Um zuzustoßen. Den Kopf des Grafen mit der linken Hand packen, nach hinten ziehen und dann die Klinge über die Kehle fahren lassen. Ein Schnitt. Ein einziger Schnitt. Für einen zweiten würde Hakon keine Gelegenheit bekommen, das wusste er.

Nur dieser eine Schnitt.

Was danach kam, lag nicht in seiner Macht. Auch nicht in der Macht der Götter. Sie hatten ihn den weiten Weg hergeführt. Sie hatten ihn überleben lassen. Sie hatten ihm die Slawin an die Seite gestellt. Damit er seinen Schwur einlöste.

Nur das. Was dann kam, war unwichtig.

Hakons Herz schlug gleichmäßig. Er spürte, wie sich die Ruhe des geübten Jägers in seinem Körper ausbreitete.

Er dachte an den Tempel in den Bergen von Hladir. Thorgerd Hölgabrud, ihre Schwester Irpa und Thor, der mächtige Thor. Der Graf hatte die Bildnisse zerstört, hatte sie zerschlagen. Aber die Menschen von Hladir würden den Göttern neue Statuen bauen, die noch herrlicher und noch mächtiger waren. Der Graf hatte sich an den Göttern vergangen, und nun nahmen sie Rache durch ihn, durch Hakon. Er war ihr Arm, ihre Hand, ihr Messer, und sie würden das Blut bekommen, nach dem sie dürsteten.

Die Götter waren bei Hakon, die ganze Zeit. Sie würden bei ihm sein, wenn man ihn tötete. Denn das würden sie tun, die Soldaten, die den Saal bewachten. Sie würden ihn töten, weil er einen der Ihren tötete.

So war es eingerichtet in der Welt.

Ein Horn wurde geblasen. Durchdringend hallte der Ton von den Wänden wider. Die Menschen richteten ihre Aufmerksamkeit auf den Eingang, in dem ein Mann, eine Frau und ein Knabe erschienen. Alle Gespräche verstummten. Die Menschen an den Tischen erhoben sich. Bedienstete, die eben noch umhergeeilt waren, blieben stehen.

Dann trat der König – es konnte nur der König sein – in den Saal und ging vorweg zur Tafel. Er war von kräftiger Statur und trug einen purpurfarbenen Umhang. Die Lippen im grauen Bart waren zusammengepresst, die schmalen Augen blickten ernst drein. Ihm folgten seine blasse Frau und der Knabe, dessen Wangen so rot leuchteten wie sein Haar.

Die Menschen senkten ihre Häupter, auch Hakon. Erst als sich die Herrscher auf ihren Stühlen niedergelassen hatten, schaute er wie alle anderen wieder auf. Die Gäste nahmen ihre Plätze wieder ein.

Hakon sah, wie sich ein Mann in einem blauen Mantel zum König beugte und eifrig nickte, als der König etwas sagte. Es war der Mann, der beim Seiteneingang mit dem Hauptmann des Grafen geredet hatte. Der Mann erhob sich wieder und schnippte in Richtung der Küche mit den Fingern, woraufhin mit Krügen beladene Diener ausschwärmten und die Becher der Gäste mit Wein füllten.

Als der Graf an der Reihe war, machte Hakon einen Schritt nach vorn. Dann begannen die Mönche zu singen.

Du Gott der Rache, o Herr, du Gott der Rache, leuchte hervor! Erhebe dich, du Richter der Erde, gib den Hochmütigen ihren Lohn!

Thankmar fand, dass man den Psalm nicht besser hätte wählen können.

Und er lässt ihr Unrecht auf sie selber zurückfallen, sangen die Mönche, *und er wird sie durch ihre Bosheit vertilgen, der Herr, unser Gott, wird sie vertilgen.*

Vertilgen, dachte Thankmar und schaute zum König. Vertilgen wird Gott dich für das Unrecht an meiner Familie, für deinen Verrat. Du lässt dich preisen als den geweihten Heilsbringer. Gott aber hat meinen Vater erwählt, und nun werde ich sein Erbe antreten.

Er dachte an die Urkunde, die er unter seinem Hemd aufbewahrte. Sie würde in wenigen Augenblicken den Menschen die Wahrheit offenbaren, zumindest denjenigen, die dann noch lebten.

Sein Plan war so einfach wie genial. Er hatte überlegt, ob er – wie schon auf der Eresburg – den Wein vergiften sollte, sich dann aber dagegen entschieden. Dies hier war eine vollkommen andere Situation. Der Wein wurde, wie auch alles andere, vorgekostet, ehe man den König damit bediente.

So hatte sich Thankmar schließlich dafür entschieden, eine Speise zu vergiften, und als er herausbekam, dass der König für sein Leben gern Schwäne aß, wusste er, was zu tun war.

Nach dem Aufbruch des Heeres in Colonia hatte Thankmar Ernust vorausgeschickt. Ernust machte den Koch ausfindig und überzeugte ihn mit einigem Nachdruck davon, mit ihnen gemeinsame Sache zu machen. Ernust hatte bei der Wahl der Mittel freie Hand. Aber es stellte sich heraus, dass keine Anwendung von Gewalt nötig war. Der Koch hatte sehr schnell zugestimmt – natürlich aus Angst. Aber vor allem hatte ihn wohl die Aussicht auf eine angemessene Belohnung überzeugt. Die von Ernust ausgesprochene Drohung, das Haus des Kochs mitsamt seiner Familie darin anzuzünden, wäre daher unnötig gewesen. Alles verlief nach Thankmars Plan. Auch Bartholds Bitte, beim Festmahl als Truchsess zu dienen, war gewährt worden. Schließlich war man der Meinung, Barthold wolle den König mit Soldaten tatkräftig unterstützen.

Thankmar sah, wie sich der König zu seinem Erzkanzler beugte, der neben ihm saß, und sich leise mit ihm besprach. Der Kanzler nickte langsam. Als der König sich wieder zurücklehnte, bedachte der Kanzler, ob beabsichtigt oder nicht, Thankmar mit einem Blick, der ihm gar nicht gefiel.

Er wusste nicht, warum ihn dieser Blick beunruhigte. Er schob es auf seine Anspannung.

Dennoch fiel ihm auf, dass der Kanzler ganz grau im Gesicht war, obwohl heute auch für ihn ein Tag der Freude sein sollte. Schließlich hatten die Verräter einen neuen König gekürt.

Otto hob seinen Becher. Alle im Saal folgten der Aufforderung, auf den neuen König zu trinken. Auf Gott! Auf das Reich! Auf die Macht! Ja – auf den König!

Auf mich, dachte Thankmar und trank.

Als der König seinen Becher wieder abstellte, brachten Diener die Platten mit den gebratenen Schwänen für die Königstafel in den Saal. Den übrigen Gästen wurden unterdessen Enten aufgetischt.

Thankmar sah einen der Diener zu einem kleinen Tisch gehen, an dem Barthold und ein Sklave ihn erwarteten. Thankmar war sicher, dass auch Barthold aufgeregt war, aber keine seiner Bewegungen verriet seine Anspannung. Er war ein hervorragender Mann. Thankmar würde ihn mit einem entsprechenden Amt ausstatten, ihn vielleicht sogar zum Erzkanzler ernennen.

Der Diener stellte den Braten auf den Tisch. Barthold

schnitt ein Stück Fleisch ab, öffnete dann die Nähte und legte reichlich vom Obst auf eine Platte, die er dem Sklaven reichte. Der Sklave, der bereits den Wein vorgekostet hatte, begann zu essen.

Thankmar spürte seine Handflächen feucht werden. Er berührte sein Amulett, den Holzspan.

Der Sklave aß und aß, und sein angstbleiches Gesicht bekam mit jedem Bissen, den er hinunterschluckte, wieder mehr Farbe.

Thankmar entspannte sich. Das Gift hätte längst gewirkt.

Mit einem Mal spürte er ein warmes Kribbeln im Nacken, als würde er beobachtet. Er warf einen Blick über seine Schulter. Ganz in der Nähe stand ein Diener, der mit einem der vergifteten Schwäne wartete. Hinter dem Diener sah Thankmar einen Mönch.

Er atmete tief ein. Es war nur ein Mönch. Aber warum stand er nicht weiter hinten bei seinen Brüdern?

Er atmete langsam wieder aus. Die Aufregung ließ ihn schon Geister sehen.

Der Vorkoster hatte Fleisch und Obst verspeist. Sein Gesicht verriet, wie erleichtert er war. Und satt.

Der König hob die rechte Hand.

Thankmar verfolgte aus den Augenwinkeln, wie der Diener den anderen Schwan zum König brachte. Natürlich würde sich Otto nicht mit dem Braten verköstigen lassen, von dem zuvor ein Sklave gegessen hatte.

Der Diener schnitt ein ordentliches Stück ab und legte es vor dem König auf eine Holzplatte. Ein angenehm würziger Bratengeruch stieg in Thankmars Nase, ein intensiver Geruch, der alle anderen Gerüche überdeckte.

Gleich war es vorbei, für immer vorbei …

Der Graf hatte ihn gesehen!

Hakon verharrte in seiner Bewegung. Hatte er ihn erkannt? Nein, unmöglich. Sein Gesicht war unter der Kapuze verborgen, und der Graf hatte sich wieder umgedreht. Fünf Jahre waren vergangenen, seit sie im Wald bei Haithabu aufeinandergetroffen waren.

Dennoch blieb Hakon stehen. Er musste warten, bis der Graf von irgendetwas so sehr abgelenkt wurde, dass er sich näher heranwagen konnte.

Die Diener trugen die Braten auf, schnitten großzügige Stücke ab und verteilten das Fleisch auf der Tafel. Auch der Graf bekam ein Stück, tastete es jedoch wie alle anderen noch nicht an. Hakon nahm an, dass sie wie beim Wein abwarteten, bis der König das Mahl eröffnete.

Und dann, so beschloss Hakon, wenn der Graf sich auf sein Essen konzentrierte, würde der richtige Zeitpunkt gekommen sein.

Der Graf schien seine ganze Aufmerksamkeit auf den König zu richten Der König ließ sich eine ordentliche Portion aufladen, beugte sich darüber und sog genussvoll den Duft ein.

Hakon machte einen weiteren Schritt nach vorn, dann einen zweiten. Er war nur noch zwei Armlängen entfernt. Nah genug, um zu sehen, wie das Blut in einer Ader auf der linken Schläfe des Grafen pulsierte. Ein Schweißtropfen rann über seine Wange.

Der König rührte den Braten noch immer nicht an.

Hakon konzentrierte sich auf seinen Atem. Atmete tief ein und langsam wieder aus.

Je länger der König mit dem Essen wartete, umso großer wurde die Gefahr, dass der Graf sich noch einmal zu Hakon umdrehte. Auch wenn er ihn wahrscheinlich nicht erkannte, so war der Graf doch ein erfahrener Soldat, der eine Bedrohung spüren konnte.

Endlich nahm der König ein Stück Fleisch, hob die Hand und öffnete den Mund. Und ließ das Fleisch plötzlich wieder sinken.

Aus der Küche waren laute Geräusche zu hören. Ein Poltern, gefolgt von Schreien. Die beiden Soldaten, die den Eingang bewachten, verschwanden in der Küche.

Der König wechselte einen fragenden Blick mit dem schmalen, graugesichtigen Mann, der neben ihm saß. Der Mann und einige andere drehten sich zur Küche um, in der es erneut mehrfach polterte, als würden Sachen umgestoßen. Dann wurde es still.

Der König rief etwas, woraufhin sich Gelächter an der Tafel erhob, und führte erneut das Fleisch zum Mund. Andere Männer taten es ihm gleich, und die ersten gruben ihre Zähne in das Geflügel. Nur der Graf rührte sein Essen nicht an.

Hakon beschloss, nicht länger zu warten. Er machte einen weiteren Schritt nach vorn und zog das Messer langsam unter dem Ärmel hervor, als erneut ein Schrei durch den Saal hallte.

Er sah zwei Männer aus der Küche stürmen. Der eine war ein kleiner Blonder und der andere ein Riese von einem Mann, der immer wieder etwas rief.

«Die Schwäne sind vergiftet!»

Thankmar erstarrte. Hatte er richtig gehört, oder bildete er sich das nur ein? Diese Mönche mussten Trugbilder sein, ein Streich, den ihm seine Aufregung spielte.

Der Riese brüllte noch einmal: «Die Schwäne sind vergiftet!»

Da erkannte Thankmar ihn wieder. Es war der Mönch, den sie in Haithabu hinrichten wollten, der geflohen war. Und der Blonde? Die Erkenntnis durchdrang ihn wie eine glühende Klinge. Die Ähnlichkeit war verblüffend. Unglaublich!

Auf dem Tisch kippten Becher um. Männer fielen von den Bänken, krümmten sich vor Schmerzen auf dem Boden.

Hinter den Mönchen kamen die Soldaten aus der Küche gerannt. Einer der beiden blutete aus einer Kopfwunde. Andere Soldaten sprangen herbei und liefen den Mönchen entgegen, um ihnen den Weg abzuschneiden. Der Riese stürmte zwischen den Tischen hindurch. Der Blonde folgte ihm, vorbei an aufgeregt durcheinanderrufenden Menschen. Der Riese ließ seine Arme durch die Luft wirbeln, wodurch er noch größer erschien. Er stieß einige Soldaten zur Seite. Doch es kamen immer mehr. Einige richteten Lanzen auf die Mönche und zwangen sie zum Anhalten.

Erneut rief der Mönch seine Warnung.

Der König starrte irritiert auf die sich am Boden windenden Männer und dann zu dem Tumult im Saal. Schließlich senkte sich sein Blick auf das Fleisch in seiner Hand.

Thankmar hörte den Erzkanzler sagen: «Ich kenne die beiden, Herr. Es ist mir vollkommen …»

«Ihr kennt diese beiden?», entfuhr es Otto. «Was hat das zu bedeuten?»

Er betrachtete das Fleisch, als suche er nach irgendetwas, das die ungeheuerliche Behauptung bestätigen könnte.

«Kann man den beiden vertrauen?», fragte Otto.

Der Erzkanzler wollte etwas erwidern, doch sein Mund klappte wieder zu. Langsam wandte er den Kopf zu Thankmar. Ihre Blicke trafen sich. Thankmar las in Bruns Augen, dass dieser verstanden hatte. Dass ihm alles klarwurde. Dass der Plan durchschaut war.

Thankmar nahm die Geschehnisse um sich herum nur noch wie im Traum wahr. Er sah die Augen des Kanzlers fast aus den Höhlen quellen. Hörte ihn etwas zum König sagen. Hörte die gequälten Schreie an der Tafel und die Geräusche aus dem Saal, das Brüllen des riesigen Mönchs, der zusammen mit dem Blonden von den Soldaten eingekreist worden war.

Und dann sah Thankmar den König nach Soldaten rufen und auf ihn, Thankmar, zeigen.

Er sprang auf, prallte gegen einen Mann, der hinter ihm stand, kam kurz ins Wanken, fing sich wieder, rannte auf den König zu – und in seinem Innern begann sich die Seherin zu regen.

72.

Hakon fand sich auf dem Boden wieder. Er hatte nicht schnell genug reagiert. Der Zusammenprall mit dem Grafen war zu überraschend gekommen. Es hatte ihn von den Beinen gerissen.

Neben ihm wälzte sich ein Mann in einem purpurfarbenen Mantel in seinem Erbrochenen. Er hatte seinen Hut verloren. Es war ein merkwürdiger Hut mit einer breiten Krempe, an der Schnüre befestigt waren. Der Mann stöhnte und würgte und übergab sich erneut. Ein beißender Gestank breitete sich aus.

Hakon kam auf die Knie, dann auf die Füße. Der Graf hatte seine Schritte verlangsamt und näherte sich dem König.

Das Messer! Verdammt, wo war das Messer? Hakon hatte es beim Sturz verloren. Er schaute sich um und entdeckte es vor dem röchelnden Purpurmantel in dessen Erbrochenem. Hakon bückte sich danach. Doch als er es nehmen wollte, griff der Mann nach Hakon. Zarte Finger legten sich um sein Handgelenk. Sie waren weich wie die eines Mannes, der keine körperliche Arbeit kannte. Dennoch war der Griff fest. Hakon trat nach dem Mann und traf ihn im Gesicht. Die Finger lösten sich. Hakon nahm das Messer, wischte es am Purpurmantel ab und erhob sich.

«Hilf mir!», stöhnte der Mann. Sein Gesicht hatte die Farbe eines gekochten Krebses angenommen.

«Hilf mir!», stöhnte er wieder, begleitet von einem würgenden Geräusch. Dann spuckte er den restlichen Inhalt seines Magens Hakon vor die Füße.

Hakon sah den Graf beim König stehen, der von seinem Stuhl aufgesprungen war. Die Frau hatte die Hände vors Gesicht geschlagen und stieß spitze Schreie aus.

Der Graf schien unschlüssig zu sein, was er tun sollte. Er war unbewaffnet, und von allen Seiten näherten sich Soldaten. Sein Gesicht war zu einer dämonischen Fratze verzerrt, als ob in seinem Innern ein Kampf tobte, der ihm die allergrößte Pein bereitete.

Hakon wollte dem Grafen nacheilen, musste jedoch feststellen, dass sich mehrere Soldaten zwischen ihn und den Grafen gedrängt hatten. Er ließ das Messer unter seinem Ärmel verschwinden.

«Du verdammter Bastard!», hörte er den König in der Sprache der Sachsen rufen.

Die schmalen Augen des Königs weiteten sich vor Schreck, als er sah, dass der Graf den Knaben vom Stuhl gerissen hatte. Die blasse Frau schrie und schrie. Die Soldaten, die inzwischen einen Ring um den Grafen gezogen hatten, senkten ihre Schwerter und Lanzen.

Der Graf schlang dem Knaben den linken Arm um den Hals, grub die Finger seiner rechten Hand in die roten Locken und packte den Kopf so, dass er dem Jungen mit einer einzigen kräftigen Bewegung das Genick brechen konnte.

Offenbar zweifelte niemand im Saal daran, dass er dies auch tun würde.

Der Knabe zitterte vor Angst. Tränen rannen über seine roten Wangen.

Der Graf schien sich wieder gefangen zu haben. Seine Züge hatten sich geglättet. Die Verzweiflung war aus dem Gesicht gewichen.

«Ich, ein Bastard?», entgegnete er ruhig. «Meine Großmutter war die erste Gemahlin des Königs Heinrich. Mein Vater war der Erstgeborene und somit der rechtmäßige Thronerbe. Nun werde ich das Erbe meines Vaters antreten.»

«Nein, Heinrich hat mir das Erbe angetragen», sagte der König mit gepresster Stimme. «Die Fürsten haben mich gewählt, und ich bin gekürt worden vor Gott und dem Volk.»

Es war nicht zu übersehen, wie die Wut in ihm arbeitete. Es schien ihn große Mühe zu kosten, sich zu beherrschen. «Lasst den Jungen los, Thankmar. Wir werden diese Angelegenheit unter uns klären.»

Der Graf schüttelte den Kopf. «Für wie dumm haltet Ihr mich, Onkel? Sobald Ihr Euren Sohn habt, bin ich ein toter Mann …»

«Ich gebe Euch mein Wort! Euer Leben gegen das Leben meines Sohns.»

«Euer Wort? Euer Wort ist weniger wert als der Dreck, der einem Schwein aus dem Arsch fällt.»

Der König stand ganz still. Nur seine Nasenflügel bebten.

Aus dem Saal waren die meisten Menschen näher gekommen. Niemand sagte etwas. Nur die verzweifelten, stöhnenden und würgenden Geräusche der am Boden liegenden Männer waren zu hören. Aber es wurden weniger. Hakon war überzeugt, dass sie vergiftet worden waren und dass derjenige, der das getan hatte, dieses Schicksal auch für den König vorgesehen hatte. Wer derjenige war, stand außer Frage.

Hakon schob sich durch die Menge bis hinter die Soldaten. Aber es gab kein Durchkommen.

«Was schlagt Ihr also vor?», fragte der König.

Das Gesicht des Grafen hellte sich auf. «Ihr dankt ab und überlasst mir den Thron.»

«Niemals!»

«Dann nehme ich das, was mir zusteht, auf meine Weise, Onkel.»

Er drückte den Kopf des Knaben über seine Armbeuge und ging auf die Soldaten zu. Der König wollte ihnen nacheilen. Doch andere Männer stellten sich ihm in den Weg, hielten ihn zurück und redeten auf ihn ein, bis der König widerwillig von seinem Vorhaben abließ.

Der Graf führte seine Geisel zum Portal und verschwand dahinter. Niemand folgte ihm.

Thankmar trat vor den Palas und stieß einen bitteren Fluch aus. Weder Ernust noch Barthold waren zu sehen.

Der Knabe japste wie ein Fisch in seinem Arm. Er lockerte den Würgegriff ein wenig. Noch brauchte er den Jungen.

Ernust hatte den Befehl erhalten, mit drei Dutzend Blutmänteln draußen vor dem Haupteingang der Pfalanza auf

Barthold zu warten. Barthold sollte sie holen, sobald der König vom vergifteten Fleisch gegessen hatte. Sie sollten die Wachen überwältigen, in die Pfalanza eindringen und zum Palas eilen. Bevor die Soldaten des Königs auch nur geahnt hätten, was vor sich ging, hätten sich Thankmar und seine Männer drinnen verschanzt. Sie hätten die überlebenden Hauptleute gezwungen, die königlichen Soldaten Thankmars Befehl zu unterstellen.

Das war der Plan, und er war gut gewesen. Wenn dieser Mönch und der Sohn der Seherin ihn nicht durchkreuzt hätten. Diese verdammte Seherin! Aber Thankmar hatte keine Zeit, sich darüber den Kopf zu zerbrechen, wie dieser Kerl in die Pfalanza gelangt war.

«Hör endlich auf zu heulen!», schnauzte Thankmar den kleinen König an.

Auf dem Hof vor dem Palas hielten sich etwa zwei Dutzend Soldaten auf. Als sie Thankmar herauskommen sahen, waren sie zunächst irritiert. Es dauerte einen Moment, bis sie die Geisel erkannten. Die Erkenntnis ging wie ein Ruck durch die Truppe. Die Männer zogen ihre Schwerter und näherten sich.

«Bleibt, wo ihr seid!», rief Thankmar.

Es bedurfte keiner weiteren Worte, um den Soldaten deutlich zu machen, was geschehen würde, wenn sie der Aufforderung nicht nachkommen würden. Sie blieben in einiger Entfernung stehen.

Das gab Thankmar einen Aufschub, wenn auch nur einen kleinen. Ohne die Unterstützung der Blutmäntel war es nur eine Frage der Zeit, bis die anderen irgendeinen Weg gefunden hätten, ihn zu überwältigen.

«Ich nehme dich mit in den Tod», zischte er dem Jungen zu und drückte fest zu.

Der Knabe jaulte auf.

Thankmar machte einige Schritte vom Palas weg, wobei er die Soldaten nicht aus den Augen ließ.

«Ich sichere Euch freies Geleit zu!», hörte er den König hinter sich rufen.

Thankmar drehte sich um.

Der König stand im Portal. Hinter ihm drängten sich einige der Männer, die mit ihm am Tisch gesessen hatten. Aber niemand setzte einen Fuß vor den Palas.

«Freies Geleit!», rief der König. «Das schwöre ich. Ihr seid allein. Eure Männer haben Euch verraten …»

Thankmar wollte gerade etwas erwidern, als er die Geräusche von Stiefeln hinter sich hörte und sah, wie der König blass wurde. Als er sich umdrehte, kamen seine Soldaten auf ihn zu. Ernust lief voran, gefolgt von Barthold und den Blutmänteln. Sie waren bis an die Zähne bewaffnet, und in ihren Augen funkelte die Gier nach Blut. Das Handwerk dieser Männer war das Töten, ein Handwerk, das sie beherrschten. Dafür bezahlte Thankmar sie, und er würde ihnen bald die Gelegenheit geben, ihre Gier zu stillen.

Er drehte sich wieder zum Palas um und sah Otto einem Soldaten ein Horn aus der Hand schlagen, mit dem dieser offenbar das königliche Heer alarmieren wollte. Auch wenn es ihm sichtlich schwerfiel, gab der König den Soldaten vor dem Palas den Befehl, die Waffen abzulegen.

Otto war ein Schwächling, unwürdig für den Thron, den es gegen alles und jeden zu verteidigen galt. Hätte Thankmar einen Sohn gehabt, er hätte keinen Augenblick gezögert, ihn zu opfern.

Er ging seinen Männern entgegen und ließ sich ein Schwert geben.

«Zur Kirche!», sagte er und lachte.

Der Wind hatte sich wieder gedreht – zu seinen Gunsten.

Als sich der Trupp in Bewegung setzte, huschte ein dunkler Schatten über ihre Köpfe hinweg. Thankmar sah einen Raben voraus zur Kirche fliegen.

73·

Aki und Ketil nutzten das Durcheinander im Festsaal, um ihren Bewachern zu entkommen. Die Soldaten waren wie alle anderen von den Ereignissen abgelenkt, die sich vor dem Palas abspielten. Eine Menschentraube ballte sich vor dem Eingang. Köpfe wurden gereckt. Gerüchte machten die Runde.

Aki und Ketil liefen in die Küche, wo sie sich an umgestürzten Tischen vorbeizwängten und über gebratene und rohe Tiere und die Scherben zerbrochener Krüge und Schalen steigen mussten. Ein Kochtopf war umgekippt. Sein Inhalt, ein dickflüssiger, milchiger Brei, hatte die Flammen eines Feuers gelöscht.

Es waren die Spuren des brutalen Kampfs, den sich Ketil und der Koch geliefert hatten. Kurz bevor im Saal die Schreie laut geworden waren, war der Isländer in die Küche gekommen und hatte sofort Akis Hilferufe aus der Kammer gehört. Als er ihn befreien wollte, griff der Koch mit einem Beil an. Ketil wehrte sich mit dem Erstbesten, was er greifen konnte, einem eisernen Spieß, auf dem ein halbgares Ferkel steckte.

Aki und Ketil stiegen über die Leiche des Kochs hinweg, in dessen Brust noch der Spieß mitsamt dem Schwein steckte, und verließen die Küche durch den Seiteneingang.

Der kleine Hof dahinter war menschenleer. Aber schon von weitem erblickten sie die Menschenmenge, die sich schwerfällig in Richtung Kirche bewegte. Soldaten, Mönche und Adlige folgten in gebührendem Abstand einer Gruppe Blutmäntel, die vom Grafen angeführt wurde.

Aki war erleichtert. Der Graf hatte offenbar nicht die Absicht, ins Heerlager zu ziehen.

Sie rannten weiter zum Haupttor. Niemand hinderte sie daran, die Pfalanza zu verlassen. Die Wachen starrten zu den Blutmänteln, die jeden, der ihnen in den Weg kam und nicht schnell genug fliehen konnte, töteten. Sie zogen eine Spur aus Leichen hinter sich her.

Aki und Ketil liefen ins Heerlager. Bis dorthin hatten sich die Ereignisse noch nicht herumgesprochen. Sie kamen vorbei an Soldaten, die vor den Zelten ihre Schwerter an Wetzsteinen schärften oder beim Spiel mit Knochenwürfeln zusammensaßen. Gelächter war zu hören.

Akis Herz raste wie das eines gejagten Tieres. Fieberhaft versuchte er sich daran zu erinnern, welchen Weg er in der Nacht vor zwei Tagen genommen hatte. Immer tiefer tauchten sie ein in das Labyrinth aus dicht an dicht stehenden Zelten. Sie mussten sich zwingen, nicht zu schnell zu laufen, um nicht aufzufallen.

Nach einer Weile sahen sie endlich das Zelt des Grafen. Im gleißenden Licht der Mittagssonne leuchteten die aufgemalten Schwerter wie blutige Male an den bleichen Wänden.

«Blutmäntel!», zischte Ketil.

Er drängte Aki hinter das Zelt, neben dem sie gerade standen.

«Dann sind wohl doch nicht alle in der Pfalanza», meinte Aki.

«Bei weitem nicht», erwiderte Ketil, der den Platz vor dem Grafenzelt besser einsehen konnte.

«Da sind noch gut zwei Dutzend, wenn nicht noch mehr, und sie sind in voller Rüstung, haben Waffen, Kettenhemden, Helme und Schilde. Die sehen aus, als wollten sie in die Schlacht ziehen, und sie schauen alle in eine Richtung, als ob sie auf etwas warten.»

«Wohin schauen sie?»

Ketil drehte sich kurz um. «Zur Kirche.»

«Wir müssen ins Zelt», sagte Aki.

Er sah den Baum und das noch immer daran festgebundene Pferd. Im Schutz der Dunkelheit war es kein Problem gewesen, dorthin zu schleichen. Jetzt, am Tage, würde man sie sofort entdecken.

«Wir gehen von hinten rein», beschloss Aki.

«Und wie wollen wir da hinkommen?»

«Sie sind abgelenkt. Also los!»

Sie gingen ein gutes Stück ins Lager zurück und schlugen sich dann nach links zwischen die Zelte. Offenbar lagerten auch hier Soldaten, die zum Heer des Grafen gehörten. Im Gegensatz zu den gelassenen Männern des Königs schien die Stimmung unter ihnen äußerst angespannt zu sein. Überall hatten Männer Kettenhemden und Brünnen angelegt, ihre Schwerter gegürtet und Bögen gespannt. Hauptleute liefen umher und trieben die Soldaten zur Eile an.

Als Aki glaubte, weit genug gegangen zu sein, änderte er die Richtung. Sie marschierten parallel zum Weg, den sie gekommen waren. Bald darauf erreichten sie die letzte Zeltreihe, hinter der sich eine mit Büschen und Haselsträuchern bewachsene Brachfläche öffnete. Geduckt huschten sie zur Rückwand des Grafenzeltes, von der man, wie Aki erleichtert feststellte, alle Wachen abgezogen hatte. Sie legten sich flach ins Gras und überwanden das letzte Stück kriechend. Ketil machte sich an einem Holzpflock zu schaffen, ruckte ihn einige Male hin und her und zog ihn dann aus der Erde.

Sogleich wollte Aki unter der Plane hindurchschlüpfen, doch Ketil hielt ihn zurück.

«Wir sollten erst sichergehen, dass kein Blutmantel drin ist», flüsterte er.

Aki nickte zustimmend, auch wenn ihn die Ungeduld auffraß. Mit jedem Schritt, den er dem Zelt näher gekommen war, war das Gefühl stärker geworden, dass Asny wirklich hier war. Er glaubte, ihre Nähe spüren zu können.

Ketil zog einen zweiten Pflock aus dem Boden, dann noch einen dritten, bis auch er hindurchpasste. Zuerst rollte sich Aki ins Zelt und lauschte. Da er keine verdächtigen Geräusche hörte, gab er Ketil ein Zeichen, indem er seine Hand unter der Zeltwand nach draußen schob und zweimal die Finger krümmte. Dann wartete er, bis Ketil nachgekommen war.

Wie schon in Colonia wurde auch hier die Sicht durch mehrere übereinandergestellte Truhen verdeckt. Aki und Ketil erhoben sich langsam, sahen aber weder einen Soldaten noch Asny; nur die Stimmen von draußen waren zu hören. Aki richtete sich auf, bis er im Zwielicht den gesamten Innenbereich überblicken konnte. Sein Magen krampfte sich zusammen. Das Zelt schien tatsächlich verwaist zu sein.

Ein schrecklicher Verdacht beschlich ihn. Vielleicht hatte der Graf Asny längst getötet? Vielleicht war es nur so dahergesagt gewesen, als er sie ‹seine Königin› genannt hatte.

Schweiß trat Aki auf die Stirn. Er schlich zu den Kisten.

«Sei vorsichtig!», flüsterte Ketil.

Aki schob sich auf die zuoberst liegende Truhe. Als er einen Fuß auf der anderen Seite abstellen wollte, trat er auf etwas Weiches. Er zuckte zurück, drehte sich um, schaute hinunter und erstarrte.

Unter ihm lag ein nackter menschlicher Körper bäuchlings auf dem Boden. Das Gesicht war nicht zu erkennen. Aber Aki zweifelte nicht daran, dass es eine Frau war. Ihre Arme waren dicht an den Oberkörper gezogen, die Hände darunter verborgen.

Aki sprang ab, landete neben ihr und kniete sich hin.

Ketils Kopf tauchte über ihm auf. «Allmächtiger!», entfuhr es ihm. «Ist sie das? Ist das Asny?»

Aki legte seine Hand mit sanftem Druck auf ihren Rücken. Als er sie berührte, hätte er beinahe einen Schrei ausgestoßen.

«Ihre Haut ist noch warm», stieß er aus.

Ketil kam zu ihm herunter

«Wir müssen sie umdrehen», flüsterte Aki. «Irgendetwas ist mit ihr. Ich bin auf sie getreten. Sie hätte aufwachen müssen.»

Ketil fasste sie vorsichtig an Schulter und Hüfte und legte sie behutsam erst auf die Seite und dann auf den Rücken. Sie war an Händen und Füßen gefesselt.

Aki schlug sich die Hand vor den Mund. Es war Asny! Sie war so schön, dass es ihm den Atem verschlug. Die Haut auf ihrem Gesicht und ihrem Körper war makellos. Er sah keine Flecken, keine Zeichen von Gewaltanwendung. Einzig am Hals hatte sie eine kleine Schnittwunde.

Sanft berührte er ihre Wange.

«Wahrscheinlich hat er ihr irgendetwas gegeben», meinte Ketil. «Vielleicht Kräuter, die sie bewusstlos gemacht haben.»

Aki beugte sich über sie. «Asny! Asny, kannst du mich hören? Ich bin es, Aki. Ich bin gekommen, um mein Versprechen einzulösen. Ich hole dich hier raus!»

Ihre Lider begannen zu flackern. Sie öffnete die Augen, dann stieß sie einen heiseren Schrei aus.

Ein stöhnender Laut entrang sich Ketils Kehle. Er bekreuzigte sich einmal, zweimal, dreimal. Dann hob er mit gefalteten Händen den Blick zum Zeltdach und raunte: «O Herr, ich danke dir. O Herr im Himmel, du …»

«Was zur Hölle ist hier los?»

Eine Stimme hinter ihnen. Eine raue, aufgeregte Stimme.

Dann eine andere: «Vemund? Stimmt was nicht? Warum holst du die Frau nicht raus?»

Im Zelteingang stand ein Blutmantel und starrte Aki und Ketil an wie eine Erscheinung aus dem Jenseits. Die Stirn des Mannes war mit Stofffetzen verbunden. Neben ihm erschien erst ein zweiter, dann ein dritter Soldat. Als sie sahen, was im Zelt los war, zogen sie ihre Schwerter.

Und mit einem Mal erhoben sich vor dem Zelt Schreie und laute, hämmernde Geräusche. Als trommelten Waffen auf Schilde. Als rücke ein Heer zum Angriff vor.

Es waren die Geräusche der Schlacht.

74·

Hakon sah, wie sich unter dem höchsten Fenster des Glockenturms das Banner des Grafen entrollte wie ein blutrotes Segel.

Er arbeitete sich durch die Menge vor ins Atrium. Auch hier waren überall Menschen. Er drängte weiter, kam an einem Thron auf einem Steinsockel vorbei und stieg dann auf einen erhöhten Säulengang, von wo aus er über die Köpfe der Schaulustigen hinweg das Portal sehen konnte.

Der Eingang zur Kirche wurde von Blutmänteln gesichert. Sie hatten sich in Abwehrhaltung aufgestellt und richteten ihre Waffen auf die Soldaten des Königs, die ihnen inzwischen zwar deutlich überlegen waren, aber keine Anstalten machten vorzurücken. Die Blutmäntel verhöhnten und beschimpften die Gegner.

Hakon zog die Kapuze ab und beschattete die Augen mit der rechten Hand. Die Sonne stand über der Kirche. Aber er konnte den Mann sehen, der im Fenster erschienen war.

«Ist er das?», fragte eine vertraute Stimme hinter ihm.

Hakon drehte sich um. «Wie hast du mich gefunden?»

«Ich bin dir gefolgt», erwiderte Malina und zeigte auf den Glockenturm.

«Ja, das ist der Mann, der ...»

Am Vordereingang des Atriums erhoben sich Stimmen. In die starre Menge kam Bewegung, als ein halbes Dutzend Soldaten durch das Tor lief. Einige von ihnen bluteten aus Kopfwunden. Entsetzte Rufe waren zu hören, wurden lauter und rollten wie eine Welle durch die Menge im Atrium.

«Im Heerlager wird gekämpft», übersetzte Malina, was sie hörte. «Man sagt, das Heer des Grafen greife an.»

Hakon bemerkte den Brandgeruch, der sich rasch ausbreitete.

Er schaute wieder zum Turm hinauf. Das Banner war das Zeichen gewesen.

Im Gegenlicht glaubte er erkennen zu können, dass der Graf lachte. Er hatte die Arme ausgebreitet wie ein Adler seine Schwingen. Wie ein Herrscher, der sein Volk umarmen will. Um es an sich zu drücken – und zu zerquetschen.

Unten im Atrium hielt der König ein Schwert in der Hand. Er stand bei seinen Soldaten. Ein Schatten legte sich über ihn und die Menge, als sich eine Wolke wie ein Riegel vor die Sonne schob. Wind kam auf.

«Ist das da oben dein Vogel?», fragte Malina überrascht.

Hakon nickte. Der Rabe hatte sich auf der Turmspitze niedergelassen und war kaum mehr als ein schwarzer Punkt.

«Schade, dass du nicht auch fliegen kannst», meinte sie, und als Hakon ihr einen finsteren Blick zuwarf, ergänzte sie lächelnd: «He, Krieger! Ich will mich nicht über dich lustig machen. Aber ich bin überzeugt, dass du alles unternehmen wirst, um in den Turm zu kommen.»

Natürlich wollte Hakon das. Nichts anderes wollte er, als den Grafen zu töten! Doch das Portal war mit Blutmänteln verstopft. Sie brüllten immer lauter, als machten sie sich selbst Mut vor der ständig wachsenden gegnerischen Übermacht. Die Soldaten des Königs waren längst so viele, dass sie die Blutmäntel hätten überrennen können. Aber der Graf hatte die Geisel, und damit bestimmte er das Geschehen.

«Ich habe gehört», sagte Malina, «dass es in deiner Heimat Berge gibt, die so hoch und steil sind, dass sie bis zum Himmel hinaufreichen.»

Hakon schaute sie fragend an. Bevor er etwas erwidern konnte, ergriff sie seine Hand.

«Warum tust du das?», wollte er wissen.

«Ich zeige dir einen Weg.»

«Einen Weg in die Kirche?»

«Komm!»

Er ließ sich von ihr aus dem Säulengang und durch die Menge führen und dann durch das Tor an den verletzten Soldaten vorbei ins Freie. Der Kampf tobte keine dreihundert Schritt vom Atrium entfernt. Der Boden war mit Leichen übersät. Hakon glaubte zu erkennen, dass es die Soldaten des Grafen waren, die ihre Gegner immer weiter zur Pfalanza drängten. Die Königstreuen leisteten erbitterte Gegenwehr. Viele von ihnen trugen jedoch keine Rüstungen. Es sah so aus, als seien sie von dem Angriff überrumpelt worden. Auch im Lager schien überall gekämpft zu werden. Schwarze Säulen stiegen über den Zelten auf, bis der aufkommende Wind den Rauch erfasste und zur Pfalanza trug.

Malina führte Hakon draußen am Atrium entlang und dann weiter, bis sie in der Nähe der Außenseite der Kirche zum Stehen kam. Das Gotteshaus war hier nicht von einer Mauer umgeben.

«Bist du jemals auf einen steilen Berg geklettert?», fragte Malina.

Hakon legte die Stirn in Falten. Dann verstand er, und sein Blick ging an der Wand hinauf bis zu einem Fenster in einer Höhe von gut vierzig Fuß.

Das ist unmöglich, war sein erster Gedanke.

Dennoch trat er vor die Mauer, die ihm eben noch glatt erschienen war wie eine Eisfläche. Er legte seine Hand darauf und ließ sie über die mit Meißeln bearbeiteten Steine gleiten. Das alte Mauerwerk war von Spalten und Rissen durchzogen. An einigen Stellen waren Brocken herausgeplatzt, und in den Löchern und Fugen konnte man Halt finden. Vielleicht.

Er ging zu Malina zurück.

«Es gab mal einen Jungen», sagte er. «Er war viel größer und stärker als ich. Er meinte, mich herausfordern zu müssen. Wir sind in die Berge gegangen und haben eine steile Wand gesucht. Dann haben wir gleichzeitig angefangen zu klettern. Er stürzte auf halber Strecke ab.»

«Was hast du gemacht?»

«Ich habe mich weiter hochgearbeitet. Obwohl ich Todesangst hatte, habe ich die Wand bezwungen.»

«Hat der andere Junge überlebt?»

«Er brach sich beide Beine. Die Wunden entzündeten sich, und er starb in jenem Sommer.»

«Mhm. War es eine hohe Wand?»

«Nicht halb so hoch, wie es bis zum untersten Fenster ist.»

Malina nickte nachdenklich. «Es war nur eine Idee ...»

Der Wind war stärker geworden. Eine Strähne fiel in ihr Gesicht. Hakon strich sie weg.

«Ich bin bereit zu sterben», sagte er und fügte leise hinzu: «Für die Rache.»

Malina blickte mit ihren blauen Augen zu ihm auf.

Sie sind schön wie Bergseen, dachte er, so hell und klar, wie wenn die Sonne auf den Grund durchscheint.

Sie schlang ihre Arme um ihn, und er sah, wie sich ihre Lippen öffneten, aber nicht, um ihm etwas zu sagen. Sie schloss erwartungsvoll die Augen.

Hakon dachte an Thora. Dass sie erst Ruhe finden konnte, wenn ihr Mörder gerichtet sein würde. Gerichtet durch Hakons Hand.

Erst dann.

Er löste sich aus der Umarmung, schlüpfte aus der Mönchskutte, zog sich die Schuhe aus und ging zur Mauer. Er prüfte, ob das Messer fest am Gürtel saß.

«Werden wir uns wiedersehen?», hörte er Malina fragen.

Hakon begann zu klettern.

75·

Er tastete nach einer weiteren Fuge im Mauerwerk, nach einem Riss, irgendetwas. Aber da war nichts mehr. Nichts, in das Hakon seine Finger stecken konnte. Nur Stein, rauer Stein. Hakon klebte an der Wand, etwa fünfzehn Fuß über dem Erdboden, und nun ging es nicht mehr weiter.

«Nimm die linke Hand!», hörte er Malina rufen. «Links von dir! Da ist ein Loch.»

Hakon tat, was sie sagte, zog die rechte Hand zurück, schob die Finger in die Fuge neben seiner Schulter, löste die linke Hand und ließ sie langsam nach oben gleiten. Da war das Loch, gerade so tief, dass seine Finger darin verschwanden.

Malina hatte scharfe Augen. Wasserblaue, scharfe Augen.

Hakon konzentrierte sich wieder auf die Wand und hievte sich ein weiteres Stück nach oben, holte nacheinander die Füße nach, setzte sie ab, dann die rechte Hand, die endlich einen Halt fand. Langsam ging es weiter, Zug um Zug.

Einige Steine waren so porös, dass ganze Brocken herausbrachen, wenn er dagegenkam. Staub rieselte herab, und er musste aufpassen, nichts davon in die Augen zu bekommen. Er riskierte dennoch einen Blick nach oben. Das Fenster war noch acht, neun Fuß entfernt, vielleicht etwas mehr. Er kletterte weiter. Je höher er kam, desto schlechter wurde der Zustand des Mauerwerks. Es ging jetzt schneller voran.

Der Wind wurde stärker. Als das Fenster in greifbarer Nähe zu sein schien, hörte Hakon ein bedrohliches Rauschen, es klang wie das Fauchen eines Dämons und schwoll an zu einem wütenden Knurren. Mit der Wucht eines Hammers prallte die Böe gegen ihn. Die Finger seiner linken Hand gaben nach, rutschten ab, dann die Füße.

Er hörte Malina schreien, und die Erinnerung an den Jungen schoss ihm durch den Kopf. Hadd, ja, Hadd hieß er. Hadd hatte verloren, weil er zu schnell gewesen war, sich zu sicher war. Er hatte den Respekt vor dem Felsen verloren und dafür mit seinem Leben bezahlt.

Nur die Finger seiner rechten Hand hielten Hakon noch. Schmerzen loderten auf. Die Finger brannten, als hätte er sie in Glut getaucht.

Schau nicht nach unten! Konzentrier dich! Verdammt – konzentrier dich!

Er hob die linke Hand an. Wo war das Loch? Er fand es, ließ die Finger hineingleiten und zog die Füße nach. Die Zehen schabten über raues Gestein, fanden wieder Halt. Und dann war es geschafft. Das Fenster!

Er schob sich hinein. Die Öffnung war gut fünf Fuß tief und am hinteren Ende dunkel – viel zu dunkel. Etwas stimmte nicht. Da, wo zumindest ein Lichtschimmer aus dem Innern der Kirche hätte zu sehen sein müssen, war nur Dunkelheit. Ein schrecklicher Verdacht beschlich Hakon. Er kroch weiter, und sein Verdacht bestätigte sich. Das Fenster war mit einem massiven Holzladen verschlossen. Hakon drückte dagegen. Auf der anderen Seite klapperte ein Riegel.

Fassungslos starrte Hakon auf die Bretter. Er konnte versuchen, sie einzutreten, würde dann jedoch riskieren, dass der Graf es hörte. Er machte kehrt.

Unten sah er Malina zu ihm hinaufblicken und eine fragende Geste machen. Hakon schüttelte den Kopf. Sie ließ die Arme sinken.

Bis zum nächsten Fenster ging es mindestens noch einmal zehn Fuß in die Höhe.

Hakon massierte seine schmerzenden Finger und Zehen. Über dem Schacht ragte ein eiserner Haken aus dem Mauerwerk. Er holte Luft, zog sich an dem Haken hoch und machte sich an den Aufstieg. Halt suchen, linke Hand, rechte Hand, dann die Füße.

Mit einem Mal spürte er ein Kribbeln im Nacken und drehte vorsichtig den Kopf. Er war mittlerweile so weit oben, dass er ins Atrium schauen konnte. Er sah die Menschenmenge im Hof und vor dem Portal die Blutmäntel, die von den Soldaten des Königs belauert wurden. Schlagartig wurde ihm bewusst, dass nicht nur er sie, sondern natürlich auch sie ihn sehen konnten. Und sie hatten ihn gesehen, wie er da wie eine riesige Spinne an der Mauer klebte. Mehrere Soldaten zeigten zu ihm hinauf. Schon lösten sich einige von ihnen aus den Reihen und drängten durch die Menge zum Tor des Atriums.

Er musste Malina warnen! So weit es ging, drehte er den Kopf. Malina schaute zu ihm hoch.

«Lauf!», rief er. «Verschwinde!»

Sie winkte ihm, machte eine Geste, als wolle sie ihm Mut machen. Sie verstand seine Worte nicht. Aber er konnte nicht lauter rufen, nicht in dieser Haltung. Er musste ihr ein Zeichen geben, sich irgendwie bemerkbar machen.

Er kletterte weiter, zwang sich zu langsamen und überlegten Bewegungen. Nicht zu schnell! Noch ist Zeit. Die Soldaten müssen sich erst durch die Menge arbeiten. Das dauert. Dauert lange! Lange genug.

Der nächste Fensterschacht tauchte über ihm auf.

Er warf einen Blick über seine Schulter. Die Soldaten waren draußen, bogen gerade um die Ecke des Atriums. Malina hatte sie nicht bemerkt.

Schnell weiter! Rechte Hand, linke Hand. Er fühlte den Rand des Schachts, ein letzter Zug, eine letzte große Anstrengung. Er zog sich hinein, drehte sich um und schaute nach unten.

Die Soldaten waren hinter ihr, dreißig, vierzig Schritt vielleicht.

Hakon rief ihren Namen. Der Wind, der verdammte Wind, brüllte ihn an, übertönte seine Worte, nahm sie mit und wehte sie davon.

Sie winkte ihm wieder, und er sah sie lachen. Sie hörte die Soldaten nicht.

Er gestikulierte, deutete auf die Männer hinter ihr. Es waren vier Soldaten. Drei hatten Schwerter gezogen, einer hielt einen Bogen in der Hand.

«Lauf weg! Verschwinde!»

Sie winkte ihm zu.

Hakon ballte die Hände zu Fäusten. Er holte Luft, ganz tief, um zu schreien – so laut zu schreien, wie er nur konnte.

Der Wind ebbte ab, legte eine kurze Pause ein. Jetzt!

«Lauf! Malina! Lauf weg!»

Es war zu spät.

Sie erstarrte.

Er sah, wie sie sich umdrehte, die Soldaten bemerkte, sich aber nicht rührte. Weil auch sie wusste, dass es zu spät war. Einer der Männer packte sie. Geistesgegenwärtig riss sie ein Knie hoch und rammte es dem Kerl in den Unterleib. Er krümmte sich vor Schmerzen. Sofort war ein anderer bei ihr und schlug zu. Die Faust krachte in ihr Gesicht. Sie taumelte, stolperte, ging zu Boden. Er setzte nach, holte mit dem Fuß aus und trat ihr in den Bauch.

Hakon beobachtete das alles wie durch einen Schleier, der die Bilder vor seinen Augen verzerrte, sie noch unwirklicher machte, als sie ihm erschienen. Er wollte nicht wahrhaben, was geschah. Es war dasselbe Gefühl – dasselbe verdammte, hilflose Gefühl wie damals, als er Thora nicht beistehen konnte. Er fühlte sich nackt, nutzlos, so weit von ihr entfernt.

Ein heiseres Krächzen drang an seine Ohren. Der Rabe saß auf dem Dach des Atriums. Erneut stieß er einen Laut aus, einen scharfen, warnenden Laut.

Hakon drehte den Kopf. Etwas schoss an ihm vorbei, prallte gegen die Steine über ihm und fiel dann in den Schacht. Staub und Gesteinsbrocken rieselten herab.

Der Bogenschütze! Er stand ein Stück abseits der anderen Soldaten. Sie hatten Malina auf die Füße geholt und schlugen auf sie ein. Dann sah Hakon den Bogenschützen einen neuen Pfeil auf die Sehne legen und den Bogen spannen.

Ein letzter Blick auf Malina. Er konnte ihr nicht helfen. Er kroch rückwärts, tiefer in den Schacht. Auch der zweite Pfeil verfehlte sein Ziel.

Hakon lehnte seinen Rücken gegen die kalten Steine, zog die Beine ganz dicht an seinen Oberkörper und schloss die Augen. Er hörte einen weiteren Pfeil, dann noch einen. Aber er war in Sicherheit, und Malina …

Er dachte an Thora, an ihr lachendes, freundliches Gesicht. Er hatte sie verloren. Hatte versagt. War es nicht genau das, was Sigurd ihm vorgeworfen hatte? Dass er ein Versager sei, unfähig, die Menschen zu beschützen, für deren Schutz er zuständig sein sollte?

Malinas Gesicht legte sich über das von Thora.

Er glaubte, sie da unten schreien zu hören. Schreie, undeutliche, verwehte Stimmen im fauchenden Wind.

Hakon schlang die Arme um die Beine und presste sie so fest gegen seine Brust, dass es schmerzte. Seine Stirn sank auf die Knie.

Thora, Malina, Sigurd, die Menschen in Hladir. Die Toten.

Aber er war nicht tot, noch nicht. Noch lebte er, noch brannte das Feuer der Sehnsucht in ihm – der Sehnsucht nach Rache. Das zu vollenden, weswegen er hier war. Weswegen er alles auf sich genommen hatte. Weswegen die anderen sterben mussten.

Er öffnete die Augen und drehte den Kopf. Am Ende des Schachts empfing ihn Licht.

76.

Was für ein elender Tag, war Vemunds erster Gedanke, als er den blonden Wicht in der Mönchskutte neben der nackten Frau knien sah.

Was für ein elender, verdammter Tag!

Gestern war schon schlimm gewesen. Die anderen hatten sich über ihn lustig gemacht, weil er so dumm gewesen war, die Wahrheit zu erzählen. Dass ihn ein Mönch – ein kleiner, schmaler Mönch – mit einem Stein getroffen hatte. Zu Vemunds Verwunderung sah Ernust zwar von einer Bestrafung ab; jeder Mann werde gebraucht, hieß es. Aber die schlimmste Strafe war der Spott der anderen und das Lachen, wenn sie sich über seinen Kopfverband lustig machten.

Dabei war Vemund heute Morgen noch voller Hoffnung gewesen. Ernust hatte ihnen befohlen, ihre Waffen bereitzuhalten. Eine Ankündigung, die alle überraschte. Niemand hatte etwas von einem feindlichen Heer gehört, das im Anmarsch auf die Pfalanza sei. Gegen wen sie kämpfen sollten, erfuhren sie nicht. Noch nicht.

Erst um die Mittagszeit bekamen sie Klarheit. Ernust kehrte aus der Pfalanza zurück und wählte unter den Blutmänteln diejenigen aus, die er für die besten hielt. Da machte sich Vemund noch Hoffnung. Musste dann aber zähneknirschend feststellen, dass man ihn nicht mehr zu den Besten zählte. Er blieb mit der anderen Hälfte zurück, und als wäre er noch nicht genug gedemütigt worden, so wurde er es durch den Befehl, er habe auf das Zelt aufzupassen. Lächerlich! Die anderen, so erfuhren sie, sollten sich bereithalten und die Kirche nicht aus den Augen lassen. Wenn sie das rote Banner des Grafen sahen, sollten sie zu den Waffen greifen – und die Soldaten des Königs angreifen. Keine Gefangenen. Keine Gnade. Im ganzen Heer wurde dieser Befehl ausgegeben, und alle warteten ungeduldig auf das Zeichen.

Nur Vemund und die beiden anderen nicht, Ragi und Steindor, ebenfalls Dänen. Ihr Auftrag lautete, ein Zelt und eine Frau zu bewachen. Mehr nicht. Was für eine Schmach!

Als das Banner am Turm der Kirche entrollt wurde, brach der Sturm los. Voller Ingrimm verfolgten Vemund und die anderen beiden, wie die Blutmäntel Lanzen und Beile ergriffen, die Schwerter zogen und dann mit ohrenbetäubendem Gebrüll in das benachbarte Lager jagten. Sie fielen über die Soldaten des Königs her und schlachteten sie in einer Blutorgie ab. Bevor die Gegner auch nur ansatzweise begriffen, was geschah, waren Dutzende niedergemacht worden.

Eine ruhmreiche Schlacht war das nicht. Aber Spaß hätte es trotzdem gemacht, dachte Vemund verbittert.

Während die drei Zurückgebliebenen noch mit ihrem Schicksal haderten, hörten sie einen Schrei. Es war die

Stimme einer Frau, eindeutig die einer Frau, und sie kam nicht aus dem Lager, sondern aus dem Zelt. Warum hatte sie geschrien? Vemund war sich sicher, dass sie allein da drin war. Der Graf und Ernust waren in der Pfalanza.

Auch Ragi und Steindor hatten es gehört, und sie überlegten hin und her, was zu tun war. Es war schließlich Ragi, der vorschlug, zunächst einmal hinter dem Zelt nachzuschauen, ob dort etwas Verdächtiges sei. Er lief los, um kurz darauf vollkommen aufgelöst zurückzukehren. An der hinteren Wand waren Pflöcke gelöst worden.

Sie zogen ihre Schwerter. Vemund riss das Tuch am Eingang zur Seite, trat ein und sah den Mönch. Es war nicht besonders hell im Zelt. Aber er hätte jeden Eid darauf geschworen, dass es der Bastard mit der Schleuder war.

Er blieb so abrupt stehen, dass Ragi und Steindor beinahe gegen ihn geprallt wären, und mit einem Mal wurde ihm klar, dass dieser verdammte Tag doch noch ein gutes Ende nehmen würde.

Als Ragi und Steindor an ihm vorbeischlüpfen wollten, breitete er seine Arme aus, um sie aufzuhalten. Er selbst wollte diesen kleinen Bastard erledigen. Dieser Triumph gehörte ihm allein.

Der Mönch erhob sich langsam. Sein Blick flackerte. Er hatte Angst.

Das sah Vemund gern. Er näherte sich.

«Wir sollten ihn gefangen nehmen», hörte er Ragi hinter sich sagen.

Nein, dachte Vemund. Heute war der Tag des Blutes, und auch er wollte Blut.

«Gefangen nehmen?», erwiderte er, ohne den Blick von dem Mönch zu nehmen. «Ihr habt doch gehört, was Ernust gesagt hat: keine Gefangenen, keine Gnade!»

Ragi wollte offenbar noch etwas einwenden, verstummte aber.

Vemund hob das Schwert. Es hatte eine wunderbar scharfe Klinge. Er hatte viel Geld dafür ausgegeben, und er hatte dies nicht getan, um Gefangene zu machen. Er wollte sehen, wie das Schwert in den Hals des kleinen Kerls fuhr und ihm den Kopf vom Rumpf trennte.

Aber dann sah Vemund etwas anderes. Der Ausdruck im Gesicht des Mönchs änderte sich. Angst und Überraschung wichen einem Lächeln, und der Blick glitt von Vemund weg, hin zu irgendetwas, das hinter ihm war. Hinter *ihnen* war.

Im selben Moment hörte er Ragi und Steindor merkwürdige Laute ausstoßen.

Vemund wirbelte herum. Hinter den beiden war ein Mann aufgetaucht, ein verdammt großer Mann mit gewaltigen Händen. Die Pranken hatten sich auf Ragis und Steindors Helme gelegt und rissen sie herunter. Bevor sie reagieren konnten, packte der Mann ihre Köpfe und schlug sie so hart gegeneinander, dass Vemund die Schädelknochen knacken hörte. Der Mann ließ sie von sich abfallen wie Säcke, wie leere Säcke. Sie waren tot, ehe sie auf den Boden schlugen.

Die Pranken näherten sich.

Vemund war ein erfahrener Krieger, einer, der sich in vielen Schlachten bewährt hatte. Als die Hände nach ihm schnappten, duckte er sich weg und stieß mit dem Schwert nach dem Mann, der, wie Vemund jetzt erst bemerkte, ebenfalls eine Mönchskutte trug. Die Klinge traf auf Widerstand. Ein wütender Laut, der wie das Grollen eines Gewitters klang, verriet Vemund, dass er seinen Gegner getroffen hatte. Der Mönch ging in die Knie, verdrehte die Augen und kippte um.

Vemund stellte zufrieden fest, dass er offenbar eine empfindliche Stelle getroffen hatte.

Er drehte sich nach dem kleinen Mönch um, der noch immer bei der Frau stand, nun aber nicht mehr lächelte.

Dafür lachte Vemund. Sie hatten ihn unterschätzt, und mit einem Mal tat sich ihm eine Fülle an Möglichkeiten auf. Er würde sich für die Schmach rächen, sich über die Frau hermachen und mit ihr all das tun, was er bislang nur in seinen Träumen getan hatte. Wenn er mit ihr fertig war, würde er auch sie töten. Es gab keine Zeugen. Niemand wusste, was wirklich geschehen war. Er würde sich irgendeine glaubwürdige Geschichte ausdenken und das Andenken an die Frau für ewig behalten. Sie war sein Weib!

Es war kein guter Tag – es war ein wundervoller Tag!

Er hob sein Schwert, bereit, dem Mönch den Kopf abzuschlagen, als mit einem Mal seine Beine weggerissen wurden. Das Schwert entglitt seiner Hand. Er stürzte und fand sich auf dem Boden wieder. Über ihm schwebte das breite Gesicht des Riesen. Er spürte den Atem auf seiner Haut und sah, wie sich die Lippen zu einem bedrohlichen Grinsen dehnten.

«Du wolltest mich töten, Blutmantel», sagte der Mönch in der Sprache der Normannen. «Du hast mich ins Bein gestochen, und ich mag es nicht, wenn mir jemand weh tut. Das mag ich überhaupt nicht.»

Lange, kräftige Finger krochen über Vemunds Gesicht.

«Der Herr vergibt», sagte der Mönch. «Der Herr, ja. Ketil nicht!»

77.

Der Tag des Zornes ist gekommen, dachte Thankmar zufrieden.

Die Sonne wird schwarz wie ein Trauergewand, und der Mond wird blutrot. Die Sterne fallen vom Himmel wie reife Früchte. Die Großen und Reichen, die Heerführer und Mächtigen, sie verbergen sich in den Klüften.

Aber ich werde sie finden. Alle! Und vernichten!

Die Welt lag ihm zu Füßen, und er schaute zu, wie sie sich veränderte. Wie er die Welt veränderte. Wie das Königreich wankte und die Mächte kippten.

Sein Heer wütete unter den Königstreuen, rückte im Lager immer weiter vor und trieb Ottos Soldaten gegen die Mauern der Pfalanza. Dort sammelten sich die Überlebenden und bildeten Schildwälle. Der Vormarsch stockte. Noch waren die Soldaten des Königs stark. Sie schienen den ersten Schock überwunden zu haben und warfen sich mit dem Mut der Verzweifelten Thankmars Kriegern entgegen.

Aber auch das konnte nicht mehr sein als ein letztes Aufbäumen, ein letztes Zucken im Angesicht des Todes. Der Sieg war in greifbarer Nähe, und solange das Banner am Glockenturm hing, würde Thankmars Heer kämpfen. So lautete der Befehl. Er würde das Banner erst einholen, wenn der König besiegt war.

Thankmar lachte in den klaren, sonnigen Tag.

Vergessen war der gescheiterte Giftanschlag. Sicher, es wäre schneller gegangen, und viel Blut wäre nicht vergossen worden. Aber sie wollten es nicht anders, und nun entschied das Schwert. Jeder bekam, was er verdiente – sein Feind den Tod und Thankmar die Krone.

Niemand konnte ihn noch aufhalten.

Sein Blick glitt vom brennenden Heerlager hinunter ins Atrium, wo sich am Fuß des Turms das Volk drängte. Alle waren sie in den Hof gestürmt, die Reichen und Mächtigen, zunächst um dabei zu sein, wenn Ottos Soldaten die Blutmäntel niedermetzelten. Sie hatten zu früh triumphiert. Jetzt war es nackte Angst, die sie im Atrium hielt, die Angst vor den Kriegern draußen vor den Mauern und die Angst vor ihm, Thankmar, der über ihnen thronte.

Er beugte sich aus dem Fenster. Tief unten sah er die Blutmäntel unter Bartholds Führung das Portal sichern. Sie brüllten aus Leibeskräften, nannten Otto und seine Soldaten Feiglinge und Aasfresser. Der König selbst tat, als prallten die Beschimpfungen von ihm ab, während er hinter den Seinen lauerte. Sein Schwert steckte in der Scheide. Er hatte den Kopf in den Nacken gelegt und starrte nach oben zum Fenster.

Thankmar war überzeugt, dass Otto seine Soldaten, die den Blutmänteln um ein Vielfaches überlegen waren, nicht von der Kette lassen würde. Nicht, solange die Geisel hier oben war und das Banner wehte.

Otto durfte das Leben seines Sohnes nicht gefährden. Ohne den Knaben wären all seine Pläne gescheitert. Er konnte nicht nach Rom ziehen, ohne im Reich einen Stellvertreter zurückzulassen, der Ottos Linie fortführte, sollte dem König etwas zustoßen. Ja, ohne seinen Sohn musste Otto auf das Größte verzichten, nach dem er strebte – die Kaiserwürde.

Thankmar schloss für einen Moment die Augen. Der Wind kühlte seine vor Erregung erhitzte Haut, während er die Zukunft an sich vorüberziehen ließ, wie einen süßen Traum, der bald Wirklichkeit werden würde.

Er sah sich, wie er dem König das Haupt abschlug und den Kopf in einer versiegelten Kiste nach Rom schickte. Der Papst würde das Geschenk als eindeutiges Zeichen verstehen. Er würde Thankmar bitten – nein: anflehen! –, selbst die Kaiserwürde zu empfangen.

Ottos Günstlinge, all die Prahler und Speichellecker, würde Thankmar an den Galgen bringen und sie dort so lange hängen lassen, bis Krähen ihre Augen ausgepickt und Ungeziefer sich an den Eingeweiden gemästet hätten.

Und Ottos Weib? Diese verkniffene, blasse Hure? Sollte er sie … Nein! Thankmar lächelte im Stillen. Er hatte eine Gemahlin. Eine Gemahlin für eine einzige Nacht. Seine Königin sollte schön wie ein Schmetterling erstrahlen und dann vergehen, zerbrechen, zu Staub zerfallen, wenn ihre Aufgabe erfüllt war. Wenn der Fluch für immer gebannt war.

Thankmar öffnete die Augen wieder und drehte sich zu dem Knaben um, der weinend neben der Tür, die zur Treppe führte, kauerte. Die Angst des Knaben war zu riechen.

Er grinste. Sie hatten einen sechsjährigen Hosenscheißer gewählt und zum König gekürt. Welch unwürdige Wahl.

«Kleiner!», rief er.

Das Kind zitterte vor Angst.

«Schau mich an, wenn ich mit dir rede!»

Der Knabe hob den Kopf. Seine Augen schimmerten tränenfeucht.

«Hat es dir gefallen, König zu werden?»

Der Kleine nickte scheu.

«König!», zischte Thankmar. «Wie fühlt es sich für dich an?»

«Sie … haben mir alle zugejubelt», wisperte er.

«Sprich lauter!»

«Mir zugejubelt.»

«Hat dir das gefallen?»

«Ja.»

«Und die Krone? War sie nicht zu schwer für deinen kleinen Kopf?»

«Ich … nein. Sie hat gefunkelt, mit Edelsteinen. Ich mag Edelsteine.»

«Edelsteine mag er. Wie soll ich dich anreden? Mein König? Mein Herr und Gebieter?»

Thankmar lachte laut. «Oder Rotznase?»

«Ich weiß nicht. König vielleicht …»

Thankmar lachte noch lauter. «Gut, mein König. Dann hör mir gut zu. Deine Eltern werde ich töten müssen, ebenso viele andere Männer. Aber was mache ich mit einem Kind, das von sich behauptet, mein König zu sein?»

Die Unterlippe des Knaben bebte. Er sagte etwas, aber so leise, dass das Windgeheul es übertönte.

«Nun?», drängte Thankmar.

«Ich weiß nicht …»

«Mein König, aber ich weiß es! Ich werde dich in einen Käfig sperren und auf einem Ochsenkarren durchs Reich fahren lassen. Auf den Marktplätzen werden die Menschen mit Abfall nach dir werfen, mit faulen Eiern. Und wer will, darf dich auch anpinkeln! Wie gefällt dir das?»

Dem Kind rannen Tränen über die geröteten Wangen.

«Rede!»

Es kam keine Antwort mehr.

Auch Thankmar verstummte. Er hatte ein Geräusch gehört. Ein Geräusch im Turm. Es klang wie schlagende Flügel. Er erinnerte sich an den Vogeldreck, mit dem viele Stufen bekleckert waren. Vermutlich war es eine Taube gewesen.

Aber da war noch etwas. Schritte?

78.

Hakon stieg die schmale Treppe hinauf, als er mit einem Mal ein lautes Klatschen hörte. Flügelschläge. Er hob den Kopf und sah eine Taube zu einem Fenster fliegen und darin verschwinden. Er hielt inne. Neben der Treppe gähnte der Abgrund wie ein tiefer, dunkler Rachen. Vor den Fenstern heulte der Wind.

Sein Herz pochte. Er lauschte und hörte dann wieder aus der Tür die Stimme, die ruhige, fast sanfte Stimme.

Er zählte die Stufen bis zu der geöffneten Tür am oberen Ende der Treppe. Noch zehn Stufen. Er schlich weiter.

«Was für einen herrlichen Ausblick man von hier oben hat», sagte die Stimme.

Hakon blieb erneut stehen. Klang die Stimme jetzt nicht anders? Betonter? Er verwarf den Gedanken. Noch fünf Stufen.

«Du solltest dir das anschauen, Junge. Das solltest du wirklich tun …»

Hakon erkannte hinter der Tür die Glocke, die unter einer Holzkonstruktion an der Decke des Glockenraums hing.

«Stattdessen sitzt du herum und heulst wie ein Mädchen …»

Noch drei Stufen. Jetzt konnte Hakon fast den ganzen Raum einsehen, nur das Fenster nicht, das hinter der Wand neben der Tür liegen musste.

«Die endlose Weite ist wirklich beeindruckend …»

Auf der letzten Stufe hielt Hakon inne. Er nahm an, dass der Graf mit dem Rücken zur Tür stand.

«Da unten ist dein Vater. Er sieht ganz klein aus …»

Hakons Finger schlossen sich um den Messergriff.

«Und ich glaube, er zerbricht sich den Kopf darüber, wie er dich retten kann. Aber das ist unmöglich. Er weiß, dass ich dich sofort töten würde. Niemand kommt hier herauf. Niemand wird dich holen ...»

Jetzt! Hakon setzte durch die Tür, stürmte in den Raum, dann nach links. Sah das breite Fenster. Sah den blauen Himmel. Sah den Saum des Banners, das unterhalb des Gesimses an Haken befestigt war. Und er spürte mit einem Mal einen sanften Druck auf seiner Schulter. Es war keine Hand, es war etwas Hartes, Stahlhartes, das zu seinem Hals glitt.

«Dreh dich zu mir um!» Die Stimme war hinter ihm, die ruhige, fast sanfte Stimme.

Hakon drehte sich um.

Der Graf musterte ihn mit kalten Augen über lächelnden Lippen. «Man hört es an den Schlägen der Flügel, ob eine Taube aufgescheucht wurde.»

Der Königssohn kauerte neben dem Grafen am Boden und starrte Hakon an.

«Wer bist du?», fragte der Graf.

Hakon schwieg.

Die Stahlspitze kroch über seinen Hals bis an die Kehle. Das leichte Zittern in der Hand des Grafen übertrug sich auf die Klinge.

«Wer bist du?»

«Du kennst mich», sagte Hakon.

Der Graf zog die Augenbrauen zusammen. «Hladir?»

Hakon nickte.

«Der Normanne. Der dunkle Krieger mit dem Raben. Du wolltest mich töten.»

«Nein.»

«Nein?»

«Ich will dich noch immer töten.»

Der Graf lächelte schief. «Mit dem Messer?»

«Ja.»

Das Lächeln wurde breiter. «Du musst verrückt sein, vollkommen verrückt! Niemand kann mich töten.»

Die Lippen öffneten sich, und weiße, feste Zähne blitzten auf. Die Zähne, die sich in Bergljots Finger gegraben hatten.

«Du bist entweder sehr mutig oder sehr dumm, Normanne. Eine lange Reise hast du auf dich genommen, um hier zu sterben. Das hättest du einfacher haben können. Aber …»

Der Graf lachte. «Aber ob es nun Dummheit ist oder Mut – du verdienst meinen Respekt. Ich achte Männer, die ihr Leben dafür geben, um ein großes Ziel zu erreichen.»

Der Druck der Klinge löste sich, als der Graf das Schwert ein Stück zurückzog.

«Es ist gut, dass du hier bist», sagte er. «Es wird noch einen Moment dauern, bis der König die Waffen streckt, und nur mit diesem Knaben zu reden, bereitet mir kein Vergnügen. Es ist mir zwar schleierhaft, wie du es geschafft hast, in die Kirche zu kommen, aber letztlich ist es egal. Da du nun schon einmal hier bist, Normanne, werden wir beide uns die Wartezeit vertreiben. Was hältst du davon?»

Hakon gab keine Antwort.

«Du solltest etwas zu meinem Angebot sagen. Mir ist langweilig, und ich schenke dir noch ein paar Augenblicke lang dein Leben. Ich finde, das ist eine großzügige Geste von mir. Oder?»

Hakon bemerkte das nervöse Zucken unter dem linken Auge des Grafen.

«Wirf das Messer weg!»

Das Zucken wurde stärker. Das Schwert näherte sich wieder.

Hakon öffnete seine Faust. Klirrend landete das Messer auf dem Boden.

«So ist es gut, Normanne. Unterschätze deinen Gegner niemals. Diese Lektion habe ich früh in meinem Leben gelernt. Du scheinst da noch Nachholbedarf zu haben. Es ist ein Jammer, dass wir uns unter diesen Umständen kennenlernen. Du hast mir deinen Namen noch nicht verraten. Ich nehme an, meinen kennst du.»

«Hakon Sigurdarson.»

«Sigurds Sohn. Da hätte ich von selbst draufkommen können. Wie geht es dem alten Seeräuber?»

«Er ist tot.»

«Oh.»

«So wie meine Frau.»

«Deine Frau? Ah, ich erinnere mich. Das aufmüpfige Weib ...»

Der Graf lachte glucksend. «Das kopflose Weib. Vermisst du sie sehr? Natürlich tust du das, so wie deinen Vater. Sonst wärst du nicht hier. Es ist schade, dass der alte Sigurd tot ist. Wirklich. Er war wie du. Eigensinnig. Ein harter Mann mit klaren Vorstellungen. Einer, der immer davon überzeugt war, dass alles richtig ist, so wie er es macht. Das gefällt mir, und es wäre mir eine Freude gewesen, ihn zu töten. Schau dir diesen Haufen Elend an.»

Er trat seiner Geisel hart in die Seite. Der Königssohn heulte auf.

«Das soll ein König sein. Riechst du das? Der Bastard hat sich in die Hose gemacht. Meinst du nicht auch, dass das Volk einen besseren König verdient hat?»

«Ja.»

Der Graf nickte Hakon aufmunternd zu. «Das war die richtige Antwort. Heb das Messer wieder auf!»

«Warum?»

«Weil es keinen Spaß macht, einen unbewaffneten Mann zu töten.»

Hakon zögerte.

«Aber ich bin natürlich bereit, eine Ausnahme zu machen», sagte der Graf seufzend und hob das Schwert.

Hakon sah ein, dass es besser war zu tun, was von ihm verlangt wurde. Er beugte die Knie und tastete den Boden ab, ohne den Grafen aus den Augen zu lassen. Er fand das Messer. Doch als er es nehmen wollte, schnellte der Graf vor, trat das Messer weg und stach mit dem Schwert zu. Die Klinge bohrte sich in Hakons linke Hand, durchtrennte Knochen und Sehnen und nagelte die Hand am Boden fest.

«Unterschätze deinen Gegner niemals», sagte der Graf und zog das Schwert aus Hakons Hand. «Senk deinen Kopf! Deine Zeit ist vorbei. Ich muss mich um wichtigere Dinge kümmern. Ich verspreche dir, dass es schnell gehen wird. Du wirst kaum etwas spüren, mein Freund. Mein dummer Freund.»

Hakon starrte dem Mörder in die Augen. So einfach würde er es ihm nicht machen. Er spürte das Blut seine Hand hinablaufen. Schmerzen zuckten wie glühendes Eisen durch seinen Arm.

Der Graf seufzte. «Du enttäuschst mich. Ich habe dir erneut ein großzügiges Angebot gemacht, und du schlägst es aus. Du hättest dir viel Leid ersparen können, entsetzliches Leid. Ich werde dir Arme und Beine abschlagen und dich dann langsam aufschlitzen. Glaub mir, ich habe das schon einige Mal getan. Es ist eine Sauerei, all das Blut und die stinkenden Gedärme. Hm, da kommt mir eine Idee.»

Er lachte laut. «Ich werde den Hosenscheißer zwingen, mir dabei zu helfen.»

Das Schwert hob sich über Hakons Kopf. «Zum letzten Mal, Normanne …»

Plötzlich erfüllte ein heiseres Krächzen den Raum. Hakon sah den Grafen irritiert zum Fenster schauen. Das Schwert senkte sich wieder.

«Der verdammte Rabe …», raunte er.

Hakon versuchte, seine Finger zu krümmen. Die Schmerzen waren grauenvoll. Aber es gelang ihm, seine Hand zu bewegen. Es würde reichen, es musste reichen. Würde er das, was er vorhatte, mit der rechten Hand tun, wären beide Hände nicht mehr zu gebrauchen. Mit einer Hand konnte man überleben. Konnte man immer noch gewinnen.

Er hob die linke Hand und griff nach dem Schwert. Er fühlte das kalte Eisen und spürte unweigerlich, wie die scharfen Kanten in seine Finger schnitten.

«Was zur Hölle machst du da, du Bastard?», rief der Graf.

Er wollte die Klinge mit einem Ruck aus der bluttriefenden Hand ziehen, doch Hakon hielt sie fest umklammert. Der Graf glotzte ihn an. Sein Blick flackerte.

Darauf hatte Hakon gehofft. Der Graf hatte für einen Augenblick die Kontrolle verloren.

Unterschätze deinen Feind niemals, dachte Hakon.

Er zog sich an der Klinge hoch. Spürte, wie sich die Schneide in seine Finger fraß. Er schnellte vor und rammte seinen Kopf in den Bauch des Grafen. Der Mörder taumelte einen Schritt rückwärts, stolperte über den Königssohn und verlor das Gleichgewicht. Mit dem Hinterkopf prallte er gegen die Wand und ging zu Boden. Hakon setzte nach und trat ihn gegen die Brust. Der Graf stieß einen Laut aus, der wie eine platzende Fischblase klang. Aber er hielt noch immer das Schwert fest.

Wo war das Messer? Hakon sah den Königssohn auf allen vieren zum Fenster kriechen. Der Rabe war wieder verschwunden. Endlich entdeckte Hakon das Messer unterhalb der Glocke auf dem Boden, vier, fünf Schritt entfernt. Zu weit.

Der Graf rappelte sich wieder auf.

Hakon wirbelte herum. Dann eben ohne Messer. Er nahm Anlauf und sprang mit den Knien voran auf die Brust des Grafen. Durch die Wucht des Aufpralls brachen mehrere Rippen. Der Graf brüllte vor Schmerzen. Hakon drückte ihm mit der rechten Hand die Kehle zu, während er versuchte, mit der linken das Schwert auf den Boden zu pressen.

Das Gesicht des Grafen lief rot an, bis sein Blick an Hakon vorbei auf das Fenster fiel und seine Miene erstarrte.

«Nein! Nicht ...», quollen die Worte mit der letzten Atemluft aus seiner Kehle. Das Schwert entglitt seiner Hand.

Irgendetwas hatte ihn so sehr entsetzt, dass er für den Moment sogar seinen Gegner zu vergessen schien.

Hakon folgte dem Blick und sah den Königssohn am Fenster stehen, wo er sich am Banner zu schaffen machte. Er hatte bereits zwei der vier Haken gelöst, und jetzt riss er es vom dritten ab.

Hakon spürte einen Stich im rechten Oberschenkel, gefolgt von einem brennenden Schmerz. Bevor er reagieren konnte, stieß der Graf ihn von sich weg. Er hatte ein kleines Messer, das offenbar unter seiner Kleidung versteckt gewesen war.

Der Graf sprang über Hakon hinweg zum Fenster und

zerrte den Jungen vom Banner fort. Doch es war zu spät. Eine Böe fauchte um den Turm und riss das Tuch vom letzten Haken.

Hakon kam auf die Knie. Sein Mittelfinger hing nur noch an dünnen Sehnen. Der Stoff seiner Hose färbte sich rot. Aber es war keine tiefe Wunde. Er nahm das Schwert und setzte dem Grafen nach, der wie erstarrt hinter dem Banner herschaute. Es schwebte für einen kurzen Moment unerreichbar vor dem Fenster. Dann wurde es von einer weiteren Böe gepackt, blähte sich auf, drehte sich und fiel dann in die Tiefe.

Sofort riss sich der Graf die Fibel von der Schulter und nahm den Mantel ab. Offenbar wollte er ihn ins Fenster hängen, damit seine Männer nicht zu kämpfen aufhörten.

Hakon holte mit dem Schwert aus. Bevor er jedoch zuschlagen konnte, drehte sich der Graf nach ihm um. Er hatte die Gefahr gewittert und schleuderte Hakon den Mantel entgegen. Der Stoff fiel über seinen Kopf und verdeckte ihm die Sicht. Blind hieb er mit dem Schwert um sich. Aber die Klinge zerschnitt nur Luft, bis sie etwas Hartes traf. Ein heller Ton hallte durch den Raum. Die Glocke! Er hatte die Glocke getroffen.

Hakon zerrte den Mantel von seinem Kopf. Der Glockenklang verhallte, und der Wind rauschte in seinen Ohren. Er ließ das Schwert sinken. Blut tropfte von seiner linken Hand auf den staubigen Boden.

Der Graf war verschwunden. Mit ihm der Königssohn.

Hakon hastete zur Tür, konnte auf der Treppe aber niemanden sehen. Er machte kehrt und lief zurück zum Fenster, auch wenn es ihm unwahrscheinlich erschien, der Graf könnte sich mit seiner Geisel hinuntergestürzt haben.

Im Atrium war eine heillose Panik ausgebrochen. Offenbar hatte der König das fallende Banner als Zeichen gedeutet, dass der Graf aufgeben wollte, und hatte seine Soldaten auf die Blutmäntel gehetzt, die sich erbittert zur Wehr setzten. Brüllend hackten und stachen sie mit Schwertern, Beilen und Lanzen auf die Angreifer ein. Das Bollwerk hielt nur wenige Augenblicke stand. Dann rollte die Übermacht der königlichen Soldaten über die Blutmäntel hinweg und wälzte sie in einem Sturm aus Blut und Todesschreien nieder.

Schon hörte Hakon aus der Kirche die Rufe der eindringenden Männer. Er überlegte fieberhaft, wo der Graf abgeblieben sein könnte, und lief durch den Raum. Hinter der Glocke entdeckte er ein hohes Fenster.

Er trat an das Fenster. Das Bild, das sich ihm dahinter bot, war so aberwitzig, so unfassbar, dass er für einen Augenblick glaubte, sein erschöpfter Geist spiele ihm einen Streich.

Unterhalb des Fensters führte ein schmaler Dachfirst zur Kirchenkuppel. Auf beiden Seiten des Dachs ging es steil in die Tiefe. Der First war so lang wie zwei Ruder und nicht breiter als eine ausgestreckte Männerhand. Auf diesem Grat balancierte der Graf und trieb seine Geisel vor sich her in Richtung Kuppel. Sie hatten etwa die Hälfte der Strecke hinter sich gebracht. Ein falscher Tritt, eine unbedachte Bewegung, und beide würden in den sicheren Tod stürzen.

Aus dem Glockenturm wurden Stimmen laut. Gleich würden die Soldaten oben sein, und es war anzunehmen, dass sie Hakon töteten.

Er musste eine Entscheidung treffen.

Vielleicht gelang es ihm, die Soldaten zu überzeugen,

dass er der Feind des Grafen war. War die blutende Hand nicht Beweis genug? Vielleicht ließen sie ihn am Leben. Das war eine verlockende Aussicht. Leben.

Er dachte an Malinas Frage, die er nicht beantwortet hatte.

Werden wir uns wiedersehen?

Er dachte an Eirik, seinen kleinen Jungen, an Bergljot und die anderen Menschen von Hladir. Sie warteten auf ihn. Vertrauten auf ihn. Hofften auf ihn. Als Vater, als Sohn, als Jarl.

War es die richtige Entscheidung, den Mörder in den Tod laufen zu lassen, um das eigene Leben zu retten? Der Graf hatte sich in eine vollkommen ausweglose Situation gebracht. Selbst wenn er das gegenüberliegende Fenster erreichte, bevor er vom Dach stürzte, so war er doch von jedem Fluchtweg abgeschnitten. Hakon war in der Kirche gewesen und hatte gesehen, dass es unter dem Kuppeldach keinen Gang oder etwas Ähnliches gab. Da war nur Tiefe.

War es falsch, Thoras Mörder seinem Schicksal zu überlassen? Ihn den letzten Schritt selbst wählen zu lassen, anstatt das zu vollenden, was er geschworen hatte?

Was war falsch, was war richtig?

Die Stimmen hinter ihm waren nun sehr nah. Vor ihm heulte der Wind über die Dächer.

Das Schwert fiel zu Boden. Hakon zog das Messer aus dem Gürtel und nahm den Griff zwischen die Zähne.

Eine falsche Entscheidung kann niemals richtig sein, dachte er.

Seine linke Hand hinterließ einen blutigen Abdruck auf der Wand neben dem Fenster.

79·

Thankmar schob den Knaben vor sich her über den First, erreichte das andere Fenster und befahl ihm, sich in den Schacht zu setzen. Er hatte das schier Unmögliche geschafft, für ihn ein weiterer Beweis, dass er unbesiegbar war. Nichts und niemand konnte ihn aufhalten. Kein Heer der Welt. Kein König. Kein Fluch.

Er war der Sohn Thankmars des Älteren, und in seinen Adern pulsierte das Blut eines Herrschers. Er hatte diesen Weg gewählt, hatte ihn wählen müssen, und es war der richtige Weg. Der einzige Weg. Es gab nur diese eine Möglichkeit, das zu vollenden, wofür er bestimmt war.

Wind rauschte in seinen Ohren. Er wartete, bis sich sein Herzschlag beruhigte. Dann drehte er sich zum Glockenturm um, in dem er jeden Moment mit dem König rechnete.

Was er stattdessen sah, jagte ihm einen solchen Schrecken ein, dass er beinahe den Halt verloren hätte.

«Gibst du niemals auf?», brüllte er in den Wind.

Der Normanne blieb auf dem First stehen. Er war keine fünf Schritt entfernt und sah schrecklich aus. Eine Ausgeburt der Hölle. Zwischen seinen Zähnen hielt er das Messer. Es schien, als wachse die Klinge wie eine stählerne Zunge aus seinem Mund. Die dunklen Augen funkelten, und der Wind wirbelte durch seine schwarzen Haare. Er hatte die Arme ausgebreitet, um das Gleichgewicht zu halten. Von der linken Hand tropfte Blut.

«Verschwinde!», brüllte Thankmar. «Du wirst sterben!»

Er atmete tief durch. Musste sich auf das Wesentliche konzentrieren, nicht auf den Normannen. Dieses bedeutungslose, unwichtige Nichts. Er konnte seinen Plan nicht durchkreuzen. Niemand konnte das.

«Was verlangt Ihr für das Leben des Königs?», hörte Thankmar eine Stimme rufen.

Er schaute zum Glockenturm. Im Fenster war ein Gesicht aufgetaucht. Es war das breite, faltige Gesicht mit dem grauen Bart und den schmalen Augen des Königs. Der König starrte zum Normannen, dann wieder zurück zu Thankmar.

«Was ich für Euer Leben verlange, Onkel?», erwiderte er.

«Für das Leben Eurer Geisel!»

«Dieser Jüngling hier? Das ist kein König! Ebenso wenig, wie Ihr einer seid.»

Das Gesicht verschwand und kam kurz darauf zurück.

«Es war nicht mein Wille, Thankmar, dass Euer Vater sterben musste. Ich wollte ihn begnadigen. Ich versichere Euch, dass Ihr eine angemessene Verhandlung bekommt. Nach Recht und Gesetz.»

«Eine Verhandlung? Ihr wollt über mich Gericht halten? Ihr – der falsche König?»

«Ich bin vor Gott und dem Volk zum König gekrönt worden. Ich bin Heinrichs Erbe. Einen solchen Anspruch könnt Ihr nicht nachweisen!»

«Und wenn doch?»

«Wie wollt Ihr das tun?»

Thankmar bemerkte aus den Augenwinkeln eine Bewegung. Der Normanne stand ganz still auf dem First, den Blick auf ihn gerichtet. Es sah so aus, als habe er sich nicht von der Stelle bewegt. Dennoch wurde Thankmar den Eindruck nicht los, der Krieger sei ein Stück näher herangerückt. Aber das konnte täuschen.

Er wandte sich wieder dem Glockenturm zu. «Wenn ich den Nachweis erbringe, dass Heinrich meinen Vater zum

Thronfolger bestimmt hat, werdet Ihr dann mein Recht anerkennen?»

«Nicht ich allein kann das tun. Das wisst Ihr. Ihr braucht die Zustimmung der Bischöfe und Fürsten.»

Natürlich brauche ich die, du Bastard, dachte Thankmar, und du wirst dafür sorgen, dass ich sie bekomme.

Er griff dem Jungen in die Haare und beugte seinen Kopf über den Abgrund. Der König zuckte zusammen.

«Ich vermute», rief Thankmar, «dass einige Bischöfe und Fürsten bei Euch sind. Lasst sie vor Gott schwören, dass sie mich krönen werden, wenn ich mein Anrecht beweise.»

Er drückte den Knaben noch etwas weiter über den Abgrund. «Wenn Euch das Leben Eures Sohnes etwas bedeutet.»

Otto zog sich erneut zurück. Dieses Mal dauerte es etwas länger, bis sein Gesicht wieder im Fenster erschien.

«Ihr müsst uns von Eurem angeblichen Anrecht überzeugen!»

Das werde ich, dachte Thankmar, und ein wohliges Gefühl durchflutete seinen Körper wie ein wärmender Sonnenstrahl. Jetzt hatte er sie da, wo er sie haben wollte. Der Augenblick der Wahrheit war gekommen. Jetzt konnten sie nicht mehr zurück, der König und diese ganzen falschen Nattern, diese speichelleckenden Bischöfe und Fürsten, die in seinem Schleim dahinkrochen und sich an seinen Ausscheidungen labten. Nein, sie konnten nicht mehr zurück. Niemals.

Er hatte gewonnen!

Als der Graf den Knaben losließ und unter sein Hemd griff, schob sich Hakon weiter vorwärts. Die Füße glitten über den First und hielten erst inne, als der Graf wieder aufschaute.

Hakon musste auf den geeigneten Moment warten. Aber er hatte nicht mehr viel Zeit. Sein angestochener Oberschenkel verkrampfte sich, und das Blut rann aus seiner zerschnittenen Hand.

Er sah den Grafen etwas unter seinem Hemd hervorziehen und es dann hochhalten wie eine Trophäe. Das Pergament! Hakon erkannte es wieder, das verdammte Schriftstück.

Der Graf begann zu lachen. Immer lauter lachte er. Den Kopf in den Nacken gelegt, lachte er gurgelnd in den blauen Himmel. Stützte sich mit der einen Hand an der Mauer ab und hielt mit der anderen das Pergament in die Höhe.

Ich sollte mir damit den Hintern abwischen, damit es irgendeinen Wert hat!, kamen Hakon die Worte seines Vaters in den Sinn. Wie sehr Sigurd sich doch geirrt hatte. Die Worte auf dem Pergament schienen nicht nur für den Grafen von großer Bedeutung zu sein. Anscheinend konnten sie den Lauf der Welt beeinflussen.

Hakon schob sich weiter voran. Noch drei Schritt trennten sie. Zu weit, um sich auf den Mörder zu stürzen, aber dennoch dicht genug, dass der Graf seine Absicht erkennen konnte.

Doch er beachtete ihn nicht. Er lachte noch immer. Tränen rannen über seine Wangen, und er rief: «Ich bin der König! Ich bin der König!»

Hakons Füße krochen über den First. Noch zwei Schritt.

Er machte sich bereit. Einen Kampf würde es nicht geben. Nein, er hatte den Gedanken verworfen, den Grafen im Zweikampf zu töten. Zu groß war die Gefahr, dabei vom

Dach zu stürzen. Der Graf mochte abgelenkt sein, aber er war schnell. Es gab nur eine einzige Möglichkeit: Hakon musste ihn mit sich in die Tiefe reißen. In den Tod. In den sicheren Tod für sie beide.

Er hörte das gierige, sprudelnde Lachen und sah das Pergament vor seinen Augen tanzen. Er spannte die Muskeln an. Er war bereit.

«Ich bin der ...», rief der Graf.

Da schoss vom Himmel ein Schatten herab, stürzte sich auf ihn und riss ihm das Pergament aus der Hand.

Hakon sah den Raben im Gleitflug einen weiten Bogen beschreiben, dann die Flügel kräftig durchschlagen und schließlich auf der Spitze der Kirchenkuppel landen.

Der Graf glotzte auf seine leere Hand, als könne er nicht begreifen, was soeben geschehen war. Dann drehte er langsam den Kopf nach hinten, und ein heiserer, gequälter Schrei entrang sich seiner Kehle.

Der Rabe hielt das Pergament mit seinen Krallen fest und hackte mit dem Schnabel darauf ein. Die Fetzen wurden vom Wind ergriffen, tanzten wie Schneeflocken über der Kuppel und schwebten dann hinab in die Pfalanza.

«Ich bin der König!», stieß der Graf aus. «Ich ... bin der König!»

Hakon schnellte vor, achtete nicht auf die wütenden Schmerzen in seiner linken Hand, presste die noch zu gebrauchenden Finger zusammen und rammte den Grafen mit der Faust. Blut spritzte auf. Durch den wuchtigen Schlag wurde der angeschnittene Mittelfinger abgerissen.

Der Graf wankte. Im Hintergrund brüllte der König.

Da erkannte Hakon seine letzte Möglichkeit, doch noch mit dem Leben davonzukommen. Er ergriff den Königssohn und trieb gleichzeitig den Grafen mit einem zweiten, kräftigen Stoß ins Fenster. Thankmar stürzte in den Schacht und verschwand in dem dunklen Schlund.

Hakon beugte sich hinein und sah ihn fallen. Von den hohen Wänden hörte er einen langen Schrei widerhallen, der noch nachklang, als der Graf mit einem dumpfen Geräusch auf dem Altar aufschlug. Etwas Langes ragte aus seiner Brust hervor. Und als ein Sonnenstrahl durch eines der verglasten Fenster fiel, fing sich das Licht in der goldenen Lanzenspitze.

80.

Er spürte nichts. Nichts.

Sah nur Licht, hell und gleißend, durchzogen von einem goldenen Schimmer, der über ihm pulsierte.

Im Himmel, dachte er, ich bin im Himmel. Gott hat mich erwählt.

Der Schimmer schmolz zu einem goldenen Punkt zusammen. Die heilige Lanze.

Er schmeckte Blut. Es quoll aus den Tiefen seines zerschmetterten Körpers in seine Mundhöhle und sickerte aus den Mundwinkeln. Es rann durch den Bart, an den Ohren vorbei und tropfte auf den Altar, wo es sich wieder mit dem Blut vereinigte, das aus der Wunde in seiner Brust floss.

Der blutgetränkte Altar. Es endete, wie es begonnen hatte.

Mühsam hob er die linke Hand auf seine Brust und legte sie um den Span. Ja, wie alles begonnen hatte.

Die Augen fielen ihm zu. Nein! Noch nicht! Er zwang die Lider, sich wieder zu öffnen. Das Licht wurde schwächer.

Konturen schälten sich aus der Helligkeit. Die Weite über ihm, der Umgang, das Kuppeldach.

Er hörte Geräusche. Scharrende Füße, Stimmen. Als er den Kopf drehte, sah er etwas Funkelndes. Edelsteine.

Die Hand ließ den Span frei, rutschte von der Brust und schob sich durch klebriges Blut. Die Finger streckten sich nach den Edelsteinen aus. Die Krone? War es wirklich die Krone, oder träumte er? Träumte er im Himmel, am Throne des Allmächtigen?

Die Finger glitten an der Krone hinauf, strichen über Edelsteine. Er musste die Krone haben, sie auf sein Haupt setzen.

Du musst dich krönen, befahl er sich. Dich krönen, vor Gott. Vor dem Volk.

Da waren wieder die Stimmen, gedämpfte Stimmen, wie ein böses Raubtier, das schwer atmete. Das ihn umkreiste. Lauernd.

Er sah zwei Gestalten an den Altar treten. Ein Mann und eine Frau, seine Königin. Die Zwillinge. Die Brut der Seherin.

Die Hand erstarrte auf der Krone.

Die Zwillinge hielten einander an den Händen. Sie beobachteten ihn. Die Frau trug das Kleid, das er gekauft hatte, feinster Stoff. Wie gemacht für eine Königin für eine Nacht, zart und zerbrechlich wie die Flügel eines Schmetterlings.

Hinter den Zwillingen erhob sich die Gestalt eines Mannes. Ein Mönch mit einem riesigen, kantigen Schädel, aus dem ihn ein irrer, starrender Blick traf.

Und dann sah er all die anderen Menschen. Sie waren überall, umringten den Altar, drängten sich auf dem Umgang. Gesichter, versteinerte Gesichter. Sie waren gekommen, um ihrem neuen König zu huldigen, und er würde sie nicht enttäuschen.

Er befahl seiner Hand, die Krone heranzuziehen. Der Arm bewegte sich. Die Krone kam ruckend durch das Blut näher.

Ein anderer Mann trat neben die Zwillinge. Der Normanne mit den schwarzen Haaren, der dunkle Krieger. Auf seiner Schulter saß der verdammte Vogel. Der Krieger atmete schnell. Wahrscheinlich war er gerannt, weil auch er ihn sehen wollte – ihn, den König.

Thankmars Lippen öffneten sich, und begleitet von einem Schwall Blut flüsterte er: «Ich bin der …»

Seine Worte wurden von anderen Stimmen übertönt, hell und klar. Schön, so schön. Sie sangen. Die Zwillinge sangen.

Dämonen sollen dich verwirren, Gewaltiges komme.
Es bersten Klippen, die Welt erbebe,
schlecht werde der Wind, Gewaltiges komme!

Wir werden dir die Brust zerbrechen,
dass giftige Nattern dein Herz zernagen,
dass deine Ohren für immer ertauben
und deine Augen aus deinem Schädel springen!

Seine Lider schlossen sich, und die Schmerzen kamen. Brennende, heiße Schmerzen. Flüssiges Eisen, das durch seine blutleeren Adern schoss und durch sein zerhacktes Fleisch pulsierte und über seine geborstenen Knochen fuhr.

Die Glut, das Feuer. Die Hölle. Auf ewig.

Fahr hin zur Hel,
von Hunden zerfleischt.
Deine Seele versinke in Qualen.

EPILOG

Malina erwachte. Sie glaubte, eine Tür zu hören, und öffnete die Augen. Um sie herum war Dunkelheit. Nur durch einen Spalt unterhalb des Fensterladens sickerte ein zarter Lichtschimmer in die Zelle, die man ihr und Hakon überlassen hatte. Der König selbst hatte dafür gesorgt, dass sie im Gästehaus der Pfalanza so lange versorgt wurden, bis ihre Wunden verheilt seien.

Als Malina sich in dem weichen, mit Stroh gepolstertem Bett zum Raum drehte, spürte sie kurz die Schmerzen aufflackern. Zum Glück waren keine Knochen gebrochen. Auch die Schwellungen auf ihrem Gesicht und ihrem Oberkörper waren deutlich kleiner geworden. Anders als Hakon würde sie keine bleibenden Schäden davontragen.

Nachdem er an jenem Tag vor etwa zwei Wochen in der Kirche verschwunden war, hatten die Soldaten von ihr abgelassen. Sie glaubten, Malina sei lebend von größerem Nutzen, da sie offensichtlich den verrückten Mauerkletterer kannte.

Hakon hatte es schlimmer erwischt, er hatte einen Finger verloren. Aber – so hatte er gesagt – das sei ein gerechter Preis.

Malina lauschte mit einem Lächeln auf den Lippen in die Dunkelheit.

«Hakon?», fragte sie.

Keine Reaktion. Ob er noch schlief? Sie hörte nichts, auch nicht seine Atemzüge.

«Hakon?»

Sie richtete sich auf, stellte die nackten Füße auf den kalten Boden und tastete sich zu seinem Bett vor.

Es war leer.

Ein eisiger Schauer kroch über ihren Rücken. Sie tapste zur hinteren Wand, öffnete den Fensterladen und sah die vielen Menschen auf dem Hof, die Karren, Packwagen und Pferde beluden. Malina drehte sich um, und ihr Verdacht wurde Gewissheit. Schreckliche Gewissheit.

Seine Sachen waren verschwunden – die dunklen Kleider und das Schwert, das der Mönch und die Zwillinge für ihn aus dem Wald geborgen hatten.

Malina zog sich an, hastete aus dem Gästehaus und warf sich ins Getümmel. Heute war der Tag des großen Aufbruchs für das königliche Heer.

Malina rief Hakons Namen in die Menge. Panik ergriff sie. Warum hatte er ihr das angetan?

«Malina!», rief eine Stimme hinter ihr.

Sie wirbelte herum und sah den Mönch und die Zwillinge, die ganz in der Nähe ihre wenigen Habseligkeiten auf einem Pferd verschnürten. In den vergangenen Tagen waren sie häufig in die Zelle gekommen und hatten mit Malina und Hakon gesprochen. Sie waren gute Menschen.

«Wo ist er?», fragte sie, als sie bei ihnen war.

«Hakon?», erwiderte Asny.

Malina nickte. Die anderen schauten sie ratlos an. Malina schossen Tränen in die Augen.

Sie spürte Ketils schwere Hand auf ihrer Schulter.

«Er ist kein Mann vieler Worte», sagte er. «Vielleicht wusste er nicht, wie er es dir sagen soll. Komm mit uns.»

«Wir reisen nach Osten», sagte Aki. «Wir begleiten Erzbischof Brun, der den neuen König zur Magathaburg bringt. Dort soll der Knabe ins Kloster gehen, bis sein Vater aus der Lombardei zurückkehrt. Du kannst bei uns bleiben, Malina. Aber von dort aus ist es auch nicht mehr weit bis in deine Heimat.»

Heimat? Malina schüttelte den Kopf. Sie hatte keine Heimat mehr. Hatte niemals eine gehabt. Und der Mann, der ihr das längst vergessene Gefühl von Geborgenheit wiedergegeben hatte, war verschwunden. Verschwunden wie ein Dieb.

Ein heiseres Krächzen ließ sie zusammenfahren. Sie drehte den Kopf und sah den Raben auf dem Dach des Gästehauses sitzen.

«Dann muss auch er noch hier sein», stellte Aki fest, der den Raben ebenfalls gesehen hatte.

Der Vogel breitete seine Flügel aus, hob ab und flog über den Hof in Richtung des großen Tores davon.

«Lauf, Malina», rief Asny.

Sie wischte sich über die Augen. Dann lächelte sie und lief.

NACHWORT

Das Lied des Todes ist eine fiktive Geschichte, die sich an historischen Begebenheiten orientiert. Zwei dieser Ereignisse markieren den Anfang sowie das Ende des Romans. Zum einen die legendäre Schlacht auf dem Lechfeld im Jahre 955, bei der der Sachsenkönig Otto die Ungarn vernichtend schlug, und zum anderen die Krönung seines sechsjährigen Sohns in Aachen am Pfingstsonntag des Jahres 961.

Wirklich stattgefunden haben soll auch der Aufstand von Ottos Halbbruder Thankmar im Jahre 938. Zu Thankmars Tod auf der Eresburg schreibt der zeitgenössische Chronist Widukind von Corvey im zweiten Buch seiner Sachsengeschichte *Res gestae Saxonicae*: «Thankmar aber floh in die Kirche, die von Papst Leo dem heiligen Apostel Petrus geweiht worden war. Das Heer jedoch verfolgte ihn bis in die Kirche, vor allem Heinrichs Männer, aus Schmerz und Begierde, die Schmach ihres Herrn zu rächen … Aber einer der Krieger, Maincia mit Namen, durchbohrte durch ein Fenster beim Altar den Thankmar von hinten mit einem Speer und tötete ihn dort an heiliger Stätte.» Ein solcher Totschlag war nach damaligem Rechtsverständnis eine Ungeheuerlichkeit, denn es galt das Kirchenasyl. Thankmar hätte demnach im Gotteshaus vor weiteren Nachstellungen geschützt sein müssen.

Dieser frevelhafte Mord ist im Roman einer der Gründe für seinen Sohn, sich an Otto zu rächen. Der Sohn, den ich ebenfalls Thankmar genannt habe, ist frei erfunden. Ebenso der Aufstand, den einige Adlige – etwa Evurhard, dessen Vater beim historischen Aufstand von 938 Thankmars Kampfgefährte war – im Jahr 961 angezettelt haben.

Bei der Beschreibung der Krönung des kleinen Otto in Aachen habe ich mich an Widukinds Bericht der Krönung des «großen» Otto im Jahr 936 orientiert. Die Zeremonie folgte einer strengen Abfolge: dem ersten, weltlichen Akt im Atrium, dem zweiten, geistlichen in der Kirche und schließlich dem Festmahl als drittem Akt. Es ist anzunehmen, dass man bei der Krönung seines Sohns dieser Tradition treu blieb. Wenn nicht, mögen mir die an historischen Fakten interessierten Leser diesen Kunstgriff verzeihen.

Auch an den Vorlagen der Isländer-Sagas habe ich mich relativ frei bedient, zumal die Sagas nicht als historische Abhandlungen betrachtet werden können, da in ihnen Dichtung und Überlieferung zu eigenen, beeindruckenden Kunstwerken verschmelzen. So gibt es beispielsweise für den Tod des norwegischen Jarls Sigurd unterschiedliche Zeitangaben. Ich habe seinen Tod auf das Jahr 960 datiert – aus dramaturgischen Gründen. Denn sein Sohn Hakon brauchte ja einen guten Grund, um im Mai 961 bei der Krönungsfeier in Aachen aufzutauchen. In der *Heimskringla*, dem Buch über das norwegische Königtum, wird Sigurd von einem König namens Harald Graumantel getötet. Das hat zumindest der isländische Politiker, Dichter und Geschichtsschreiber Snorri Sturluson, der als Verfasser der *Heimskringla* gilt, so niedergeschrieben.

Auch Sigurds Sohn Hakon wird in mehreren Sagas erwähnt, etwa in der *Heimskringla*, der Saga von den Jomswikingern oder der *Egils Saga*. Vor allem Snorri lässt in seiner *Heimskringla* kein gutes Haar an Hakon und charakterisiert ihn als böse und verschlagen. Das wundert nicht, da die isländischen Autoren des 13. und 14. Jahrhunderts in der Regel überzeugte Christen waren und Hakon als einer der letzten Herrscher gilt, der sich vehement gegen die Ausbreitung des Christentums in Norwegen stellte. Der Jarl von Hladir, dem heutigen Stadtteil Lade der Stadt Trondheim, verehrte die alten Götter Odin und Thor und vor allem die Göttin Thorgerd Hölgabrud.

Hakon wird in dieser Geschichte als Normanne bezeichnet. Dieser Begriff stand ursprünglich für die Männer aus dem Norden, die die Küsten des Frankenreichs unsicher machten. Der Begriff hat sich aber bald als gängige Umschreibung für alle Nordmänner durchgesetzt. Das Erbe der Normannen lebt heute noch im Namen der französischen Provinz Normandie fort, wo sich im frühen Mittelalter an der Seinemündung zahlreiche Dänen und Norweger niederließen.

Mit dem Begriff Wikinger bezeichnet man heute oftmals alle Dänen, Norweger und Schweden in der Zeit vom Ende des 8. Jahrhunderts bis Mitte des 11. Jahrhunderts. Damit tut man dem Großteil der damaligen Bevölkerung unrecht. Das Wort Wikinger leitet sich vom altnordischen *víkingr* ab und gilt als Bezeichnung für Seeräuber – und die wenigsten Skandinavier waren damals zur See fahrende Krieger (Simek).

Bei Velvas «Lied des Todes», mit dem sie Thankmar verflucht, habe ich mich von der wahrscheinlich im 14. Jahrhundert entstandenen *Bosa Saga* inspirieren lassen. In dieser Saga gibt es mehrere Fluchstrophen, die sogenannten *Buslubœn* (Übersetzung von Felix Genzmer). Busla ist die alte, zauberkundige Pflegemutter eines jungen Helden namens Bosi, der von einem schwedischen König hingerichtet werden soll. Doch in der Nacht vor der Hinrichtung verflucht Busla den König. Mit Erfolg: Aus Angst vor dem Fluch lässt er Bosi wieder frei.

Abschließend noch einige Worte zu Bischof Poppo, der in diesem Roman ungeschoren davonkommt, obwohl er sicher anderes verdient hätte. Über das historische Vorbild des Bischofs von Haithabu beziehungsweise Schleswig ist wenig bekannt. Daher habe ich mir die Freiheit erlaubt, ihn als christlichen Fanatiker darzustellen, der die Heiden mit brutalen Methoden missioniert. Der sagenumwobene Bischof, nach dem ein Hünengrab in der Nähe von Flensburg als «Poppostein» benannt wurde, ist vor allem durch das «Poppowunder» in die Geschichte eingegangen. Durch dieses Wunder soll der Mann in den 960er Jahren den dänischen König Harald Gormsson von der Macht des Christengottes überzeugt haben. Dafür hielt Poppo ein glühendes Stück Eisen mit bloßen Händen so lange fest, wie es der König verlangte. Poppo blieb unversehrt, und Harald ließ sich taufen. Aber das ist eine andere Geschichte …

ORTSNAMEN

Bei der Schreibung der Handlungsorte in diesem Roman habe ich mich weitgehend an die für das 10. Jahrhundert in Nordeuropa überlieferten Namen gehalten. Als eine Grundlage diente dabei das unter anderem von Rudolf Fischer herausgegebene Buch *Namen deutscher Städte*. Eine weitere Quelle war die Karte «Deutschland im Jahr 1000» aus G. Droysens Werk *Allgemeiner Historischer Atlas*, etwa für die damalige Schreibung der Flussnamen. Bei den Orten und Bezirken in Norwegen habe ich mich an den Bezeichnungen in der von Kurt Schier kommentierten *Egils Saga* orientiert.

Wenn eine historische Benennung nicht möglich oder meiner Meinung nach irreführend war, habe ich gegenwärtige Namen verwendet, etwa für das Skagerrak, die Verbindung zwischen Nord- und Ostsee (Nordmeer und Baltisches Meer). Das gilt auch für Haithabu, das ich korrekterweise Hedeby (oder altnordisch Heiðabýr) hätte nennen müssen. Ebenso habe ich für alte Herzogtümer wie Sachsen, Franken, Schwaben, Bayern oder Lothringen moderne Namen verwendet.

Orte im 10. Jahrhundert

Alreksstadir – Arstad (Stadtteil von Bergen)
Aquisgranum – Aachen
Augusburg – Augsburg
Belecke – alte Burg (heute Ortsteil der Stadt Warstein)
Brema – Bremen

Colonia – Köln
Constantia – Konstanz
Diusburg – Duisburg
Drudmunde – Dortmund
Eresburg – alte Burg (im heutigen Stadtteil Obermarsberg von Marsberg)
Erphesfurt – Erfurt
Essendria – Essen
Etzeho – Itzehoe
Franchonfurt – Frankfurt
Hammaburg – Hamburg
Hildenisheim – Hildesheim
Hising – Hisingen (Insel im Mündungsgebiet der Götaälv)
Hladir – Lade (heute Stadtteil von Trondheim)
Jumne – Wolin (Übereinstimmung nicht gesichert)
Lidandisnes – Lindesnes
Magathaburg – Magdeburg
Magontia – Mainz
Mersburg – Merseburg
Nussia – Neuss
Ögvaldsnes – Avaldsnes
Padrabrunna – Paderborn
Pazawa – Passau
Praga – Prag
Reganisburg – Regensburg
Salzpurc – Salzburg
Staveran – Stavoren
Strazburg – Straßburg
Treberi – Trier
Tunsberg – Tönsberg
Wormaza – Worms

Gewässer

Albia – Elbe
Almera – Ijsselmeer
Baltisches Meer – Ostsee
Danubis – Donau
Egidora – Eider
Emsea – Ems
Gautelf – Göta älv
Mosella – Mosel
Nordmeer – Nordsee
Odra – Oder
Rhenus – Rhein
Rura – Ruhr
Wesera – Weser

DANKSAGUNG

Bei der Realisierung dieses Romans haben mich viele Menschen tatkräftig unterstützt. Mein Dank gilt der Lektorin Grusche Juncker vom Rowohlt Verlag für den Blick auf das Große und Ganze der Geschichte. Die Redakteurin Katharina Rottenbacher war mir eine wertvolle Hilfe beim Ausbessern inhaltlicher Ungereimtheiten und stilistischer Details.

Ganz herzlich möchte ich mich auch bei meinen kritischen Erstlesern bedanken: Dörte Rahming, Thomas Reinecke und Nina Gottschalk haben das Manuskript aufmerksam nach Fehlern durchforstet.

Sehr wichtig waren die fachkundigen Anmerkungen zum mittelalterlichen Leben von Saeta Godetide, Skjaldar Arwedson und Ingo Ludwig. Ihre Hinweise haben mir geholfen, in so manches Fettnäpfchen nicht zu treten. Sollte es im Text dennoch Unstimmigkeiten geben, nehme ich diese allein auf meine Kappe.

Mein Dank gilt ebenfalls meinen Eltern Hannelore und Hans-Ludwig Meyer sowie meiner Schwester Christina Meyer für die Gestaltung der folgenden Internetseite: www.axelsmeyer.de

MIX
Papier aus verantwortungsvollen Quellen
FSC® C083411

Das für dieses Buch verwendete FSC®-zertifizierte Papier
Pamo Super liefert Arctic Paper Mochenwangen, Deutschland.